Romain
Gary

La promesse de l'aube

La promesse de l'aube
Romain Gary

Copyright ⓒ 1960 by Éditions Gallimard
Korean Translation Copyright ⓒ 2007 by Moonji Publishing Co., Ltd.
All Rights Reserved.

This Korean edition was published by arrangement with Éditions Gallimard through BookLien Agency.

이 책의 한국어판 저작권은 BookLien Agency를 통해 Éditions Gallimard와 독점 계약한 ㈜문학과지성사에 있습니다.
저작권법에 의해 보호 받는 저작물이므로 무단 전재 및 복제를 금합니다.

새벽의 약속

La promesse de l'aube

로맹 가리 지음 · 심민화 옮김

문학과지성사
2007

로맹 가리 소설

새벽의 약속

제1판 1쇄   2007년 12월 28일
제1판 20쇄   2024년 5월 14일

지은이   로맹 가리
옮긴이   심민화
펴낸이   이광호
펴낸곳   ㈜문학과지성사
등록번호   제1993-000098호
주소   04034 서울 마포구 잔다리로7길 18(서교동 377-20)
전화   02) 338-7224
팩스   02) 323-4180(편집)   02) 338-7221(영업)
전자우편   moonji@moonji.com
홈페이지   www.moonji.com

ISBN 978-89-320-1830-0

제1부 7 | 제2부 151 | 제3부 285 | 옮긴이의 말 415　**차례**　*La promesse de l'aube*

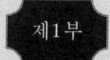

La promesse de l'aube

1

 끝났다. 빅서 해안은 텅 비어 있고, 나는 넘어진 바로 그 자리에 누운 채로이다. 바다 안개가 사물들을 부드럽게 만들고 있다. 수평선에는 돛대 하나 보이지 않고, 내 앞 바위 위엔 수천 마리 새들이 있다. 다른 바위엔 물개 일가가 있다. 아비 물개는 지치지도 않고 파도 위로 솟아오른다. 고기를 입에 물고, 번들거리며, 헌신적으로. 이따금 제비갈매기들이 너무도 가까이 내려앉아 나는 숨을 죽이지 않을 수 없다. 그리하여 내 오랜 욕망이 깨어 일어나 내 안에서 움직이는 것이다. 조금만 더, 그러면 새들이 내 얼굴 위에 내려앉고, 내 목과 품속으로 파고들어, 나를 온통 뒤덮을 텐데 하고…… 마흔네 살에, 나는 아직도 어떤 본질적인 애정을 꿈꾸는 것이다. 하도 오랫동안 꼼짝않고 해변에 누워 있었더니 마침내 펠리컨과 가마우지 들이 나를 뺑 둘러 원을 만들고 말았다. 조금 전에는 물개 한 마리가 파도에 실려 내 발치까지 왔었다. 그놈은 지느러미로 땅을 짚고 거기 머물면서 한참 동안 나를 바라보다가 바다로 돌아갔다. 나는 그에게 웃어 보였다. 그러나 녀석은 무엇인가 알고 있는 듯, 엄숙하고도 약간 슬픈 표정으로 그냥 거기에 머물러 있는 것이었다.

전쟁이 선포되고 징집령이 떨어졌을 때, 어머니는 그때 내가 항공학교 교관으로 근무하던 살롱 드 프로방스까지, 장장 다섯 시간이나 택시를 타고 작별인사를 하러 왔다.

택시는 낡아빠진 르노였다. 우리는 한때 그 차의 영업권의 오십 퍼센트, 이어 이십오 퍼센트를 소유하였던 적이 있었다. 하지만 그땐 이미 전 동업자인 운전사 리날디의 단독 소유가 된 지 여러 해가 지난 터였다. 그런데도 어머니는 여전히 그 차에 대해 어떤 도덕적 권리를 가지고 있는 듯이 생각하는 경향이 있었고, 또 리날디는 부드럽고 수줍으며 마음이 여린 사람이었기 때문에 어머니는 어느 정도 억지로 그의 선의를 이용하곤 하였다. 그래서 어머니는 리날디로 하여금 니스에서 살롱 드 프로방스까지 삼백 킬로미터를, 물론 한 푼도 내지 않고, 운전하게 했던 것이다. 맘씨 좋은 리날디는 전쟁이 끝난 뒤 오랜 후에까지 하얗게 세어버린 머리를 긁적이면서 아직도 감탄 섞인 일종의 원한을 내비치며, 어머니가 어떻게 자기를 '징집'하였던가를 회상하곤 하였다.

"택시에 올라타더니 다짜고짜 이렇게만 말씀하시는 거였소. '살롱 드 프로방스로 내 아들에게 작별 인사 하러 갑시다.' 나는 내 입장을 설명하려 했지. 왕복 열 시간 걸리는 장거리 경주라고 말이오. 그랬더니 당장 나를 매국노 취급을 하며 경찰을 불러 잡아가게 하겠다는 것이었소. 징집 명령이 내렸는데 도망가려 한다고 말이지. 어머닌 벌써 아드님한테 줄 보따리들, 소시지, 햄, 잼단지 같은 걸 몽땅 가지고 차 안에 자리 잡고 앉아서 계속 말씀하시는 거예요. 당신 아들은 영웅이며, 한 번 더 아들을 안아주고 싶으니, 여러 말 할 것 없다고 말이오. 그러더니 조금 우십디다. 자당께서는 언제나 어린아이처럼 우셨지. 서로 알고 지낸 지가 그렇게 오래된 처지에, 내 차 안에서, 늘 그렇듯 얻어맞은 개 같은 모습으로—용서하시오, 로맹 씨. 하지만 당신은 그분이 어떠셨는지를 잘 아시니까—소리 없이 눈물을 흘리시는 걸 보니까, 안 된다고 할 수가 없습디다. 내게는 어린애도 없겠다, 다른 일은 될 대로 돼라, 에라 모르겠다. 그러고 나니까 택시 경주쯤은 문제가 안 되더군. 오백 킬로미터짜리 경주라도 말이오. 그래 내가 말했지. '좋아요, 갑시다. 그렇지만 휘발유는 당신이 채워야 돼요.' 원칙으로 말이오. 어머닌 칠 년 전에 동업했었다는 그것만 가지고 차에 대해 무슨 권리를 아직도 가지고 있는 양 생각하셨더랬소. 그것은 아무것도 아니지. 당신은 자신 있게 말할 수 있어요. '어머닌 날 사랑하셨다'고 말이오. 당신을 위해서라면 뭐든지 하셨을 거요……"

나는 지팡이를 짚고 골루아즈 담배를 입에 문 어머니가 택시에서 내리는 것을 보았다. 그러더니 어머니는 졸병들의 조롱 섞인 시선 아래 연극적인 몸짓으로 나를 향해 팔을 벌리는 것이었다. 지고의 전통에 따라 아들이 그 안으로 뛰어들기를 기다리면서 말이다.

나는 어깨를 조금 으스대며, 눈까지 모자를 눌러쓰고, 젊은이들을 공군으로 불러들이는 데 지대한 공헌을 하였던 그 가죽 점퍼 주머니에 두 손을 찌르고서, 건방지게 어머니에게 다가갔다. 나는 내가 천신만고 끝에 얻어낸 "센 놈" "진짜배기" 등의 평판을 즐기고 있던 그 남성적 세계에 한 어머니가 침입했다는 용납될 수 없는 사실에 화도 나고 당황하기도 하였던 것이다.

나는 최대한도로 냉정을 가장하여 어머니를 안고서, 사람들이 보지 못하도록 택시 뒤쪽으로 어머니를 슴씨 있게 옮겨놓으려고 애썼다. 그러나 허사였다. 어머니는 좀더 나를 잘 보기 위해 겨우 몇 발짝 뒤로 물러났을 뿐이었다. 그러더니, 얼굴을 빛내며 감동한 눈빛으로 손을 가슴에 얹고서 요란스럽게 코로 공기를 들이마시며ㅡ어머니에겐 언제나 이것이 극도로 만족했다는 표시였다ㅡ모두들 알아들을 만큼 큰 목소리로 강한 러시아 악센트를 섞어서 부르짖는 것이었다.

"긴메르〔1차대전의 전설적 전쟁 영웅인 프랑스의 공군 비행사ㅡ역주(이후 모든 주석은 역주임)〕! 넌 제2의 긴메르가 될 거다! 두고 봐라, 네 엄마는 늘 틀림이 없지!"

나는 피가 얼굴에 몰려 화끈거리는 것을 느꼈다. 등 뒤에서 웃음소리들이 들려왔다. 벌써 어머니는 카페 앞에 모여선 장난꾸러기 오합지졸들을 향해 지팡이로 위협하는 시늉을 하며, 영감이라도 받은 듯이 선언하였다.

"너는 영웅이 될 것이다. 너는 장군이 되고, 가브리엘레 단눈치오〔1863~1938, 이탈리아의 작가〕가 되고 프랑스 대사가 될 것이다! 저 불량배들은 네가 어떤 인물인지 모르고 있다!"

어떤 아들도 이때의 나만큼 어머니를 미워하지는 않았을 것이다. 그러나 화가 나서 중얼중얼, 어머니가 공군 장병들 앞에서 얼마나 치명적으로 내 체면을 손상시키고 있는가를 설명하려 애쓰면서 다시 한 번 어머니를 차 뒤쪽으로 밀려고 하자, 어머니의 얼굴에는 완전히 무너지는 듯한 표정이 떠올랐고, 입술이 떨리기 시작했다. 그리고 다시 한 번 우리의 대화에서 오래전에 고전이 된 참을 수 없는 문구가 들려왔다.

"그래, 넌 네 늙은 에미가 부끄럽단 말이지?"

일시에 내가 그토록 애를 써서 치장하였던 가짜 남성다움이며, 허세며 냉혹함 따위의 싸구려 훈장들이 발 아래로 떨어졌다. 나는 한 팔로 어머니의 어깨를 감싸 안으면서, 다른 팔로 내 동료들에게 손짓을 해 보였다. 가운뎃손가락을 엄지손가락으로 받치고서, 수직으로 오르락내리락해 보이는 그 의미심장한 동작 말이다. 나중에 알았는데, 그 동작의 의미는 전 세계 군인들이 다 알고 있었다. 라틴계 나라에선 한 손가락이면 되는 반면 영국에선 두 손가락을 사용한다는 차이만 빼면 말이다 — 그거야 기질 문제이고.

더는 웃음소리도 들리지 않았고, 놀리는 눈빛도 보이지 않았다. 나는 팔로 어머니의 어깨를 감싸 안고서, 어머니를 위해 내가 벌이려고 하는 모든 투쟁들을, 내가 내 인생의 새벽에 나 자신과 맺은 약속을 생각하였다. 어머니 말이 다 옳았던 것이 되게끔 만들리라, 어머니의 희생에 의미를 주리라, 저들과 당당히 세계의 소유권을 두고 겨루어 이긴 다음 집으로 돌아가리라, 하는 약속을. 나는 걸음마를 할 때부터 저들의 권능과 잔인함을 알아보도록 너무도 단단히 배웠던 것이다.

이십 년 이상이 흘러 모든 것이 다 말해진 지금, 대양의 기슭 빅서의 내 바위 위에 엎드려 있는 지금, 가끔씩 고래들이 대양의 광대함 속에선 우스꽝스럽기만 한 작은 물줄기를 뿜으며 지나가는 바다, 그 거대한 침묵 속에 오직 물개들의 울음소리만이 들려오는 지금까지도—모든 것이 텅 빈 것만 같은 지금까지도, 나는 눈만 들면, 패배와 복종의 기미를 찾기 위해 나를 굽어보고 있는 한 무리의 적들을 볼 수가 있다.

어머니가 내게 저들의 존재를 처음 일러주었을 때, 나는 어린애였다. 『백설공주』보다도, 『장화 신은 고양이』보다도, 『일곱 난쟁이와 마귀 할멈』보다도 먼저, 저들은 내 앞에 와 정렬하였고, 그때부터 한시도 나를 떠나지 않았다. 어머니는 나를 꼭 껴안고서 저들 하나하나를 손가락으로 가리키며 이름을 속삭였다. 아직 알아들을 수는 없었으나 그때 벌써 나는 내가 언젠가 어머니를 위해 그들에게 도전하리라는 것을 느꼈다. 해가 지나갈 때마다 나는 조금씩 확실히 그들의 얼굴을 분간할 수 있었다. 그들이 우리를 후려칠 때마다 굴하지 않는 사명감이 내 안에서 자라나는 것을 느꼈다. 살 만큼 살아서, 경주의 막바지 지점에 도달한 지금도 내게는, 빅서의 황혼 속에 그들 모습이 똑똑히 보이며, 대양의 노호 속에서도 그들 음성이 분명히 들린다. 그들의 이름이 저절로 내 입술에 떠오르고, 그러면 늙어가는 나의 눈은 그들과 맞서기 위해 내 여덟 살 적 시선을 되찾는 것이다.

우선 토토슈가 있다. 원숭이처럼 궁둥이가 빨갛고, 초보적 지력밖에 없는 머리에, 공상을 광적으로 좋아하는, 어리석음의 신이다. 1940년에 그는 독일인들의 귀염둥이이며 이론가였다. 오늘날 그는 점점 더 순수 과학 안으로 은신하는 추세여서 우리는 그가 학자님들의 어깨 위에 몸을 기울이고 있는 것을 흔히 본다. 핵폭발이 있을 때마다, 그의 그림자는 조금씩 더 땅 위로 솟아오른다. 그가 가장 좋아하는 속임수는, 어리석음에다 천재의 모양새를 주는 것과, 우리 자신의 파괴를 위해 우리 중의 위대한 사람들을 모아들이는 것이다.

또 절대진리의 신 메르자브카가 있다. 채찍을 손에 들고, 털모자를 눈까지 눌러 쓴, 삐죽거리는 웃음의, 시체 무더기 위에 선 코사크 기병 같은 자다. 그는 우리의 가장 오래된 주인이며 상전이다. 우리 운명을 좌지우지해온 지 하도 오래되어서, 그는 아주 부자이고 유명하다. 그가 종교적, 정치적 또는 도덕적 절대 진리의 이름으로 죽이고 고문하고 억압할 때마다, 인류의 반은 애정에 넘쳐 그의 장화를 핥곤 한다. 그것이 그를 무척 재미나게 한다. 왜냐하면 그는 절대 진리란 실제로 존재하지 않으며, 오로지 우리를 노예 상태로 떨어뜨리기 위한 수단에 불과하다는 걸 잘 알고 있기 때문이다. 이 순간에도, 빅서의 오팔빛 공기 속에서, 물개들의 울음과 가마우지의 외침 저 너머 아주 먼 곳에서부터 그의 자신만만한 웃음의 메아리가 내게로 굴러온다. 나의 형제인 대양의 소리조차 그것을 억누르는 데 이르지 못하는 것이다.

또 편협과 편견과 경멸과 증오의 신 필로슈—그는 인간 세계의 입구에 위치한 수위실인 자기 집에서 밖을 향해 몸을 내밀고 이렇게 외치고 있는 중이다. "더러운 미국인, 더러운 아랍인, 더러운 유대인, 더러운 러시아 인, 더러운 중국인, 더러운 검둥이"라고. 그는 집단 폭동, 전쟁, 린치, 학대 같은 움직임을 조직하는 데 기막힌 수완가이며, 솜씨 좋은 변증법 교사이고, 모든 이념 형성의 아버지이고, 위대한 성전(聖戰)의 창조자요 애호가이다. 비록 옴 걸린 턱에, 하이에나 머리통에, 배배 꼬인 작은 다리들을 가지고 있지만, 그는 어떤 수용소에서나 발견되는, 가장 강하고 가장 설득력 있는 신들 중의 하나이고, 우리의 땅을 가장 열성적으로 지키는 파수꾼들 중의 하나이다. 그리고 그는 가장 교묘하고 가장 솜씨 있게 지구의 소유권을 두고 우리와 겨루고 있는 것이다.

이들보다 더 신비롭고 수상쩍으며, 더 교활하고 덜 드러난, 확실히 분간키 어려운 신들도 있다. 그들의 무리는 수가 엄청나며, 우리 중엔 그들과 공모하고 있는 자가 많다. 나의 어머니는 그들을 잘 알고 있었다. 어릴 때, 어머니는 내 방으로 와서 내 머리를 가슴에 파묻고, 목소리를 낮추고서, 자주 그들 이야기를 해주었다. 조금씩 조금씩, 세상을 깔고 앉은 그 폭군들이 가장 익숙한 사물들보다 더 현실적이고 확실하게 보였다. 그리고 그들의 거대한 그림자는 오늘까지도 내 위에 드리워져 물러가지 않는다. 고개를 들면 그들의 번쩍이는 갑옷이 보이는 것 같고, 하늘의 빛줄기 하나 하나와 더불어 그들의 창이 나를 향하고 있는 것 같다.

오늘 우리는 오랜 적수다. 그리고 지금 내가 하려는 이야기는 바로 그들과 싸워온 내 투쟁에 대한 것이다. 나의 어머니는 그들이 가장 애호하는 장난감들 중의 하나였다. 아주 어렸을 적에, 나는 마음속으로 그 굴종에서 어머니를 구해내기로 결심하였었다. 나는, 마침내 내 손을 뻗쳐 세상을 어둡게 하고 있는 휘장을 찢고, 현명함과 자비의 얼굴이 일시에 드러나도록 할 그날에 대한 기다림 속에서 성장하였다. 나는 제 힘에 도취되어 있는 부조리한 신들과 겨루어 이 세상을 구해내서, 용기와 애정을 쏟아 이곳을 세상답게 만드는 이들에게 돌려주고 싶었다.

2

내가 처음으로 나의 사명을 느꼈던 건 열세 살 적이었다고 생각된다.

그때 나는 니스 중학교 4학년생이었고, 어머니는 네그레스코 호텔에 복도 진열장 하나를 갖고 있었다. 거기다 어머니는 커다란 상점에서 넘겨받은 물건들을 진열해놓고 있었다. 스카프 하나, 허리띠 하나, 웃옷 하나를 팔 때마다 십 퍼센트의 구전이 그녀에게 돌아왔다. 가끔씩 그녀는 위법으로 값을 올려 팔고는 차액을 당신 주머니에 챙기곤 하였다. 하루 종일 그녀는 안절부절 무수한 골루아즈 담배를 피우면서 뜨내기 손님들을 잡으려 기회를 엿보고 있었다. 그때엔 우리의 일용할 빵이 전적으로 그 불안정한 거래에 달려 있었기 때문이었다.

벌써 십삼 년 동안이나 그녀는 홀로 남편도 애인도 없이 그렇게 용감하게 싸워왔던 것이다. 매달 살아가기 위해 필요한 돈, 버터값, 신발값, 집세, 옷값, 그리고 정오의 비프스테이크—적들에 대한 승리의 표징인 양 약간 엄숙하게 내 앞접시에 매일 놓아주곤 하던 그 비프스테이크—값을 벌어들이기 위해서 말이다. 학교에서 돌아와 나는 비프스테이크 접시 앞에 앉곤 하였다. 어머니는 강아지들에게 젖을 먹이는 어미개처럼 내 앞에 서서 평온한 모습으로 내가 먹는 것을 바라보았다.

어머니 자신은 전혀 그것에 손도 대려 하지 않았다. 그러면서 나에게는, 당신은 채소밖에 좋아하지 않는 데다 고기나 기름기는 절대 먹어서는 안 된다고 강조하는 것이었다.

어느 날 나는 식사를 마친 뒤 물을 마시러 부엌으로 갔다.

어머니는 걸상에 앉아 있었다. 어머니의 무릎 위엔 내 비프스테이크를 구운 프라이팬이 놓여 있었다. 그녀는 빵 조각으로 기름기가 남아 있는 프라이팬 바닥을 알뜰하게 훑더니 열심히 먹는 것이었다.

프라이팬을 냅킨 밑에 감추는 어머니의 재빠른 동작에도 불구하고, 나는 번개처럼 어머니의 채식 요법의 진짜 이유를 완전히 깨달았다.

나는 그 자리에 서서 꼼짝도 않고, 빳빳하게 굳은 채, 냅킨 밑에 잘 가려지지 않은 프라이팬과 어머니의 죄지은 듯한 불안한 미소를 바라보다가 그만 울음을 터뜨리며 달아나고 말았다.

그때 우리가 살던 셰익스피어 가(街) 끄트머리에는 철로를 내려다 보며 거의 수직으로 솟은 둑이 있었는데, 내가 숨으러 달려갔던 곳이 바로 거기였다. 기차에 몸을 던져 나의 부끄러움과 무력함에서 벗어나버리리라는 생각이 머리를 스쳐갔다. 그러나 거의 동시에 언젠가 세상을 다시 세워, 마침내 행복하고 정당하고 자신만만하게 된 내 어머니 앞에 갖다 바치리라는 격렬한 다짐이 뜨겁게 내 심장을 물어뜯었다. 내 피가 머리에서 발끝까지 그 뜨거움을 몰아갔다. 팔에 얼굴을 파묻고서 나는 나의 괴로움에 몸을 내맡겼다. 그러나 늘 그렇게 마음을 쓰다듬어주던 눈물조차 이번에는 아무런 위안도 가져다 주지 못하였다. 결핍과 의기소침, 거의 불구에 가까운 상실의 견딜 수 없는 느낌이 가슴을 메웠다. 이 어릴적 욕구 불만과 불확실한 갈망은 커갈수록 희미해지기는커녕 나와 함께 자라났고, 여자도 예술도 결코 완전히 가라앉힐 수 없는 욕구로 변하였다.

둑 위로 올라오는 어머니를 발견했을 때, 나는 풀밭에 엎드려 울고 있는 중이었다. 어떻게 어머니가 그곳을 알아내었는지는 모르겠다. 그곳엔 아무도 오지 않았는데 말이다. 나는 어머니가 몸을 굽혀 선로 밑을 지나 내쪽으로 오는 것을 보았다. 어머니의 잿빛 머리에는 하늘과 빛이 가득했다. 어머니는 그 영원한 골루아즈를 손에 들고 내 곁에 와 앉았다.

"울지 마라."

"내버려둬요."

"울지 마라. 에미를 용서해다오. 넌 이제 사나이다. 내가 널 괴롭혔지?"

"내버려두라니까요!"

기차가 지나갔다. 갑자기 그 요란한 소리를 만들어낸 것이 바로 나의 슬픔인 것만 같은 생각이 들었다.

"다시는 안 그럴게."

나는 조금 진정되었다. 우리 두 사람은 무릎에 팔을 얹고 맞은편을 바라보며 경사지에 앉아 있었다. 염소 한 마리가 노란 아카시아 나무에 비끄러매어져 있었다. 아카시아 꽃이 한창이었고, 하늘은 몹시 푸르렀으며, 햇빛은 최고로 쨍쨍하였다. 갑자기 세상이 온통 달라졌다는 생각이 들었다. 내 기억에 남아 있는 최초의 생각, 성년이 된 내가 가장 처음으로 품은 생각이었다.

어머니가 내게 골루아즈 담뱃갑을 내밀었다.

"담배 피울래?"

"아니."

어머니는 나를 어른 취급하려 애썼다. 아마 마음이 급했겠지. 어머닌 벌써 쉰한 살이었다. 어려운 나이였다. 삶 가운데 의지할 만한 것이라곤 어린아이 하나밖에 없을 때에는 말이다.

"오늘도 썼니?"

일 년 전부터 나는 '쓰고 있었다.' 나는 벌써 여러 권의 학생 노트를 내 시로 까맣게 뒤덮고 있었다. 인쇄된 것 같은 환상을 품기 위해 나는 내 시들을 한 자 한 자 인쇄체로 써넣었다.

"응, 영혼의 환생과 이동에 관한 굉장한 철학 시를 시작했어요."
어머니는 머리를 끄덕여 '좋다'는 시늉을 했다.
"학교에선 어땠니?"
"수학이 빵점이야."
어머닌 잠시 생각에 잠겼다.
"널 이해 못 하는 게지" 하고 어머니가 말했다.
나도 어머니와 전적으로 동감이었다. 이과계 선생님들이 내게 그 토록 고집스럽게 빵점을 주자, 나는 그것이 그들 쪽의 터무니없는 무지 때문이라는 생각이 들었던 것이다.
"그 선생들, 나중에 후회할 게다" 하고 어머니가 말했다.
"당황하게 될 테지. 네 이름은 언젠가 학교 벽 위에 금 글자로 새겨질 거야. 내일 내가 학교에 가서, 그 선생들에게……"
나는 몸을 떨었다.
"엄마, 절대로 안 돼요! 또 나를 웃음거리로 만들려구."
"네가 요즘 쓴 시들을 보여주러 가는 거야. 난 위대한 배우였으니, 시를 낭송할 줄 알아요. 넌 단눈치오가 될 걸 뭐! 빅토르 위고가 될 거고, 노벨상을 받을 거야!"
"엄마, 아무튼 선생님 만나러 가면 안 돼."
어머니는 내 말을 듣고 있지 않았다. 그녀의 시선은 허공을 헤맸고, 순진하기도 하고 확신에 가득 차기도 한 행복한 미소가 입술 위에 떠올랐다. 갑자기 미래라는 안개를 꿰뚫고, 성인이 된 자기 아들이 장엄한 예복을 입고 영광과 성공과 명예에 뒤덮여, 천천히 팡테옹의 계단을 오르는 모습을 눈으로 보기라도 하는 듯이.
"여자들이 전부 네 앞에서 무릎을 꿇을 거야" 하고 어머니는 담배로 허공을 쓸어내며 엄숙하게 결론 지었다.

벵티밀발 열두 시 오십 분 기차가 증기의 구름을 뚫고 지나갔다. 창가에 앉은 승객들은 아마도 백발의 부인과 아직도 눈물을 훔치고 있는 슬픈 아이가 하늘에서 저토록 뚫어져라 바라보고 있는 것이 무엇일까 생각하였으리라.

어머니는 갑자기 얼이 빠진 것 같았다.

"필명을 하나 찾아내야 해" 하고 어머니는 단호하게 말했다. "위대한 프랑스 작가가 러시아 이름을 갖고 있을 수는 없지. 네가 바이올린의 거장이라면 그래도 좋지만, 프랑스 문학의 거인에겐 안 될 말이야……"

'프랑스 문학의 거인'은 이번엔 완전히 동의하였다. 여섯 달 전부터 나는 매일 몇 시간씩 꼬박 필명을 '시험해'보는 데 보냈다. 나는 특별 노트에다 그 필명들을 붉은 잉크로 멋지게 써넣었다. 바로 그날 아침에도 나는 '위베르 드 라 발레'를 채택하기로 결정했었으나, 삼십 분 후엔 '로맹 드 롱스보'라는 이름의 향수 어린 매력에 지고 말았다. 내 진짜 이름인 로맹[로맹 가리의 본명은 로맹 카세프이다]은 충분히 만족할 만한 것 같았다. 그러나 불행히도 이미 로맹 롤랑이 있었고, 나는 나의 영광을 아무와도 나누고 싶지 않았다. 그 모든 것이 참 어려운 문제였다. 한 개의 필명을 놓고 보았을 때 난처한 점은 그것이 자기 안에 있는 모든 것을 결코 전부 표현할 수 없다는 점이다. 그래서 나는 거의 문학적 표현수단으로서 한 개의 필명 만으로는 충분치 않다는 결론에 도달했다. 아직 써야 할 책이 많은데 말이다.

"네가 바이올린의 거장이라면 카세프라는 이름도 아주 괜찮은데" 하고 어머니가 한숨을 쉬며 되새겼다.

'바이올린의 거장' 사건은 어머니에겐 큰 실망을 준 사건이었고, 그래서 나는 크게 죄지은 것같이 느껴졌다. 그 일엔 운명과의 오해가 좀 있었는데, 어머니는 그것을 전혀 이해할 수가 없었다. 온통 나에게만 희망을 걸고, 우리 두 사람 모두를 '영광과 대중의 찬사'— 어머니는 상투어 앞에서 결코 망설이는 법이 없었다. 그것은 어휘력 수준이 평범해서였다기보다 당신 시대 사회에 대한 복종, 그것의 가치와 기준들에 대한 일종의 복종에 기인한 것이었다. 그런데다 상투어들, 완전히 굳어져버린 문구들과 통용 중인 사회 질서 사이에는 언어를 초월하는 수락과 복종이라는 관계가 있기 마련인 것이다—로 이끌어갈 경이로운 지름길을 모색하면서 어머니는 우선 내가 당시 약관의 나이에 영광의 절정에 있었던 야샤 하이페츠와 예후디 메뉴인을 섞은 신동이 되어주리라는 희망을 처음으로 품었던 것이다. 지난날 어머니는 늘 위대한 예술가가 되겠다는 꿈을 갖고 있었다. 우리가 잠시 머무르고 있던 동부 폴란드 윌노의 한 상점에서 중고 바이올린을 하나 산 뒤, 검은 옷을 입고 머리가 긴, 지쳐 보이는 남자에게로 엄숙하게 인도되었을 때 내 나이는 겨우 일곱 살이었다. 어머니는 존경 어린 목소리로 그를 '마에스트로'라고 불렀다. 그 후엔 혼자서 일주일에 두 번씩 보라색 벨벳으로 안을 댄 황토색 상자에 담긴 바이올린을 가지고 씩씩하게 그의 집에 갔다. 그 '마에스트로'에 대해서는 내가 악기를 잡을 때마다 깜짝 놀라던 모습밖엔 기억에 남아 있지 않다. 그때마다 그가 두 손을 귀로 가져가며 부르짖던 '아이! 아이!' 하는 고함 소리는 아직도 또렷하다. 그는 그 비참한 세계에서 우주적 하모니의 결여 때문에 고통받고 있던 사람이었을 것이고, 내 레슨이 계속되는 삼 주일 동안 그 하모니의 부재에 내가 현저한 역할을 담당했으리라. 삼 주째 되는 날, 그는 난폭하게 내게서 악기를 빼앗고는 엄마에게 말하겠다며 나를 되돌려 보냈다. 그가 내 어머니에게 한 말을 나는 결코 알지 못했지만, 이후 며칠 동안 어머니는 가끔씩 불쌍한 마음이 솟구쳐 나를 끌어안아주면서, 한숨을 쉬거나 비난하듯 바라보기도 하며 보냈다.

위대한 꿈이 날아가버린 것이었다.

3

당시 어머니는 감을 받아서 모자를 만드는 일을 하고 있었다. 처음에 어머니는 우편을 통해 고객을 불러 모았다. 광고지는 한 장 한 장 직접 손으로 쓰여졌으며, '지난날 파리에서 일류 양장점을 운영하던 분이 한가한 중에 심심풀이로 소수의 선택된 고객들을 위해 자택에서 손수 모자를 지어주기로 하였다'고 알리고 있었다. 몇 년 뒤, 그러니까 1928년 우리가 니스의 방 두 칸짜리 집으로 옮겨온 지 얼마 되지 않았을 때에도 어머니는 똑같은 일을 해보려고 시도하였는데, 그 일이 잘 굴러가려면—실상 끝끝내 잘 굴러가질 않았는데—시간을 요했으므로 그사이에 어떤 미장원 골방에서 여자들을 화장해주는 것으로 재능을 낭비하였다. 오후에는 또 빅투아르 가의 누추한 집에서 고급 개들을 위해 같은 일을 하고 말이다. 그 후에는 구전을 먹는 호텔 진열장 시대가 왔고, 호화로운 집들을 방문하는 보석 장사, 뷔파 시장의 야채 도매 동업, 부동산, 여관 소개업—요컨대 나에겐 부족한 것이 없었고, 정오에는 늘 비프스테이크가 놓여졌으며,

니스에 사는 누구도 결코 내가 험한 신발이나 험한 옷을 걸친 것을 보지 못하였다. 나는 음악적 천재성이 전무하여 어머니와의 약속을 어기게 된 것이 몹시도 괴로웠다. 그리고 지금까지도 메뉴인이나 하이페츠의 이름만 들으면 가슴속에 회한이 끓어 오르는 것이다. 그로부터 삼십 년쯤 지난 뒤, 내가 로스앤젤레스의 총영사로 있을 때, 운명은 나로 하여금 야샤 하이페츠에게 레지옹 도뇌르 대훈장을 달아주게 하였다. 얄궂게도 그 수여식이 내 구역에서 있었던 것이다. 바이올리니스트의 가슴에 훈장을 달아주고 '하이페츠 씨, 프랑스 공화국 대통령의 이름으로, 또 우리에게 부여된 권한에 의하여 당신에게 레지옹 도뇌르 대훈장을 수여하는 바입니다' 하는 수여사를 읽고 났을 때, 나는 갑자기 하늘로 눈을 쳐들고 높고도 또렷하게 말하는 내 자신의 목소리를 들었다.

"재능이 없었는데, 어쩌란 말이에요!"

마에스트로는 약간 놀란 것 같았다.

"뭐라고 하셨지요, 영사님?"

나는 수여식을 끝내기 위해 관례대로 서둘러 그의 두 뺨에 입을 맞추었다.

내게 음악적 재능이 없다는 사실이 어머니를 끔찍이 낙담시켰다는 것을 나는 잘 알고 있었다. 이후 그녀가 내 앞에서 결코 한 번도 그것에 대해 언급한 일이 없었기 때문이다. 사실, 다른 일에서는 속마음을 너무도 감추지 못하는 어머니가 그 일에선 그처럼 조심했던 것은 그만큼 마음속 슬픔이 깊었다는 분명한 표시다. 어머니 자신의 예술적 야망이 결코 이루어지지 않았으므로 어머니는 내가 그것을 실현시켜주기를 기대하고 있었다. 나는 나대로, 나의 중개인 역할에 의해 어머니가 유명하고 갈채 받는 예술가가 될 수 있도록 힘 닿는 것은 무엇이든 하리라는 결심이었고, 그리하여 오랫동안 그림, 영화, 노래 그리고 춤 사이에서 머뭇거리다가 결국 이 땅 위 어디에 끼어들지를 모르는 모든 이들의 마지막 피난처같이 보였던 문학을 택할 수밖에 없었던 것이다.

그래서 바이올린의 일화는 이후 한 번도 우리 사이에 언급되지 않았고, 우리는 우리를 영광으로 인도할 새로운 길을 탐색하였다. 일주일에 세 번 나는 비단신을 신고 어머니 손을 잡고서 사샤 지글로프의 무용 연구소로 갔다. 거기서 나는 두 시간 동안 성실하게 철봉에 다리를 올렸다 내렸다 하였고, 그러는 동안 구석에 앉아 있던 어머니는 가끔씩 감탄어린 미소와 더불어 두 손을 모으면서 소리를 지르곤 하였다.

"니진스키다! 니진스키야! 넌 니진스키가 될 거야! 분명해!"

이어 어머니는 탈의실까지 따라와 옷을 갈아입는 동안 눈에 불을 켜고 거기에 있었다. 어머니가 설명한 바에 의하면 사샤 지글로프는 '나쁜 버릇을 가지고 있기' 때문이었다. 그것은 곧 사실로 드러났다. 샤워를 하고 있는데, 사샤 지글로프가 발끝으로 그 구석까지 왔던 것이다. 완전히 숙맥이었던 나는 그가 나를 물어뜯으려는 줄 알고 무시무시한 고함을 내질렀다. 지팡이를 치켜들고 미친 듯이 날뛰는 어머니에게 쫓겨 연습실을 가로질러 달아나던 불쌍한 지글로프의 모습이 눈에 선하다. 그리고 그것이 나의 위대한 무용가 시절의 끝이었다. 그때 윌노에는 무용 학교가 두 개 더 있었지만, 단단히 각성한 어머니는 두 번 다시 모험을 하려 들지 않았다. 당신 아들이 여인들을 사랑하는 사나이 아닌 다른 어떤 것이 될지도 모른다는 생각은 어머니에겐 참을 수 없는 것이었다. 내 나이 여덟 살도 채 넘지 않았을 때, 어머니는 나의 미래의 '성공들,' 한숨이며 시선들, 전갈 쪽지들, 사랑의 맹서들 따위를 내게 이야기하기 시작하였다. 환한 달빛을 받으며 남몰래 테라스를 움켜쥐는 손, 나의 하얀 근위 장교복, 그리고 저 멀리에서 들려오는 왈츠, 속삭임과 애원들 — 그녀는 눈을 내리깔고, 약간 죄스러운 듯하며 이상스럽게 젊어 뵈는 미소를 머금고 나를 안고는, 온갖 찬사와 숭배의 말을 퍼붓는 것이었다. 아마도 지난날 그녀가 지녔던 굉장한 아름다움 때문에 그녀는 그 찬사들을 들었을 것이고, 아직도 그것에 대한 흥미, 혹은 추억이 완전히 사라지지 않았던 것이리라. 나는 아무렇게나 기대 앉아 있었다. 나는 무심한 척하며, 그러나 최대한의 흥미를 가지고 그녀의 말에 귀를 기울였다. 빵에 바른 잼을 정신 없이 핥아가면서 말이다. 그렇게 함으로써 어머니가, 자신의 여자로서의 고독을, 애정과 주목을 받고 싶은 자신의 욕구를 물리치고자 애쓰고 있다는 사실을 알아차리기에는 나는 아직 너무나도 어렸다.

바이올린과 발레는 이렇게 삭제되었고, 수학에 대한 무능력이 '새로운 아인슈타인'이 되는 길도 막아버리자, 결국 이번엔 나 자신이 스스로에게서 어머니의 예술적 갈망을 실현시킬 수 있는 감춰진 재능을 찾아 내려고 애쓰게 되었다.

몇 달 전부터 나는 내 학용품의 하나인 그림물감들을 가지고 노는 데 습관을 들이고 있었다.

나는 붓 하나를 손에 들고 빨강, 노랑, 초록, 파랑에 취하여 오랜 시간을 보냈다. 어느 날 — 그때 나는 열 살이었다. 우리 학교 미술 선생님이 어머니를 찾아와서는 자기 의견을 말해주었다. "부인, 아드님은 그림에 재능이 있어요. 그냥 내버려두어서는 안 됩니다."

이 계시는 어머니에게서 전혀 예기치 못한 반응을 불러일으켰다. 아마도 가엾은 어머니가 세기초에 유행한 부르주아적 편견과 전설에 너무도 젖어 있었던 탓인지, 어쨌든 이런저런 이유로, 어머니의 머릿속에선 언제나 그림과 망한 인생이 한 쌍을 이루고 있었다. 어머니가 두려움에 떨었던 것을 보면, 아마도 어머니는 고흐나 고갱의 생애에서 빼놓을 수 없는 무엇을 분명히 알고 있었던 모양이다. 나는 어머니가 얼굴 위에 얼마나 두려운 표정을 띠고, 일종의 완전한 낙담 같은 걸 느끼며 자리에 앉았으며, 불안과 말 없는 애원의 표정으로 나를 바라보았던가를 기억하고 있다. 『라보엠』의 모든 장면들, 술주정뱅이가 되고, 가난뱅이가 되고, 폐결핵 환자가 될 수밖에 없었던 서투른 환쟁이들의 소문이 머릿속에 줄을 지어 지나갔으리라. 어머니는 결국 매우 설득력 있는, 그리고 맙소사, 잘 생각해보면 그리 틀리지도 않은 공식으로 그 모든 것을 요약하였다.

"너는 천재를 지니고 있을 거야. 그러니 그들이 널 굶겨 죽일 거야."

나는 '그들'이 정확히 누구인지 알 수 없었다. 아마 어머니 자신도 알지 못했을 것이다. 어쨌든 이날부터 실제로 나는 그림물감 상자를 만질 수 없었다. 어머니는 내게 단순히 어린애의 작은 재주가 있을 뿐이라고는—아마도 이것이 실제 사정이었을 터인데—생각할 수 없었으므로 곧 생각을 극단까지 몰아갔고, 나를 영웅 이외의 존재로 보기를 거부하였으므로, 이제 나를 불운을 안고 태어난 영웅으로 보았던 것이다. 내 그림물감 상자는 신경질이 날 정도로 잘 사라져버렸으며, 어쩌다 찾아내어 그림을 그리기 시작할라치면, 어머니는 방을 나갔다간 곧 다시 들어와 불안한 짐승처럼 내 주위를 맴돌면서 고통스런 경악으로 내 붓을 바라보았다. 그것은 완전히 사기가 꺾인 내가 물감들을 완전히 놓아버릴 때까지 계속되었다.

나는 그 일 때문에 오랫동안 어머니를 원망하곤 하였는데, 지금도 갑자기 내 재주를 썩혀버렸다는 느낌이 들 때가 있다.

이처럼 모호하고 혼돈된, 그러나 거역할 수 없는 어떤 갈망 때문에 괴로워하며, 나는 열두 살 적부터 시, 소설, 12음절로 된 5막짜리 비극들로 문예 잡지사들을 성가시게 해가며 글을 쓰기 시작하였다.

어머니는 문학에 대해서는 미술에 가졌던 거의 미신에 가까운 편견 따위는 전혀 갖고 있지 않았다. 그와는 반대로 마치 최고의 가문들이 환영하는 매우 고귀한 숙녀를 대하듯 문학을 아주 호의로운 시선으로 보고 있었다. 괴테는 영광에 휩싸였고, 톨스토이는 남작이었으며 빅토르 위고는—어디서 이런 생각을 얻었는지 모르지만 어머니는 이렇게 우겼다—공화국의 대통령이었고—그러다가 갑자기 어머니의 얼굴이 어두워졌다.

"그렇지만 건강에 유의해야 한다. 성병 때문에 말이야. 모파상은 미쳐서 죽었고, 하이네는 중풍이었고……"

어머니는 근심스러워 보였다. 철로변의 경사지에 앉아서, 그녀는 잠시 말없이 담배만 피웠다. 문학은 분명 그것 나름의 위험을 지니고 있었다.

"그건 처음에 뽀루지로 시작된다" 하고 어머니가 말했다.

"알아요."

"주의하겠다고 약속해다오."

"약속할게요."

그 시절 나의 애정 생활이라는 것은 우리 집 가정부인 마리에트가 걸상 위에 올라가 있을 때 그녀의 다리에 얼빠진 시선을 보내는 것 이상을 넘지 못하고 있었다.

"어쩌면 맘씨 착하고 순한 처녀와 아주 젊을 때 결혼하는 것이 나을지 모르겠다" 하고 어머니는, 그러나 분명한 경멸감을 내보이며 말했다.

우리 두 사람 다 잘 알고 있었다. 그것은 전혀 내게서 기대하는 바가 아니라는 것을. 가장 아름다운 사교계 여자들, 유명한 발레리나들, 프리마돈나들, 라셀이나 뒤즈나 가르보 같은 여자들─바로 그들이 내가 운명적으로 차지할 여자들이라고 어머니는 생각하였다. 나로 말하자면 나도 몹시 원하는 바였다. 그 빌어먹을 놈의 걸상이 조금만 더 높다면, 아니 더 좋기는 빨리 나의 길을 시작하는 것이 얼마나 내게 중요한 일인지 마리에트가 좀 이해하려 해주었으면…… 나는 열세 살 반이었고, 선반 위에는 빵이 있었다.

이처럼 음악과 춤과 그림이 차례로 떨어져나가고, 우리는 문학으로 만족키로 하였다. 성병의 위험이 있었지만 말이다. 이제 우리에게 남은 일은 세계가 우리에게 기대하고 있는 걸작들에 걸맞은 필명을 찾아내는 것뿐이었다. 나는 하루 종일 방구석에 틀어박혀 희한한 이름들로 종이를 메웠다. 어머니는 내 영감의 상황을 알아보기 위해 가끔씩 방 안으로 머리를 들이밀곤 하였다. 이 수고로운 시간들을 문제의 걸작을 제조하는 데 바치는 편이 훨씬 유리하리라는 생각은 결코 우리 머릿속에 떠오르지 않았다.

"어떻게 되었니?"

나는 종이를 집어들어 낮 동안의 내 문학적 노고의 결과를 보여주었다. 나는 내가 만들어낸 것에 결코 만족할 수 없었다. 제아무리 근사하고 감동적인 이름도 어머니를 위해 내가 이루고자 하는 그것의 지고함에는 미치지 못하는 것 같았다.

"알렉상드르 나탈, 아르망 드 라 토르, 테랄, 바스코 드 라 페르네……"

이런 식으로 여러 페이지가 계속되었다. 염주 굴리듯 이름들을 나열해본 뒤 우리는 서로를 바라보았고, 이어 두 사람 똑같이 머리를 흔들었다. 이게 아닌데—결코 이런 것이 아닌데. 사실, 우리 두 사람은 우리에게 필요한 이름을 잘 알고 있었다. 그런데 불행히도 그 이름들은 이미 남의 소유였던 것이다. '괴테'도 빼앗겼고, '셰익스피어'도 그렇고, '빅토르 위고'도 그렇고. 그런데 내가 어머니를 위해 되고 싶은 것, 어머니에게 바치고 싶은 것이 바로 그것이었다. 가끔 테이블 이쪽에 짧은 바지를 입고 앉아 눈을 들어 어머니를 바라보면, 이 세상은 나의 사랑을 담을 만큼 충분히 크지 못한 것처럼 느껴지곤 하였다.

"'가브리엘레 단눈치오' 같은 것이 필요한데 말이야" 하고 어머니가 말했다.

"그는 뒤즈를 끔찍이 괴롭혔지." 이 말에는 존경과 감탄의 뉘앙스가 섞여 있었다. 어머니가 보기엔 위대한 남자들이 여인들을 고통에 빠지게 하는 것은 너무도 당연한 일이었고, 그래서 이 방면에서도 역시 내가 최선을 다해주기를 열렬히 기대하였던 것이다. 어머니는 나의 여자들과의 성공을 몹시 중시하였다. 어머니는 분명히 그것을 지상의 성공이 지녀야 할 불가결한 모습 중의 하나로 보고 있었다. 그것은 그녀에겐 공식적인 영광들, 장식들이며, 굉장한 제복, 샴페인, 대사관에서의 파티들과 어깨를 나란히 하는 무엇이었고, 그래서 브론스키와 안나 카레리나에 대해 이야기할 때면, 어머니는 자랑에 가득 차 나를 쳐다보았고, 순진한 공상에 잠겨 미소 띤 채 요란스레 숨을 들이마시며 내 머리를 쓰다듬곤 하였다. 예전엔 몹시 아름다웠고, 그러나 너무나 오랫동안 남자 없이 살아온 이 여인에게는 아마도 육체적이고 감정적인 보상의 욕구가 있어, 그것을 자신의 아들이 자기 대신 취해주길 바랐던 모양이다. 어쨌든 하루 종일 작은 가방을 손에 들고 걸어서 가가호호 방문하고 난 뒤──그것은 '가문의 마지막 남은 보석들'을 팔지 않을 수 없게끔 궁핍해진 러시아의 구귀족이라고 자기를 소개하며 호화로운 저택으로 부자 영국인들을 만나러 다니는 일이었다. 사실상 보석은 십 퍼센트의 구전을 받기로 하고 큰 상점에서 의뢰 받은 것들이었다──한 달에 한 건 이상 팔리는 일이 드물었던 만큼 모멸과 피로로 가득 찬 낮을 보내고 나서, 어머니는 겨우 모자와 회색 코트를 벗고 담배에 불을 붙이자마자, 행복한 미소를 지으며 짧은 바지의 꼬마 녀석 앞에 와 앉는 것이었고, 그 꼬마 녀석은 엄마를 위해 아무것도 해줄 수 없다는 자기 혐오에 짓눌린 채 하루 종일 이름 찾기에 골머리를 썩이는 것이었다. 엄마의 발 아래 가져다주리라 다짐한 미래의 영광을 확신시키는 울림을 지니고 있어, 제 가슴속을 스쳐가는 모든 것을 몽땅 표현해줄 수 있을 만큼, 엄마의 귀에 높고도 분명하게 울릴 만큼 아름답고 잘 울리며, 약속에 찬 이름을.

"롤랑 드 샹테클레, 로맹 드 미조르……"

"'드'가 없는 이름이 나을 것 같구나. 또 한 번 혁명이 일어날지 모르니" 하고 어머니가 말했다.

나는 내가 느끼는 모든 것, 내가 어머니에게 드리고 싶은 모든 것을 담은 거창하고도 멋진 필명들을 염불하듯 주워섬겼다. 어머니는 약간 불안한 듯 주의를 기울여 듣고 있었다. 그 이름들 중 어떤 것도 그녀에겐 충분치 않으며, 어떤 것도 내게 걸맞을 만큼 아름답지 못하다는 것을 나는 잘 느낄 수 있었다. 어머니로서는 단지 내게 용기와 운명에 대한 확신을 주고자 하였던 것일지 모른다. 아마도 어머니는 내가 아직도 어린아이이며, 어머니를 위해 아무것도 할 수 없다는 사실에 내가 얼마나 괴로워하고 있는지 알고 있었을 것이다. 또 매일 아침 담배와 지팡이와 '가문의 보석들'로 가득 찬 작은 가방을 들고 셰익스피어 가에서 멀어져가는 어머니의 모습을 발코니에서 바라볼 때, 우리 두 사람 모두 똑같이 마음속으로 오늘은 브로치나 시계나 금 담배 케이스를 사겠다는 사람이 있을까 자문하고 있을 때, 어머니는 내 불안한 시선을 알아차렸을 것이다.

"롤랑 캉파도르, 알랭 브리자르, 위베르 드 롱프레, 로맹 코르테스."

어머니의 눈에서 나는 여전히 이게 아니라는 것을 잘 알 수 있었고, 결국 나는 결코 어머니를 만족시키지 못할 것이 아닌지 진지하게 생각하기에 이르렀다. 아주 오랜 후에 라디오에서 처음 드골 장군의 이름을 들었을 때—그의 유명한 '부름'의 순간이었다—, 내가 느낀 첫 반응은 분노의 감정이었다. 왜 내가 십오 년 전 이 아름다운 이름을 지어낼 생각을 못 했던가 하고 말이다. 샤를 드골, 그것은 분명히 어머니 마음에 들었을 텐데. '드골'에서 'L' 자를 하나만 썼더라면 더더구나 말이다. 인생은 잃어버린 기회들로 점철되어 있다.

4

 나를 에워싸고 있었던 어머니의 사랑은 이 시기에, 기대하지 못했던 매우 흡족한 결과를 한 가지 빚어내게 되었다.
 일이 잘 되어 나가거나, 어떤 '가문의 보석'이 팔려 어머니에게 한 달간의 상대적인 물질적 안정을 보장해줄 때면, 어머니의 첫번째 일은 미장원에 가는 것이었다. 그런 다음 로얄 호텔의 테라스에 가서 집시 악단의 연주를 들었고, 가정부를 고용했다. 가정부는 이것저것 청소에 관계된 일을 하게 된다―어머니는 늘 마룻바닥 닦는 일을 혐오하였는데, 언젠가 한 번은 어머니가 없을 때 내가 바닥을 닦으려 해본 일이 있었다. 내가 걸레를 손에 쥐고 마룻바닥에 네 발로 엎드려 있는 것을 보자, 어머니의 입술이 오그라들기 시작하더니, 뺨 위로 눈물이 흘러 내렸다. 그녀를 위로하고, 민주주의 국가에서는 그런 종류의 작은 집안일은 완전히 명예로운 것이고, 그런 일을 한다고 위신이 떨어지는 것은 아니라고 설명하는 데 한 시간이나 걸려야 했다.
 마리에트는 펑퍼짐한 허리에 아랫배가 봉긋하였고, 심술궂은 큰 눈에, 딴딴하고 힘센 두 다리를 지닌 계집애였다. 거기다가 그녀는 육감적인 궁둥이를 가지고 있어, 수업 중에도 줄곧 수학 선생의 얼굴 대신 그 자리에 그 모습이 겹쳐져 어른거렸다. 그 마음 홀리는 환상이 내가 그토록 완벽한 집중력으로 선생님의 얼굴을 뚫어져라 바라보는 매우 단순한 이유였다. 나는 수업 중에 입을 벌린 채 수학 선생의 얼굴에서 한 번도 시선을 떼지 않았다. 물론 그가 말하는 것은 한마디도 듣지 않고서 말이다. 그리고 맘씨 좋은 선생님께서 우리에게 등을 돌리고 칠판에 대수 기초를 쓰기 시작하면, 나는 어렵사리 칠판으로 나의 얼빠진 시선을 돌려놓았고, 그러면 곧 까만 바닥 위엔 내 몽상의 대상이 그려지는 것이었다— 그때부터 검정은 내게 가장 행복한 효과를 나타냈다. 선생님이 나의 홀린 듯한 집중에 기분이 좋아져서 가끔 질문을 던지곤 하였는데, 그럴 때면 나는 깜짝 놀라, 얼빠진 눈알을 굴리다가, 마리에트의 궁둥이를 향해 부드러운 비난을 담은 시선을 던지곤 하였다. 그러면 드디어 발뢰 선생의 화난 음성이 나를 지상으로 끌어내리는 것이다.

"정말 알 수가 없구나!" 하고 선생님은 고함을 지르셨다. "아이들 중에 네가 가장 정신 차리고 열심히 듣는 것 같은데 말이야. 그야말로 내 입술에 매달려 있다고 말해도 좋을 것 같은 때도 있고. 그런데 넌 달 위에 가 있는 거야!"

꼭 맞는 말이었다.

그러나 내가 선생님 얼굴 대신, 그의 얼굴 자리에서 그토록 완벽하게 무엇을 보고 있었는지 그 훌륭한 선생님께 설명드릴 수는 없었다.

간단히 말해서 마리에트는 나의 생활에서 점점 더 중요해졌다. 아침에 눈뜨면 시작해서 거의 하루 종일 그 꼴이었다. 그 지중해의 여신이 지평선에 나타나기만 하면, 내 가슴은 그녀를 만나러 달려갔고, 나는 무섭도록 혼미해져서 내 침대 위에 엎어져 꼼짝도 못 하는 것이었다. 나는 마침내 마리에트도 역시 어떤 호기심을 가지고 나를 관찰하고 있다는 것을 알아차렸다. 그녀는 가끔 내 쪽으로 돌아서서, 두 손을 허리에 얹고, 약간 꿈꾸는 듯한 미소를 띤 채 한숨짓고 고개를 저으며 이렇게 말하는 것이었다.

"그래, 네 엄마는 널 정말 사랑하고 있어. 네가 없을 땐 네 말만

하신다구. 너를 기다리고 있는 근사한 연애 사건들이며, 너를 사랑하게 될 예쁜 여자들, 그리고 또 어쩌구저쩌구…… 그러더니 결국 내 마음도 이상해지기 시작하는 거야."

나는 몹시 당황스러웠다. 이 순간엔, 도저히 어머니 생각을 할 수가 없었다. 침대에 가로 걸쳐 누워, 무릎은 접고, 발은 이불 위에 얹고, 고개는 벽에 처박은 대단히 불편한 자세로, 나는 감히 움직일 수조차 없었다.

"마치 너를 무슨 매력적인 왕자님 이야기를 하듯 이야기하신다니까…… 내 로맹이 이렇구, 내 로맹이 저렇구…… 물론 네가 아들이니까 그런다는 걸 잘 알고 있긴 한데, 자꾸 그러시니까 내가 이상해진단 말이야……"

마리에트의 목소리는 내게 야릇한 느낌을 주었다. 그것은 다른 목소리들과 달랐다. 우선 그것은 목에서 나오는 소리 같지가 않았다. 그리고 또 보통 목소리들이 가는 곳으로 가지도 않았다. 어쨌든 그것은 내 귀에 와 닿는 것이 아니었다. 참으로 기이한 일이었다.

"짜증나기까지 한단 말이야. 도대체 네게 무슨 특별한 점이 있길래."

그녀는 잠시 기다리다 한숨을 쉬더니, 다시 마룻바닥을 문지르기 시작하였다. 나는 발끝부터 머리까지 화석이 된 나무둥치로 변하여, 완전히 마비된 상태였다. 우리 중 어느 누구도 더 이상 입을 열지 않았다. 가끔, 마리에트가 내 쪽으로 머리를 돌리고, 한숨 쉬고, 다시 마루를 닦곤 하였다. 나는 가슴이 찢어질 듯한 기분으로 이 끔찍한 낭비를 주시하였다. 무언가 해야만 한다는 걸 잘 알고 있었지만, 글자 그대로 그 자리에 못박혀버린 것 같았다. 마리에트는 자기 일을 마치고 가버렸다. 마치 옆구리 부분의 살점 한 파운드쯤이 떨어져나가 영원히 사라져버리는 것 같은 느낌으로 나는 그녀가 가는 것을 보았다. 지금 막 인생을 망쳐버린 느낌이었다. 롤랑 드 샹테클레, 아르테미 코이노르, 위베르 드 라 로슈 루즈들이 무섭게 아우성치며 내 눈에 주먹을 먹여대는 것이었다. 하지만 그때 나는 저 유명한 격언 — 여자가 원하는 것, 그것은 신이 원하는 것이다 — 을 모르고 있었다. 마리에트는 계속 나에게 야릇한 시선과 함께 여자다운 호기심을 던지며, 아마도 어머니의 사랑 노래, 그리고 어머니가 그려 보이는 승리에 찬 내 장래의 모습들이 일깨워 놓은 어떤 막연한 질투를 보였다. 결국 기적이 일어났다. 온몸의 무게가 다 빠져버린 채, 내가 어딘가 더 좋은 세계에 붕 떠 있을 때, 내 뺨을 쓰다듬으며 나를 굽어보던 짓궂은 얼굴과 약간 쉰 듯한 목소리가 생각난다.

"엄마한텐 말하지 마. 어쩔 수가 없었어. 엄마이기 때문이라는 건 알지만, 그것도 역시 아름다운 하나의 사랑이라는 건 마찬가지거든. 그래서 결국 너를 갖고 싶어 하게 만들었단 말이야…… 널 그처럼 사랑해주는 여자는 평생 또 없을걸. 그건 분명해."

그건 분명했다. 그러나 나는 그것을 알지 못하였다. 사십 줄에 들어서야 나는 겨우 그것을 깨닫기 시작하였다. 그토록 어려서, 그토록 일찍, 그토록 사랑 받는다는 것은 좋지 못한 일이다. 나쁜 버릇을 들여주기 때문이다. 그것을 당연한 것으로 생각하게 되는 것이다. 다른 어디에나 다 있는 일인 줄 알고, 또다시 그런 일이 일어날 수 있다고 생각한다. 그리하여 지나치게 요구하게 된다. 바라보고 갈망하고 기다린다. 어머니의 사랑을 통해, 인생은 그 여명기에, 결코 지키지 않을 약속을 당신에게 주는 것이다. 그다음부터는, 죽는 날까지 찬밥을 먹어야 한다. 그다음부터는 어떤 여자가 당신을 안아서 가슴에 품어준다 해도 조사(弔詞)에 불과할 뿐, 우리는 버림받은 개처럼 언제까지나 어머니의 무덤으로 돌아와 짖어대는 것이다. 이제 다시는, 이제 다시는, 이제 다시는. 사랑스런 팔들이 당신의 목을 두르고, 아무리 달콤한 입술이 사랑의 말을 속삭여도, 당신은 계속 달려야만 한다. 당신은 너무도 빨리 샘을 지나쳤고, 그리고 바닥나도록 다 마셔버렸다. 다시 갈증에 사로잡힐 때, 사방으로 몸을 던져보아야 샘물은 없고, 신기루뿐이다. 여명의 첫 빛 속에서 당신은 사랑에 대해 매우 압축된 공부를 하였기 때문에, 세세한 자료들을 잔뜩 머릿속에 넣고 있다. 그리하여 어디를 가도 비교라는 독을 품고 다니면서, 전에 한 번 받았던 것을 기다리며 시간을 낭비한다.

나는 어머니들로 하여금 자기 자식들을 사랑하지 못하게 해야 된다고 말하는 것이 아니다. 내 말은 단지 어머니들에게 누군가 달리 사랑하는 사람이 있는 편이 낫다는 것이다. 내 어머니에게 애인이 있었다면, 나는 샘물들 주변에서 매번 갈증으로 죽어가며 인생을 보내지는 않았으리라. 진짜 금강석에 정통하다는 것, 그것이 내겐 불행이었다.

5

마리에트와의 일화는 예상치 않았던 방식으로 끝장이 나고 말았다. 어느 날 나는 책가방을 옆에 끼고 학교로 가는 척하고 나갔다가, 여덟 시 반경에 우리 집에 오곤 하던 내 애인을 만나기 위해 뛰어서 되돌아왔다. 어머니는 손가방을 들고, 마르티네 호텔의 영국인들에게 '가문의 보석'을 팔아볼까 하여 칸을 향해 떠난 뒤였다. 우리는 아무것도 두려울 것이 없었다. 그러나 운명은, 그 특유의 심술을 발휘하여 그만 버스 파업을 만들어놓고 있었던 것이어서—어머니가 되돌아왔다. 어머니는 겨우 현관문을 열었을까 말까 할 때, 신음소리를 듣고 내가 맹장염으로 죽어가는 중이라고 생각한 나머지—맹장염 발작은 영화를 잃은 그리스 비극의 마지막 비천한 화신으로서 늘 어머니의 머릿속에 자리 잡고 있었다—나를 구하러 달려 들어왔다. 나는 그때 막 진정된 참이었다. 이승에서 우리가 성취할 수 있는 가장 큰 성공 중의 하나인 거의 완벽한 무감각과 지복의 상태에 빠져 있었다는 말이다. 열세 살 반의 나이에, 나는 내가 내 삶을 완전히 성공으로 만들었고 내 운명을 완수했다고 느꼈으며, 신들 사이에 앉아 예전에 드나들던 지상 세계를 기억나게 하는 유일한 것, 즉 발가락들을 초연히 바라보고 있었다. 그것은 나의 명상적 청춘 시절에, 고양과 초탈에 사로잡힌 내 영혼이 자주 나로 하여금 되찾으려 애쓰게 만들었던 지고한 철학적 평정의 순간들 중의 하나요, 인간으로서 존재한다는 것의 시련과 결함에 대한 모든 비관적·절망적 견해들이 충만함과 지혜와 지고한 행복으로 빛나는 명백한 존재의 아름다움 앞에 마치 초라한 날조품들인 양 무너져버리고 마는 그런 순간들 중의 하나였던 것이다. 행복감 속에서, 나는 어머니의 갑작스런 출현을 마치 조화가 결여된 요소들 중 하잘것없는 어떤 하나가 나타나기라도 한 것처럼 받아들였다. 다시 말해 매우 너그러운 마음으로 말이다. 나는 상냥하게 미소지었다. 마리에트의 반응은 조금 달랐다. 그녀는 날카로운 외마디소리를 지르더니 침대 밖으로 튀어나갔다. 이어 벌어진 장면은 아주 기이한 것이어서 나는 내 올림푸스 산 꼭대기에서 어렴풋한 흥미를 느끼며 그것을 관찰하였다. 어머니는 아직도 지팡이를 손에 들고 있었다. 한눈에 난장판의 진상을 전부 알아차린 어머니는 팔을 들어 곧장 행동을 개시하였다. 지팡이는 내 수학 선생님의 면상 위를 정통으로 후려쳤다. 마리에트는 울부짖기 시작하면서, 그녀가 지닌 그 사랑스런 부분을 보호하려 애썼다. 작은 방 안이 끔찍스런 혼란으로 가득 찼다. 쿠르바(Kourva, 갈보)라는 오래된 러시아어가 어머니의 목소리가 지닌 비극적 위력을 십분 발휘하며 난투극 위로 울려퍼졌다.

  욕을 하는 능력에 있어서 어머니가 최고 수준급이었음을 말해야만 하겠다. 어머니의 회고적이며 시적인 기질은, 잘 고른 몇 마디 단어들로, 『하층민』 또는 좀 겸손하게 말하여 『볼가 강의 뱃사공』의 고리키적 분위기를 놀랍도록 되살려놓는 것이었다. 아무것도 아닌 것을 가지고도, 흰머리의 이 부인, '가문의 보석'을 구매하는 사람들에게 그토록 신뢰감을 주는 이 우아한 부인은, 느닷없이 아연실색한 청중 앞에, 갑자기 술 취한 마부, 농민, 하사들의 성스러운 러시아를 불러내기 시작하는 것이다. 어머니는 목소리와 몸짓으로 역사적 사실들을 재현하는 데도 누구든 인정하는 재능을 가지고 있었다. 그리고 그렇게 재현된 장면들은, 자신이 주장하듯 그녀가 젊었을 때 정말 위대한 연극배우였다는 것을 잘 증명해주는 것 같았다.

  그렇지만 이 마지막 문제에 대해서는 나는 결코 완전히 밝혀내지 못했다. 물론 어머니가 '극 예술인'—어머니는 평생 동안 얼마나 자랑스럽게 이 단어를 발음하였던가!—이었다는 것은 늘 알고 있었다. 어머니 곁에 앉아 순회공연을 따라다니며 눈 덮인 벽지를 이리저리 방황하던 것이며, 어머니가 시골 노동평의회 노동자들을 위해 얼어붙은 공장에서 '체호프를 공연'하거나 혁명 전사와 수병들을 위해 막사에서 '시 낭독'을 한 뒤, 슬픈 방울 소리를 울리며 우리를 집에 데려다주던 썰매 안에 앉아 있던 대여섯 살 때의 나의 모습이 눈에 선하다. 또 모스크바에서, 어머니의 작은 분장실 땅바닥에 주저앉아, 갖가지 색깔의 천조각들을 가지고 예쁘게 배열해보려 애쓰며——나의 첫 예술적 표현 시도였다——놀던 모습도 절로 떠오른다. 그때 어머니가 출연한 연극의 이름까지 기억이 난다. 그것은 「정원사의 개」였다. 내 어린 시절의 첫 기억들이 연극의 무대 장치다. 나무와 그림물감의 감미로운 냄새, 가짜 숲속에서 조심조심 모험하다가 갑자기 텅 비고 시커먼 거대한 방이 나타나 놀라 굳어지곤 하던 빈 무대, 또 이상스럽게 하얀 얼굴에다, 흰색과 검은색으로 테를 두른 눈을 하고 나를 굽어보며 웃음 짓던 분장한 얼굴들이며, 어머니가 무대에 나가 있는 동안 나를 무릎에 앉히고 있던 이상스런 옷차림의 남자들과 여자들도 다시 떠오른다. 또 어머니가 「희망의 파멸」에서 로자 역을 연기하는 모습을 보여주려고 나를 들어올려 어깨에 얹어놓아주었던 소련 수병의 모습도. 또 어머니의 예명까지 기억나는데, 그것은 내가 스스로 읽을 줄 알게 된 최초의 러시아 단어였다. 그것은 어머니의 분장실 문 위에 씌어 있었다. 니나 보리소프스카야. 그러므로 1919년과 1920년쯤의 러시아 연극계라는 작은 세계에서 어머니의 위치는 매우 확고했던 것 같다. 데뷔할 때부터 어머니를 알고 있던 위대한 영화배우 이반 모주힌은 그러나 이 문제에 대해서는 늘 어물어물해버리고 말았다. 니스에서 자기 영화를 돌릴 때마다 그는 내가 '어떻게 되었는지' 보려고 가끔 '그랑드 블뢰'〔'지중해'

라는 뜻]의 테라스로 불러내곤 하였는데, 그때마다 그는 짙은 눈썹 밑의 창백한 눈으로 나를 응시하며 이렇게 말하곤 했다. "자네 어머니는 아마 연극 학교를 만들었을지 몰라. 불행하게도 여러 가지 사건들이 어머니가 재능을 펼칠 수 없게 만든거지. 게다가 자네가 태어나자마자 아들 이외엔 세상의 무엇에도 관심이 없었거든." 나는 또 어머니가 러시아 초원, 보다 정확히 말하자면 쿠르스크의 유대인 시계 상인의 딸이었다는 사실, 그리고 그녀가 굉장히 아름다웠고, 열여섯 살에 가족을 떠났으며, 결혼했고, 이혼했고, 또 결혼했고, 또 이혼했다는 것을 알고 있었다. 그 밖에 내가 아는 것은 그저 내 뺨에 부비던 뺨과 속삭이고, 말하고, 노래하고, 웃던—걱정이라곤 없는 놀랄 만큼 밝은 웃음뿐이다. 그 후 내내 나는 그 웃음을 내 주위에서 듣고자 헛되이 귀를 세우고 기다리며 찾고 있는 중이다—음성, 은방울꽃 향수, 내 얼굴 위로 폭포처럼 쏟아져내리는 검은 머리채, 언젠가 내 나라가 될 것이라는 어떤 나라에 대해 귓가에 속삭이던 기이한 이야기들, 그뿐이다. 연극 학교 이야기야 맞건 틀리건 어머니는 분명 재능을 가지고 있었다. 왜냐하면 어머니가 나를 위해 프랑스 이야기를 할라치면, 동양의 이야기꾼들의 모든 기교를 다 구사하였고, 확신의 힘으로 가득 차 있어서 내가 결코 그 신념으로부터 회복되지 못했으니 말이다. 지금까지도 나는 내가 그토록 많이 들은 나라, 과거에도 내가 알지 못했고 앞으로도 결코 알지 못할 나라, 흥미진진한 그 나라 프랑스를 기다리게 되는 일이 종종 있는데, 왜냐하면 내 어머니가 서정적이고도 영감에 찬 묘사로 그려 보여준 프랑스는 나의 가장 부드러운 유년기 이래 내게는 완전히 현실에서 벗어난, 우화적인 신화요, 인간의 어떤 경험도 도달하거나 밝혀낼 수 없는 일종의 시적인 걸작품이 되기에 이르렀기 때문이다. 어머니는 우리 말〔프랑스어〕을 아주 잘했다. 물론 강한 러시아 악센트가 있었고 지금까지 내 목소리에도 그 흔적이 남아 있지만. 어머니는 어디서, 어떻게, 누구에게서, 그녀의 인생 어느 시기에 프랑스어를 배웠는지 말해주려 하지 않았다. "니스와 파리에 산 적이 있다." 이것이 어머니가 내게 가르쳐준 전부다. 얼음장 같은 극장 분장실에서, 나를 돌보는 아니엘라라는 가정부와 다른 배우 가족 세 팀과 함께 쓰던 살림집에서, 좀더 후에는 발진 티푸스를 동무 삼아 동부로 가던 가축 운반용 기찻간 안에서, 내 앞에 무릎을 꿇고 앉아 마비된 내 손가락들을 문질러주면서 어머닌 줄곧 세상에서 가장 아름다운 이야기들이 실제로 일어나는 머나먼 땅에 대하여 이야기해주었다. 거기서는 모든 사람들이 자유롭고 평등해. 예술가들은 가장 훌륭한 가문에 초대된단다. 빅토르 위고가 공화국 대통령이었지.—아마 발진 티푸스 이(蝨)를 쫓는 지상의 영약이었던 듯, 목에 걸고 있던 장뇌유 목걸이에서 나는 냄새가 코를 찌르고 있었다—너는 위대한 바이올리니스트가 될 것이고, 위대한 배우, 위대한 시인이 될거야. 프랑스의 가브리엘레 단눈치오, 니진스키, 에밀 졸라가 될거야. 우리는 폴란드의 국경 리다에서 격리되었다. 나는 어머니 손을 잡고 철길을 따라 눈 속을 걸어갔다. 한 손에는 모스크바에서부터 한시도 놓으려 하지 않아 친구가 된 주전자를 꼭 쥐고서. 나는 참 쉽게 정이 드니까. 사람들이 내 머리를 깎았고, 짚으로 된 요 위에 누워 몽롱하게 먼 데로 시선을 둔 채 어머니는 계속 내 찬란한 미래를 그려 보였고, 나는 졸음과 싸우며, 어머니가 보고 있는 것을 나도 보려 애쓰면서 눈을 부릅떴다. 삼총사. 춘희. 가게마다 버터와 설탕이 그득하고 나폴레옹 보나파르트, 사라 베르나르…… 결국 나는 어머니 어깨에 기대어 주전자를 꼭 껴안고서 잠이 들곤 하는 것이었다. 후에, 아주 후에, 진짜 프랑스를 겪은 지 십오 년 지난 후에, 니스——우리는 그곳에 정착했었다——에서도 이젠 주름 진 얼굴에 하얗게 센 머리를 하고, 어쩔 수 없이 말해야겠는데, 늙어버린, 그러나 아무것도 알아차리지 못한, 아무것도 주의해서 보지 않은 어머니는 예전과 다름없이 확신에 찬 미소를 머금고 그녀가 자신의 옷 보따리 속에 가지고 온 그 찬란한 나라에 대해 이야기하는 것이었다. 그러나 나로 말하자면, 그 모든 고상함과 그 모든 덕으로 가득 찬 상상의 박물관에서 자랐음에도 불구하고, 도처에서 자기 가슴의 색깔밖에 보지 않는 내 어머니의 비상한 능력을 갖지 못한 나는, 처음엔 어리둥절하여 주위를 바라보고 눈을 비비는 데 시간을 보냈고, 이어 성년이 되자 현실에 대해 호메로스 풍의 절망적 투쟁을 벌이는 데 시간을 보냈다. 세상을 바로 세워, 내가 그토록 깊이 사랑하는 사람에게 깃든 소박한 꿈과 일치하도록 만들기 위하여.

그렇다. 내 어머니는 재능이 있었다. 그리고 나는 영원히 그것으로부터 회복되지 못했다.

다른 한편엔, 강베타 가에서 고리대금업을 하던 음흉한 아그로프라는 자가 있었다. 핏기 없고, 살지고, 무기력해 보이는 오데사 출신의 구역질 나는 잡배였는데, 르노 택시의 동업권을 사기 위해 우리가 빌린 돈에 한 달에 십 퍼센트의 이자를 요구했다 거절당하자 내게 이렇게 말한 적이 있었다.

"네 엄마는 굉장한 숙녀인 체하지. 그렇지만 내가 네 엄마를 처음 알았을 땐 싸구려 술집에서 군인들을 위해 노래를 부르고 있었단 말이야. 네 엄마의 말투는 거기서 주워들은 거야. 난 내가 모욕당했다고 생각 안 한다. 그런 여자가 명망 높은 상인을 모욕할 수 있나."
 그때 열네 살밖에 되지 않았고, 아직도 어머니의 필요를 채워줄 수 없었던—그것이 나의 가장 값진 소망이었는데—나는, 그 김에 용기를 내어 그 명망 높은 상인에게 매우 근사한 따귀 두 대를 선사하였다. 나를 그 구역에서 유명하게 만들게 될 따귀 배급꾼의 길고도 찬란한 시대에 첫걸음을 내딛게 한 첫번째 따귀였다. 사실 그날부터, 나의 이 무훈에 황홀해진 어머니는 잘못 생각한 경우든 옳게 생각한 경우든 모욕을 당했다고 느낄 때마다 내게 와 하소연을 하는 버릇을 갖게 되었다. 사건의 전말을 옮긴 뒤—늘 정확한 옮김은 아니었다—변함 없이 이런 후렴구로 끝을 맺으면서 말이다.
 "내 편을 들어 줄 사람이 아무도 없는 줄 알고 말이지. 날 그렇게 모욕해도 아무렇지 않은 줄 알고 말이야. 착각도 유분수지! 가서 따귀를 올려붙이고 오너라."
 나는 그 모욕이란 게 십중팔구는 단지 상상이며, 어머니는 어디서나 모욕을 받았다고 생각한다는 것, 신경과민 때문에 때로 어머니가 먼저 남들을 이유 없이 모욕하기도 한다는 것을 알고 있었다. 그러나 나는 한 번도 빠져나갈 수가 없었다. 나는 그런 야단스러운 일을 혐오하였고, 그 계속적인 소란이 견딜 수 없이 지긋지긋하였으나 결행하지 않을 수 없었다. 벌써 어머니는 십사 년이나 홀로 살고 홀로 싸워왔던 것이어서, '보호 받고' 있다는 느낌, 자기 옆에도 남자라는 존재가 지키고 있다는 느낌보다 더 어머니를 매혹시키는 것은 없었던 것이다. 그리하여 나는 두 손에 힘을 모아 부끄러움을 누르며 어머니가 지명한 어떤 재수 없는 보석 장수, 고기 장수, 담배 장

수, 고물 장수를 찾아갔다. 그러면 문제의 인물은 한 소년이 몸을 떨며 자기 가게로 들어오는 것을 보는 것이다. 그 소년은 주먹을 꼭 쥐고 그의 앞에 서서 분노——무엇보다도 효성심 때문에 억지로 내보이는 불쾌감의 과시에 어울리는——로 떨리는 목소리로 말하곤 하였다.

"아저씨, 아저씨가 우리 엄마를 모욕했지요. 자, 받아요!"

그러고서 나는 그 불행한 사람에게 따귀를 먹이는 것이었다. 그렇게 하여 나는 매우 일찍 강베타 가 주변에서 깡패라는 평판을 얻게 되었다. 그러나 그런 소동을 내가 얼마나 혐오하고 있으며, 내가 얼마나 그 때문에 괴로워하고, 그 일이 얼마나 나를 비참하게 하는지 아무도 상상하지 못했다. 한두 번, 어머니의 하소연이 전혀 얼토당토않다는 것을 알고서 반대하려 해본 일이 있었다. 그러자 이 노인네는 마치 다리에 힘이 쭉 빠져버린 듯이 내 앞에 주저앉아버렸고, 눈에는 눈물이 가득 고여들었다. 그러고는 하염없이 그렇게 앉아, 기력과 용기가 완전히 빠져버린 것 같은 상태에서 멍청히 나를 쳐다보는 것이었다.

나는 말없이 일어나 싸우러 갔다. 자기 자신의 상황에 대한 명석한 몰이해라고밖엔 표현할 수 없는 무엇에 사로잡힌 생물의 모습을 나는 결코 견디어내지 못하였다. 나는 사람이건 동물이건 버림받은 존재의 모습을 결코 참지 못한다. 그런데 어머니는 그 두 경우 안에 말문이 막힌 채 비통하게 침묵하고 있는 모든 것을 태도로 보여주는 데 참을 수 없을 만큼 특출한 재능을 지니고 있었다. 이런 연고로 아그로프는 말을 채 끝내기도 전에 따귀를 맞았던 것이다. 아그로프는 따귀를 맞자 이렇게만 내뱉었다.

"깡패 녀석, 떠돌이 광대에다 협잡꾼의 자식이니 하나도 놀랍지 않지."

 이렇게 하여 나는 갑자기 나의 남다른 근본을 알게 되었다. 그러나 아무렇지도 않았다. 잠정적이고도 과도기적으로 내가 이런 인물이건 저런 인물이건 하등의 중요성도 없었으니, 왜냐하면 나는 내가 현기증 날 만큼 높은 정상이 약속된 사람인 것을 잘 알고 있었고, 나는 그 정상에서 그 모든 것의 보상으로 어머니 머리 위에 내 월계수를 비처럼 쏟아지게 할 것이었으므로. 왜냐하면 나는 내가 그 이외에 다른 어떤 사명도 갖고 있지 않음을, 내가 어떤 점에선 대리인으로서만 존재한다는 것을, 인간의 운명을 주재하는, 알 수 없지만 공정한 힘이, 희생과 헌신의 삶에 균형을 맞추기 위해 천칭의 이 편 접시 위에 나를 던졌다는 것을 항상 알고 있었으므로. 나는 인생의 가장 어둡고 구석진 곳에 숨겨진 은밀하고 희망적인 논리를 믿고 있었다. 나는 세상을 신용하고 있었다. 나는 어머니의 부서진 얼굴을 볼 때마다 내 운명에 대한 놀라운 신뢰가 내 가슴속에 자라남을 느꼈다. 전쟁 중 가장 어려운 시기에도 나는 항상 아무 일도 일어나지 않으리라는 느낌을 가지고 위험과 대면하였다. 어떤 일도 내게 일어날 수 없었다. 왜냐하면 나는 내 어머니의 해피엔드이므로. 인간이 절망적으로 세계에 부과하려 하는 천칭의 균형 이론을 통해 나는 항상 자신을 어머니의 승리로 보았다.

 그 신념은 저절로 생긴 것이 아니었다. 아마도 그것은 어머니가 아들이 태어났을 때부터, 당신의 삶과 희망의 유일한 근거가 된 그 아들에게 품어온 신앙을 반영한 것에 지나지 않으리라. 어머니가 품었던 내 미래에 대한 찬란한 영상이 소동을 빚은 일이 있었는데, 그때 아마 내 나이가 여덟 살이었을 것이다. 그때 그 일의 우스꽝스러움과 전율은 내 기억 속에 영원히 남아 있다.

6

우리는 그때, 내가 '자라고, 공부하고, 한 인물이 되어야 할' 프랑스로 가 정착하게 될 날을 기다리며 잠시 동안 잠정적으로—어머니는 이렇게 강조하길 좋아하였다—폴란드의 윌노에 머무르고 있었다. 어머니는 직공 하나를 두고서, 부인용 모자를 주문받아 만들어주면서 생활비를 벌었다. '파리 모드 대살롱'으로 탈바꿈한 우리 살림집에서 말이다. 교묘한 가짜 상표 조작으로 말미암아 고객들은 그 모자들을 그 시절에 유명했던 파리 디자이너 폴 푸아레의 작품으로 믿었다. 불굴의 의지, 어떤 의혹도 스칠 수 없고 상처낼 수는 더더구나 없는 모성의 의지로 환히 빛나는 얼굴을 한, 커다란 초록색 눈의 아직 젊은 여인이었던 어머니는 모자 상자들을 들고 이 집 저 집을 지치지도 않고 돌아다녔다. 나는 일 년 전 우리가 모스크바를 떠날 때부터 우리를 따라온 아니엘라와 함께 집에 남아 있었다. 그때 우리의 재정 상태는 말할 수 없이 비참했다. 마지막 '가문의 보석'—이번에는 진짜—들은 이미 옛날에 팔아버렸고, 윌노는 끔찍하게 추웠다. 눈이 땅바닥에서 더럽고 회색빛 나는 벽을 따라 서서히 쌓여 올라왔다. 모자들은 영 팔리지 않았다. 때로는 어머니가 밖에서 돌아올 때 집주인이 층계에서 기다렸다가는 이십사 시간 이내에 집세를 내지 않으면 우리를 길 밖으로 던져버리겠다고 경고하곤 했다. 대체로 집세는 이십사 시간 이내에 지불되었다. 어떻게인지,

나는 그것을 영원히 알 수 없을 것이다. 내가 아는 전부는, 언제나 집세가 치러졌고, 난로엔 불이 지펴졌으며, 어머니가 나를 안고서 지금도 기억에 너무도 또렷한 그 눈에 자랑과 승리의 불꽃을 담아 나를 바라보곤 하였다는 것 뿐이다. 그때 우린 정말 구덩이—심연이라고는 하지 않겠다. 왜냐하면 그 후 난 심연이란 바닥을 갖고 있지 않으며, 우리들 누구라도 세계 기록을 갱신할 수 있고, 그러나 또 우리 누구도 그 흥미진진한 학교의 가능성을 모두 소진할 순 없다는 걸 깨닫게 되었으니 말이다—의 바닥에 있었다. 어머니는 눈 쌓인 마을을 한 바퀴 돌고 와서 모자 상자를 구석에 놓아두고 담배에 불을 붙인 뒤, 빛나는 미소를 머금고 나를 바라보았다.

"왜, 엄마?"

"아무것도 아니다. 이리 와서 날 안아주렴."

나는 어머니에게로 가 안았다. 어머니의 뺨이 냉기를 전해주었다. 어머니는 나를 안고, 황홀한 듯이 내 어깨 너머로 무엇인가 먼 데 있는 것을 응시하였다. 그러고 나서 그녀는 말하곤 하였다.

"넌 프랑스 대사가 될 거야."

나는 그게 무슨 말인지 전혀 알지 못했으나 동의했다. 나는 여덟 살밖에 안 되었지만, 그러나 내 결심은 벌써 서 있었다. 어머니가 원하는 것이면 무엇이든 다 드리리라.

"응" 하고 나는 나른하게 대답하곤 하였다.

아니엘라는 난롯가에 앉아 경의와 더불어 나를 바라보고 있었다. 어머니는 행복의 눈물을 훔쳤다. 그리고 나를 꼭 껴안았다.

"너는 자동차를 갖게 될 거야."

어머니는 영하 십 도의 거리를 걸어서 돌아다니다 온 참이었다.

"조금만 참으면 되는 거야. 조금만."

장작이 사기 난로 안에서 탁탁 소리를 내고 있었다. 밖에서는 눈이 세상에 이상스런 두께와 정적의 깊이를 주고 있었다. 가끔씩 마차의 방울 소리가 그 정적을 한결 깊게 하며 지나갔다. 아니엘라는 고개를 숙이고 그날의 마지막 모자 위에 '폴 푸아레, 파리'라는 상표를 수놓고 있었다. 이제 어머니의 얼굴은 행복하고도 고요했다. 근심의 흔적도 없이. 피로한 기색마저 사라지고 없었다. 그녀의 시선은 어떤 신기한 나라 속을 헤매고 있었고, 나는 나도 모르게 어머니의 눈길 쪽으로 머리를 돌리곤 하였다. 돌아온 정의의 나라, 보상받은 어머니들의 땅을 보려고 말이다. 어머니는 다른 어머니들이 「백설공주」나 「장화 신은 고양이」를 이야기하듯 프랑스에 대하여 이야기하였고, 아무리 애를 써도 나는 영웅들과 모범적인 덕들로 충만한 나라라는 프랑스의 이 동화적 이미지를 떨쳐버리는 데 결코 성공할 수 없었다. 나는 아마도 어릴 적에 들은 옛날 이야기를 충실히 믿는 몇 안 되는 사람들 중의 하나일 것이다.

불행히도 어머니는 자신 속에 깃들어 있는 그 꿈, 마음을 위로하는 꿈을 혼자 간직하는 그런 여자가 아니었다. 어머니에게선 모든 것이 즉각 밖으로 향하고, 주장되고, 나팔을 울리고, 분출되는 것이었다. 대부분의 경우 용암과 화산재를 동반하고서.

우리에겐 이웃이 있었고, 그 이웃들은 어머니를 좋아하지 않았다. 윌노의 소시민들은 타국에서 온 여자를 전혀 탐탁해하지 않았으며, 비밀스럽고 수상쩍은 것으로 판단되는 가방들과 상자들을 가지고 왔다갔다 하는 어머니의 행동은 곧, 당시 러시아 망명객들을 매우 경계하던 폴란드 경찰의 주의를 끌게 되었다. 중상모략하는 사람들을 꼼짝 못하게 하는 일이야 어머니에겐 전혀 어렵지 않았으나, 창피와 슬픔과 분노는 언제나처럼 과도하게 공격적인 형태로 나타났다. 마구 흩어져 있는 모자들—여자 모자는 지금까지 내가 병적으로 두려워하는 것들 중의 하나로 남아 있다—속에서 몇 시간을 울고 난 어머니는 내 손을 잡더니 "저것들이 누구를 상대로 하고 있는지를 모르는 게야" 하면서 나를 방 밖 층계로 끌고 나갔다. 그 다음에 일어난 일은 내 생애에 가장 고통스러운 순간들 중의 하나였다—그런 순간들이 몇 번 있었다.

어머니는 문마다 종을 치고 두드리고 하면서 입주자들을 층계참으로 불러내었다. 최초의 입씨름이 오고 간 직후—이 방면에선 늘 어머니가 한 수 위였다— 어머니는 나를 끌어당기더니 청중들에게 나를 가리키며 선언하였다. 높고도 자랑스럽게, 지금도 내 귓가에 울리는 그런 목소리로.

"더럽고 냄새나는 속물들아! 감히 너희들이 누구와 이야기하고 있는 줄이나 아는 게야? 내 아들은 프랑스 대사가 될 사람이야. 레지옹 도뇌르 훈장을 받을 것이고, 위대한 극작가가 될 거란 말이야. 입센, 가브리엘레 단눈치오가 될 거라구! 내 아들은……"

어머니는 잠시 완전히 찍어누를 무엇인가를, 지상에서의 성공을 단적으로 증명해줄 증거를 찾았다.

"내 아들은 런던식으로 차려입고 살 거야!"

아직도 그 '냄새나는 속물들'이 웃던 그 걸쭉한 웃음소리가 귓전에 생생하다. 지금 이 글을 쓰면서도 얼굴이 달아오른다. 분명하게 그들의 소리가 들리며, 비웃음과 미움과 멸시에 찬 그들의 얼굴이 보인다. 그렇다. 나는 아무 미움 없이 그들을 떠올린다. 그것이 인간의 얼굴인 것이다. 이 이야기를 보다 선명하게 하기 위하여, 바로 이 자리에서, 내가 지금 프랑스 총영사이며, 영토 해방의 용사로서 레지옹 도뇌르 수여자임을 밝히는 것이 좋을 것 같다. 또 입센이나 단눈치오는 되지 못하였으나, 그 또한 노력해보지 않아서가 아닌 것이다.

그리고 확실히 알아두기 바란다. 나는 지금 런던식 옷차림을 하고 있다. 영국식 재단법은 지긋지긋하게 싫지만, 내게는 선택의 여지가 없다.

나는 믿는다. 어떤 사건도 그랑드 포윌랑카 16번지, 윌노의 낡은 집 층계에서 내게로 쏟아지던 그 폭소보다 내 인생에 더 중요한 역할을 하진 못했다고. 그 웃음 덕에 나는 오늘날의 내가 되어 있는 것이다. 가장 나쁜 점에서도, 가장 좋은 점에서도 그 웃음은 지금의 나를 만들었다. 어머니는 나를 꼭 끌어안고 웃음의 광풍 아래 머리를 쳐들고 꼿꼿이 서 있었다. 어머니에겐 단 한 점의 무안함이나 창피스러운 기색도 없었다. 어머니는 알고 있었던 것이다.

그 후 몇 주일 동안의 내 인생은 편안치를 못했다. 나이는 여덟살밖에 되지 않았으나, 조소에 대한 감각은 벌써부터 매우 발달되어 있었다. 그리고 그것에 어머니가 한몫을 했음은 당연하다. 나는 조금씩 조금씩 거기에 익숙해졌다. 나는 서서히, 그러나 확실하게, 내놓고 모욕을 받고도 전혀 개의치 않는 법을 배우게 되었다. 그것은 모든 선의의 사람들이 받는 교육의 일부분을 이룬다. 오래전부터 나는 더는 조롱을 두려워하지 않게 되었다. 이제 나는 인간이란 결코 웃음거리가 될 수 없는 무엇임을 잘 알고 있다.

그러나 조롱과 빈정거림과 욕지거리를 맞으며 층계참에 서 있던 그 몇 분 동안에는, 내 가슴은 수치와 공포에 사로잡힌 한 짐승이 절망적으로 빠져나가려 몸부림치는 하나의 우리로 화하였다.

그때 그 집 마당에는 장작을 쌓아둔 곳이 있었는데, 내가 가장 좋아하던 은신처가 바로 그 장작더미 한가운데에 있었다. 교묘한 곡예 후에——장작은 이층 높이까지 쌓여 있었다——마침내 그곳으로 기어 들어가 사방이 향긋하고도 축축한 장작의 벽으로 보호되면 나는 그럴 수 없이 안전하다는 느낌이 들곤 하였던 것이다. 나는 내가 가장 아끼는 장난감들을 가지고서 완벽하게 행복하고, 완벽하게 격리된 채 오랜 시간을 보내곤 하였다. 어른들은 자기 아이들이 이 엉성하고도 위험한 축조물에 다가가지 못하게 하였다. 한 단만 비어져 나와도, 얼핏 잘못 밀기만 하여도 몽땅 다 무너져내려 사람을 묻어버릴 것이기 때문이었다. 나는 좁은 통로들을 통과하여 그 안으로 스며드는 대단한 민첩함을 갖추고 있었다. 거기는 내가 절대적으로 지배하는 우주, 조금만 발을 헛디뎌도 장작 사태가 날 위험을 안고 있었지만 내겐 내 집처럼 편안한 세계였다. 나는 교묘하게 장작들을 옮겨서 복도와 비밀 통로들, 굴들, 바깥 세상과는 너무도 다른 안전하고 정다운 한 세상을 꾸며놓았었다. 나는 흰 족제비처럼 그곳으로 미끄러져 들어가, 조금씩 내 바지를 축축하게 적시고 등을 얼게 하는 습기에도 불구하고 웅크린 채 한참을 머물러 있곤 했다. 나는 통로를 만들기 위해 어떤 장작들을 빼내어야 하는지 정확하게 알고 있었다. 그러고는 언제나 내 뒤에 빼낸 장작들을 세심하게 다시 맞춰놓았다. 아무도 들어올 수 없다는 느낌을 더욱 강하게 느끼고 싶어서였다.

그리하여 그날도 의무를 다한 후에, 다시 말해 적들 앞에 어머니를 홀로 팽개쳐두었다는 느낌을 주지 않도록 한 다음—우리는 끝까지 층계에 남아 있다가 마지막으로 그 자리를 떴다—나는 곧장 나의 나무 영지로 달려갔다.

몇 번의 능숙한 동작으로 비밀 통로를 찾아내고, 지나온 길엔 다시 하나하나 장작들을 제자리에 박아두고 함으로써, 나는 머리 위에 오륙 미터의 방어층이 있는 요새의 한가운데 있게 되었다. 그리고 거기 그렇게 딱딱한 갑에 둘러싸여, 드디어 아무도 나를 볼 수 없다는 확신이 들자 울음을 터뜨렸다. 오래오래 울었다. 그런 다음, 나는 내 위와 주위의 장작들을 세심히 살폈다. 모든 것을 끝장내기 위하여, 죽은 나무로 된 나의 성채가 내 위로 단숨에 무너져 나를 인생으로부터 해방시켜줄 수 있도록 하려면 정확히 어떤 것을 뽑아내야 할지 고르기 위해서였다. 나는 감사하는 마음으로 나무들을 하나하나 만져보았다. 나는 지금도 그 나무들의 정답고 든든한 감촉을, 나의 축축한 코를, 그리고 이제 더 이상 모욕을 받거나 불행하지 않으리라는 생각에 갑자기 내 마음속에 자리 잡던 그 고요를 기억한다. 다리와 등으로 동시에 장작들을 밀어내면 될 것 같았다.

나는 자세를 취했다.

그러자 호주머니 안에 오늘 아침 빵집 골방에서 훔친 양귀비 과자 조각이 들어 있다는 것이 생각났다. 그 빵집은 우리 집과 한 건물에 있었는데, 그 집 주인은 손님이 있을 때면 골방을 비운 채 두곤 하였다. 나는 그 과자를 먹었다. 그런 다음 다시 나는 자세를 취하였고, 큰 숨을 내쉬며 밀 준비를 했다.

고양이 한 마리가 나를 구했다.

갑자기 그놈의 콧마루가 장작 사이에서 내 앞에 나타났던 것이다.

우리는 한동안 놀라서 서로를 바라보았다. 희한한 수고양이였다. 털은 뽑히고, 옴에 걸렸으며, 오렌지잼 같은 색깔을 하고 있었고, 귀는 갈갈이 찢기었고, 풍부하고도 다양한 경험의 덕으로 수고양이들이 마침내 갖게 되는, 뭔가 많이 아는 것 같은 수염 난 얼굴을 하고 있었다.

그놈은 뚫어져라 나를 바라보더니, 조금치도 망설이지 않고 내 뺨을 핥기 시작하였다.

나는 그 갑작스런 애정의 동기에 대해 전혀 환상을 품지 않았다. 아직 내 뺨과 턱에 눈물에 젖어붙은 양귀비 과자 부스러기들이 붙어 있었던 것이다. 그 애무는 매우 타산적인 것이었다. 그러나 상관없었다. 내 뺨을 핥는 깔깔하고도 따뜻한 혀의 감촉은 나로 하여금 황홀해서 미소 짓게 하였다. 나는 눈을 감고 내버려두었다. 그 후, 지금껏 살아오는 동안도 그랬지만, 그때에도 나는 내게 보이는 애정의 표시 뒤에 정확히 무슨 일이 개입하고 있는지 알려고 애쓰지 않았다. 중요한 것은, 여기 다정함과 동정의 모든 외양을 갖추고 내 얼굴 위를 이리저리 열심히 핥고 있는 따뜻한 혀와 다정스런 콧잔등이 있다는 사실이었다. 행복해지기 위해 내게 그 이상의 것은 필요치 않다.

고양이가 핥기를 끝냈을 때 나는 훨씬 나아진 것 같았다. 세상은 아직도 가능성들을, 결코 하찮게 여길 수 없는 우정들을 제공하고 있었던 것이다. 이제 고양이는 옹알거리며 내 얼굴을 비비고 있었다. 나는 그놈의 옹알거림을 흉내내려 애썼고, 우리는 서로 다투어 옹알거려가며 썩 행복한 한때를 보냈다. 나는 호주머니에서 과자 부스러기를 긁어 모아 녀석에게 주었다. 녀석은 흥미를 보이더니, 꼬리를 빳빳이 세우고 내 코에 몸을 기댔다. 놈이 내 귀를 물었다. 간단히 말해, 인생은 다시 살아볼 만한 가치가 있는 것으로 되었던 것이다. 오 분쯤 뒤에, 나는 나무로 된 내 성 밖으로 기어나와 집을 향해 갔다. 손은 호주머니에 찌르고 휘파람을 불며, 꽁무니엔 고양이란 놈을 달고서.

그 후 난 언제나 생각해왔다. 사는 동안, 만일 진정 순수하게 사랑 받고 싶거든 얼마간의 과자 부스러기를 지니고 있는 것이 좋다고.

여러 달 동안 어딜 가도 프란추스키 포슬라니크—프랑스 대사—라는 명칭이 나를 쫓아다녔음은 말할 필요도 없겠다. 그리고 마침내 커다란 양귀비 과자를 훔쳐 발끝으로 살금살금 도망가다가 빵집 주인 미카에게 잡히고 말았을 땐, 외교관의 치외 법권도 나 개인의 널리 알려진 어떤 부분에까지는 통하지 않는다는 사실을 확인하라고 동네 사람들 모두가 초대되었다.

7

어머니에 의해 그랑드 포윌랑카 16번지에 세 든 사람들에게 예고된 내 위대한 미래에 대한 극적 계시가 구경꾼들 전부에게 가가대소를 불러일으킨 것은 아니었다.

그 구경꾼들 중에는 피키엘니라는 사람이 있었다. 피키엘니는 폴란드 말로 '지옥의'라는 뜻이었다. 그 특별한 사람의 조상들이 어떤 사정으로 그렇게 평범치 못한 이름을 얻게 되었는지는 알 수 없으나, 그가 괴상스럽게 둘러쓰고 있는 그 이름보다 더 그에게 어울리지 않는 이름은 없었다. 피키엘니 씨는 천성적으로 꼼꼼 깔끔하고 부지런

한 슬픈 생쥐 같았다. 그는 조심스럽고 지워진 듯한, 한마디로 없는 것 같은 사람이었다. 사물의 법칙에 따라 어쩔 수 없이, 아주 조금이나마, 땅 위로 도드라져 보일 수밖에 없는 인간이 없는 듯이 보일 수 있는 최대치로 말이다. 그는 매우 감동하기 쉬운 기질의 사람이어서, 어머니가 내 머리에 한 손을 얹고 가장 순수한 성경식 문체로 예언의 말을 던지던 때의 그 완벽한 확신은 그에게 깊은 충격을 주었다. 층계에서 마주칠 적마다 그는 멈추어 서서는 엄숙하게, 존경스러운 듯 나를 바라보곤 하였다. 한두 번은 용기를 내어 내 뺨을 두드리기까지 하였다. 그러더니 납으로 된 병정 열두 개와 마분지로 만든 성을 주었다. 한번은 자기 집에까지 부르더니 사탕과 터키 과자 세례를 퍼붓는 것이었다. 배가 터지도록 먹는 동안—내일은 어찌 될지 아무도 모르는 것이니까—그 남자는 담배로 누렇게 찌든 염소 수염을 만지며 내 앞에 앉아 있었다. 그러더니 어느 날 드디어, 비장한 청원, 가슴속의 외침, 이 맘씨 좋은 사람인 생쥐가 자기 조끼 밑에 감추고 있던 열렬하고도 터무니없는 야심을 털어놓았다.

"저, 이 다음에 네가······"

자기의 실없음을 알면서도 어떻게 자기 자신을 억제할 수 없는 듯, 그는 약간 거북스럽게 주위를 둘러보았다.

"이 다음에 네가······ 네 엄마가 말한 것처럼 되거든,"

나는 그를 찬찬히 관찰하였다. 터키 과자 상자는 거의 손도 대지 않은 상태였다. 나는 본능적으로, 어머니가 내게 예언한 찬란한 미래라는 이유를 빼면 내가 그 과자에 전혀 권리가 없음을 간파했다.

"나는 프랑스 대사가 될 거예요" 하고 나는 엄숙하게 말하였다.

"과자 한 개 더 먹으렴" 하고 피키엘니 씨가 상자를 내 쪽으로 밀며 말했다.

나는 그것을 먹었다. 그는 가볍게 기침했다.

"어머니들은 그런 것을 느끼는 법이거든. 아마 넌 정말 중요한 인물이 될지도 몰라. 신문에 글을 쓰거나, 책들을 써낼지도……"

그는 내게로 몸을 굽히더니 내 한쪽 무릎 위에 손을 올려 놓았다. 그는 목소리를 낮추었다.

"그러니까 말이야! 유명한 사람들, 중요한 사람들을 만나게 되거든 이렇게 좀 말해주겠니?"

정신 나간 욕망의 불꽃이 갑작스럽게 생쥐의 눈 속에서 타올랐다.

"이렇게 좀 말해주겠다고 약속해주렴. 월노의 그랑드 포월랑카 16번지에 피키엘니 씨가 살고 있었다고……"

그의 시선은 무언의 애원을 품고 내 눈 속을 파고들었다. 그의 손은 내 무릎 위에 얹혀져 있었다. 나는 그를 엄숙하게 응시하며 나의 터키 과자를 먹었다.

전쟁 말기, 전투를 계속하기 위해 영국으로 간 지 사 년째 되던 해에, 현 여왕의 어머니인 엘리자베스 왕비가 열병식에 참관하러 하트포드 브리지의 우리 비행 중대에 온 일이 있었다. 나는 장비를 갖추고 내 비행기 옆에 차려 자세로 굳어 있었다. 왕비는 내 앞에서 멈추더니 그녀의 인기를 당연하게 만드는 그 보기 좋은 미소를 머금고 내가 프랑스 어느 지방 출신이냐고 물었다. 나는 지체 없이 '니스'라고 대답했다. 왕비님을 혼란스럽게 만들지 않으려고 말이다. 그러고 나서……, 그것은 나보다 강한 무엇이었다. 내 기억을 환기시키려 애쓰느라 안달이 나서 손짓을 하고 발을 구르고 염소 수염을 잡아당기는 그 남자가 거의 보이기까지 한 것 같았다. 억제하려 해도 단어들이 저절로 입술까지 올라왔고, 한 생쥐의 미친 꿈을 실현시키기로 결심한 나는 크고도 또렷한 목소리로 왕비께 고하였다.

"윌노의 그랑드 포윌랑카 16번지에 피키엘니라는 사람이 살고 있었습니다……"

왕비는 우아하게 고개를 갸우뚱하더니 열병을 계속하였다. '로랜' 비행 중대의 중대장인 친애하는 앙리 드 랑쿠르가 지나가며 내게 독살스런 눈초리를 던졌다.

그러나 어쩌랴, 나는 그것으로 내 터키 과자를 벌었던 것을.

지금, 윌노의 그 맘씨 좋은 생쥐는 이미 오래전에 나치의 화덕에서 그 미미한 삶을 끝내고 없다, 다른 수백만의 유대인들과 더불어.

그렇지만 나는 아직도 세상의 대단한 인물들과 만나는 대로 내 약속을 세심히 수행한다. 국제연합의 강단에서 런던의 대사관까지, 베른의 페데랄 궁에서 엘리제 궁까지, 샤를 드골과 비친스키 앞에서, 백년대계를 세우는 고관 대작들이며 훈장 수여자들 앞에서, 나는 한 번도 빠짐 없이 그 작은 사람의 존재를 알려왔으며, 또한 여러 번, 미국 텔레비전의 광대한 네트워크를 타고 수백만 명의 시청자들 앞에서 알릴 수 있는 즐거움을 누리기까지 했다. 윌노의 그랑드 포윌랑카 16번지에 피키엘니라는 사람이 살았었는데, 하느님이 그의 영혼을 거두셨다고.

그렇지만 결국, 일어난 일은 일어난 일. 화덕에서 꺼내어져 비누로 화한 그 작은 사람의 뼈들은 오래전 나치들의 청결 욕구를 만족시키는 데 사용되어버렸다.

나는 지금도 옛날처럼 터키 과자를 좋아한다. 그렇지만, 어머니는 줄곧 나를 바이런 경과 가리발디, 단눈치오, 달타냥, 로빈 후드,

사자왕 리처드 들의 혼합물로만 보려 하였으므로, 이제 와서 나는 내 노선에 매우 주의를 기울이지 않으면 안 되게 되었다. 나는 어머니가 내게 걸었던 모든 기대를 죄다 만족시킬 수는 없었으나, 최소한 너무 배가 나오지 않도록 하는 것에는 성공하였다. 매일 나는 유연 체조를 하고 일주일에 두 번 달리기를 한다. 나는 뛰고 또 뛴다. 오, 나는 얼마나 달리고 있는가! 나는 또 펜싱도 하고, 활도 쏘고, 사격도 하며, 높이 뛰기, 다이빙, 역도, 아령을 하고, 게다가 아직도 공 세 개로 재주를 부릴 줄 안다. 분명, 마흔다섯 살이나 되어가지고 어머니가 자기에게 한 말을 모두 믿는다는 건 좀 너무 천진한 짓인 줄은 안다. 하지만 안 그럴 수가 없는 것이다. 나는 세계를 바로 세우는 데, 어리석음과 악의를 눌러 이기고 사람들에게 위엄과 정의를 되돌려주는 데 성공하진 못했다. 그러나 적어도 나는 1932년 니스의 탁구 시합에서 이겼고, 아직도 아침이면 열두 번씩 턱걸이를 하고, 잠자리에 누우면 그때엔 용기를 잃을 짬조차 없는 것이다.

8

거의 같은 시기에 우리 일도 호전되었다. '파리의 모델'은 큰 성공을 거두어 곧 주문에 응하기 위해서 새로운 직공을 고용하게 되었다. 어머니는 더 이상 집집마다 방문하는 데 시간을 보내지 않아도 되었다. 이제 고객들이 우리 집 거실에 모여들었다. 급기야는 이제부터 우리집이 '폴 푸아레 씨와의 특별 계약에 의하여' 모자뿐 아니라 부인복들도 '푸아레 씨의 개인적 감독하에' 독점 선보이게 될 것임을 신문에 광고까지 하게 되었다. '파리의 고급 의상실 메종 누벨'이라는, 금 글자로 새겨진 프랑스어 간판이 입구에 붙여졌다. 어머니는 일을 중간쯤 하고 마는 사람이 아니었다. 이 성공적 데뷔에는, 우리의 첫 성공을 완벽하게, 적들을 깔아뭉갤 그런 승리로 변화시킬 비약적이고 기적적인 요소가, 돌발적인 전기가 필요했다. 거실의 장밋빛 작은 장의자에 다리를 꼬고 앉아, 입술에 문 담배도 잊어버린 채, 어머니의 영감에 찬 눈길이 허공 속에서 대담한 어떤 계획을 좇고 있는 동안, 어머니의 얼굴은 차츰 내가 너무도 잘 알게 되기 시작한 그런 표정을 띠기 시작하였다. 계략과 승리감과 순진성이 혼합된 그 표정 말이다. 나는 이번에는 합법적으로 얻은 양귀비 과자를 손에 들고서 어머니 앞 안락의자에 웅크리고 있었다. 가끔 나는 어머니의 시선 쪽으로 고개를 돌리곤 하였으나, 아무것도 볼 수 없었다. 계획을 세우고 있는 어머니의 모습은 내겐 신기하고도 충격적인 무엇이었다. 그 때문에 나는 손에 든 과자도 잊어버리고 입을 헤 벌리고서 자랑과 존경에 넘쳐 거기 앉아 있었던 것이다.

아직 신문 사진이라는 것이 존재하지 않았던, 리투아니아도 폴란드도 러시아도 아닌 시골 월노 같은 작은 마을에서라도, 어머니가 상상해낸 계략이 무척이나 대담한 것이었으며, 충분히 우리를 다시 한 번 우리의 옷 보통이와 함께 대로상으로 몰아낼 수도 있었으리라는 것을 말하지 않을 수 없다.

어쨌든 정말, 얼마 안 있어 한 통지서가 월노의 '우아한 계층들'에게 폴 푸아레 자신이 파리로부터 특별히 와서, 오후 네 시에 그랑 드 포월랑카 16번지의 '파리의 고급 의상실 메종 누벨' 개점식을 거행하게 됨을 알렸다.

이미 말했듯이, 어머니는 무슨 결심을 하면 늘 끝까지, 아니 오히려 좀 지나치리만큼 밀고 나가곤 하였다. 정해진 날, 기름지고 아름다운 부인들이 집에 몰려들었을 때, 어머니는 '폴 푸아레 씨가 못 오시게 되어 미안하다는 말을 전해왔다'고 알리지 않았다. 이런 유의 치졸한 기교는 어머니의 기질에 맞지 않았다. 크게 한판 하리라 결심한 어머니는 폴 푸아레를 직접 만들어냈다.

어머니의 '극장 시대'에, 러시아에서, 어머니는 프랑스 인 배우 겸 가수 하나를 알고 지냈다. 재능도 희망도 없는, 지방 순회 극단의 영원한 방랑자들 중 한 명인 그는 알렉스 귀베르나티라고 불리우는 자였다. 그는 그때 자기 욕망의 허리띠 버클 몇 단을 졸라맨 후, 하루 한 병의 코냑에서 하루 한 병의 보드카로 옮겨가며, 극장의 가발 기술자가 되어 바르샤바에서 빈둥대고 있었다. 어머니는 그에게 기차표 한 장을 보냈고, 일주일 후 알렉스 귀베르나티는 '메종 누벨'의 거실에서 파리의 고급 양장점 총수인 폴 푸아레로 화하였다. 이 기회에 그는 일생 최고의 연기를 했다. 괴상망측한 스코틀랜드식 연미복에, 부인들 손에 입을 맞추려 몸을 굽힐 때마다 뾰족한 한 쌍의 궁둥이가 드러나는, 끔찍스럽게 달라붙는 작은 격자 무늬 바지, 그리고 비례가 맞지 않게 커다란 목젖 아래 묶어 맨 라발리에르 넥타이 차림으로 한 잔의 거품 이는 포도주를 손에 들고 꾸며낸 목소리로 파리 생활의 위대함과 흥분을 그려 보이면서, 이미 이십 년 전에 사라진 은막의 스타들 이름을 나열하거나 가끔씩 파가니니가 머리를 만지듯 영감 어린 손가락으로 가발을 훑으면서 새로 밀랍을 칠한 마루에 영원히 끝날 것 같지 않은 긴 다리를 비스듬히 안락 의자에 뻗치고 길게 누워 있었다. 불행히도, 저녁이 되어갈 무렵엔 포도주가 효력을 발휘하기 시작해 조용히들 하라고 명령한 뒤 드디어 청중들에게 래글롱의 2막을 낭송하기 시작했고, 그런 후엔 그의 본성이 주도권을 잡아 끔찍스러우리만큼 익살맞은 목소리로 통속 음악다방에서 자기가 해온 레퍼토리의 이 부분 저 부분을 짖어대기 시작했는데, 그중 재미있고 조금 수수께끼 같기도 한 후렴구는 아직도 내 기억에 남아 있다.

"아! 너는 그를 원했다, 원했다, 원했다.
너는 이렇게 그를 가졌다, 나의 퐁포네트여!"

그는 발뒤꿈치와 울퉁불퉁한 손가락, 그리고 마을 오케스트라 단장 마누라에게 보내는 특히나 음탕한 윙크로 장단을 넣어가며 짖어댔다. 이때 어머니는 그를 아니엘라의 방으로 옮겨놓는 편이 더 현명하겠다고 판단했다. 그는 아니엘라의 방 침대에 뻗어버렸고, 어머니는 문을 이중으로 잠가 그를 가두어버렸다. 바로 그날 저녁으로 그는 자기의 스코틀랜드식 외투와 우롱당한 자기의 예술가적 영혼과 함께 바르샤바행 열차를 탔다. 그토록 심한 배은망덕, 하늘이 자기에게 넘치도록 부여한 재능에 대한 그토록 심한 몰이해에 열렬히 항의하면서.

까만 벨벳 옷을 입고 나는 그 개업식에 참석하였다. 나는 그 근사한 귀베르나티 씨에게서 한시도 눈을 떼지 않았다. 이십오 년 쯤 뒤, 내 소설 『대 탈의실』에서 나는 그에게서 영감을 받아 사샤 다를랭통이라는 인물을 만들었다.

나는 이 작은 협잡이 선전 효과만을 위한 것이었다고는 생각지 않는다. 어머니는 기적을 원했던 것이다. 의심 많은 사람들과 조롱꾼들을 꼼짝 못하게 하고, 비천하고 헐벗은 사람들 위로 정의가 두루 구현되게 할 어떤 지고의 절대적 현시를, 요술 지팡이 한방을 어머니는 일생 꿈꾸었다. 우리 양장점의 개점에 앞서 몇 주일 동안, 허공에 시선을 두고 영감과 황홀감에 젖은 얼굴을 하고 앉아 있을 때 어머니가 무엇을 보고 있었던가를 나는 이제 잘 알 수 있다. 어머니는 모여든 고객들 앞에 폴 푸아레 씨가 나타나 손을 들어 조용히하라고 이른 뒤, 청중들에게 어머니를 가리키며 윌노의 유일한 자기 대리인이 지닌 안목과 재능을 자랑하는 장면을 떠올리고 있었던 것이다. 그러나 어머니는 기적이 잘 일어나지 않으며, 하늘은 달리 할 일이 많다는 것을 잘 알고 있었다. 그렇기 때문에 약간 죄스러운 듯한 특유의 미소를 머금고서 모든 것을 동원하여 기적을 조작하였던 것이고, 그리하여 운명의 손에 약간의 강제를 가하였던 것이다. 그러나 내 어머니에게보다는 운명에게 더 죄가 많고, 용서 받아야 할 일도 운명에게 훨씬 많음을 여러분도 인정하리라.

어쨌든 내가 알기에 그 사기는 끝까지 발각되지 않았고, '파리의 고급 의상실 메종 누벨'은 요란스럽게 출범하였다. 몇 달 사이에 그곳의 부자들은 죄다 우리 집에 와서 옷을 해 입었다. 우리 돈 상자에 점점 더 많은 돈이 넘쳐 흘렀다. 집 안의 장식이 새로워졌다. 마루엔 푹신푹신한 융단이 깔리고, 나는 안락의자에 얌전히 앉아 내 앞에서 옷을 벗는 예쁜 여인들을 바라보면서 목이 메도록 터키 과자를 먹었다. 어머니는 내가 벨벳과 실크로 된 옷을 입고 거기 나와 있을 것을 몹시 고집하였다. 나는 창가로 이끌려 가 시키는 대로 하늘을 향해 눈을 쳐들고서 그 부인네들 앞에 전시되곤 하였다. 내 눈과 하늘의 푸른색이 얼마나 잘 어울리는가를 여인들이 보고 감탄할 수 있도록 말이다. 내가 여지껏 모르고 있던 것들, 즉 여자의 몸을 만들고 있는 요모조모의 것들을 흥미롭게 관찰하며 터키 과자의 설탕을 핥고 있는 동안, 사람들은 내 머리를 쓰다듬고 나이를 물으며 귀여워서 어쩔 줄 모르는 것이었다.

나는 아직도 윌노의 어떤 오페라 가수를 기억한다. 가명인지 본명인지 알 수 없으나, 라 라르(La Rare, '드문 여자'라는 뜻)라는 이름의 여자였다. 나는 그때 아마 여덟 살이 조금 넘었을 것이다.

어머니와 디자이너는 완벽하게 손보기 위해 '파리의 견본 옷'을 들고 살롱에서 나가고 없었다. 나는 잔뜩 벗어젖힌 라 라르 양과 함께 방 안에 남아 있었다. 나는 내 터키 과자를 핥으며 그녀를 조각조각 뜯어보았다. 그런 내 시선 속의 무엇인가가 라 라르 양에게 익숙한 어떤 것을 느끼게 했던 모양이었다. 그녀가 갑자기 자기 옷을 잡아 몸을 가렸으니 말이다. 나는 계속 그녀를 뜯어보았다. 그랬더니 그녀는 화장대의 거울 뒤로 달려가 몸을 숨겼다. 나는 노여움을 느꼈고, 그래서 거울을 돌아 단호하게 라 라르 양 앞에 못 박히듯 섰다. 다리를 벌리고 배를 내밀고서, 그러고선 다시 꿈꾸듯 내 과자를 핥기 시작하였다. 어머니가 되돌아와 우리를 보았을 땐, 우리는 그렇게 침묵 속에 마주 선 채 굳어 있었다.

나를 살롱 밖으로 데리고 나간 어머니가, 마치 마침내 내가 자기가 내게 건 희망을 정당화시키기 시작하기라도 한 것처럼 보통이 넘는 자부심으로 나를 팔 안에 안아 입 맞춰주던 생각이 난다.

불행하게도 그 후부터 살롱의 출입은 금지되었다. 나는 가끔 혼자 속으로 조금만 수단이 있었다면, 내 시선이 조금만 덜 솔직했더라면 적어도 여섯 달은 더 벌 수가 있었을 텐데, 하고 생각하곤 한다.

9

우리의 번영의 열매들이 내 위로 비 오듯 쏟아지기 시작했다. 나는 프랑스 여자 가정교사를 갖게 되었으며, 나를 위해 특별히 재단된 레이스와 비단 가슴 장식이 달린 우아한 벨벳 옷을 입었고, 또 혹독한 날씨에 대처하기 위해 깜짝 놀랄 만큼 기발한 다람쥐 털 외투로 감싸였는데, 그 외투에는 백 개쯤 되는 작은 회색 꼬리들이 밖을 향해 달려 있어 행인들을 즐겁게 해주었다. 나는 예절 교육을 받았다. 나는 부인들 손에 입 맞추는 법, 앞으로 고꾸라질 듯이 하면서 한 다리를 다른 다리와 엇갈리게 하는 인사법, 부인들에게 꽃을 바치는 법을 배웠다. 손에 입 맞추기와 꽃 바치기, 이 두 가지 점에 대해서 어머니는 특히 엄격하기 이를 데가 없었다.

"이걸 모르면 아무것도 못 해요" 하고 어머니는 매우 수수께끼 같은 어조로 내게 말하곤 하였다.

일주일에 한두 번 특별한 고객이 우리 가게에 찾아올 때면, 내 가정교사는 내 머리를 빗기고, 포마드를 바르고, 양말을 추켜주고, 턱 밑에 거대한 비단 장식을 정성껏 묶어주고서, 사교계 입회를 실습케 하였다. 나는 허리를 굽혀가며, 한 발을 다른 발에 갖다 붙이며, 손에 입을 맞춰가며, 또 어머니가 가르쳐준 대로 가능한 한 높이 빛을 향해 눈을 치켜뜨고서 부인네들 앞을 차례로 지나갔다. 부인들은 우아하게 감탄하였다. 그리고 특별히 열광한 듯 감탄하는 소리를 내지르는 재주를 가진 부인들은 대부분 '파리의 최신 모드'의 값을 상당히 할인 받을 수가 있었다. 나로 말하자면, 그때 이미 내가 그토록 사랑하는 여인에게 기쁨을 주는 것을 내 유일한 희망으로 삼고 있었으므로 남이 시킬 때까지 기다리지도 않고 줄곧 빛을 향해 눈을 쳐들곤 하였던 것이다. 거기다 나는 그때 막 동네 친구들에게 귀를 움직이는 작은 재주의 비밀을 배웠었는데, 내 개인적인 즐거움을 위해 그것까지 하곤 했다. 그런 다음 다시 한 번 부인들 손에 입 맞추고, 허리를 구부리고 발뒤꿈치로 마룻바닥을 찬 뒤, 신이 나서 장작더미 뒤로 달려가 종이 뿔 모자를 쓰고 막대기 하나로 무장하고서 알사스로렌을 위해 싸우고 베를린으로 쳐들어가 세계를 정복해가며 그 모양으로 간식 시간까지 놀곤 하였다.

자주 잠들기 전에 어머니가 내 방에 들어오곤 하였다. 그녀는 내게 몸을 굽히고서 슬프게 미소 지었다. 그러고선 말하는 것이었다.

"눈을 들어보렴……"

나는 눈을 들었다. 어머니는 오랫동안 내게 몸을 굽히고 있었다. 그런 다음 나를 팔로 감싸 꼭 껴안았다. 내 뺨 위로 어머니의 눈물을 느낄 수 있었다. 나는 결국 무언가 내가 모르는 일이 있으며, 내 마음을 괴롭히는 그 눈물, 그것이 나 때문이 아닐지 모른다는 생각을 하게 되었다. 어느 날 나는 아니엘라에게 그에 대해 물어보았다. 우리의 물질적인 번창과 함께, 아니엘라도 '종업원 감독관'으로 승진되어 있었으며, 후한 보수를 받고 있었다. 아니엘라는 나와 자기 사이를 갈라놓고 있는 가정교사를 미워했으며, 그 '마므젤'(그녀는 가정교사를 그렇게 불렀다)을 못 살게 구는 일이라면 어떤 일도 마다하지 않았다. 어쨌든, 어느 날 나는 그녀의 품속을 파고들며 물었다.

"아니엘라, 왜 엄마가 내 눈을 바라보면서 울지?"

아니엘라는 당황한 것 같았다. 그녀는 내가 태어났을 때부터 우리와 함께 있어왔고, 그래서 그녀가 모르는 일은 거의 없었다.

"네 눈의 빛깔 때문이야."

"그런데 왜 우는 거지? 내 눈이 어때서?"

"네 눈이 엄마를 꿈꾸게 하거든" 하고 그녀는 회피하듯 말했다.

여러 해가 지나서야 나는 이 대답을 다시 생각하게 되었다. 그리고 어느 날, 이해할 수 있게 되었다. 어머니는 벌써 예순 살이었고 나는 스물네 살이었는데, 그런데도 때때로 그녀의 시선은 무한한 슬픔을 담고 내 눈을 찾곤 하였다. 한숨을 쉬면 가슴이 답답하게 차 오르던 어머니, 어머니의 그 한숨과 관련된 것은 내가 아니라는 것을 이제 나는 잘 알고 있었다. 나는 어머니가 마음대로 하도록 내버려 두었다. 아니, 신이여 용서하시라. 오히려 내 편에서 일부러 빛을 향해 눈을 쳐들곤 하는 일까지 있었다. 어머니가 추억에 잠기는 것을 돕기 위해서 말이다. 나는 언제나 어머니를 위한 일이면 무엇이든 해왔으므로.

나를 사교계의 신사로 만들기 위해 어머니가 마음먹은 교육 목록 중엔 한 가지도 빠진 것이 없었다. 어머닌 손수 내게, 알고 있던 유일한 춤인 폴카와 왈츠를 가르쳤다.

손님들이 돌아가고 나면, 살롱은 환히 불 밝혀지고 양탄자가 치워지고 테이블 위에 축음기가 놓인다. 그러면 어머닌 최근에 구입한 루이 16세식 안락의자에 앉았다. 나는 그녀에게 다가가 고개를 숙이고, 손을 잡아 이끌며, 그리고 하나, 둘, 셋! 마루로 나아가는 것이다. 못마땅해하는 아니엘라의 눈길을 받으면서.

"몸을 곧게! 박자를 잘 들어봐! 턱을 좀 들고, 홀린 듯이 미소 지으면서 자신만만하게 여자를 보라구!"

나는 자신만만하게 턱을 쳐들었고, 매혹된 듯 미소 지었다. 그리고 하나 둘 셋, 하나 둘 셋—나는 거울처럼 반짝이는 마루 위를 뛰었다. 그런 다음 어머니를 안락의자까지 데려다주고, 손에 입 맞추고, 어머니 앞에 고개를 숙였다. 어머니는 부채를 부치며 우아한 고갯짓으로 내게 답례하였다. 숨을 가누려 애쓰며 그녀는 한숨을 내쉬었고, 어떤 때는 확신에 차서 이렇게 말하기도 했다.

"넌 경마 대회에서 우승할 거야."

아마도 어머니는, 사랑에 사로잡혀 넋을 잃은 안나 카레니나의 눈 아래서 장애물을 뛰어넘고 있는 근위 장교의 흰 복장을 한 내 모습을 보고 있었을 것이다. 어머니 상상력의 비약 속에는 놀랄 만치 낡아빠진 무엇이, 진부하기 짝이 없는 공상적인 무엇이 있었다. 아마 어머니는 그렇게 함으로써 1900년—그녀에겐 그때로 좋은 문학이 끝나게 된다—이전의 소설을 통해서밖에 그녀가 알 수 없었던 어떤 세계를 자기 주변에 재생시키려 했던 것 같다.

일주일에 세 번, 어머니는 내 손을 잡고 스베르들롭스키 중위의 조마장으로 데리고 갔다. 중위는 직접 나를 마술(馬術), 검술, 총술의 신비로 초대하였다. 그는 키가 크고 마른 남자였는데, 뼈밖에 없는 얼굴에, 리요테식으로 희고 거창한 수염을 기른 젊어 뵈는 모습이었다. 내 나이가 여덟 살이었으니, 분명 나는 그의 가장 나이 어린 제자였을 것이다. 나로 말하자면 그가 내미는 거대한 권총을 들어 올리는 것이 몹시 힘겨웠다. 검술 삼십 분, 사격 삼십 분, 승마 삼십 분 — 체조와 호흡운동. 어머니는 구석에 앉아 담배를 피우면서 흐

못하게 내 실력이 향상되는 것을 지켜보았다.

무덤에서 나온 사람처럼 음울한 목소리로 말하고, 인생에서 '목표에 명중시키기'와 '심장 겨누기' 외의 다른 정열은 알지 못하는 듯한 스베르들롭스키 중위는 어머니를 무한히 존경하였다. 우리가 사격장에 도착하면 언제나 관람석에서는 감탄의 물결이 일곤 했다. 나는 다른 사격수들, 그러니까 예비역 장교들, 은퇴한 장군들, 우아하고 일 없는 젊은이들과 더불어 철책 뒤에 서서, 무거운 총을 중위의 팔에 받친 뒤, 숨을 들이마시고, 숨을 멈추고, 쏘았다. 그런 다음 검사를 받기 위해 과녁판이 어머니에게 제출되었다. 어머니는 작은 구멍을 바라보고, 전번의 결과와 비교하고서는 만족해서 코를 킁킁거리곤 했다. 특별히 잘 맞춘 날이면, 어머니는 그 과녁판을 가방에 넣어 집까지 가져왔다. 자주 그녀는 내게 말했다.

"넌 나를 지켜주겠지. 그렇지? 몇 년만 있으면……"

어머니는 모호하고도 커다란 몸짓, 러시아적 몸짓을 해 보였다. 스베르들롭스키는, 빳빳하고 긴 콧수염을 쓰다듬고 어머니의 손에 입 맞추고, 발뒤꿈치로 바닥을 차고, 그런 다음 이렇게 말하는 것이었다.

"녀석을 기사로 만들어보십시다."

그는 내게 직접 검술을 가르쳐주었고, 등에 배낭을 지고 교외로 멀리까지 걷게도 했다. 또 나는 라틴어와 독일어도 배웠다. 영어는 그때엔 아직 유행이 아니었는지, 아무튼 어머닌 영어를 하찮은 사람들이 사용하는 장사용 말이라고 생각했다. 나는 이제 또 글래디스양인가 하는 여자에게서 시미춤과 폭스 트로트도 배우고 있었다. 또 어머니가 손님을 초대한 날이면, 나는 자주 침대에서 끌려나와 옷

입혀지고 살롱으로 인도되었다. 그러고는 라퐁텐의 우화를 암송하고, 그런 다음에는 반드시 샹들리에를 향해 눈을 쳐들어 보이고, 부인들의 손에 입 맞추고, 한 발을 다른 발에 갖다 붙이고, 드디어 물러가도 좋다는 허락을 받는 것이었다. 그런 프로그램으로 생활하다 보니, 내겐 학교에 갈 시간이 없었다. 게다가 프랑스어 아닌 폴란드어로 이루어지는 수업은 우리 눈에 전혀 바람직해 보이지 않았다. 그 대신 선생님들을 차례로 초빙하여 산수와 역사와 지리와 문학을 배웠다. 그 선생님들의 이름과 얼굴은 그들이 가르쳐야만 했던 내용과 마찬가지로 내 기억에 거의 자취를 남기지 못했지만.

어머니가 이렇게 알릴 때도 있었다.

"오늘 저녁 우리는 극장에 간다."

또 저녁이면 다람쥐 털 외투를 걸치거나, 혹은 날씨가 포근하면 하얀 레인코트에 수병모를 쓰고 어머니의 팔을 끼고 마을 공원 길을 산책하였다. 나는 언제나 어머니에게 문을 열어주러 달려가야 했고, 어머니가 들어서는 동안 문을 잡고 있어야 했다. 한번은 바르샤바에서 언제나 여인네가 먼저 지나가야 한다는 것을 유념하고서, 기차에서 내릴 때 신사답게 어머니 앞에서 비켜난 적이 있었다. 문 앞으로 몰리는 스무 명 남짓의 사람들 앞에서 어머니는 즉각 내게 소란을 벌였고, 나는 기사란 먼저 내려서 부인이 내리는 것을 도와주기 위하여 손을 내밀어야 한다는 것을 알게 되었다. 손에 입 맞추기로 말하자면, 오늘날까지도 나는 그 버릇을 버리지 못하였다. 미국에서는 그것 때문에 끊임없이 오해를 받았다. 십중팔구 작은 근육의 저항을 거쳐 어떤 미국 여자의 손을 내 입술로 가져가는 데 성공하면, 그 여자는 깜짝 놀라 생큐!를 던지거나, 혹은 매우 개인적인 관심의 표명으로 받아들인 나머지 당황하여 손을 빼내거나, 더욱 난처하게도—특히 중년의 여인일 때—내게 교태 섞인 작은 미소를 보낸다. 그러니 내가 어머니가 시킨 대로 하고 있을 뿐임을 그들에게 설명 좀 해 주시라!

내게 그토록 이상하고 지워지지 않는 기억을 남긴 것이 우리가 함께 본 영화 탓인지, 그 영화를 본 뒤의 어머니의 태도 때문인지 알 수 없다. 아직도 체르케스의 검은 장교복에 털모자를 쓴 주인공 배우가 스크린 위에서 날개처럼 벌어진 눈썹 아래 창백한 시선으로 나를 응시하던 모습이 떠오른다. 피아니스트는 홀에서 애상적이고도 절뚝거리는 곡을 연주하고 있었다. 영화관에서 나와 우리는 손을 잡고 텅 빈 도시를 가로질러 걸었다. 가끔 내 손을 아프도록 힘주어 움켜쥐는 어머니의 손가락들이 느껴졌다. 어머니에게로 몸을 돌리면, 그녀가 울고 있음을 볼 수 있었다. 집에 돌아와 옷 벗는 것을 도와주고 침대로 데려간 후, 어머니가 내게 부탁했다.

"눈을 들어보렴."

나는 등잔을 향해 눈을 들었다. 어머니는 오랫동안 내게 몸을 숙이고 있더니, 이윽고 이상스런 자랑에 찬 웃음, 승리와 만족의 웃음을 띠고 나를 끌어당겨 가슴에 꼭 껴안는 것이었다. 우리가 그 영화를 보고 얼마 지나서, 마을 상류 계급 자녀들을 위한 가장 무도회가 열렸다. 나도 물론 초대를 받았다. 어머니는 그때 지방 패션계의 여왕으로 군림하고 있었고 우리는 매우 인기가 높았으니까. 초대장이 오자마자, 양장점의 작업실은 온통 내 의상을 만들기에 열중하였다. 내가 체르케스의 장교 복장으로 무도회에 갔음을 굳이 말할 필요가 있으랴. 칼과 털모자와 탄약갑과 그 외의 모든 것을 주렁주렁 달고 말이다.

10

어느 날, 마치 하늘에서라도 떨어진 듯 예기치 않았던 선물이 왔다. 내 체격에 꼭 맞는 크기의 어린이용 자전거였다. 아무도 그것을 보낸 신비로운 사람의 이름을 내게 알려주려 하지 않았고, 질문을 퍼부어도 묵묵부답이었다. 아니엘라가, 오랫동안 그것을 바라본 후 증오심을 드러내며 이렇게 말해주었을 뿐이다.
"먼 데서 온 거야."
그 선물을 받아야 할 것인지, 아니면 발송자에게 반송할 것인지를 정하기 위해 어머니와 아니엘라는 오랫동안 입씨름하였다. 나는 그 입씨름에 참관할 허락을 얻지 못했으나, 그 희한한 기계가 내 손을 빠져나갈지도 모른다는 염려 때문에 땀을 흘리고 가슴을 졸이면서 살롱의 문을 빠끔히 열었고, 수수께끼같이 알쏭달쏭한 대화의 몇 토막을 들을 수 있었다.
"우리한테 그 사람은 필요 없어요."
아니엘라가 냉정하게 내뱉었다. 어머니는 한구석에서 울고 있었다. 그때는 아니엘라가 기선을 제압하고 있었다.
"좀 너무 늦게 우리 존재를 기억해냈군 그래요."
그러자 어머니의 목소리, 이상스레 애원하는 듯한 어머니의 목소리가—어머니는 애원하는 습관을 갖고 있지 않았다—거의 두려움에 찬 것처럼 말했다.

"그렇지만 어쨌든 고마운 일 아니니."

거기에 대해 아니엘라가 결론을 내렸다.

"좀더 일찍 우리를 기억할 수도 있었어요."

그때, 내가 관심 가졌던 것은 오로지 이 자전거를 가질 수 있느냐 없느냐뿐이었다. 결국 어머니가 그것을 허락했다. 그리고 '선생님들' ─ 철자 선생(하느님, 그를 불쌍히 여기소서. 내 글씨를 보면 아마 그 불쌍한 양반은 분명 관 속에서 일어날 것이다), 발성 선생, 예절 선생(여기서도 나는 그다지 적성이 있다는 것을 증명하지 못하였는데, 그에게서 배운 것 중 아직도 기억나는 것은 찻잔을 들 때 새끼손가락을 떼어서는 안 된다는 것뿐이다), 검술·사격·마술·체조 등등의 선생(아버지 하나면 일이 훨씬 잘 해결되었을 텐데) ─ 로 나를 뒤덮는 어머니의 그 버릇대로, 간단히 말해 자전거를 얻음과 동시에 자전거 선생이 생겼다. 몇 번 넘어지기도 하는 고생을 거친 후, 사람들은 그 구역에서 '체육인'으로 유명하였던 기다랗고 젊은 우울한 사나이, 밀짚 모자를 쓴 그의 뒤를 따라 작은 자전거의 페달을 밟으며 윌노의 거친 포장도로를 자랑스럽게 달리는 나를 볼 수 있었다. 혼자서 대로를 달리는 것은 엄격히 금지되었다.

어느 날 아침, 내 선생님과 함께 한 바퀴 돌고 돌아오던 길에, 나는 우리 집 건물 앞에 한 떼의 사람들이 몰려 있는 것을 보았다. 큰 대문 앞에 세워진 커다랗고 노란 오픈카 앞에서 감탄의 침을 흘리면서 말이다. 정복 차림의 운전수가 핸들을 잡고 있었다. 분수 없이 입을 벌리고 눈은 휘둥그레진 채 나는 이 기적 앞에 얼어붙어버렸다. 아직 윌노의 거리엔 자동차가 드물었고, 또 거기를 달리고 있는 것들은 지금 내 눈앞에 있는, 인간의 천재성이 낳은 이 놀라운 창조물과는 멀어도 엄청나게 멀었다. 구둣방 아들인 꼬마 친구가 존경 어린 목소리로 내게 속삭였다. "너희 집에 온 거야" 하고. 나는 거기에 자전거를 버려두고 알아보러 달려갔다.

아니엘라가 문을 열어주더니 한마디 설명도 없이 내 팔을 잡아 내 방으로 끌고 갔다. 그러더니 평소와 다른 청결 작업을 내게 베푸는 것이었다. 양장점 직공들이 도우러 달려와서 모두들 아니엘라의 지시대로 문지른다, 비누칠한다, 씻긴다, 향수를 뿌린다, 옷을 입힌다, 다시 벗긴다, 다시 입힌다, 양말을 신긴다, 빗질을 한다, 포마드를 바른다, 야단이었다. 그 같은 열성은 두 번 다시 체험하지 못할 터인데, 그래도 나는 늘 나와 함께 사는 사람에게서 그런 열성을 기대하곤 한다. 자주 사무실에서 돌아와 담배에 불을 붙이고, 안락의자에 앉아 누군가 내 시중을 들러 와주기를 기다리는 것이다. 기다려보지만 소용없다. 요즘 시대엔 어떤 왕좌도 튼튼치 못하다고 생각하며 내 자신을 아무리 위안하려 애써도 내 속에 있는 작은 왕자는 늘 놀라곤 한다. 나는 결국 나 혼자 일어나서 목욕하러 간다. 혼자 양말을 벗고, 스스로 옷을 벗지 않을 수 없다. 심지어 내 등을 문질러줄 사람조차 없는 것이다. 나는 내 진가를 이해받지 못하고 있는 위인이다.

삼십 분은 좋이 되게 아니엘라, 마리아, 스테프카, 알랭까지 내 곁에서 법석을 떨었다. 이윽고 빗질로 수난을 당해 빨개진 귀를 하고, 목엔 커다랗고 흰 비단 리본을 매고, 흰 셔츠에 푸른 바지, 희고 푸른 리본을 맨 구두를 신고 나는 살롱으로 인도되었다.

손님은 다리를 길게 뻗치고서 안락의자에 앉아 있었다. 나는 그의 이상스런 시선에 충격을 받았다. 약간 불안스러우면서 마치 짐승처럼, 눈에 무슨 날개라도 돋친 듯한 인상을 주는 눈썹 밑에 고정된 밝은 시선이었다. 야릇한 미소가 그의 꽉 다문 입술 위에 감돌고 있었다. 나는 두세 번 그를 영화에서 본 일이 있었으며, 그래서 금방 그를 알아보았다. 그는 일종의 초연한 호기심으로 나를 오랫동안, 냉정하게 뜯어보았다. 나는 몹시 불안했고, 귀는 웅웅 울리면서 달아올랐고, 미역 감듯 뿌린 향수 때문에 재채기가 나왔다. 나는 무엇인가 중요한 일이 벌어지고 있음을 어렴풋이 느꼈으나, 무슨 일인지는 알 수 없었다. 그땐 아직 내 사교계 생활의 초창기였다. 간단히 말해, 살롱으로 오기 전에 행해진 준비에 완전히 얼빠져 갈피를 잃었고, 손님의 고정된 시선과 수수께끼 같은 미소 때문에 거북해진 데다가, 나를 맞아들인 침묵과, 마치 마스크처럼 굳은 얼굴로 내가 한 번도 본 일이 없을 만큼 창백하고 긴장한 어머니의 이상스런 태도에 더욱 당황한 나는 돌이킬 수 없는 실수를 저지르고 말았다. 너무 지나치게 훈련이 잘되어서 자기 재주를 멈추지 못하는 개처럼, 그 낯선 이를 따라온 부인에게로 가 허리를 굽히고 한 발을 다른 발에 갖다 붙이고 손에 입을 맞춘 후 바로 그 손님에게 다가가, 그만 완전히 페달을 잃고, 그 남자의 손에다가도 입을 맞추었던 것이다.

내 실수의 결과는 좋은 것이었다. 살롱을 감돌던 얼어붙은 듯 거북한 분위기는 곧 사라져버렸다. 어머니가 날 안았다. 살구색 옷을 입은 갈색 머리의 그 예쁜 부인도 달려와 나를 안아주었다. 그런 다음 남자 손님이 나를 무릎 위에 앉혔고, 내가 끔찍한 실수를 깨닫고 흐느끼고 있으려니까, 그는 곧 자동차를 타고 드라이브를 하자고 제안했다. 그 말은 즉각 내 눈물을 그치게 하는 효과를 내었다.

나는 그 후 상아 해안의 '그랑드 블뢰'에서 이반 모주힌을 자주 만나게 된다. 거기서 우리는 함께 커피를 마시곤 했다. 유성 영화가 나올 때까지 그는 영화계의 스타였다. 유성 영화가 나오자, 그가 고치려 하지 않은 몹시 심한 러시아 악센트가 그의 직업을 매우 어렵게 만들었고, 결국 그를 잊혀지도록 만들었다. 그는 자기 영화에 여러 번 나를 출연시켜주었다. 그 마지막은 1935년인지 1936년 것이었는데, 밀수와 잠수에 관한 이야기였다. 그 영화의 끝에서 그의 배는 해리 바우어에 의해 격침되어 침몰하고, 그는 증기의 구름 속에 죽고 만다. 그 영화의 제목은 「니케보」였다. 나는 일당 50프랑을 받았다. 큰 돈이었다. 내 역할은 뱃전에 기대어 바다를 바라보는 것이었다. 그것은 내 생애에 가장 아름다운 역할이었다.

모주힌은 전쟁 얼마 후 망각과 궁핍 속에 죽었다. 끝까지, 그는 그 놀라운 시선과 개성적이고 과묵하고 약간 오만스러우면서 조롱기 섞인, 그리고 보일 듯 말 듯 과시하곤 하던 육체적 품위를 간직하고 있었다.

나는 가끔 그의 옛 영화를 보기 위해 필름 보관소에 특별 부탁을 하곤 한다.

거기서 그는 언제나 낭만적인 주인공, 또는 모험을 즐기는 귀족 등의 역할을 하고 있다. 그는 왕국들을 구하고, 검 또는 총으로 적을 무찔러 승리하고, 근위 장교의 흰 복장을 하고 말을 달리고, 말을 타고 아름다운 포로들을 훔쳐내고, 황제를 위해 군말 없이 고문을 당한다. 그가 지나간 자취마다 여인네들이 사랑으로 죽어간다…… 영화를 보고 나올 때마다, 나는 어머니가 내게 기대했던 것들을 생각하고 몸을 떤다. 한편 나는 왕성한 원기를 유지하기 위해 매일 아침 약간의 체조를 쉬지 않는다.

손님은 그날 밤으로 돌아갔다. 그러나 우리를 위해 큰 호의를 베풀었다. 우리가 쓸 수 있도록 일주일 동안 노란 카나리아 색 패커드 자동차를 정복 운전수와 함께 놓아두고 간 것이었다. 날씨가 무척 좋았으므로 시가의 답답한 포장 도로를 벗어나 리투아니아의 숲속을 드라이브했더라면 참 좋았을 것이다.

그러나 어머니는 정신을 잃고 봄의 정기에 취해버리는 사람이 아니었다. 어머닌 중요한 것이 무엇인가를 판단하는 감각과 복수에 대한 취미와 적들을 무찌르고자 하는 확고부동한 의지의 소유자였다. 그리하여 자동차는 이 유일하고도 절대적인 목적을 위해 쓰였다. 매일 아침 열한 시쯤 어머니가 나에게 가장 좋은 옷을 입히고—어머니 역시 특별히 신경을 써서 옷단장을 하였다—운전수가 차문을 열어주면 우리들은 차에 올랐다. 그러고는 두 시간 동안 지붕을 걷어치운 자동차가 천천히 도시를 가로질러 '상류 사회' 사람들이 많이 드나드는 공공장소로 우리를 데리고 가는 것이었다. 뤼드니키 카페라든지 식물원이라든지 하는 곳으로 말이다. 어머니는 옛날, 당신이 겨드랑이에 모자 상자들을 끼고 집집마다 방문할 때에 쌀쌀맞게 굴었거나 상처를 입혔거나 거만하게 굴었던 사람들에게 거만스런 미소를 지으며 인사하는 것을 결코 잊지 않았다.

여기까지 내 이야기를 따라온, 그리고 나처럼 때 이르게 가장 큰 사랑을 경험했을지 모르는 여덟 살짜리들에게 여기서 몇 가지 현실적인 충고를 해주고 싶다. 나는 그들이 모두들 나처럼 추위 때문에 괴로워하며, 전에 체험한 어떤 따뜻함을 되찾아보려고 햇빛을 받으며 오랜 시간을 보내곤 하리라고 생각한다. 열대지방에서 오래 머무는 것도 권할 만하다. 활활 타오르는 난롯불도 무시할 수 없고, 알코올 역시 얼마간 도움이 된다. 그와 더불어 내 친구 중 또 다른 여덟 살짜리인 한 아이——그 역시 외아들이며, 세상 어디에선가 대사 노릇을 하고 있다——의 해결책을 권고하는 바이다. 그는 전기로 데워지는 파자마를 주문해가지고 전기로 데워지는 이불과 전기로 데워지는 매트리스 속에서 잔다. 해봄 직한 일이다. 그렇게 해서 어머니의 사랑이 잊혀진다고 말하지는 않겠지만, 그래도 한번 해보는 게 좋을 것이다.

또한, 아마도 한 가지 까다로운 문제에 대해 솔직히 내 속을 털어놓을 때도 되지 않았나 싶다. 몇몇 독자들에게 충격과 실망을 주고, 또 유행하고 있는 정신분석학파의 공로자들에게선 상궤에서 벗어난 아들 취급을 받을 위험이 있지만 말이다. 즉, 나는 결코 내 어머니에게 근친상간적 경향을 가져본 일이 없다는 것이다. 사물을 정면으로 보기를 거부하는 이 태도가 즉각 정통한 학자들의 웃음을 자아내리라는 것, 그리고 누구도 자기의 무의식을 보증할 수는 없다는 것을 나도 안다. 또한 나처럼 아둔한 사람일지라도 서구를 영광되게 한 발견이며 계시요, 아마도 사하라의 석유와 함께 우리의 지하(地下)에 있는 자연의 자산에 대한 가장 풍요로운 탐사의 하나일 오이디푸스 콤플렉스에 대해서는 공손히 고개 숙이는 바임을 서둘러 덧붙이는 바이다. 더 나아가, 어느 정도 내게 아시아의 피가 섞여 있음을 알고 있는 나는, 나를 그토록 너그럽게 받아들여준 이 진보된 사회에 어울리는 사람임을 증명키 위해, 자주 리비도적 각도에서 어머니의 이미지를 떠올려보려고 애쓰기까지 했다. 그렇게 함으로써 감히 의심할 수 없던 내 콤플렉스를 해방시켜 그것을 문화적 백일하에 드러내고자 하였던 것이며, 또 남들이 다 하듯, 내가 대담한 사람이라는 사실, 그리고 영혼 정찰대에 둘러싸인 지위를 유지하는 일에서라면, 대서양 문명은 끝까지 나를 신뢰해도 좋다는 사실을 증명코자 했던 것이다. 그러나 그것은 성공하지 못했다. 반면, 세상 평판이 옳은 것이라면, 강간 앞에서도, 근친상간 앞에서도, 또는 우리의 유명한 어떤 금기들 앞에서도 전혀 동요하지 않았을 내 타타르 쪽 조상들, 그 말 잘 타던 사람들의 영향이 분명히 내게 물려진 모양이다. 여기에 대해서 또한, 변명하려는 것은 아니나, 어쨌든 내 생각을 발표할 수는 있을 것이다. 만일 내가 한번도 내 어머니에게 육체적 욕망을 품는 데 이르지 못한 것이 사실이라면, 그것은 우리 사이를 이어주는 핏줄 관계 때문이 아니라, 오히려 어머니가 이미 나이 든 사람이었고, 내게는 성적 행위가 늘 젊음과 육체적 신선함이라는 어떤 조건과 연결되어 있었기 때문인 것이다. 고백하건대 나의 동양 쪽 피는 언제나 나를 나이 어린 여자에게 특히 민감하게까지 만들었으며, 나이가 들수록 이런 경향은—말하기 유감스러우나—점점 더 심해지기만 하였다. 누군가 말하기를, 아시아의 폭군들 거의 모두에게 있는 경향이라고. 그러므로 정말 젊었을 때를 본 적이 한 번도 없는 내 어머니에게 내가 플라토닉하고 다정한 감정들 이외에 딴 감정을 품었으리라고 생각할 수는 없는 것이다. 다른 사람보다 특히 바보라고는 할 수 없는 나는, 이러한 단언이 마땅히 받고야 말 해석, 즉 현재 잠수 중인 우리 심리 요법가들의 사분의 삼을 이루고 있는 팔팔한 영혼 흡입 기식객들에 의한 역분석을 피할 수 없으리라는 것을 잘 알고 있다. 그 기발 기묘한 사람들은 전에 내게 이런 설명을 한 적이 있다. 예를 들어 어떤 사람이 지나치게 여자를 밝힌다면, 그것은 그 사람이 사실상 속으로는 동성애를 가졌기 때문이란 것이다. 만일 남성과의 은밀한 육체적 접촉이 혐오감을 불러일으킨다면—이

것이 내 경우라고 고백할 것인가?—그것은 그 사람이 아주 조금이나마 그 방면을 애호하기 때문이며, 이런 강철의 논리를 끝까지 따라가자면, 시체를 만지는 것이 몹시 불쾌하게 느껴진다면 그것은 잠재 의식 속에 시간(屍姦) 욕구증을 갖고 있는 것이고, 그래서 그렇게 근사한 뻣뻣함만 지니고 있으면 남자에게건 여자에게건 누구에게나 저항치 못할 만큼 매혹된다는 뜻이라고 말이다. 정신분석은 오늘날, 우리의 사상이 모두 그렇듯이 변태적 전체주의의 모습을 갖게 되었다. 그것은 자기 자신이 지닌 도착증의 굴레 속에 우리를 가두려 애쓴다. 그것은 자유롭게 놓아두었던 분야까지도 미신적 신앙으로 점령하였고, 저만의 분석 원리를 날조해내는 수수께끼 같은 의미의 은어로 교묘하게 자기를 감추고서, 강제적으로 보호를 해주겠다고 나서는 미국의 공갈 협박꾼들과 비슷하게, 정신적 위협과 협박의 방법으로 손님을 모은다. 그러므로 그토록 많은 부분에서 우리를 지배하려 드는 그 돌팔이들과 미치광이들이 어머니에 대한 나의 감정을 몇몇 과장된 병리학적 용어로 설명하는 수고를 나는 진지하게 허락하고자 한다. 자유, 우애 그리고 인간의 가장 숭고한 열망들이 그들 손안에 들어간 바에야, 단순한 아들의 사랑이 그들의 병적인 뇌 안에서 다른 것들처럼 변형되지 말라는 법이 어디 있으랴.

나아가, 한층 더 나는 그들의 진단과 잘 타협할 수도 있으니, 나는 한 번도 근친상간을 무덤과 영벌의 무서운 빛 아래서 바라본 일이 없는 것이다. 그 끔찍한 빛이라는 것은, 그릇된 도덕이 성적 왕성함의 한 형태—나로서는 인간 타락의 거대한 사다리에서 극히 보잘것없는 자리밖에 차지하고 있지 않다고 생각되는—에 고의적으로 퍼부으려 열을 내는 그런 빛인 것이다. 근친상간의 온갖 광란을 다

합쳐도, 히로시마의 광란, 부첸발트의 광란, 총살 집행대의 광란, 경찰의 고문과 테러의 광란보다는 무한 배나 수긍할 수 있는 것이고, 우리 학자님들의 노력이 낳은 백혈병이나 다른 가능한 유전병들보다는 천 배나 더 귀여운 것이라고 나는 생각한다. 누구도 나로 하여금 성적 행위 속에서 선과 악의 기준을 보도록 만들지는 못하리라. 내게는, 핵 실험을 계속 하자고 문명 세계에 권하는 어떤 저명한 물리학자의 음울한 표정이 어머니와 자고 있는 아들의 모습과 비교도 못할 만큼 훨씬 추악해 보인다. 20세기의 지적·과학적·이념적 탈선과 비할 때, 모든 성적인 탈선은 내 마음속에 가장 부드러운 용서를 불러일으킨다. 대중에게 넓적다리를 벌리기 위해 돈을 받는 소녀는 자비로운 누이 또는 선한 빵의 정직한 분배자처럼 여겨진다. 그녀의 겸손한 매매를, 유전자를 해치거나 핵공포를 유포하려는 구상에 자기의 두뇌를 파는 학자들의 매춘에 비교하여 보면 말이다. 종족에 대한 이 배반자들이 몸을 내맡기고 있는 영혼과 정신과 이념의 부패에 비하면, 성에 관한 우리의 노심초사란, 그것이 매춘이건 아니건, 근친상간이건 아니건, 우리 해부 조직이 배치되어 있는 세 개의 비천한 괄약근들 위에서 어린아이의 웃음이 지닌 천사 같은 순진성을 띤다.

이제 마지막으로, 이 순환 논리의 원을 완전하게 하기 위해 한 가지만 더 말하겠다. 이런 식으로 근친상간을 축소시키는 것이, 두렵기도 하고 달콤하게 마음을 끌기도 하는 것을 길들이기 위한 잠재의식의 술책으로 해석되기가 얼마나 쉬운지를 나도 모르지 않는다는 것 말이다. 그리고 이처럼 아첨도 하였고 친애하는 비엔나식 고전 발레 곡조에 맞추어 세 바퀴를 돌고 났으니 나의 보잘것없는 사랑 이야기로 되돌아가야겠다.

 왜냐하면, 말할 것도 없이, 바로 내 애정이 지닌 보편적이고 혈육적이며 쉽게 알아볼 수 있는 성격이 나로 하여금 여기서 이 이야기를 해볼 마음을 먹게 한 것이니까. 나는 죽어야 하는 보통의 인간들보다 더 하지도, 덜 하지도, 다르지도 않게 나의 어머니를 사랑하였다. 또한 나는, 어머니의 발 아래 세상을 가져다놓고자 하였던 내 젊은 야망이 넓게 보아 개인적인 욕망은 아니었다고 진정으로 믿고 있다. 어머니와 나를 결합시킨 관계의 본질이 어떤 것이든, 컴플렉스든, 본래적인 것이든——각자 자기 마음대로, 자기의 법칙대로, 제 가슴에 따라 판단하리라——오늘 지나간 나의 인생에 마지막 시선을 던지는 이 순간 적어도 한 가지만은 분명해 보인다. 그 모든 것 속에 문제되고 있었던 것은, 사랑하는 어떤 한 존재의 운명이라기보다는, 개선 장군이 되어 인간의 숙명을 밝혀주겠다는 완강한 의지였다는 것 말이다.

11

 내가 처음 사랑에 빠졌을 때, 이미 아홉 살 가까이 되어 있었다. 나는 온통 격렬한 정열에 완전히 휘말려들었고, 그 감정은 내 삶을 완전히 중독시켜 생명마저 앗아갈 뻔했다.

 여자애는 여덟 살이었고, 이름은 발랑틴이었다. 길게, 숨이 끊길 때까지라도 나는 그애를 묘사할 수 있을 것 같다. 또 내게 좋은 목소리가 있다면 쉬지 않고 그녀의 아름다움, 그 사랑스러움을 노래하리라. 그녀는 밝은 눈의 갈색머리 소녀로 매우 날씬했고 흰옷을 입고 있었으며 한 손에 공을 들고 있었다. 그녀는 장작더미 속에서 갑자기 내 앞에 나타났다. 그곳에서부터 시작된 쐐기풀 덤불이 옆 과수원 담까지 땅을 뒤덮고 있었다. 나는 그때 갑자기 나를 덮친 마음의 동요를 설명할 수가 없다. 다리가 흐물흐물해지고, 심장이 너무도 격렬하게 뛰기 시작한 나머지 눈앞이 흔들려 앞을 보기 힘들었다는 것, 그게 내가 아는 전부이다. 결단코, 그 애의 삶 속에 다른 남자를 위한 자리를 남겨놓지 않게끔 당장 그리고 영원히 그 애를 사로잡아야겠다고 결심한 나는 어머니가 말해준 대로 장작더미에 아무렇게나 기대 서서 빛을 향해 눈을 쳐들었다. 그녀를 정복하기 위하여. 그러나 발랑틴은 감동을 잘하는 여자가 아니었다. 얼굴에 땀이 비오듯 흐를 때까지 그렇게 해를 향해 눈을 들고 서 있었으나, 그 무정한 여인은 조금치의 흥미도 보이지 않고 공놀이만 계속하는 것이었다. 눈이 튀어나오고 주위에 있는 모든 것이 불이 되고 불꽃이 되었건만, 발랑틴은 눈길조차 주지 않았다. 어머니의 살롱에서 그토록 많은 아름다운 부인들이 열이면 열 모두 나의 푸른 눈 앞에서 열광했던 터에 이런 무관심을 대하자 완전히 혼란에 빠져버린 데다, 반쯤 눈이 멀었고, 또 그렇게 단숨에 나의 무기라 할 수 있는 것을 소진해버린 나는, 눈물을 닦은 뒤 무조건 항복하고 방금 과수원에서 훔쳐온 파란 사과 세 개를 그녀에게 내밀었다. 그녀는 그것을 받더니 지나가는 투로 말했다.

"자네크는 날 위해서 자기가 수집한 우표들을 먹었어."

이렇게 해서 나의 순교는 시작되었던 것이다. 그날 이후 내가 발랑틴을 위해 먹은 것은 지렁이 여러 웅큼, 굉장한 수효의 나비들, 씨 안 뺀 버찌 1킬로그램, 생쥐 한 마리 등이었다. 그리고 결론적으로 말하겠는데, 나는 아홉 살에, 다시 말해 카사노바보다 훨씬 젊은 나이에 영원히 잊혀지지 않을 최고의 연인들 중에 한 자리를 차지하였다 할 수 있으니, 내가 아는 한 어느 누구도 겨루지 못할 사랑의 용맹을 보여주었던 것이다. 나는 내 애인을 위하여 고무로 된 신발 한 짝을 먹었다.

여기서 괄호를 열어야 하겠다.

사랑의 모험에 관해 이야기할 때 남자들이 허풍을 떠는 경향은 너무 지나치달 수밖에 없음을 나는 잘 알고 있다. 그들의 말을 듣고 있노라면, 그 남성적인 무용담은 한이 없는 데다가, 시시콜콜한 것까지 빼놓는 법이 없다.

그러므로 내가 내 애인을 위해 일본 부채 한 개, 무명실 2미터, 버찌 씨 1킬로그램—발랑틴이 살을 먹고 씨만 내게 주어, 말하자면 내 일을 덜어주었다—, 그리고 일부러 그 애의 음악 선생님 집에 가서 어항에서 건져온 금붕어 세 마리를 더 먹었다고 주장할 때, 내 말을 믿어달라고는 아무에게도 부탁하지 않겠다.

살아오는 동안 여자들이 내게 무엇을 삼키게 하였는지는 신께서만 아시는 일이지만, 나는 그토록 만족할 줄 모르는 성질의 소유자는 다시는 본 일이 없다. 그 애는 비잔틴의 테오도라를 합친 메살리나였다. 그런 경험을 하였으니, 사랑에 대해서 모든 것을 알았다고 할 수 있으리라. 이때로서 교육은 다 끝났다. 그 이후엔 그저 내친김에 더 나아간 정도일 뿐.

내 사랑스런 메살리나는 여덟 살밖에 되지 않았으나, 그 애의 육체적 요구는 사는 동안 내가 알게 된 그 누구보다도 강했다. 마당에서, 그녀는 내 앞으로 달려가며 손가락으로 내게 지적하였다. 때로는 나뭇잎더미, 때로는 모래, 때로는 낡은 병마개, 그러면 나는 불평하지 않고 명령을 받들었던 것이다. 쓸모 있는 존재가 될 수 있었다는 사실에 지극히 행복해하기까지 하면서. 한번은 그 애가 마거릿 꽃을 따서 꽃다발을 만들기 시작하였다. 나는 그 애의 손 안에서 꽃다발이 점점 커지는 것을 공포와 더불어 바라보았다. 하지만 나는 그녀의 주의 깊은 눈—그녀는 이번 게임에서는 남자들이 언제나 속임수를 쓰려 한다는 것을 이미 알고 있었던 것이다—아래서—그 눈 속에서 감탄의 빛을 찾으려 헛되이 애쓰며—마거릿 꽃을 먹어치웠다. 존경 또는 고마움의 표시 하나 없이 그녀는 다시 깡충거리며 뛰어가더니, 잠시 후 달팽이 몇 마리를 주먹에 쥐고 와 내게 내미는 것이었다. 나는 겸허하게 그 달팽이들을 먹었다. 껍질째 전부.

그 시절에는 아직 어린애들에게 성의 비밀에 관해 한 가지도 가르쳐주지 않았었으므로, 나는 사람들이 그런 식으로 사랑하겠거니 굳게 믿고 있었던 것이다. 옳은 생각이었는지도 모르겠다.

가장 슬펐던 것은 내가 그녀를 감동시키는 데 성공하지 못했다는 사실이었다. 내가 달팽이를 먹고 나자마자 그녀는 건성으로 말하였다.

"자네크는 날 위해 거미를 열 마리나 먹었어. 그것도 엄마가 차 마시러 들어오라고 불러서 그만 먹은 거야."

나는 몸을 떨었다. 내가 등을 돌리고 있는 동안 그녀는 내 가장 친한 친구와 함께 나를 배신하고 있었던 것이다. 그러나 나는 그것 역시 삼켜버렸다. 나는 길들기 시작했다.

"입 맞춰도 돼?"

"그래, 그렇지만 뺨에 침은 묻히지 마. 난 그게 싫어."

나는 그녀에게 입을 맞추었다. 뺨을 적시지 않으려고 애쓰면서, 우리는 쐐기풀 더미 위에 무릎을 꿇고 앉아 있었다. 나는 자꾸자꾸 그녀에게 입을 맞추었다. 그녀는 손가락으로 정신 없이 굴렁쇠만 돌리고 있었다. 내 생애의 이야기이다.

"몇 번이나 했어?"

"여든일곱 번. 천 번까지 해도 돼?"

"천이 얼만데?"

"나도 몰라. 어깨에다도 입 맞춰도 괜찮아?"

"그래."

나는 어깨 위에 입을 맞추었다. 그러나 그게 아니었다. 무언가가, 본질적인 무엇인가가 빠져 있다는 것이 느껴졌다. 심장이 몹시도 뛰었으며, 나는 코에, 머리카락에, 목에 키스를 퍼부었으나, 점점 더 무엇인가가 모자랐고, 이로써는 충분치 않으며 좀더 멀리, 아주 멀리 가야만 한다는 느낌이 들었으며, 마침내 사랑에 넋을 잃고, 관능적 광란에 휩싸여, 나는 풀밭에 주저앉았고, 내 고무신 한 짝을 벗어 들었던 것이다.

"만일 네가 원한다면, 너를 위해 이걸 먹을 거야."

만일이라고! 하하! 보라, 물론 그녀는 그것을 원했다. 정말 진짜 배기 꼬마 여자였다.

그녀는 굴렁쇠를 땅에 놓더니 무릎을 꿇고 앉았다. 얼핏 그녀의 눈 속에서 감탄의 빛을 본 것 같은 생각이 들었다. 더 이상 바랄 것이 없었다. 나는 주머니 칼을 꺼내어 고무를 베어내었다. 그녀는 내가 하는 것을 바라보았다.

"날것으로 먹을 거야?"

"응."

나는 한 조각을 삼켰고, 이어 다음 조각을 삼켰다. 마침내 존경의 빛을 띤 그녀의 시선을 받으며, 나는 진정으로 사나이가 된 것 같았다. 그리고 그 생각은 옳았다. 나는 막 나의 수련 과정을 완수한 것이다. 새로 한 입 넣을 때마다 조금씩 신음해가면서 나는 더욱 깊이 고무를 베어내었다. 그런 식으로 한참을 계속하였다. 식은 땀이 이마에 솟아오를 때까지. 그러고 난 후에도 이를 악물고, 구역질과 싸우면서, 땅 위에 버티고 있기 위해 온 힘을 모으면서, 조금 더 계속하기까지 했다. 이후 사나이로서의 내 생애에 그토록 많이 반복하지 않을 수 없었던 것처럼.

나는 심하게 병이 나서 병원으로 옮겨졌다. 사람들이 나를 앰뷸런스의 들것 위에 옮겨놓는 동안 어머니는 흐느껴 울었고, 아니엘라는 울부짖었으며, 양장점 직공들은 우는 소리를 내었다. 내 자신이 몹시 자랑스러웠다.

어릴 때의 이 사랑은 20년 뒤 내 첫 소설 『유럽식 교육』과, 『대 탈의실』의 몇 구절에 영감을 주었다.

오랫동안 여기저기를 떠돌면서, 나는 칼자국이 난 어린아이 고무신 한 짝을 가지고 다녔다. 스물다섯이 되고, 서른이 되고, 이윽고 마흔이 되었어도, 신은 항상 손 닿는 곳에 있었다. 언제든 나는 다시 한 번 내가 가진 최선의 것을 주기 위해 그것을 먹을 준비가 되어 있었다. 그러나 그런 기회는 오지 않았다. 마침내 나는 내 뒤 어디엔가 그 신을 던져버렸다. 사람은 두 번 살 수 없는 것이다.

발랑틴과의 관계는 일 년 가까이 계속되었다. 그녀는 나를 완전히 변모시켰다. 나는 끊임없이 나의 연적들과 싸우고, 나의 우월성을 확인시키고 자랑하며, 물구나무를 한 채 걷고, 가게를 털고, 모든 방면에서 싸우고, 방어해야만 했다. 나에게 가장 큰 고통을 준 것은 이름은 잊었으나 다섯 개의 사과로 재주를 피울 줄 알던 어떤 아이였다. 그리하여 헛된 노력으로 시간을 보낸 뒤 주위에 사과를 흩뜨리고 머리를 숙인 채 바위 위에 앉아 있는 때가 생기게 되었다. 도무지 인생이라는 것이 살 만한 가치가 없는 것 같았다. 그렇지만 나는 극복해내었다. 그래서 지금까지도 나는 세 개의 사과를 가지고 재주를 부리는 방법을 알고 있으며, 바다와 하늘의 무한함을 앞에 둔 빅서의 내 언덕에서 자주 한 발을 앞으로 내밀고 그 굉장한 재주를 피워보곤 한다. 내가 뭔가 잘난 인물임을 보이기 위해.

겨울에 언덕 꼭대기에서 썰매를 타고 놀 적에는, 단지 그 잔이란 놈이 하듯이 썰매 위에 선 채 비탈을 내려올 수 없다는 그 한 가지 이유 때문에, 발랑틴이 보는 앞에서 오 미터 높이의 눈 속을 뛰느라고 어깨가 탈골되곤 하였다. 그 잔이란 놈, 나는 얼마나 녀석을 미워했고 또 지금도 얼마나 미워하고 있는가. 녀석과 발랑틴 사이에 무슨 일이 있었는지 결코 정확히 알 수 없었고, 또 지금도 그것에 관해서는 생각하고 싶지 않지만, 어쨌든 그는 거의 일 년이나 나보다 위여서 열 살 가까이 되었으며, 여자들에 관해 훨씬 많이 알고 있었고, 또 내가 할 수 있는 것은 무엇이든 나보다 더 잘할 수 있었다. 그는 도둑 고양이를 연상시키는 악당 같은 얼굴을 하고 있었으며, 믿기 어려울 정도로 민첩하였고, 오 미터 밖까지 가도록 침을 뱉을 줄 알았다.

그는 두 손가락을 입에 대고서 특별히 인상적인 방법으로 휘파람을 부는 방법을 알고 있었다. 아직까지 나는 그 재주를 터득하지 못하였으며, 그 녀석 외에 내 친구인 자이메 드 카스트로 대사와 넬리 드 보게 남작 부인을 빼면 아무도 그렇게 날카로운 힘으로 휘파람을 부는 것을 보지 못하였다. 아무튼 내가 어머니의 사랑과 집안에서 나를 감싸주던 애정이란, 밖에서 날 기다리고 있는 것과는 아무 상관없는 것임을 배우게 되었던 것은 발랑틴의 덕이다. 또 인간은 어떤 것도 결정적으로 획득하고 확고히 자기 것으로 만들어 간직할 수 없음도. 잔은 천부적인 모욕 감각으로, 나에게 '파란 눈의 꼬마놈'이라는 별명을 붙였다. 나는 결코 까닭을 설명할 수는 없었으나 몹시도 모욕적인 것으로 판단된 그 별명을 떼어버리기 위해 용기와 남성다움의 증거들을 증가시켜야만 하였으며, 그리하여 눈 깜짝할 사이에 나는 그 지역 상인들의 공포의 대상이 되었다. 자랑이 아니라, 나는 그 동네 어떤 아이들보다도 더 많은 유리를 깼으며, 더 많은 대추 야자 열매 통을 훔쳤고, 더 많은 초인종을 울렸다고 말할 수 있다. 나는 또한 대수롭지 않게 목숨을 거는 것도 배우게 되었다. 그런 점은 좀더 나중에, 그런 종류의 태도가 공식적으로 인정되고 북돋아졌던 전쟁 중에 매우 유익했다.

특히, 우리 친구들이 넋을 잃고 지켜보는 가운데 잔과 내가 우리 집 건물 오 층의 창턱에서 벌였던 '죽음 내기'가 생각난다.

발랑틴이 거기 있건 없건 그것은 별 문제가 되지 않았다. 이 결투에서 문제가 되는 것은 바로 그녀였고, 우리 둘 중 누구도 그것을 모를 리 없었던 것이다.

내기는 매우 단순했다. 거기에 비하면 그 유명한 '러시안룰렛'도 중학생들의 심심풀이밖엔 되지 못한다고 나는 진심으로 생각한다.

우리는 건물 꼭대기 층으로 올라가 창틀 속, 마당으로 난 창문을 열었다. 그런 다음 다리를 밖으로 내놓고 될 수 있는 한 바깥 쪽으로 앉았다. 창문에는 바깥 쪽으로 폭이 이십 센티미터도 안 되는 주석 테두리가 달려 있었다. 내기는 한쪽이 다른 한쪽의 등을 미는 것이었다. 그러나 등을 미는 쪽은 상대방이 난간을 타고 창문에서 미끄러져 다리를 허공에 내밀고 좁다란 외부 테두리에 가 앉을 수 있도록 잘 계산해서 밀어야만 했다.

우리는 믿을 수 없을 만큼 여러 번 이 죽음의 놀이를 하였다.

마당에서 어떤 말다툼이 일어나 우리를 대립시키기만 하면, 혹은 아무런 표면적 이유가 없을 때에도 증오의 절정 속에서 우리는 서로에게 눈짓으로 도전장을 보낸 뒤 '내기를 하기'위해 오 층으로 올라갔던 것이다.

이 결투의 이상스러우리만치 절망적이며 그리고 동시에 영웅적인 성격은 분명, 한편이 완전히 자기 숙적의 처분에 맡겨진다는 사실에서 기인하는 것이었다. 왜냐하면 등을 밀 때에, 조금치라도 계산이 틀리거나 또는 나쁜 의도가 섞이게 되면 상대방은 오 층 아래로 떨어져 분명히 죽게 될 것이기 때문이었다.

나는 아직도 허공에 늘어진 내 두 다리와 금속 창틀과 금방이라도 밀 준비를 하고 내 등 뒤에 놓인 연적의 손을 매우 생생하게 기억하고 있다.

잔은 지금 폴란드 공산당의 주요 인물이 되어 있다. 한 십오 년쯤 전에, 파리의 폴란드 대사관에서 열린 공식 리셉션 석상에서 그를 만난 일이 있다. 나는 금방 그를 알아보았다. 녀석이 얼마나 안 변했는지 놀라울 정도였다. 서른여섯 살에, 그는 전이나 다름없이 창백했고, 전처럼 호리호리했으며, 유연한 동작에 가늘고 단호하며 심술궂은 눈을 하고 있었다. 서로서로, 자신의 존경하는 조국을 대표하는 신분으로 거기서 만나고 보니 우리는 예의 바르고도 정중하였다. 발랑틴이라는 이름은 발음되지 않았다. 우리는 보드카를 마셨다. 그는 항독운동에 참가했을 때의 자기의 투쟁을 이야기하였고, 나도 그에게 내가 한 항공 전투에 대해 몇 마디 하였다. 우리는 또 한 잔을 마셨다.

"난 게슈타포에게 고문당했습니다" 하고 그가 내게 말했다.

"난 세 번 부상을 입었지요" 하고 내가 그에게 말했다.

우리는 서로를 바라보았다. 그렇게 합의를 본 우리는 술잔을 내려놓고 층계로 갔다. 우리는 삼 층으로 갔다. 잔이 창문을 나에게 열어 주었다. 어쨌건 그곳은 폴란드 대사관이었고, 나는 손님이었으니까. 내가 창문에 이미 걸터앉았을 때, 갑자기 대사 부인이 홀에서 나왔다. 자기 나라의 가장 아름다운 사랑의 시들에 부합될 만큼 매혹적인 대사 부인이 말이다. 나는 얼른 다리를 거두어들이고, 온화한 미소를 지으며 허리를 굽혔다. 그녀는 양쪽 팔에 우리를 끼고서 식탁으로 데려갔다.

가끔 궁금해진다. 만일 그 팽팽한 냉전의 시기에 파리의 폴란드 대사관 창문에서 뛰어내린 폴란드 고위 관리나 프랑스 외교관을 보도 위에서 발견하였더라면 세계의 신문들은 무어라고 말했을까.

12

그랑드 포윌랑카 16번지의 안뜰은 내가 미래의 투쟁을 위한 투사 수련을 쌓은 드넓은 투기장으로서 내 추억에 남아 있다. 사람들은 마차가 드나드는 큰 문을 통해 그 안으로 들어갔다. 한가운데는 리투아니아 군대와 폴란드 군대 사이에 전투가 벌어졌을 때 빨치산들이 폭파한 무기 공장의 거대한 벽돌더미가 있었고, 좀더 떨어진 곳에 이미 말한 바 있는 장작더미가 있었다. 그곳은 쐐기풀로 뒤덮인 공터였는데, 나는 그 쐐기풀들을 상대로 내 생애 유일하게 진정한 승리를 거둔 전투를 벌이곤 하였다. 끝으로는 옆 과수원들의 높은 울타리가 둘러쳐져 있었다. 두 길을 따라 있는 건물들은 마당을 등지고 있었다. 오른편은 기다랗게 세워진 곳간이었는데, 나는 판자 몇 장을 뜯어내고 지붕을 통해 그 속으로 들어가곤 하였다. 그 곳간들은 집주인들이 가구 창고로 사용하던 곳으로 가방과 궤짝으로 가득 차 있었다. 나는 교묘하게 자물쇠를 따고 그것들을 열었다. 그것들은 나프탈렌 냄새가 풍기는 가운데, 낡고 쓸모없는 온갖 사물들로 이루어진 낯선 삶을 통채로 땅 위에 토해내었다. 나는 보물을 찾아낸 기분과 난파선 같은 분위기를 느끼며 그 물건들 가운데서 경이로운 시간들을 보내곤 하였다. 모자 하나하나, 신발 한 짝, 단추나 메달 상자 하나하나마다 어떤 신비롭고 알 수 없는 세계, 타인들의 세계를 말해주었다. 기다란 모피 목도리, 싸구려 장신구들, 투우사 모자, 실크 해트, 노랗게 바랜 초라한 발레복 같은 무대 의상들, 들여다보면 얼빠진 수천의 시선이 내게 되돌아오는 것 같은 금 간 거울, 연미복, 레이스 달린 바지들, 찢어진 스페인풍 목도리, 빨강, 노랑, 하양의 장식 리본이 달린 러시아 군복, 갈색 사진들이 붙어 있는 사진첩, 우편엽서들, 인형들, 목마들 — 인간들이 그토록 애써 흘러가느라고, 그토록 많이 죽어가느라고, 자기의 뒤에, 자기의 강둑에 남기고 간 그 모든 작은 골동품들. 이젠 사라져버린 통로와 수많은 기착지들의 초라하고 괴상한 흔적들. 나는 맨땅에 앉아 낡은 지도, 부서진 시계들, 시커먼 가면들, 건강법 쪽지들, 타프타 천으로 만든 제비꽃 다발들, 야회복들, 잊혀진 손 같은 낡은 장갑들을 앞에 둔 채 등이 얼어붙도록 몽상에 잠기곤 하였다.

어느 날 오후, 지붕 위로 기어올라가 내 왕국으로 내려가기 위해 판자를 뜯어내었을 때, 나는 내 보물들에 둘러싸여 연미복, 모피 목도리, 나무 마네킹 사이에서 굉장히 열중한 상태로 누워 있는 한 쌍의 남녀를 보았다. 나는 일각의 지체도 없이 내가 관찰하게 된 그 현상의 본질을 정확히 알아차렸다. 그런 종류의 놀이를 참관하게 된 것은 그때가 처음이었는데도 말이다. 나는 점잖게 판자를 제자리에 다시 맞춰두었다. 공부를 위해 꼭 필요한 만큼만 틈새를 벌여놓고 말이다. 남자는 제빵사 미슈카였고, 여자 애는 우리 집 건물의 하녀인 안토니아였다. 나는 그때 완벽하게 깨달았고, 또 매우 놀랐다는 사실을 말하지 않을 수 없겠다. 그 두 사람이 함께 한 짓은 내 친구들 사이에 떠돌던 좀 너무 간단한 언급들과는 아주 동떨어진 것이었다. 도대체 무슨 일이 벌어지고 있는지 확실히 알아보려 애쓴 나머지 나는 여러 번 지붕에서 떨어질 뻔하였다. 나중에 내가 그 일에 관해 내 꼬마 친구들에게 말하자, 그들은 만장일치로 나를 거짓말쟁이 취급하였다. 그중 선의의 아이들은 내가 위에서 아래로 내려다보았기 때문에 모든 것을 거꾸로 보았을 것이라고 설명했다. 거기서 내 착오가 생긴 것이라고. 그러나 나는 내 눈으로 똑똑히 보았던 것이며, 그래서 강한 확신을 가지고 내 의견을 주장하였다. 결국 수위에게서 빌린 폴란드 국기로 무장한 상비 초소가 헛간 지붕 위에 설치되었다. 연인들이 그 장소에 다시 나타나면 보초가 깃발을 흔들어 알리고, 그러면 모두들 관찰 지점으로 달려가기로 이야기가 되었던 것이다. 우리 보초——그날은 마레크 루카의 차례였다. 밀처럼 황금색 나는 머리털을 가진, 다리를 저는 아이였다——가 처음으로 그 일을 목격하게 된 날, 그날은 그가 그 충격적인 장면에 넋이 나간 나머지 깃발을 흔드는 것을 잊어버려 모두에게 실망을 안겨주었다. 그러나 대신 그는 그 이상스런 의식에 관해 내가 행했던 묘사들을 빠짐없이 정확하게 확증해주었고——웅변적인 몸짓으로 말이다. 자기가 본 바를 전달하려는 의지와 정력에 너무나 넘쳐 있던 나머지 그는 극단적인 사실주의로 말미암아 자기 손가락을 심하게 물어뜯었다——그것이 동네 아이들 사이에서 내 주가를 매우 높여주었다. 우리는 그처럼 이상한 행위의 동기를 해석해보려고 오랫동안 토의하였는데, 바로 마레크가 가장 합당해 보이는 가설을 만들어내었다.

"어떻게 하는 것인지 모르니까 온갖 짓을 다 해보는 게 아닐까?"

다음날은 약제사 아들이 보초를 설 차례였다. 유리창에 코를 찌부러뜨리고 있던 녀석들, 또는 그다지 확신하지 않고서 마당에서 뛰어놀던 아이들이 헛간 지붕 위에서 활짝 피어나 의기양양하게 흔들리는 폴란드 국기를 본 것은 오후 세 시경이었다. 몇 초 후, 흥분한 예닐곱 명의 아이들이 주먹을 불끈 쥐고 집합 신호를 향해 돌진하였다. 조심스럽게 판자가 치워졌고, 그러자 우리는 모두 굉장한 교육적 가치를 지닌 사실 학습에 참여할 수 있게 되었다. 제빵사 미슈카는 그날 자기 실력 이상을 발휘하였다. 마치 그의 후한 천성이, 자기 작품 위에 몸을 굽히고 있는 천사 같은 여섯 개의 머리통의 존재를 간파해내기라도 한 듯이. 나는 언제나 맛좋은 과자를 사랑하였지만, 그러나 그날 이후 나는 결코 그 전과 같은 눈으로 과자를 바라보지 않았다. 그 제빵사는 하나의 위대한 예술가였다. 퐁스니 룸펠메예니, 바르샤바의 그 유명한 루르니 하는 사람들은 그 앞에서 모자를 벗고 인사를 해도 좋을 것이다. 물론 유년 시절의 우리에겐 비교할 만한 것이 아무것도 없었지만, 많이 돌아다니고 보고 들었으며, 미국에서 가장 맛있는 아이스크림을 먹어보았거나, 베니스의 그 유명한 플로리앙 비스킷을 맛보았거나, 비엔나의 근사한 스트뤼델과 사셰르토르테를 음미해본 사람들 말에 주의 깊게 귀를 기울여도보고, 또 나 자신 두 대륙의 가장 유명한 제과점에 드나들어보기도 한 지금까지도 나는 여전히 미슈카가 매우 위대한 제빵사라고 확신하고 있다. 그날 그는 우리에게 매우 도덕적 가치가 높은 가르침을 주었다. 그는 우리를 앞으로는 절대로 잘난 척하지 않을 겸손한 사람들로 만들어놓았던 것이다. 동부 유럽의 잊혀진 작은 도시에 자리 잡은 대신 파리에 와서 가게를 열었더라면, 미슈카는 지금쯤 돈 많고 유명하고 훈장까지 탄 사나이가 되어 있을 것이다. 파리에서 제일 예쁜 부인들이 그의 케이크를 먹으러 올 것이다. 과자의 분야에서라면 그 누구도 두려울 것 없는 그였으며, 나는 좀더 넓은 출구가 그에게 열리지 않았던 것을 가슴 아프게 생각하는 바이다. 그가 아직 살아 있는지는 모르겠다. 그가 젊어서 죽었으리라고 짐작케 하는 일이 있긴 있다. 그러나 어쨌든, 보잘것없는 한 작가의 경의를 다하여 여기 그 위대한 예술가의 추억 앞에 고개 숙임을 허락해주시길.

우리가 참관한 그 장면은 너무나 감동적이었으며, 또 어떤 면에서는 너무도 겁나게 만들기도 하는 것이어서 우리 중에 가장 나이가 어린 꼬마 카지크—아마 여섯 살 이상 되지 않았었을 것이다—는 겁을 먹은 나머지 울기 시작했다. 그럴 만하기도 했다. 그렇지만 무엇보다 제빵사를 방해하고, 우리가 거기 있는 줄 그가 알게 될 것이 두려웠던 우리는 그 숙맥이 울부짖지 못하도록 입을 틀어막기 위해 차례 차례 한 사람씩 그 귀중한 몇 분씩을 허비하지 않을 수 없었다.

영감(靈感)이 미슈카를 떠나고, 땅바닥엔 찌부러진 중산모, 납작해진 털 목도리, 얼이 빠진 나무 마네킹만이 남게 되었을 때, 우리는 몹시도 피곤하고 말 없는 꼬마 집단이 되어 지붕 위에서 내려왔다. 그 당시 사람들은 달리는 기차 밑 철도 사이에 누워 있다가, 기차가 통과한 뒤에 보니 머리가 하얗게 세어버렸다는 스타라는 어린아이 이야기를 해주곤 했다. 우리 중 누구도 미슈카가 통과한 후 자기 머리가 세어버린 것을 보지 못하였으니, 아마도 위의 이야기는 신빙성이 없는 이야기라고 생각된다. 지붕에서 내려온 우리는 오랫동안 말 없이 조금 아연실색한 가운데 생각에 잠겨 있었다. 아무도 우리가 특히 좋아하던 표현 수단인 장난스런 찡그림이나 물구나무서기 혹은 다른 여러 가지 광대짓을 하지 않았다. 우리의 얼굴은 엄숙하였으며, 마당 한가운데 동그랗게 선 채 이상스럽고도 경건한 침묵 속에 서로를 바라보았다. 마치 신성한 곳에서 나온 길인 양. 나는 생각한다. 그때 우리는, 남자들이 자기의 내장 속에 지니고 다니는 그 불가사의한 힘의 분출 앞에서 거의 초자연적인 신비와 계시의 느낌에 사로잡혀 있었던 것이라고. 모르는 사이에 우리는 그때 막 최초의 종교적 체험을 하였던 것이다.

꼬마 카지크 역시 그 신비에 충격을 덜 받은 것은 아니었다.

다음날 아침 나는 그가 장작더미 뒤에 쭈그리고 있는 것을 보았다. 그는 바지를 내리고 있었으며, 눈썹을 찡그리고, 깊은 사색에 잠긴 얼굴을 하고서 자기의 성기를 정신 없이 바라보고 있었다. 가끔씩, 그는 소중하게 그 물건을 집어가지고 위로 잡아당겼다. 나의 예절 선생님이 찻잔을 손에 들 때, 그렇게 해서는 안 된다고 한 바로 그대로, 엄지와 검지 사이에 그것을 쥐고 새끼손가락을 뻗치고서. 그는 내가 오는 것을 보지 못하였다. 나는 그의 귀에 대고 "우!" 하고 외쳤다. 그는 두 손으로 바지를 잡고, 그야말로 날아올랐다. 아직도 놀란 토끼마냥 마당을 가로질러 걸음아 날 살려라 도망가던 그의 모습이 보이는 것 같다.

작업에 임하고 있는 그 위대한 거장에 대한 추억은 영원히 내 기억 속에 남아 있다. 나는 자주 그를 떠올린다. 최근에 피카소에 대한 영화에서 불가능을 좇으며 달리는 거장의 붓을 보았을 때, 윌노의 제빵사 모습이 억제할 수 없이 내 머릿속에 떠올랐다. 예술가가 된다는 것, 자기의 영감을 온전한 상태로 유지하는 것, 걸작에 도달할 수 있다고 믿는 것은 힘든 일이다. 세계의 획득—영원히 다시 얻어내야만 하는—정복과 스타일과 완벽에의 추구, 정상에 도달하여 일종의 완전한 포만감 속에서 영원히 거기 머무르고 싶은 욕망—나는 집요하게 절대를 추적하는 거장의 붓을 바라보았다. 그러자 어떤 새로운 승리도 패배하는 것을 막아줄 수 없는 영원한 검투사의 토르소 앞에서 커다란 슬픔이 나를 엄습하는 것이었다.

그러나 체념하는 것은 더욱 어렵다. 나 또한 예술가로서의 생애에 발을 내디딘 그때부터 손에 펜을 들고, 몸을 둘로 접고서 다리는 허공에, 머리는 아래를 향한 채 공중그네에 매달려 이를 악물고, 근육이란 근육은 몽땅 긴장하고, 이마에 땀을 흘려가며 상상력과 의지의 막바지에 다다른 채, 나 자신의 한계에 도달한 채, 허공으로 던져진 나 자신을 발견하곤 하였던 것이 대체 몇 번이었던가? 그럴 때라도 여전히 스타일을 염려해야 하며, 부드럽고 쉬운 인상을 주어야 하며, 가장 극심한 긴장의 순간에도 초연한 듯 보여야 하고, 가장 격렬한 경련의 순간에도 가뿐해 보여야 하며, 보기 좋은 미소를 지어야 하고, 호흡과 대담성과 재능 부족인 양 '끝'이라는 단어가 때 이르게 와버리는 것을 막기 위해 이완과 피치 못할 추락의 시간을 늦추고 비행을 연장시켜야만 하는 것이다. 그리하여 드디어 기적처럼 온전한 사지로 땅에 되돌아왔을 때, 그네는 되돌아오고 페이지는 다시 새하얗게 되며, 처음부터 다시 시작하지 않을 수 없는 것이다.

예술에의 추구, 걸작을 향한 이 강박적인 추적은, 내가 드나든 모든 박물관들, 내가 읽은 모든 책들, 그리고 공중그네에 매달려 쏟았던 내 자신의 모든 피땀에도 불구하고 오늘날까지 나에게는 하나의 알지 못할 신비로 남아 있다. 삼십오 년 전 지붕 위에서, 세상에서 가장 위대한 제빵사의 그 영감에 넘치는 작품을 굽어보던 그때나 마찬가지로.

13

무대의 한편에서 내가 이처럼 예술과의 첫 접촉을 시작하고 있는 동안, 무대의 다른 한편에선 어머니가 내게서 어떤 숨겨진, 천연 귀금속같이 감춰져 있는 자질을 발견해내기 위해 체계적인 시굴 작업에 착수하고 있었다. 바이올린과 춤이 차례로 떨어져나가고, 그림은 코스 밖으로 벗어나자, 나는 노래를 배우게 되었다. 그 지방 오페라단 최고의 선생들이 내 성대를 시험해주십사 초대되었다. 내가 혹시

빛과 자주색 황금의 장식 속에서 대중의 갈채를 받게끔 전도를 약속 받은 씨앗, 미래의 샬랴핀이 될 어떤 씨앗을 지니고 있는지 판단하기 위함이었다. 참으로 애석하게도, 삼십 년이나 뜸을 들이고 난 지금 나는 어쩔 수 없이 나와 내 성대 사이엔 완벽한 오해가 개재되어 있음을 인정하지 않을 수 없게 되었다. 왜 그런 일이 일어났는지 전혀 알 수 없으나, 그 사실을 인정하지 않을 수 없다. 무엇보다도 나에게 그토록 잘 어울릴 저음을 나는 갖고 있지 않다. 무슨 이유에서인지 어제는 샬랴핀이, 지금은 보리스 크리스토프가 내 목소리를 받아쓰고 있는 것이다. 내 인생의 오해가 거기에만 있었던 건 아니지만, 그것은 꽤 중대한 일이다. 어떤 순간, 어떤 음흉한 음모의 결과로 바꿔치기가 일어났는지 말할 수는 없으나 일이 그렇게 된 것이며, 따라서 내 진짜 목소리를 알고 싶은 사람은 샬랴핀의 레코드판을 사라고 권하는 바이다. 그중에서도 특히 무소륵스키의 「벼룩」하나만 들어보라. 그것이 바로 꼭 나다. 무대 위에 서서 내 저음으로 '하! 하! 하! 블로카!' 하고 있는 나를 상상해본다면, 확신하건대, 분명 내 의견에 찬성할 것이다. 다만 불행하게도, 한 손을 가슴에 얹고, 한쪽 다리를 앞으로 내밀고, 고개를 높이 쳐들고서 나의 성량에 자유로운 길을 터주었을 때, 내 목에서 나오는 것은 나에겐 언제나 놀라움과 슬픔의 근원인 것이다. 천부적 재질이나 안 가지고 있다면 그나마 별 문제가 안 될 것이다. 그런데 내겐 천부적 재질이 있는 것이다. 나는 누구에게도, 나의 어머니에게조차 그런 말을 한번도 하지 않았다. 그러나 더 이상 숨긴다는 것이 무슨 소용이랴. 진짜 샬랴핀, 그것은 나다. 나는 진가를 이해받지 못한 위대한 저음 가수이며, 내 생이 끝날 때까지 그러할 것이다. 뉴욕의 메트로폴리탄에서 파우스트 공연 중의 일이 생각난다. 내 대역이 무대 위에서 자기 역량껏 내 역할을 해내고 있는 동안, 나는 메피스토펠레스적 눈썹에 입술엔 수수께끼 같은 미소를 떠올리고서 팔짱을 낀 채 단장석의 루돌프 빙 곁에 앉아 있었다. 세계에서 가장 위대한 흥행사 중의 하나가 내 옆에 앉아 있는데, 지금 무슨 일이 벌어지고 있는지 까맣게 모르고 있다는 사실을 생각하자 뭔가 매우 짜릿한 느낌이 들었다. 그날 밤 만일 빙이 나의 악마적이고도 신비로운 분위기에 놀라 의아하게 생각했다면, 여기서 그 설명을 발견하기 바란다.

어머니는 오페라를 열광적으로 좋아하였다. 어머니는 샬랴핀에게 거의 종교적인 경탄을 품고 있었다. 그러므로 나에겐 변명의 여지가 없었다. 여덟 살, 아홉 살 때 나는 얼마나 많이 장작더미로 달려가 몸을 숨기곤 하였던가? 어머니가 내게 던지는 그 다정하고 꿈 많은 시선을 너무도 정확히 해석한 나머지 말이다. 거기로 가 나는 숨을 들여마시고 포즈를 취하고서, 내장 밑바닥으로부터 '하! 하! 하! 블로카!'를 밀어내었다. 세상이 다 흔들릴 만큼. 그러나 슬프다! 내 목소리는 나보다도 다른 놈을 더 좋아하였던 것이다.

어느 누구도 과거의 나인 그 어린아이보다 더 열심히, 더 뜨거운 눈물로 천부적 목소리를 희구하지는 않았을 것이다. 만일 한 번만, 단 한번만이라도 파리의 오페라나 혹은 보다 겸손하게 밀라노의 라 스칼라에서라도 자기 박스에 의기양양하게 자리 잡은 어머니, 그 휘황한 객석 앞에, 내 위대한 보리스 고두노프의 역으로 모습을 나타낼 수 있는 기회가 주어졌더라면, 나는 내가 어머니의 희생과 인생에 의미를 주었다고 생각할 것이다. 그런 일은 일어나지 않았다. 내가 그녀를 위하여 이룩한 단 하나의 공적은 1932년 니스 탁구 대회에서 승리한 것뿐이다. 나는 딱 한 번 우승을 하였는데, 그 이후엔 매해 규칙적으로 패배하였다.

그리하여 노래 공부도 곧 집어치워졌다. 내 선생님들 중의 어떤 이는 너무 의리 없게도 나를 '비범한 아이'로 규정짓기까지 하였다. 자기 생애에 나처럼 귀도 없고 재주도 없는 아이는 한번도 만나본 일이 없다는 것이었다.

나는 자주 샬랴핀의 「벼룩」 판을 전축에 걸고, 감동에 젖어 내 진짜 목소리를 듣곤 한다.

이렇게 하여 내가 어떤 특별한 재주나 감춰진 재능을 보여주지 않는다는 사실을 인정하지 않을 수 없게 된 어머니는 다른 수많은 어머니들이 그러하였듯이 한 가지 해결책밖에 남아 있지 않다는 결론을 내렸다. 외교관 생활 말이다. 일단 그 생각이 어머니의 머릿속에 닻을 내리자 어머니는 다시 눈에 띄게 쾌활해졌다. 그러나 언제나 나에겐 이 세상에서 제일 아름다운 것이 필요하므로, 나는 프랑스의 대사가 되어야만 하였다──어머니는 최고가 아니면 안 되는 사람이었다.

프랑스에 대한 어머니의 사랑, 존경은 나에게는 늘 커다란 놀라움의 원천이었음을 말해야겠다. 나를 잘 이해해주기 바란다. 나 역시 언제나 대단한 프랑스주의자였다. 그러나 거기에는 이유가 있다. 나는 그렇게 키워졌던 것이다.

어린아이로서 리투아니아의 숲 속에서 프랑스의 전설을 들으려 애써보라. 당신이 모르는 그 나라를 당신 어머니의 감동 어린 목소리를 통해 그 나라를 익혀보라. 밖에서 내리는 눈이 당신 주위에 정적을 만들고, 장작들이 노래하는 난롯가에서 마치 『장화 신은 고양이』

처럼 들려주는 프랑스를 들어보라. 할미새를 볼 때마다 눈을 크게 뜨고 소리를 들어보라. 이 피라미드 꼭대기에서 사천 년의 세월이 너희들을 굽어보고 있다고 당신의 주석 병정들에게 고하고, 종이 고깔 모자를 쓰고 바스티유 감옥을 점령하고, 나무칼로 엉겅퀴와 가시덤불을 공격하여 세상에 자유를 가져다주어보라. 라 퐁텐의 우화를 읽는 법을 배우고, 그런 다음 성인이 되어 그 모든 것들을 당신으로부터 내몰려고 해보라. 프랑스에 오래오래 머무른다 하여도 그것을 내모는 데 아무 도움도 되지 않을 것이다.

리투아니아의 숲에서 본 이 대단히 이론적인 프랑스의 이미지가 우리 나라의 모순되고도 혼란한 현실에 격렬히 충돌하는 날이 오고 말았음은 말하나 마나이다. 그러나 그때는 이미 너무나, 너무나 많이 늦어 있었다. 나는 이미 태어난 지 오래였으니.

내 평생을 통틀어 나는 나와 같은 악센트로 프랑스에 대해서 말하는 사람을 둘밖에 보지 못하였다. 나의 어머니와 드골 장군이었다. 두 사람은 서로 몹시 달랐다. 육체적으로도 그랬고 다른 면에서도 그랬다. 그러나 7월 18일의 부름을 들었을 때 내가 지체 없이 대답하였던 것은 드골 장군의 목소리였던 만큼, 윌노의 그랑드 포윌랑카 16번지에 모자를 팔러 다니던 늙은 부인의 목소리이기도 하였던 것이다.

여덟 살이 되었을 때부터, 특히 일이 나빠질 때면—몹시 빠르게 일은 나빠져갔는데—어머니는 지친 얼굴과 쫓기는 듯한 눈을 하고 내 앞에 와 앉곤 하였다. 그러고는 한없는 찬미와 긍지를 가지고 오랫동안 나를 바라보다가는 몸을 일으켜 마치 내 얼굴의 이모저모를 좀더 잘 보기 위해서인 듯 내 머리를 두 손으로 감싸고서 말하는 것이었다.

"너는 프랑스의 대사가 될 거야. 바로 이 에미가 그걸 네게 말해주는 거야."

그렇지만 약간 내 마음에 걸리는 점이 있다. 어머니에게 그럴 능력이 있었던 바에야, 왜 어머니는 날 대통령으로 만들지 않았던 것일까? 아마도 어머니에겐 내가 생각했던 것보다 훨씬 더 많은 겸손과 자제력이 있었던지도 모르겠다. 또 어쩌면 안나 카레리나와 근위 장교의 세계 속에선 공화국 대통령, 그것은 전혀 '사교계'적이 못 되며, 근사한 유니폼의 대사가 훨씬 더 눈에 띈다고 보았는지도 모른다.

때때로 나는 향긋한 내 장작 은신처로 가 몸을 숨기고서, 어머니가 내게 기대하고 있는 모든 것을 생각하곤 하였다. 그리고 나는 울기 시작했다. 오랫동안, 소리 없이. 어떻게 대책을 강구해야 할 것인지 전혀 알 수 없었던 것이다.

그런 다음 서글픈 마음으로 집에 돌아와, 다시 라 퐁텐의 우화를 배웠다. 그것이 내가 어머니를 위해 할 수 있는 모든 것이다.

어머니가 외교관이라는 직업과 외교관들에 대해 어떤 생각을 가지고 있었는지 나는 모른다. 아무튼 어느 날 어머니는 매우 진지한 얼굴로 내 방에 들어와 곧 긴 연설을 시작하였는데, 그것은 '여인들에게 선물을 주는 기술'이라고 이름 붙일 수밖에 없는 것에 관한 연설이었다.

"심부름꾼에게 시켜서 큰 꽃다발을 보내는 것보다 네가 직접 작은 꽃다발을 손에 들고 가는 것이 훨씬 효과적이라는 걸 명심해둬라. 모피 코트를 여러 벌 가진 여자들을 경계해야 된다. 그런 여자들은 언제나 그런 걸 또 한 벌 얻었으면, 하고 기대하거든. 꼭 필요한 경우가 아니면 그런 여자들한텐 가지 마라. 선물을 받을 사람의 기호를 잘 알고 분별 있게 선물을 선택하도록 해라. 만일 그 여자가 교육도 못 받았고, 문학적 성향도 없으면 아름다운 책을 주어라. 만일 검소하고, 교양 있고, 신중한 여자면 향수나 삼각 숄 같은 사치품을 주고, 몸에 걸칠 선물을 주기 전에 받을 사람의 머리색이나 눈 색깔을 잘 봐두는 걸 잊지 마라. 브로치니 반지, 귀걸이 같은 작은 물건들은 눈 색깔에 맞추고, 드레스니 외투, 스카프는 머리색에 맞추는 거야. 머리색과 눈색이 같은 여자들은 옷 입기가 훨씬 쉽고, 그러니까 덜 비싸게 먹히지. 그렇지만 무엇보다, 무엇보다……"

어머니는 불안스레 나를 바라보고 두 손을 마주 잡았다.

"무엇보다 아가야, 제일 중요한 건 말이야. 이걸 명심해라. 절대로 여자들의 돈을 받아선 안 돼. 절대로. 그러면 난 죽어버릴 거야. 맹세해다오. 네 엄마의 머리를 두고 그걸 맹세해다오……"

나는 맹세했다. 그 점은 어머니가 끊임없이, 이상하리만치 불안해하며 자꾸 되풀이하는 문제였다.

"선물들, 소품들, 예를 들면 만년필 같은 건 괜찮아. 혹은 지갑이나 롤스로이스조차 상관 없어. 그런 것은 받아도 돼. 하지만 돈은 ─ 결단코 안 돼!"

사교계 남자로서의 일반적인 교육도 소홀히 취급되지 않았다. 어머니는 높은 목소리로 『춘희』를 읽어주었다. 그리고 어머니의 눈이 젖어들고 목소리가 갈라져 읽기를 중단하지 않을 수 없었을 때, 어머니의 마음속에서 아르망이 누구였는지 이제 나는 잘 알고 있다. 항상 아름다운 러시아식 악센트와 더불어 그런 식으로 내게 주어진 교훈적 강독들 가운데 특히 MM. 데룰레드, 베랑제 그리고 빅토르 위고가 기억에 남아 있다. 시로 말하자면 읽어주는 데 그치지 않고 '극 예술가'라는 자신의 과거에 충실하게 어머니는 그것을 낭송하였다. 살롱에 서서, 반짝이는 샹들리에 아래, 몸짓과 감정을 다 넣어서 말이다. 특히 "워털루, 워털루, 워털루, 음산한 평원……" 하는 대목이 생각난다. 그 대목은 정말 나를 겁나게 했다. 나는 의자 모서리에 앉아 어머니가 낭송하는 것을 듣고 있었다. 한 손에 시집을 든 어머니는 내 앞에서 한쪽 팔을 치켜들었다. 어찌나 실감이 났던지 등골이 오싹했다. 나는 눈을 부릅뜨고, 무릎을 꼭 붙인 채 그 "음산한 평원"을 바라보고 있었다. 나폴레옹이 그 자리에 있었더라면, 그도 역시 강한 인상을 받았으리라고 나는 확신한다.

나의 프랑스 교육의 중요한 다른 한쪽은 당연히「라 마르세예즈」〔프랑스의 국가〕였다. 어머니는 피아노 앞에 앉고, 나는 어머니 앞에 서서 한 손은 가슴에 얹고 한 손은 바리케이트를 향해 뻗은 자세로, 우리 두 사람은 서로의 눈 속을 들여다보며 그 노래를 함께 불렀다. "시민이여 무기를!" 하는 대목에 이르면, 어머니는 두 손으로 격렬하게 건반을 두드렸고, 나는 위협적으로 주먹을 휘둘렀다. "부정한 피로 우리의 이랑을 적시게 하세" 부분에 이르면 건반 위에 마지막 타격을 끝낸 어머니는 두 손을 허공에 쳐들고서 부동 자세로 멈추었고, 나 또한 주먹을 쥐고 고개를 뒤로 젖히고서 어머니의 몸짓을 흉내 내었다. 그리고 우리는 그렇게 한순간을 얼어붙어 있는 것이었다. 마지막 화음들이 살롱 안에서 진동하기를 멈출 때까지.

14

　나의 아버지는 내가 태어난 지 얼마 안 되어 어머니와 헤어졌다. 매우 드문 일이었으나 내가 그의 이름을 입에 올릴 때마다, 어머니와 아니엘라는 재빨리 서로를 바라보았고 즉시 화제가 바뀌었다. 그렇지만 나는 이렇게 저렇게 듣게 된 대화의 단편들을 통해 그 일엔 거북한, 조금은 고통스럽기까지 한 무엇인가가 있다는 사실을 잘 알게 되었고 곧 거기에 대해서는 말하지 않는 편이 더 낫다는 것을 깨닫게 되었다.
　또한 나는 내게 자기의 성을 준 그 남자에게 부인과 아이들이 있었으며, 여행을 많이 하고 미국에 가곤 한다는 사실도 알고 있었다. 그리고 나는 그를 여러 번 만났다. 그는 '온화'한 모습을 하고 있었으며, 선량한 눈과 매우 잘 다듬은 손을 지니고 있었다. 나와 함께 있을 때면 그는 언제나 조금 거북해하면서 무척 친절했는데, 그가 그렇게 약간 비난하듯—내게는 그렇게 느껴졌다—슬프게 나를 쳐다볼 때면, 왠지 모르게 내가 그에게 짓궂은 장난이라도 친 것 같은 느낌이 들곤 하였다.
　그는 죽고 나서야 진정으로 내 삶 속에 들어왔다, 그것도 내가 결코 잊지 못할 방법으로. 나는 그가 전쟁 중에 유대인이라는 이유로 부인과 두 아이—그 아이들의 나이는 열다섯, 열여섯 살이었다고 생각된다—와 함께 가스실에서 처형당해 죽었다는 것은 이미 알고 있었다. 그러나 1956년에야 비로소 나는 그의 비극적 종말에 대해 차마 듣지 못할 이야기를 듣게 되었다. 나는 그때, 그보다 얼마 전에 출판한 소설 『하늘의 뿌리』로 수상하게 된 공쿠르상을 받기 위해 대리 대사로 있던 볼리비아에서 돌아와 파리에 머물고 있었다. 그때 받은 편지들 가운데, 내가 너무도 모르고 있던 그 사람의 죽음에 대해 상세한 이야기를 전한 편지가 한 통 있었다.

그는 사람들이 내게 말해준 것처럼 가스실에서 죽은 것이 결코 아니라는 것이다. 그는 형을 받으러 가는 길에 입구에서 몇 발짝 떨어진 곳에서 공포에 질려 죽었다는 것이다.

내게 편지를 보낸 사람은 형장의 문지기, 접대원―그를 대체 어떤 명칭으로 불러야 할지, 그가 담당했던 업무의 공식 명칭이 무엇인지 나는 알 수가 없다―이었던 사람이었다.

아마도 나를 재미나게 해주기 위해서인지 그는 그의 편지에서, 내 아버지는 가스실까지 가지도 못했으며, 들어가기도 전에 무서워서 뻣뻣하게 죽어 넘어졌노라고 쓰고 있었다.

나는 오랫동안 그 편지를 손에 들고 있었다. 그런 다음 N.R.F. 출판사의 층계로 나와 난간에 기대었다. 그렇게 하고서 얼마를 있었는지 모른다. 런던식으로 재단된 옷과 프랑스 공사라는 직함과, 영토 해방 십자 훈장과, 레지옹 도뇌르 약장과 그리고 공쿠르상을 주렁주렁 걸치고서.

나는 운이 좋았다. 바로 그때 알베르 카뮈가 지나가다가 내가 몸이 불편한 것을 보고는 나를 자기 사무실로 데려갔던 것이다.

그렇게 죽은 그 남자는 나에게 한 사람의 낯선 타인이었지만, 그날 그는 영원히 나의 아버지가 되었다.

나는 계속 라 퐁텐의 우화들과 데룰레드와 베랑제의 시를 암송했고, '위인들의 삶에 초석이 된 교훈적 장면들'이라는 제목이 붙은 책을 읽었다. 그것은 폴과 비르지니의 표류를 표현한 판화로 장식된 푸른 표지가 달린 두꺼운 책이었다. 어머니는 폴과 비르지니의 이야기를 매우 좋아하였는데, 그것을 특히 모범적인 이야기라고 생각하였다. 그것을 읽기를 마칠 때마다 어머니는 언제나 만족스럽게 코를 킁킁거리곤 하였다. 나는 주의 깊게 들었다. 하지만 나는 이미 그런 이야기에 대해선 매우 회의적이었다. 폴은 능숙지 못했다. 그뿐이다. 나는 그렇게 생각하고 있었다.

위엄 있게 내 지위를 지키는 방법을 배우기 위해 나는 '프랑스 명사(名士)들의 삶'이라고 이름 붙은 책도 공부해야 했다. 어머니가 손수 높은 목소리로 그 책을 읽어주었는데, 파스퇴르나 잔 다르크나 롤랑 드 롱스보의 존경할 만한 어떤 업적을 되살린 다음, 어머니는 책을 무릎에 얹고 희망과 애정이 가득한 시선으로 오랫동안 나를 바라보는 것이었다. 나는 어머니가 그 책을 읽고 분개하는 것을 딱 한 번밖에 보지 못하였다. 그 책 저자가 뜻밖에도 행한 역사의 왜곡 앞에서 그만 어머니의 러시아 쪽 영혼이 우세해져버렸던 것이다. 그 책의 저자들은 특히 보로디노 전투를 프랑스의 승리로 쓰고 있었다. 어머니는 그 문단을 읽은 뒤 한동안 당황해 있다가, 책을 덮으며 분개한 어조로 이렇게 말하였다.

"이건 사실이 아니야. 보로디노는 러시아의 대승리였어. 과장은 금물이야."

반면 내가 잔 다르크나 파스퇴르, 빅토르 위고, 태양왕 생 루이, 그리고 혁명을 존경하는 것을 막을 것은 아무것도 없었다. 어머니가 생각한 프랑스, 그 온통 찬미 받아 마땅한 세계 속에서는 모든 것이 매양 동일한 동의와 찬미 속에 결합되어 있었음을 말해야겠다. 그리하여 어머니는 마리 앙투아네트의 머리와 로베스 피에르의 머리, 샤를로트 코르데와 마라, 나폴레옹과 앙지엥 공작을 하등의 갈등 없이 같은 바구니에 넣어서 행복한 미소와 함께 모두 내게 내밀었던 것이다.

이 영상들을 떨쳐버리고 프랑스가 지닌 백 개의 얼굴 가운데서 가장 사랑 받을 만하다고 생각되는 한 얼굴을 고르기까지에는 오랜 시간이 필요했다. 내게 있는 이 분별에의 거부, 미움, 분노, 원한, 추억의 부재는 내가 지니고 있는 비프랑스적인 점들 중 가장 전형적인 것으로서 오랫동안 내게 남아 있었던 것이다. 친불 정신으로부터 완전히 탈피하기 위해서는 성인이 될 때까지 기다려야만 했다. 1935년경, 특히 뮌헨 회담〔1938년 히틀러와 타협한 영·독·불·이 간 회담〕에 즈음해서야 겨우 나는 분노와 울분, 혐오, 신념, 냉소, 믿음 그리고 모든 것을 부숴버리고 싶은 욕망이 나를 사로잡는 것을 느끼고, 공동체적이면서도 난해한 현실에 직면하기 위해 유년의 동화들을 마침내, 결정적으로 떨쳐버렸다.

내가 받은 이 교육, 후일 그토록 힘들게 떨쳐버려야 했던 이 차원 높은 영적·정신적 교육 이외에도, 사교계 인사의 경험 폭을 넓혀줄 수 있는 것이라면 어느 한 가지도 내 교육에서 빠지거나 소홀히 취급되지 않았다.

바르샤바에서 순회 공연단이 우리 지방에 오면 즉시 삯마차가 불려왔고, 갓 만든 커다란 새 모자를 쓰고 미소를 머금어 매우 아름다워진 어머니는 「쾌활한 과부」 「막심의 부인」 또는 「파리의 캉캉」 같은 공연에 나를 데리고 갔다. 그리고 비단 셔츠와 까만 벨벳 옷을 입고 오페라 글래스를 코에 갖다 붙인 나는, 뛰어난 외교관이 된 내가 특별실에서, 다뉴브 강변에서, 아름다운 부인들의 구두로 샴페인을 마시게 될 때, 또는 정부로부터 실권자인 왕자의 부인을 유혹하여 우리에게 대항하려는 군사 동맹을 막는 임무를 받게 될 때, 내 삶이 될 미래의 장면들을 입을 헤 벌린 채 바라보았다.

내가 내 미래에 익숙해지는 것을 돕기 위해 어머니는 장에 가면 골동품 상점에서 나를 기다리고 있는 지고한 장소들을 담은 낡은 그림엽서를 사오곤 하였다. 그렇게 하여 나는 매우 일찍 막심[파리의 호화 식당]의 내부를 알게 되었다. 내가 어머니를 모시고 갈 첫 장소가 그곳이라고 우리 사이엔 약속이 되어 있었다. 어머니는 그곳을 매우 좋아하였다. 1차대전 전에 파리를 여행하였을 때 어머니는 정정당당하게—어머닌 여러 번 되풀이하여 이렇게 설명하였다—그곳에서 식사를 하였다는 것이었다.

어머니가 즐겨 고르는 그림엽서는 말을 타거나 칼을 빼고 있거나 열병식을 하는 장교가 있는 군대 사진, 연미복 차림의 유명한 외교관들과 그 시대의 위대한 여인들인 클레오 드 메로드, 사라 베르나르, 이베트 길베르 등—승모를 쓰고 보라색 옷을 입은 어떤 주교의 그림엽서를 보며 어머니가 찬탄하며 "이 사람들은 참 옷을 잘 입는단 말이야" 하던 것이 생각난다—또 두말할 것도 없이 '유명한 프랑스 인들'을 찍은 것들이었다. 물론 살아 있는 동안 완전히 성공하지 못하고 사후에야 명성을 얻은 사람들은 빼고 말이다. 같은 이유로 어쩐 일인지 래글롱의 우편 엽서가 앨범에서 발견되자, '그는 결핵이었다'라는 단순한 재고와 더불어 앨범에서 떨어져나갔다. 어머니가 그처럼 감염을 두려워했던 것인지, 아니면 그 로마 왕의 운명이 모범적인 것이 못 된다고 생각했던 것인지는 알 수 없다. 천재적인 그러나 가난하게 산 것으로 알려진 화가들, 저주 받은 시인들—

특히 보들레르, 그리고 비극적 운명을 살다 간 음악가들은 세심하게 수집책에서 추방되었다. 왜냐하면, 영국식 표현을 따르자면 나의 어머니는 어떤 난센스도 견딜 수 없기 때문이었다. 성공이란 살아 있는 동안 와야 할 무엇이었다. 어머니가 가장 자주 집에 들고 와서 내가 늘 도처에서 볼 수 있었던 것은 빅토르 위고의 엽서였다. 어머니는 푸시킨 역시 위대한 시인임은 기꺼이 인정하였으나, 푸시킨은 서른여섯 살에 결투에서 죽은 반면 빅토르 위고는 매우 늙도록 영광을 누리며 살았다는 것이었다. 집 안 어디에를 가건 나를 바라보는 빅토르 위고의 머리가 있었고, 어디에다 대고 말하여도, 문자 그대로 그의 목소리를 들을 수 있었다. 그 위대한 사람은 장소가 어디건 나의 노력에 엄숙한, 그러나 다른 지평선에 익숙해져 있는 시선을 보내고 있는 것이었다. 모차르트──'그는 일찍 죽었으니까'──보들레르──'그 까닭은 나중에 알게 될 거다.'──베를리오즈, 비제, 쇼팽──'그들은 불운했고'── 등의 노랗게 바랜 그림엽서들을 우리 작은 판테온에서 어머니는 단호하게 던져버렸다. 그러나 이상한 일이었다. 내가 질병들, 특히 폐결핵과 성병에 감염될까 봐 그렇게 끔찍하게 두려워했으면서도, 기 드 모파상은 아마 어머니 눈에 용서의 여지가 있었던지 앨범 속에 들어가게 되었던 것이다. 조금 거북한 듯, 약간 망설인 것은 사실이지만. 어머니는 그에게 매우 두드러진 애착을 갖고 있었다. 그래서 나는 늘 내가 태어나기 이전에 그가 내 어머니를 만나지 못했던 걸 큰 다행으로 생각하였다──지금도 가끔 큰일날 뻔했다는 느낌이 들곤 한다.

그렇게 하여 결국 흰 셔츠에 매우 가지런히 공글린 턱수염을 단 아름다운 기〔모파상의 이름〕를 보여주는 엽서는 내 수집 속에 받아들여겨 젊은 보나파르트와 레카미에 부인 사이의 좋은 자리에서 얼굴을 내밀게 되었다. 내가 앨범을 뒤적일 때면, 어머니는 어깨 너머로 몸을 기울이고 있다가 모파상의 모습 위에 손을 얹곤 하였다. 어머니는 넋을 놓고 그것을 바라보며 가볍게 한숨을 쉬었다.

"여자들이 몹시 따랐다" 하고 그녀는 말하였다.

그러고는 아주 뚱딴지처럼, 아쉬운 듯 덧붙였다.

"그렇지만 너는 아주 깨끗하고 좋은 집안 처녀와 결혼하는 것이 아마 더 나을 거야."

아마도 우리의 앨범에서 불쌍한 기를 너무 많이 보았기 때문인지 어머니는 사교계 인사들이 가는 길에 매복하고 있는 함정에 대해 내게 엄숙히 주의시킬 때가 왔다는 생각이 들었던 모양이었다. 어느 날 오후 어머니는 내게 마차에 오르라고 하고서 '파놉티쿰'이라고 불리는 추악한 장소로 데려갔다. 그것은 일종의 병리학적 참혹함의 박물관으로, 밀랍으로 된 견본들이 학생들에게 어떤 탈선의 결과들에 대해 경계하도록 경고하고 있었다. 나는 굉장히 충격을 받았다. 선생님들이 학교에 다니는 젊은 녀석들에게 숙고하여 보라고 무덤 같은 조명 속에 보여주는 그 모든 코들, 병의 공격을 받아 내려앉고 문드러지고 없어져버린 그 코들은 나를 공포 때문에 병이 나게 만들었다. 왜냐하면 그 해로운 쾌락들의 대가가 항상 코임이 명백히 보였기 때문이다.

그런 식으로 그 음산한 장소에서 받은 준엄한 경고는 민감한 내 천성에 바람직한 영향을 미쳤다. 평생 코에 대해 매우 조심하게 된 것이다. 나는 그때 권투가 윌노의 성직자들이 강하게 만류하는 운동임을 알게 되었다. 그것은 링이 왜 나의 챔피언 인생을 걸어보지 않는 몇 안 되는 장소 중 하나인지를 설명해준다. 나는 늘 싸움판이나 주먹다짐을 피하였으며, 이 점에서만은 적어도 내 선생님들이 나에 대해 만족하시리라.

지금의 내 코는 예전의 그 코가 아니다. 전쟁 중 빌어먹을 비행기 사고로 말미암아 R.A.F.〔영국 공군의 약자〕의 병원에서 코를 완전히 다시 만들어야 했던 것이다. 그렇지만 무슨 상관이랴. 코는 여전히 제자리에 붙어 있고, 여러 나라를 돌아다니면서 계속 호흡해왔고, 또 지금 이 순간, 하늘과 땅 사이에 누워, 우정을 바라는 나의 오래된 욕망이 다시 나를 사로잡는 이때, 첼시 공원에 묻힌 내 고양이 모르티메와 벌써 오래전에 나를 떠나버린 내 고양이들 니콜라, 험프리, 고쇼 그리고 족보도 없는 개 가스통을 생각하는 이때, 아직도 내 곁에 친구가 있다고 상상하고 싶으면 손을 올려 내 코끝을 만져보기만 하면 되는 것이다.

15

어머니가 추천한 교육적 독서 이외에도 나는 어쩌다 내게 떨어진, 아니 보다 정확하게 말해서 내가 그 동네 고물장수에게서 몰래 훔쳐온 책들을 모두 게걸스럽게 읽어치웠다. 나는 나의 포획물을 헛간으로 옮겨다 놓고 그곳 땅바닥에 앉아 월터 스콧, 칼 메이, 매인 리드, 그리고 아르센 뤼팽의 동화적 세계에 빠져들곤 하였다. 그중에서도 아르센 뤼팽이 제일 나를 홀려놓았다. 나는 책 표지에 그려진 주인공의 얼굴에 화가가 부여한 신랄하고 위협적이며 오만한 찡그림을 내 얼굴에 그려보려 온 힘을 다해 애썼다. 어린아이들 특유의 모방력에 의해 나는 곧잘 그렇게 할 수 있었는데, 지금까지도 나는 가끔 내 표정, 내 윤곽, 내 요모조모에서 옛날 삼류 삽화가가 싸구려 책의 표지에 그려넣었던 그림의 희미한 잔재가 남아 있음을 발견하곤 한다. 월터 스콧은 굉장히 재미있었다. 지금도 나는 내 침대에 길게 퍼져가지고, 어떤 고상한 이상을 위하여 몸을 던지고 과부들을 보호하며 고아들을 구해내곤 한다. 언제나 그 과부들은 매우 아름다운데, 고아들을 옆방에 가둬놓은 뒤 나에게 자기네의 감사의 염(念)을 증명하는 경향이 있다. 내가 좋아하던 또 다른 책 하나는 R. L. 스티븐슨의 『보물섬』인데, 그것에서 결코 벗어날 수 없었다. 스페인 금화와 루비, 에메랄드, 터키석(웬일인지 다이아몬드는 한 번도 내 맘을 끈 적이 없다)으로 가득 찬 나무 상자가 여전히 내겐 지속적인 고문이다. 나는 아직도 그것이 어디엔가 존재하고 있으며, 찾아내기만 하면 된다고 굳게 믿고 있다. 나는 아직도 희망을 품고 있고, 여전히 기다리고 있고, 그것은 틀림없이 있으므로 주문만 알면, 길만 알면, 장소만 알면 된다는 확신 때문에 고통 받는 것이다. 이러한 환상이 주는 실망과 쓰라림이라는 것은 아주 늙기까지 별을 먹고 살아온 사람들만이 완전히 이해할 수 있다. 나는 결코 희한한 비밀에 대한 예감에서 벗어날 수가 없었고, 언제나 땅에 묻혀진 보물들 옆을 지나고 있다는 느낌으로 길을 걸었다. 때때로 내가 놉 힐, 러시안 힐, 텔레그래프 힐 등 샌프란시스코의 언덕들을 헤맬 때, 머리가 희끗희끗해져가는 저 사람이 '열려라 참깨!'를 찾고 있으리라고, 미망에서 깨어난 듯한 그의 미소가 실상은 주문(呪文)에의 향수를 감추고 있으리라고, 그가 신비를, 숨겨진 의미를, 문구를, 열쇠를 믿고 있으리라고 짐작하는 사람은 거의 없다. 하지만 나는 하늘과 땅을 후벼파듯 오래 바라보며 질문하고, 호소하고, 기다린다. 나는 그 모든 것을 정중하고도 냉정한 분위기 속에 자연스럽게 숨길 줄 안다. 나는 신중해졌으며, 어른이 된 척 꾸미고 있다. 그러나 속으로는 늘 황금충을 잡아보려 노리고 있으며, 어떤 새가 날아와 내 어깨 위에 앉아 사람의 목소리로 말을 하며 마침내 '왜'와 '어떻게'를 계시해주길 기다리고 있다.

그렇지만 마술과 나와의 첫 만남이 고무적인 것이었다고는 말할 수 없다.

나는 내 아래 또래 중 하나에게 불려 마당으로 나갔다. 우리가 수박이라고 별명을 붙인 아이였다. 수박 안에 이와 코를 쑤셔박고 수박의 빨간 단면 위로 세상을 관찰하길 좋아하는 그의 버릇 때문이었다. 그의 부모는 우리 집 건물에서 과일과 야채를 파는 가게를 하고 있었는데, 그 아이는 자기가 좋아하는 그 과일의 큼직한 덩어리를 갖지 않고서는 자기네 살림집인 지하에서 결코 떠오르지 않았다. 그 아이는 제 나름의 방식을 갖고 있어서 언제나 그 즙 많은 살 속으로 머리부터 처박았다. 그것은 우리를 정욕으로 침 흘리게 만들었는데, 그러는 동안 그의 주의 깊은 큰 눈들은 우리 욕망의 대상인 그것 위로 흥미롭게 우리를 관찰하는 것이었다. 수박은 그 나라의 가장 흔한 과일 중의 하나였다. 그러나 철마다 도시에선 몇 건의 콜레라가 발생하였고, 부모들은 우리에게 수박을 건드리는 것을 엄금했다. 어릴 때 경험한 욕구 불만은 깊고도 지울 수 없는 자국을 남기며 어떤 것으로도 보상될 수 없음을 나는 확신한다. 마흔네 살이 되어서도, 나는 수박에 이를 박을 때마다 복수하는 듯한 기분, 극히 만족스러운 승리를 거둔 것 같은 기분을 맛보며, 내 눈은 언제나 향기로운 과일의 단면 위 열린 곳으로 내 꼬마 친구의 얼굴을 찾는 것만 같다. 결국 우리는 비겼고, 나도 역시 인생에 있어서 무엇인가에 도달하였다는 것을 그에게 통고해주고 싶어서. 그러나 내가 제일 좋아하는 그 과일을 억지로 쑤셔넣어보았자 소용없다. 내가 영원히 가슴을 물어뜯는 회한을 느끼리라는 것, 세상 모든 수박을 다 먹어도 여덟 살 때 내가 그토록 먹고 싶었으나 못 먹은 수박들을 잊을 수는 없으며, 절대 수박은 언제나 현존하고 예감되면서 손에는 닿지 않는 채 내 일생이 다하는 날까지 나를 비웃으리라는 것은 부정할 수 없다.

그 애가 자기 몫의 세상을 음미하면서 우리에게 도전하던 그 방법 말고도, 수박은 나에게 중대한 영향을 미쳤다. 그는 아마 나보다 한두 살 아래였을 것이다. 하지만 나는 늘 나보다 어린 아이들에게서 영향을 많이 받았다. 나이 든 사람들은 내게 결코 영향력이 없었다. 나는 항상 그들을 문제 되지 않는 사람들로 취급했고, 그들의 현명한 충고를, 매우 위엄 있을지는 모르지만 수액이 적시지 못해 나무 꼭대기에 매어달린 죽은 이파리들처럼 그들에게서 떨어지는 것으로 생각했던 것이다. 진리는 젊어서 죽는 것이다. 노년이 '배워 알고' 있는 것은 실상 그것이 잊어버린 모든 것이며, 늙은이들의 그 지고한 평정이란 것도 내게는 거세당한 고양이의 온순함만큼이나 설득력이 없어 보인다. 그래서 나이가 주름과 탈진으로 나를 누르기 시작한 이래, 나는 나 자신을 속이려 하지 않는다. 나는 근본적으로 과거에는 존재하였으되 앞으로는 결코 존재하지 못하리라는 것을 알고 있다.

그리하여 나를 마술에 입문시킨 것이 바로 그 꼬마 수박이었다.

요령만 알면 내 모든 소원이 이룩될 수 있다는 사실을 그가 내게 가르쳐주었을 때 느꼈던 놀라움이 기억난다. 병을 하나 마련하여 우선 거기에 오줌을 눈 다음, 다음의 것들을 순서대로 넣으면 된다는 것이었다. 고양이 수염, 쥐 꼬리들, 살아 있는 개미들, 박쥐의 귀들, 그리고 이제 완전히 잊어버려 생각나지는 않지만 내 소원이 결코 이룩되지 못할지 않을까 겁나게 만들던, 돈 주고는 사기 힘든 성분 스무 가지. 나는 즉시 빠뜨려서는 안 될 마술의 재료들을 구하려 나섰다. 고양이 수염이야 도처에 있었고, 죽은 쥐도 마당에서 볼 수 있었으며, 박쥐도 헛간에 둥지를 치고 있었고, 병 속에 오줌을 누는 것도 특별히 문제될 것이 없었다. 그러나 도대체 병 속에 살아 있는 개미를 넣으려고 한번 해보라! 개미들은 잡고 있을 수도 없고, 지킬 수도 없다. 잡았다 하면 달아나버려서 아직도 더 잡아야 하는 숫자가 불어나버린다. 그리고 마침내 고맙게도 한 마리가 병의 목을 향해 가서, 다른 놈을 결심시키려 하는 동안 이미 먼저 들어갔던 놈은 다른 곳으로 새 나가버리고, 모든 것을 새로 시작해야 하는 것이다. 지옥의 돈 후앙에게 주어진 일 바로 그것이었다. 하여튼 내가 힘겹게 애를 쓰는 광경에 지친 데다가, 마술 주문과 교환 조건으로 내가 바치게끔 되어 있는 과자를 어서 맛보고 싶어 초조해진 수박이, 마침내 부적이 완성되었으며 작용할 준비가 되었다고 선언하였다.

이제 한 가지 소원을 말하는 일이 남아 있었다.

나는 생각하기 시작했다.

병을 다리 사이에 끼고 땅바닥에 앉아, 어머니를 보석으로 뒤덮기도 하고, 정복을 입은 운전사들과 함께 노란 패커드 차를 어머니에게 주기도 하고, 대리석 궁전을 지어서 윌노의 상류 사회 인사들을 모두 초대하여 어머니 앞에 무릎을 꿇게 하기도 하였다. 그러나 그게 전부가 아니었다. 무엇인가가 항상 빠져 있었다. 그런 초라한 부스러기들과 그때 막 내 속에서 잠을 깬 엄청난 갈망 사이에는 어떤 공통의 척도도 없었다. 희미하고 가슴을 에는 듯하며, 폭군적인, 말로 표현할 수 없는 이상한 꿈이 내 안에서 움직이기 시작하였다. 그것은 얼굴도, 내용도, 윤곽도 없는 꿈이요, 인류가 그의 박물관, 시(詩), 그리고 그의 왕국에나 마찬가지로 그의 가장 큰 죄악에도 자양으로 공급해온 어떤 완전한 정복에의 갈망, 아마도 자기가 떨어져나온 삶과 시간의 영원한 흐름에 대해 하루살이가 간직하고 있는 생리적 향수나 추억처럼 우리의 유전자 속에 근원을 둔 완전한 정복에의 동경의 첫 전율이었다. 그렇게 하여 나는 절대라는 것을 알게 되었고, 아마도 누군가의 부재처럼, 그것이 남긴 깊은 상처를 나는 끝까지 영혼에 간직할 것이다. 나는 아홉 살밖에 되지 않았으므로, 삼십 년 후 같은 제목으로 쓰게 될 소설에서 '하늘의 뿌리'라고 부르게 될 그것의 포박을 그때 막 최초로 느꼈다고는 거의 생각할 수 없었다. 절대는 불현듯 도달할 수 없는 그것의 현존을 통보하였던 것이고, 그때 이미 나는 어떤 샘을 주어 그 거역할 수 없는 갈증을 달래야할지 알 수 없었다. 아마도 내가 예술가로서 태어난 것이 그날이었을 것이다. 예술이라는 그 지고한 실패를 통해, 영원한 자기 기만자인 인간은 비극적인 질문으로서 남아 있을 수밖에 없도록 단죄된 것을 대답인 것처럼 만들려 애쓰는 것이다.
나는 지금도 여전히 짧은 바지를 입고 마술병을 손에 든 채 거기, 쐐기풀더미 속에 앉아 있는 것같이 느껴진다. 나는 무서울 정도로 열심히 상상력을 짜내려 애썼다. 그때 벌써 내게 주어진 시간이 엄격하게 제한되어 있음을 느꼈던 것이다. 그러나 나는 나의 이상스런 욕망에 걸맞은 어떤 것도, 어머니와 나의 사랑, 내가 어머니에게 주고 싶은 모든 것에 준하는 그 무엇도 발견해낼 수 없었다. 최고 걸작에의 갈망이 나를 방문했던 것이며, 아마도 영원히 나를 떠나지 않을 것이었다. 조금씩 입술이 떨리기 시작하였고, 원통함에 얼굴이 일그러졌다. 나는 분노와 공포와 놀라움으로 울부짖기 시작했다.

이후, 나는 그런 생각에 익숙해졌고, 울부짖는 대신 책을 쓴다. 게다가 가끔은 구체적이고도 매우 속세적인 무엇을 원하게 될 때도 있다. 그러나 이제 그 병조차 내 손에 없으니, 거기에 대해서는 말할 필요조차 없다. 나는 나의 부적을 헛간 안에 묻고, 자리를 표시해두느라고 그 위에 중산모를 얹어두었다. 그렇지만 일종의 환멸 같은 것이 나를 엄습하였고, 그 후 나는 한 번도 그것을 다시 사용해보려 하지 않았다.

16

그러나 주위 형편은 곧 어머니와 내가 우리 주위에서 발견할 수 있는 것이면 어떤 마술적 힘이라도 필요로 하게끔 만들었다.

우선 내가 병이 났다. 성홍열이 낫자마자 신장염이 뒤를 이었고, 내 침대 머리에 달려온 명의들은 내가 나을 가망이 없다고 선언했다. 사는 동안 나는 여러 번 죽을 것이라는 선고를 받았는데, 한 번은 종부성사를 시킨 뒤 예복과 칼과 흰 장갑으로 단장한 의장병을 내 시체 곁에 세워두기까지 한 일도 있었다.

의식이 돌아오면 나는 몹시 불안했다.

나는 내 의무에 대해 무척 예민하였고, 따라서 어머니를 아무 의지가지 없이 홀로 세상에 버리고 간다는 생각은 나를 견딜 수 없게 만들었다. 나는 어머니가 내게 기대하고 있는 모든 것을 알고 있었다. 그래서 검은 피를 토하면서 거기 그렇게 누워 있을 때, 내가 어머니 곁을 떠난다는 생각이 병든 신장보다 더 나를 괴롭혔던 것이다. 나는 벌써 열 살이 되어가고 있었으며, 가차 없이 내가 하나의 낙오자임을 느끼고 있었다. 나는 야샤 하이페츠가 아니었고, 귀도 목소리도 지니지 못했고, 게다가 연애에서 가장 작은 성공도 거두지 못한 채, 프랑스 인조차 되어보지 못하고 바보처럼 죽으려 하는 것이었다. 오늘날까지도, 1932년 니스 탁구 대회의 우승도 못 하고 그때 죽었더라면, 하는 생각을 하면 몸이 떨린다.

어머니에 대한 나의 의무를 저버릴 수 없다는 생각이 살아남기 위해 내가 벌인 투쟁에서 상당한 역할을 했다고 나는 생각한다. 내 위로 몸을 기울이고 있는 고통에 차고 늙고 지친 어머니의 얼굴을 볼 때마다, 나는 내 상태가 좋으며 그렇게까지 악화되고 있지는 않다는 것을 보이기 위해 미소를 짓고, 무언가 조리에 닿는 몇 마디를 해보려고 애를 썼다.

나는 최선을 다했다. 나는 달타냥과 아르센 뤼팽에게 도움을 청하였고, 의사에게 프랑스어로 말했고, 라 퐁텐의 우화를 더듬더듬 읊조렸고, 스베르들롭스키 중위가 전에 가르쳐주었던 대로 상상의 칼을 손에 쥐고 쉬스! 쉬스! 쉬스! 하면서 내 앞을 가르기도 하였다. 스베르들롭스키 중위도 나를 보러 왔다. 그는 오랫동안 내 머리맡에 앉아서 격렬하게 자기 수염을 잡아당기면서 살진 한 손을 내 손

위에 엎고 있었는데, 나는 그 군사적 존재가 곁에 있음으로 해서 나의 전투 의지가 무한히 커짐을 느꼈다. 나는 팔을 들어 권총을 손에 쥐고 과녁을 명중시키려 애썼다. 「라 마르세예즈」를 웅얼웅얼 노래 불렀고, 매우 정확하게 태양왕이 태어난 날짜를 말하였고, 마술(馬術)경기에서 우승을 했고, 염치 없게도 어머니가 자기 박스에서 감사의 눈물을 흘리며 꽃을 받는 동안 내 벨벳 옷을 입고 턱 밑엔 커다란 흰 비단 리본을 매고 넋 나간 관중들 앞에서 바이올린을 연주하며 무대 위에 서 있는 내 모습마저 보았다. 외눈 안경에 실크 해트를 머리에 쓰고, 룰르타비유[가스통 루르의 소설에 나오는 영웅적 주인공]의 도움을 받아——이 점을 밝혀야만 하리라——카이제르의 악마적 의도로부터 프랑스를 구해낸 다음, 곧 런던으로 뛰어가 여왕의 보석을 수리하고, 월노의 오페라에서 보리스 고두노프를 노래 부르는 데 늦지 않도록 돌아오고.

착한 카멜레온 이야기는 누구나 다 알고 있을 것이다. 그것을 초록색 양탄자 위에 놓았더니, 초록색이 되었다. 하얀색 양탄자 위에 놓았더니, 흰색이 되었다. 노랑색 위에선 노랑이 되었다. 그래서 스코틀랜드식 양탄자 위에 그것을 놓았더니, 그 가엾은 카멜레온은 그만 터져버리고 말았다. 나는 터지지는 않았다. 그러나 역시 몹시 아팠다.

그렇지만 프랑스 사나이라면 마땅히 그래야 하듯 용감하게 싸웠고, 그 전투에서 나는 승리하였다.

사는 동안 나는 많은 전투에서 이겼다. 그러나 부분적인 전투들에서 아무리 이겨보았자 소용없고, 전쟁에서 이길 수는 없다는 생각에 익숙해지기까지는 많은 시간이 필요했다. 인간이 어느 날 거기에 도달하려면 외적인 도움이 필요한데 그 외적인 도움은 아직도 지평선에 나타나지 않고 있다.

결국 나는 우리 나라의 가장 좋은 전통에 따라, 완전히 희생 정신으로 나 자신을 생각지 않고 오로지 과부와 고아를 구하기 위하여 싸웠다고 당당히 말할 수 있다.

그렇지만 하마터면, 외국에 대해 프랑스를 대변해야 한다는 근심을 남에게 맡기고 죽을 뻔했다. 가장 고통스런 추억은, 세 사람의 의사가 지켜보는 가운데 냉동 타올로 나를 싸던 순간이었다. 나는 그 작은 경험을 1941년 다마스쿠스에서 다시 한 번 겪게 되었다. 각별히 심했던 장티푸스의 결과 생긴 장출혈 때문에 죽어가고 있을 때, 의사들이 협의하여 한 번 더 나를 재미있게 해줄 수도 있겠다는 결정을 보았던 것이다.

이 흥미로운 처치가 아무 효험이 없자, 이번엔 내 신장의 '피막을 벗기기'로 만장일치를 보았다. 그것이 어떤 의미를 가지고 있건 말이다. 그렇지만 일이 거기에 이르자 내 어머니가 반대를 했는데, 그것은 그녀가 내게 기대하는 모든 것에 합당한 반대였다. 어머니는 수술을 거절하였다. 어머니는 어머니가 비싼 돈을 지불하고 베를린에서 모셔온 유명한 독일인 신장 전문가의 의견에도 불구하고 단호하게, 격렬하게 그것을 반대했다. 나중에 나는 어머니의 머릿속에선 신장과 성적 행위가 직접적인 연관성을 갖고 있음을 알게 되었다. 의사들이 수술을 받더라도 정상적인 성행위를 얼마든지 할 수 있다고 설명해도 소용없었는데, 아마도 그 '정상적'이라는 단어가 어머니를 공포에 질리게 하여 더욱 결심을 굳게 하였으리라고 나는 확신한다. '정상적인' 성행위, 그것은 그녀가 나를 위해 생각하고 있는 바가 아니었다. 가엾은 어머니! 어쩐지 나는 좋은 아들이었다고 느낄 수가 없으니.

어쨌든 나는 내 신장을 보존하게 되었고, 독일인 전문가는 내가 곧 죽을 것이라고 단정하고 다시 기차를 탔다. 그 이후 내가 관계한 모든 독일인 전문가들의 견해에도 불구하고 나는 전혀 죽지 않았다. 내 신장은 치료되었다. 열이 내리자마자 곧 나는 들것에 실려 특실 열차로 이탈리아의 보르디게라로 옮겨졌다. 그곳에서 지중해의 태양이 넘치도록 흠뻑 나를 돌보아주었다.

바다와의 첫 접촉은 나에게 충격적인 인상을 남겼다. 나는 내 침대에서 고요히 잠들어 있었는데, 향기롭고 신선한 바닷바람이 얼굴을 스치는 것을 느꼈다. 바로 전에 기차가 알라시오에 멈추었기 때문에 어머니가 창문을 열어두었던 것이다. 나는 팔꿈치를 괴고 몸을 일으켰다. 어머니가 미소를 지으며 나의 시선을 좇았다. 밖으로 시선을 던지자, 일순간에 나는 분명하게 알게 되었다. 드디어 도착하였음을. 푸른 바다와 자갈 해안과 해변에 누워 있는 낚시꾼들의 보트가 보였다. 나는 바다를 바라보았다. 가슴속으로 무엇인가가 스쳐갔다. 무엇인지는 알 수 없었다. 어떤 무한한 평화, 돌아온 것 같은 느낌이었다. 그날 이후 바다는 항상 나에겐 소박한, 그러나 충분한 형이상학이었다. 나는 바다에 대하여 말할 줄 모른다. 내가 아는 모든 것은, 그것이 일시에 나를 내 모든 의무로부터 해방시켜준다는 것이다. 바다를 바라볼 때마다 나는 하나의 행복한 익사자가 된다.

내가 보르디게라의 레몬나무와 노란 꽃 아카시아 아래서 회복하는 동안, 어머니는 잠깐 니스에 다녀왔다. 윌노에 있는 양장점을 팔고 니스로 가 다른 양장점을 열자는 것이 어머니의 생각이었다. 어머니의 현실 감각이 어머니에게, 동부 폴란드의 작은 도시에서 눌러 살 경우 내가 프랑스 대사가 될 기회를 거의 갖지 못하리라고 귀띔했던 것이다.

그러나 6주 후 우리가 윌노로 돌아왔을 땐, '파리의 고급 의상실 메종 누벨'은 이미 누가 보아도 팔 만한 무엇도 아니었을 뿐만 아니라, 다시 일으키기도 힘들 지경이 되어 있었다. 내 병이 우리를 파산시켰던 것이다. 두세 달 동안 유럽의 가장 훌륭한 전문가들이 내 곁으로 소환되었으며, 그러느라고 어머닌 빚더미에 올라앉고 말았다. 이 년간 우리 양장점은 그 도시에서 최고였던 것은 틀림없는 사실이었으나, 내가 병들기 전에도, 그 명성은 매상보다 훨씬 찬란했고, 우리 생활방식은 수입보다 훨씬 거창했다. 사업은 약속 어음의 악순환 속에서만 존속했으며, 러시아어로 'wechsel'이라고 하는 그 '어음'이란 단어는 내가 끊임없이 들었던 후렴구였다. 또 나와 관계된 일에 대해 어머니가 보이는 그 도가 지나친 엉뚱함, 나를 에워싸고 있던 그 놀라운 교사 사육단 하며, 특히 사업이 간신히 지탱되고 있다는 소문이 퍼지지 못하도록 외관만은 무슨 일이 있어도 호화롭게 유지해야겠다는 어머니의 결심을 언급하지 않을 수 없다. 고객들로 하여금 어떤 양장점을 특히 애호하게 만드는 변덕스런 속물 근성 속에서는 성공이라는 것이 핵심적인 역할을 한다. 조금만 물질적 어려움을 겪는 듯하면 여자들은 입을 삐죽거리면서 딴 곳으로 가버리거나, 자꾸자꾸 값을 깎으려 하고, 마지막 추락까지의 진행을 가속시키는 것이다. 어머니는 그것을 잘 알고 있었고, 그래서 외관을 유지하기 위해 마지막까지 싸웠다. 어머니는 고객들에게 어머니가 그들을 '받아들였다,' 아니 나아가선, 그들을 '참아주고 있고' '참말로'

그들을 필요로 하는 것은 아니며, 그들의 주문을 받아들임으로써 호의를 베풀고 있다는 느낌을 주는 데 감탄스러우리만큼 재주가 있었다. 그 부인들은 어머니의 관심을 끌기 위해 서로 경쟁하였고, 절대로 가격 때문에 왈가왈부하지 않았으며, 무도회나 축제를 위해 첫번째로 새옷을 만들어 받지 못할까 봐 떨곤 하였는데, 그럴 때 어머니의 목 위에는 매달 지불 만기일이라는 칼이 놓이곤 하였으며, 고리대금업자에게 돈을 빌리지 않을 수 없었으며, 부도난 어음에 대처하기 위해 새로운 어음을 발행해야 하였고, 그러면서 한편으로는 유행을 연구하고, 경쟁자들에게 뒤지지 말아야 했으며, 구매자들 앞에서 코미디를 연출하고, 자신이 그들의 처분에 맡겨져 있다는 느낌을 그 사랑스런 고객들에게 결코 주지 않으면서 한도 끝도 없이 옷을 입혀 보아야 하고, '살까 말까'의 결정이 어머니에겐 사느냐 죽느냐의 문제임을 눈치 채지 못하게 가소롭다는 듯한 미소를 띠고 부인네들의 그 '살까 말까'를 관람해야만 했다.

어떤 손님이 특히 변덕스럽게 이 옷 저 옷 입어보는 중에 자주, 어머니는 살롱에서 나와 내 방으로 와서 내 앞에 앉아 말없이 미소를 띠고 나를 바라보곤 했다. 마치 당신의 용기와 생명의 근원에서 다시 기운을 얻으려는 듯. 어머니는 아무 말도 하지 않고 담배를 한 대 피우고서 다시 일어나 전장으로 나갔다.

그러므로 나의 병과, 장사를 아니엘라로 하여금 돌보게 하고 양장점을 비운 두 달이, '메종 누벨'에게 도저히 회복할 수 없는 치명타가 되었던 것에는 놀랄 만한 점이 전혀 없었던 것이다. 윌노에 돌아온 지 얼마 안 되어, 재정난을 타개하려는 절망적인 노력 끝에 전투는 완전한 패배로 끝나, 경쟁자들이 만족하게끔 파산 선고를 받고 말았다. 고골리의 소설에서 막 튀어나온 것 같은 두 명의 조수를 데리고, 팔 밑에 수건을 끼고서 이 방 저 방 왔다갔다 하며 오랫동안 장 속의 드레스들과 안락의자들을 살펴보고, 재봉틀과 옷감들과 버드나무로 된 마네킹을 쓰다듬던, 위선적인 콧수염에 뚱뚱한 대머리 폴란드 인이 기억난다. 그렇지만 어머니는 값진 보석들과, 러시아에서 가져온 오래된 왕실 은그릇 완벽한 한 벌과, 어머니의 말에 따르면 매우 값 나가는 수집용 화폐들을 채권자와 경매인으로부터 안전하게 도피시켜놓는 신중함도 지니고 있었다. 어머니는 한사코 그 재물을 건드리려 하지 않았다. 그것은 어떤 점에선 나의 지참금이었다. 그것은 우리가 마침내 프랑스로 가서 자리 잡을 때 몇 년 동안 우리 앞날을 보장해주고, 내가 '자라고, 공부하고, 한 인물이 될 수 있게' 해줄 것이었다.

나를 낳은 후 처음으로 어머니는 절망한 모습을 보이며 도움과 보호를 청하기 위해 패배하고 무력한 일종의 여자다운 모습으로 나를 향해 돌아섰다. 나는 벌써 거의 열 살이 다 되었고, 그러므로 나는 그 역할을 해낼 준비가 되어 있었다. 나는 나의 첫번째 의무가 태연하고, 냉정하고, 강하고, 자신만만하고, 남성적이며 초연하게 보여야 하는 것임을 알고 있었다. 스베르들롭스키가 그토록 자상하게 준비시켜준 그 역할, 기사의 역할을 수행하는 나를 모든 이들의 눈앞에 보여줄 순간이 온 것이었다. 집달관들이 내 승마 바지도 내 채찍도 차압해버렸으므로, 나는 짧은 바지에 맨손으로 그들과 맞서지 않을 수 없었다. 나는 그들의 코밑으로, 건방진 표정을 짓고 조금씩 조금씩 낯익은 물건들이 사라져가는 방들을 가로질러 어슬렁거리며 산보하였다. 나는 경찰들이 들어내는 옷장이나 장롱 앞에 버티고 서서 두 손을 주머니에 찌르고 배를 내밀고 그들의 서투른 노력을 조소하듯 관찰하였고, 눈길로 그들을 경멸하면서 멸시하듯 휘파람을 불었다. 나는 바위처럼 단단한 진짜 사내고, 어머니를 지킬 수 있으며, 조금이라도 수틀리게 구는 날엔 침을 뱉어줄 수도 있다. 그런 태도는 전혀 집달관들을 향한 것이 아니었다. 그것은 어머니에게 보여주기 위한 것이었다. 속을 썩일 이유가 없으며, 어머니는 보호 받고 있으며, 내가 그 모든 것, 양탄자, 루이 14세식 의자, 샹들리에, 흑단 거울들을 모두 백 배로 하여 되돌려줄 것이라는 점을 어머니에게 이해시키기 위하여. 어머니는 마지막으로 남은 안락의자에 앉아 경탄의 시선으로 나를 좇으며 기운을 되찾은 듯하였다. 양탄자가 거둬지자, 나는 휘파람으로 탱고를 불기 시작하였고, 마룻바닥 위에서, 상상의 파트너와 함께 글래디스 양이 내게 가르쳐주었던 몇 가지 능숙한 스텝을 추어 보였다. 나는 보이지 않는 내 파트너의 허리를 꼭 껴안고, '탱고 밀롱가, 내 찬란한 꿈의 탱고여'를 휘파람으로 불며 마룻바닥 위를 미끄러져 다녔고, 어머니는 한 손에 담배를 들고, 고개를 한쪽으로 기울이더니, 곧 반대쪽으로 기울였고, 박자를 두드렸고, 짐꾼들에게 넘겨주기 위해 그 마지막 의자에서조차 일어나야 했을 때도 어머니는 내게서 눈을 떼지 않고 흥겹게 장단을 넣었다. 그동안 나는 계속 능숙하게 먼지 낀 마루 위를 움직였다. 내가 여전히 여기에 있으며, 그러니 결국 어머니의 가장 큰 재산은 차압되지 않았음을 분명히 보여주기 위하여.

그런 후 우리는 앞으로 해야 할 일, 우리가 나아갈 방향을 결정하기 위하여 긴 비밀 회의를 가졌다. 샹들리에가 천장에서 내려지는 동안, 텅 빈 살롱에 서서 우리는 불한당 녀석들이 알아듣지 못하도록 프랑스어로 이야기하였다.

우리는 월노에 머무를 필요가 없었다. 어머니의 가장 좋은 고객들, 옛날엔 제일 첫번째로 옷을 지어 받기 위해 어머니에게 아양을 떨고 애원하던 여자들이 이제 와선 코를 높이 들고 길에서 어머니와 마주치면 고개를 돌려버리는 것이었다. 그 여자들은 자주 우리에게 돈을 빌렸던 만큼 그들 편에서는 더 편하고 또 나름의 이유가 있는 태도였다. 요컨대 일석이조였던 것이다.

나는 그 고상한 년들의 이름을 이젠 기억해낼 수가 없다. 그러나 그들이 아직 살아 있기를, 자기들의 고기를 숨길 여유를 갖지 못하였기를, 그리하여 공산 체제가 그들에게 인정머리라는 것을 조금이나마 가르쳐줄 수 있었기를 기필코 희망하는 바이다. 나는 앙심 깊은 사람이 아니니, 이쯤 해두겠다.

나는 가끔 파리의 커다란 의상실에 들어가 구석에 앉아, 거기서 벌어지는 일들을 구경하곤 한다. 내 친구들은 모두 내가 어슬렁거리는 건달로서 그 사랑스런 장소를 드나드는 것이라고 생각한다. 내가 지닌 귀여운 죄악, 즉 예쁜 처녀들을 쳐다보는 것에 탐닉하려고 말이다. 그들은 잘못 생각하고 있다.

나는 '메종 누벨'의 여주인을 생각하기 위해, 순례자로서 그곳에 간다.

니스로 가 정착할 만큼 충분한 돈이 우리에겐 없었다. 어머니는 내 모든 미래가 걸려 있는 어머니의 값진 은그릇들을 팔기를 거부했다. 그래서 재앙에서 건져낼 수 있었던 몇 백 즐로티〔폴란드 화폐 단위〕를 가지고 우선 바르샤바로 가기로 하였다. 그것이 어쨌든 좋은 방향으로 나가는 한 걸음이었다. 거기에 가면 어머니의 친척들과 친구들이 있었다. 그러나 무엇보다 이 계획에 유리한 결정적 이유를 어머니는 갖고 있었다.

"바르샤바에는 프랑스 중학교가 있어" 하고 어머니는 만족스럽게 코를 킁킁대며 나에게 말하였다.

더 이상 왈가왈부할 것이 없었다. 가방을 꾸리기만 하면 되었다, 라는 것은 말하기 위한 방법에 지나지 않는 것이었으니, 가방들 역시 차압을 당했기 때문이었다. 그래서 잘 숨겨놓은 은그릇과 우리에게 남은 것들을, 최상의 전통에 따라 보따리에 싸야 했다.

아니엘라는 우리를 따라오지 않았다. 그녀는 자기의 약혼자와 합치기 위해 갔다. 그는 철도 종사원으로, 역 옆에 있는 바퀴 빠진 열차칸에서 살고 있었다. 우리는 바로 그 바퀴 빠진 열차칸에 그녀를 남겨놓고 떠났다. 정신 없이 흐느끼고, 서로서로 상대방의 품 안에 몸을 던지며, 입구를 잘못 찾아 다시 돌아와 다시 한 번 부둥켜안고 하는 가슴 아픈 장면을 연출한 후에 말이다. 그 이후 나는 한번도 그만큼 울부짖어본 일이 없다.

나는 여러 번 그녀의 소식을 알려고 애썼다. 그러나 뒤집어엎어진 세상에서 바퀴 빠진 열차칸이라는 것은 확실한 주소일 수 없다. 내가 그녀를 안심시켜줄 수 있었더라면 얼마나 좋았을까. 내가 폐결핵에 걸리지 않는 데 성공했다는 말이라도 해줄 수 있었더라면. 그것이 무엇보다 그녀가 나에 대해 염려하던 것이었으니. 그녀는 풍만한 몸매에, 갈색의 커다란 눈을 하고, 까맣고 긴 머리를 한 예쁜 처녀였다. 그러나 그것도 벌써 삼십삼 년 전의 이야기이다.

우리는 미련 없이 윌노를 떠났다. 나는 내 보따리 속에 라 퐁텐의 우화와 아르센 뤼팽 한 권 그리고 『프랑스 명사들의 생애』를 가지고 갔다. 아니엘라는 내가 가장 무도회 때 입었었던 체르케스의 복장을 재난에서 구해낼 수가 있었는데, 나는 그것도 가지고 갔다. 그것은 이미 너무 작아져 있었고, 나는 그 이후 한 번도 체르케스의 복장을 착용할 기회를 갖지 못하였다.

17

바르샤바에서 우리는 가구가 붙은 방들을 전전하며 어렵게 살았다. 누군가 다른 나라에서 우리가 살아남을 수 있을 만큼의 액수를 보내 어머니를 도왔다. 나는 학교에 다녔다. 어머니는 매일 열 시의 휴식 시간이면 보온병에 담은 초콜렛과 버터 바른 빵을 그곳으로 가져다주었다. 어머니는 곤경에서 벗어나기 위해 수천 가지 일을 했다. 보석 중개인도 하였고, 모피와 골동품을 사서 되팔기도 했다. 또 수수하게 돈벌이가 되는 한 가지 묘안을 짜냈는데 그런 생각을 한 사람은 아마 어머니가 최초가 아니었나 싶다. 광고를 통해 어머니는 대중에게 이빨을 산다고 알렸다. 다른 낱말이 없으니 그것을 '중고 이빨'이라고밖엔 구분할 수 없겠다. 그 중고 이빨들은 금이나 백금 봉이 박힌 것이었고, 어머니는 이윤을 붙여 그것들을 되팔았던 것이다. 어머니는 정말 필요로 하는 고상한 금속으로 되어 있는지 확인하기 위하여 특수한 산에다 이빨들을 적시면서 현미경으로 살펴보곤 하였다. 어머니는 또 건물 관리인에다 광고 안내원, 그리고 이제는 기억나지 않는 수천 가지 다른 일들을 하였다. 그러나 매일 아침 열 시면 어김없이 초콜렛 보온병과 버터 바른 빵을 들고 거기에 있었다.

그러나 그곳에서도 우리는 쓰라린 실패를 겪어야 했으니, 나는 바르샤바의 프랑스 중학교에 들어갈 수 없었던 것이다. 그곳의 수업료는 비쌌고, 우리 수입으로 감당할 수가 없었다. 그래서 나는 이 년 동안 폴란드 학교를 드나들었고, 그 결과 지금도 나는 막힘 없이 폴란드어를 쓰고 말할 줄 안다. 그것은 매우 아름다운 언어다. 미츠키에비치〔1798~1855, 폴란드의 애국 시인, 『콘라드 발렌로트』의 작가〕는 아직도 내가 가장 좋아하는 시인들 중의 하나이며, 나는 폴란드를 매우 사랑한다 — 모든 프랑스 인들처럼.

한 주일에 다섯 번, 나는 전차를 타고 뤼시엥 디외르뵈 콜렉이라고 불리며 나에게 내 모국어를 가르쳐주는 훌륭한 남자의 집을 찾아가곤 하였다.

여기서 한 가지 고백을 하여야만 하겠다. 나는 아주 조금밖엔 거짓말을 하지 않는다. 왜냐하면 거짓말은 달착지근한 무력감 같은 느낌을 주기 때문이다. 그것은 나를 목표에서 너무 멀리 떨어지게 한다. 그러나 사람들이 내게 바르샤바에선 어디서 공부했느냐고 물으면 나는 늘 이렇게 대답한다. 프랑스 중학교에서라고. 그것은 원칙의 문제인 것이다. 어머니는 최선을 다했는데, 내가 왜 그 노동의 결실을 어머니에게서 빼앗아야 하는지 그 이유를 나는 찾을 수 없는 것이다.

그렇지만 내가 어머니를 도우려고 애쓰지도 않고 어머니의 투쟁을 그저 바라보기만 했다고 생각지는 말아주기 바란다. 그토록 많은 부분에서 실패를 한 뒤 마침내 나는 내 진정한 적성이 어디에 있는지 발견해낸 성싶었다. 나는 윌노에서 발랑틴 시절에, 그녀의 아름다운 눈을 위하여 곡예를 하기 시작한 바 있었다. 그 이후 나는 무엇보다 어머니를 생각하여, 또 다른 재주가 없는 데 대한 용서를 빌기 위해 계속하였다. 학교의 복도에서, 넋이 나간 친구들의 시선을 받으며 이제 나는 다섯 개나 여섯 개의 오렌지로 곡예를 했다. 마음속 어디에선가에서 나는 위대한 라스텔리처럼 일곱 개, 여덟 개째에 도달하고 싶은, 아니 누가 알랴, 아홉 개째에라도 도달하여 마침내 이 세상에서 가장 위대한 곡예사가 되고픈 미친 욕망을 체험하곤 하였다. 그것이 어머니에겐 마땅한 일이었고, 그래서 나는 시간 있을 때마다 연습을 하였다.

나는 오렌지건, 접시건, 병이건, 빗자루건, 내 손에 잡히는 모든 것을 가지고 곡예를 하였다. 예술에 대한, 완전에 대한 나의 욕구, 찬란하고 유일무이한 위업을 이루고픈 열망, 간단히 말하여 최고가 되고 싶은 나의 갈증이 그곳에서 하찮지만 뜨거운 표현의 방법을 찾아냈던 것이다. 나는 내가 어떤 불가사의한 영역, 내 모든 존재를 바쳐 도달하고픈 영역, 말하자면 도달되고 현실화된 불가능의 영역 가까이에 있다고 느꼈다. 그것은 내가 최초로 갖게 된 예술적 표현의 의식적인 방법이었고, 내가 최초로 느낀 완벽에의 가능성에 대한 예감이었다. 나는 죽어라 하고 그것에 덤벼들었다. 나는 학교에서, 거리에서, 계단에서 곡예를 하였고, 재주를 부리며 방에 들어갔으며, 어머니 앞에 서서 여섯 개의 오렌지를 한 번의 실수도 없이 되돌아오게끔 던지고 되잡고 하였다. 벌써 빛나는 운명이 약속된 존재로서 내 재능으로 어머니를 호화롭게 살게 해주는 자신의 모습을 눈앞에 떠올리고 있을 무렵, 그러나 불행하게도 거기에서도 역시 조금씩 나는 냉혹한 사실을 인정하지 않을 수 없었다. 여섯번째 공 이상으로 갈 수 없었다. 그렇지만 나는 애를 썼다. 내가 애를 썼음을 신은 알고 있다. 이 시절 나는 일고여덟 시간을 연습할 때도 있었다. 나는 그 내기가 중대한 일이며, 어쩌면 내 삶의 가장 중대한 일일 수도 있다는 것, 내가 거기에 내 모든 인생을, 내 모든 꿈을 걸고 있다는 것, 문제가 되고 있는 것이 바로 완벽이 가능하냐 불가능하냐라는 것임을 어렴풋이 느끼고 있었다. 그러나 아무리 애를 써도 일곱번째 공은 언제나 나의 노력을 벗어났다. 걸작은 도달할 수 없는 채 영원히 잠재 상태로 남아 있었고, 영원히 예감되었으며, 그러나 항상 능력 밖에 있었다. 나는 내 모든 의지를 다 기울였고, 내 모든 유연성과 내 모든 민첩성을 다 동원하였다. 공중에 던져진 공들은 정확하게 연달아 날아갔다. 그러나 일곱번째 공을 던지자마자 구성 전체가 와르르 무너져버리고 말았다. 나는 체념도 포기도 못한 채 속수무책으로 망연히 거기에 서 있는 것이었다. 나는 다시 시작하였다. 그러나 마지막 공에는 영원히 도달할 수 없었다. 결코, 결코, 내 손은 그것을 잡는 데 이르지 못했다. 나는 평생을 노력하였다. 오랫동안 걸작들 사이를 방황하고 난 뒤 나이 마흔이 거의 다 되어서야 비로소, 조금씩 진리가 내 안에 자리잡기 시작하였고, 마지막 공이란 존재하지 않음을 깨닫게 되었다.

 그것은 슬픈 진실이며 어린아이들에게 그것을 알려주어서는 안 된다. 바로 그렇기 때문에 이 책은 모든 사람의 손에 들어가서는 안 된다.

 파가니니가 자기의 바이올린을 던져버리고 공허한 시선으로 누워버린 채, 여러 해 동안 그것을 만지지도 않게 되었던 것을, 나는 이제 더 이상 기이하게 생각지 않는다. 나는 이상하게 여기지 않는다. 그는 알고 있었던 것이다.

 우리 모두 중에서 가장 위대한 앙드레 말로가, 극소수의 사람들만이 그보다 앞서 하였던 것처럼 자기의 공들을 가지고 곡예를 하는 것을 볼 때면, 그의 비극, 그의 가장 찬란한 무훈들 한복판에서 그가 지니고 다니는, 그의 얼굴에 새겨져 있는 그 비극 앞에서 내 가슴은 찢어지는 듯하다. 마지막 공은 그의 한계 밖에 있으며 그의 모든 작품들은 그 고통스런 확인의 소산인 것이다.

한편, 파우스트 사건에 대한 진실을 말해야 할 때가 된 듯싶다. 모두들 염치 없게도 이에 대해 거짓말을 하였는데, 괴테는 누구보다도 더욱, 가장 천재적으로 그렇게 하였다. 사건을 위장하고 냉혹한 현실을 감추기 위해서 말이다. 여기에 대해서도 역시 말하지 않는 편이 나을는지 모르겠다. 왜냐하면 내가 하고 싶지 않은 일이 한 가지 있다면, 그것은 사람들에게서 그들의 희망을 앗아내는 바로 그것이기 때문이다. 그러나 결국 파우스트의 진정한 비극은 자기의 영혼을 악마에게 팔았다는 사실이 아닌 것이다. 진정한 비극, 그것은 당신을 위해 당신의 영혼을 사줄 악마가 없다는 사실이다. 구매자가 없는 것이다. 당신이 얼마만큼의 대가를 치를 준비가 되어 있건. 아무도 당신이 마지막 공을 손에 넣을 수 있도록 도와주러 오지 않는 것이다. 물론 잘난 체 뽐내며, 구매자라 자칭하는 한 떼거리의 협잡상인들은 있긴 하다. 그리고 어느 정도 유리하게 그들과 협상할 수 없다고는 말하지 않겠다. 그렇게 할 수도 있다. 그들은 성공과 돈과 대중의 찬사를 제공한다. 그러나 그것은 고양이에게 주는 죽 같은 것일 뿐. 만일 당신이 미켈란젤로나 고야, 모차르트, 톨스토이, 도스토옙스키 또는 말로라 불리는 사람이라면 당신은 잡화상 거래를 하였다는 느낌과 더불어 죽을 수밖에 없다.

이쯤 해두고, 물론 나는 지금도 연습을 계속하고 있다. 나는 가끔 내 집에서 나와 샌프란시스코 만 위의 내 언덕에 올라 사방이 툭 트이고 온통 빛으로 가득 찬 그곳에서 이제는 내가 최대한으로 할 수 있는 세 개의 오렌지를 가지고 곡예를 하는 것이다.

그것은 도전이 아니다. 그것은 다만 존엄성의 선언일 뿐이다.

나는 위대한 라스텔리가 코 위에 막대를, 막대 위에 공을, 공 위에 물 컵을 올려놓고서 한 발은 병 구멍에 올려놓고, 뒤쪽으로 구부린 다른 쪽 발로는 두 개의 굴렁쇠를 돌리는 것을 본 일이 있다. 동시에 일곱 개의 공을 가지고 곡예를 하면서 말이다.

나는 그때 도저히 부인할 수 없는 완벽한 최고의 순간, 자기 조건을 이겨낸 인간 승리의 지고한 순간을 보았다고 생각하였다. 그러나 몇 달 후 라스텔리는 자기에게 문제가 되는 유일한 공인 여덟번째 공을 끝끝내 잡지 못한 채 무대를 떠나 절망 속에서 죽었던 것이다.

만일 내가 그의 임종을 지켜볼 수 있었더라면, 그는 그 모든 것에 대해 마지막으로 절실히 내게 가르쳐주었을 것이고, 그때 내가 열여섯 살밖에 안 되었었으니, 나는 수고와 실패의 삶을 면제 받을 수 있었을는지도 모른다. 그러나 위의 모든 이야기들을 가지고 내가 행복한 사람이 아니었다는 결론을 짓는다면 유감이다. 그것은 매우 애석한 착오가 될 것이다. 나는 사는 동안 놀라운 행복을 체험했고, 지금도 느낀다. 예를 들어 나는 어렸을 때부터 줄곧 소금 친 오이를 좋아했다. 작은 오이가 아니라 진짜 오이, 유일무이한 오이, 사람들이 러시아 오이라고 하는 것 말이다. 언제 어디서나 나는 그것을 살 수 있다. 나는 자주 그것을 한 파운드 사서 햇빛이 비치는 어느 곳, 바닷가, 아니면 보도나 벤치 등 어느 곳에서라도 내 오이를 깨문다. 그러면 나는 완벽하게 행복해지는 것이다. 우정 어린 시선으로 사물과 사람들을 바라보며 나는 평온해진 가슴으로 햇빛을 받으며 그렇게 머물러 있는다. 그러면 나는, 인생은 진정 살 만한 가치가 있는 것이며, 행복은 도달 가능한 것이고, 단지 자기의 깊은 소명을 알아, 자기가 사랑하는 것에 헌신하기만 하면 된다는 것을 안다. 자아를 완전히 버리고서.

어머니는 감동받아 대견해 하며 어머니를 돕기 위한 나의 노력을 지켜보았다. 되팔 작정으로 해진 양탄자나 중고 램프 같은 것을 팔 밑에 끼고 질질 끌고서 집으로 돌아와서도, 방에서 공들을 가지고 곡예하는 나를 보면, 어머니는 나의 그 열렬한 노력의 동기를 잘못 짚지 않았다. 어머니는 의자에 앉아 내가 하는 것을 바라보며 내게 말하였다.

"넌 위대한 예술가가 될 거야. 바로 네 에미가 너에게 말해주는 거다."

어머니의 예언은 실현될 뻔하였다.

우리 학급은 학교에서 연극을 했었는데, 빡빡한 선발 시험을 거친 후에 미츠키에비치의 극시 『콘라드 발렌로트』의 주역이 내게 떨어졌던 것이다. 내 폴란드어의 강한 러시아 악센트에도 불구하고 말이다. 내가 선발 시험에서 뽑힌 것은 우연이 아니었다.

장사를 마치고 간식을 준비해놓은 뒤 어머니는 내게 한 시간 내지 두 시간 동안 내 역할을 연습하게 하였다. 어머니는 그것을 다 외우고 있었고, 우선 내 흥을 돋우기 위해 당신 자신이 내게 그것을 연기해 보였다. 어머니는 최선을 다하여 낭독하였고, 그런 다음에 나에게 어머니의 동작, 태도, 억양을 흉내 내며 극본을 외워보라고 하였다. 역할은 소원대로 극적인 것이었으며, 따라서 밤 열한 시쯤 되면 참다 못 한 이웃 사람들이 화를 내며 조용히 하라고 소리를 지르곤 하였다. 어머니는 남의 말에 고분고분 물러설 여자가 아니었다. 그래서 복도에선, 기념할 만한 장면들이 연출되곤 하였다. 어머니는 내친김에 위대한 시인의 고상한 비극적 시를 밀고 나가 평소보다 열정적인 욕설과 도전과 긴 독백을 퍼붓곤 하였던 것이다. 곧 결과가 나타났다. 공연이 있기 며칠 전 우리는 다른 곳에 가서 낭독하도록 권유되었던 것이다. 우리는 어머니의 친척 집으로 살러 갔다. 변호사와 그의 누이인 치과 의사가 쓰는 아파트였다. 처음에 우리는 대기실에서 살다가 사무실로 옮겼는데, 매일 아침 환자들과 고객들이 오기 전에 자리를 치워주어야만 하였다.

드디어 공연이 있었고, 나는 그날 밤 무대에서의 첫 성공을 거두었다. 공연이 끝난 후, 어머니는 박수 갈채에 아직도 흥분한 채 눈물이 흥건한 얼굴로 제과점으로 나를 데려가 과자를 사주었다. 어머니는 아직도 우리가 함께 거리를 걸을 때면 내 손을 잡는 버릇이 있었는데, 나는 벌써 열한 살 반이었으므로 그것이 끔찍이 거북했다. 나는 늘 어떤 그럴 듯한 핑계로 공손히 나의 손을 빼내려 애를 썼고, 그런 다음엔 어머니에게 손을 돌려주는 것을 잊어버리곤 하였다. 그러나 어머니는, 언제나 그것을 단호히 당신 손 안에 다시 쥐는 것이었다.

포즈낭스카의 이웃 거리들은 오후가 되자마자 창녀들로 득실댔다. 그야말로 구름같이 많았는데, 슈미엘나 거리는 특히 더했다. 어머니와 나, 우리 두 사람은 이 정직한 소녀들에게 낯익은 구경거리가 되어 있었다. 우리가 그렇게 손에 손을 잡고 그녀들 사이를 걸어갈 때면, 그녀들은 언제나 공손하게 비켜서며 어머니에게 내 잘생긴 용모를 칭찬하곤 하였다. 내가 혼자 지나갈 때면 그녀들은 종종 나를 불러세워 어머니에 관해 묻고, 왜 어머니가 다시 결혼하지 않는가 궁금해하며 사탕을 주었다. 그중에 다리가 휘고 몸이 마른 붉은 머리의 작은 여자 하나는 언제나 내 뺨에 입을 맞춘 다음, 내게 손수건을 달라고 하여 세심하게 뺨을 닦아주었다. 어떻게 해서 알았는지 모르겠으나, 내가 학교 연극에서 중요한 역할을 하게 되리라는 소식이 그 거리에 퍼져 있었다. 아마도 어머니 탓이 아니었나 모르겠다. 어쨌든 제과점으로 가는 길에 그녀들이 우리를 둘러싸고 관중이 내게 보여준 반응이 어떤 것이었는지 걱정스럽게 물었다. 어머니는 공연한 겸손을 떨지 않았고, 이후 며칠 동안 내가 슈미엘나 거리를 지날 때마다 선물의 홍수가 내 위로 쏟아졌다. 나는 작은 십자가들과 성자 메달들, 묵주들, 나이프들, 초콜렛, 성모상들을 받았으며, 여러 번 그 소녀들에게 이끌려 근처의 돼지고기 상점으로 가서 그들의 존경 어린 시선을 받으며 소금 친 오이를 억지로 입에 쑤셔넣었다.

마침내 제과점으로 가 다섯번째 과자를 먹어치운 뒤 내가 조금 숨을 쉬기 시작했을 때, 어머니가 간단하게 어머니의 미래 계획을 설명했다. 마침내 우리는 무언가 구체적인 것을 손아귀에 쥐게 되었고, 재능은 확실하고 길은 제시되었으니 계속하기만 하면 된다는 것이었다. 나는 위대한 배우가 될 것이며, 여자들을 불행하게 만들 것이고, 뚜껑을 뗄 수도 있는 커다란 노란색 자동차를 갖게 될 것이며, U.F.A.와 계약을 맺게 된다는 것이었다. 이번에는 바로 맞았고, 손아귀에 들어왔고, 벌써 한 걸음 내디뎠다는 것이었다. 내게는 과자 한 개 더, 그리고 어머니에게는 차 한 잔. 아마 어머니는 하루에 열다섯 내지는 스무 잔쯤 마시곤 하였다. 나는 어머니의 말을 — 어떻게 말하면 좋을까?—, 그 이야기를 신중하게 듣고 있었다. 자랑은 아니지만 나는 정신을 잃고 있지는 않았음을 말해야 하겠다. 나는 열한 살 반밖에 되지 않았으나, 이미 침착하고 신중하고 프랑스적이며 느긋한 천성의 인간이 되자고 단단히 결심한 바 있었다. 그 순간, 그 모든 것 속에서 내게 구체적인 유일한 것은 거기에 있는 접시 위의 케이크였고, 그중 단 한 개도 나는 놓치지 않았다. 잘한 일이었다. 왜냐하면 나의 위대한 연극과 영화의 생애는 결코 구체화되지 않았으니 말이다. 그렇지만 노력이 없어서 그렇게 된 것은 아니다. 여러 달 동안, 나의 어머니는 바르샤바의 모든 극 연출가들에게 끊임없이 내 사진을 보냈고, 베를린에도, U.F.A.에도 우송하였다. 『콘라드 발렌로트』의 주인공 역에서 내가 거둔 위대한 극적 성과에 대한 기다란 묘사와 더불어 어머니는 폴스키 극장의 연출가에게 오디션을 얻어내기까지 하였다. 그는 품위 있고 상냥한 남자였는데, 내가 「라 마르세예즈」를 부르는 루제 드 릴 같은 자세로 한쪽 발은 앞으로 내밀고 한쪽 팔은 들고서 그의 사무실에서 폴란드 음유시인의 불멸의 시구들을 강한 러시아 악센트와 함께 정력적으로 낭송하는 동안, 나의 낭송을 정중하게 들어주었다. 나는 무서우리만치 겁을 먹었고, 그것을 감추기 위해 더욱더 세게 으르렁댔다. 사무실 안에는 여러 사람이 있었는데, 그들은 나를 유심히 지켜보았고, 또 매우 감동한 것 같았다. 그런데, 말하지 않을 수 없는데, 그 따스함이 결여된 분위기 속에서 나는 아마 내 재능을 완벽하게 조절하지 못했던 모양이다. 그 엄청난 계약이란 것을 내게 제의해오지 않은 것을 보면 말이다. 어쨌든 사람들은 끝까지 들어주었고, 어머니가 청중들을 승리에 찬 시선으로 훑어보는 동안 내가 그 역할에 있는 대로 독

약을 삼킨 뒤 끔찍한 발작 속에 단말마적 신음을 하며 연출가의 발 아래 쓰러지자 그는 나를 일으켜주었으며, 내가 다치지 않았다는 것을 확인하자 곧 사라져버렸다. 어찌나 재빨리 사라져버렸던지, 나는 지금도 그가 어떻게 그렇게 했을까, 어디를 통해 나갔던 것일까 의아스럽다.

나는 십육 년 후에야 다시 무대에 올랐는데, 그때의 관중은 매우 달랐고 그중에도 드골 장군이 가장 재미있는 한 사람이었다. 1941년 적도 아프리카의 심장부, 방기의 우방기 샤리에서 일어난 일이었다. 드골 장군이 순회 시찰차 그곳을 방문한다는 소식을 들었을 때, 나는 같은 비행 중대의 다른 두 비행사와 함께 며칠 전부터 그곳에 머무르고 있었다.

우리는 연극 공연으로 '자유 프랑스'의 우두머리를 기리기로 결정하고, 즉시 일에 착수하였다. 우리의 이름 높은 방문객의 주름살을 펴주게 될 극도로 영적인—저자들의 의견을 따르면 말이다—시사극이 즉석에서 만들어졌다. 극본은 기지가 반짝이며 유쾌한, 매우 밝고 가벼운 것이었다. 그 당시 우리는 1941년에 있던 군사적인 대패배를 겪고 있었으므로, 우리는 우리의 우두머리 앞에서 어떤 시련도 견디어 이길 사기와, 악마에 들린 듯 열렬한 활기를 증명해 보이겠다고 단호하게 결심하였던 것이다.

우리는 장면들을 잘 손질하기 위하여 장군이 도착하기 전에 첫 공연을 가졌다. 우리는 매우 고무적인 성공을 거두었다. 관객들은 우레와 같은 갈채를 보냈고, 비록 가끔 망고 열매가 나무에서 떨어져 관객의 머리 위로 쏟아졌지만, 모든 것이 정말 매우 잘 진행되었다.

장군은 다음날 아침 도착하여 그날 밤 고급 장교들과 측근의 고위 정치가들과 함께 연극을 관람하였다.

완전한 재난이었다 — 나는 그날 이후 우리 나라가 처하게 된 극적 상황이 어떤 것이든 간에, 드골 장군 앞에서는 다시는 결코 코미디를 연기하지도, 노래를 부르지도 않겠다고 맹서하였다. 프랑스는 나에게 무엇이든 원할 수 있다. 그러나 그것만은 안 된다.

폭풍우 속에서 홀로 지탱하며 자신의 의지와 용기로 힘을 잃은 그토록 많은 사람들의 용기를 북돋워주어야만 하는 사람 앞에서 장난스런 촌극을 상연해보자는 생각은, 젊은 우리가 할 수 있었던 가장 바람직한 일은 물론 아니었다.

그러나 극장 안에서, 완벽하게 정중하고 말 없는 단 하나의 관객이 배우들과 관객들 전체를 그처럼 엄숙한 상태로 화하게 할 수 있으리라고는 한 번도 생각해본 일이 없었다.

드골 장군은 흰 군복을 입고, 모자를 무릎 위에 얹고 팔짱을 끼고 관객들 중 제일 첫째 줄에 매우 꼿꼿이 앉아 있었다.

그는 연극이 공연되는 동안 내내 움직이거나 몸을 떨거나 하는 그 어떤 반응도 나타내지 않았다.

다만 내가 한쪽 다리를 매우 높이 들어올리며, 프렌치 캉캉을 흉내 내는 한편, 다른 배우가 자기 역할에 있는 대로 "난 화냥년의 남편! 난 화냥년의 남편!"이라고 소리지를 때 한순간, 곁눈질로 보니 '자유 프랑스'의 우두머리의 얼굴 위에서 콧수염이 가볍게 떨리는 것 같아 보였던 것이 기억나는 듯하다. 하지만 내가 잘못 보았는지도 모른다. 그는 팔짱을 끼고 매우 꼿꼿하게 거기에 앉아, 이를테면 가차 없이 주의를 집중하고 우리를 쏘아보고 있었다.

눈은 방 안에 있었고 카인을 바라보고 있었느니라.

그러나 가장 놀라운 현상은 이백 명의 관객들의 태도였다. 전날 밤에는 온통 모두들 웃어대며, 박수 갈채를 보내고, 미친 듯 재미있어 하더니, 이번엔 웃음소리 하나 객석에서 올라오지 않는 것이었다.

그런데 장군은 첫째 줄에 앉아 있었고 따라서 관객들은 그의 얼굴 표정을 거의 읽을 수 없었던 것이다. 드골 장군이 대중과 접촉할 줄을 모르며, 자기 감정을 전달할 줄도 모른다고 주장하는 사람들이 되새겨보도록 이 일례를 제공하는 바이다.

전쟁 얼마 후 루이 주베가 「돈 후앙」을 무대에 올렸다. 나는 연습을 참관하였다. 기사의 동상이 약속대로 방탕자를 지옥으로 끌고 가려고 오는 장면에서, 나는 갑자기 언젠가 본 듯한, 내가 한 번 체험한 일 같은 이상스런 느낌을 받았다. 그리고 나는 1941년의 방기를, 곧은 시선으로 나를 쏘아보던 드골 장군을 기억해냈다.

원하노니, 그가 나를 용서했기를.

18

『콘라드 발렌로트』에서의 내 승리는 그러므로 일시적인 것이었고 어머니가 씨름하고 있던 물질적 문제 중 어느 하나도 해결해주지 못했다. 우리에겐 이제 1수〔화폐 단위〕도 없었다. 어머니는 하루 종일 일거리를 찾으러 사방을 뛰어다니다가 지쳐서 돌아왔다. 그러나 나는 한번도 배고프거나 춥지 않았고, 어머니는 한번도 불평하지 않았다.

다시 한 번 말하겠는데, 그렇다고 내가 전혀 어머니를 돕지 않았다고 생각지는 말아야 한다. 나는 시를 써서 큰 소리로 어머니에게 읽어주었다. 그 시들은 우리에게 영광과 부와 대중의 찬사를 가져다주리라. 나는 내 시구들을 윤나게 하기 위해 하루 대여섯 시간씩 일하였고, 시구들과 알렉상드렝〔12음절시〕, 소네트 들로 공책을 메웠다. 나는 프롤로그와 에필로그가 달린 '알시멘'이라는 제목의 5막 비극까지 착수했다. 어머니가 외출에서 돌아와 의자에 앉으면—늙어가는 첫 기미가 어머니 얼굴 위에 벌써 나타나기 시작하고 있었다—나는 세상을 어머니의 발아래 무릎 꿇게 할 불멸의 시구들을 어머니에게 읽어드렸다. 어머니는 언제나 주의 깊게 들었다. 조금씩 어머니의 시선이 밝아지고 피로의 기색이 얼굴에서 사라져갔으며, 어머니는 절대적인 확신을 가지고 단언하였다.

"바이런이야! 푸시킨, 빅토르 위고다!"

나는 또 언젠가 세계 선수권을 따내겠다는 희망을 품고 그레코로만형 레슬링 연습도 하였고, 학교에선 금방 '젠틀맨 짐'이라는 이름으로 알려졌다. 나는 가장 힘센 아이는 아니었고, 어림도 없었지만, 고상하고 우아한 태도를 취하고, 동요하지 않는 힘과 위엄의 느낌을 주는 법은 누구보다도 더 잘 알고 있었다. 나는 독특한 스타일을 가지고 있었다. 나는 거의 항상 화제에 올랐다.

뤼시엥 디외르뵈 콜렉 씨는 나의 시작(詩作)에 지대한 관심을 가졌다. 왜냐하면, 두말할 나위도 없이 나는 러시아어나 폴란드어로 쓰지 않았으니까. 나는 프랑스어로 썼다. 우리는 잠시 바르샤바에 머무르고 있을 뿐이고 나의 모국이 나를 기다리고 있으니 내가 누구인지 숨길 까닭이 없었다. 나는 러시아어로 쓴 푸시킨도, 폴란드어로 쓴 미츠키에비치도 매우 존경했지만, 왜 그들이 그들의 걸작을 프랑스어로 쓰지 않았던 것인지 도무지 잘 이해할 수가 없었다. 그들 두 사람은 모두 좋은 교육을 받았고 우리말을 잘 알고 있었는데 말이다. 그러한 애국 정신의 결여는 내겐 설명되기 힘든 사실처럼 보였다.

나는 내 폴란드 꼬마 친구들에게 나는 당분간 그들과 더불어 지낼 뿐이고, 기회가 오는 대로 우리 나라로 돌아갈 생각이라는 것을 한 번도 숨긴 일이 없다. 이 고질적인 순진성이 학교에서의 내 생활을 순조롭지 못하게 하였다. 휴식 시간에, 내가 거만한 모습으로 복도를 거닐고 있을 때면, 가끔 내 주위에 학생들의 작은 무리가 형성되곤 하는 일이 있었다. 그들은 심각하게 나를 바라보았다. 이어 그들 중의 하나가 한 걸음 앞으로 나서며, 폴란드식 화법에 따라, 나를 삼인칭으로 칭하면서 존경으로 가득 찬 어조로 내게 묻는 것이었다.

"이 친구 아직도 프랑스 여행을 미루고 있네, 안 그래?"

나는 언제나 말려들었다.

"학기 중간에 도착할 필요가 없으니까" 하고 나는 그들에게 설명했다. "학기 초에 도착해야 한단 말이야."

그 친구는 동의한다는 몸짓을 하였다. 그러더니 그는 이렇게 지적하는 것이었다.

"애들이 걱정하지 않게 친구가 미리 좀 알려줬더라면 좋았으련만."

그들은 서로서로 팔꿈치를 찔렀고, 나는 그들이 나를 놀리고 있는 것을 분명히 느꼈으나, 그러나 나는 그들의 모욕 저 너머에 존재하고 있었다. 모욕들은 나에게 도달할 수가 없었다. 나에겐 내 자존심보다 내 꿈이 더 중요하였고, 그들이 내게 강요하는 바보짓이 나를 아무리 우스꽝스럽게 만들어도 소용없었다. 오히려 그것은 내가 내 희망과 환상을 키우는 데 한몫을 거들기만 했던 것이다. 그리하여 나는 그들과 정면으로 마주 섰고, 그들이 내게 던지는 모든 질문에 침착하게 답해주었다. 네 생각엔 프랑스에서 공부가 더 힘들 것 같니? 그래, 매우 힘들 거야. 여기보다 훨씬. 거기선 운동을 많이 하고, 난 특히 펜싱과 그레코로만형 레슬링을 내 특기로 삼을 생각이야. 거기 중학교에선 꼭 교복을 입어야 하니? 그래, 의무야. 그 교복이 어떻게 생겼지? 그러니까 금 단추가 달린 하늘색이지. 수평선 색깔의 파란 모자하고. 일요일이면 빨간 바지를 입고 모자에다 하얀 깃털을 단단. 거기선「라 마르세예즈」를 부르면서 하루 첫 수업을 시작한다며? 그래. 물론 매일 아침「라 마르세예즈」를 부르지. 그렇다면 우리에게「라 마르세예즈」를 불러주지 않겠니? 신이여, 용서하길. 나는 한 발을 앞으로 내밀고, 손을 가슴에 대고 주먹을 휘두르며, 열정적인 목소리로 우리 국가를 불렀다. 그렇다. 나는 사람들이 말하듯, 하자는 대로 다 했다. 그러나 속고 있었던 것은 아니었다. 나는 웃음이 터지려는 것을 참고 있는, 재미있어 죽어가는 얼굴들을 잘 볼 수 있었다. 그러나 그것은 아무래도 좋았다. 나는 거기, 소를 찔러 성나게 하는 투우사의 무리 한가운데에서, 전혀 동요되지 않았다. 나는 위대한 조국이 내 뒤에 버티고 있음을 느꼈고, 그래서 어떤 빈정거림도 조롱도 두렵지 않았다. 만일 그 도발자 그룹이 갑자기 가장 섬세한 문제를 건드리지만 않았더라면, 그 장난은 아마 오랫동안 계속 되었으리라. 그때도 보통 때와 마찬가지로 나보다 나이가 많은 대여섯 명의 아이들이 매우 궁금하다는 듯한 얼굴로 내 주위를 둘러싸는 것으로 시작되었다.

"아니, 친구가 아직도 우리와 함께 있네. 그런데 우리는 그가 떠난 줄로 알았지. 그를 그렇게나 오매불망 기다리는 프랑스로 말이야."

내가 평소의 설명으로 들어가려 할 때, 무리 중의 나이 많은 아이가 끼어들었다.

"거기에선, 퇴물 갈보들은 받아들이지 않거든."

그 아이가 누구였는지 이젠 기억나지 않는다. 그리고 어디에서 그가 그런 괴상한 정보를 얻어왔는지 알 수 없다. 어머니의 과거에 그런 중상모략을 정당화할 만한 것은 아무것도 없음을 말할 필요가 있을까? 어머니는 가끔 자신이 주장하곤 했듯이 '위대한 비극 여배우'는 아니었을지 모르지만, 그래도 어쨌든 모스크바의 상급 극장에서 연기하였고, 그 시절이나 또는 어머니가 젊었을 때 알았던 사람들은 모두 어머니가 비상한 아름다움을 지녔으나 그 때문에 결코 길을 잘못 들거나 타락하거나 하지 않은 훌륭한 사람이었다고들 하는데 말이다.

그러나 나의 놀라움은 너무나 완벽한 나머지 비열함의 모습을 취했다. 심장은 갑자기 어느 구멍 속으론가 사라져버렸고, 눈엔 눈물이 가득 고였으며, 내 생애 최초이자 마지막으로 나는 적 앞에서 등을 돌렸던 것이다.

그 이후 나는 결코 무엇에도, 누구에게도 등을 돌리지 않았다. 그러나 그날은 그랬다. 그것을 부정할 필요는 없다. 나는 한순간 당황하였던 것이다.

어머니가 집에 돌아오자, 나는 어머니에게 달려들어 모두 말했다. 나는 어머니가 너무도 잘 해주던 대로 내게 팔을 벌려 나를 위로해주길 기다렸다. 그러나 그때 벌어진 일은 내겐 놀라움 그 자체였다. 갑자기 애정과 사랑의 흔적이 어머니 얼굴에서 몽땅 사라져버렸다. 어머니는 내가 기대하던 사랑과 위로의 강줄기를 내게 부어주지 않았다. 어머니는 아무 말도 하지 않고, 나를 거의 차갑게 오랫동안 바라보았다. 그러더니 나에게서 떨어져서 책상으로 가 그 위의 담배를 집어 불을 붙였다. 그런 다음 어머니는 우리가 집주인과 함께 쓰고 있던 부엌으로 가더니 내 간식을 만들기 시작하였다. 어머니의 얼굴은 닫혀지고, 무표정하였으며, 가끔씩 거의 적의를 품은 듯한 시선을 내게 던지는 것이었다. 나는 내게 무슨 일이 일어난 것인지 이해할 수가 없었다. 나 자신을 향한 무한한 동정심이 나를 사로잡았다. 나는 분했고, 배신당하고 버림받은 느낌을 받았다. 어머니는 여전히 아무 말 없이 내 잠자리를 손보아주었다. 그날 밤 어머니는 자리에 눕지 않았다. 아침에 눈을 뜨자, 나는 어머니가 여전히 손에 담배를 들고 창문을 바라보며 낡은 청록색 안락의자에 앉아 있는 것을 발견했다. 마룻바닥은 담배꽁초들로 뒤덮여 있었다. 어머니는 항상 꽁초를 아무 데나 버렸다. 어머니는 무표정한 시선으로 나를 힐끗 바라보더니 다시 창문을 바라보았다. 오늘에서야 그날 어머니가 무엇을 생각하고 있었던가 알 것 같다. 적어도 그것을 상상할 수는 있다. 내가 고생하여 기를 가치가 있는 인간인지, 당신의 모든 희생, 수고, 희망에 의미가 있는 것인지, 내가 다른 남자들이나 마찬가지가 될 것이 아닌지, 그리하여 다른 남자들이 어머니에게 했던 것같이 어머니를 취급하지나 않을 것인지, 그런 생각을 하였으리라. 어머니는 내게 달걀 반숙 세 개와 초콜렛을 만들어주었다. 그리고 내가 먹는 것을 바라보았다. 처음으로 약간의 애정이 어머니의 눈 속에 되살아났다. 어머니는 결국 내가 열두 살밖에 안 됐음을 속으로 생각하였을 것이다. 학교에 가기 위해 내가 책과 공책들을 주섬주섬 챙기자 어머니의 얼굴은 다시 굳어졌다.

"넌 이제 거기 안 간다. 끝난 거야."

"그렇지만……"

"너는 프랑스에 가서 공부할 거야. 다만…… 앉아라."

나는 앉았다.

"내 말 들어라, 로맹."

나는 놀라서 눈을 들었다. '로만티크 로무슈카'가 아니었던 것이다. 어머니는 처음으로 애칭을 버렸던 것이다. 나는 극도로 불안해졌다.

"내 말 잘 들어. 다시 한 번 그런 일이 생기면, 누군가 네 에미를 네 앞에서 모욕하면, 다음번엔, 사람들이 너를 들것에 실어 집으로 데려오기를 나는 바란다. 알겠니?"

나는 입을 벌린 채 꼼짝도 하지 않았다. 어머니의 얼굴은 완전히 냉정했고, 매우 엄격하였다. 눈에는 가엾어 하는 흔적조차 없었다. 나는 지금 말하고 있는 사람이 어머니인가를 믿을 수 없었다. 어떻게 그럴 수가 있단 말인가? 나는 어머니의 로무슈카, 어머니의 작은 왕자, 어머니의 값진 보석이 아니었던가?

"나는 사람들이 피투성이가 된 너를 집으로 데려오기를 원해. 알겠어? 성한 뼈가 하나도 남아 있지 않더라도 말이야. 알겠니?"

어머니의 목소리가 높아졌다. 어머니는 번뜩이는 눈으로 내게 몸을 굽히며 거의 소리를 질렀다.

"안 그러면, 떠날 필요가 없는 거야…… 거기에 가보았자 소용없는 거야."

마음 깊이에서부터 부당하다는 느낌이 나를 휩쌌다. 내 입술들이 찌그러졌고, 눈은 눈물로 가득 찼고, 나는 입을 열었다…… 그러나 더 이상 계속할 시간이 주어지지 않았다. 굉장한 따귀 한 대가 내게 날아왔고, 다음 따귀가 왔으며, 또 다른 따귀가 날아왔다. 어찌나 아연실색하였던지 마치 마술에 걸린 듯 눈물이 들어가버렸다. 어머니가 나에게 손을 댄 것은 이때가 처음이었다. 그리고 모든 일에서 그러했듯, 어머니는 그것에서도 반쯤으로 그치지 않았다. 나는 따귀를 맞으며 꼼짝도 없이 굳어 있었다. 항의조차 하지 않았다.

"내가 한 말을 명심해두어라. 지금부터 너는 나를 위해 싸워야 한다. 저들이 주먹으로 너를 어떻게 하건 나한텐 상관없어. 내 마음을 아프게 하는 것은 그게 아니야. 필요하다면 넌 죽기라도 해야 해."

나는 여전히 이해하지 못한 척, 열두 살짜리밖에 안 된 척, 자신을 숨기려 하였다. 그러나 나는 매우 잘 이해하였다. 뺨이 타는 듯하였고, 아직도 별이 보였지만, 그러나 이해는 하였다. 어머니는 그것을 알고 평정을 되찾은 것 같았다. 어머니는 만족의 표시로 소리나게 공기를 들이마시고 차 한 잔을 따랐다. 어머니는 설탕 한 조각을 입에 넣고, 멍한 시선으로 차를 마셨다. 탐색하고, 맞춰보고, 계산해보는 중이었다. 그런 다음 입 안에 남아 있는 설탕을 잔받침에 도로 뱉고서, 가방을 들더니 나가버렸다. 어머니는 그 길로 곧장 프랑스 영사관으로 갔고, 우리를 거류민으로 받아들이게 하기 위한 타협에 정력적으로 착수하였던 것이다. 어머니가 뤼시엥 디외르뵈 콜렉씨에게 작성케 한 청원서에 쓴 바에 의하면 '내 아들이 정착하고, 배우고, 한 인간이 되고자 하는' 그 나라를 향해. 하지만 그 표현은 어머니의 생각을 훨씬 능가하는 것이었으며 그런 표현을 통해 어머니가 내게 원한 것이 무엇인지는 어머니 자신도 완전히 알지 못했으리라고 나는 확신한다.

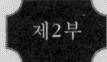

제2부

La promesse de l'aube

19

프랑스와의 첫 대면에서, 나는 니스역의 한 짐꾼에 대한 기억을 간직하고 있다. 그의 기다랗고 푸른 겉저고리와, 챙 달린 모자, 가죽끈들, 그리고 태양과 바다 공기, 그리고 좋은 포도주가 만든 혈색 좋은 얼굴빛도.

짐꾼들의 복장은 지금도 거의 비슷해서, 남부를 다시 찾을 때마다 나는 내 어릴 적 친구를 다시 만나곤 한다.

우리는 그에게 궤짝을 맡겼다. 우리의 미래, 다시 말하여 문제의 그 옛 러시아 은그릇들을 담은 것 말이다.

내가 대책을 세워 모든 일을 내 손으로 처리하게 되기까지 필요한 몇 년 동안, 그것을 팔아 생긴 돈이 우리의 번영을 보장할 것이었다. 우리는 뷔파가의 한 하숙집에 거처를 정했다. 어머니는 첫 프랑스 담배—푸른 골루아즈—를 한 대 피우자마자 짐을 풀어, 그 '보물' 중 몇 가지를 골라서 작은 가방에 넣고, 자신만만한 표정으로 구매자를 찾아 니스의 거리로 나섰다. 나로 말하자면 참지 못할 만큼 안달이 나서, 바다와의 우정을 다시 맺기 위해 달려갔다. 바다는 곧 나를 알아보고 내게로 와 발가락들을 핥아주었다.

집으로 돌아왔을 때, 어머니가 나를 기다리고 있었다. 어머니는 침대에 앉아 신경질적으로 담배를 피우고 있었다. 어머니의 얼굴은 가장 완벽한 이해력 상실, 이를테면 경탄에 가까운 충격을 드러내고 있었다. 마치 내게서 그 수수께끼의 답을 기다리기라도 하는 듯, 어머니의 시선은 내게 묻고 있었다. 우리 '보물'의 견본들을 가지고 찾아갔던 상점들에서 어머니는 더할 수 없이 냉랭한 대접밖에 못 받았다는 것이었다. 그들이 제안한 가격은 완전히 우스꽝스러운 것이었다고 했다. 물론 어머니는 그들에 대해 어머니가 생각한 바를 말해주었다. 그 보석 상인들 모두가 어머니를 약탈하려는 허가 받은 도둑들이고, 게다가 그중 한 놈도 프랑스 인이 아니라고. 그들은 모두 아르메니아 인, 러시아 인이고 어쩌면 독일인일 것이다. 내일은 프랑스 가게들로 가볼 작정이다. 애초에 프랑스 땅에 발붙이고 살도록 내버려두지 말았어야 하는 수상쩍은 동부 망명자들이 아닌 진짜 프랑스 인이 경영하는 가게로 말이다. 너는 불안해할 필요 없다. 다 잘 되어갈 것이다. 은그릇들은 한밑천이 되는 것이고, 어쨌든 몇 주일 버틸 만큼의 돈은 충분히 있다. 그동안 살 사람이 나타날 것이고, 그러면 몇 년은 안심해도 좋을 것이다. 나는 아무 말도 하지 않았다. 그러나 어머니의 약간 고정되고 커다래진 눈 속에서 내가 그리도 잘 볼 수 있는 고통과 의아함이 곧 내 내장으로 전해졌고, 우리를 다른 무엇보다 직통으로 연결하는 끈을 다시 묶어놓았다. 나는 벌써 그 은그릇들을 사줄 사람이 나타나지 않으리라는 것, 우리가 다시 한 번 외국 땅에서 한 푼도 없는 상태가 되리라는 것을 알았다. 내가 프랑스를 외국처럼 생각한 것은 바로 이때가 처음이었고, 그것은 우리가 다시 한 번 우리 있을 자리에 있게 되었음을 증명하는 것이었다.

첫 이 주일 동안 어머니는 오래된 러시아 은그릇들을 방어하고 기리기 위한 서사시적 투쟁을 전개하였고, 그 투쟁에서 패배했다. 어머니가 하려 한 일, 그것은 니스의 보석 상인과 보석 세공인들에 대한 진짜배기 교육이었다. 나는 어머니가 빅투아르 가의 한 정직한 아르메니아 인——그는 다음에 우리의 친구가 된다——앞에서, 손에 쥐고 있는 설탕 그릇의 아름다움과 희귀함과 완벽에 대해 느끼는 그야말로 예술적 법열의 장면을 연기하는 것을 보았다. 그 연기는 찻주전자와 수프 그릇과 겨자 그릇을 위한 격정적인 찬가를 읊조리기 위해서가 아니고서는 중단되지 않았다. 놀라움 때문에, 눈썹을 치켜뜨고, 머리털이라는 장애물에서 완전히 해방되어 경계가 없는 이마에 수천 개의 주름을 잡고서, 그 아르메니아 인은 국자가 허공에 그리는 동작과 소금 단지가 만드는 움직임을 대경실색한 시선으로 좇다가, 이어 시중 가격보다 열 배 내지 열두 배는 비싸게 생각되는 그 물건의 가격 때문에 약간 망설이는 것일 뿐, 문제의 상품에 대해서는 자기도 상당한 평가를 하고 있노라고 어머니에게 단언하였다. 그런 무지에 직면하자 어머니는 당신의 보물을 가방에 다시 넣고 작별 인사도 없이 상점을 나와버렸다. 그 다음 가게에서도, 그 가게는 프랑스에서 태어난 진짜 프랑스 인 부부가 경영하는 가게였지만, 어머니는 별로 더 나은 성과를 거두지 못하였다. 어머니는 그 늙은 남자의 코밑에 감탄스러우리만치 균형 잡힌 사모바르 주전자를 들이대며, 버질의 웅변력을 동원하여 사모바르 주전자 주위에 다시 모인 아름다운 프랑스 가족을 묘사하였는데, 그 말에, 그 상냥한 세루지에 씨—그는 다음에 자주 어머니를 고용하여 커미션을 주고 보석 판매를 맡겼다—는 고개를 젓고 결코 완전하게 끼는 법이 없는 리본 달린 코안경을 눈으로 가져가면서 이렇게 대답하였다.

"부인, 사모바르는 우리 위도에선 전혀 기후와 맞을 수가 없던데요." 어찌나 섭섭한 듯 말을 하였던지, 나는 프랑스의 어느 숲 속 오지에서 죽어가는 마지막 사모바르의 군대가 거의 눈앞에 보이는 것 같았다.

이처럼 정중한 대우를 받자 어머니는 당황한 듯하였다. 예의 바름과 친절함은 즉시 어머니를 무장 해제시키곤 하였다. 어머니는 아무 말도 하지 않고, 더 이상 고집을 부리지도 않고, 눈을 내리깔더니, 묵묵히 종이로 물건들을 싸서 가방에 다시 넣었다. 사모바르만 빼고 말이다. 그것은 너무 부피가 컸기 때문에 통행인들의 의아한 시선을 받아가며, 내가 소중히 손에 들고 어머니를 뒤따라 걸으며 운반하여야 했다.

우리에겐 남은 돈이 매우 적으며, 결국 한 푼도 안 남게 되는 날이 오고야 말 것이라는 생각은 나를 불안으로 병들게 하였다. 밤이 오면 우리 두 사람은, 서로 자는 체하였으나, 나는 오랫동안 어머니의 담배의 빨간 끄트머리가 어둠 속에서 움직이는 것을 볼 수 있었다. 무서운 절망을 느끼며 뒤집어진 풍뎅이만큼이나 무력하게 나는 눈으로 그것을 좇곤 하였다. 지금도, 나는 토할 것 같은 마음 없이는 아름다운 은그릇들을 볼 수가 없다.

다음날 아침 우리를 곤경에서 구해준 사람은 세루지에 씨였다. 노련한 상인으로서, 그는 망설이는 구매자들에게 '가문의 보석들'의 아름다움과 희귀함을 노래하는 일에 관해 어머니가 지닌 명백한 재능을 알아보던 것이고, 그 재능을 서로의 이익을 위해 이용할 수 있으리라는 생각을 하였던 것이다. 아마도 그 노련한 수집가는 자기 상점의 많은 진귀품들 속에서 바라보게 된 두 명의 살아 있는 견본품, 그러나 매우 희귀한 견본품들의 모습에 몹시 감명을 받았던 것인지도 모른다. 거기에 그의 천성적인 선량함이 도와서, 그는 우리에게 구원의 손을 내밀기로 한 것이었다. 그는 우리에게 선불을 해주었고, 곧 어머니는 해변의 저택들을 돌기 시작하였다. 윈터궁이나 에르미타주나 네그레스코의 고객들에게, 이민 올 때 가지고 오거나, 또는 어머니의 친구인 한 러시아 대공작이 '어떤 사유로 인해' 몰래 팔지 않을 수 없게 된 보석들을 보여주면서. 우리는 살아났다. 그것도 프랑스 인에 의해 살아났다. 이는 더더구나 고무적인 사실이었으니, 프랑스가 사백만의 주민을 헤아리므로 우리는 어떤 희망이든 품을 수 있었기 때문이다.

다른 상인들도 어머니에게 그들의 상품을 위탁한 데다, 지칠 줄 모르고 도시를 헤매고 다님으로써 점차 어머니는 우리의 필수품을 완전히 조달할 수가 있었다.

문제의 은그릇으로 말하자면, 사람들이 제의한 우스꽝스러운 값에 화가 난 어머니는 왕가의 독수리가 새겨진 스물네 벌의 식기 세트가 언젠가 내게 매우 유용하게 될 것이라면서 궤짝 깊숙이 넣어두었다. 그러니까 내가 '손님을 접대'해야만 하게 될 때 말이다. 어머니는 그 말을 약간 엄숙하게, 수수께끼 같은 투로 말하였다.

조금씩 조금씩 어머니는 활동 범위를 넓혀갔다. 어머니는 호텔에 사치품 진열장을 얻어냈고, 아파트와 토지 매매 중개인으로 움직였고, 택시 동업을 하였고, 근처 양계장에 사료를 대는 트럭의 이십오 퍼센트의 권리를 얻었고, 좀 큰 아파트로 옮겨 그중 방 두 개를 다시 세주었고, 편물 일도 하였고—간단히 말하여, 어머니는 수단을 가리지 않고 나를 돌보았다. 나에게 관계된 것인 한, 어머니의 계획은 오래전에 완벽하게 서 있었다. 대학입시 자격 고사, 귀화, 법학사, 군 복무—물론 기병 장교로서—정치학, 그리고 '외교관 생활'로의 입문. 그 단어를 발음할 때면 어머니는 공손히 목소리를 낮추었으며, 수줍고도 감동한 미소가 얼굴에 나타나곤 하였다. 그 목표에 도달하기 위하여서는—나는 열세 살이었다—자주 되풀이해본 계산에 의하면, 팔 년이나 구 년 정도만 있으면 되었고, 어머니는 그때까지 충분히 잘 버틸 수 있을 것 같다고 하였다. 어머니는 미리 앞질러 존경을 품고 나를 바라보며 만족스럽게 코를 킁킁거렸다. 대사관 서기관, 하고 어머니는 큰 목소리로 말하곤 하였다. 마치 그 단어들이 좀더 잘 당신의 안으로 스며들게 하기 위해서인 양. 조금만 참으면 돼. 너는 벌써 열네 살이니까. 거의 그렇게 되었잖아. 어머니는 회색 코트를 입고, 가방을 들었다. 나는 지팡이를 손에 들고 그 미래를 향해 힘차게 걸어가는 어머니를 보았다. 이제, 어머니는 지팡이를 들고 걸어다니게 되었던 것이다.

나로 말하자면, 나는 훨씬 더 현실적이었다. 나는 구 년이나 더 제자리걸음을 하고 있을 생각은 전혀 없었다. 무슨 일이 생길지는 아무도 모르는 것이니까. 나는 기다리지 않고, 즉시 어머니를 위해 장한 무훈을 세우고 싶었다. 처음에 나는 주니어 수영대회의 챔피언이 되려고 하였다. 나는 매일, 지금은 없어진 수영장 '그랑드 블뢰'에 나갔다. 그러나 나는 앙주 해협 횡단에서 십일 위밖에 못하고 말

앉으며, 그래서 다시 한 번, 다른 수많은 낙오자들이 그렇게 하듯 문학 쪽으로 방향을 바꿨다. 점점 더 웅변적이고, 점점 더 찬란하고, 점점 더 절망적인 가명들로 뒤덮인 노트들이 책상 위에 쌓여갔고, 단숨에 과녁을 꿰뚫고 싶은, 지체없이 성화(聖火)를 훔쳐내어 의기양양하게 세계를 밝히고 싶은 욕망 속에서, 나는 책들의 표지 위에서 내게는 새로운 것들인 앙투안 드 생텍쥐페리, 앙드레 말로, 폴 발레리, 말라르메, 몽테를랑, 아폴리네르 같은 이름들을 읽었다. 그리고 그 이름들은 탐나는 광채로 휘황한 진열장에서 빛나는 것 같아 보여, 나는 빼앗긴 것 같은 기분을 느꼈고, 내가 먼저 그 이름으로 치장하지 못한 것이 몹시도 분하였다.

나는 다시 바다에서, 땅에서, 공중에서 승리하기 위한 조심스런 노력을 기울여보았다. 수영과 달리기와 높이뛰기를 계속했다. 그러나 내가 정말 내 최고 능력을 발휘하여 월계관을 집으로 가져올 수 있었던 것은 탁구에서뿐이었다. 그것은 내가 어머니에게 바칠 수 있었던 유일한 승리였으며, 내 이름이 새겨지고 자주색 벨벳 상자 속에 놓인 은메달은, 끝까지 어머니의 침대머리 탁자의 상석에 모습을 보이게 되었다.

나는 또 한 친구의 부모에게서 라켓을 선물 받아 테니스도 시도해보았다. 그러나 파르크 앵페리알 클럽 회원이 되려면 돈을 내야 했는데, 그것은 우리 수입에 당치도 않는 액수였다. 거기에 내 챔피언 생애의 특히 가슴 아픈 에피소드가 자리 잡고 있다. 돈 때문에 내가 파르크 앵페리알 클럽에 들어가지 못하리라는 것을 알자 어머니는 당연히 분노에 사로잡혔다. 어머니는 잔 받침에 담배를 눌러 비벼 끄고, 지팡이를 들고 코트를 입었다. 그렇게 내버려둘 수는 없다는 것이었다. 어머니는 나에게 라켓을 들고 파르크 앵페리알 클럽까지 같이 가자고 하였다. 거기서, 클럽의 사무장은 우리 앞에 즉시 출두하도록 호통을 받은 데다 어머니의 고함 소리가 길을 인도하여, 그는 즉시 명령대로 하였다. 가리발디라는 존경스런 이름을 가지고 있는 클럽 회장을 뒤에 달고서였는데, 그 역시 달음질쳐 왔다. 어머니는 모자를 약간 삐딱하게 쓴 채 방 한가운데 서서 지팡이를 휘두르며, 그들에 대해 생각하는 바를 송두리째 쏟아놓았다. 조금만 연습하면 내 아들은 프랑스의 챔피언이 될 것이며, 외국에 대항하여 우리 나라의 찬란한 삼색기를 당당히 방어할 것인데, 색깔도 없고 속된 돈 문제 때문에 내 아들이 코트에 들어가는 것을 막는단 말인가! 내가 당신네 신사분들에게 말하고자 하는 것의 전부는, 당신네들이 나라를 생각하는 마음을 갖고 있지 않다는 것이다 — 나는 프랑스인의 어머니로서 그 점을 드높이 선언하고자 한다. 저 아이는 지금 아직 귀화하지 못하고 있지만 그것이야말로 명백하게 야비한 일이다. 그러면서 어머니는 당장 나를 코트에 넣어줄 것을 요구하였다. 나는 서너 번밖에 테니스 라켓을 쥐어보지 않았기 때문에, 그 사람들이 즉시 나를 코트로 데려가 할 수 있는 것을 보여달라고 하지 않을까 하는 생각에 몸서리를 쳤다. 그러나 우리 앞에 있는 그 품위 있는 신사분들은 나의 운동 소질을 생각하기에는 너무도 놀라고 있었다. 그 순간 숙명적인 한 생각을 해냈던 것은 아마도 가리발디 씨였을 것이다. 자기 딴에는 어머니를 진정시키자는 의도에서 나온 생각이었겠지만, 그러나 그것은 정반대로, 지금도 생각하면 아연실색하게 되는 한 소동으로 이끌어가고 말았던 것이다.

"부인" 하고 그가 말했다. "제발 목소리를 좀 낮춰주십시오. 스웨덴의 구스타프 전하께서 여기서 몇 발짝 안 떨어진 곳에 계십니다. 그러니 문제를 일으키지 말아주세요."

이 말은 어머니에게 즉시 효과를 나타냈다. 내가 그토록 잘 알고 있는 순진하고도 황홀한 미소가 어머니의 입술에 떠오르더니 어머니는 앞으로 달려나갔다.

늙은 남자가 잔디밭 하얀 파라솔 밑에서 차를 마시고 있는 중이었다. 그는 흰 플란넬 바지와 흰색과 검은색 줄무늬 운동복을 입고 있었으며, 머리엔 약간 기우뚱하게 납작한 밀짚모자를 쓰고 있었다. 구스타프 5세 스웨덴 왕은 상아 해안과 테니스 코트의 단골이었고, 그의 유명한 납작 밀짚모자는 지방 신문의 일 면에 규칙적으로 등장하곤 하였다.

어머니는 일 초도 망설이지 않았다. 어머니는 절을 한 뒤, 지팡이 끝으로 클럽 사무장과 회장을 가리키며 부르짖었다.

"재판을 해주십시오, 전하! 이제 열네 살이 되려고 하는 내 어린 아들은 테니스에 비범한 자질을 가지고 있는데, 저 못된 프랑스 인들이 여기에 못 오게 한답니다! 우리 재산은 모두 볼셰비키들에게 몰수당했기 때문에 입회금을 물 수가 없습니다! 전하, 도움과 보호를 청하러 여기 왔습니다."

그것은 무서운 이반에서부터 위대한 피에르에 이르기까지 러시아 민담의 가장 훌륭한 전통에 따라 말해지고 행하여졌다. 그런 다음 어머니는 잔뜩 모여들어 재미있어 하는 청중들을 승리에 찬 시선으로 훑어보았다. 만일 내가 공기 중에 연기로 사라져버리거나 영원히 땅속으로 녹아 없어질 수 있었더라면, 내 마지막 의식의 순간은 크나큰 위안의 순간이었으리라. 그러나 그렇게 헐값으로 벗어날 수는 없었다. 나는 마냥 거기에, 아름다운 여인들과 그들의 근사한 남자들의 조롱 어린 눈길을 받으며 있어야 했다.

구스타프 5세 전하는 그때 이미 매우 늙은 남자였는데, 아마도 그 점이 스웨덴인 특유의 냉정함과 합쳐져서였던지 전혀 놀란 것 같은 티를 보이지 않았다. 그는 입술에서 담배를 떼더니 어머니를 엄숙하게 바라보고, 나를 힐끗 보더니 자기 코치에게로 몸을 돌렸다.

"저 아이와 공을 몇 번 쳐보시오" 하고 그는 특유의 힘 없는 목소리로 말했다.

"그 애가 할 줄 아는 것을 좀 봅시다."

어머니의 얼굴이 환해졌다. 내가 서너 번밖에 테니스 라켓을 잡아보지 못했다는 생각 따위는 어머니를 전혀 근심케 하지 않는 것이다. 어머니는 날 믿고 있다. 어머니는 내가 어떤 사람인지 잘 알고 있는 것이다. 매일 매일 벌어지는 작은 일들이나 실질적인 작은 어려움들은 문제가 되질 않는 것이다. 나는 잠시 망설인 뒤 완벽한 신뢰와 사랑의 시선을 받으며 수치심과 공포를 삼키고 머리를 숙이고서 형을 받으러 나아갔다.

그것은 잠시의 일이었다. 그러나 가끔 아직도 그 일을 겪고 있는 것처럼 느껴질 때가 있다. 물론 나는 최선을 다하였다. 나는 팔다리가 뒤틀린 일종의 꼭두각시 춤에 몸을 내맡기고, 뛰고, 가라앉고, 도약하고, 선회하고, 달리고, 넘어지고, 다시 뛰어오르고 날고 하였지만, 겨우 가끔씩 공을 스칠 수 있을 뿐이었다. 그것도 라켓의 나무테로 말이다. 그 모든 것이 그 유명한 납작 밀짚모자 아래로 차갑게 지켜보는 스웨덴 왕의 냉정한 시선 아래 진행되었다. 아마도 사람들은 내가 왜 그 도살장으로 그냥 따라갔었는지, 왜 코트에서 그런 모험을 했는지 의아하게 생각할 것이다. 그러나 나는 바르샤바의 교훈도, 내가 맞은 따귀도, '다음번엔 사람들이 널 들것에 실어 집으로 데려오기 바란다. 알았지?' 하던 어머니의 목소리도 잊지 않았었던 것이다. 도망친다는 것은 생각조차 할 수 없는 일이었다.

또한 내가 열네 살이라는 나이에도 불구하고 아직도 약간 기적 같은 것을 믿고 있었다는 사실을 고백하지 않는다면 거짓말을 하는 셈이 되리라. 나는 요술 성냥을 믿고 있었고, 코트로 나가는 위험을 무릅쓰면서, 나는 어떤 완벽하게 정의롭고 너그러운 힘이 우리 편을 들어주지 않을 거라고, 전지전능한 손이 내 라켓을 인도해주고, 또 공도 그것의 신비로운 명령에 복종하지 않을 거라고 완전히 확신할 수 없었다. 그런데 그렇게 되질 않았다. 그때 기적이 일어나지 않은 것이 내게 굉장히 깊은 자국을 남겼다는 점을 인정하지 않을 수 없다. 그 때문에 가끔 『장화 신은 고양이』이야기는 완전히 꾸며낸 이야기가 아닐까, 또 생쥐들이 밤이면 양복쟁이 글루체스터의 외투 단추를 꿰매러 온다는 것이 정말일까 하고 미심쩍어지는 일이 있을 만큼 말이다. 간단히 말하여 열네 살에 나는 약간의 의문을 품기 시작했단 말이다.

마침내 코치가 나를 불쌍히 여기게 되어, 나는 잔디밭으로 돌아왔다. 어머니는 내가 사랑을 잃을 짓을 하지 않았다는 듯이 나를 맞아주었다. 어머니는 내가 오버를 입는 것을 도와주고, 손수건을 꺼내어 얼굴과 목을 닦아주었다. 그런 다음 어머니는 관객들을 향해 돌아섰다. 그리고 어머니가 마치 매복 감시자의 시선으로 그들의 얼굴을 뜯어 보던 그 끈기 있고 긴장된 집중, 그 침묵을 어떻게 설명해야 할까? 웃던 사람들은 약간 당황한 듯했다. 아름다운 부인들은 스트로를 다시 찾아 눈썹을 내리깔고는 활기 있게 레모네이드를 다시 빨기 시작하였다. 자기 새끼를 감싸는 암컷에 대한 하찮은 문구가 그들의 머릿속으로 스쳐 지나갔으리라. 그러나 내 어머니는 화를 낼 필요가 없었다. 스웨덴의 왕이 우리를 곤경에서 구해주었던 것이다. 그 노인은 자기 밀짚모자를 만지더니 더할 수 없이 정중하고 부드럽게 말하였다―그런데도 사람들은 그가 좋은 성격이 아니라고 주장했다.

"이 신사 분들도 내 의견에 동의할 것이라고 생각하는데, 우리는 지금 매우 감동적인 무엇을 보았소…… 가리발디 씨―그런데 나는 이 '씨'라는 단어가 특히 음울한 색조로 그의 입술 위에서 울리던 것을 기억하고 있다―내가 이 젊은이의 입회비를 내겠소. 용기와 패기를 지닌 젊은이요."

이후, 나는 늘 스웨덴을 좋아하였다.

그렇지만 나는 더는 한 번도 파르크 앵페리알에 발을 들여놓지 않았다.

20

이 모든 재난은 나로 하여금 점점 더 방구석에만 틀어박히게 하였고, 마지막으로 다시 글을 쓰기 시작하게 만들었다. 모든 전선에서 현실에 의해 공격당하고, 각 분야에서 격퇴당하여, 도처에서 자신의 한계에 부딪히지 않을 수 없었던 나는 상상의 세계로 은신하여, 내가 만들어낸 인물들을 통해 의미와 정의와 동정심으로 가득 찬 삶을 사는 버릇을 갖게 되었다. 이렇다 할 문학적 영향을 받지 않고, 본능적으로 나는 유머라는 것을 발견해내었다. 현실이 우리를 찍어 넘어뜨리는 바로 그 순간에도 현실에서 뇌관을 제거해버릴 수 있는 완전히 만족스럽고 능란한 방법 말이다. 유머는 살아오는 동안 내내 나의 우정어린 동료였다. 진정으로 적들을 이겨낼 수 있었던 순간들, 그 순간들을 누릴 수 있었던 것은 오로지 유머 덕분이었다. 누구도 내게서 그 무기를 떼어놓을 수 없었다. 또한 나는 기꺼이, 그 무기가 내 자신을 향하게 하기도 하는데, 그것은 '나'나 '자아'를 통해 그 유머가 바로 우리의 근원적 조건을 겨냥하기 때문이다. 유머는 존엄성의 선언이요, 자기에게 닥친 일에 대한 인간의 우월성의 확인이다. 완전히 유머를 잃은 내 '친구들' 중의 어떤 이들은 나의 글, 나의 말 속에서 내가 이 중요한 무기로 하여금 내 자신을 향하게 하는 것을 보고 슬퍼한다. 유식한 그들은 마조히즘과 자기 혐오에 대하여 말하며, 나아가서는 내가 가까운 사람을 이 해방 작업에 끌어들이기라도 하면, 노출증과 상스러움에 대해 말한다. 나는 그들을 불쌍히 여긴다. 사실인즉, '나'란 존재하지 않는 것이다. 나는 '자아'를 과녁으로 삼지 않으며, 다만 그것을 뛰어넘는다. 인간 조건의 덧없는 모든 육화물들을 통해 내가 공격하고자 하는 것은 바로 그 인간 조건 자체에 대해서요, 밖에서부터 우리에게 부여된 상황, 뉘른베르크의 어떤 법처럼 알 수 없는 힘에 의해 우리에게 강요된 법에 대하여서인 것이다. 사람들 사이의 관계에서 위의 오해만큼 내게 끊임없는 고독의 원천이 되는 것은 없다. 왜냐하면 그 방면에서는 펭귄의 팔만 한 팔도 못 가진 사람들에게 유머라는 우정의 손을 내미는 것만큼 사람을 외롭게 하는 것은 없기 때문이다.

나는 또 마침내 사회 문제에도 관심을 가지기 시작하여, 여자 혼자 자기 아이들을 등에 짊어질 필요가 없는 세상을 원하게 되었다. 그러나 사회적 정의가 첫 발을 내디딘 데 불과하며, 신생아의 더듬거림에 지나지 않는다는 것, 그러므로 내가 비슷한 처지의 사람들에게 요구할 것은 자기 운명의 주인이 되라는 것임을 나는 이미 잘 알고 있었다. 나는 인간을 자기 자신의 생물학적, 도덕적, 지성적 여건에 맞서 투쟁하는 혁명적 기도(企圖)로 보기 시작하였다. 왜냐하면 어머니의 늙어가는 지친 얼굴을 보면 볼수록, 부정의에 대한 나의 감각, 세계를 바로 세워 존경할 만한 것으로 만들겠다는 나의 의지는 내 안에서 더욱더 커져갔기 때문이다. 나는 밤늦도록 글을 썼다.

우리의 재정적 상황은 이 시기에 다시 한 번 심각해졌다. 1929년의 경제 위기는 이제 상아 해안까지 파급되었고, 우리는 또다시 힘든 나날을 보내게 되었던 것이다. 어머니는 우리 아파트의 방 하나를 개집으로 개조하여 개와 고양이와 새들을 맡아주었고, 손금을 보았고, 하숙을 쳤으며, 건물 관리인을 했고, 한두 건의 토지 매매를 중개하였다. 나는 최선을 다하여, 즉 불후의 걸작을 써내려 노력함으로써 어머니를 도왔다. 가끔 특히 자랑스런 몇 구절을 어머니에게 읽어주곤 했는데, 그럴 때마다 어머니는 한 번도 빠짐없이 내가 기다리던 감탄을 표해주었다. 그렇지만 어느 날 내 시 한 수를 듣고 나서 어머니가 약간 겁난다는 듯 내게 말하던 것이 생각난다.

"너는 실제적인 생활 감각이 별로 없는 것 같구나. 왜 그렇게 되었는지 알 수가 없다."

그런데 사실, 실용 학문에서의 내 점수는 대학입시 자격 고사 때까지 그야말로 형편없었다. 자격 고사 일부에 들어 있는 화학에 대한 구두 시험에서 시험관인 파삭 씨가 내게 회반죽에 대해 말해보라고 했을 때, 내가 찾아낸 대답은 원문대로 하여 다음이 전부이다.

"회반죽은 벽을 만드는 데 쓰입니다."

시험관은 끈기 있게 기다렸다. 그러더니 아무 말도 더 나오질 않자 내게 물었다.

"그게 전부인가?"

나는 그에게 오만한 눈길을 던지고서 청중 쪽으로 몸을 돌려 그들을 증인으로 불러들였다.

"뭐라구요? 그게 전부냐라니요? 그것만으로도 굉장하지 않습니까! 교수님, 벽들을 치워보세요. 그러면 우리 문명의 구십구 퍼센트가 와르르 무너집니다!"

일거리는 점점 더 줄어갔다. 어느 날 어머니는 한참 울고 난 뒤, 식탁에 앉아 누구에겐가 긴 편지를 썼다. 다음날 어머니는 나에게 사진관에 가라고 했는데, 거기서 나는 푸른색 운동 조끼를 입고 눈을 치켜뜨고서 45분 동안 잡혀 있어야 했다. 사진은 편지 속에 동봉되었고, 어머니는 편지를 서랍 속에 넣고 잠근 채 여러 날을 망설였다. 그러나 결국 어머니는 편지를 부치러 갔다.

그날 이후 어머니는 저녁마다 어머니의 궤짝에 몸을 구부리고 파란 리본으로 함께 묶어둔 편지 뭉치를 읽는 데 시간을 보냈다.

어머니는 그때 쉰두 살이었을 것이다. 편지들은 낡고 구겨져 있었다. 1947년 나는 그것들을 지하실에서 발견하여 읽어보았으며, 지금도 자주 다시 읽곤 한다.

일주일 후, 오백 프랑짜리 우편환이 도착했다. 우편환은 어머니에게 이상한 효과를 나타냈다. 어머니는 나를 고맙다는 듯이 바라보

앉던 것이다. 마치 갑자기 내가 어머니를 위해 굉장한 일이라도 해낸 것 같았다. 어머니는 내게 다가와, 이상스럽게 찬찬히 뜯어보며 내 얼굴을 감싸 안았다. 눈물이 어머니의 눈 속에서 반짝이기 시작했다. 이상하게 거북스런 느낌이 나를 사로잡았다. 갑자기 내가 다른 사람이 된 것같이 느껴졌던 것이다.

열여덟 달 동안, 다소간 불규칙하게 우편환은 계속 우리에게 도착했다. 나는 오렌지색 경기용 자전거를 갖게 되었다. 우리는 평화와 번영의 영광된 시기를 누렸다. 나는 매일 이 프랑씩을 용돈으로 받았다. 그래서 가끔 학교에서 돌아오는 길에 꽃시장에 들러 오십 상팀을 주고 향기로운 꽃다발을 사서 어머니에게 갖다드릴 수가 있었다. 밤에는 어머니를 모시고 '로얄'의 집시 연주를 들으러 갔다. 우리는 음료를 마셔야 하는 테라스를 피해 보도에 서서 들었다. 어머니는 집시 악사들을 몹시 좋아하였다. 근위 장교들, 격투에서 죽은 푸시킨의 죽음, 그리고 구두에 부어 마시는 샴페인과 더불어 그들은 그녀에게 세상에서 가장 낭만적으로 타락한 무엇이었다. 어머니는 항시 집시 소녀들을 경계하라고 타이르곤 했는데, 어머니의 말에 의하면 그들은 내게 닥칠 가장 큰 위협들 중의 하나로, 내가 만일 조심하지 않으면 나를 육체적, 정신적, 물질적으로 파산케 할 것이고 또 곧장 폐결핵으로 인도하리라는 것이었다. 나는 그런 견해들에 기분 좋게 자극되곤 했지만 그 견해들은 실현되지 않았다.

내가 젊었을 때, 다른 이유에서가 아니라 몇 해 전 어머니가 내게 들려준 너무도 매혹적인 묘사들, 바로 그 때문에 내가 관심을 가졌던 유일한 집시 처녀는 내 지갑과 비단 수건과 손목시계를 훔치는 데 그쳤을 뿐, 내게 돌아설 여유는 물론, 폐결핵에 걸릴 시간은 더더구나 주지 않았다.

나는 늘 한 여인에 의해 도덕적, 육체적, 물질적으로 파멸하는 것을 꿈꾸었다. 자기의 삶으로 어쨌건 무엇인가를 할 수 있다는 것은 굉장한 일일 것이다. 분명 나는 아직도 폐결핵에 걸릴 수는 있다. 그러나 내 나이에 아직도 위의 방법으로 그리될 수 있다고는 더는 생각지 않는다. 천성도 그런 한계들을 가지고 있는 것이다. 게다가 무엇인가가 나에게 집시 소녀들, 그리고 근위 장교들조차 지난날의 그들이 아님을 말해주고 있으니.

공연이 끝나면 나는 어머니에게 팔을 내밀었고, 우리는 영국인들 산책로로 가 앉았다. 그곳 의자들 역시 유료였지만 그 정도는 그 시절에 우리도 누릴 수 있는 사치였다.

의자만 잘 고를 것 같으면 리도의 오케스트라건 카지노의 오케스트라건 공짜로 들리는 그런 자리에 앉을 수가 있었다. 대개 어머니는 우리가 특히 좋아하는 음식인 검은 빵과 소금 친 오이를 핸드백 깊숙이에 조심스럽게 숨겨 가지고 왔다. 그래서 이 시절 사람들은 밤 아홉 시경이면, 영국인 산책로를 어슬렁거리는 무리들을 바라보다가, 흰 머리의 품위 있는 부인과 푸른 운동 조끼 차림의 사춘기 소년이 조심스럽게 난간에 등을 붙이고 앉아, 무릎 위에 신문지를 펼쳐놓고 검은 빵과 함께 소금 친 오이를 맛있게 먹고 있는 것을 볼 수 있었다. 그것은 대단히 맛이 좋았다.

그것으로 충분하진 않았다. 마리에트는 내 속에서 세상의 어떤 오이, 가장 소금을 많이 친 오이라 할지라도 잠재울 수 없는 배고픔을 일깨워놓았던 것이다. 마리에트는 벌써 이 년 전에 우리를 떠났지만 그녀에 대한 추억은 아직도 내 피 속을 흐르고 있었고, 밤잠을 못 이루게 하였다. 나는 이날까지 내게 더 나은 세계의 문을 열어주었던 그 착한 프랑스 여인에게 깊은 감사의 마음을 간직하고 있다. 삼십 년이 흘렀지만 나는 부르봉 왕가보다도 확고한 진리로 말할 수 있는데, 그 이후 나는 하나도 더 배우지 못했고, 어느 하나 잊지도 못했다. 그녀의 노년이 복되고 평온하길, 그리고 신께서 그녀에게 베풀어준 것으로 정말 최선을 다하였음을 그녀 자신이 알고 있기를. 더 이상 길게 이 이야기를 계속하다가는 눈시울이 뜨거워질 것 같으니 이쯤에서 멈추기로 하자.

여하튼 요컨대, 내게 손을 내밀어 나를 구해줄 마리에트가 더 이상 거기 없었던 순간들이 많이 있었더라는 말이다. 내 피는 핏줄 속에서 화를 내며 격렬하게 문을 두드려대었다. 매일 아침 수영하러 달려가던 삼 킬로미터의 거리도 진정시키지 못할 정도로 고집스럽게. 영국인 산책로에서 어머니 곁에 앉아, 내 앞으로 줄지어 지나가는 그 황홀한 빵의 소지자들을 숨어서 노려보며 나는 깊은 한숨을 쉬었고, 손에 오이를 들고 속절없이 앉아 있었다.

그러나 세계에서 가장 오래된 문명이, 인간의 본성과 죄에 빠지기 쉬운 성질에 대한 그의 너그러운 이해, 협상과 타협에 대한 그의 감각을 대동하고 나를 구하러 왔다. 지중해는 태양을 적으로 취급하기엔 너무도 오랫동안 그것과 더불어 살아왔던 것이며, 그리하여 지중해는 천 가지 용서의 얼굴로 나를 굽어보았다.

당시 메세나 광장과 파이옹 광장에 세워져 있던 교육 기관은 니스 중학교 하나뿐이 아니었다. 내 친구들과 나는 생 미셸 가에서 소박하고도 우정 어린 환대처를 발견하였다. 적어도 미국 함대가 빌르프랑슈에 기항하지 않았을 때는 말이다. 그런 날은 우리 모두에게 상서롭지 못한 날이어서, 학급에선 긴장이 감돌았고, 칠판은 진정 우리 우울함의 깃발로 화하곤 하였다.

그렇지만 하루 이삼 프랑의 용돈으로는, 남부 사람들의 표현 방식에 따르면, 자주 방문하기는 어려웠다.

그리하여 집에서는 이상한 일들이 발생하기 시작하였다. 양탄자 하나가 사라지고, 이어 또 다른 양탄자가 사라졌다. 그리고 어느날 『나비 부인』이 공연되던 시내 극장에서 돌아온 어머니는 이윤을 붙여 되팔 생각으로 고물 장수에게서 사둔 작은 거울이, 문도 창문도 모두 닫혀 있는데 그야말로 연기처럼 증발해버린 것을 확인하고는 얼이 빠지고 말았다. 무한한 놀라움이 어머니의 얼굴에 나타났다. 어머니는 다른 것은 없어지지 않았나 보기 위해 아파트를 샅샅이 조사했다. 다른 것도 없어진 것으로 판명되었다. 내 사진기, 내 테니스 라켓, 내 시계, 내 겨울 외투, 내 우표 수집책, 그리고 프랑스어 일등상으로 바로 전에 받은 발자크의 작품들도 같은 길을 따라갔던 것이다. 나는 그 문제의 사모바르까지 팔아먹는 데 성공했었다. 나는 그것을 아마도 형편없는 값에 니스의 고물상에 가져다 주었을 것이다. 그래도 그것은 일시적으로나마 나를 곤경에서 구해주었던 것이다. 어머니는 잠시 생각에 잠겨 있더니, 안락의자에 앉아 나를 바라보았다. 어머니는 오랫동안 주의 깊게 나를 바라보더니, 이윽고, 너무나 놀랍게도, 내가 예상하고 있던 비극적인 소란 대신에 거의 거룩하기까지 한 승리와 자랑에 찬 표정이 얼굴에 번져갔다. 어머니는 무한한 만족을 표하며 요란스럽게 코를 킁킁거리더니, 다시 한번 나를 바라보았다. 감사와 감탄과 애정을 담고. 마침내 내 아들이 남자가 되었구나. 나는 헛되이 투쟁한 것이 아니었구나.

그날 밤, 어머니는 매양 승리와 만족에 넘치는 표정으로 신경질적이고 큰 글씨체로 긴 편지를 썼다. 내가 좋은 아들임을 빨리 알리로 싶어 마음이 급하다는 듯이 말이다. 얼마 지나지 않아 나는 내 앞으로 온 오십 프랑짜리 우편환을 받았는데, 그해 내내 그런 것을 여러 번 받았다. 나는 일시적으로나마 구원 받았다. 그 대신 어머니는 내게 프랑스 거리의 늙은 의사에게 가보라고 하였다. 그는 오랫동안 변죽을 울린 뒤, 젊은이의 생활은 함정으로 가득 차 있고, 우리는 매우 손상되기 쉬운 존재이며, 독 묻은 화살들이 우리의 귀를 울리며 스쳐가고 있고, 그래서 우리 골족의 조상들조차 방패 없이는 전쟁터에 가지 않았노라고 설명했다. 그런 다음 그는 나에게 작은 상자를 주었다. 나는 선배와 함께 있을 땐 당연히 그래야 하듯 정중하게 듣고 있었다. 그러나 윌노의 파놉티쿰을 방문한 덕분에 나는 그 점에 대해선 완전히 깨우친 바 있었고, 그래서 오래전부터 내 코를 온전히 보존하기로 굳게 결심한 터였다. 또, 그에게 우리가 찾아가는 그 정직한 영혼들의 신용과 조심성을 너무 심하게 과소 평가하고 있다고 말해줄 수도 있었을 것이다. 그녀들은 그녀들대로 역시 대부분이 헌신적인 어머니들이었고, 따라서 기본을 준수하는 항해사라면 누구에게나 필수적인 신중의 법칙들을 배우지 않은 채, 아무 바닷길에나 마구 덤벼드는 위험을 무릅쓰는 것은 우리들에게 절대로, 결단코 절대로 허락되지 않았던 것이다.

사랑스런 지중해여! 삶에 대해 너무도 부드러운 너의 라틴적 지혜는 얼마나 내게 너그럽고 다정하였으며, 또한 너의 관심어린 늙은 눈은 얼마나 너그럽게 내 청춘의 이마를 지켜보았던가! 나는 네 기슭으로 돌아간다. 작은 배들이 지는 해를 그물에 담아 돌아오는 곳.

나는 그 자갈들 위에서 행복하였다.

21

우리 생활은 호전되었다. 어느 8월인가 어머니가 사흘 동안 산으로 쉬러 갔던 것까지 기억난다. 나는 손에 꽃다발을 들고 시외 버스 정류장까지 배웅 나갔다. 작별의 장면은 애절하였다. 우리가 서로 헤어진 것은 그때가 처음이었고, 그래서 어머니는 앞으로 닥칠 우리의 작별들을 예감하고는 눈물을 흘렸다. 우리의 이별 장면을 오랫동안 바라보던 시외 버스 운전수는 보다 못하여 감동의 순간과 너무도 잘 어울리는 니스 지방 악센트로 내게 물었다.

"오래 헤어져 있게 되는 건가?"

"사흘 동안이요."

내가 대답했다.

그는 매우 감동을 받은 듯하였으며, 어머니와 나, 우리 두 사람을 존경스럽다는 듯 응시하였다. 그러더니 이렇게 말했다.

"좋군요. 두 분은 감정이 풍부한 사람들이라 할 수 있소!"

어머니는 계획과 정력에 넘쳐 여행에서 돌아왔다. 니스에서의 일이 다시 시작되었는데, 그러나 이번에는 진짜 러시아 황족을 대동하고서 명망 높은 외국인들에게 '가문의 보석들'을 소개할 참이었다. 그 황족은 새로 그 일에 발을 들여놓은 사람이었는데, 어머니는 그의 사기를 되살리기 위해 많은 시간을 소비해야 하였다. 당시에도 니스엔 약 일만 세대의 러시아 인이 살며, 장군들, 코사크 인들, 우크라이나 추장들, 황실 근위병 대령들, 공작들, 백작들, 발트의 남작들, 그리고 털 한 터럭까지 다 뽑힌 몰락 귀족들이 그야말로 귀족적 배합을 이루고 있었는데, 그들은 지중해 연안에 도스토옙스키—천재성은 빼고—적 분위기를 성공적으로 재생시켰다. 전쟁 중 그들은 두 편으로 갈라져, 한 편은 레지스탕스에서 적극적 역할을 담당하고, 다른 한편은 독일에 동조하여 게슈타포에서 봉사하였다. 후자는 프랑스 해방 때 처치되었고, 전자는 사 마력짜리 르노와 유급 휴가와 밀크 커피와 선거에의 기권으로 이루어진 형제애적 대중 속에 완전히 동화되어 영원히 사라져 버렸다.

어머니는 조롱 섞인 경멸로 그 황족과 그의 희고 작은 염소 수염을 대하였지만, 은근히 그와 한 조가 된 것을 자랑스럽게 생각해서, 그에게 가방을 주어 들고 가게는 하면서도 러시아어로 '공작 전하'를 한 번도 빠뜨리지 않았다. 어머니가 고객들 앞에서 그와 차르와의 정확한 촌수와 그가 러시아에 가지고 있는 궁전의 수효와 영국 황실과 그를 연결시키는 긴밀한 관계에 대해 길게 묘사할 때면, 잠정적인 구매자들 앞에서 '공작 전하'는 어찌나 거북살스러워하며 어찌나 불행한 모습이 되고, 어찌나 죄스러운 듯 입을 다물어버리던지, 고객들은 너 나 없이 부당 이익을 본 듯, 무방비의 존재를 착취한 듯한 느낌을 가졌고, 그래서 거의 언제나 물건을 사기로 결정하는 것이었다. 어머니에게 그는 기가 막힌 재료였고, 그래서 매우 소중히 다루었다. 그는 심장병을 앓고 있었는데, 어머니는 원정을 떠나기 전에 언제나 물 한 컵에 약 스무 방울을 타서 그에게 주었다. 사람들은 그들 두 사람이 뷔파 카페의 테라스에 앉아 미래의 계획을 세우고 있는 것을 볼 수 있었다. 어머니는 프랑스 대사로서의 내 역할에 대한 자기 의견을, 공작 전하는 공산 체제가 무너지고 로마노프가 다시 러시아의 왕좌로 돌아온 후 자기가 이끌어갈 생활 양식에 대하여 털어놓으면서 말이다.

"나는 궁전과 공식 업무에서 멀리 떠나 내 소유지에서 조용히 살 생각이오" 하고 황족은 말하곤 했다.

"내 아들은 외교관 생활을 하게끔 타고난 아이예요" 하고 어머니는 차를 마시며 말했다.

그 공작 전하가 어찌 되었는지 나는 모른다. 내 소유지에서 멀지 않은 로크브륀 빌라주 묘지에 러시아의 황족 한 사람이 묻혀 있는 것은 확실하다. 그러나 그것이 바로 그 사람인지는 모르겠다. 게다가 그의 하얀 염소 수염 없이는 그를 다시 알아보지도 못할 것 같다.

어머니의 사업 중 가장 큰 건을 성사시킨 것이 바로 이 시기였다. 지금은 그로소 가가 된 옛날 카를론 가의 칠 층짜리 건물 매매였다. 벌써 여러 달 동안을 어머니는 살 사람을 찾아 지칠 줄 모르고 시내를 뛰어다녔다. 그 매매에 결정적인 호전의 기회가 달려 있으며, 만일 매매가 성립되면 나의 엑상프로방스 대학에서의 첫 해는 보장을 받을 수 있음을 알기 때문이었다. 매수인이 나타난 것은 순전히 우연이었다. 어느 날 롤스로이스가 우리 집 앞에 멎더니 운전수가 문을 열었고, 동그래한 작은 남자가 자기보다 두 배는 더 크고 나이는 반밖에 안 먹은 듯한 여자를 데리고 내렸다. 그들은 전에 윌노에 있던 어머니 양장점의 옛 고객과 최근에 그녀가 얻은 남편이었다. 그 남편은 매우 돈이 많았고, 또 나날이 더욱 많아져가는 사람이었다. 그들이 하늘에서 내려온 사람임을 우린 곧장 알아차렸다. 그 작은 예드밥니카스 씨는 그 건물만 산 것이 아니었다. 거기다 그는 이전의 수많은 사람들이 그러하였듯, 어머니의 사업 수완과 정력에 탄복하여 그 건물의 일부를 호텔 레스토랑으로 개조하라는 암시를 즉석에서 받아들여 어머니에게 관리 책임을 맡겼던 것이다. 이렇게 하여 앞면을 다시 칠하고, 각 층을 수리한 호텔 겸 임대 아파트 메르몽(Mermonts)— 바다의 메르(mer)와 산의 몽(mont)— 은 '국제적인 고객들을 위해 고요함과 안락과 세련된 취향의 분위기를 갖추고' 문을 열었다. 위의 것은 첫번째 선전문을 원문 그대로 쓴 것이다. 내가 그것의 작자이니까. 이후 나는 전 세계의 호텔에서 내 삶을 보냈는데, 그 경험에 비추어볼 때, 어머니는 매우 제한된 물질적 여건으로 정말 힘든 곡예를 해내었다고 말할 수 있다. 서른여섯 개의 방에 아파트 두 층과 레스토랑에, 두 사람의 하녀와 급사 한 사람, 주방장 한 사람, 접시닦이 한 사람만으로 사업은 처음부터 요란스럽게 굴러갔다. 나로 말하자면, 나에게는 접대원에, 관광차 안내원에, 호텔 지배인의 역할이 맡겨졌으며, 보통은 손님들에게 좋은 인상을 주는 것이 내 임무였다. 나는 벌써 열다섯 살이었지만, 그렇게 많은 사람들과 접촉하러 나선 것은 그때가 처음이었다. 우리의 고객들은 세계 각처로부터 왔는데, 영국인들이 압도적으로 많았다. 대개 그들은 여행사를 통해 그룹으로 보내어져 배에서 내렸는데, 그렇게 숫자의 민주주의 속에서 희석되어버린 그들은 조금만 관심을 표해주어도 고마워서 어쩔 줄을 몰라 하였다. 그때는 전쟁 직전에 시작되어 그 이후에 통례가 될 '단거리 관광'의 초창기였다. 몇몇 예외만 제외하면 그들은 온순하고 순종적이며 별로 자신만만하지 못하여 만족시켜주기 쉬운 고객들이었다. 주로 여자들이 많았다.

  어머니는 아침 여섯 시에 일어나 서너 개비의 담배를 피우고, 차를 마시고 옷을 입은 다음, 지팡이를 들고 뷔파 시장으로 갔다. 뷔파 시장에서 어머니는 그야말로 군림하였다. 큰 저택과 호텔에서 장을 보러가는 구 도시 시장보다 작은 뷔파 시장은 주로 강베타 지역의 숙박소에 물건을 대고 있었다. 그곳은 포를 뜬 고기와 갈비와 부추와 죽은 생선의 눈들 위로 고상한 욕설들이 일고, 그런 것들 사이에서 그 무슨 지중해적인 조화로 커다란 패랭이꽃과 미모사 꽃다발이 느닷없이 출현하기도 하는, 사투리, 냄새, 색깔들의 현장이었다. 어머니는 포를 뜬 고기를 만져보고, 수박의 영혼에 대해 명상하고, 경멸하듯 쇠고깃덩이를 내던져 창피하다는 듯한 악센트로 물컹한 '풀썩' 소리를 내며 판자에 떨어지게 하고, 샐러드 야채를 향해 지팡이를 겨냥해 야채 장수로 하여금 "물건에 손대지 마시라니까!"라는 절망적 외침과 함께 몸으로 막아서게 만들고, 브리 치즈의 냄새를 맡아보고, 고급 치즈의 크림 속에 손가락을 넣어 맛을 보곤 하였다. 치즈나 저민 고기나 생선을 코에 가져갈 때의 어머니에겐 상인들이 화가 나서 파랗게 질리게 만드는 망설임의 기술이 있었다. 그리고 결국 머리를 꼿꼿이 세우고 멀어져갈 때면, 그들의 힐난과 모독과 욕설과 분노의 외침들은 우리 둘레에 지중해의 가장 오래된 코러스를 재연하는 것이었다. 어머니가 황후 같은 동작으로 갑자기 넓적다리 고기며 샐러드 야채며 완두콩에게 그것의 의심스런 질과 가당찮은 가격을 용서해주고, 그렇게 하여 그것들을 비천한 상품의 상태에서, 이미 인용한 선전문의 글귀를 따르자면 '일급 프랑스 요리'의 상태로 넘어가게 할 때면 사람들은 완전히 동양의 재판소에 있는 것 같았다. 이유를 알 수 없는 어떤 싸움, 어떤 개인적인 돈거래 이후, 어머니는 몇 달 동안 매일 아침 순전히 약을 올리겠다는 생각에서, 그리고 오로지 얼마나 훌륭한 고객을 잃었는가를 상기시켜주기 위해서 르뉘치 씨의 진열대 앞에 멈춰 서서 오랫동안 햄들을 만져보곤 하였다. 결코 사지는 않으면서 말이다. 어머니가 자기 진열대로 다가오는 것이 보이기만 하면, 그 돼지고기 장수는 목소리를 경계 경보마냥 높이고, 허둥지둥 달려가 몸을 굽혀 계산대에 뚱뚱한 배를 갖다 대고 주먹을 휘두르며 어머니에게 빨리 지나가버리라고 독촉하면서 몸으로 물건들을 방어하는 동작을 취했다. 그리고 잔인하게도, 어머니가 처음엔 불신하는 듯, 이어 끔찍하다는 듯 얼굴을 찡그리며 지금 막 구역질나는 냄새가 코를 찔렀다는 것을 갖가지 표현으로 나타내며 추호도 용서가 없는 코를 햄 속에 틀어박고 있는 동안 르뉘치는 눈을 들어 하늘을 보며 두 손을 부여잡고 성모 마리아께 살인하지 않게 자기를 붙들어달라고 호소하곤 했다. 그러는 중에 벌써 어머니는 경멸하듯 마침내 햄을 밀어놓고는 입술 위에 도발적인 미소를 띠고 웃음과 '성모 마리아여!'와 모욕적인 욕설을 받으며 다른 곳을 다스리기 위해 떠나는 것이었다.

    아마도 어머니는 거기서 생애 최고의 순간들 중 몇 순간을 맛보았으리라.

    니스에 돌아갈 때마다, 나는 뷔파 시장을 찾는다. 나는 부추와 아스파라거스와 수박과 쇠고기와 과일과 꽃과 생선들 사이를 오랫동안 헤맨다. 소음, 목소리, 몸짓, 냄새, 향기들은 변하지 않았고, 환상이 아주 완벽할 만큼 조금밖엔, 아니 거의 아무것도 빠진 것이 없다. 나는 여러 시간을 그곳에서 머무른다. 그러면 당근과 상추와 풀상추들이 내게 해줄 수 있는 것을 해주는 것이다.

    어머니는 언제나 팔에 꽃과 과일을 한아름 안고 집으로 돌아왔다.

어머니는 과일들이 인체에 미치는 좋은 효과를 마음 깊이 믿고 있었기 때문에 내가 매일 과일을 적어도 1킬로그램은 먹기를 원했다. 그때부터 나는 만성 복통으로 시달린다. 그런 다음 어머니는 주방으로 내려가 메뉴를 정하고 배달꾼들을 만나고, 각 층마다의 아침식사를 체크하고, 손님들 이야기를 들어주고, 소풍객들의 피크닉 준비를 해주고, 지하실을 검사하고, 계산을 하고, 모든 자질구레한 일들을 감시하였다.

어느 날 식당에서 주방에 이르는 그 저주 받을 층계를 스무 번 남짓이나 오르내린 후, 어머니는 갑자기 의자에 주저앉았다. 얼굴과 입술이 잿빛이 되었다. 어머니는 고개를 약간 옆으로 기울이고 눈을 감더니 가슴에 손을 얹었다. 몸 전체가 떨리기 시작하였다. 운 좋게도 우리는 신속하고도 안전하게 의사의 진단을 받을 수가 있었다. 혈당 부족으로 생긴 갑작스런 혼수 상태였다. 너무 강력한 인슐린 주사 때문이었다.

이렇게 하여 나는 어머니가 이 년 동안 내게 숨겨왔던 사실을 알게 되었다. 어머니는 당뇨병 환자였고, 매일 아침, 일과를 시작하기 전에 인슐린 주사를 맞았던 것이다.

비참한 공포가 나를 사로잡았다. 잿빛 얼굴, 약간 옆으로 기울어진 머리, 감긴 눈, 고통스럽게 가슴 위에 놓인 그 손에 대한 기억은 그때부터 한시도 나를 떠나지 않았다. 어머니가 내게 기대하고 있는 것을 이루어내기도 전에 죽을 수도 있다는 생각, 정의를 보지도 못한 채, 무게와 척도의 인간적 법칙을 하늘에 투영하는 것도 보지 못한 채 어머니가 지상을 떠날 수도 있다는 생각은 나에겐 양식에의, 양풍에의, 순리에의 도전이요, 일종의 형이상학적 강도 짓이요, 경찰을 부르고 도덕과 법과 권위에 호소해도 좋을 무엇인 것같이 생각되었다.

서둘러야겠다는 것을, 어서 빨리 불후의 명작을 써야겠다는 것을 느꼈다. 나를 전무후무한 최연소 톨스토이로 만들어, 즉시 어머니의 고생을 보상해주고, 어머니 일생에 왕관을 가져다줄 수 있게 할 걸작을.

나는 사력을 다해 작품에 매달렸다.

어머니의 동의를 받아, 나는 학교를 잠시 쉬고, 완전히 내 방에 틀어박혀 승부에 매진하였다. 나는 내 계산에 따라 『전쟁과 평화』와 맞먹는 양인 삼천 장의 백지를 앞에 놓았고, 어머니는 옛날에 발자크를 유명하게 만들었던 옷을 본떠 아주 헐렁한 실내복을 만들어주었다. 하루 다섯 번씩 어머니는 살그머니 문을 열고 들어와 음식 접시를 테이블 위에 놓아 두고는 발끝으로 걸어나갔다. 그때 나는 프랑수아 메르몽이라는 가명으로 글을 썼다. 그러나 내 작품들이 편집자들에 의해 규칙적으로 반송되었으므로 우리는 그 가명이 나쁘다는 결론을 내렸다. 그래서 다음 책은 루시앙 브륄라르라는 이름으로 썼다. 그 가명 역시 편집자들 마음에 들지 않는 모양이었다. 당시 N.R.F에서 맹위를 떨치고 있던 높으신 양반들 중 한 분께서 다음과 같은 말과 더불어 내게 원고를 돌려주었던 것을 나는 기억하고 있다. '정부(情婦)를 하나 만들고, 십 년 후에 다시 오시오.' 내가 파리에서 배가 고파 죽어가고 있던 시기였다. 정말 십 년 뒤인 1945년 내가 다시 갔을 때, 불행히도 그는 이미 거기에 없었다. 누군가가 벌써 총살해버렸던 것이다.

세상은 내게 한 장의 종이로 축소되었고, 나는 그것을 향해 청춘기의 격해진 서정을 다하여 뛰어들었다. 그러나 그런 순진성에도 불구하고, 내가 그 내기의 심각성과 그것의 심오한 본질을 완전히 깨닫게 된 것이 바로 그 시기였다. 나는 인간 전체를 위한 정의에의 갈망에 사로잡혔다. 그 갈망의 육화물들이 아무리 천하고 죄 많은 것들일지라도 말이다. 그리고 그 갈망은 마침내, 그리고 처음으로 나를 내가 써야 할 작품의 발치에 던져놓았던 것이다. 그 갈망이 아들로서의 나의 애정에 그 고통스런 뿌리를 두고 있었던 것은 사실이지만, 점점 자라고 커지면서 나의 전 존재를 포박하였다. 마침내 문학적 창조가 내게, 그것이 진정성을 갖는 위대한 순간이면 항상 그러한 바, 즉 견딜 수 없는 것에서 벗어나기 위한 허구요, 살아 남기 위해 영혼을 회복시키는 방법이 될 때까지.

눈을 감고 옆으로 기울인 그 잿빛 얼굴, 가슴 위에 얹은 그 손을 보았을 때, 처음으로, 삶이란 신용할 만한 유혹인가 하는 의문이 불현듯 떠올랐었다. 그 질문의 답은 즉각적으로 나왔다. 아마도 나의 생존 본능이 불러준 답이었기 때문이리라. 나는 열에 들뜬 듯 '프로메테우스에 대한 진실'이라는 제목의 단편을 썼다. 그것은 지금도 내게 프로메테우스에 대한 진실로 남아 있다.

왜냐하면 우리는 프로메테우스의 진짜 이야기에 대하여 속고 있음이 틀림없기 때문이다. 아니 보다 정확히 말하자면, 사람들이 우리에게 이야기의 끝을 숨겨왔던 것이다. 신들의 불을 훔침으로써 프로메테우스가 바위에 사슬로 묶이고, 독수리가 그의 간을 뜯어 먹기 시작했다는 것은 완전히 사실이다. 그러나 얼마 후, 어떻게 되어가나 하고 신들이 힐끗 지상을 보았을 때, 그들은 프로메테우스가 사슬을 벗어버렸을 뿐 아니라, 독수리에게 달려들어 그것의 간을 뜯어

먹고 있는 것을 보았다. 다시 기운을 차려 하늘로 올라가기 위하여.

그럼에도 불구하고 나는 지금 간장병을 앓고 있다. 왜 그런가 이유를 밝히겠다. 나는 만 마리째의 독수리와 싸움 중인 것이다. 그런데다 내 위장도 옛날 같지가 않다.

어쨌든 나는 최선을 다하고 있다. 결정적인 일격으로 내가 바위로부터 해방되는 날, 천문학자들은 황도대에 새로운 별자리가 출현하는지 하늘을 잘 살피기를 권하는 바이다. 자기의 이를 몽땅 동원하여 하늘의 어떤 독수리에게 매달려 있는 인간 발바리의 별자리 말이다.

호텔 겸 임대 아파트 메르몽에서 뷔파 시장으로 통하는 당트 거리는 내 창 앞에 펼쳐져 있었다. 책상에 앉으면, 어머니가 멀리서 오는 것이 보였다. 어느 날 아침, 그 모든 것에 대하여 어머니와 상의하고 싶은 마음, 그것에 대해 어머니는 어떻게 생각하고 있는지 묻고 싶은 참을 수 없는 욕망이 나를 사로잡았다. 어머니는 자주 그러듯이 단지 내 옆에서 조용히 담배를 피우기 위해 아무 이유 없이 내 방에 들어와 있었다. 나는 대학 입시 자격 고사를 준비하느라고 우주의 구조에 대한 어떤 모호하고 괴상한 이론을 공부 중이었다.

"엄마" 하고 내가 말했다.

"엄마, 들어봐요."

어머니는 듣고 있었다.

"학사 학위 받는 데 삼 년, 군대 이 년……"

"넌 장교가 될 거야" 하고 어머니가 끼어들었다.

"그래요. 하지만 오 년이나 걸린단 말이에요. 엄마는 아프고."

"네 공부를 마칠 시간은 충분해. 부족한 것 없도록 해줄 것이니,

아무 걱정 마라……"

"하느님, 그런 이야기가 아니에요…… 나는 겁이 나요. 거기에 도달하지…… 제 시간에 거기에 도달하지 못할까 봐……"

그 문제는 어머니도 생각에 잠기도록 만들었다. 어머니는 오랫동안 잠자코 생각했다. 그러더니 요란하게 콧소리를 내고 두 손을 무릎 위에 얹더니 내게 말했다.

"정의(正義)라는 게 있는걸."

어머니는 식당 일을 보러 갔다.

어머니는 내 물리학 책에서 배울 수 있는 어떤 것보다도 더 논리적이고 더 지고하고 더 조화로운 우주 구조를 믿고 있었던 것이다.

그날, 어머니는 회색 원피스에 보라색 스카프와 진주 목걸이를 하고 어깨 위에 회색 코트를 걸치고 있었다. 포도주 병들을 들고 있던 어머니. 의사는 어머니가 아직 몇 년 더 버틸 수 있을 것이라고 말했었지. 나는 두 손으로 얼굴을 감쌌다.

프랑스 장교복을 입은 내 모습이라도 본다면, 끝끝내 내가 프랑스 대사가 못 되더라도, 노벨 문학상을 타지 못하더라도 어머니의 가장 아름다운 꿈 중의 하나는 실현되는 것일지 모른다. 이번 가을부터 법학 공부를 시작해야지. 조금만 운이 좋으면…… 삼 년 후 나는 공군 소위의 복장을 하고 의기양양하게 호텔 메르몽에 입장할 수 있다. 우리들, 어머니와 나는 벌써 오래전부터 공군으로 작정하고 있었다. 린드버그의 대서양 횡단이 어머니에게 깊은 인상을 남겼기 때문이었는데, 거기에 대해서 역시 나는 내가 그것을 처음 생각해내지 못한 것이 몹시도 화가 났었다. 어머니를 따라 뷔파 시장으로 가야지. 하늘색과 금색의 옷을 입고 사방에 날개를 붙이고 당근과 부추와 판탈레오니, 르뉘치, 뷔피, 세자리, 파솔리 들의 감탄을 받으며, 소세지와 양파의 개선문 아래로, 어머니와 팔짱을 끼고 열병식을 하면서, 대구의 동그란 눈동자 속에서까지 존경의 찬탄을 구하면서.

프랑스에 대한 어머니의 천진한 열광은 나에겐 계속 놀라움의 원천이었다. 어떤 상인이 화가 나서 어머니를 '더러운 외국인'으로 취급했을 때에도 어머니는 미소를 지었으며, 뷔파 시장의 사람들 모두가 다 쳐다보도록 지팡이를 쳐들어, 이렇게 선언하였다.

"예비 장교인 내 아들이, 당신더러 똥이라고 한다네!"

어머니는 '이다'와 '될 것이다'를 구별하지 않았다. 갑자기 소위 계급장이 내 눈에 엄청난 중요성과 의미를 지니게 되었다. 내 모든 꿈들은 당분간 보다 훨씬 소박한 그 꿈, 공군 소위복을 입고, 어머니 팔을 끼고 뷔파 시장을 행진하겠다는 꿈으로 축소되었다.

22

자렘바 씨는 풍채가 좋고 약간 우울한 경향이 있는 폴란드 인이었다. 그의 시선은 가벼운 비난의 표정을 담고 세상을 향해 질문하고 있는 것처럼 보였다. '왜 내게 이런 짓을 한 거지?' 하고 묻고 싶은 듯. 어느 화창한 날, 그는 벌써 희끗희끗해지기 시작한 금빛 코밑 수염을 그리스식으로 늘어뜨리고 호텔 앞에서 택시에서 내렸다. 그는 식민지풍의 흰옷을 입고, 크림색 파나마 모자를 쓰고 있었으며 꼬리표로 뒤덮인 많은 가방들로 무장하고 있었다. 나는 그 꼬리표들을 오랫동안 바라보았다. 캘커타, 바카바, 싱가포르, 슈라바야…… 드디어, 말하자면 물질적이고도 거부할 수 없는 방법으로 내가 그때까지 서머싯 몸이나 드 비어 스탁풀이 그들의 소설을 통해 말해주었던 것 이외에는 다른 존재 증명을 찾을 수 없었던 꿈속 나라들의 실재가 증명되었던 것이다. 자렘바 씨는 '며칠 쯤' 방을 정하고서 일 년을 머물렀다.

약간 지친 듯한 모습과 완벽한 사교계 인사다운 그의 매너에는 그가 자기 안에 감추고 있는 소년, 시간의 모래 속에 파묻혀 있는 짧은 바지 입은 소년을 짐작하게 하는 그 무엇도 없었다. 흔히 성숙의 외양들은 옷을 입는 갖가지 방법이나 마찬가지로 수가 많으며, 그런 점에서 본다면 나이라는 것은 재단사 중에서도 제일 솜씨 좋은 재단사인 것이다. 그러나 그때의 나는 겨우 열일곱 살이 되었고, 아직 내 자신에 대해서조차 아무것도 알지 못했다. 그러므로 나는 사람들이 긴 세월을 통해 살고, 중요한 직책을 맡고, 그러면서도 끝끝내 어둠 속에 웅크리고 있는 어린아이, 관심에 목말라 하며, 자기의 머리를 쓰다듬는 다정한 손과 '그래, 내 아들아. 그래. 엄마는 항상 너를 사랑한 그 누구보다 더 너를 사랑하고 있다'고 속삭이는 목소리를 마지막 주름이 잡힐 때까지 기다리는 어린아이를 면치 못한 채 죽을 수도 있다는 것은 꿈에도 생각해보지 못하였다.

자렘바 씨는 처음엔 메르몽 호텔의 여지배인에게 좋은 인상을 주었다. 그를 신사로 생각했던 것이다. 그러나 그가 호텔의 숙박계에 몸을 구부리고 자기 직업을 써넣자, '화가'라는 단어에 힐끗 눈을 던지고 난 어머니는 매우 야박하게 서둘러 일주일치 선불을 요구하였다. 우리의 새 손님이 지닌 정중함과 모범적인 태도와 그 시절 사람들이 '신사적'이라고 명명하였던 모든 요소들을 고려한다면, 어릴 때부터 내가 끊임없이 들어온 대로 화가들은 알콜에 빠지고 육체적, 정신적으로 타락한 자들이라는 의견과는 들어맞질 않는 것 같았다. 한 가지 해석밖에 남아 있지 않았는데, 어머니는 그 화가의 그림에 눈길도 주기 전에 앞질러 그 해석을 주장했다. 그는 분명 전적으로 재능이 없는 화가일 것이라는 것이었다.

자렘바 씨가 물질적 성공으로 인하여 플로리다에 저택과 스위스에 별장을 소유하고 있다는 사실이 밝혀지자 그 결론은 어머니가 보기에 확고한 것이 되었다. 어머니는 우리의 숙박인에게 조롱이 가미된 동정을 표시하기 시작하였다. 아마도 어머니는 부유한 화가의 한 예가 내게 불길한 영향을 미칠 것을 두려워했을 것이다. '하느님, 우리를 지켜주소서. 저 사람의 영향 때문에 내 아들이 두 팔 벌리고 저를 기다리는 외교관 생활에서 등을 돌리고, 그것도 모자라 또다시 붓을 잡겠다고 나설지 모릅니다' 하고.

그것은 괜한 불안이 아니었다. 그 비밀스런 악마는 항상 내 안에 깃들어 있었다. 그리고 그것은 결코 내게서 떠나지 않을 것이었다. 나는 자주 형태와 색깔들에 대한 거의 육체적 욕구에 가까운 혼란스러운 향수를 체험하곤 하였다. 마침내—삼십 년이 지난 후에, 내가 내 '진정한 소명'에 자유로이 응하려 결정했을 때 결과는 참혹한 것이었다. 나는 일종의 광란적인 춤에 사로잡혀 내가 구할 수 있었던 가장 굵은 물감통을 '그림' 위에 짜 비우며 캔버스에 달려들었다. 붓으로는 충분히 직접적인 접촉이 되지 않아 손으로 말이다. 나는 또 '던지기' 작업도 하였다. 사방에 그림이었다. 내가 맹위를 떨치고 있는 방에 들어서는 사람이면 모두들 옷이나 얼굴 위에 그림물감 세례를 받았다. 벽들, 가구들, 천장 등이 내 천재의 파편들을 얻어맞았다. 내 영감은 진실한 것이었어도 그 결과로 말하자면 끔찍스러울 만큼 무가치한 것이었기 때문이었다. 나는 그림에 전혀 소질이 없었다. 한 번 붓을 놀릴 때마다 그 지고한 예술은 멸시하듯 나를 다정한 나의 소설에게로 되돌려 보냈다. 그때부터 나는 남서광(濫書狂)들을 이해하게 되었다. 내 자신의 실패를 통해 심오하고도 거부치 못할 '소명'과 영감이 완벽한 재능 결핍을 동반할 수도 있음을 알게 되었던 것이다. 그 같은 창조적 도취를 맛보았던 적도 일찍이 없었고, 그러나 또 예술적 실패의 증거가 그보다 더 혹독했던 적도 없었다. 나는 계속 얼마 동안 백 개가량의 물감통을 비워냈다. 마치 나 자신을 비워내기 위해서인 것처럼. 그러나 캔버스 위에서 도달할 수 있었던 것은 무(無)뿐이었다. 이 년 동안 나는 한 개의 '그림'밖엔 완성시키지 못했다. 나는 그 그림을 다른 것들과 함께 벽에 걸어놓았다. 어느 날 위대한 미국인 비평가 그린버그가 날 찾아왔는데, 그는 분명한 흥미를 표하며 내 작품 앞에서 오랫동안 멈춰 서 있었다.

"저건 누구 작품이오?"

나는 교활하게 대답하였다.

"아, 내가 밀란에서 발견한 한 젊은 화가의 것이지."

그의 표정은 더욱 감탄의 빛을 띠었다.

"여보게, 쓰레기로 말하자면 진짜 쓰레기일세!"

예상치 못하던 바는 아니었으나, 그래도 나는 계속 기적을 믿었다. 언제라도 그것은 올 수 있어. 매순간, 하늘이 아직 내게 천재성의 벼락을 내려줄 수도 있어. 점점 더 긴장이 심해져서 나는 신경성 우울증의 증세마저 보이게 되었다. 아마도 의사에게서 그림을 그리지 말라는 명령을 받은 사람은 세상에 나밖에 없을지 모른다. 내 '그림들' 위에는 어찌나 두껍게 물감이 발라져 있었던지, 그것을 쓰레기장으로 가져가는 데 여러 사람이 낑낑거려야 했다. 한 이웃 여자가 내 '작품들' 중 하나를 쓰레기통에서 구하기 위해 갔다. 그리고 그것을 자기 집으로 옮겼다.

"어찌 될지 모르는 일이지요" 하고 그녀가 설명하였다.

하지만 자렘바 씨가 차르비치 가에 얻은 아틀리에에 자주 드나들었던 것은 미술에 대해 갖고 있던 취향 때문은 아니었다. 게다가 그 화가는 천사 같은 어린아이들 모습을 그리는 것이 특기였는데, 나는 그런 것엔 관심이 없었다. 내가 그에게 흥미를 가진 것에는 전혀 다른 이유가 있었다. 사실은 약간 신경쇠약 증세가 있는 그 남자가 눈에는 안 띄지만 의심할 나위없이 집요하게 어머니와 같이 있고 싶어 하기 시작했음을 느꼈기 때문이었던 것이다. 외교적 수완과 틀림없는 손으로 잘 다루기만 하면 그런 상황은 가능성이 풍부한 것으로 밝혀질 수도 있고, 우리 생활에 가장 행복한 변화를 가져다줄 수도 있는 것이었다. 벌써 모험을 즐기며 행동과 정복에의 욕구를 발산할 길을 찾지 못하는 모든 사람들처럼 저돌적이 되어 있던 나에게는, 어머니를 '시집보내어' 물질적 근심에서 벗어나게 해줄 수 있다는 생각에 또 다른 희망이 겹쳐져 있었다. 드디어 나에게 모든 것을 준 사람을 아무 의지도 없이 홀로 팽개쳐 두었다는 죄의식을 느끼지 않고 모험으로 가득 찬 생애에 투신할 수 있으리라는 희망이었다.

자렘바 씨는 한 번도 결혼한 일이 없었다. 그는 성인이 되었을 때 그러했듯이 어려서도 외로웠다. 그의 부모들은 낭만적이게도 폐결핵에 의해 젊어서 저세상으로 가셨다. 그들은 망통의 묘지에 묻혔는데, 그는 자주 그곳에 가서 무덤에 꽃을 놓아두곤 하였다. 그는 동부 폴란드의 부유한 지방에서 독신인 삼촌에 의해 아무렇게나 자라났다.

그는 지체하지 않고 무한히 교묘하게 신중한 접근 작업을 개시하였다.

"자네는 매우 젊네, 로맹……"

그는 폴란드식으로 파니 로마니, 즉 '로맹 씨'라고 말하곤 하였다.

"자네는 매우 젊네. 전 생애가 자네 앞에 있지. 자네한테 헌신할 여자를 찾아낼 걸세. 아니, 다른 여자라고 해야지. 왜냐하면 자네 어머니가 자네를 얼마나 따뜻한 염려로 감싸주시고 계신지 매순간 볼 수 있으니 말일세. 자네한테니 말인데, 난 내가 사랑할 수 있고 또 내게 조금이라도 관심을 가져주는 사람을 만나고 싶네. 내가 참 잘 말했구먼. '조금이라도'라고 말이야. 나는 요구사항이 많은 그런 사람이 아니야. 난 어떤 여자의 애정 속에서 두번째 자리만 차지하면 완전히 만족할 거야."

나는 나 이외의 누가 어머니의 애정 속에서 첫번째 자리를 차지할 수도 있으리라는 그 생각에 미소를 참지 않을 수 없었다. 그렇지만 무엇보다 그를 화나게 해서는 안 되었다.

"장래에 대해서 생각해보시는 것이 옳지 않을까요?" 하고 나는 신중하게 타진하였다.

"한편으로 생각하면, 아저씨는 그 때문에 어떤 의무들을 떠맡아야 할 위험이 따르니까요. 예를 들면 재정적 의무 같은. 화가가 한 가족의 생계를 보살필 방법을 가지고 있는지 모르겠군요."

"나는 물질적으로는 전혀 문제가 없어요. 그건 안심해도 좋아."

그는 코밑 수염을 쓰다듬었다.

"게다가 내 성공을 누군가와 함께 나눈다는 것은 즐거운 일일 거야. 난 이기주의자가 아니거든."

이번엔 마음이 좀 동하는 느낌이었다. 나는 벌써 항공술을 배우는 꿈을 꾸고 있었다. 그것은 금전적으로 전혀 내 능력 밖의 일이었다. 적어도 오천 프랑이 있어야 하는 것이었다. 그의 말이 진실하다는 징표로 우리에게 선금을 좀 달라고 청해볼 수 있을지도 몰랐다. 또 한 시간에 백 킬로미터를 달리는 작은 자동차의 핸들을 잡고 있는 내 모습도 잠깐 머릿속을 스쳐 지나갔다. 그 화가가 금으로 수를 놓고 다마스 비단으로 만든 근사한 실내복을 가지고 있다는 사실도 이미 눈여겨보아둔 바 있었다.

나는 속으로 가가대소하였다. 벌써 유머는 내게 필수적이고도 그 무엇보다 확실한 도움이었던 것이다. 내 일생 내내 그럴 것처럼 말이다. 후일, 훨씬 후일에 개인적으로 또는 공개적으로, 전화로, 또는 '사교장'에서 무조건적 심각주의자들은 끊임없이 내게 물었다. "왜 당신은 항상 당신 자신에 관해 불리한 이야기를 하는 거요, 로맹 가리?" 그러나 그것은 비단 나에 관한 것만이 아니다. 그것은 모두에게 있는 우리의 '나'에 관한 것이다. 그것은 왕좌가 있는 방과 굳게 둘러친 성벽을 지닌 그토록 우스꽝스런 '나'라는 우리의 초라하고 가련한 왕국에 관한 것이다. 거기에 대해선 아마 언젠가 좀더 길게 답할 것이다.

자렘바 씨를 의붓아버지로 삼는다는 생각은 내 마음속에 갖가지 감회를 불러일으켜놓았다. 나를 대상으로 한 어머니의 쉼 없는 사랑은 내가 감당할 수 있는 이상의 것일 때가 종종 있었다. 열정에 사로잡히고 넋을 잃은 것 같은 시선으로 끊임없이 나를 마치 유일하고 비교가 불가능하며 모든 자질을 다 타고났고 승리에 찬 길이 약속되어 있는 존재처럼 보는 어머니의 시선은 내 긴장을 가중시켰고, 그 찬란한 이미지와 나의 초라한 현실 사이에 놓인 심연에 대한 그때 이미 매우 뚜렷하고도 고통스러웠던 인식을 강하게만 할 뿐이었다. 나를 감싸고 있는 헌신과 희생이 내 미래에 부과하는 의무를 피하고 싶어서가 아니었다. 나는 어머니가 내게 기대하는 것은 무엇이든 다 실현시키기로 마음먹고 있었다. 또 나는 어머니의 꿈이 너무 소박하고도 도에 지나친 점이 있을 수도 있다는 것을 느끼기엔 너무도 어머니를 사랑하였다. 또 어릴 때부터 내 찬란한 미래에 대한 약속과 이야기를 자장가 삼아 자란 탓에 나 자신 가끔 그 속에 빨려들어가 어느 것이 어머니의 꿈이고, 어느 것이 진짜 나인지 잘 구별되지 않곤 하였던 만큼 그 속에서 환상을 가려내기란 쉽지 않았다. 무엇보다 이제 그렇게 어머니의 치마폭에 싸여 있는 것을 견딜 수가 없었던 것이다. 만일 나를 짓누르는 이 사랑의 짐을 조금이라도 자렘바 씨가 자기 쪽으로 끌어주는 데 성공한다면, 나는 좀더 자유롭게 숨쉴 수 있게 될 것이었다.

나는 곧 어머니가, 바위 밑에 뱀장어가 있다는 사실을 느끼기 시작했음을 알아차렸다. 어머니는 거의 적의에 가깝도록 차갑게 그 폴란드 인을 대하였다. 어머니는 쉰셋에 접어들어 있었다. 그러나 하얗게 세어버린 머리와 나이 그 자체보다 혼자 몸으로 살기 위해 세 나라에서 벌인 고통스런 투쟁이 더 깊이 새겨져 있는 피로의 기미에도 불구하고, 어머니의 여성다움 속에는 아직 한 남자를 꿈꾸게 할 만한 정열적이고 밝은 광채가 남아 있었다. 그렇지만 나는 곧 나의 수줍고도 정중한 친구가, 한 남자가 한 여자에 대해 사랑에 빠지듯 그렇게 어머니에게 사로잡힌 것이 아님을 깨닫지 않을 수 없었다. 자렘바 씨는 한창 나이에 있는 점잖은 신사 같은 외양 밑에 자기 몫의 애정과 다정함을 한 번도 받아보지 못한 고아를 숨기고 있었다. 그 고아가 그토록 뜨겁게 타는 불꽃 같은 모성애를 목도하자 희망과 갈망에 사로잡혔던 것이었다. 분명 그는 두 사람을 위한 자리가 충분하다고 결론을 내렸던 것이다.

어머니가 어머니 특유의 표현주의적 충동——나는 그것을 그렇게 불렀다——에 사로잡혀 나를 품 안에 끌어안거나, 다섯 시에 차와 과자와 과일을 호텔 앞 작은 마당으로 내게 가져다줄 때면, 흔히 나는 자렘바 씨의 뼈가 붉어진 기다란 얼굴 위에서 분노조차 포함된 어떤 슬픔의 그림자를 간파할 수 있었다. 자기도 입장 허가를 받을 수 있기를 그는 희망하고 있었다. 그는 우아하게 두 다리를 포개고서 버드나무 안락의자에 앉아 상아 손잡이가 달린 지팡이를 무릎 위에 얹고 있었다. 그는 수염을 쓰다듬으며 우리를 관찰했다. 어둡게. 마치 금지된 왕국의 문지방을 바라보는 추방자처럼. 내가 그의 분노에서 어떤 재미를 느낄 만큼 아직 철없는 어린애였고, 또 마지막에 내게 닥칠 일을 모르고 있었음을 고백해야만 하리라. 그러나 한편 그는 그런 것은 의심조차 하지 않고, 나를 라이벌은커녕 든든한 동맹군으로 여기고 있었다. 내가 만일 외교관 띠를 두르게 될 것이라면 바로 이때가 그것을 증명할 순간이라고 나는 생각하였다. 그래서 나는 그에게 지나치게 용기를 주는 것을 삼갔다.

자렘바 씨는 어머니가 내 앞에 어머니의 봉헌물들을 늘어놓는 동안 거북한 기색으로 잔기침을 하였다. 그러나 그는 한마디도 입 밖에 내지 않았고, '니나, 당신은 당신 아들 버릇을 망치고 있어요. 당신 때문에 당신 아들은 여자 관계가 매우 어려워질 거요. 후에 그가 무엇을 하겠소? 그렇게 해서 당신 아들을 어떤 불가능한 사랑을 위한 투쟁에 처하게 하려는 거요?' 하는 식의 말은 절대로 내비치지 않았다. 아니다, 자렘바 씨는 그런 식의 참견을 하려 하지 않았다. 그는 다만 거기에 있었다. 약간 공들여 지은 티가 나는 열대풍 옷을 입고서. 그는 가끔 한숨을 쉬었고, 약간 기분 나쁜 듯 우리의 애정의 분출에서 눈을 돌리곤 하였다. 나는 어머니가 그의 가벼운 시새움을 완전히 눈치 채고 있음을 확신하고 있었다. 그 수줍은 한숨꾼이 옆에 있기만 하면 어머니가 늘 애정 표현을 더욱 과장한다는 사실만으로도 분명한 일이었다. 어머니는 거기서 어떤 즐거움까지 느꼈을지 모른다. 왜냐하면 우선 어머니 속에 있는 실패한 여배우가 청중을 갖게 되어 좋았고, 또 우리의 '제외자'는 그의 태도로 우리의 공모 관계를 강조하면서 모든 이들의 눈에 난공불락인 우리 왕국의 굳건함과 절대적 안전을 증명하였기 때문이었다. 그런데 어느날, 다섯 개의 음식 접시가 내 앞 점원용 탁자에 놓이자, 자렘바 씨는 한 가지 행동을 결행했다. 그처럼 수줍고 조심스런 사람에게서 나온 그 행위는 굉장한 대담성의 과시 및 자기 감정의 말 없는, 그러나 열렬한 주장과 맞먹는 것이었다. 그는 자기 안락의자에서 일어나, 앉으라는 사람도 없었건만 내 테이블에 와 앉더니, 팔을 뻗쳐 바구니 속에서 내 사과 한 개를 꺼내더니, 도전하는 것 같은 표정으로 어머니의 눈을 들여다보며 단호하게 그것을 깨물기 시작하였다. 나는 입을 벌린 채 꼼짝도 하지 않았다. 우리는 자렘바 씨가 그런 용감성을 발휘할 수 있으리라고는 결코 생각해본 일이 없었다. 우리는 화가 난 시선을 힐끗 교환한 후 화가를 차갑게 바라보았다. 우리의 시선이 어찌나 차가웠던지 그 가엾은 남자는 한두 번 씹어보려 하다가는 그만 다시 그 과일을 접시 위에 내려놓고서 몸을 일으키더니, 고개를 숙이고 등을 굽힌 채 사라져버렸다.

조금 후 자렘바 씨는 보다 직접적인 시도를 하기 시작했다.

나는 호텔 일 층 내 방에서 창문을 열어놓고 내가 쓰고 있던 소설의 마지막 장을 다듬느라 열중하고 있었다. 그것은 매우 훌륭한 마지막 장이었다. 나는 지금도 그 마지막 장의 앞부분이 될 장들을 쓰는 데 성공하지 못했던 것을 애석하게 생각한다. 그 시절 나는 벌써 적어도 스무 개의 마지막 장을 보유하고 있었다.

어머니는 정원에서 차를 마시고 있었다. 자렘바 씨는 어머니 곁에 약간 비스듬히 서서, 벌써 한 손을 의자 등받이에 올려놓고, 오지 않는 권유, 앉으라는 권유를 기다리고 있었다. 어머니가 결코 무관심할 수 없는 이야깃거리가 있었기에, 그는 어머니의 주의를 깨우치는 데 어려울 것이 없었다.

"니나, 벌써 오래전부터 당신한테 말하고 싶었던 것이 있소. 당신 아들에 관한 것이오."

어머니는 늘 너무 뜨거운 차를 마셨다. 어머니는 그렇게 입술을 덴 다음 그것을 다시 식힌다고 잔 속으로 후후 숨을 부는 이상스런 버릇을 갖고 있었다.

"듣고 있어요."

"절대로 좋은 일이 아니오. 위험한 일이라고까지도 말할 수 있을 거요. 외아들이라는 것 말이오. 그렇게 되면 자기가 세상의 중심인 것처럼 느끼는 습관을 붙이게 되고, 또 아무와도 나누지 않는 그 사랑이 나중에 당신에게 많은 실망을 안겨줄 것이오."

어머니는 담배를 눌러 껐다.

"나는 어떤 아이도 양자 삼을 생각이 없어요" 하고 어머니는 메마르게 대답하였다.

"난 전혀 그런 생각 안 했소!" 하고 자렘바 씨가 여전히 의자를 바라보며 중얼거렸다.

"앉으세요."

화가는 감사하다는 표시로 몸을 구부린 뒤 앉았다.

"당신에게 말하고자 하는 것은 다만 로맹에게 스스로를 덜……유일한 존재라고 느끼게 하는 것이 중요하다는 거요. 당신의 생활 속에서 유일한 남자가 되는 것은 그에게 좋질 않아요. 그처럼 독점적인 애정은 여자 관계에서 너무 심하게 요구가 많은 사람이 되게끔 할 우려가 있어요."

어머니는 찻잔을 밀어놓고 새 담배를 들었다. 자렘바 씨는 서둘러 불을 붙여주었다.

"도대체 무슨 이야기가 하고 싶으신 거예요, 파니 자니? 당신네 폴란드 사람들은 아라베스크를 만들어가며 동그라미를 도는 데 소질이 있어서 왈츠는 아주 잘 추지만, 그러나 때로 너무 알기 힘든 사람이 되기도 한다니까요."

"나는 다만 누군가 다른 남자가 당신 곁에 있는 것이 로맹을 위해 좋을 것이라는 것을 말하고 싶은 거예요. 물론 그 사람이 이해력도 있고 또 너무 요구가 많지 않은 사람이라는 조건에서 말이지요."

어머니는 담배 연기 뒤에서 눈을 반쯤 감고 그를 매우 주의 깊게 관찰했다. 내가 조롱 섞인 호의로 분류하고 있던 그런 표정을 띠고.

"잘 생각해보세요" 하고 자렘바 씨가 자기 발을 바라보며 계속하였다.

"어머니의 사랑을 '지나치다'고 규정할 생각은 내게 떠오르지 않으리라는 점을 말입니다. 개인적으로 말하자면 난 그런 사랑을 한 번도 받아보지 못했으니, 내가 알지도 못하는 것을 이러쿵저러쿵 하는 것은 그만두겠습니다. 아시다시피 난 고아예요."

"아마 당신은 내가 만나본 사람 중 가장 늙은 고아겠군요" 하고 어머니가 말했다.

"나이는 상관없지요, 니나. 가슴이란 결코 늙지 않으니까요. 거기다 가슴에 자국을 남긴 공허나 부재는 언제까지나 남아 있어서 더욱 커지기만 할 따름이니까요. 나도 내 나이를 분명히 의식하고 있습니다. 하지만 인간 관계란 성숙했을 때 활짝 피어날 수 있는 것이지요. 말하자면…… 어떻게 말하면 좋을까요? 빛나고도 평온하게 말입니다. 그리고 당신이 당신 아들을 감싸주는 그 애정을 다른 사람에게 나누어줄 수 있다면, 로맹은 훨씬 더 자기 스스로의 힘에 의지할 수 있는, 한 인간이 되리라고 감히 말하고 싶군요. 그것은 아마도 또 그가 평생토록 어떤 내재적이며, 또한 이렇게 표현해도 좋다면, 전지전능한 여성에 대한 전제적인 갈망으로 고통받는 것을 면하게 해주는 길도 될 것이구요…… 만일 내가 당신을 도울 수 있고 또 바로 그렇게 하여 당신 아들을 도와……"

그는 말을 멈추더니, 그를 아연케 하는 시선을 받고 몹시도 당황하여 입을 다물어버렸다. 어머니는 러시아 농부들이 만족감을 표할 때 하듯 낮은 휘파람 소리를 내며 코로 공기를 흠뻑 들이마셨다. 어머니는 두 손을 무릎 위에 얹고 매우 꼿꼿이 앉아 있었다. 그러더니 어머니가 일어섰다.

"완전히 정신을 잃으셨군요. 가엾은 분" 하고 어머니는 말했는데, 어머니가 격노했을 때 쓰는 어휘들의 모든 원천을 알고 있는 내가 생각하기에, 이번의 단어 선택에는 그래도 모든 희망을 다 꺾어버리지는 않은 완화의 징조가 엿보였다. 그 말을 한 뒤 어머니는 일어서서 머리를 높이 들고 극도로 위엄 있게 멀어져갔다.

슬픔에 잠긴 자렘바 씨의 시선이 갑자기 나의 시선과 마주쳤다. 그는 그때까지 창문 뒤에 내가 있다는 사실을 모르고 있었으며, 그래서 마치 내 장난감 구슬을 훔치다 그 현장을 들키기라도 한 듯 더욱 당황하는 것 같았다. 나는 그를 안심시키기로 작정이 되어 있었다. 가장 좋은 방법은 내가 그를 벌써 미래의 의붓아버지로 대하고 있음을 보여주는 것이었다. 또 그가 그럴 만한 자격이 있는지, 우리를 향한 자기의 의무와 마주 설 준비가 되어 있는지 알아야만 할 필요도 있었다.

나는 일어나서 창 밖으로 몸을 기울였다.

"오십 프랑만 빌려주실 수 있겠어요, 파니 자니?" 하고 내가 물었다.

자렘바 씨의 손이 즉각 지갑으로 갔다. 피실험자들을 어떤 역할에 처하게 해보는 오늘날의 심리 실험 방식은, 그때엔 아직 알려지지 않았었다. 그러므로 나는 그 분야에 있어서 선구자라 할 수 있다.

우리 왕국에 대한 이 정면 공략 이후, 내 친구는 현명하게도 명백히 깨달았다. 어머니에게 아첨하는 가장 좋은 방법은 내게 호감을 사는 것임을 말이다.

그렇게 하여 나는 십오 달러를 슬며시 끼워넣은 근사한 악어 가죽 지갑을 받았고, 이어 코닥 카메라, 다음엔 손목시계를 받았다. 나는 그 선물들을 담보물로 간주하였는데, 한 가족의 미래에 관한 한, 아무리 신중을 다하여도 충분할 수 없기 때문이다. 자렘바 씨는 그 점을 매우 잘 납득하였다. 그리하여 나는 곧 워터맨 만년필 소유자가 되었고, 내 초라한 서가는 광적인 번영의 시대로 돌입하였다. 연주회표, 극장표가 항상 내 마음대로 쓸 수 있도록 준비되어 있었고, 나는 나도 모르게 '그랑드 블뢰'의 내 친구들에게 최근에 생긴 플로리다의 우리 소유지에 관해 설명하고 있는 자신을 깨달았다.

자렘바 씨는 곧 나를 충분히 안심시켜주었다고 판단했고, 그리하여 자기의 요구를 내게 말하는 날이 도래하였다.

나는 가벼운 감기로 누워 있었는데, 우리의 구혼자가 문을 두드리더니, 네 시 반에, 그러니까 어머니를 앞질러, 과일과 차와 꿀, 그리고 내가 좋아하는 과자를 담은 그 제기 쟁반을 들고 나타났다. 나는 그의 파자마와 다마스 비단으로 된 그의 근사한 실내복을 입고 있었다. 그는 쟁반을 침대 위에 놓고, 내게 차 한 잔을 따라주었고, 내 체온을 염려한 뒤 손수건을 손에 쥐고, 트위드 천 옷을 걸친 기다란 옆모습을 보이며 의자를 끌어당겨 앉았다. 나는 그의 신경과민이 안쓰러웠다. 청혼이란 언제나 어려운 순간인 것이다. 나는 갑자기 약간 불안스러운 마음으로 그의 부모가 폐결핵으로 죽었음을 상기하였다. 건강 상태가 좋다는 증명서를 요구해야만 하지 않을까 하는 생각이 들었다.

"사랑하는 로맹" 하고 약간 엄숙하게 그는 말문을 열었다.

"물론 잘 알겠지. 자네를 향한 내 마음을……"

나는 포도 한 송이를 집었다.

"우리는 아저씨를 참 좋아하고 있어요, 자렘바 아저씨."

나는 가슴을 두근거리며, 그러나 무심한 척 애쓰며 기다렸다. 엄마는 식당에서 주방까지의 그 빌어먹을 놈의 계단을 하루에도 백 번씩 오르내릴 필요가 없어지는 것이다. 엄마가 그렇게 좋아하는 베니스에 매년 한 달씩 가서 지낼 수도 있고 말이다. 매일 아침 새벽 여섯 시에 뷔파 시장으로 달려가는 대신 삯마차를 타고, 엄마에게 '무례하게 굴었던' 사람들을 냉랭하게 바라보며 영국인 산책로를 달릴 수도 있다. 드디어 나는 세계를 정복하러 떠났다가 영광에 싸여 돌아올 수 있다. 엄마의 삶이 마침내 의미로 환히 밝혀지고 정의가 회복될 수 있도록, 늦지 않게. 또 푸른 돛—나는 이 색깔에 특히 집착하였다—을 단 내 요트의 난간에 기댄 모습으로 나타나는 나를 바라보는 내 바닷가 친구들의 머리들도 떠올랐다. 나는 그때 작은 페루 계집애인 뤼시타를 좋아하고 있었다. 내 연적은 바로 렉스 잉그람이었다. 루돌프 발렌티노를 발굴해내었던 유명한 영화감독 말이다. 페루 아이는 열네 살이었고 렉스 잉그람은 오십이 가까웠으며, 나는 열일곱 살을 조금 넘었다. 그러므로 돛은 푸른색이어야만 하였다.

플로리다에 있는 내 모습도 너무나 실감 있게 상상할 수 있었다. 커다란 하얀 집, 뜨거운 바다, 순백의 해변— 참된 인생이 아닌가. 그곳으로 우리의 신혼여행을 가리라.

자렘바 씨는 이마를 두드렸다. 그의 손가락에는 우리 오랜 가문의 문양, 즉 자렘바 가문의 풀 모양이 새겨진 반지가 끼워져 있었다. 분명 그는 나에게 자기 성을 줄 것이다. 나는 동생뿐 아니라, 조상도 갖게 되는 것이다.

"나는 이제 젊지 않네, 파니 로마니. 내가 줄 수 있는 것보다 더 많은 것을 요구하고 있다는 걸 인정해야만 하겠지. 그렇지만 내가 할 수 있는 최대한도로 자네 어머니를 돕겠다고는 약속할 수 있네. 그러면 자네는 자네의 문학에 완전히 헌신할 수 있을 것이야. 자기가 지닌 최상의 것을 쏟아 넣을 수 있기 위해서 작가에게 가장 필요한 것은 정신적 평화거든. 그 점은 내가 돌보아줄 거야."

"우리가 함께 매우 행복할 수 있으리라고 난 확신해요, 파니 자니."

나는 좀 초조했다. 거기서 신경질적으로 이마를 두드려대는 대신 우리에게 단도직입적으로 청혼만 하면 될 것이 아닌가.

"그래서요?" 하고 나는 되는 대로 말을 던졌다.

이상했다. 나는 여러 달 동안 이 순간을 기다려왔는데, 이제 이 남자가 나에게 어머니의 손을 요구하니까 가슴이 움츠러드는 것이었다.

"나는 니나가 날 남편으로 맞아주기를 바라고 있다네" 하고 자렘바 씨가 아무 억양 없는 목소리로 말했다. 마치 서커스에서 '죽음의 도약'이라고 부르는 것을 할 준비라도 하듯.

"자네는 가능성이 있다고 보나?"

나는 눈썹을 찌푸렸다.

"나로서는 전혀 알 수 없어요. 우리는 이미 여러 번 청혼을 받았었거든요."

나는 내가 좀 너무 과장했나 싶었다. 자렘바 씨는 몹시 충격을 받고 격렬하게 몸을 세웠다.

"누구한테서?" 그가 고함을 질렀다.

"이름들을 대는 것은 온당치 못한 것 같은데요."

자렘바 씨는 힘들여 평정을 되찾았다.

"물론, 날 용서해주게. 그래도 자네는 나를 제일 좋아하는지 어떤지, 적어도 그것을 알았으면 좋겠네. 자당께서 자네를 그렇게 사랑하시는 걸 보면 어머니의 결정에 미칠 자네 역할도 알 수가 있으니 말이야."

나는 그를 다정스레 바라보았다.

"우리는 당신에게 무척 호의를 갖고 있어요, 파니 자니. 그렇지만 당신도 아시듯, 매우 중대한 결정이지 않아요? 우리를 너무 재촉하지 마세요. 잘 생각해볼게요."

"어머니에게 날 위해 한마디 해주겠나?"

"때가 되면 그러지요…… 알았어요. 우리에게 생각할 시간을 주세요. 결혼은 중요한 문제니까요. 몇 살이시지요, 정확히?"

"쉰다섯……"

"난 아직 열여덟도 안 됐어요" 하고 내가 말했다.

"난 내가 갈 곳이 어디인지 정확하게 알지도 못한 채 갑자기 내 인생을 그처럼 예기치 않던 방향으로 던질 수는 없어요. 당신도 그런 결정을 그처럼 손쉽게 하라고 하실 순 없지 않겠어요?"

"나도 잘 알아요" 하고 자렘바 씨가 말했다.

"다만 난 먼저 내 의도를 자네가 호의적으로 받아들여줄지 하는 것을 알고 싶었을 뿐이야. 내가 한 번도 결혼을 안 했던 것은 내가 가정이 요구하는 의무 앞에서 몸을 사리는 그런 남자이기 때문은 아니라네. 난 자네가 자네 선택을 후회하리라고는 생각지 않네."

"거기에 대해서 잘 생각해보겠어요. 그게 전부예요."

자렘바 씨는 눈에 띄게 용기를 얻어 일어났다.

"자네 어머니는 독특한 여자야" 하고 그가 말했다.

"난 여태껏 그 같은 헌신을 목격한 일이 없었어. 자네가 어머니를 설득할 말을 찾아내길 기원하네. 자네 대답을 기다리겠네."

나는 어머니가 돌아오는 대로 그 문제를 꺼내기로 작정하였다. 어머니는 언제나 굉장히 좋은 기분으로 시장에서 돌아왔다. 두 시간 동안 상품 진열대를 지배하고, 상품들에 대한 권위를 행사한 뒤에 말이다. 나는 정성을 들여 치장했다. 이발을 하고, 화가가 내게 준 금색 근위 기병들이 수놓인 바다 청색 실크 넥타이를 매고, 붉은 장미―빨간 벨벳이라는 이름을 가진―꽃다발을 산 뒤, 이튿날 아침 열 시 삼십 분쯤 현관에서 기다렸다. 팔 층 자기 방에서 목이 빠지게 기다리고 있는 자렘바 씨만이 알 수 있는 초조감에 사로잡혀. 나는 콧수염을 기른 우리의 구혼자가 구하는 것이 아내라기보다는 엄마라는 걸 잘 알고 있었다. 그러나 그는 굉장히 친절한 사람이고 지금까지 인생이 어머니에게 보여준 것보다는 더 공손하게 어머니를 대할 것이었다. 물론 그의 화가로서의 재능에 대해서는 의심해볼 수도 있지만, 그래도 결국 가족 중에 진정으로 창조적인 인간은 하나로 족하니까.

살롱에서 어머니는 팔 밑에 어색하게 꽃다발을 들고 선 나를 발견하였다. 나는 묵묵히 그것을 어머니에게 내밀었다. 목이 메었던 것이다. 어머니는 장미 속에 얼굴을 묻더니 나에게 나무라는 눈초리를 던졌다.

"이럴 필요가 뭐 있니!"

"할 이야기가 있어요."

나는 어머니에게 앉으라는 표시를 했다. 어머니는 약간 헐은 작은 현관 소파에 앉았다.

"들어보세요, 엄마" 하고 내가 말했다.

그러나 단어들을 찾아내기가 쉽지 않았다.

"난…… 그러니까…… 그 사람은 굉장히 좋은 남자예요" 하고 나는 중얼거렸다.

그것으로 충분했다. 어머니는 단번에 알아차렸다. 어머니는 꽃다발을 집어들더니, 큰 동작으로 그것을 현관을 가로질러 던져버렸다. 경멸하듯 단호하게. 그것은 화병에 부딪쳤고, 화병은 그 드라마의 예리한 측면을 드러내듯 바닥에 부딪쳐 박살이 나고 말았다. 이탈리아 여자인 하녀 리나가 급히 들어왔다가는 어머니의 얼굴 표정을 보고는 올 때처럼 급히 다시 나가버렸다.

"도대체 왜 그래요!" 하고 내가 항의했다.

"그는 플로리다에 근사한 땅도 갖고 있다잖아요!"

어머니는 울었다. 나는 냉정을 유지하려 애를 썼지만, 우리들 사이에선 언제나 그러했듯이, 사랑의 장면들의 정석대로 어머니의 감정이 나를 사로잡았다간 다시 또 어머니에게로 되돌아가며, 한번 왕복할 때마다 더욱 고조되었다. 나는, 이번이 어머니의 마지막 기회이며 어머니 곁엔 누군가 남자가 있어야 하는데 나는 그 남자가 될 수 없다. 왜냐하면 빠르건 늦건 나는 어머니를 홀로 남겨두고 떠날 것이기 때문이다라고 외치고 싶었다. 나는 무엇보다도 내 사랑은 어머니를 위해 못 할 것이 없지만, 단 하나, 사나이로서의 인생을 포기하는 것만은, 맘먹은 대로의 인생을 살 수 있는 권리를 포기하는 것만은 할 수 없다고 말하고 싶었다. 그러나 내 머릿속에서 감정과 모순된 생각들이 서로 밀고 부딪치고 함에 따라 어떤 의미에선 내가 어머니를, 저돌적인 어머니의 사랑을, 어머니 애정의 그 강압적 무게를 떨쳐버리려 애쓰고 있는 것 같은 생각이 들었다. 나는 내 독립을 위해 반역하고 투쟁할 권리는 천만 번 있었으나, 어디까지가 정당한 방어이며 어디서부터 냉혹인지 더 이상 잘 알 수가 없었다.

"엄마, 들어보세요. 나는 지금 당장은 엄마를 도울 수가 없어요. 그 사람은 할 수 있구요."

"쉰 살이나 먹은 양자를 둘 생각은 조금치도 없다!"

"그 사람은 굉장히 품위가 있어요" 하고 나는 항의했다.

"태도도 나무랄 데가 없구요. 그는 런던식으로 옷을 입고, 그는……"

그리고 바로 그때 나는 가장 큰 실수, 결정적인 실수를 범했다. 아무리 열일곱 살이었다고는 해도 어쩌면 그렇게 여자에 대해 모를 수가 있었는지 결코 난 이해할 수가 없다.

"그는 엄마를 존중하고 또 앞으로도 항상 존중할 거예요. 그는 엄 말 귀부인처럼 대해줄 거예요."

어머니의 눈은 눈물로 그득 찼고, 미소지었다. 어머니는 천천히 일어났다.

"고맙다" 하고 어머니가 말했다.

"나도 내가 늙었다는 것은 안다. 내 인생으로부터 영원히 사라진 것들이 있다는 걸 나도 알아. 다만, 로무슈카, 옛날에 딱 한 번 내가 어떤 남자를 열렬히 사랑했던 적이 있단다. 굉장히 오래전의 일이지만, 난 지금도 그를 사랑한다. 그는 나를 존중하지 않았고, 결코 신사답게 날 대해주지 않았지. 그렇지만 그는 남자였다. 그는 어린아이가 아니었어. 그리고 난 여자다. 물론 늙었지. 그러나 옛날을 기억하는 여자야. 그 못된 화가로 말하자면…… 내겐 아들 하나가 있고, 난 그것으로 충분하다. 난 또 다른 아들을 양자 삼는 것은 거부하겠다. 크 초르투…… 악마한테로나 가라고 해라."

우리는 말없이 그곳에 오랫동안, 매우 오랫동안 서 있었다. 어머니는 미소지으며 나를 바라보았다. 어머니는 내 머릿속으로 지나갔던 생각을 알고 있었다. 어머닌 내가 탈출을 꿈꾸었던 것을 알고 있었다.

그러나 나에겐 탈출이란 있을 수 없었다. 나는 추억의 포로로 남았다. 찾을 수 없는 여성성에 대한 추억의 포로로……

이제 나에게 남은 일이라고는 우리의 연모자에게 거절을 알리는 것뿐이었다. 그것은 쉽지 않았다. 어떤 남자에게 여자가 그를 원치 않는다는 사실을 알려야만 하는 것이 고통스러운 일이라면, 어린아이에게 그가 엄마를 얻을 수 있는 마지막 기회를 잃고 말았다는 사실을 알려야만 한다는 것은 더욱 어려운 일인 것이다. 나는 내 방에서 침대에 앉아 침울하게 벽을 바라보며 한 시간을 보냈다.

아마도 내가 지닌 유약함의 증거요, 성격상의 결함일 것인데, 나는 항상 남에게 고통을 주는 것을 견딜 수 없이 싫어했다. 내가 그 우울한 소식을 정중하게 전할 수 있는 가장 좋은 방법을 찾느라고 안절부절못하고 있는 동안, 내 친구는 자기 방에서 불안하게 기다리고 있다는 것을 나는 알고 있었다. 마침내 나는 한 가지 해결책을 찾아내었다. 그것은 이 경우에 꼭 필요한 신중함과 웅변을 갖춘 해결책처럼 생각되었다. 나는 장롱을 열어 미래의 양아버지에게서 받은 실내복과 근위 기병을 수놓은 넥타이, 코닥, 파자마, 만년필, 그리고 다른 '담보물'들을 꺼냈다. 손목에서 시계를 풀었다. 그런 다음 나는 승강기를 탔다. 나는 문을 두드렸고, 들어오라는 소리를 들었다. 자렘바 씨는 안락의자에 앉아 기다리고 있었다. 그는 얼굴색이 노랬고, 갑자기 폭삭 늙은 것 같았다. 그는 아무것도 묻지 않았다. 내가 하나 하나 물건들을 침대 위에 늘어놓는 동안 그저 나를 고통스럽게 바라보기만 하였다. 그런 다음 우리는 묵묵히 머물러 있다가, 한마디도 하지 않은 채 헤어졌다.

그는 나에게 작별 인사도 하지 않고 다음날 아주 일찍 벵티밀행 기차를 탔다. 그는 내가 돌려준 선물들을 침대 위에 정성스레 정돈하여 남겨두고 갔다. 물론 근위 기병이 수놓인 넥타이도 함께. 그것은 어딘가 구석에 아직도 있다. 그러나 나는 결코 그것을 매지 않는다. 내 마음속에 있는 달타냥이 작용한 것이다.

거울을 볼 때 자렘바 씨 생각을 하게 되는 때가 있다. 내가 그를 닮은 것처럼 생각되는 것이다. 그것은 날 좀 우울하게 한다. 대체 이게 뭐란 말인가! 그 시절, 벌써 늙어가는 사람이었던 그에 비하면 그래도 나에겐 적어도 몇 년은 더 좋은 세월이 남아 있는데 말이다.

23

나는 엑상프로방스의 법과 대학에 등록을 하고, 1933년 10월 니스를 떠났다. 니스에서 엑스까지는 시외버스로 다섯 시간이나 걸렸다. 작별은 비통하였다. 갑자기 허리를 굽혀 몸이 반으로 줄어버린 것 같은 어머니가 내 얼굴을 뚫어져라 바라보며, 도저히 이해할 수 없다는 듯 고통스런 표정으로 입을 벌린 채 한참을 꼼짝않고 있는 동안, 나는 지나는 사람들 눈에 남자답고도 약간 조롱기 있는 태도를 보이려고 최대한으로 노력하였다. 버스가 흔들리자, 어머니는 보도 위에서 몇 발짝 앞으로 내딛더니 걸음을 멈추고 울음을 터뜨렸다. 내가 어머니에게 주었던 꽃다발, 그때 어머니가 손에 들고 있던 그 바이올렛 꽃다발이 아직도 눈에 선하다. 나는 눈물을 참느라고 동상으로 화하였다. 버스 안에서 나를 바라보고 있던 예쁜 처녀의 존재가 내 노력에 도움을 주었음을 고백하지 않을 수 없겠다. 여행하는 동안 난 그녀를 알게 되었다. 엑스에서 돼지고기를 파는 아가씨였다. 그녀는 우리의 작별 장면 동안 덩달아 눈물을 흘릴 뻔하였다고 털어놓으며, 내가 그토록 잘 알게 되기 시작하였던 후렴구를 다시 한 번 읊조렸다. "어머님께선 당신을 정말 사랑하고 계세요. 당신은 자부해도 돼요." 한숨과 꿈꾸는 듯한 시선과 약간의 호기심을 섞어서 말이다.

　엑스의 루 살페랑 거리의 내 방은 한 달에 육십 프랑이었다. 그때 어머니는 오백 프랑을 벌었다. 인슐린과 그 밖의 치료비로 백 프랑, 담배값과 여러 가지 지출을 위해 백 프랑, 그리고 그 나머지는 나를 위해 썼다. 또 어머니가 재치 있게도 '정리품들'이라고 부르던 것들도 있었다. 거의 매일 니스에서 오는 시외버스는 메르몽 호텔의 비축품들 가운데서 가려낸 몇 가지 식료품을 내게 실어다주었고, 그리하여 조금씩 내 지붕밑 방의 창가 지붕은 뷔파 시장의 진열대를 닮아가기 시작했다. 바람이 소시지들을 흔들었고, 달걀들이 빗물 홈통 속에 열지어 늘어서서 비둘기들을 깜짝 놀라게 하였다. 치즈들은 비를 맞아 불었고, 햄, 넓적다리 고기, 구운 고기들이 지붕 위에서 정물의 효과를 내었다. 어느 한 가지 빠지는 법이 없었다. 소금 친 오이, 쑥을 넣은 겨자, 그리스산 칼바, 대추 야자, 무화과, 오렌지 호도, 거기다 가끔 뷔파 시장의 상인들의 즉흥 연주가 끼어들었다. 팡탈레오니 씨의 치즈 피자와 앤초비, 매우 독특한 특별 요리인 피피 씨의 유명한 '마늘파이' 등. 그 '마늘파이'는 겉보기에는 보통 파이 같지만, 입 안에서는 기대하지 않았던 맛들을 차례로 내며 녹아들었다. 치즈, 앤초비, 버섯, 그러다가 갑자기 마늘이라는 클라이맥스로 끝이 나는 것이다. 나는 그 이후 그런 마늘 맛을 본 일이 없다. 또 장 씨가 내게 직접 발송해주던 '소 사 분의 일 마리'도 있었다. 그런 이름을 가진 유명한 파리의 나이트 클럽에겐 실례의 말씀이 되겠지만. 내 음식 창고의 평판은 미라보 거리에 퍼져나갔고, 그래서 난 친구들을 만들 수 있었다. 생톰이라는 이름의 기타리스트 겸 시인, 기억이 잘 나지 않지만 남부를 통해 북부인지, 혹은 그 반대인지를 풍부하게 하고자 하는 야심을 지닌 독일의 학생 겸 작가, 스공 교수의 철학 강의를 듣는 두 명의 학생, 그리고 물론 나의 돼지고기 파는 아가씨. 나는 그녀를 1952년에 다시 보았다. 그녀는 아홉 아이의 어머니였다. 신의 은총이 나를 보살핀 증거였다. 왜냐하면 그녀와 나 사이엔 전혀 난처한 일이 없었으니 말이다. 한가한 시간에는 '두 소년' 카페에서 보내며 쿠르 미라보 거리의 플라타너스 아래서 소설을 썼다. 어머니는 자주 용기와 집념을 가지라는 격려로 가득 찬 박력 있는 문장의 짧은 쪽지들을 보내왔다. 그 문장들은 패배를 앞둔 날 밤 장군들이 군인들에게 보내는, 승리와 명예에의 약속으로 전율하는 성명들과 닮았는데, 1940년 벽보에서 레이노 정부의 그 유명한 「우리는 이기리라, 왜냐하면 우리는 가장 강하므로」를 읽었을 때, 나는 다정한 실소와 더불어 나의 총사령관을 생각하였던 것이다. 나는 자주 상상해보았다. 새벽 여섯 시에 일어나, 첫 담배에 불을 붙이고, 주사를 위해 물을 끓이고, 내가 그토록 많이 보았던 대로, 넓적다리에 주사기를 꽂고, 그런 다음 연필을 쥐어, 시장으로 달려가기 전에 우체통에 넣을 그날의 명령을 휘갈기는 어머니를. '용기를 내라, 내 아들아. 너는 월계관을 이마에 두르고 집으로 돌아오라……' 그랬다. 그처럼 단순했다. 어머니는 인류가 만들어낸 가장 낡고도 가장 천진한 상투어법을 아주 자연스럽게 다시 찾아내곤 하였다. 나는 어머니가 그런 편지들을 필요로 했다고, 어머니는 어머니 자신을 납득시키기 위해, 내가 도모하는 일보다는 훨씬 어머니 자신에게 용기를 주기 위하여 그것들을 썼다고 생각한다. 어머니는 또 내게 결투를 하지 말 것을 신신당부하였는데, 그것은 결투장에서 죽은 푸시킨과 레르몬토프의 죽음이 늘 어머니의 머릿속에서 떠나지 않았기 때문이었고, 말하자면 내 문학적 재능이 적어도 그들만큼은 되는 것 같으니 내가 세번째가 되지 않을까 두려워하였던 것이다. 나는 문학적 작업을 게을리하지 않았다. 그와는 정반대였다. 곧 새 소설 하나가 완성되어 편집자들에게 발송되었고, 처음으로 그들 중의 하나인 로베르 드노엘이 바쁜 틈을 내어 내게 개인적인 답장을 보내주었다. 그는 내게 쓰기를, 내가 자기 고문들 중 한 사람의 분석을 받아보는 것도 흥미 있어 할 것이라고 생각했다는 것이었다. 십중팔구 그는 내 작품의 몇 페이지를 대충 읽은 뒤, 유명한 심리분석학자, 내친 김에 말하자면 마리 보나파르트 공작 부인에게 분석을 의뢰한 것이 분명했다. 그러더니 이번엔 『사자(死者)들의 술』의 작가에 대한 스무 페이지짜리 그녀의 연구를 보내왔다. 뻔한 일이었다. 나는 거세 콤플렉스, 항문 콤플렉스에 걸려 있고, 시체 애호의 경향이 있으며, 수도 없는 다른 작은 병적 성향을 지니고 있다는 것이었다. 오이디푸스 콤플렉스만 빼고 말이다. 왜 그것은 빠졌는지 참 이상하다. 처음으로 나는 '뭔가'가 된 기분이었고, 어머니가 내게 품었던 희망과 신뢰를 마침내 정당화하기 시작한 것처럼 느껴졌다.

내 책은 그 편집자에게 거절당하였지만, 나는 내가 대상이 된 그 심리 분석 자료에 매우 우쭐해졌다. 나는 그때부터 지체없이, 그들이 내게 기대할 것이라고 생각되는 분위기와 태도를 채택하였다. 나는 그 연구 자료를 모두에게 보여주었고, 내 친구들은 정석대로 깊은 감명을 받았는데, 특히 항문 콤플렉스에서 그랬다. 그것은 진정 어둡고도 고통을 많이 받은 영혼을 증명하는 것으로, 그들에게는 멋의 극치로 보였던 것이다. '두 소년' 카페에서 난 이론의 여지가 없는 한 인물이 되었고, 처음으로 성공의 빛이 내 젊은 이마를 스쳤다고 할 수 있다. 다만 나의 돼지고기 파는 아가씨만이 그 자료를 읽고 예기치 못했던 반응을 보였다. 그때까지 그녀가 한 번도 의심해보지 않았던, 그러나 그렇게 만천하에 드러난 내 본성의 악마적이고도 초인간적인 측면이 그녀를 자극하여 갑자기 전적으로 내 능력—악마적인 것이건 아니건— 밖인 요구를 드러내게 했던 것이다. 매우 왕성하지만 대체로 단순한 성욕을 지닌 내가 그녀의 어떤 암시들 앞에서 대경실색하자 그녀는 쓰디쓰게 내 매정함을 나무랐다. 간단히 말해 내가 내 평판의 높이에 전혀 도달하지 못했던 게 아닌가 두렵다. 그렇지만 나는 내 나름대로 생각해낸, 시간 욕구를 지니고 있으며 거세 콤플렉스에 걸린 사람의 모습에 맞추어 음산한 취미를 기르기 시작하였다. 나는 결코 작은 가위를 들지 않고서는 사람들 앞에 나서지 않았다. 나는 그것을 열중한 듯 열었다 접었다 하였다. 가위를 가지고 대체 무얼 하느냐고 물으면 나는 대답했다. "모르겠어. 그렇게 하지 않을 수가 없어." 그러면 내 친구들은 아무 말도 하지 않고 나를 바라보는 것이었다. 또한 나는 입을 비쭉거리는 웃음을 보여줌으로써 쿠르 미라보 거리에서 만점의 효과를 보았고, 매우 빠르게 법과 대학에서 프로이트의 제자로서 알려졌다. 프로이트에 대해서는 한번도 말한 적이 없지만, 그의 책은 늘 손에 들고 다녔다. 나는 내 손으로 직접 그 자료를 스무 벌 타이핑하여 대학의 젊은 처녀들에게 인심 좋게 나누어주었다. 그중 두 벌은 어머니에게 보냈는데, 어머니의 반응은 완전히 나의 반응과 일치하였다. 결국 내 아들은 유명하고, 스무 장짜리, 게다가 공작 부인이 쓴 분석의 대상이 될 만하다고 평가 받은 것이 아닌가. 어머니는 그 자료를 메르몽 호텔의 손님들에게 읽게 하였고, 일 년 동안 법학을 공부한 뒤 니스로 돌아갔을 때, 나는 굉장한 관심 가운데 환대 받았고 기분 좋은 방학을 보냈다. 유일하게 어머니를 약간 불안하게 하였던 것은 거세 콤플렉스였다. 어머니는 내가 제대로 성장하지 못 했나 해서 겁이 났던 것이다.

 메르몽 호텔은 매우 경기가 좋아져서 어머니는 한달에 거의 칠백 프랑을 벌게 되었고, 그래서 나는 파리로 가서 공부를 마치기로 결정되었다. 거기서 친구들을 사귀기 위해서였다. 어머니는 벌써 은퇴한 육군 대령, 병적부에서 제외된 구 식민지 행정관, 그리고 아편 중독으로 니스에 해독 치료를 받으러 온 중국 주재 프랑스 부영사를 사귀어 두었다. 그들은 모두 나를 기꺼이 도울 것처럼 말하였고, 그래서 어머니는 마침내 우리에게 인생을 향한 출발을 위한 든든한 토대가 마련되었으며 우리 앞날은 안심해도 좋다고 느꼈던 것이다. 반면 어머니의 당뇨병은 갈수록 위중해지자, 인슐린의 양이 점점 늘어나서 혈당 부족증을 불러일으키곤 하였다. 몇 번이나, 어머니는 시장에서 돌아오는 길에 대로상에서 인슐린에 의한 혼수 상태에 빠지곤 하였다. 그러나 어머니는 그런 위험—왜냐하면 혈당 부족으로 생기는 기절은 금방 응급 처치를 하지 않으면 거의 백 퍼센트 죽음으로까지 가기 때문이었다—에 대처하는 아주 간단한 대비책을 마련해 두었다. 집을 나설 때는 반드시 눈에 잘 띄도록 외투 아래쪽에 핀으로 게시물을 다는 것이다. '나는 당뇨병 환자입니다. 내가 기절한 것을 보시거든, 내 가방 안에 있는 설탕을 먹게 해주십시오. 감사합니다.' 그것이 이른바 우리의 근심을 없애주고, 어머니로 하여금 매일 아침 지팡이를 손에 들고 안심하고 집을 나갈 수 있게 한 근사한 아이디어였다. 가끔 어머니가 집을 나가 거리를 걸어가는 것을 보면, 무서운 고통이, 무력감과 수치심이, 끔찍한 공포가 나를 사로잡아, 이마에 땀이 솟곤 하였다. 한번은, 머뭇거리며, 공부를 중단하고 일거리를 찾아서 돈을 버는 것이 낫지 않겠느냐고 슬쩍 암시해보았다. 어머니는 아무 말도 하지 않고 나무라듯 나를 바라보더니 울기 시작하였다. 나는 다시는 그 이야기를 꺼내지 않았다.

나는 어머니가 진정으로 불평하는 것을 들어본 적이 없다. 식당에서 부엌에 이르는 나선형 층계, 어머니가 하루에 스무 번씩 오르내려야 했던 그 층계 이외에는. 그러면서도 어머니는 의사가 어머니의 심장은 '좋다'고 했다면서, 걱정할 필요가 없다는 것이었다.

나는 벌써 열아홉 살이었다. 나는 기둥 서방의 영혼을 갖지 못하였다. 난 몹시도 고통스러웠다. 남자답지 못하다는 느낌이 점점 더 나를 사로잡았고, 나보다 앞선 사람들, 자기들의 남자다움을 확신하고 싶었던 모든 다른 사람들처럼 그 느낌에 대항하여 싸웠다. 그러나 그것으로는 충분치 않았다. 나는 어머니의 노고와, 어머니의 건강을 빨아먹고 살고 있었다. 내가 마침내 내 약속을 실현시키기 시작하고, 소매에 소위의 띠를 늘어뜨리고 집에 돌아와 어머니 인생에 첫 승리를 가져다주기 시작할 때까지는 적어도 이 년이란 세월이 가로놓여 있었다. 나에겐 도망칠 권리가, 어머니의 도움을 마다할 권리가 없었다. 나의 자존심, 나의 남성다움, 나의 존엄성, 이 모든 것은 고려의 대상이 될 수 없었다. 내 미래에 대한 전설이 어머니를 살아 있게 하는 힘이었다. 화를 낸다거나 까다롭게 군다거나 하는 것은 내게 허용되지 않았다. 점잔을 빼고 거드름을 피우는 것, 엄격한 순결성이라든지 근사하게 턱을 주억거린다든지는 나중 일이었다. 어릴 적부터 피와 살이 된 가혹한 실험 교육이 나로 하여금 더 이상 버림받은 사람들이 없는 세상을 위해 투쟁하게끔 만들었던 것도 사실이므로 하는 말인데, 그에 대한 철학적, 정치적 결론이나 정돈된 교훈이나 도덕성 따위들 역시 나중 일이었다. 우선 나는 부끄러움을 삼키고, 시계와의 경주를 계속해야 하는 것이었다. 약속을 지키고, 사랑이 넘치는 비합리적 꿈을 계속 살아 있게 할 무엇인가를 공급하려 애쓰면서.

법학 공부 이 년, 군 복무 이 년, 그리고…… 나는 하루에 열한 시간까지도 글을 썼다.

한 번은 팡탈레오니 씨와 뷔시 씨가 어머니를 택시에 실어 시장에서 데려왔다. 아직도 잿빛인 얼굴로, 머리는 마구 헝클어진 채. 그러나 벌써 입술에는 담배를 물고, 어머니는 나를 안심시킬 준비가 되어 있는 미소를 띠고 있었다.

나는 죄의식을 느끼지는 않는다. 그러나 내 책들이 모두 존엄성과 정의에의 호소로 가득 차 있고, 그 속의 인물들이 그토록 열심히, 그토록 소리 높여 인간됨의 명예에 관해 말하는 것은, 아마도 내가 스물두 살이 되도록 병들고 지친 늙은 여인의 노동에 의해 살았기 때문일 것이다. 그것에 대해서는 어머니가 무척 원망스럽다.

24

여름은 예기치 않았던 사건으로 소란스러웠다. 어떤 화창한 아침, 택시 하나가 메르몽 호텔 앞에 멈추었고, 나의 돼지고기 아가씨가 택시에서 내렸다. 그녀는 어머니와 만나 어머니 앞에서 눈물과 흐느낌과 자살 위협과, 마지막 신앙 고백의 위협으로 일대 소동을 일으켰다. 어머니는 더할 나위 없이 흡족해했다. 그것이야말로 어머니가 내게 기대하였던 바로 그것이었던 것이다. 그날로 뷔파 시장 전체가 그 일을 알게 되었다. 나의 아가씨로 말하자면, 그녀의 관점은 매우 단순하였다. 내가 그녀와 결혼해야만 한다는 것이었다. 그녀는 그때까지 내가 들어본 중 가장 이상스런 논리를 가지고 마치 버림받은 미혼모 같은 태도로 강요하는 것이었다.

"그는 나에게 프루스트, 톨스토이, 도스토옙스키를 읽게 했어요" 하고 그 불행한 아가씨는 가슴을 녹일 것 같은 눈초리로 선언하였다.

"그러니 이제 난 뭐가 되겠어요?"

어머니가 내 의도의 이 명백한 증거에 매우 충격을 받고 고통스런 눈길로 나를 힐긋 바라보았음을 말해야만 하겠다. 네가 지나쳤던 게 명백하구나. 나 역시 매우 당황하였는데, 왜냐하면 내가 그녀에게 억지로 프루스트 전권을 꼼꼼히 읽게 하였던 것이 사실이었기 때문이다. 그리고 그것은 그녀에겐 결국 웨딩드레스를 다 지어놓은 것이나 다를 바가 없었던 것이다. 신이여, 용서하소서! 게다가 그녀에게 『짜라투스트라는 이렇게 말했다』의 구절들을 외우게까지 하였으니, 도저히 발끝으로 살짝 뒷걸음질쳐 빠져나갈 궁리를 할 수 없게 된 것이 아닌가…… 엄밀히 말해서 그녀가 내 작품들로 임신한 것은 아니지만, 그래도 그 작품들은 그녀를 임신한 것과 같은 위치에 올려놓았던 것이다.

나를 놀라게 한 것은, 어머니가 약해지는 것 같았던 것이었다. 어머니는 갑자기 아델을 보통과 다른 다정함으로 대하기 시작했고, 새 친구가 된 둘 사이에 여자끼리의 야릇한 유대감이 생겨났다. 그들은 나를 힐난하듯 째려보았다. 그들은 함께 한숨을 쉬었다. 그들은 속삭였다. 어머니는 아델에게 차를 권했고, 특별한 호의의 표시로서 그녀에게 손수 만든 딸기잼을 맛보게 하였다. 말할 필요도 없이 그 식도락은 어머니에겐 금지된 것이었고, 그래서 어머니는 아주 특별한 사람만을 골라서 그것을 억지로 먹인 후, 그것의 맛을 묘사해달라고 부탁하는 것이었다. 아델은 대단히 재치 있게 꼭 필요한 말을 찾아내었다. 나는 내가 졌다고 생각했다. 차를 마신 뒤, 어머니는 나를 사무실로 데리고 갔다.

"저 애를 사랑으로 좋아하는 거니?"

"아니요. 난 저 앨 좋아해요. 하지만 사랑하는 것은 아니에요."

"그러면 왜 그 애에게 약속을 한 거야?"

"난 약속 안 했어요."

어머니는 나를 나무라듯 바라보았다.

"프루스트는 몇 권이나 되지?"

"들어봐요, 엄마……"

어머니는 고개를 저었다.

"그건 좋지 않아" 하고 어머니는 말했다.

"그건 좋질 않아."

갑자기 어머니의 목소리가 떨렸고, 어리둥절하게도 어머니는 울었다. 어머니는 내가 너무도 잘 아는 그 시선, 내 얼굴 전체를 찬찬히 뜯어보는 시선으로 나를 바라보았다. 나는 불현듯, 어머니가 닮은 점을 찾고 있음을 깨달았고, 창가로 가서 눈을 들라고 하지 않을까 거의 겁이 날 지경이었다.

그러나 어머니는 나에게 그 아가씨와 결혼하라고 강요하지 않았다. 그럼으로써 어머니는 그녀에게 참담한 운명을 면하게 해준 셈이었다. 이십 년 뒤 아델이 의기양양하게 나를 자기의 아홉 아이들에게 소개했을 때, 나는 그 가족 전체가 내게 표하여준 열정적인 감사에 전혀 놀라지 않았다. 그들은 모두 내 덕을 본 것이니까. 아델의 남편도 그것을 잘못 생각지 않았고, 오랫동안 진심으로 나와 악수하였다. 나는 나를 향해 들어올린 그 아홉 개의 천사 같은 얼굴들을 바라보고, 그 단단한 가정의 평온한 안락이 나를 감싸는 것을 느꼈다. 살짝 서가를 훔쳐보았더니 『니켈 도금을 한 발들의 모험』만이 모습을 드러내고 있었다. 그래도 나는 내 인생에 있어서 무엇인가를 성취한 느낌, 좋은 아버지였다는 느낌을 가졌다. 기권함으로써 말이다.

가을이 다가오자, 나의 파리행이 촉박해졌다. 바빌론행 배를 타기 일주일 전 어머니는 갑자기 종교적 충동을 느꼈다. 그때까지 나는 어머니가 신에 대해 어떤 부르주아적인 존경심을 가지고 마치 굉장한 성공을 거둔 사람에 대해 말하듯 말하는 이외에 다르게 이야기하는 것을 들은 적이 없었다. 어머니는 항상 창조자에 대해 큰 존경을 표하긴 하였으나 그 존경은 살아 있는 인간들에게는 쓰지 않는 그런, 순전히 언어적이고 비인칭적인 공경이었다. 그러므로 어머니가 외투를 입고 지팡이를 든 다음 나에게 파르크 앵페리알의 러시아 교회에 함께 가자고 하였을 때, 나는 매우 놀랐다.

"그렇지만 우리는 조금은 유대인이지 않아요?"

"괜찮아. 신부님을 아니까."

설명이 합당하게 여겨졌다. 어머니는 전지전능한 신과의 관계에서도 개인적인 교제들에 의지했던 것이다.

나는 사춘기에 여러 번 신을 향해 돌아선 일이 있었다. 그리고 어머니가 처음 혈당 부족증을 일으켜 인슐린에 의한 질식 상태에 이른 것을 속수무책으로 보게 되었을 때, 일시적이긴 했으나 나는 완전히 개종하기까지 했다. 아직도 들어올려야 할 그토록 많은 짐이 남아 있는데, 흙빛이 된 얼굴, 기울인 머리, 가슴 위에 놓인 손, 그 완전한 탈진을 보자 나는 곧 발길이 닿는 가장 가까운 교회로 달려갔었다. 나중에 보니 그 교회는 노트르담 사원이었다. 나는 어머니 몰래 그렇게 하였다. 그렇게 외부에 도움을 요청한 것을 두고 어머니가 당신을 믿지 않는 증거요, 당신이 위중하다는 증거로 여길까 봐 두려웠던 것이다. 내가 어머니를 더 이상 의지하지 않으며 다른 곳에다 호소를 하고 있다, 그리고 그렇게 다른 이에게 돌아서버림으로써 어머니를 버렸다고 어머니가 난데없이 상상하지나 않을까 겁이 났던 것이다. 그러나 매우 빠르게, 절대신에 대해 품고 있는 나의 생각은 내가 이 지상에서 보는 것과는 조화될 수가 없는 것 같았다. 내가 어머니의 얼굴 위에서 행복의 미소를 보고 싶은 것은 바로 이곳에서였다. 그렇지만 '무신론자'라는 단어는 나를 견딜 수 없게 만든다. 나는 그것을 바보 같고 쩨쩨하다고 생각하며, 그것은 수백년 쌓인 고약한 먼지 냄새를 풍긴다. 그것은 어떤 부르주아적이고도 반동적인 편협성을 지닌 낡은 장난 같다. 나는 그것을 잘 규정할 순 없지만, 자기만족에 도취해서 완전히 자유로운 척, 무엇이든 다 아는 척 하는 모든 것들이 그러하듯 나를 매우 흥분하게 만든다.

"좋아요, 파르크 앵페리알의 러시아 교회로 가요."

나는 어머니에게 팔을 내밀었다. 어머니는 아직 매우 빠르게, 목표를 가지고 사는 사람들이 지니는 단호한 동작으로 걸었다. 어머니는 이제 안경을 쓰고 있었다. 어머니의 녹색 눈의 아름다움을 돋보이게 하는 거북 등껍질 안경이었다. 어머니는 아주 아름다운 눈을 지니고 있었다. 얼굴은 주름지고 시들었으며, 전처럼 꼿꼿한 자세를 유지하지 못하였다. 그런데 어머니는 쉰다섯 살밖에 되지 않았던 것이다. 또 어머니는 이제 손에 습진까지 생겨 주기적으로 고통을 받았다. 인간을 이렇게 다룰 권리는 없는 것이다. 이 시절 나는 가끔 굉장히 딱딱한 껍질을 가진 나무나, 내 피부보다 백 배는 더 두꺼운 표피를 가진 코끼리로 화하고 싶은 생각이 들곤 하였다. 또한 요즈음도 그렇듯이, 나는 내 검술용 칼을 들고 결투장으로 나가 관례로 되어 있는 인사조차 하지 않고, 하늘에서 쏟아지는 빛줄기들 하나하나를 찌르곤 하는 것이었다. 나는 자세를 취하고, 두 발짝 돌진하고, 뛰어오르고, 습격하고, 칠 것을 찾는다. 허싸! 하는 외침이 가끔씩 내 입술에서 솟아오른다. 나는 앞으로 달려들고, 적을 찾고, 속임수로 공격하고 동작을 늦춘다. 마치 파르크 앵페리알의 테니스 코트에서 옛날에 그랬듯이, 나는 결코 잡을 수 없었던 공들을 좇아 내 절망의 춤을 추는 것이다.

다른 모든 결투광들 중에서도 나는 말로를 매우 좋아하였다. 결투장에서의 그를 나는 좋아한다. 무엇보다도 예술에 대한 자기만의 시(詩)를 가지고 있기에 말로는 자기 자신의 비극을 만들고 연기한 위대한 창조자 겸 배우로 보였다. 하나의 배우, 아니, 하나의 만능 배우. 내가 할 수 있는 것을 보여주기 위하여 홀로 나의 언덕 위에서 하늘을 대면하고 세 개의 사과로 곡예를 할 때, 나는 그를 생각한다. 지난 날의 채플린과 더불어 그는 아마도 금세기에 가장 감동적으로 인간이라는 사건을 연기한 배우일 것이다. 예술로 환원될 수밖에 없는 그 번개 같은 사상, 영원을 향해 뻗친, 그러나 다른 인간의 손밖에는 잡을 수 없는 그 손, 자기 자신으로 만족할 수밖에 없는 그 예외적인 지성, 꿰뚫고 파악하고 뛰어넘고 초월하고자 하는 갈망, 그러나 결국 아름다움에만 도달할 수 있을 뿐인 그 엄청난 갈망은 결투장의 나에겐 형제애적인 격려였던 것이다.

우리는 카를론 가를 따라서 차르비치 거리를 향해 걸었다. 교회는 비어 있었다. 어머니는 어떤 의미로는 그렇게 교회를 독점할 수 있게 되어 기분이 좋은 듯하였다.

"우리밖에 없구나" 하고 어머니가 말했다.

"기다릴 필요도 없겠다."

어머니는 마치 신이 의사이기라도 하여 운 좋게 빈 시간에 오기라도 한 듯이 말하였다. 어머니는 십자를 그었고, 나도 그렇게 하였다. 어머니는 제단 앞에 꿇어앉았고, 나도 그 곁에 꿇어앉았다. 어머니의 뺨 위로 눈물이 흘렀으며, 어머니의 입술이 오래된 러시아의 기도문을 더듬거렸다. 예수 그리스도라는 단어가 계속하여 나오는 기도문을. 나는 눈을 내리깔고 어머니 옆에 있었다. 어머니는 가슴을 쳤고, 한 번은 내게 고개를 돌리지 않은 채 중얼거렸다.

"여자들의 돈을 받지 않겠다고 내게 맹세해라!"

"맹세해요, 엄마."

어머니 역시 하나의 여자라는 생각은 들지 않는 모양이었다.

"주여, 그를 도우사 똑바로 서게 하시고, 옳게 행하게 하시고, 병으로부터 지켜주소서!"

어머니는 나를 돌아보았다.

"주의하겠다고 맹세해라! 아무 병에도 안 걸리겠다고 약속해!"

"약속해요, 엄마."

어머니는 그리고도 오랫동안 거기에 그대로 있었다. 기도는 하지 않고 울기만 하였다. 그런 다음 내가 어머니를 일으켰고, 우리는 다시 거리로 나왔다. 어머니는 눈물을 닦더니 갑자기 매우 만족한 듯하였다. 마지막으로 교회를 돌아볼 때에는, 거의 어린아이 같은 속임수의 기색마저 얼굴 위로 나타났다.

"아무도 모를 거야" 하고 어머니는 말했다.

다음날 아침, 나는 파리행 시외버스를 탔다. 떠나기 전에 나는 러시아 미신에 따라, 불운을 모면키 위해 한동안 앉아 있어야 했다. 어머니는 내게 오백 프랑을 주면서, 셔츠 밑에 주머니에 넣어가도록 강요하였다. 아마도 강도들이 버스를 세울 경우를 생각해서였을 것이다. 나는 그것이 어머니에게 받는 마지막 돈이 되리라고 다짐하였다. 그리고 비록 내 다짐을 완전히 지키진 못하였으나, 그것은 당분간 내 마음을 많이 편하게 해주었다.

파리에서 나는 나의 작디작은 호텔방에 틀어박혀, 법과 대학의 강의를 빼먹으며 마음껏 글을 썼다. 정오가 되면, 무프타르 가로 가서 빵과 치즈를 샀다. 물론 소금 친 오이도. 소금 친 오이는, 집에까지 고이 들고 오는 법이 없었다. 나는 늘 길거리에서 즉시 그것들을 먹어치웠다. 여러 주일 동안 그것이 내 만족의 유일한 원천이었다. 그렇지만 유혹이 없었던 것은 아니었다. 길거리에 서서 담에 등을 기대고 포식하면서, 나의 시선은 여러 번 참으로 독특한 아름다움을 지닌 젊은 처녀에게 사로잡혔다. 검은 눈에, 인간의 머리카락사(史)에 결코 유례가 없는 부드러움을 지닌 갈색 머리를 한 여자였다. 그녀는 나와 같은 시간에 시장을 보았고, 그래서 나는 거리에서 그녀가 지나가는 것을 기다리는 버릇을 갖게 되었다. 나는 그녀에게 전혀 아무것도 기대하지 않았다—난 그녀에게 영화 한번 같이 보러 가자고도 못 해보았다—내가 원하는 것, 그것은 눈으로 그녀를 음미하며 내 오이를 먹을 수 있는 것, 그뿐이었다. 나는 아름다운 광경—경치, 색깔, 여인들—앞에서는 항상 배가 고파지는 경향을 갖고 있었다. 나는 생래적 소비자인 것이다. 그 젊은 처녀는 마침내 소금 친 오이를 아귀아귀 먹으며 그녀를 쳐다보는 야릇한 시선을 느끼게 되었다. 아마도 그녀는 그날 오이들에 대한 나의 절제 없는 기호와, 그것을 먹어치우는 빠르기에 몹시 놀랐을 것이다. 그렇지만 찬찬히 바라보면서 내 곁을 지나가며, 그녀는 약간 미소를 지었다. 마침내 날씨가 좋은 어느 날, 내가 평소보다도 훨씬 도를 지나쳐 거대한 오이를 씹고 있으려니까, 그녀는 도저히 참지 못하겠는지, 지나가면서 진짜로 염려된다는 듯이 내게 말하였다.

"보세요, 그러다가 정말 터지겠어요!"

우리는 서로 알게 되었다. 내가 파리에서 사랑에 빠진 첫 여자가 완전히 이해 관계를 떠난 존재였다는 행운을 누리게 된 것이었다. 그녀는 학생이었는데, 그녀의 여동생과 함께 그 시절 라탱 가에서 단연코 가장 예뻤다. 자동차를 가진 젊은 아이들이 그녀를 열심히 쫓아다니고 있었는데, 이십 년이 지난 지금도 파리에서 그녀를 보면 내 심장은 빠르게 뛰기 시작하고, 그러면 나는 소금 친 오이 한 파운드를 사기 위해 내가 있는 곳에서 가장 가까운 러시아 식료품점으로 들어가는 것이다.

호주머니에 오십 프랑밖에 남아 있지 않아 다시 한 번 어머니에게 도움을 청하는 것이 불가피해진 어느 날 아침, 주간지『그랭구아르』를 펼친 순간, 한 페이지 전체에 내 단편소설「폭풍」이 실려 있고, 이름이 필요한 자리엔 어디고 굵은 활자로 내 이름이 찍혀 있는 것을 발견하였다.

나는 천천히 주간지를 접고 집으로 돌아왔다. 아무 기쁨도 느낄 수 없었다. 반대로 이상하게 피곤하고 우울했다. 첫번째 칼로 물 베기를 하였구나, 하는 느낌이 들었던 것이다.

반면, 단편소설의 발표가 뷔파 시장에 불러일으킨 센세이션은 묘사하기가 불가능하다. 조합에서 어머니에게 축하주를 보냈으며, 힘이 잔뜩 실린 연설문들이 낭독되었다. 어머니는 그 주간지를 핸드백에 넣어두었으며, 그때부터 항상 그것을 지니고 다녔다. 하찮은 언쟁이 생겼을 때에도 어머니는 그것을 핸드백에서 꺼내어 펼쳐가지고 상대방의 코밑에 내 이름으로 장식된 페이지를 들이대며 말하곤 하였다.

"영광스럽게도 당신이 누구한테 말하고 있는지 생각해봐요!"

그런 다음 머리를 높이 쳐들고서, 어머니는 놀라 멍청해진 시선을 받으며 의기양양하게 싸움터를 떠나는 것이었다.

그 단편소설로 나는 천 프랑을 받았는데, 이번에는 그야말로 정신이 나갈 지경이었다 그 이전에 한 번도 그런 큰 액수의 돈을 본 적이 없었던 나는, 내가 잘 알던 누구처럼 곧장 극단까지 가버려서는, 죽는 날까지 돈의 필요에서 해방된 것처럼 느꼈다. 내가 처음으로 한 일은 블라자 식당으로 가서 두 개의 양배추 절임과 커다란 비프 스테이크를 음미한 것이었다. 나는 항상 대식가였으며, 내가 자신의 가치를 하락시킨 정도에 따라 더욱더 많이 먹는다. 나는 거리를 향해 창이 난 육 층 방을 하나 얻어 어머니에게 매우 느긋한 편지를 썼다. 편지에서 나는 내가 다른 여러 개의 작품 게재와 더불어 『그랭구아르』와 영구 계약을 맺었으며 돈이 필요하거든 내게 알려주기만 하면 된다고 하였다. 난 어머니에게 소포로 커다란 향수 한 병과 꽃다발을 부쳤다. 나는 시가 한 상자와 운동복을 샀다. 시가는 심장을 아프게 하였지만, 잘살기로 결심한 나는 끝까지 피웠다. 그러고 나서 내 만년필을 집어 잇달아 세 개의 단편을 썼는데, 그것들은 『그랭구아르』뿐 아니라 파리의 모든 주간지로부터 반송되었다. 여섯 달 동안 내 작품들 중 어느 하나도 햇빛을 보지 못하였다. 그것들은 너무도 '문학적'이라고 판단되었던 것이다. 나는 내게 일어나고 있는 일을 이해하지 못하고 있었다. 그 이후 나는 알게 되었다. 첫 성공에 힘 입은 나는, 무슨 일이 있어도 마지막 공을 잡아보겠다는 불타는 욕구에 몸을 맡기고는, 일필휘지로 문제의 바닥까지 가려 했던 것이다. 그런데 그 문제에는 바닥이라는 것이 없었고, 아니면 적어도 내 팔이 그만큼 길지 못하였고, 나는 다시 한 번 발을 동동 구르며 춤을 추던 파르크 앵페리알의 테니스 코트 위의 그 광대 노릇으로 떨어지고야 말았던 것이다. 그리하여 나의 공연은, 전문가들이 자기가 지닌 수단들 안에서 늘 가볍게 유지할 줄 아는 여유와 자제력으로 청중을 안심시키는 대신 불쾌하게만 만들 수밖에 없었던 것이다. 알지도 못하는 것을 지배할 수는 없으니까. 어떤 점에서는 독자에게 권리가 있다는 것, 메르몽 호텔에서처럼, 그에게 방 번호를 일러주고, 열쇠를 주고, 어디에 불〔火〕과 필수품들이 있는가를 보여주기 위해 이 층까지 따라가야 한다는 것을 받아들이기 위하여서는 오랜 시간이 필요하였다.

나는 곧장 물질적으로 절망적인 상태에 빠지고 말았다. 믿을 수 없을 만큼 빠르게 돈이 연기가 되어 날아가버린데다, 자랑과 감사에 넘치는 어머니의 편지들까지 끊임없이 받았다. 어머니는 그 구역 전체에 보여줄 수 있도록 미래의 걸작들이 발표되는 날짜를 미리 알려달라고 부탁하였다.

나는 어머니에게 나의 이 뜻밖의 실패를 고백할 심장을 가지지 못하였다.

나는 굉장히 교묘한 핑계를 둘러댔는데, 아직도 그것을 매우 자랑스럽게 생각한다.

나는 신문사 편집인들이 나에게 너무도 저질스러운 상업소설들을 요구하므로, 거기에다 내 이름을 써서 내 문학적 평판을 위험에 빠뜨릴 것을 거부하였노라는 편지를 어머니에게 보냈다. 그러므로 각종의 모조품 가명으로 사인을 할 것임을 알림과 동시에, 내 친구들, 니스 중학의 선생님들, 간단히 말해 나의 천재성과 청렴함을 믿는 모두에게 고통을 주지 않도록, 내가 잠깐 빌려 쓰고 있는 이 임시 방

편을 주위에 폭로하지 말 것을 아울러 당부하였던 것이다.

그런 다음, 매우 침착하게, 나는 매주 파리 주간지에 실린 여러 동업자들의 작품을 오려내어 어머니에게 보냈다. 마음 편하게, 의무를 다한 것 같은 느낌으로.

그 방법으로 정신적 문제는 해결했지만, 물질적 문제는 고스란히 남게 되었다. 더 이상 집세를 물 돈이 없었다. 나는 꼬박 굶으면서 지냈다. 어머니에게서 승리에 찬 환상을 빼앗느니 차라리 굶어 죽으리라.

내 생애 중 이 시기를 생각할 때마다, 특히 암담했던 어느 날 밤이 기억에 되살아나곤 한다. 나는 그 전날 밤부터 아무것도 먹지 못하였다. 나는 르쿠르브 지하철 역 근처에서 부모와 함께 살고 있는 한 친구의 집을 자주 찾아가곤 했었는데, 도착 시간을 잘 조절하면 거의 언제나 저녁을 먹고 가라고 권한다는 사실을 알게 되었다.

굶주린 배를 하고 나는 그들을 잠깐 예방(禮訪)하기로 결정하였다. 나는 봉디 부부에게 읽어주기 위해 원고 뭉치까지 손에 들었다. 그들에 대해 매우 큰 호감을 느꼈기 때문이었다. 나는 이를 잔뜩 드러내고, 수프 시간에 도착하기 위해 세심하게 시간 계산을 하였다. 콩트레스카르프 광장에 들어서자마자 감자와 부추로 끓인 수프의 황홀한 향기가 분명하게 느껴지기 시작하였다. 르쿠르브 거리까지는 아직도 사십오 분이나 더 걸어야 하는데 말이다—나에겐 전철을 탈 돈도 없었다. 나는 침을 삼켰다. 나를 스쳐가는 혼자인 여자들이 약간 떨어져서 발걸음을 재촉하는 것을 보면 내 시선이 미친 것 같은 정욕의 빛을 발산하는 모양이었다. 거기에 가면 헝가리산 소시지와 초콜렛 입힌 케이크가 있으리라고 나는 거의 확신하고 있었다. 언제나 있었으니까. 이보다 더 황홀한 기대를 마음속에 품고서 연애 약속에 나가본 적은 한 번도 없었으리라.

내가 마침내 우정에 넘쳐 목적지에 도착했을 때, 아무도 내 초인종 소리에 답하지 않았다. 내 친구들은 외출하고 없었던 것이다.

나는 층계에 앉아 한 시간을 기다리고, 이어 두 시간을 기다렸다. 그러나 열한 시가 되자 기본적인 자존심이 — 어느 경우에건 얼마간 그것은 남아 있기 마련이다—먹을 것을 달라고 하기 위하여 그들이 돌아오는 것을 자정까지 기다리지는 못하게 하였다.

다들 상상할 수 있는 낙담 천만의 상태로 나는 층계에서 일어나 왔던 길을 거꾸로 걸어 그 저주받을 보지라르 거리를 내려왔다.

그런데 바로 거기에 내 챔피언 생애의 또다른 고지가 놓여 있었던 것이다.

뤽상브르에 도착하자 나는 메디치 식당을 지나게 되었다. 불운은 이 늦은 시각에 나로 하여금 하얀 명주 망사로 된 커튼을 통하여 비프스테이크를 먹고 있는 한 정직한 부르주아를 보게 하였다.

나는 걸음을 멈추고, 비프스테이크를 힐끗 보고는 그만 기절해 버리고 말았다.

내가 기절한 것은 배가 고파서가 아니었다. 그 전날 밤부터 굶은 것은 사실이었지만, 그래도 그때엔 어떤 시련도 이길 수 있는 활력을 지니고 있었고, 이틀쯤 음식 없이 지내는 일도 흔히 있었던 것이다. 그 때문에 내가 해야 할 일들—그것이 어떤 일이건—을 회피하거나 하지 않고 말이다.

나는 격노와 분개와 그리고 굴욕감 때문에 기절했다. 나는 한 인간이 그러한 상황에 놓이게 된 것을 받아들일 수가 없었던 것이다. 그리고 난 지금도 그것을 받아들일 수가 없다. 나는 정치적 체제를 그것이 각 사람에게 주는 음식물의 양에 따라 판단한다. 그리고 만일 그 체제가 거기에 어떤 단서를 달거나, 조건을 붙이거나 하면 나는 그것을 토해버린다. 인간에겐 조건 없이 먹을 권리가 있는 것이다.

나의 목은 분노로 잠기었고, 주먹은 굳게 움켜쥐어졌으며, 시야는 흐려졌고, 급기야 보도에 기다랗게 뻗고 말았던 것이다. 아마 그렇게 하고 꽤 오래 있었던 모양이었다. 왜냐하면 눈을 떴을 때, 내 주위에 사람들이 몰려들어 소란을 피우고 있었으니 말이다. 나는 잘 차려입고 있었던 데다 장갑까지 끼고 있었으므로 다행스럽게도 내 기절의 원인을 의심해볼 생각은 누구의 머리에도 떠오르지 않았다. 사람들은 벌써 구급차를 불러놓고 있었다. 나는 하는대로 내버려두고 싶은 생각이 굴뚝 같았다. 병원에 가면 어떤 방법으로건 배를 채울 방법이 있으리라고 확신하였던 것이다. 그러나 나는 그렇게 쉬운 길에 자신을 내맡길 수는 없었다. 몇마디 변명을 한 뒤, 나는 사람들의 주목을 피하여 집으로 돌아왔다. 참으로 특기할 일은, 더 이상 배가 고프지 않았다. 굴욕감과 기절의 충격이 내 위장을 제 이선으로 물러나게 만들었던 것이다. 나는 램프를 켜고 '작은 여인'이라는 제목의 단편을 쓰기 시작하였다. 몇 주일 뒤 그것은 『그랭구아르』에 실렸다.

그리고 또 나는 나의 의식을 점검해보았다. 나는 내가 자신을 너무 대단하게 생각하고 있으며, 겸손과 유머를 동시에 결여하고 있음을 발견했다. 또한 나와 동류인 인간들에 대한 믿음이 없었고 인간 본성의 가능성에 대해 충분히 연구해보려 하지도 않았었던 것이다. 그래도 인간의 본성에 관대한 마음이 전혀 없을 수는 없지 않은가.

나는 다음날 아침 한 가지 실험을 시도하였고, 나의 낙관주의적 관점은 전적으로 옳았던 것으로 나타났다. 나는 지갑을 잃었다는 핑계를 대고 보이에게 백 수를 빌리는 것으로 시작하였다. 그런 다음 카풀라드의 카운터에 가 커피를 주문하고, 단호한 동작으로 손을 크루아상 바구니에 집어넣었다. 크루아상 일곱 개를 먹었다. 나는 커피 한 잔을 더 시켰다. 그런 다음 나는 엄숙하게 웨이터의 눈을 들여다보았다. 가엾은 녀석은 자기 혼자를 통하여 인류 전체가 시험을 받고 있는 중이라는 것을 의심조차 못하였다.

"얼마지요?"

"크루아상 몇 개요?"

"한 개" 하고 내가 대답했다

웨이터는 거의 비어버린 바구니를 바라보았다. 그런 다음 이어 나를 쳐다보았다. 그러고는 또 다시 바구니를 바라보았다. 그러더니 고개를 저었다.

"빌어먹을" 하고 그가 말했다.

"그렇지만 농담이시겠지."

"그럼 두 갠가?" 하고 내가 말했다.

"좋아요. 됐어요. 알겠다구" 하고 웨이터가 말했다.

"나도 꽁꽁 막힌 사람은 아니오. 커피 두 잔에, 크루아상 한 개, 칠십오 상팀이오."

나는 빛나는 얼굴로 그곳에서 나왔다. 내 가슴속에서 무엇인가가 노래를 부르고 있었다. 십중팔구 크루아상들이었겠지. 이날부터 나는 카풀라드의 가장 좋은 고객이 되었다. 어쩌다 간혹 불행한 쥘—그것이 그 위대한 프랑스 인의 이름이었다—이 그다지 확신 없이 소심하게 아우성쳤다.

"좀 딴 데 가서 처먹을 수 없어? 날 좀 지배인하고 티격태격하지 않게 해달라구."

"안 돼" 하고 나는 말하곤 하였다.

"자넨 내 아버지고 내 엄만걸."

가끔 그는 아리송한 산수 문제들에 뛰어들곤 하였다. 나는 심상하게 그것들을 들었다.

"크루아상 두 개라고? 내 눈을 보면서 감히 그런 말을 할 수가 있는 거야? 삼 분 전만 해도 바구니에 크루아상이 아홉 개 있었단 말이야."

나는 냉정하게 응수하곤 했다.

"도처에 도둑들이 있으니까" 하고 대답하는 것이다.

"좋아, 제기랄!" 하고 감탄스러운 듯이 쥘은 말했다. "자넨 분명 배짱이 두둑한 놈이야. 정확히 뭘 공부하나?"

"법. 법학 학사 과정을 끝냈어."

"뭐라구, 치사스러운 놈!" 쥘은 소리쳤다.

우리는 친구가 되었다. 나의 두번째 단편이 『그랭구아르』에 실렸을 때, 나는 한 부를 그에게 헌정하였다.

1936년과 1937년 사이에 카풀라드의 카운터에서 거저 먹은 크루아상이 천 개 내지 천오백 개 정도일 것이라고 추산된다. 나는 그것을, 정부가 내게 허락해준 일종의 장학금으로 해석하고 있었다.

나는 크루아상에 대해서 매우 큰 애정을 간직하고 있다. 그것의 생김새, 그 바삭대는 맛, 기분 좋은 온기 등에는 무언가 마음 통하는 우정 같은 것이 깃들어 있다고 생각한다. 나는 이제 옛날처럼 그것들을 잘 소화시키진 못한다. 그래서 우리의 관계는 다소간 플라토닉해졌다. 그렇지만 그것들이 바구니에 담겨 카운터 위에 놓여 있는 것이 나는 좋다. 그것들은 공부하고 있는 청춘을 위해 제3공화국보다도 더 많은 일을 하였다. 드골 장군식으로 말하자면, 그것들은 좋은 프랑스 인들인 것이다.

25

『그랭구아르』에 실린 두번째 단편은 때맞춰 나와준 것이었다. 그 바로 전에 어머니는 분노에 찬 편지를 보내어, 어떤 자가 호텔에 내려와, 내가 앙드레 코르티라는 가명으로 쓴 어떤 콩트의 저자가 자기라고 주장하는데, 지팡이를 들고 그자를 혼내줄 생각임을 알려 왔던 것이다. 나는 공포에 질렸다. 앙드레 코르티는 정말로 존재하며, 또 그는 정말 저자인 것이었다. 어머니에게 양식거리가 될 무엇을 보내야 하는 일이 매우 급하게 되었다. 그런데 「작은 여인」이 딱 알맞게 나와주었고, 그리하여 승리의 트럼펫 소리가 다시 뷔파 시장에 울려퍼졌던 것이다. 그렇지만 또 이 시기에 나는 나의 펜만으로 연명한다는 것은 말도 되지 않는다는 사실을 깨달았다. 나는 '일거리'를 찾기 시작했다. 나는 그 단어를 단호하게, 그리고 약간 신비스럽게 발음하곤 했다.

나는 차례 차례, 몽파르나스의 식당 보이, '런치―디너―세련된 식사' 회사의 삼륜차 배달부, 에투아르 호텔 접수계, 영화 엑스트라, 리츠 식당, 라뤼 식당에서의 접시닦이 등을 하였다. 나는 '겨울 서

커스단,' '미미 팽송'에서 일했으며, 『르 탱』지를 위한 광고 안내문 판매원이었고, 또 주간지 『부알라』의 탐방 기자를 위해 백 개도 넘는 파리의 유곽들을 돌아다니면서 그곳의 장식과 분위기와 종사자들에 대한 철저한 앙케이트 조사에 전념하기도 했다. 『부알라』는 끝끝내 그 앙케이트를 싣지 않았고, 나는 분노를 느끼며 나도 모르게 게파르의 여행자들을 위한 비밀 가이드를 위해 일해주었음을 알게 되었다. 게다가 문제의 그 '기자'가 종적도 없이 사라져버리는 바람에 돈도 한푼 받지 못하였다. 나는 상자에 상표들을 붙였다. 그리고 기린에게 빗질을 해준〔쓸데없는 짓을 한다는 프랑스의 비유〕정도는 아니지만, 기린 털을 그리기는 해본 몇 안 되는 사람들 중의 하나다. 그것이 바로 내가 한 작은 장난감 공장에서 하루 세 시간 동안 손에 붓을 들고 한 일이었던 것이다. 그 시기에 내가 했던 모든 일들 가운데에서도, 에투아르 호텔의 접수계 일이 가장 고통스러웠다. 나는 '지적인 인간들'을 경멸하는 접수계장으로부터 계속 멸시를 당했다──그는 내가 법학도임을 알고 있었다. 그리고 종업원들은 모두 동성애자들이었다. 분명한 어휘로 표현하자면, 가장 확실한 서비스를 제공하기 위해 오는 그 열네 살짜리 사내 아이들은 내게 구토증이 나게 하였다. 그곳에 있다가, 『부알라』지를 위해 유곽을 방문하면 마치 한 줄기 신선한 바람을 쐬는 기분이었다.

  내가 동성애자들에 대해 어떤 거부권을 던지는 것으로 생각지 말아주기 바란다. 나는 그들에게 반대할 아무 이유가 없다── 그렇다고 그들 편이 될 이유 또한 없다. 동성애자들 중 가장 탁월한 사람들이 여러 번 내게 넌지시 치료가능한지 알아보기 위해 심리분석을 받아보라고 권유하였다. 내가 여자들을 좋아하게 된 것이 혹시 치료할 수 있는 정신적 상처 때문인 것은 아닌지 검사하기 위해서 말이다. 나는 약간 우울한 경향의 심각한 성격이며, 또한 집단 수용소, 천 가지 형태의 노예 제도, 수소 폭탄 이래 이미 오만가지 일을 겪고 난 우리의 세기에, 사실 인간이 나아가 …이 되지 말라는 이유는 전혀 없음을 충분히 납득하고 있기조차 하다. 비열함으로, 그리고 굴종으로 이미 별의별 것을 다 받아들인 마당에 무슨 권리로 까다롭게 굴고 따지고 할 수 있을 것인가. 그러나 용의주도할 필요는 있다. 따라서 우리 시대의 인간들은 적어도 그들 인간성의 작은 구석이라도 흠 없이 간직하는 것이 좋을 것 같다. 미래를 위하여, 그래도 무엇인가 간직하고 있기 위하여, 그래도 팔아먹을 무엇인가가 남아 있도록 하기 위하여.

내가 가장 좋아한 일은 삼륜차 배달꾼 일이었다. 나는 항상 음식물을 보는 것을 좋아했고, 또 잘 만들어진 요리를 싣고 파리를 누비는 것도 싫지 않았다. 내가 가는 곳 어디에서나, 사람들은 만족하며 호의를 가지고 나를 맞아주었다. 나는 늘 기다려지는 사람이었다. 어느 날 나는 근사한 저녁밥, 캐비어, 샴페인, 푸아그라〔거위 간요리〕— 인생다운 인생 아닌가 — 를 테른 광장에 배달하여야만 하였다. 6층 — 말괄량이 계집애이겠구먼. 그러나 나를 맞아준 것은 지금의 내 나이쯤 되는 희끗희끗한 머리의 품위 있는 신사였다. 그는 그 당시 '실내복'이라고 부르던 옷을 입고 있었다. 두 사람분 식탁이 차려져 있었다. 나는 그가 당시 굉장히 유명한 소설가임을 알아보았다. 그는 내 음식들을 비위 틀린 시선으로 훑어보았다. 나는 갑자기 그가 몹시 피로해 보인다는 사실을 발견했다.

"여보게" 하고 그가 내게 말하였다.

"명심하게, 모든 여자들은 다 잡년들이라는 것을 말이야. 난 그것을 알았어야만 했어. 그 점에 대해서 소설을 일곱 편이나 썼는데."

그는 혐오스럽다는 듯 캐비어와 샴페인과 삶은 닭고기를 뚫어져라 바라보았다. 그는 한숨을 쉬었다.

"자네 정부 있나?"

"없습니다." 나는 대답했다. "나는 파산했어요."

그는 감명을 받은 듯하였다.

"자넨 굉장히 젊군" 하고 그가 말했다. "그런데도 자넨 여자들을 아는 것같이 보여."

"한두 명 알았었어요" 하고 내가 겸손하게 말하였다.

"갈보들이었나?" 하고 그는 희망을 품고 물었다.

나는 캐비어를 곁눈질하였다. 삶은 닭고기도 나쁘지 않았다.

"말씀도 마세요" 하고 내가 말했다.

"혼이 났습니다."

그는 만족한 것 같았다.

"여자들이 자넬 속였나?"

"와하!" 하고 나는 체념한 동작으로 말했다.

"그렇지만 자넨 젊은 데다 차라리 예쁜 소년 같은걸."

"선생님" 하고 나는 애써 시선을 닭에서 돌리며 말했다.

"저는 오쟁이를 지고 말았어요, 선생님 기가 막힐 정도로 속았지요. 진심으로 사랑한 여자가 둘 있었는데, 둘 다 나를 차버렸어요. 오십대 남자를 쫓아가느라고요. 오십만 되나요? 둘 중 하나는 완전히 끝장이 난 육십대였다구요."

"그래?" 하고 그는 분명한 만족감을 드러내며 말하였다.

"우리 그 이야기 좀 해보세. 자, 앉아요. 이 거지 같은 식사부터 치워버리는 게 낫겠군. 빨리 사라져줄수록 좋겠어."

나는 캐비어로 달려들었다. 나는 푸아그라와 삶은 닭고기를 한 입에 먹어버렸다. 나는 먹을 때는, 그저 먹어준다. 태를 부리거나, 공연히 머뭇대거나 하지 않는다. 식탁에만 앉았다 하면 음식과 나 우리 둘 뿐인 것이다.

보통 나는 닭을 좋아하지 않는다. 버섯이나 달팽이와 곁들여서 나오는 경우가 아니면 언제나 약간 탈을 일으키기 때문이다. 그러나 그것도 먹을 만은 하였다. 나는 그에게, 젊고 아름다우며 섬세한 마음씀씀이에, 도저히 잊을 수 없는 눈동자를 지녔던 그 두 여자가 회색 머리의 성숙한 남자들—그중 하나는 널리 알려진 작가였는데—과 살기 위해 어떻게 나를 버렸던가 이야기해주었다.

"여자들은 확실히 경험이 풍부한 남자들을 더 좋아하거든" 하고 초청인이 내게 설명하였다.

"사물과 인생을 잘 알고, 또 뭐랄까…… 에, 청춘의 조바심 같은 것을 떨쳐버린 남자와 함께 있는 것이 여자들에겐 무언가 안정감을 주니까 말이야."

나는 서둘러 동의하였다. 나는 작은 비스켓들을 먹고 있는 중이었다. 나의 초청인은 포도주를 약간 더 따라주었다.

"좀 참아야 하네, 젊은이" 하고 그가 따뜻하게 말했다.

"언젠가 자네도 성숙해질 거야. 그러면 마침내 자네도 여인들에게 줄 수 있는 무엇인가—여자들이 무엇보다 갈구하는 그 무엇을, 뭐랄까, 권위, 지혜, 침착하고 자신 있는 손을 갖게 될 거야. 이를테면 원숙함을. 그때 자네는 그들을 사랑할 줄도 알게 되고, 그들에게 사랑을 받기도 할 걸세."

나는 조금 더 샴페인을 따라 마셨다. 더 이상 서로를 방해할 필요가 없었다. 초콜렛 과자 하나도 남아 있지 않았으니까. 나는 일어섰다. 그는 자기의 서가에서 자기 책 한 권을 꺼내더니, 나에게 주었다. 그는 나의 어깨에 손을 얹었다.

"용기를 잃지 말게나" 하고 그가 말했다.

"스무 살, 그건 어려운 나이지. 그렇지만 오래가지는 않아. 보내기 힘든 나쁜 순간이지. 자네 여자친구가 성숙한 남자를 따라가기 위해 자네를 버리거든, 그것을 이렇게 생각하게나. 미래에의 약속이라고. 언젠가 자네도 성숙한 남자가 되는 거야."

'빌어먹을' 하고 나는 조바심치며 생각하였다.

바로 그렇게 된 지금도 그의 견해에 대한 내 반응은 똑같다.

그 선생은 나를 문까지 바래다주었다. 우리는 서로의 눈을 들여다보며 오랫동안 손을 잡고 흔들었다. 로마상 타기 좋은 주제로군. 청춘과 그것이 지닌 환상들에 손을 내민 지혜와 경험.

나는 그 책을 팔 밑에 끼어가지고 왔다. 그러나 그것을 읽을 필요를 느끼지 않았다. 벌써 그 속에 있는 것을 모두 알고 있었으니까. 나는 깔깔대고 웃고, 휘파람을 불고, 지나가는 사람들에게 말하고 싶었다. 포도주와 나의 이십 세가 내 삼륜차에 날개를 달아주었다. 세상은 내 것이었다. 나는 페달을 밟아, 빛과 별의 파리를 가로질러 달렸다. 나는 휘파람을 불기 시작하였다. 핸들을 놓고, 팔로 허공을 치며, 차에 타고 있는 혼자인 여자들에게 키스를 던지면서. 나는 빨간 불을 무시해버렸다. 한 경관이 분개한 호각 소리로 나를 세웠다.

"뭐야, 도대체?" 그가 고함쳤다.

"아무것도 아닙니다." 나는 장난치며 말했다. "인생은 아름다워요!"

"그렇다면 가시오!" 하고 진정한 프랑스 인으로서, 그 암호에는 어쩔 수 없었던지, 그가 내게 소리쳤다.

나는 젊었다. 내가 생각하고 있었던 것보다 훨씬 젊었다. 그렇지만 나의 천진성은 역사가 깊었고, 미망에서 벗어난 것이었다. 사실 그것은 영원한 것이다. 나는 그것을 1947년, 생 제르맹 데프레의 '생쥐들'에서부터 캘리포니아의 '비트 제너레이션'에 이르기까지 모든 새로운 세대들 속에서 다시 발견하곤 한다. 나는 다른 장소, 다른 얼굴들 위에서 내 이십대의 찌푸린 얼굴을 발견하는 재미에 캘리포니아의 비트족들을 가끔씩 찾아가곤 한다.

26

세상이 남자들에게 스웨덴이라는 선물을 준 이후, 모든 나라 사람들이 꿈꾸듯, 나는 그 시절에 사랑스런 스웨덴 여자를 만났다. 그녀는 쾌활하고, 예쁘고, 지적이었으며, 무엇보다, 무엇보다 매혹적인 음성을 지니고 있었다. 나는 항상 목소리에 민감하였다. 나는 귀를 갖지 못하였고, 나와 음악 사이에는 슬프지만 별 수 없는 오해가 있다. 그런데 이상스럽게도 여자들의 목소리엔 민감한 것이다. 웬일인지 전혀 알 수가 없다. 아마도 귀 안에 있는 무슨 특수한 신경, 또는 잘못 놓인 신경 때문이 아닌지. 그래서 왜 그런지 알아보기 위해 전문의에게 이관(耳管) 검사까지 받았으나, 그는 아무것도 찾아내지 못하였다. 각설하고, 브리지트는 목소리를 가졌고, 나로 말하자면 귀를 가졌으니, 우리는 서로를 통하게끔 만들어져 있었던 것이다. 우리는 사실 마음이 참 잘 맞았다. 나는 그녀의 목소리를 들었고, 행복했다. 비록 나이 들고 뭐든 다 아는 체 꾸미고 있었지만, 순진하게도 나는 그토록 완벽한 조화로움에는 어떤 일도 밀어닥칠 수 없으리라고 믿고 있었다. 우리가 어찌나 행복의 표본처럼 보였던지, 같은 숙소의 이웃들인, 온갖 위도에서 모여든 온갖 피부색의 학생들은 아침에 층계에서 우리와 마주칠 때마다 미소 짓곤 하였다. 그러던 어느 날 나는 브리지트가 우울하고 생각이 많아진 것을 발견하였다. 그녀는 자주 팡테옹 광장에 있는 '그랑 좀므' 호텔에 살고 있는 한 늙은 스웨덴 여자를 찾아가곤 하였다. 그녀는 매우 늦게까지 그곳에 있었으며, 어떤 때는 새벽 한 시, 두 시까지도 있곤 하였다. 브리지트는 매우 지친 모습으로 집에 돌아와, 가끔 우울하게 한숨 쉬며 내 뺨을 쓰다듬었다.

비밀스런 의혹이 내 속을 파고들었다. 무언가 숨기고 있다는 느낌이 들었다. 조숙한 통찰력을 지녔던 나에게는, 의심을 일깨우는 데 많은 것이 필요치 않았다. 그래서 나는 그 늙은 스웨덴 부인이 병이 든 것은 아닐까 생각해보았다. 그리고 그 여자는 내 애인의 어머니로서, 프랑스의 유명한 전문의들에게 치료를 받으려고 파리에 온 것은 아닐까? 브리지트는 마음씨가 매우 곱다. 그녀는 나를 열렬히 사랑할 뿐 아니라 내게 충분히 자기 괴로움을 숨길 여자야. 내 예술가적 감수성을 건드리지 않고, 또 문학적 충동 속에 있는 나를 방해하지 않으려고 말이야. 어느 날 밤 한 시경, 가엾은 나의 브리지트가 죽어가는 여인의 머리맡에서 울고 있는 것을 상상하니 더 이상 견딜 수가 없어, 나는 '그랑 좀므' 호텔 앞으로 갔다. 비가 오고 있었다. 호텔의 문은 닫혀 있었다. 나는 법과 대학의 현관 아래로 가 그 건물의 앞면을 불안스레 지켜보았다. 갑자기 오 층의 창문 하나가 밝혀졌고, 브리지트가 머리를 흩뜨린 채 발코니에 나타났다. 그녀는 남자의 실내복을 입고서, 얼굴에 비를 맞으며 한동안 미동도 없이 서 있었다. 나는 약간 놀랐다. 그렇게 남자 실내복을 입고, 머리를 풀어헤치고서 거기서 대체 무엇을 하는 것인지 도무지 알 수가 없었다. 어쩌면 소나기를 맞아서 그녀의 옷이 마를 동안 스웨덴 부인의 남편이 자기 실내복을 빌려주었을는지도 모르지. 파자마를 입은 한 젊은 남자가 갑자기 발코니에 나타나더니 브리지트의 옆에 서서 난간에 팔꿈치를 기대었다. 나는 이번엔 정말 놀라고 말았다. 나는 그 스웨덴 부인에게 아들이 있었음을 모르고 있었다. 갑자기 바로 그 순간, 땅이 내 발 밑에서 갈라졌고 법과 대학이 내 머리 위로 와르르 무너졌으며, 뜨거운 고통과 혐오가 내 가슴을 찢었다. 그 젊은 남자가 브리지트의 허리를 끌어안았던 것이다. 내 마지막 희망 — 아마 브리지트는 단지 만년필 잉크를 채우려고 옆집에 들어갔었는지도 모른다는 — 이 단번에 사라져버렸다. 그 파렴치한 놈은 브리지트를 끌어안고 입술 위에 입을 맞추었다. 그러더니, 놈은 그녀를 끌고 안으로 들어갔다. 불빛이 옅어졌다. 그러나 완전히 꺼지지는 않았다. 저 죄 많은 놈이 게다가 한술 더 떠서 제가 하는 짓을 보고 싶어 하기까지 하는구나, 나는 무섭게 고함을 지르면서 죄악이 저질러지는 것을 막기 위하여 호텔의 입구로 돌진하였다. 오 층이나 기어 올라가야 하긴 하지만 놈이 갈 데 없는 짐승이 아니기만 한다면, 그래도 예의가 좀 있는 놈이라면, 제 시간에 문제 없이 도달할 수 있으리라고 생각하였다. 그러나 불행히도 호텔의 문은 닫혀 있었고, 그래서 난 부딪치고, 벨을 누르고, 고함을 지르고 수천 가지 방법으로 날뛰면서 시간을 낭비할 수밖에 없었다. 저 위에서 나의 적은 아마도 나처럼 어려움을 겪진 않으리라고 생각하면 더욱더 아깝기만 한 시간을 말이다. 엎친 데 덮친 격으로, 나는 너무도 격분한 나머지 창문 위치를 틀리게 보았었다. 수위가 마침내 문을 열어주어서 층계에서 층계로 독수리처럼 날아 올라가서는 그만 문을 잘못 찾았던 것이다. 나는 문을 두드렸고, 문이 열리자 달려들어 한 작고 젊은 남자의 멱살을 쥐었는데, 그는 어찌나 공포에 질렸던지, 내 팔 안에서 잘 보이지도 않을 지경이었다. 나는 대번에 그 사람이 자기 방에 여자를 끌어들이는 타입이 아님을, 그 반대 타입임을 깨달았다. 그는 나에게 애원하는 눈초리를 보냈으나 난 그를 위해 아무것도 해줄 수 없었다. 몹시 바빴으니까. 그리하여 나는 어두운 계단으로 다시 나와 전등 스위치를 찾느라고 아까운 시간을 낭비하였다. 이젠 너무 늦었음이 분명하였다. 나를 살해한 그놈에겐 올라가야 할 다섯 층의 층계도, 부숴야 할 문도 없는데다, 일에 착수할 준비가 다 되어 있고, 꼭 알맞은 시각인지라, 두 손을 비비며 만족하고 있을 테지. 갑자기 온몸에서 힘이 쭉 빠졌다. 더 이상 완전할 수 없는 실의가 온 몸을 휩쌌다. 나는 층계에 앉아 이마의 땀과 빗물을 닦았다. 나는 조심스런 부스럭 소리를 들었다. 그 상냥하고 예쁜 청년이 내 곁에 와 앉더니 내 손을 잡았다. 나에게는 그 손을 빼낼 힘마저 남아 있지 않았다. 그는 나를 달래기 시작하였다. 내 기억에 의하면, 그가 내게 우정을 제의했지 싶다. 그는 내 손을 두드리면서 나 같은 남자라면 걸맞은 천생연분을 만나는 데 하나도 힘이 들지 않을 것이라면서 나를 안심시켰다. 나는 희미한 흥미를 느끼며 그를 바라보았다. 그렇지만 안 되었다. 나에겐 그쪽 방면에서 할 수 있는 것이 아무것도 없었다. 여자들은 가증스런 갈보년들이었다. 그러나, 그렇다고 그들에게서 돌아서서는 달리 향할 만한 존재가 전혀 없는 것이다. 여자들은 독점권을 쥐고 있었다. 나 자신에 대한 무한한 동정심이 엄습하였다. 지금 막 가장 잔인한 모욕을 당한 것도 모자라, 이 넓은 세상에서 나를 위로하고 내 손을 잡아줄 자가 그래 남색가 하나뿐이란 말인가. 나는 그에게 우울한 눈길을 던지고서 '그랑 좀므' 호텔을 떠나 집으로 돌아왔다. 나는 다음날 아침 즉시 외인 부대로 들어가버릴 결심을 하고 자리에 누웠다.

브리지트는 새벽 두 시에 돌아왔다. 그녀에게 무슨 일이 일어난 것은 아닌가 벌써부터 걱정이 되기 시작할 무렵이었다. 그녀는 소심하게 문을 긁었고, 나는 한마디 단어로, 크게, 분명하게 그녀에 대한 내 생각을 말해주었다. 그녀는 삼십 분 동안 닫힌 문을 통해 내게서 동정심을 불러일으키려 애썼다. 그러더니 긴 침묵이 이어졌다. 나는 그녀가 어쩌면 '그랑 좀므' 호텔로 되돌아갈지도 모른다는 생각을 하고는, 공포에 사로잡혀 침대에서 뛰쳐 일어나 문을 열어주었다. 나는 따끔한 따귀를 몇 대 갈겨주었다. 내 말은, 나에게 따끔하게 느껴졌다는 말이다. 살아오는 동안 나는 항상 여자를 때리는 것이 가장 어려웠다. 아마도 내겐 남성다움이 없는 모양이다. 그런 다음 나는 그녀에게 한 가지 질문을 던졌는데, 지금도 나는 그것을, 그 후 이십오 년의 경험의 빛에 비추어볼 때, 내 챔피언 생애 중 가장 바보스러운 질문이었다고 생각한다.

"왜 그런 짓을 했지?"

브리지트의 대답은 그야말로 매우 근사하였다. 감동적이었다고까지 할 수 있다. 그것은 진정 나라는 인물의 힘을 보여주는 것이었다. 그녀는 눈물이 가득 고인 푸른 눈을 들어 나를 바라보더니, 굼실대는 금발을 흔들면서, 모든 것을 설명하려는 성실하고도 비장한 노력으로 이렇게 대답했다.

"그는 당신을 너무나도 닮았어요!"

나는 더욱더 대경실색하고 말았다. 난 아직 죽지도 않았고, 우리는 함께 살며, 자기 마음대로 나를 가질 수 있는데, 그런데 그녀는 매일 밤 단지 녀석이 나를 닮았다는 이유 때문에 그를 만나러 비를 맞으며 일 킬로미터나 걸어야 했다는 것이다. 그것이 바로 사람들이 자력(磁力)을 가졌다고 하는 경우인지 나도 잘 모르겠다. 기분이 아주 나아졌다. 겸손을 유지하기 위해서, 거드름을 피우지 않기 위해서 애를 써야 할 지경이었다. 누가 뭐라 하든 간에, 나는 여자들에게 강한 인상을 주고 있는 것이었다.

그 이후, 나는 브리지트의 대답을 곰곰이 생각해보았다. 그리하여 내가 도달하게 된 결론은 아무짝에도 쓸모없는 것이긴 하였으나, 그래도 여자들과의 관계를 매우 쉽게 해주었다. 그리고 나를 닮은 남자들과의 관계도.

나는 그때 이후 절대로 여자들에게 더 속지 않았다. 내가 말하고자 하는 것은 아무튼 차후에는 결코 비를 맞으며 기다리지 않았다는 말이다.

27

이제 나는 법학 공부의 마지막 학년에 있었고, 보다 중요한 것은 장교 준비 훈련 과정을 막 끝내게 된 참이었다는 것이다. 그 훈련은 몽루주의 바슈누아르(검은 암소라는 뜻)라는 독특한 이름이 붙은 장소에서 일주일에 두 번씩 있었다. 내 단편소설 중 하나가 번역되어 미국에서 출판되었는데, 그래서 받은 백오십 달러라는 신화적인 액수의 돈은 나로 하여금 브리지트를 찾아 바로 급히 스웨덴으로 가는 것을 가능케 해주었다. 나는 그녀가 결혼한 것을 알게 되었다. 나는 그 남편과 협상을 해보려 했지만, 녀석은 심장이 없는 놈이었다. 결국 내가 거추장스럽게 되니까 브리지트는 자기 어머니 집으로 나를 추방하였다. 스톡홀름 열도의 최북단에 있는 작은 섬, 스웨덴 전설의 풍경 속으로 말이다. 그 불성실한 여자와 그녀의 남편이 죄스런 사랑을 계속하는 동안 나는 거기서 소나무 사이를 헤매고 다녔다. 브리지트의 어머니는 나를 진정시키기 위해 내게 강제로 하루 한 시간씩 발틱해에서 얼음 목욕을 하게 하였다. 그러고는 내장이 모두 오그라들고 내 몸이 조금씩 조금씩 내게서 떨어져나가고, 내가 직립자세로 침울하고 불행하게 물속에 잠겨 있는 동안 그녀는 거기서 손에 시계를 들고 가차 없이 감시하는 것이었다. 한번은 태양이 내 혈관의 피들을 녹여주기를 기다리며 바위 위에 길게 누워 있다가, 卍자를 그려넣은 비행기가 하늘을 가로지르는 것을 보았다. 그것이 적과의 첫번째 만남이었다.

나는 유럽에서 일어난 사건들을 귓등으로밖에 듣지 않았었다. 내가 전적으로 내 자신에게만 몰두해 있었기 때문은 결코 아니다. 아마도 나는 여자에 의하여 키워지고 여성적인 다정함에 둘러싸여 자라났기 때문에 줄기찬 증오 같은 것엔 소질이 없고, 그래서 히틀러를 이해하는 데 필수적 요소를 갖추지 못하였던 것이리라. 또 그의 히스테리컬한 위협에 대한 프랑스의 묵묵부답은 나를 불안하게 하기는커녕, 안정된 힘과 자신감의 표시인 양 느껴졌다. 나는 프랑스 군대와 숭앙 받는 우리의 지도자들을 믿고 있었다. 우리의 총사령부가 우리 국경에 세우기 훨씬 이전에 어머니는 내 주위에 마지노 선을 그어놓고 있었다. 조금의 동요도 없는 확신과, 어떤 의심 어떤 불안도 손상시킬 수 없는 지옥의 영상들로. 그래서 예를 들면 1860년에 우리가 독일에게 패배했던 것도 니스 중학교에 가서야 처음으로 알게 되었다. 어머니는 내게 그것을 말해주지 않았던 것이다. 또 한 가지 덧붙이자면 한편으로 근사한 순간들을 보내고 있으면서, 전쟁을 심각하게 생각하고 그것이 일어날 수도 있다는 것을 인정하자면 반드시 기울여야 하는 노력, 그러니까 어리석어지려는 엄청난 노력을 수행하기란 항상 힘든 일이었던 것이다. 나는 때때로 적당한 시간에 어리석어질 줄도 알지만, 그러나 살육이 적절한 해결책인 양 보이는 그 영광된 고지까지는 고양되지 못한다. 나는 항상 죽음이란 애석한 현상이라고 생각해왔고, 그것을 누군가에게 과한다는 것은 완전히 내 본성에 어긋난다. 억지로 애를 쓸 수밖에 없는 것이다. 물론 나도 사람들을 죽인 일이 있다. 그 순간의 신성한, 그리고 만장일치된 협약에 따르기 위하여 그렇게 했던 것이다. 그러나 그것은 언제나 마지못해서였고, 정말 마음에서 우러나서는 아니었다. 어떤 이유도 충분히 정당해 보이지 않으며, 내 마음에 들지 않는다. 나와 같은 자들을 죽이는 일에 관한 한, 나는 만족할 만한 시인이 못 된다.

나는 거기에 조미료를 칠 줄도 모르고, 신성한 분노에 대한 찬가를 시작할 줄도 모르며, 다만 꼭 필요한 일이기에 죽인다. 자랑 없이, 바보처럼.

그런 결함은 또 내 자아 중심주의에서 연유하기도 한다고 나는 생각한다. 나의 자아 중심주의는 사실 어찌나 대단한 것인지 나는 모든 고통 받는 사람들에게 순식간에 나 자신을 발견하며, 그들의 상처 속에서 아파하는 것이다. 그것은 인간에게만 한정된 것이 아니고, 짐승들, 나아가선 식물들에게까지 확산된다. 믿을 수 없을 만큼 많은 사람들이 투우장에 모여 상처 입고 피 흘리는 황소를 전율도 없이 바라볼 수 있다. 나는 아니다. 나는 그 황소다. 사람들이 나무를 벨 때, 고라니, 토끼 또는 코끼리를 사냥할 때, 나는 항상 조금 아팠다. 반면, 사람들이 닭을 잡는다는 생각만은 아무렇지도 않다. 닭 속에 내가 깃들어 있다고까지 상상하는 데까지는 도달하지 못한다.

뮌헨선언의 전야였다. 사람들은 전쟁에 대하여 많은 이야기를 하였고, 비요르코에 있는 나의 구슬픈 유형지로 배달되는 편지에서 어머니의 문체는 벌써 쩡쩡 울리고 쇳소리가 나는 악센트를 취하고 있었다. 정력적인 필치에, 마치 벌써 적들 위로 진군하고 있는 듯 앞으로 기울어진 커다란 글씨로 된 그 편지들 중 하나는 나에게 다만 이렇게만 말하고 있었다 '프랑스는 이기리라, 왜냐하면 프랑스이니까.' 지금까지도 나는 1940년에 있었던 우리의 패배를 그보다 더 잘 예언하고, 우리의 무방비 상태를 그보다 더 잘 설명한 것은 결코 없었다고 생각한다.

나는 자주 우리 나라를 향한 한 러시아 노인네의 그 놀라운 사랑의 '왜'와 '어떻게'를 풀어보려 노력하였다. 그러나 결코 그럴싸한 설명에 도달하지 못하였다. 아마도 분명 어머니의 마음속에 1900년, 그러니까 프랑스가 사람들이 생각하는 최상의 것이었던 시절에 유행하였던 부르주아적 사상과 가치관과 견해가 단단히 박혀버렸기 때문이리라. 또 어쩌면 어머니가 파리를 여행하는 동안 받은 청춘의 어떤 상처가 그 근원에 있었을지도 모른다. 그렇더라도 나는 하등 놀라지 않으리라. 나 또한 스웨덴에 대해서라면 평생 크나큰 관용을 보여왔으니까. 나에게는 항상, 당당한 이유들 뒤에 숨은 어떤 내적인 충동을 찾아내고, 소란스러운 심포니의 심장부에서 갑자기 귀끝을 두드리러 올 부드러운 플루트의 작은 소리를 기다리는 경향이 있다. 결국 가장 단순하고, 가장 사실 같은 설명이 남아 있는데, 그것은 사람들이 진정 사랑할 때면 항상 그렇듯이 어머니가 아무 이유 없이 그냥 프랑스를 사랑했다는 것이다. 어쨌든 그러한 심리적 세계에, 곧 내 소맷부리를 장식하게 될 공군 소위의 계급줄이 무엇을 의미했을지 상상해보라. 실제로 나는 거기에 들어가게 되었다. 나는 법학 학사 과정은 아주 어렵게 끝냈으나, 그 대신 파리의 제4장교 훈련소에 들어갈 수 있었다.

곧 다가올 나의 군사적 위업에 열광한 어머니의 애국심은 그때 예기치 않았던 양상을 띠게 되었다.

사실 나의 히틀러 공격 시도가 불발로 끝났던 것이 바로 그 시기였다.

신문들은 그 사건을 쓰지 않았다. 나는 프랑스와 세계를 구하지 못했고, 그렇게 아마 영영 다시 오지 않을 기회를 놓치고 말았던 것이다.

사건은 1938년, 스웨덴에서 돌아왔을 때 일어났다.

내 보배를 다시 얻을 모든 희망을 포기하고, 처세술이라고는 전혀 없는 브리지트의 남편에게 실망과 구토를 느끼며, 어머니가 내게 약속하였던 그 모든 것에도 불구하고 누군가가 나보다 다른 사람을 더 좋아한다는 사실에 멍청해진 나는, 절대로, 절대로 여자를 위해선 아무것도 하지 않으리라 결심하고, 내 상처를 핥기 위해, 그리고 공군에 편입되기 전 몇 주일을 집에서 보내기 위해 니스로 돌아왔다.

나는 역에서 택시를 탔다. 강베타 거리의 모퉁이에서 당트 거리로 돌자마자 나는 먼발치로 호텔 앞 작은 정원에서 언제나처럼 다정하게 놀리는 듯 미소 짓는 형체를 보았다.

그러나 어머니는 보통과 매우 다르게 나를 맞아주었다. 물론, 나는 눈물과 끝없는 포옹과 감동과 만족에 찬 킁킁거림을 기대하고 있었다. 그러나 작별 인사 비슷한 이 흐느낌, 이 절망적인 시선을 기대한 것은 아니었다. 어머니는 한동안 내 품 안에서 울고 떨고 하다가는 가끔씩 내 얼굴을 더 잘 보기 위해 몸을 떼어내곤 하였다. 그러고선 다시 새로운 격정으로 내 품에 쓰러지는 것이었다. 나는 불안에 사로잡혀, 근심스럽게 어머니의 건강 상태를 살펴보았다. 그러나 그게 아니었다. 어머니는 건강한 것 같았고, 일도 잘 되어가고 있었다. 그렇다. 모든 것이 잘 되어가고 있었다. 그런데 또다시 새로운 눈물의 폭발과 가슴 막히는 흐느낌. 마침내 어머니는 진정하였고, 야릇한 태도로 내 팔을 잡더니 나를 비어 있는 식당으로 데리고 갔다. 우리는 구석에 있는 우리가 늘 앉던 자리에 앉았다. 그리고 거기서 어머니는 더 이상 지체하지 않고 나를 위해 어머니가 짜놓은 계획을 일러주었다. 그것은 매우 단순하였다. 내게 베를린으로 가서 히틀러를 죽임으로써 프랑스를 구하고, 부수적으로 세계도 구하라는 것이었다. 어머니는 무엇이든 다 훤히 내다보고 있었다. 나의 최종적 무사함까지. 왜냐하면 내가 잡힌다고 가정해도— 나는 너를 잘 아니까, 네가 잡히지 않고 히틀러를 죽일 수 있다는 걸 알지마는, 그래도 혹시 잡힌다고 가정하여도—, 최강국들, 프랑스, 영국, 미국이 내 석방을 위해 최후 통첩을 할 것임은 너무나도 명백한 사실이기 때문이라는 것이었다.

고백하지만, 나는 한순간 망설였다. 나는 조금 전까지도 여러 가지 방면에서 투쟁하였고, 불쾌한 경우가 많은 갖가지 일을 열가지나 했고, 게다가 인심 좋게도 종이 위에, 또 삶 속에 내가 지닌 최상의 것을 주지 않았던가. 지금 당장 이 삼복더위에 히틀러를 죽이기 위해 말할 것도 없이 삼등 열차를 타고 베를린에 간다는 것은, 그것이 필요로 하는 신경 소모와 피로와 준비들과 더불어 전혀 기분이 내키지 않는 일이었다. 나는 잠시라도 지중해 연안에 있고 싶었다. 나는 지중해와 헤어지는 것을 결코 잘 견디지 못하였다. 시월이 돌아올 때 그 휘러〔히틀러를 칭하던 호칭으로 지도자라는 뜻〕를 죽이러 가는 것이라면 훨씬 내 마음에 들 텐데. 나는 잠 안 오는 밤이면 맥이 빠져서, 만원 기찻간의 딱딱한 의자를 생각해보곤 하였다. 히틀러가 나타나주길 기다리며 베를린의 거리에서 하품하며 보내야 할 지루할 시간들은 말하지 않더라도 말이다. 간단히 말해 나에겐 열성이 없었다. 그러나 결국, 면할 길은 없었다. 그래서 준비를 했다. 나는 권총을 매우 잘 쏘았고, 약간 실습이 부족하긴 하였으나 그래도 스베르들롭스키 대위의 체육관에서 받은 훈련은 아직도 지방 사격장에서 나를 빛내주는 터였다. 나는 지하실로 내려가 궤짝 속에 넣어두었던 권총을 가지고 왔다. 그러고는 표를 사러 갔다. 신문에서 히틀러가

베르히테스가텐에 있다는 것을 알게 된 나는 기분이 좀 나아졌다. 왜냐하면 칠월의 찌는 듯한 더위 속에서 도시의 공기를 호흡하는 것보다는 바바리아 알프스의 숲 공기를 마시는 편이 더 좋았기 때문이다. 또 나는 내 원고들을 잘 정리해두었다. 어머니의 낙관론에도 불구하고 나는 내가 살아서 도망쳐 올 수 있을지 전혀 자신이 없었던 것이다. 나는 편지 몇 통을 썼고, 내 군용 자동 권총에 기름을 칠했으며, 내 무기를 보다 더 안전하게 숨기기 위해 나보다 뚱뚱한 친구에게 저고리를 빌렸다. 나는 굉장히 화가 났고 몹시도 기분이 나빴다. 그해 여름은 유난히 무더웠던데다, 몇 달 떨어져 있다 만나니 지중해는 그 어느 때보다도 사랑스러웠으며, 게다가 '그랑드 블뢰'는 우연처럼 지적이고 교양 있는 스웨덴 처녀들로 득실대고 있었으니 더했다. 그 동안 어머니는 한시도 쉬지 않고 나를 따라다녔다. 자랑과 감탄에 찬 어머니의 시선이 어디고 나를 따라다녔다. 나는 기차표를 받아들고, 독일 철도가 내게 삼십 퍼센트 할인을 해준 것을 보고 깜짝 놀랐다. 방학 중 여행을 위한 특별 대우였다. 떠나기 전 사십팔 시간 동안 나는 소금 친 오이를 먹는 양을 신중하게 제한하였다. 장(腸) 장애를 피하기 위해서였다. 그것은 어머니에 의해 매우 나쁘게 해석될 위험이 있기 때문이었다. 마침내, 위대한 날의 전야, 나는 마지막으로 수영하기 위해 '그랑드 블뢰'에 갔다. 그리고 감개가 무량하게 나의 마지막 스웨덴 처녀를 바라보았다. 바로 그 해안에서 돌아왔을 때, 나는 나의 위대한 비극 여배우가 살롱 안락의자에 쓰러져 있는 것을 발견하였다. 나를 보자마자, 그 여배우는 어린아이처럼 얼굴을 찌푸리더니 두 손을 모아잡았다. 그러더니 내가 손짓을 할 시간도 갖기 전에 벌써 눈물이 비 오듯 쏟아지는 얼굴을 하고 무릎을 꿇는 것이었다.

"제발 애야, 그것을 하지 마라! 너의 영웅적인 계획을 포기해라! 영웅적 행위일랑은 네 불쌍한 에미를 위해 해라. 그들은 외아들에게 그걸 요구할 권리가 없어! 나는 널 키우기 위해 널 사나이로 만들기 위해 그토록 투쟁해왔는데. 그래서 마침내…… 아, 하느님!"

눈은 공포로 커다래지고, 얼굴은 아연실색, 두 손을 모으고……

나는 놀라지 않았다. 너무도 오래전부터 나는 '조건화'되어 있었던 것이다! 너무도 오래전부터 나는 어머니를 알고 있었고, 그토록 완전하게 어머니를 이해하고 있었다.

"하지만 차표를 벌써 산걸" 하고 내가 말했다.

사나운 결의의 표정이 어머니의 얼굴에서 공포와 절망의 흔적을 깨끗이 씻어내버렸다.

"환불해줄 거다!" 지팡이를 집어들며 어머니가 선언하였다.

나는 그 점에 대해 추호도 의심하지 않았다.

이렇게 되어 나는 히틀러를 죽이지 않았다. 보다시피, 다 죽인 것이나 다름없었는데.

28

이제 어머니와 나의 소위 계급 사이엔 겨우 몇 주일만이 가로놓여 있었다. 우리 두 사람이 얼마나 초조하게 우리의 징병 일을 기다렸는지 상상이 될 것이다. 우리는 급했다. 어머니의 당뇨병이 더 위중해져서 의사들이 시험해본 갖가지 식이요법에도 불구하고 혈당량이

때로 위험할 정도까지 높아지곤 하였던 것이다. 어머니는 또다시 시장 한복판에서 인슐린에 의한 혼수 상태를 일으켰고, 팡탈레오니 씨의 과일 판매대 위에 누워서야 그가 신속하게 설탕물을 입에 부어 넣어준 덕택으로 의식을 되찾았다. 시계와 겨루는 내 경주는 절망적인 양상을 띠기 시작하였으며, 나의 문학은 그것을 반영하였다. 세상이 놀라서 입을 헤 벌리게 할 어떤 굉장한 꽹과리를 울리고 싶은 욕망 속에서 나는 내가 낼 수 있는 이상으로 목소리를 쥐어짰다. 위대해지려 하다가 삐걱거리는 소리와 과장에 지고 말았다. 모두에게 내 키를 깨닫게 하기 위해 발끝으로 섬으로써, 나는 내 야망의 치수만을 보여주었다. 천재성을 보여주려 결심한 나머지, 내가 도달한 것은 재능의 결여뿐이었다. 목에 칼이 들어오는 것을 느낄 때, 올바르게 노래하기란 어려운 것이다. 전쟁 중 내가 죽은 줄로 알았을 때 내 원고 중 하나를 평가해달라는 부탁을 받았던 로제 마르탱 뒤 가르가 '성난 양'이라고 했던 것은 옳은 말이었다. 아마도 내 투쟁의 고통스런 성격을 간파했던지, 어머니는 나를 돕기위해 가능한 모든 것을 하였다. 내가 문장들을 다듬고 있는 동안 어머니는 종업원, 순경들, 여행 안내자들과 씨름하고, 변덕스러운 손님들을 상대하였다. 영감이여, 무언가 깜짝 놀란 만큼 심오하고 독창적인 주제로서 내 안에서 모습을 나타내라, 하고 내가 재촉하고 있는 동안 어머니는 경쟁하듯, 어떤 것도 나의 창조적 도약을 방해하지 못하도록 보살폈다. 나는 이 말을 부끄러움도, 후회도, 나 자신에 대한 어떤 미움도 없이 쓴다. 어머니의 꿈 앞에서, 어머니의 유일한 삶의 이유, 투쟁의 이유 앞에서 나는 굴복할 수밖에 없었으니까. 어머니는 위대한 예술가가 되고 싶었고 나는 내가 할 수 있는 것을 모두 하였다. 한시바삐 어머니를 안심시키고, 한시바삐 어머니에게 나의 가치를 증명하고 싶은 마음에서, 그러나 무엇보다 나 자신을 안심시키고 나를 사로잡는 공포에서 벗어나기 위하여, 나는 때때로 주방으로 내려가곤 하였다. 대개는 뜻밖에도 적당한 시간에 출현하여 어머니와 주방장과의 격렬한 언쟁을 말린 뒤, 아직 열기도 가시지 않은, 특별히 근사하다고 생각되는 구절을 어머니에게 즉석에서 읽어주곤 하였던 것이다. 어머니는 잠시 화를 가라앉히고서, 거만한 동작으로 주방장에게 조용히 하고 귀기울이라는 표시를 하고는 극도의 만족감 속에서 내 낭독을 들었다. 어머니의 넓적다리는 주사 때문에 상처 투성이였다. 하루에 두 번씩 어머니는 한쪽 구석에 앉아 담배를 입에 물고서 종업원에게 계속 명령을 내리면서, 다리를 꼬고는 인슐린 주사기를 잡아 주삿바늘을 살 속에 꽂았다. 어머니는 지칠 줄 모르는 정력으로 일이 잘 돌아가도록 보살폈고, 서비스가 느슨해지는 것은 어떤 것도 용납지 않았으며, 영불 해협 저쪽에서 온 손님들의 욕망, 두려움, 기발한 생각, 변덕 등에 보다 쉽게 대처하기 위해 영어까지 배우려 애썼다. 상냥하고 미소에 넘치며 언제나 여행자들과 마음이 맞는 사람이 되기 위해 어머니가 기울이는 노력들은 어머니가 지닌 개방적이고 충동적인 성격에 완전히 정반대로 거슬렸고, 그래서 어머니의 신경 상태를 더욱 심각하게 만들었다. 어머니는 하루에 골루아즈를 세 갑이나 피웠다. 피우기 시작하자마자 짓이겨 꺼버리고 금방 새 담배를 피웠으니까, 담배 한 개비를 완전히 피운 일은 결코 없긴 하였지만. 어머니는 잡지에서 군대 분열식 사진을 한 장 오려내어 그것을 손님들, 특히 여자 손님들에게 보여주었다. 몇 달 후면 내가 입게 될 근사한 군복에 대해 감탄하도록 강요하면서 말이다. 나는 예전에 하던 대로 식당 일을 돕고, 식사 시중을 들고, 아침에 객실로 아침 식사를 날라다줄 수 있도록 허락을 얻는 데 매우 힘이 들었다. 그런 일들은 장교로서의 내 위치에 걸맞지 않다고 생각한 때문이었다. 자주, 어머니는 스스로 손님의 가방을 받아들고는, 내가 도와주려 하는 것을 뿌리치려 애썼다. 그러나, 전에는 못 보던 어떤 새로운 희열이 어머니에게서 빛나는 것을 볼 때, 가끔씩 나를 바라보는 승리감에 찬 것 같은 그 미소를 볼 때, 어머니가 목표에 도달한 것 같은 느낌을 느끼고 있다는 것, 그리고 어머니 생애에 내가 찬란한 군복으로 갈아입고 메르몽 호텔에 다시 오는 날보다 더 아름다운 날은 없다고 생각하고 있다는 것은 분명하였다.

나는 1938년 11월 4일 살롱 드 프로방스로 징집되었다. 나는 신병 열차에 자리를 잡았다. 한 무리의 부모들, 친구들이 젊은이들을 역까지 전송 나왔지만, 프랑스 국기로 무장하고 가끔씩 '프랑스 만세'를 외치면서 끊임없이 그것을 흔든 사람은 오직 어머니뿐이었다. 그 일은 내게 적의 또는 조롱 섞인 눈초리들을 선사하였다. 그렇게 징집된 우리 '동기생'들은 열광의 결여와, 사람들이 억지로 자기들을 '머저리들의 장난'에 끌여들였다는 확고한 판단을 과시했다. 1940년의 사건들이 완벽하게 증명하게 될 판단이었다. 한 젊은 신병이 생각난다. 당시에 유행하던 반군사주의의 근사한 구호들과는 너무나 상반되는, 어머니의 극단적이고 맹목적인 애국 선언에 화가 난 그는 이렇게 투덜거렸다.

"프랑스 인이 아닌 게 뻔해, 저 여자 말이야."

나 자신 벌써부터 삼색기를 든 노인네의 억제할 수 없는 원기왕성에 지치고 화가 나 있었으므로, 그 말을 핑계 삼아 약간의 용기를 낼 수 있게 된 것이 몹시 기뻤다. 나는 앞자리에 앉은 녀석의 면상을 보기 좋게 받아버렸다. '파시스트,' '반역자,' '군대를 타도하라' 등의 고함이 사방에서 터져나오며 난투는 금방 번졌다. 그러는 동안, 기차가 흔들렸고, 국기는 플랫폼에서 절망적으로 흔들렸으며, 나는 겨우 입구 쪽에 모습을 비치고 손짓을 할까 말까 하는 사이 다시 결정적으로 싸움판 속으로 빨려들고 말았다. 나로 하여금 작별의 순간을 면할 수 있게 하여준 천만다행의 싸움이었다.

고급 군사 훈련을 받은, 정식 계급장이 있는 젊은이들은 징집되자마자 아보르 항공 학교로 가게 되어 있었다. 나는 여섯 주일 가까이 살롱 드 프로방스에 붙잡혀 있었다. 질문을 하면, 장교건 하사건 모두들 어깨만 들썩여 보일 뿐이었다. 나에 대한 지시는 받지 못하였다는 것이다. 나는 공식 수속을 거쳐 계속 청원하였다. 배운 대로 모두 '장교님의 높은 호의를 간청함을 영광으로 생각하오며……'로 시작되는 청원이었다. 아무 소득도 없었다. 마침내 특히 성실한 중위인, 바르비에 중위가 내 처지에 관심을 갖고, 나의 항의에 자기의 항의를 덧붙여주었다. 나는 아보르 항공 학교로 보내졌다. 총 석 달 반의 코스에서 한 달 늦게 도착한 것이었다. 지각한 만큼 벌충해야 한다는 것 때문에 용기를 잃을 수는 없었다. 나는 여기에 온 것이다. 드디어 여기에 도착한 것이다. 나는 스스로 그럴 수 있으리라고 생각지 못한 만큼이나 열성적으로 배움에 임하였고, 나침반 이론에서 약간 애를 먹은 이외에는 곧 친구들을 따라잡을 수가 있었다. 엄밀하게 말해서 공중 교육과 지상에서의 지휘—나는 갑자기 동작과 목소리에서 어머니의 권위를 온통 발휘하고 있는 자신을 발견하였다—이외의 각종 학과에서는 특별히 뛰어나지는 못했지만 말이다. 나는 행복했다. 나는 비행기를 사랑하였다. 특히 폐기 처분된 시점에 도달한 그 시기의 비행기, 아직도 인간에게 의지하고 인간을 필요로 하는 비행기—— 오늘날의 비행기들이 지니고 있는 비인격적인 느낌, 그래서 벌써부터 파일럿 없는 비행기도 시간 문제라고 느끼게 하는 그런 모습을 갖고 있지 않은 비행기들을. 몸을 집어 넣으려면 용을 써야 하는 우리의 가죽 비행복을 입고 비행장에서 보내는 긴 시간이 나는 좋았다. 가죽옷을 입고, 모자를 쓰고, 장갑을 끼고, 이마에 안경을 대고서 아보르의 진흙 속을 걸어 우리는 페르스산 말 같은 풍채에 근사한 기름 냄새를 풍기는 용감한 포테 25기에 기어올랐다. 이날까지도 나는 그 기름 냄새에 대한 향수 어린 추억을 콧속에 간직하고 있다. 시속 120으로 나는 구식 비행기의 뚜껑 없는 기체 밖으로 반쯤 몸을 기울이고 있는 수습 장교나, 기수대에 서서 손으로 지시를 내리고 있는 파일럿을, 늙은 무당벌레의 우아한 몸짓으로 허공을 치고 있는 검고 긴 날개를 가진 레오 20 복엽기의 그 파일럿을 상상해보라. 그러면 이해할 수 있을 것이다. 메써슈미트 110기가 나오기 일 년 전이요 영국 전투가 벌어지기 십팔 개월 전이었으니 우리가 1차대전에 대비해서는 매우 효과적이고 강력한 항공 정찰 훈련을 수료했다는 것을. 그리고 그 결과는 우리 모두 알고 있다.

이런 재미들 속에서 시간은 빠르게 지나갔고, 마침내 우리의 졸업 석차와 배속 부대가 우리에게 엄숙하게 통보될 위대한 '주둔지 선택식'의 날이 다가왔다. 군 소속 재단사는 벌써 내무반을 한 바퀴 돌아, 군복도 완비되었다. 어머니는 내 장비 값에 충당하라고 뷔파 시장의 팡탈레오니 씨에게서 빌린 오백 프랑을 보내주었다. 가장 큰 문제는 모자였다. 두 가지 형태의 모자가 주문 가능했다. 긴 챙과 짧은 챙. 마음을 정할 수가 없었다. 긴 챙은 나를 좀더 심술궂게 보이게 하였다. 그것은 굉장히들 원하는 바였다. 그러나 짧은 챙이 어울리기는 더 잘 어울렸다. 그러나 결국 나는 심술궂어 보이는 쪽을 택하기로 하였다. 나는 또 여러 번의 실패를 거쳐서 당시 비행사들 사이에서 몹시 유행하였던 작은 콧수염을 만들어 붙였고, 가슴에 금빛 날개를 그려넣었다. 글쎄, 시장에 나가 서 있는 편이 더 어울릴 차림이었지만, 그래도 전혀 불만스럽지 않았고, 오히려 그 반대였다.

주둔지 선택식은 유쾌한 설렘의 분위기 속에서 거행되었다. 가능한 주둔지의 이름들이 칠판 위에 씌어졌다 — 파리, 마라케츠, 메크네스, 메종 블랑슈, 비스카라…… 졸업 석차에 따라 모두들 마음대로 고를 수가 있었다. 최우수 그룹은 전통적으로 마로크를 선택하곤 하였다. 나는 가능한 한 자주 니스에 가서 어머니와 팔짱을 끼고 영국인 산책로와 뷔파 시장에 등장하고 싶었으므로, 남부에 배속될 수 있기에 충분히 좋은 석차이기를 열렬히 원했다. 파이앙스 공군 기지가 내 생각에 가장 들어맞는 곳 같았다. 학생들이 자기들이 좋아하는 곳을 말하기 위해 일어날 때마다 나는 칠판 위에 씌어진 그곳을 불안하게 지켜보았다.

나는 알맞은 석차로 졸업할 수 있으리라는 긍정적인 기대를 갖고 있었으므로 자신 있게 대위가 우리의 이름을 부르는 것을 듣고 있었다.

열번째, 쉰번째, 일흔다섯번째…… 파이앙스로 가지 못하게 될 것이 거의 확실해졌다.

우리는 총 이백구십 명이었다.

팔십번째 학생을 끝으로 파이앙스는 마감되었다. 나는 기다렸다. 백 이십번째, 백오십번째, 이백번째…… 여전히 내 이름은 없었다.

우울하고 진흙탕인 북부의 공군 기지가 무시무시한 속도로 내게 다가오고 있었다. 그것은 신나는 일은 아니었다. 그러나 어머니에게 내 졸업 석차를 꼭 말해야 할 필요는 없었다.

이백오십, 이백육십번째…… 끔찍한 예감이 문득 내 심장을 얼어붙게 하였다. 지금도 관자놀이에 배어 나오기 시작하던 식은땀이 느껴진다…… 아니, 이것은 추억이 아니다. 이십 년의 간격을 두고 있건만 지금 막 내 손으로 땀을 닦아냈으니 말이다. 파블로프가 말한 반사 작용이 아닐까 생각한다. 오늘날까지도 이 추악한 순간을 생각만 하면 관자놀이 위에 땀방울이 맺히는 것이다.

삼백 명 가까이 되는 수습 장교들 가운데에서 나는 장교로 임명되지 못한 유일한 학생이었다.

나는 상사로도, 하다못해 중사로도 임명되지 못했다. 관례에도, 규칙에도 없는 일이었다. 나는 하사로 임명되었다.

주둔지 선택식이 끝난 뒤 몇 시간을 나는 일종의 악몽, 일종의 끔찍한 혼미 상태 속에서 허우적거렸다. 나는 아연실색하여 잠잠해진 동료들에 둘러싸여 입구에 망연히 서 있었다. 나의 온 힘은, 똑바로 서고 인간의 얼굴을 유지하려 애쓰며 무너지지 않는 데 쓰였다. 아마 미소까지 지었을 것이다.

보통, 고등 군사훈련필증을 가지고 있으며 연수를 끝낸 학생에게 이런 식의 명령의 철회가 내려지는 것은 규율과 관계있는 이유에서일 뿐이다. 두 명의 수습 파일럿이 그런 이유로 '제지되었다.' 그러나 내 경우는 그것도 아니었다. 나는 아주 사소한 주의조차 받은 일이 없었다. 연수의 앞 기간을 빼먹긴 하였지만 자의가 아니었고, 어쨌든 우리 반의 감독인 냉정하고 정직한 생시르 군사 학교 출신 중위 자카르가, 아보르로 보내는 군사 명령이 늦게 떨어지긴 했지만 내 성적이면 장교로 임명되는 것이 전적으로 당연하다고 말했었으며, 나중엔 서면으로도 확인하였던 것이다. 무슨 일이 있었던 것일까? 웬일일까? 무엇 때문에 법을 무시하고 육 주 동안 나를 살롱 드 프로방스에 잡아두었었던 것일까?

할 말을 잃은, 혹은 화가 난 동료들이 다투어 내 손을 잡으려 하는 동안, 나는 목이 메인 채 정신을 잃고 서 있었다. 이번에는 그저 단순히 인간의 얼굴을 하고 있는 스핑크스 앞에서, 이해해보려고, 상상해보려고, 해석해보려고 애쓰면서. 나는 미소를 지었다. 내가 맡은 역할에 충실했다는 말이다. 그러나 죽을 것 같았다. 어머니의 얼굴이 눈앞에 나타났다. 삼색기를 자랑스럽게 흔들면서 니스역 플랫폼에 서 있는 어머니의 모습이 보였다.

오후 세 시, 내가 내 매트 위에 길게 누워 천장을 바라보고 있는데 피야유—피예유? 파유?—중사가 날 찾아왔다. 나는 그를 알지 못했다. 한 번도 본 일이 없는 사람이었다. 그는 창공을 나는 사람이 아니라 사무실에서 서류나 긁적이는 사람이었다. 그는 주머니에 두 손을 찌르고 내 침대 앞에 우뚝 섰다. 그는 가죽 웃옷을 입고 있었다. 나는 냉혹한 마음으로 생각했다. '권리가 없다. 가죽 웃옷은 비행사나 입는 것이지.'

"왜 불합격했는지 알고 싶은가?"

나는 그를 바라보았다.

"네가 귀화한 사람이기 때문이다. 너무 최근에 귀화했어. 삼 년은 길다고 할 수 없어. 어쨌든 이론상 P.N.에서 복무하려면 프랑스 인의 아들이거나 적어도 귀화한 지 십 년은 되어야 한다. 그러나 그런 경우도 없었어."

나는 내가 그에게 뭐라고 했는지 기억나지 않는다. '나는 프랑스인이오'라든가 뭐 그 비슷한 말이었을 것이다. 왜냐하면 그가 갑자기 불쌍하다는 듯 이렇게 말했으니 말이다.

"넌 무엇보다, 멍청이다."

그러고도 그는 가지 않았다. 그는 화가 나고 분개해 있는 것 같았다. 아마도 그는 어떤 일이건 불의는 참지 못하는 나 같은 사람인 모양이었다.

"고마워요" 하고 내가 그에게 말했다.

"너를 한 달간 살롱에 묶어둔 것은 그때 너에 대해 조회하고 있던 중이라 그랬던 거야. 그런 다음 사람들이 널 P.N.이 되도록 내버려둘 것인지, 아니면 보병에 집어넣을 것인지 의논했다. 결국 항공성에서는 좋다고 했는데, 여기서는 반대를 한 거지. 인기도를 걸고 넘어진 거야."

'인기도'란 해명도 필요 없고, 시험과도 무관하며, 그 사람이 지닌 인상에 따라 학교에 통지하는, 호소할 길 없는 결정적인 사항이었다.

"너는 화낼 수도 없게 됐어. 합법적인 거니까."

나는 여전히 등을 대고 누워 있었다. 그는 한동안 그냥 거기에 서 있었다. 그는 동정을 잘 표현할 줄 모르는 녀석이었다.

"너무 속 끓이지 말게" 하고 그가 말했다.

그러고는 이렇게 덧붙였다.

"결국 제 놈들이 먹힐 걸."

바로 그때, 처음으로 나는 프랑스 군인이 프랑스 군대에 그런 표현을 쓰는 것을 들었다. 그때까지 나는 독일에서만 그런 표현을 쓰는 줄 알았었다. 나는 토하고 싶다는 생각밖에는 미움도 원한도 아무것도 느끼지 않았다. 그리고 그 구토와 싸우기 위해 나는 지중해와 그곳의 예쁜 처녀들을 생각하려 애썼다. 나는 눈을 감고 그들의 팔 안에 숨었다. 어떤 것도 나를 다치게 할 수 없으며, 무엇이든 다 가능한 그곳에. 내무반 안, 내 주위는 텅 비어 있었지만, 그러나 내게는 동반자가 있었다. 어릴 적의 원숭이 신들이 어머니가 그토록 애를 써서 내게서 떨쳐버린, 그리하여 우리 뒤 먼 곳에, 폴란드와 러시아에 떨쳐버리고 왔다고 그토록 확신하고 있던 원숭이 신들이 그들에게 금지된 땅이라 믿었던 이 프랑스 땅에서 갑자기 내 위에 우뚝 버티고 서 있는 것이었다. 그리고 지금 이성의 나라로 올라오는 그들의 우매한 웃음소리를 나는 듣고 있었다. 방금 내게 가해진 옳지 못한 타격에서 나는 아무 어려움 없이 어리석음의 신 토토슈의 주먹을 알아 보았다. 드골이라는 어떤 육군 대령의 군사 이론을 쓸데없는 헛수고라고 믿게 한 후, 이제 곧 히틀러를 유럽의 주인으로 만들고, 독일의 장갑차들에게 나라의 문을 열어주게 될 어리석음의 신 토토슈 말이다. 그러나 무엇보다도 특히 내가 잘 알아본 것은 머저리 같은 소시민의 신 필로슈였다. 그리고 내 가슴을 터지게 만드는 것, 그것은 지금 그놈이 우리 공군의 군복과 모자를 착용하고 있다는 점이었다. 늘 그렇듯이 나는, 인간들을 내 적들로 간주할 수는 없었기에 하는 말이다. 모호하게, 무어라 설명할 수도 없게, 나는 내 등을 친 사람에게조차 내가 동맹군이요 방어자라고 느꼈다. 내게 그런 모욕을 준 사회적, 역사적, 정치적 상황을 나는 분명히 알고 있었고, 그런 독들에 대항하여 싸우려고 결심한 바 있었지만, 내가 눈을 들어 고집스럽게 바라본 것은 보다 높은 승리였다. 내 속에 어떤 원시적인, 이교도적인 강한 요소가 내재되어 있는 탓일까, 아무튼 나는 하찮은 도발에도 항상 주먹을 쥐고 밖을 향해 돌아선다. 나는 우리의 오랜 항거의 전통 속에서 명예롭게 내 자리를 지키기 위해서라면 내가 할 수 있는 것은 무엇이든 한다. 나는 인생을 거대한 릴레이 경주라고 생각한다. 우리들 각자는 쓰러지기 전에 인간 존재에 대한 내기를 보다 멀리 가져가야 하는 것이다. 나는 우리의 생물학적, 지적, 육체적 한계가 어떤 식으로건 최종적인 성격을 지녀서 도저히 깨부술 수 없다는 것을 결코 인정하지 않는다. 나의 희망에는 거의 한계가 없다. 때로는 종(種)의 피가 내 안에서 노래하기 시작하고, 형제인 대양의 노호가 내 혈관 속으로 달려오는 것처럼 느낄 만큼, 나는 투쟁의 결과를 신뢰한다. 그러면 나는 다시 너무도 큰 기쁨과 희망에의 도취와 승리에의 확신을 느낀 나머지, 부러진 창들과 방패로 뒤덮인 땅위에서, 마치 내가 첫 전투의 새벽에 있는 양 느끼는 것이다. 아마도 그것은 내 어머니에게서 물려받은 것이 틀림없는 저급하고 원시적인, 그러나 항거할 수 없는 어떤 어리석음 또는 천진성에 기인하는 것이리라. 이 사실을 완전히 인식하고 있으니 미칠 노릇이지만, 나는 그것에 대항하여 아무 짓도 할 수가 없다. 그리고 그것은 절망해야만 할 때 내게 매우 어려움을 주는 것이다. 나는 말하자면 결코 절망에 이르지 못한다. 다만 그런 체할 수밖에 없다. 신뢰와 유전적 낙관주의의 불씨가 항상 내 가슴속에 자리 잡고 있어서, 그것이 불타오르려면 나를 둘러싼 어둠이 가능한 한 최대로 두껍기만 하면 되는 것이다. 아무리 인간들이 눈물겹도록 어리석게 굴어도, 아무리 프랑스 장교의 군복이 비루함과 어리석음의 보금자리

구실을 하더라도, 아무리 인간의 손들이—프랑스, 독일, 러시아, 미국의 손들이 갑자기 놀랍도록 더러운 것으로 드러나더라도, 불의(不義)는 다른 곳에서 오는 것 같고, 인간은 그것의 도구가 되면 될수록 그만큼 희생자인 것만 같다. 가장 혹심한 정치적 또는 군사적 난투를 겪으면서도 나는 끊임없이 무언가 적과 함께하는 공통의 전선을 꿈꾼다. 나의 자아 중심주의는 나로 하여금 형제 살해의 투쟁에 완전히 적응할 수는 없게 만들며, 근본적으로 나와 같은 운명을 나누고 있는 사람들에게서 빼앗을 수 있는 그 어떤 승리도 나는 생각할 수 없다. 또한 나는 완전히 정치적인 동물이 될 수 없다. 끊임없이 내 적들 모두에게서 '나'를 발견하기 때문이다. 정말 고질병이 아닐 수 없다.

나는 젊은 혈기 속에서 온통 뻣뻣해져서, 길게 뻗은 채 그냥 거기에 그러고 있었다. 그러고도 웃으면서, 내 몸이 맹렬한 육체적 욕구 때문에 조금 들려졌으며, 한 시간도 더 내 피의 야성적이고도 원초적인 부르짖음과 싸웠던 것이 기억난다.

그 근사한 대위들, 그리고 그들의 모진 일격에 대해서라면, 나는 그들을 오 년 후 다시 만났다. 그들은 여전히 대위들이었지만, 그러나 전처럼 근사하진 않았다. 아주 작은 휘장 하나 그들의 가슴을 장식하고 있지 않았다. 그러고는 그들은 자기들을 사무실에서 맞이한 이 또 다른 대위를 정말 야릇한 표정으로 바라보는 것이었다. 나는 그때 조국 해방 전선의 유공자였고, 레지옹 도뇌르 기사장 수여자였으며, 십자 무공 훈장 소유자였다. 그리고 나는 전혀 그것을 숨기려 하지 않았다. 나는 겸손보다는 분노 때문에 훨씬 더 잘 안색을 붉히는 사람이다. 나는 잠시 동안 그들과 함께 아보르에 대한 추억담을 나누었다— 악의 없는 추억담을. 나는 그들에게 어떤 증오도 느끼지 않았다. 그들은 오래전에 죽어 땅에 묻혔다.

그 실패의 또 다른 결과는, 정말 생각지도 않았던 일인데, 그 순간부터 나는 내 자신이 진정한 프랑스 인이라고 느끼기 시작했다는 점이었다. 마치, 그 요술 지팡이가 머리통을 후려치는 바람에 진정으로 동화된 것처럼 말이다.

결국 프랑스 인들도 유별난 종족이 아니며 나보다 우월하지 않고, 그들 역시 바보 같고 우스꽝스러울 수 있다— 간단히 말하여, 명백하게 우리는 형제다, 라고 생각되었던 것이다.

나는 마침내 프랑스도 천 가지 얼굴로 만들어졌고, 아름다운 얼굴도 미운 얼굴도 있고, 고상한 얼굴도 흉측한 얼굴도 있다는 것, 그러므로 나는 나와 가장 닮은 것 같은 얼굴을 선택해야 한다는 것을 깨달았다. 나는 완전히 성공하지는 못했지만, 정치적 동물이 돼보려고 애를 썼다. 나는 노선을 정하고, 내게 행해지는 충성 서약과 성실의 약속을 가려 선택하고, 더 이상 깃발에 눈이 어두워지게 하지 않으며, 그것을 들고 있는 자의 얼굴을 분간해내려 애썼다.

어머니가 남아 있었다.

나는 낙제 소식을 어머니에게 알릴 결심이 서지 않았다. 어머니는 얼굴에 발길질을 당하는 데 익숙해져 있다고 아무리 되씹어 생각해도 소용없었다. 어쨌거나 그 발길질을 어떻게 요령 있게 하느냐를 연구하지 않을 수 없었다. 우리는 각자 배속 부대로 가기 전에 일주일간 휴가를 받았다. 나는 여전히 결심을 못한 채 기차에 올랐다. 마르세유에 도착하자, 나는 기차에서 내려, 탈영해버리든가 화물선에 취직하든가 외인 부대에 지원하든가 영원히 어디로 사라져버리고 싶었다. 의아함과 놀라움으로 충격을 받은 커다란 두 눈을 들어 나를 바라볼 지치고 주름진 그 얼굴에 대한 생각은 견디지 못할 무엇이었다. 나는 구토증에 사로잡혔고, 기운이라고는 겨우 화장실에 드나들 정도였다. 마르세유에서 칸까지 가는 동안 나는 개처럼 구역질을 하였다. 니스역에 도착하기 겨우 십 분 전에야 진정한 영감이 떠올랐다. 어떤 값을 치르더라도 상처입지 않도록 해야 할 것은, 어머니의 머릿속에 있는 '온갖 정의와 온갖 아름다움을 지닌 나라'라는 프랑스의 이미지였다. 내가 어떤 대가를 치르더라도 결단코 해내기로 결심한 것이 바로 그것이었다. 프랑스는 타격을 받지 않아야만 한다. 어머니는 그 실망을 견디지 못할 것이다. 어머니를 너무도 잘 알고 있는 나는 어머니 마음을 위로해줄 뿐 아니라, 어머니가 내게 품고 있는 그 높은 이상까지 확신시켜줄 수 있는 매우 단순하고도, 매우 그럴 듯한 거짓말을 생각해내었다.

단테 거리에 다다랐을 때, 나는 새로 칠한 메르몽 호텔 앞 벽에서 나부끼고 있는 삼색기를 보았다. 그런데 그날은 국경일이 아니었다. 옆 건물들의 비어 있는 벽들을 힐끗 바라보자 그것을 곧 확인할 수 있었다.

갑자기 나는 그 깃발이 말하고자 하는 바를 깨달았다. 어머니는 막 공군 소위로 임관된 아들이 집으로 돌아오는 것을 기리기 위하여 깃발로 장식해놓았던 것이다.

나는 택시를 세웠다. 택시값을 치르자마자 다시 아프기 시작했다. 나는 나머지 길을 심호흡을 해가며 기운 빠진 다리로 걸었다.

어머니는 호텔 현관의 구석 자리 카운터 뒤에서 나를 기다리고 있었다. 소매에 새로 수놓은 붉은 하사 계급줄과 나의 보통 병사 군복을 보자마자, 어머니의 입이 벌어졌고 내가 인간에게서건 짐승 또는 어린애에게서건 도저히 견디지 못하는, 이해력 상실로 말문이 막혀 버린 그 동물적 시선이 나를 올려다보았다…… 나는 모자의 챙을 눈까지 깊숙이 내리고 있었다. 나는 냉정한 표정을 짓고, 비밀스럽게 미소 지었으며, 겨우 어머니를 끌어안고 나자마자 어머니에게 말하였다.

"이리 오세요. 정말 웃기는 일이에요. 나한테 일어난 일 말이에요. 하지만 아무도 들어서는 안 되는데."

나는 어머니를 식당 안 우리 자리로 데리고 갔다.

"난 소위로 임관되지 못했어요. 삼백 명 중에 나 혼자만 임관되지 못한 거예요. 풍기 문제에 관련된 잠정적 조처로……"

어머니의 가련한 얼굴은 신뢰를 가지고, 믿을 준비, 동의할 준비가 다 된 표정으로 기다리고 있었다……

"풍기 문제로 난 여섯 달 기다려야 돼요. 들어보세요……."

누가 엿듣고 있지 않나 힐끗 살피고.

"항공 학교 중대장 부인을 홀려놓았거든요. 어쩔 수가 없었어요. 부관이 우리 이야길 폭로했어요. 남편은 제재를 요구했고……"

그 가엾은 얼굴 위에 잠시 망설임이 떠올랐다. 그러더니 해묵은 낭만적 기질과 안나 카레니나의 추억이 다른 모든 것을 눌러 이겼다. 미소가, 크나큰 호기심의 표정이 입술 위에 그려졌다.

"예쁘니?"

"상상도 못 할 거예요" 하고 나는 간단하게 대답하였다. 나는 내가 빠질 위험을 알고 있었다. 그러나 나는 한순간도 망설이지 않았다.

"사진 있니?"

아니, 나에겐 사진이 없었다.

"그 여자가 보내준다고 했어요."

어머니는 놀라운 자부심을 가지고 나를 바라보았다.

"돈 후앙이다!" 하고 어머니가 소리쳤다. "카사노바야! 내가 늘 그랬지!"

나는 겸손하게 미소 지었다.

"남편에게 죽을 뻔했구나!"

나는 어깨를 들썩여 보였다.

"그 여자는 널 사랑하는 거니?"

"사랑해요."

"너는?"

"아, 어머니두, 아시면서" 하고 나는 심술궂은 표정으로 말했다.

"그래선 못 써" 하고 어머니가 말했다. 전혀 진심이 아닌 투로. "그 여자에게 편지 쓰겠다고 약속해라."

"아! 쓰고말고요."

어머니는 잠시 생각에 잠겼다. 새로운 생각이 어머니의 머릿속을 지나갔다.

"삼백 명 중에, 소위로 임관 안 된 단 하나라니!" 하고 어머니는 한없는 자부심과 경탄을 가지고 말하였다.

어머니는 차와 잼과 샌드위치와 케이크와 과일을 찾으러 달려갔다. 어머니는 식탁에 앉아, 강렬한 만족감으로 코를 킁킁대었다.

"죄다 이야기해다오" 하고 어머니가 명령했다.

내 어머니는 아름다운 이야기들을 좋아했다. 나는 그런 이야기를 많이 해드렸다.

29

이렇게 솜씨 있게 가장 급한 일부터 처리를 해놓고, 다시 말하여 어머니에게 내 낙제에 대해 사교계 인사의 섬세함을 발휘하여 설명드림으로써 어머니의 눈앞에서 붕괴될 뻔한 프랑스부터 구해놓고, 나는 다음 문제에 대처하였다. 그 문제에 대해서는 훨씬 잘 대처할 수 있을 것 같았다.

넉 달 전 징집되었을 때, 나는 수습 장교의 신분으로 살롱 드 프로방스에 편입되었다. 그 신분은 나를 특수한 범주에 속하게 만들었다. 하사관들은 나에게 명령할 권리가 없었으며, 사병들은 존경하는 듯한 시선으로 나를 보았었다. 그런데 이제 나는 일개 하사로서 그들 속으로 다시 온 것이었다.

내게 닥친 운명이 어떤 것이었을지, 내가 삼켜야만 했던 빈정거림과, 잡역과, 갖가지 신참 골탕먹이기와, 야유와 미묘한 조롱이 어떠했을지 상상할 수 있으리라. 내 동료 하사관들은 나를 부를 때면 꼭 '내 두 곱 나가시는 하사님'이라든가, 아니면 더욱 우아하게 '항문과 관장 하사'라고 불렀다. 그 시기는 군대가 안락과 감미로운 정신적 타락 속에서 서서히 해체되고 있던 시기였다. 그 정신적 타락은 1940년에 패배를 맛보게 될 어떤 이들의 영혼 속에까지 스며들기에 이르게 된다. 살롱으로 돌아와 처음 몇 주일 동안 내가 한 주요한 임무는, 끊임없이 맡겨지는 변소 감독의 일이었다. 하지만 고백하건대 변소는 내 주위의 특무 상사들과 하사들의 어떤 얼굴들을 바라보는 즐거움으로 나에게 보상해주었다. 소위 계급줄 없이 어머니에게 되돌아가야만 하였을 때 내가 느낀 것에 비한다면, 내가 받는 갖가지 골탕이나 괴롭힘 따위는 대단한 것이 못 되었고 오히려 심심풀이가 되어주었다. 그리고 또 막사 밖으로 나가기만 하면 프로방스의 벌판이, 삼나무들 사이 드문드문 흩어져 있는 바위들이 어떤 신비로운 하늘의 폐허를 연상시키는, 그래서 약간 음울한 아름다움을 지닌 벌판이 펼쳐져 있는 것이었다.

나는 불행하지 않았다.

나는 민간인 주민들과 사귀었다.

나는 보(Baux, 프로방스의 중세 폐허지)에 가서, 거대한 절벽 위에 앉아, 오랫동안 올리브 나무의 바다를 바라보며 시간을 보내곤 하였다.

나는 권총 사격을 하였고, 크리스트 중사와 블래즈 중사, 두 친구의 우정에 힘입어 알피뉴 산맥 위를 오십여 시간 비행하였다. 마침내 누군가 내가 비행 자격증을 소유하고 있음을 알게 되었고, 그리하여 나는 공중 사격 교관으로 임명되었다. 거기서, 준비 완료된 산탄총 총구를 하늘을 향해 겨냥하고 있을 때, 전쟁이 나를 덮쳤다. 이 전쟁에서 프랑스가 지리라는 생각은 결코 내 머릿속에 떠오르지 않았다. 어머니의 인생이 그런 패배로 끝날 수는 없는 것이었다. 매우 논리적인 이 추론은 어떤 마지노선보다도, 우리의 사랑하는 대장들의 쨍쨍 울리는 어떤 연설보다도 나에게 프랑스 군대의 승리에 대한 신뢰를 불어넣어주었다. 나의 사랑하는 대장은 전쟁에 질 수 없으며, 나는 인생이 어머니에게 승리를 준비해두고 있음을 확신하고 있었다. 그토록 오랜 투쟁, 그토록 큰 희생, 그토록 많은 영웅적 행위 뒤에 당연히 오는 무엇으로서 말이다.

어머니는 나에게 작별 인사를 하기 위해 이미 언급한 바 있는 낡은 르노 택시를 타고 살롱 드 프로방스로 왔다. 어머니는 식량과 햄과 통조림과 잼 항아리와 담배 등, 궁할 때 군인이 생각해낼 수 있는 모든 것을 한아름 안고 왔다.

그러나 그 꾸러미들이 내게 줄 것이 아님이 드러났다.

"네 상관들에게."

라고 밀담 형식으로 내게 말하며 그 꾸러미를 내게 내밀었을 때, 어머니의 얼굴에는 대단한 계략을 알리고 있었다.

나는 그냥 당황할밖에. 번개처럼, 롱제바유 대위, 물리냐 대위 튀르방 대위가 지을 표정이 눈앞에 떠올랐다. 한 하사가 그들의 호감을 얻으라고 어머니가 보낸 소시지, 햄, 코냑, 당과 따위의 공물을 바치기 위해 사무실로 들어서는 것을 보고 말이다. 어머니가 그런 종류의 '바키치(Bakhchich)'가 마치 백 년 전 러시아의 시골 주둔 부대에서 그러하였듯이 프랑스 군대에서도 반드시 필요한 일이라고 생각하고 있었던 것인지 알 수는 없다. 그러나 나는 설명하려 들거나 반대하는 것을 애써 참았다. 어머니라면 충분히 그 선물들을 다시 빼앗아 문제의 사람들에게 직접 갖다주러 갈 수도 있기 때문이었다. 데룰레드조차 얼굴을 붉히게 만들 어머니의 애국적 독백들 가운데 하나를 읊으면서 말이다.

나는 어머니와, 어머니의 애정의 토로와, 어머니의 짐꾸러미들을 어렵게 어렵게 카페의 테라스에서 빈둥대는 졸병들의 호기심에서 빼내는 데 성공하였다. 그리하여 어머니를 비행장의 한쪽 끝, 비행기들 사이로 인도하였다. 어머니는 지팡이에 몸을 의지하고 엄숙하게 우리의 비행 장비들을 검열하며 풀밭 위를 걸었다. 삼 년 뒤, 나는 다른 귀부인 하나가 켄트 비행장에서 우리의 장비들을 검열하며 지나는 것을 참관하게 된다. 그때는 엘리자베스 영국 여왕이었는데,

여왕 전하가 살롱 비행장에서 모란 315기들 앞을 걸어가던 내 어머니가 보여준 그 여주인 같은 풍모에 훨씬 못 미쳤음을 말하지 않을 수 없다.

그런데 우리의 항공 장비의 상태를 검열한 후 어머니는 약간 피로해졌고, 그래서 우리는 비행장 가장자리 풀밭 위에 앉았다. 어머니는 담뱃불을 붙였다. 어머니의 얼굴이 명상적인 표정을 띠었다. 눈썹을 찌푸리고서, 어머니는 무엇인가 골똘하게 생각하고 있었다. 나는 기다렸다. 어머니는 내게 솔직하게 생각을 털어놓았다.

"당장에 쳐들어가야 한다."

내가 아마 조금 놀란 것처럼 보였던 모양이었다. 어머니가 이렇게 부언하였던 것이다.

"곧장 베를린으로 진군해야 해."

어머니는 러시아어로 말하고 있었다. 'Nado iti na Bierlinn.' 깊은 확신과, 일종의 영감이 깃든 믿음 속에서.

그때 이후, 나는 드골 장군이 아니면 차선으로라도 내 어머니에게 프랑스군 사령관직을 맡겼더라면, 하고 늘 애석하게 생각한다. 그랬더라면 세당 돌파구의 사령부는 말이 통하는 사람을 발견했을텐데. 어머니는 더 이상 높을 수 없는 공격의 센스를 가지고 있으며, 자기의 정력과 진취적 정신을, 그것을 가장 안 가지고 있는 사람에게라도 차근차근 설득할 수 있는 매우 희귀한 자질을 가지고 있었다. 어머니가 왼쪽 허리를 완전히 드러낸 채 마지노선 뒤에서 두 손발 놓고 있을 여자가 아니라는 것을 믿어주기 바란다.

나는 어머니에게 최선을 다하겠다고 약속하였다. 어머니는 만족한 듯하였고, 꿈꾸는 듯한 표정이 다시 얼굴에 떠올랐다.

"이 비행기들은 모두 뚜껑이 없구나" 하고 어머니가 지적하였다. "넌 항상 목이 예민한데."

나는, 만일 루프트바프를 타서 생길 위험이 구협염(口峽炎)일 뿐이라면 난 정말 운이 좋은 놈이라는 사실을 어머니에게 상기시키지 않을 수 없었다. 어머니는 감싸는 듯 작은 미소를 짓더니, 장난스럽게 나를 살펴보았다.

"네겐 아무 일도 생기지 않는다" 하고 어머니가 고요히 말했다.

어머니의 얼굴은 완벽한 확신과 자신감의 표정을 담고 있었다. 마치 어머니는 아는 것 같았고, 운명과 협약이라도 맺은 것 같았으며, 망쳐버린 자신의 운명 대신 어떤 대가를 제공 받았고 어떤 약속을 얻어낸 것 같았다. 나 역시 그것을 확신케 되었다. 그러나 그 비밀스런 앎은 위험을 제거함과 동시에 위험한 가운데를 영웅적으로 뛰어다닐 수 있는 모든 가능성도 내게서 앗아가버렸기 때문에, 어떤 의미에선 위험과 동시에 내게서도 뇌관을 뽑아버렸기 때문에, 나는 분하고 화가 났다.

"이번 전쟁이 끝나도록 살아 있을 비행사는 열 명 중에 한 명도 안 돼요" 하고 내가 말했다.

어머니는 한순간 겁에 질린 듯, 이해하지 못하겠다는 표정으로 나를 바라보았고, 이어 입술이 떨렸고 울기 시작하였다. 나는 어머니의 손을 잡았다. 내가 어머니와 그런 동작을 하는 것은 흔히 있는 일이 아니었다. 나는 여자들하고만 그렇게 할 수가 있었다.

"네겐 아무 일도 생기지 않는다" 하고 이번엔 애원하듯 어머니가 말했다.

"아무 일도 없을 거예요, 엄마. 약속할게요."

어머니는 망설였다. 마음속에서 싸움이 벌어지고 있어서, 그것이 얼굴에 나타났다. 이어 어머니는 양보했다.

"아마 다리에 부상을 입을지도 몰라" 하고 어머니가 말했다.

어머니는 협상을 하려 애쓰고 있었다. 그렇지만 이 삼나무와 하얀 돌들의 음울한 하늘 아래서, 어머니의 비극 따위엔 관심 없는 운명, 그 무엇보다도 해묵은 인간 운명의 실재를 느끼지 않기는 어려운 일이었다. 그러나 또한 그 근심에 싸인 얼굴을 바라보면, 신들과 협상하려 애쓰는 그 가련한 여인의 말을 듣고 있노라면, 신들이 운전수 리날디만큼도 연민에 소질이 없고, 뷔파 시장의 마늘 장수, 샐러드 장수만큼도 이해심이 없으리라고 생각하기는, 그들 역시 조금은 지중해적이리라고 생각하지 않기는 더욱 어려운 일이었다. 우리 주위의 어디에선가 정직한 손이 저울을 쥐고 있을 것이며, 마지막 측량은 정의로운 것일 수밖에 없으며, 신들이, 속임수가 들어 있는 주사위로 어머니들의 마음과 내기를 하진 않을 것이다. 갑자기 내 주위에서 프로방스의 온 대지가 매미소리로 노래부르기 시작했고, 나는 조금치도 걱정의 흔적이 없는 목소리로 말했다.

"화내지 마요. 알았어요. 내겐 아무 일도 안 생겨요."

불행히도 우리가 택시로 다가가는 순간 우리는 비행 중대 중대장 물리냐 대위와 마주치게 되었다. 나는 어머니에게 그가 우리 중대를 지휘한다고 설명하면서 그에게 경례를 하였다. 얼마나 경솔한 일이었던가! 단번에 어머니는 차문을 열더니 햄과, 병과, 두 개의 이탈리아 소시지를 꺼내더니, 내가 손짓 한 번 하기도 전에 벌써 대위 앞으로 가서 몇 마디 적절한 말과 함께 그 대단한 음식물을 공물로서 바치는 것이었다. 나는 창피해서 죽는 줄만 알았다. 말할 것도 없이 나는 그때 너무 많은 환상을 품고 있었던 셈인데, 왜냐하면 사람이 부끄러움 때문에 죽을 수 있다면 벌써 오래전에 인류가 없어졌을 것이니 말이다. 대위가 놀란 눈길로 나를 힐끗 바라보았으며, 내가 너무도 웅변적인 표정으로 답변하자 그는 진정한 생시르 인답게 주저하지 않았다. 그는 어머니에게 정중하게 고맙다고 하였으며, 어머니가 나에게 압도적인 시선을 던진 뒤 택시 쪽으로 가자 차에 오르는 것을 도와주고 작별 인사를 하였다. 어머니는 위엄 있는 고갯짓으로 엄숙하게 사례하고 나서 의기양양하게 좌석에 앉았다. 분명 어머니는, 나, 그러니까 당신의 아들이 종종 의심하려 드는 그 처세술을 다시 한 번 입증하게 된 것에 만족하여 요란하게 코를 킁킁댔을 것이다. 택시가 움직이기 시작하자 어머니의 얼굴이 달라졌다. 갑자기 물에 빠진 것 같았다. 유리에 바싹 붙어 나를 향해 얼굴을 돌린 채 어머니는 알아들을 수 없는 무엇인가를 외치려 하였다. 그러더니 마침내, 떨어져있는 내게 당신이 말하고자 하는 바를 어떻게 전달할지 몰랐던지, 나를 향해 십자를 그어 보이는 것이었다.

여기서 순진하게도 나 자신을 속이려 애쓰며 일부러 빼놓은 내 생애의 중요한 한 일화에 대해 언급해야만 하겠다. 오랫동안 나는 그 이야기를 건드리지 않고 뛰어 넘어보려 애를 썼다. 아직도 내게 고통을 주기 때문이다. 그 일 이후 겨우 이십 년밖에 지나지 않은 것이다. 전쟁 몇 달 전에 나는 메르몽 호텔에서 살던 젊은 헝가리 여자와 사랑에 빠졌다. 아무 일 없었다면 우리는 아마 결혼했을 것이다. 몇 마디 하자면, 그녀는 검은 머리에 커다란 회색 눈을 하고 있었다. 그녀는 가족들을 만나러 부다페스트로 갔고, 전쟁이 우리를 갈라놓았다. 그리고 게다가 그 전쟁은 패배였고, 그것이 전부였다. 그 일화에 그것이 마땅히 차지해야 할 자리를 주지 않는 것은 이 장르의 모든 법칙들에 어긋나는 것임을 나는 안다. 그러나 그 이야기는 아직도 너무 생생한 이야기인 것이다. 이만큼을 쓰는 데도, 나는 멕시코의 호텔 방에 누워 지금 내가 앓고 있는 이염(耳炎)을 기회삼아야만 하였다. 견디기 힘든 고통이지만 다행히도 순전히 육체적인 고통이어서 오히려 내겐 마취제 구실을 해주어서 그 일의 상처를 건드릴 수 있게 해주는 이 아픔을 이용해서 말이다.

30

내가 소속해 있는 훈련 연대는 보르도 메리냑으로 이전하였고, 나는 항공 교관으로 하루 다섯 시간 내지 여섯 시간 동안 포테 540을 타고 공중에서 보냈다. 나는 곧 상사로 임명되었고 봉급은 충분했으며, 프랑스는 잘 버티고 있었고, 그래서 전쟁이 영원히 지속되진 않을 테니 인생을 즐기고 좋은 시간을 가져야만 한다는 내 동료들의 일반적 견해에 동조하고 있었다. 나는 시내에 방도 있었고 세 벌의 비단 파자마도 있었다. 내가 무척이나 자랑스러워했던 그 파자마들은 내 눈에 근사한 삶을 대변하는 것이었고, 사교계 인사로서의 내 생애가 좋게 잘 풀려가고 있다는 느낌을 주었다. 그것들은 법과 대학의 여자 동창생이 자기 약혼자가 근무하는 백화점에 불이 났을 때 일부러 나를 위해 훔쳐다준 것이었다. 나와 마르그리트와의 관계는 순전히 플라토닉한 것이었으므로, 이 일에선 도덕이 세심하게 배려되었다. 파자마는 약간 눌어 있었고, 어느 구석에서건 불에 탄 생선 냄새가 났지만, 사람이 모두 다 가질 수는 없나니. 나는 또 가끔 시가 한 상자를 구입할 수도 있었다. 이제 나는 심장에 고통을 느끼지 않고 시가를 견딜 수 있게 되었는데, 그 점은 내가 정말 틀이 잡혀가고 있음을 확인시켜줌으로써 나를 매우 느긋하게 해주었다. 요컨대, 내 인생은 윤곽이 잡혀 갔다. 그러나 나는 그 시기에 매우 성가신 비행기 사고를 당하여 하마터면 코를 날릴 뻔했는데, 그랬더라면 그것은 내가 도저히 위로받지 못할 일이었을 것이다. 그것은 물론 폴란드인들의 잘못이었다. 그때는 프랑스에 폴란드 군인들이 별로 흔치 않았다. 사람들은 그들을 약간 경멸하였는데, 그것은 그들이 전쟁에 졌기 때문이었다. 그들은 완전히 묵사발이 되었었으며, 사람들은 그들에 대해 생각하는 바를 숨기려 하지 않았다. 게다가 모든 병든 사회 조직 내에서 그러하듯이 스파이 공포증이 창궐하기 시작했고, 그래서 폴란드 병사 하나가 담배에 불을 붙이면, 사람들은 즉시 그가 적과 불빛으로 신호를 교환하였다고 고발하곤 하였다. 폴란드어를 완벽하게 구사하는 까닭에 나는 이중 운전 장치의 비행기를 타고 통역 역할을 했다. 폴란드 비행사를 우리 비행 기체에 익숙해지도록 만들기 위해서였다. 두 사람의 비행사 사이에 서서, 나는 프랑스 교관의 충고와 명령을 통역하였다. 이 독창적인 항공 훈련 착상의 결과는 예기치 못했던 것이었다. 착륙하려는 순간, 폴란드 인 비행사가 비행장에 내려앉는 것을 너무 꾸물대자, 지도 교관이 불안으로 날카로워진 목소리로 소리쳤다.

"저 천치한테 그러다 공중에서 터지겠다고 해. 속력을 내라고!"

나는 즉각 통역을 했다. 정말,

"Prosze dodac gazu, bo za shwile zawalimy sie w drzewana

koncu lotniska!"

라고 말하는데, 거짓말 하나도 안 보태고 일 초도 안 걸렸다고 자신한다.

정신이 들었을 때, 내 얼굴 위로 피가 흐르고 있었으며, 위생병들이 우리를 굽어보고 있었다. 몹시도 가련한 상태에 처해 있었으나, 항상 예의바른 폴란드 특무 상사는 팔꿈치로 짚고 몸을 일으켜 프랑스 비행사에게 사과하려 애쓰고 있었다.

"Za pozno mi pan przytlumaczyl!"

"이 사람이 미안……" 하고 내가 중얼거렸다.

그 역시 매우 좋지 않은 상태였던 상사는 기절하기 전에 그래도, '빌어먹을!' 한마디만은 우리에게 중얼거렸다.

나는 충실하게 통역하였으니, 어쨌든 내 임무는 완수한 셈이었고, 그래서 남들이 하는 대로 내버려두었다. 내 코는 완전히 부서져버렸다. 그러나 의무실에서는 내부 상처는 별로 심하지 않다고 판단하였다. 오진이었다. 나는 그후 사 년 동안 코 때문에 고통을 받았는데, 비행사 자격을 박탈당하지 않기 위해 나의 상태와, 끊임없이 나를 괴롭히는 두통을 숨기지 않을 수 없었던 것이다. 1944년에야 비로소 R.A.F.에서 완전히 코를 다시 만들게 되었다. 새로 만들어진 코는 원래 코처럼 비할 바 없는 걸작은 못 되었지만, 그런대로 쓸 만은 하고, 또 필요한 만큼 오래가리라고 충분히 믿을 만하다.

항해사에, 사격수에, 박격포수로서 비행하는 시간 이외에도, 동료들이 자주 공중에서 내게 조종간을 내주곤 하였으므로, 나는 하루 평균 한 시간씩 비행기를 조종할 수 있었다. 그러나 이 값진 시간들은 불행히도 아무런 공식적인 의미가 없었고, 내 비행 수첩에조차 기록되지 못했다. 그래서 나는 사무실 반장의 호의에 힘입어 페이지마다 연대 스템프를 찍어 합법화한 다른 수첩을 몰래 간직하였다. 전쟁에 첫 패배를 겪은 후이니 규율도 느슨해질 것이고, 그러므로 백 시간은 좋이 되는 내 비밀 비행 시간이 나로 하여금 전투 비행사로 변모할 수 있게 해주리라고 생각하였던 것이다.

1940년 4월 4일, 그러니까 독일의 공격을 받은 지 겨우 몇 주일 안 지났을 때, 비행장에서 편안하게 시가를 피우고 있노라니까 한 전령이 내게 전보를 가져왔다.

'어머니 위독. 즉시 귀가.'

가죽 웃옷에, 모자를 눈까지 내려 쓰고, 냉정한 표정으로 주머니에 두 손을 찌른 채, 입술엔 바보 같은 시가를 물고 망연히 서 있는 동안 땅은 갑자기 황량한 장소로 화하였다. 지금 무엇보다도 내 기억에 남는 것이 바로 그것이다. 가장 낯익은 장소들, 땅, 집들, 그리고 모든 확신들이 갑자기 내 주위에서 내가 한번도 발을 들여놓아본 적이 없는 미지의 혹성으로 변한 것 같은, 그 낯설음의 감각. 무게며 치수에 관한 모든 체계가 순식간에 무너져버리고 말았다. 아름다운 사랑의 이야기들은 항상 슬프게 끝나는 법이라고 아무리 생각해도 소용없었다. 나는 내 사랑의 이야기 역시 슬프게 끝날 것이지만, 그러나 그것은 정의를 되찾은 후의 일이라고 믿고 있었던 것이다. 내가 천칭 접시에 뛰어들어 기울어진 천칭을 바로 세워, 평형을 유지하게 하고, 그렇게 하여 명백하게, 부인할 수 없게 세상이 믿을 만함을 보여주고, 세상사의 중심에 정직하고도 비밀스런 어떤 의도가 존재함을 증명하기도 전에 어머니가 죽을 수도 있다는 것은 나에겐 마치 호흡 금지처럼, 인간의 가장 근본적인 최소한의 존엄성에 대한 부정처럼 생각되었다. 나는 독자들에게 그런 태도가 증명하고 있던 지극한 젊음에 대해 강조할 필요를 느끼지 않는다. 지금 나는 많은 일을 겪은 사람이다. 나는 더 이상 그것에 대해 말할 필요를 느끼지 않는다. 다들 잘 알 것이므로.

휴가병 열차를 타고 니스에 도착하는 데 사십팔 시간이 걸렸다. 수평선 푸른 색깔을 칠한 그 열차의 사기는 최하의 상태였다. 우리를 전쟁에 끌어들인 것은 영국이다, 이러다가 쓸개까지 내주겠다, 히틀러도 이해하지 못할 정도로 나쁜 녀석은 아니다, 녀석과도 이야기가 통할 수 있을 것이다, 그렇지만 한 가지 반가운 소식이 있는데, 임질을 단 며칠에 고칠 수 있는 새 약을 발명해냈다더라……

하지만 나는 전혀 절망하지 않았다. 오늘까지도 나는 절망하지 못했다. 난 다만 그런 체하고 있는 것뿐이다. 내 인생에 있어서 가장 큰 노력은 항상, 완전히 절망하는 데 도달하고자 하는 것이었다. 별 도리가 없었다. 내 안에는 항상 계속 미소 짓고 있는 무엇인가가 남아 있는 것이다.

나는 새벽에 니스에 도착하였다. 메르몽으로 달려갔다. 나는 팔 층으로 올라가 문을 두드렸다. 어머니는 호텔에서 가장 작은 방을 쓰고 있었다. 소유주의 이익을 당신 일처럼 생각하고 있었던 것이다. 나는 안으로 들어갔다. 세모난 작디작은 방은 말끔히 정돈되고 비어 있는 느낌을 주었다. 그것이 나를 완전히 공포에 질리게 만들었다. 나는 아래로 뛰어내려가 수위를 깨웠고, 어머니가 성 앙투안 병원으로 옮겼음을 알게 되었다. 나는 택시에 올라탔다.

나중에 간호원들은 내가 들어오는 것을 보고 무장 습격인 줄로 알았다고 말하였다.

어머니의 머리는 베개에 파묻혀 있었고, 움푹 팬 얼굴엔 불안과 당황이 가득했다. 나는 어머니에게 입을 맞추고 침대에 걸터 앉았다. 나는 여전히 가죽옷을 등에 걸치고 있었고, 모자를 눈까지 눌러 쓰고 있었다. 나는 그 단단한 껍질이 필요했던 것이다. 이 휴가 동안 나는 담배 꽁초 하나를 몇 시간 동안 입술 사이에 물고 있곤 하였다. 무엇인가에 나 자신을 집중시켜야만 하였던 것이다. 침대 머리맡 테이블 위에는, 1932년 탁구 선수권대회에서 내가 딴 메달, 내 이름이 새겨진 은메달이, 물론 그것의 보라색 판 위에 고이 간직된 채 놓여 있었다. 우리는 한 시간, 두 시간을 아무 말도 없이 그냥 그렇게 있었다. 그러더니, 어머니가 커튼을 걷어달라고 하였다. 나는 커튼을 걷었다. 나는 잠시 망설인 뒤, 어머니가 내게 부탁하지 않아도 되게끔, 하늘을 향해 눈을 들었다. 그렇게 눈을 빛 쪽으로 향하게 하고서 한참을 있었다. 그것이 내가 어머니를 위해 할 수 있는 것의 거의 전부였다. 우리는, 우리 세 사람은 소리없이 그러고 있었다. 어머니를 돌아볼 필요도 없이, 나는 어머니가 울고 있는 것을 알고 있었다. 그리고 그것이 나 때문이라고 확신할 수조차 없었다. 그런 다음 나는 침대를 마주 보고 안락의자에 앉았다. 나는 그 안락의자에서 사십팔 시간을 지냈다. 거의 내내 모자와 가죽옷과 꽁초를 지닌 채. 친구가 필요했던 것이다. 한번은, 어머니가 내게 물었다. 나의 헝가리 여자, 일로나에게서 소식이 있느냐는 것이었다. 나는 없다고 대답했다.

"네 옆엔 여자가 있어야 해" 하고 어머니가 단호하게 말하였다.

나는 모든 남자가 다 마찬가지라고 대답했다.

"다른 사람들보다 넌 더 힘들거야." 어머니가 말했다.

우리는 잠시 블로트 놀이〔트럼프 놀이의 일종〕를 했다. 어머니는 여전히 전만큼 담배를 많이 피웠는데, 의사들도 이제는 그것을 금하지 않는다는 것이었다. 사실 더 이상 서로를 귀찮게 할 필요가 없음이 명백하였다. 어머니는 나를 찬찬히 바라보며 담배를 피웠고, 그래서 어머니가 무슨 계획을 세우고 있음을 분명히 느껴졌다. 그러나 나는 그때 어머니가 짜고 있는 계획이 어떤 것인지 상상조차 하지 못했다. 지금 생각해보면 분명 그때 처음으로 어머니가 '그 생각'을 해내었던 것 같다. 물론 나는 어머니의 시선에서 어떤 계략의 낌새를 잡아내긴 하였다. 그래서 어머니가 머릿속에 무슨 아이디어를 품고 있음을 확실히 알았다. 그러나, 그토록 어머니를 잘 알고 있었지만, 나는 진정 어머니가 그렇게 멀리까지 갈 수 있으리라는 것은 간파하지 못하였던 것이다. 나는 의사를 좀 떠보았다. 그는 나를 안심시켜주었다. 어머니는 아직 몇 년 동안은 견딜 수 있다는 것이었다. '당뇨병은, 아시다시피……' 하고 당연하다는 투로 그는 내게 말하였다. 사흘째 되는 날, 마세나로 저녁을 먹으러 갔는데, 거기서 우연히 한 네덜란드 남자를 만나게 되었다. 그는 '준비 단계에 있는 독일 침공을 피하기 위하여' 비행기를 타고 남아프리카로 가는 중이었다. 내가 아무 암시도 하지 않았는데 아마도 내 비행사 복장을 신용하였던지, 그는 내게 여자 하나 소개해줄 수 없느냐고 물었다. 생각해보면, 살아오는 동안 나에게 그런 요구를 해온 사람들의 숫자는 매우 염려스러울 정도이다. 그런데도 나는 항상 내가 점잖아 보이는 사람이려니 믿어왔던 것이다. 나는 그에게 오늘밤은 내가 컨디션이 좋지 않다고 말했다. 그는 그의 전 재산이 벌써 남아프리카에 옮겨졌다고 알려주었고, 우리는 그 좋은 소식을 축하하기 위해 '검은 고양이'로 갔다. 그 사나이는 대식가였다. 나로 말하자면 알코올은 몹시 싫어했지만,

나는 나 자신을 제어할 줄은 알았다. 그래서 우리는 둘이서 위스키 한 병을 마신 뒤, 코냑으로 넘어갔다. 곧 내가 전쟁에 참가한 프랑스 첫 '항공의 왕자'라는 풍문이 카바레 안에 퍼졌고, 두세 명의 1차대전 참전 용사가 나와 악수하는 영광을 누리러 왔다. 인정받은 것이 몹시 자랑스러워서 나는 친필 사인을 해주고 악수를 하였으며 술잔들을 받았다. 네덜란드 인은 금방 사귀고도 벌써 친숙해진 애인을 내게 소개하였다. 나는 다시 한 번 비행사 군복이 전방의 노동자 계급에게 주는 마력적 효과를 확인하게 되었다. 그 귀여운 여자는 전쟁 기간 동안 필요하다면 주둔지마다 따라다니며 내 생계를 책임지겠노라고 제안하였다. 자기는 한나절에 스무 번은 할 수 있다고 장담하였다. 나는 맥이 빠지는 느낌이 들었고, 그녀에게 그 모든 걸 나를 위해서가 아니라 공군 일반을 위해 하려는 게 아니냐고 따졌다. 나는 그녀가 애국심을 너무 내세운다고 하였고, 나는 나 자신 때문에 사랑받고 싶지 내 군복 때문에는 싫다고 하였다. 네덜란드 인이 샴페인을 뿌렸고, 어떤 의미에선 우리 두 사람의 관계의 초석이 됨으로써 두 사람의 관계를 축복해주겠노라고 나섰다. 지배인이 사인해달라고 메뉴를 가져왔다. 내가 나를 바라보는 빈정대는 눈동자를 발견한 것은 막 사인을 하려던 때였다. 그는 가죽옷도 입지 않았고 가슴에 계급줄도 없었지만, 그럼에도 불구하고 그는 별 달린 무공훈장을 달고 있었는데 그 시절 보병에게는 그것도 나쁘지 않은 것이었다. 나는 약간 진정했다. 네덜란드 인은 미래의 내 여자와 방으로 올라갈 준비를 하였고, 그 여자는 내게 다음 날 '생트라'에서 기다리겠노라는 맹세를 받아내었다. 금빛 날개를 수놓은 모자와, 가죽 웃옷, 심술궂은 표정, 그러면 당신의 미래는 밝은 것이다. 나는 끔찍하게 골이 아팠고, 코는 천근이나 되는 듯했다. 나는 카바레를 나와 꽃시장의 수천 가지 색깔의 수천 다발에 둘러싸여 밤 속으로 잦아들었다.

나중에 알게 된 이야기인데, 다음날도 그 다음날도, 선의의 그 귀여운 여인은 자기의 공군 하사를 기다리느라고 밤 여섯 시부터 새벽 두 시까지 '생트라' 바에서 지냈다는 것이었다.

오늘까지도, 가끔 나는 내가 알지도 못하는 사이에 내 생애 가장 위대한 사랑의 곁을 스쳐 지나갔던 것은 아니었나 자문해보곤 한다.

며칠 후, 나는 요하네스버그에서 일어난 비행 참사의 희생자 명단에서 그 사람 좋은 네덜란드 인의 이름을 읽었다. 사람은 결코 자기의 가장 귀한 것을 피난시킬 수는 없음을 증명해주는 일이었다.

휴가 기간이 끝났다. 나는 성 앙투안 병원의 안락의자에서 하룻밤을 더 보낸 뒤, 다음날 아침 커튼을 걷자마자 어머니에게 작별 인사를 하러 다가갔다.

어떻게 이 작별을 묘사하여야 할지 잘 모르겠다. 형언할 말이 없다. 아무튼 나는 용감하게 대처하였다. 나는 여자들과 처신하는 방법에 대하여 어머니가 가르쳐주었던 것을 잘 기억하고 있었다. 어머니가 남자 없이 살아온 지 스물여섯 해였다. 떠나면서, 아니 어쩌면 언제나, 나는 아들보다는 사나이로서의 이미지를 남기고자 무척 애를 썼다.

"자, 안녕히 계세요."

나는 미소를 머금고 어머니의 뺨에 입을 맞추었다. 그 미소가 내게 얼마나 고통스러운 것인지 알 수 있는 사람은 역시 미소 짓고 있는 어머니 한 사람뿐이었다.

"그 애가 돌아오면 결혼해야 한다. 그 애는 네게 꼭 맞는 여자다. 참 예뻐."

어머니는 여자가 곁에 없으면 내가 어찌 될 것인가 근심했을 것이다. 어머니는 옳았다. 나는 결코 그런 상태에 익숙해지지 못했으니까.

"그 애 사진 가지고 있니?"

"여기 있어요."

"그 애네 집이 부자인 것 같더냐?"

"몰라요."

"칸에서 열린 브루노 발터의 음악회에 가는데, 시외버스로 가지 않더라. 택시를 탔어. 아마 그 애네 집, 돈이 많을 거다."

"상관없어요, 엄마. 아무려면 어때요."

"외교관 생활이란 손님도 청하고 해야 한다. 하인들도 있어야 하고 치장도 해야 하고. 그 애 부모들이 그걸 이해해야 할 텐데."

나는 어머니의 손을 잡았다.

"엄마" 하고 내가 말했다. "엄마."

"너는 잠자코 있어도 돼. 내가 그 애 부모한테 다 이야기할 거야. 솜씨 있게."

"엄마, 글쎄……"

"무엇보다도 나 때문에 걱정은 말아라. 나는 늙은 말이야. 이제까지도 견뎠는데, 조금 더 견딜 수 있다. 모자를 벗어보렴."

나는 모자를 벗었다. 어머니는 내 이마 위에 손으로 십자 성호를 그었다.

"Blagoslavliayou tiebia─너를 축복한다."

어머니는 유대인이었다. 그러나 그것은 중요하지 않았다. 자기의 마음을 잘 표현하는 것이 문제이다. 어떤 언어로 말하는가는 중요하지 않다.

나는 문으로 갔다. 우리는 다시 한 번 미소 지으며 서로를 바라보았다.

이제는 완전히 마음이 가라앉은 것 같았다.

어머니의 용기 안에 있는 어떤 것이 내게로 옮겨와, 내 안에 영원히 남았다. 지금도 어머니의 용기가 내 안에 깃들어 살며, 절망하는 것을 막음으로써 내 인생을 힘들게 하고 있는 것이다.

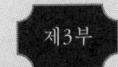

La promesse de l'aube

31

프랑스가 전쟁에 질 수도 있다는 생각은 한번도 내게 떠오른 적이 없었다. 벌써 1870년에 한 번 우리가 진 일이 있다는 것은 잘 알고 있었지만, 그땐 아직 내가 태어나지 않았었고 내 어머니도 마찬가지였다. 그것은 완전히 경우가 다른 일이었다.

1940년 6월 13일 도처에서 전선이 무너지고 있을 때, 나는 블로크-20으로 호송 임무를 수행하고 돌아오는 길에, 투르 기지에서 폭격을 맞아 파편에 부상을 입었다. 상처는 대수롭지 않았다. 나는 넓적다리에 박힌 유산탄을 그냥 내버려두었다. 벌써부터 다음 휴가 때 어머니가 자랑스럽게 그것을 만지는 모습이 눈에 선했다. 나는 지금도 그 유산탄을 그냥 놓아두고 있다. 사실 지금이라도 얼마든지 그것을 제거해버릴 수 있을 것이다.

독일의 공격이 거두고 있는 요란스런 성공은 나에게 거의 아무 느낌도 주지 않았다. 1914년에서 1918년까지 우리는 이미 한 번 그것을 보았던 것이다. 그들과는 달리 우리들, 우리 프랑스 인들은 언제나 마지막 순간에 기운을 차린다는 것, 그것은 잘 알려진 사실이었다. 세당 협로를 가로질러 밀고 들어오는 구데리안의 탱크 부대는 나에겐 농담거리였을 뿐이다. 나는 주요 계획이 하나 하나 수행되어 가는 것을 보며 손을 비비고 있을 우리의 총사령부와, 다시 한 번 속아 넘어가고 있는 뚱뚱한 둔치들인 독일인들을 생각하곤 하였다. 내 혈통마저도 조국의 운명에 대한 신뢰를 거들었다고 생각되는데, 그 불굴의 자신감은 아마도 타타르와 유대인들인 내 조상에게서 물려받은 것이었으리라. 보르도 메리냑의 상관들은 곧 내게서 그 격세유전적 성질들——우리의 전설을 신봉하며, 맹목적인——을 알아보았고, 그래서 나는 보르도의 노동자 지역 상공을 정찰하는 임무를 띤 석 대의 정찰기 중 하나를 맡도록 지명되었다. 비공식적으로 우리에게 설명된 바에 의하면 그것은 페탱 원수와 베이강 장군을 엄호하기 위한 것이라고 하였다. 권력을 장악해서 히틀러와 협상하려 하는 공산당의 제5열에 반해, 그들은 투쟁을 계속하기로 굳게 결의하였다는 것이었다. 나만 속은 것이 아니므로, 이 간교한 협잡에 대한 증인 또한 나뿐이 아니다. 적들과 화친을 주장하는 패배주의자들로부터 그 거룩한 늙은이를 보다 공고히 옹호하기 위해 수습 장교 여단이 시가지의 교차로마다 배치되었으니 말이다. 그 수습 장교들 중에는 지금 덴마크 대사로 있는 크리스티앙 푸세도 있었다. 그렇긴 하지만 나는 지금도 그 교묘한 사기가 낮은 계급에서 저질러졌고, 또 그들도 그 순간의 애국적, 정치적 열광 속에서 자기도 모르는 사이에 그렇게 하였으리라고 믿고 있다. 어쨌든 그래서 나는 실제로 보르도의 상공을 낮게 떠서 정찰을 하였다. 포착되기만 하면 어떤 집단 행동에라도 쏠 준비를 갖춘 산탄포들을 장전한 채 말이다. 조금도 망설이지 않고 나는 그렇게 하였다. 제5열의 계획을 좌절시키는 것이 우리에게 주어진 이른바 사명이었는데, 그 제5열이 이미 조국을 장악해버렸으며, 그것이 대명천지에 깃발을 들고 거리를 행진하는 대열에 속한 것이 아니라 이미 사람들의 영혼, 의지, 정신을 잠식해버린 무기력인 줄은 꿈에도 생각하지 못하고서. 세계에서 가장 오래고 가장 영광된 군대의 최고 자리까지 오른 한 우두머리가 갑자기 약해 빠진 심장을 지닌 한낱 패배주의자로 밝혀질 수 있다든지, 나아가 나라의 운명보다 개인적인 증오와 원한과 정치적 야심을 앞장세울 준비가 되어 있는 모사꾼으로 드러날 수 있다는 상상은 근본적으로 내게 불가능하였다. 이 점에 대해서는 드레퓌스 사건도 내게 아무것도 가르쳐주지 못하였던 것이다. 우선 에스테라지는 정말 프랑스 인이 아니고 귀화한 사람이었으며, 그 일은 유대인을 모욕하고자 하는 일이었으며, 누구나 알다시피 그런 일이라면 어떤 방법이든지 허용되어 있지 않은가. 드레퓌스 사건에 개입한 우리 군대 우두머리들은 잘하는 일이라고 생각하면서 그 일을 했으리라. 요컨대, 나는 내 신념을 고스란히, 온전하게 간직하였고, 그 면에 있어선 오늘날도 별로 달라진 것이 없다. 디엔 비엔 푸 공격이나, 알제리 전쟁의 주변에서 벌어진 몇 가지 비열한 행위들 앞에서 나는 충격을 받고 혼란에 빠져 어안이 벙벙해지는 것이다. 그런 까닭에 나는 적들이 전진해올 때마다, 전선이 무너질 때마다, 교활한 표정으로 미소 지으면서 예기치 못했던 역전을, 번개 치는 듯한 반격을, 우리의 전략가들 — 비할 바 없는 결투꾼들인 — 의 조롱기 섞인 찬란한 '자, 받아라!'를 기다렸다. 도저히 손써볼 수 없는 불구로서 내 안에 도사리고 있는 이 유전적인 절망 불능증은 마침내 무슨 저능 같은 모습을 띠게 되었다. 옛날 허파 없는 파충류들을 태초의 대양 밖으로 기어나가게 하고, 호흡하게 하고, 나아가 오늘날 우리 주위에서 진흙 속을 기어다니고 있는, 인류의 기원으로 가장 유력시되는 것까지 되게 한 저능에 비견할 만한 복되고도 선천적인 저능 말이다. 나는 바보였고, 지금도 그러하다 — 죽이는 바보, 사는 바보, 희망하는 바보, 승리하는 바보. 군사적 상황이 심각해지면 심각해질수록, 나의 우매성은 더욱 열광하여, 그 속에서 우리에게 유리한 기회만을 발견하였다. 나는 우리의 가장 근사한 전설에서처럼, 조국의 정령이 갑자기 지도자의 모습으로 현현할 것으로 기대하였다. 나는 항상 인간이 영감에 사로잡힌 순간에 저 자신에 대하여 이야기한 아름다운 이야기들을 글자 그대로 믿는 경향이 있었고, 그 방면에서라면 프랑스에겐 결코 영감이 부족하질 않았다. 확신을 가지고 계속 믿고 희망하는 일에서 어머니가 지니고 있던 찬란한 재주가 갑자기 내 속에서 깨어났고 생각지도 못했던 높이까지 고양되기조차 하였다. 내가 차례로 거친 모든 상관들을 나는 믿었으며, 그들 한 사람 한 사람을 하늘이 내린 인물이라고 생각하였다. 한 사람 한 사람 그들이 꼭두각시의 수령으로 사라져버리거나 패배 속에 주저앉아버려도 나는 전혀 실망하지 않았고, 우리 장군들에 대한 신뢰도 결코 잃지 않았다. 나는 다만 장군을 교체했을 뿐이었던 것이다. 끝까지 나는 계속 속아가며 계속 물건을 사들였던 것이고, 거인이 나를 두 손가락 사이에 짓이겨버릴 때마다 나는 한층 배가된 확신을 품고 다음으로 나아갔다. 그리하여 나는 가믈랭 장군, 조르주 장군, 베이강 장군 — 최고 통수권을 맡고 총사령부의 계단을 내려올 때의 그 노병과 그가 신은 자주색 가죽 장화에 대한 묘사를 어떤 신문에서 읽으며 내가 얼마나 감동했던지 지금도 생각난다—을 차례로 믿었으며, 헌치게르 장군, 블랑샤르 장군, 미텔하우제 장군, 노게 장군, 다를랑 제독을 믿었고, 더 말할 필요가 있겠는가, 페탱 원수를 믿었다. 그렇게 하여 나는 매우 자연스럽게 드골 장군에 도달하게 되었다. 바지의 솔기에 새끼손가락을 갖다 대고 연신 경례를 붙여가면서 말이다. 나의 선천적인 우매함과 절망 불능증이 마침내 말이 통하는 사람을 만났을 때, 또한 내가 기대하던 바 그대로 깊은 심연에서 마침내 비상한 지도자의 모습이 떠올랐을 때, 내가 얼마나 용기백배하였을지 상상이 될 것이다. 거기다 그는 재난 중에도 흔들림이 없었을 뿐 아니라 너무도 우리 나라다운 이름을 지니고 있었던 것이다. 드골 앞에 있을 때마다 나는 내 어머니가 나를 속이지 않았다는 것, 어머니는 어쨌든 당신이 무슨 말을 하고 있는지 다 알고 있었다는 것을 느낀다.

  그리하여 나는 세 명의 동료와 더불어 그때까지 우리 중의 누구도 조종해보지 않았던 최신형 비행기인 덴-55를 타고 영국으로 건너가기로 결정하였다.

  1940년 6월 15일과 16, 17일의 보르도 메리냑 비행장은 분명 내가 드나든 비행장들 중에서 가장 이상한 장소 중의 하나였다.

  사방에서 셀 수도 없는 비행기들이 끊임없이 날아와 트랙에 앉으며 비행장을 소란스럽게 하였다. 무슨 형인지, 무엇에 쓰는 것인지도 알 수 없는 기계들이 잔디밭 위에 그 또한 이상한 승객들을 쏟아놓았는데, 그들 중 어떤 이들은 우연히 사용할 수 있었던 그 최신의 운송 방식에 완전히 넋이 빠진 것 같았다.

  비행장은 공군이 이십 년 동안 보유해왔던 전 기종(機種)의 회고

전람회 같은 것으로 화하였다. 죽기 전에 프랑스 항공이 자기의 과거를 되돌아보는 순간이었다. 때로는 비행기보다 탑승자들이 더 괴상하였다. 나는 한 공군 조종사가 전투 군인의 가슴에서나 볼 수 있는 가장 근사한 무공 훈장을 가슴에 달고서, 잠들어 있는 어린 딸을 품에 안고 비행기 동체 밖으로 나오는 것을 보았다. 나는 상사인 한 비행사가 자기의 고앨랑 기에서 다름 아닌 시골 '유곽'의 사랑스런 기숙객 다섯 명을 내리게 하는 것을 보았다. 나는 지모엥 안에서 흰 수염을 기른 상사와 바지 차림을 한 그의 아내를 보았는데, 그들은 개 두 마리, 고양이, 카나리아, 앵무새를 거느리고 둘둘 만 융단과 위베르 로베르의 그림을 칸막이에 기대놓고 있었다. 나는 어머니, 아버지, 두 딸로 구성된 보기 좋은 가족이 손에 가방을 들고서, 스페인까지 가는 비용을 조종사와 상의하는 것을 보았다. 가장께서는 레지옹 도뇌르 기사장 수훈자라 하였다. 그리고 나는, 무엇보다도 마지막 전투에서 돌아온 두아틴-520과 모란-406의 조종사들을 보았고, 죽을 때까지 그들의 얼굴을 잊지 못할 것이다. 날개는 탄알로 구멍이 뚫려 있었고, 그들 중 하나는 자기의 무공 훈장을 떼어 땅바닥에 던져버렸다. 나는 초소 주위에 모여 기다리고 기다리고 기다리는 서른 남짓의 장군들을 보았다. 나는, 명령도 받지 않고 무기도 없이, 블로크-52를 탈취하여 공중으로 날아오르는 젊은 비행사들을 보았다. 독일군 폭격기들과 맞부딪쳐 부서지겠다는 희망 이외에는 다른 어떤 희망도 없이 말이다. 경보는 계속 울렸지만 폭격기는 결코 오지 않았다. 그리고 언제나, 하늘의 파선을 모면하는 믿을 수 없는 공중의 무리들이 있었는데, 그중에서도 앞서 말한 대로 '날아다니는 관(棺)'인 블로크-210이 특별히 환영 받는 듯하였다.

그렇지만 내가 가장 다정한 마음으로 기억하게 될 것은 나의 사랑하는 포테-25와, 볼 때마다 늘 당시에 유행하던 곡인 '할아버지, 할아버지, 할아버지는 말(馬)을 잃어버렸네'를 부르며 다가오던 늙은 비행사들일 것이다. 마흔 살에서 쉰 살가량의 그 늙은이들은 모두 예비병으로서 1차대전의 제대 군인들이었는데, 보란 듯이 자랑스럽게 달고 있는 '비행사 장식품'에도 불구하고, 그들은 전쟁이 계속되는 동안 내내 '포복 근무[지상 근무를 비하시켜 하는 말]', 취사병, 서기병, 행정병 등의 임무에 묶여 있었다. 날마다 되풀이되면서도 결코 지켜지지는 않는 약속, 비행 실습을 시켜주겠다는 약속에도 불구하고 말이다. 이제 그들은 그것을 만회할 기회를 만난 것이었다. 그곳엔 건장한 사십대인 그런 남자들이 스무 명쯤 있었는데, 그들은 모두들 녹초가 되어 있는 것을 틈타 일을 떠맡았다. 주위에 쌓여만가는 패배의 징조를 모두 무시하고 사용 가능한 포테-25를 모두 모은 뒤 그들은 연습을 시작하였고, 비행 시간을 축적했으며 묵묵히 트랙 돌기를 실습했다. 마치 자기가 탄 배가 난파되며 물속에 소용돌이를 만드는 것을 즐기는 승선객들처럼, 어떤 시련에도 굴복하지 않는 낙관주의를 가지고, 자기들이 투기장에 뛰어들기 이전에 일어난 모든 일에 대해 대단한 경멸을 던지며, 그들 표현대로 하자면 '첫 전투'에 때 맞춰 도달할 수 있으리라 확신하고서 말이다. 그 이상슨런 항공 골동품들 한가운데에서, 어찌할 바를 모르고 있는 장군들의 머리 위에서, 세상에서 가장 잡다한 비행 무리에 섞인 채, '초창기 비행사'들의 포테-25기들은 쉬지 않고 열심히 붕붕거렸고, 내려앉았다간 다시 떠올랐으며, 마지막 시간이면서 시작의 시간에 그 반항인들의 유쾌하고도 결의에 찬 얼굴들은 비행기 동체에서 우리의 우정 어린 경례에 답하는 것이었다. 그들은 포도주와 명랑 쾌활한 분노의 프랑스, 무슨 일이 닥치건 좋은 철이면 새순을 내밀고 자라 소생하는 프랑스였다. 그들 중에는 국 장수도 있었고, 노동자, 백정, 보험업자, 부랑자, 밀수업자, 또 신부까지 있었다. 그러나 그들은 모두, 우리가 아는 그 어딘가에, 공통의 무엇을 가지고 있었다.

프랑스가 쓰러지던 날, 나는 격납고 벽에 기대어 앉아 있었다. 우리를 영국으로 데려다줄 덴-55기의 프로펠러가 돌아가는 것을 바라보며, 나는 보르도의 내 방에 버려두고 온 여섯 장의 비단 파자마를 생각하고 있었다. 거기에 십중팔구 다시는 보지 못하게 될 프랑스와 어머니까지 더해야 한다는 것을 생각할 때, 그것은 끔찍한 손실이었다. 나와 마찬가지로 상사인 세 명의 동지는 냉담한 눈길을 하고 허리춤엔 쏠 준비가 되어 있는 총을 차고 있었다. 전선에서 멀리 떨어져 있었지만, 우리는 젊었고, 패배로 인해 우리의 남자다움에 상처를 입었으며, 그래서 안전장치를 뽑은 위협적인 권총만이 우리가 느끼고 있는 바를 표현할 수 있는 유일한 가시적 방법이었던 것이다. 권총은 우리 주변에서 번져나가고 있는 중인 드라마의 음조에 우리를 동화시키는 데 약간 도움이 되어주었고, 또 무기력과 혼란과 쓸모없는 존재라는 느낌을 감추고 보상해주는 데도 도움이 되었다. 우리들 중 누구도 아직까지 전투를 경험하지 못하고 있었는데, 잘난 체하고 폼을 잼으로써 패전과 거리를 두려는 우리의 가련한 바람을 드 가슈가 아주 잘 설파하였다.

"이건 마치 코르네유와 라신에게 글을 못쓰게 하고서 프랑스엔 비극작가가 없다고 하는 것과 같잖아."

잃어버린 비단 파자마를 생각하지 않으려고 별별 노력을 다하여도, 때때로 어머니의 얼굴이 구름 한 점 없는 그 6월의 온갖 또렷한 사물들 사이에서 떠오르곤 하였다. 그럴 때면, 아무리 어금니를 악물고 턱을 내밀고 손을 권총에다 갖다 대보아도 금방 눈에 눈물이 차올랐고, 그러면 나는 동지들을 속이기 위해 곧 태양을 향해 정면으로 시선을 돌렸다. 나의 동료 벨 괼도 나처럼 사기(士氣) 상의 문제를 갖고 있었다. 그는 그것을 우리에게 털어놓았다. 사회에서 그는 뚜쟁이었는데, 자기가 제일 좋아하는 부인이 보르도의 창녀촌에 있다는 것이었다. 그는 혼자 떠나옴으로써 그녀에게 옳지 못했다는 자책감을 느낀다고 하였다. 나는 국가에의 충성은 어떤 다른 염려보다도 우선적이어야 하며, 나 또한 내게 가장 소중한 것들을 모두 남겨두고 왔다고 설명함으로써 그의 기분을 돋우려 애썼다. 나는 또 투쟁을 계속하기 위하여 아내와 세 아이를 서슴없이 떠나온 우리의 세 번째 동료 장 피에르 이야기도 해주었다. 그러자 벨 괼은 우리를 모두 제자리로 되돌려놓는 놀라운 한마디를 하였는데, 지금도 그 말을 생각할 때마다 나는 부끄러움으로 가득 차게 된다.

"그래," 하고 그가 말했다. "그렇지만 자네들은 기둥서방이 아니잖나, 그러니까 의무는 없었던 거지."

드 가슈가 비행기를 조종할 것이었다. 그는 삼백 시간의 비행 기록을 보유하고 있었다. 한밑천이었다. 작은 코밑 수염에, 랑뱅에서 맞춘 군복을 입었으며 기품 있는 분위기를 지닌 그는 아주 좋은 집안의 아들이었고, 그래서 투쟁을 계속하기 위한 우리의 탈주 결심에, 어떤 의미에선 가톨릭계 프랑스 유산계층의 고상함을 부여하고 있었다.

보다시피 전쟁에 진 사실을 인정하지 않으려는 우리의 의지밖에는 우리 사이엔 아무런 공통점도 없었다. 그러나 우리는 우리를 갈라놓는 모든 것에서는 사기를 앙양하는 일종의 열광을, 우리를 결합시키는 단 하나의 연결에서는 그보다 더 큰 확신을 끌어내었던 것이다. 우리들 중에 만일 암살자가 끼어 있었다 할지라도, 우리는 그 사실에서 다른 어떤 것보다 우위에 있는 우리 임무의 신성하고 모범적인 성질의 증거를 보았을 것이요, 우리의 본질적인 우애의 증거마저 보았을 것이었다.

드 가슈는 기술자에게서 전혀 모르는 기체의 조종에 대한 최종적인 지도를 받기 위해 덴 기에 올랐다. 우리는 기계들과 친숙해지기 위해 한번 시험 비행을 해보고 착륙하여 기술자를 비행장에 내려놓은 뒤, 기수를 영국 쪽으로 돌리고 다시 이륙할 작정이었다. 드 가슈가 비행기에서 신호를 보냈고, 우리는 낙하산 걸쇠를 채우기 시작하였다. 벨 괼과 장 피에르가 먼저 올랐다. 나의 낙하산에 문제가 좀 있었던 것이다. 자전거를 타고 내 쪽으로 오고 있는 사람의 실루엣을 본 것은 내가 벌써 사다리에 한쪽 발을 얹어놓았을 때였다. 그는 전속력으로 페달을 밟으며 손짓하고 있었다. 나는 기다렸다.

"상사님, 초소로 오시랍니다. 전화가 왔어요. 급합니다."

나는 딱딱하게 굳은 채 그대로 있었다. 도로들이며, 전신망, 모든 통신수단들이 더할 수 없이 완벽한 혼란에 빠지고, 대장들이 자기 군대의 소식을 알지 못하며, 독일의 전차들과 루프트바프의 쇄도 아래 조직의 모든 흔적이 사라져버린 이때에, 난파의 한복판에서 나 있는 곳까지 어머니의 목소리가 길을 뚫을 수 있었다는 것은 거의 초자연적인 일처럼 느껴졌던 것이다. 왜냐하면 그것이 어머니의 부름임을 나는 추호도 의심하지 않았으니 말이다. 사실 나를 부른 것은 어머니였다. 세당 협로의 전투 때, 또 좀더 나중에 독일의 첫 오토바이 부대가 벌써 루아르 성을 방문하였을 때, 나는 초소의 전신 담당 상사의 우정에 힘입어 내 편에서 어머니를 안심시킬 메시지를 보내려 했던 일이 있었다. 조프르, 페탱, 포슈, 그리고 우리의 물질적 어려움이 나를 불안으로 가득 채우거나, 어머니가 산소 부족증을 일으켰던 어려운 순간에 어머니가 내게 그토록 열심히 되풀이해 말해주었던 신성한 이름들을 어머니에게 일깨워주기 위해서 말이다. 그러나 그때엔 아직 전신 연락 계통에 질서 비슷한 게 존재하고 있었고, 아직은 명령이 준수되고 있었던 탓에, 나는 어머니와 통화할 수가 없었다.

나는 드 가슈에게 나를 빼고 시험 비행을 한 뒤 격납고로 날 데리러 오라고 소리를 질렀다. 그런 다음 나는 하사의 자전거를 빌려 페달을 밟기 시작했다.

덴 기가 활주로를 달려 나가는 것을 본 것은 초소에서 몇 미터 떨어진 곳이었다. 나는 자전거에서 내려 무심코 비행기를 힐끗 바라보았다. 덴 기는 벌써 지상에서 한 이십 미터쯤 떨어져 있었다. 그것은 한순간 허공에 꼼짝 않고 멈추어 있는 듯하더니, 머뭇거리다가 기수를 향해 수직으로 섰으며, 날개 쪽으로 한 바퀴 돌았고, 수직으로 내려꽂혀, 폭발하면서 땅을 들이받고 말았다. 나는 짧은 순간, 후에 폭파되는 비행기들 위에서 그토록 많이 보게 될 그 연기 기둥을 바라보았다. 나는 그때, 완벽하고 갑작스런 고독의 첫 화상(火傷)을 체험하였다. 이후 추락한 백 명이 넘는 내 동지들이 내게 새겨놓아, 마침내 내 일부가 된 것 같은 부재의 느낌을 가지고 살게 할 화상의 첫 체험이었다. 비행 중대에서 보낸 사 년 동안 조금씩 조금씩, 그 빈 곳은 오늘 내가 아는 가장 붐비는 곳이 되어버렸다. 전쟁 이후 맺어보려 한 모든 우정들은 나로 하여금 내 곁에서 살고 있는 그 공허를 더욱 깊이 느끼게 했을 뿐이다. 때로 그들의 얼굴들을 잊기도 했고 그들의 웃음 소리, 그들의 목소리는 멀어져갔으나, 내가 그들에 대해 잊어버린 것들까지도 그 빈 곳을 더욱 정답게 만드는 것이다. 하늘, 대양, 지평선까지 비어 있는 빅서의 해안. 나는 언제나 이제 더 이상 거기에 없는 모든 이들을 위해 충분한 자리를 골라 그 땅 위를 헤맨다. 나는 끊임없이, 새도 없고 짐승도 없는 그 빈 곳을 사람들로 채우려 애쓰고, 물개 한 마리가 제 바위에서 다이빙을 하거나 가마우지와 바다 제비들이 내 곁에 만든 원을 조금씩 좁혀올 때면 우정과 동지애에 대한 내 갈구는 터무니 없고 불가능한 희망으로 깊어진다. 그러면 나는 미소 지으며 손을 뻗치지 않을 수가 없는 것이다.

나는 왜가리들 모양으로 초소 주변을 맴돌고 있는 이삼십 명가량의 장군들 사이를 뚫고 전화 교환국으로 나아갔다.

메리냑의 전화 교환국은 보르도 전화 교환국과 함께 그 시기엔 말 그대로 나라의 첫 숨통이었다. 휴전 조약을 막기 위하여 달려온 처칠의 메시지들, 패배가 확산되어가는 중에도 전세를 판단해보려 애쓰는 장군들, 퇴각하는 정부를 따라온 기자들, 전 세계의 대사들이 보내는 메시지들이 바로 보르도에서 출발하였다. 이제는 그것도 얼마간 끝난 상태여서, 전화선들은 이상하리만치 잠잠해져버렸다. 게다가 모든 지역에서 군대가 사분오열되자 차단된 각 단위의 결정의 책임이 중대, 때로는 소대의 수준으로 떨어져버려 더 이상 내릴 명령조차 없어져 버렸다. 그런 가운데, 몇몇 사람의 과묵하고 비극적인 영웅주의 속에, 지도 위에서 찾을 수도 없으며 어떤 전과 기록에도 새겨지지 않은 일당백의 몇 시간 또는 몇 분의 전투 속에, 마지막 단말마적 도약이 이루어지는 것이었다.

나는 이십사 시간 전부터 전화 교환국에서 상시 근무를 하고 있는 뒤푸르 상사를 찾았다. 그의 얼굴은, 조국의 땀구멍들 자체에서 흐르는 그 6월의 땀으로 비오는 듯하였다. 완고한 이마, 입술에 문 꺼진 꽁초, 그 또한 특히 분노에 차고 날카로운 것 같은 한 줌 수염 안에 갇힌 얼굴, 아마 삼 년 뒤 항독 투쟁 단체의 일원으로 적의 총탄에 쓰러질 때에도 그는 이때와 똑같이 무례하고 조롱 섞인 표정을 하고 있었으리라고 나는 확신한다.

열흘 전, 내가 그를 통해 어머니와 통화를 해보려 하였을 때에 그는 냉소하듯 얼굴을 찡그리며 내게 대답했다. "아직 우리는 그 정도까진 안 되었고, 지금 상황으로는 그렇게 지나친 배려는 정당화될 수 없네." 그런데, 지금은 그가 먼저 나를 오게 한 것이었고, 그 단순한 행위는 부대 내에 떠돌고 있는 휴전에 관한 어떤 소문들보다도 상황에 대해 더 많은 것을 시사해주는 것이었다. 그는 나를 찬찬히 바라보았다. 흐트러진 몸매, 단추를 풀어버린 바지, 빠끔이 벌어져 있는 바지 주머니에까지 새겨져 있는 분노와 경멸과 반항, 평행선 세 개가 그어진 이마—그것이 십오 년 후 내가 『하늘의 뿌리』에 나오는 나의 모델, 절망할 줄 모르는 사나이들에게 줄 얼굴을 찾다가 빌려 쓴, 잊을 수 없는 그의 모습이었다. 그는 귀에 리시버를 꽂고서 나를 바라보았다. 그는 일종의 즐거움을 느끼며 음악이라도 듣고 있는 것 같았다. 그가 날 관찰하는 동안 나는 기다렸다. 불면으로 타오르는 그의 눈꺼풀 밑에는 아직도 쾌활한 반짝임을 위한 충분한 자리가 있었다. 그가 듣고 있는 통화가 어떤 것일까 하고 나는 생각하였다. 혹시 총사령관과 그의 참모들과의 대화일까? 그러나 나는 곧 그것을 알 수 있었다.

"브로사르는 전투하러 영국으로 떠난다" 하고 그가 내게 말했다. "내가 그에게 자기 마누라하고 일장의 작별을 하도록 해주었지. 자네 생각을 바꾸진 않았겠지?"

나는 고개를 저었다. 그는 동의의 몸짓을 해보였다. 그렇게 하여 나는, 뒤푸르 상사가 몇 시간 전부터 항복을 거부하고 투쟁을 계속하기 위해 떠나는 사람들을 포함한 몇몇 사람들로 하여금 아마도 영원히 작별하게 될지 모르는 사람들과 애정과 용기의 외침을 교환할 수 있게 하기 위해 모든 전화선들을 차단하고 있음을 알게 되었다.

나는 패배와 1940년의 휴전에 책임 있는 사람들에 대해 전혀 증오심을 품고 있지 않다. 나는 드골을 따르기를 거부한 사람들을 너무도 잘 이해한다. 그들은 자기네 장식 가구들 속에 너무나 안주하고 있었던 것이다. 그들은 그것들을 인간 조건이라고 불렀다. 그들은 '지혜'를 배웠으며 가르쳤다. 삶의 습관이 겸양과 포기와 수락의 달콤한 맛과 더불어 우리의 목구멍에 조금씩 조금씩 부어넣는 그 독을 탄 카모마일 차를. 학식 있고 사려 깊고 몽상적이며 섬세하고 교양 있고 회의적이면서 가문 좋고 좋은 교육을 받고 인류를 열렬히 사랑하는 그들은, 마음속 깊이에선 비밀리에 인간이란 불가능한 기획임을 언제나 잘 알고 있었으며, 그러므로 그들은 히틀러의 승리를 당연지사로 받아들였던 것이다. 그들은 우리의 명백한 생물학적, 형이상학적 예속에, 정치적, 사회적 예속을 첨가할 것을 매우 자연스럽게 받아들였던 것이다. 누구도 모욕하려는 의도 없이, 나는 좀더 심하게 말할 수 있다. 즉, 그들은 합리적이고, 그 한 가지만으로도 그들을 경계할 충분한 이유가 되리라고. 그들은 합리적이다. 능란하고, 신중하며, 모험을 피하고, 안전을 추구한다는 점에서. 예수에게 십자가에서 죽기를 피하게 하고, 반 고흐에게 그림 그리는 걸 피하게 하고, 프랑스 인이 총 맞아 죽는 것을 피하게 하고, 나의 모렐〔저자의 또 다른 소설 『하늘의 뿌리』의 주인공〕에게 코끼리를 피하게 해서, 교회와 미술관과 제국들과 문명들의 탄생을 막아 그 모든 것을 함께 무(無)에 처박았을 거라는 점에서.

그리고 말할 필요도 없이, 그들은 내 어머니가 프랑스에 대해 품은 그 소박한 생각으로 키워지지 않았다. 그들은 한 늙은 여자의 머릿속에 있는 동화를 방어할 필요가 없었다. 러시아 초원의 변방에서 유대인과 코사크와 타타르의 피를 받고 태어나지 않았기 때문에, 프랑스에 대해 훨씬 고요하고 훨씬 절도 있는 관점을 가지고 있는 사람들에게 내가 어떻게 화를 내겠는가.

몇 분 후, 나는 전화에서 어머니의 목소리를 들었다. 나는 우리가 나눈 말을 여기에 옮길 수가 없다. 고함과 몇 단어와 흐느낌의 연속이어서, 분명한 말을 끄집어낼 수가 없다. 그때부터 나는 항상 짐승의 말을 알아들을 수 있을 것 같은 느낌이 들었다. 아프리카의 밤에 동물들의 목소리를 들으며, 그 속에서 애정의 소리, 공포의 소리, 슬픔의 소리를 분간해낼 때면 자주 내 가슴이 저리곤 하였다. 그 전화 통화 이후, 나는 언제나, 세계의 어느 숲에서건 제 어린 것을 잃어버린 어미의 목소리를 구별해낼 수 있게 되었다.

알아들을 수 있었던 단 하나의 단어는, 제1공화국 군대의 가장 천한 속어에서 따온 우스꽝스런 마지막 한마디였다. 벌써 침묵이 자리

잡았을 때, 그것이 전화선의 잡음조차 없이 마치 온 나라를 덮친 것 같은 침묵으로 이어질 때, 나는 갑자기 멀리서 우스꽝스런 목소리가 흐느끼는 것을 들었다.

"제깟 것들, 먹어주자!"

가장 기본적인, 가장 소박한, 인간적 용기의 이 바보 같은 마지막 외침은 내 가슴속에 파고들어 영원히 거기에 머무르게 되었고 내 가슴이 되었다. 내가 죽은 뒤에도 그것은 살아남아, 어느 날엔가 인간들은 그들이 여태껏 꿈꾸었던 어떤 승리보다 드넓은 승리를 거두리라는 것을 나는 안다.

나는 모자를 눈까지 내려쓴 채, 잠시 더 거기에 머물러 있었다. 수백만의 인간들이 자기의 인간적 숙명 앞에서 그러하였고 앞으로도 영원히 그러할 것처럼 고독하게. 뒤푸르 중사는 꽁초 위로 나를 관찰하였다. 그 쾌활한 반짝임, 같은 인간의 눈 속에서 마주칠 때마다 내게 마치 모든 것을 이기고 살아 남을 것이라는 보증처럼 생각되곤 하는 그 반짝임을 눈에 담고서.

이어 나는 열심히 다른 승무원과 다른 비행기를 찾았다.

나는 이 비행기 저 비행기를 살펴보고, 이 사람 저 사람과 접촉하면서 여러 시간 동안 기지를 방황했다.

벌써 여러 명의 비행사들을 유혹해보려 했으나 홀대만 받고서야 전날 밤 비행장에 내린 새까만 4발기 파르망이 생각났다. 그것은 나를 영국으로 데려다줄 수 있을 것 같았다. 그것은 아마도 내가 그때까지 본 중에 제일 거대한 비행기였음이 틀림없었다. 그 괴물 속엔 아무도 없는 것 같았다. 단순한 호기심으로, 나는 그것이 대체 어떻게 생겨먹었나 보기 위하여 사닥다리를 기어올라 머리를 안쪽으로

들이밀었다.

별 두 개의 장군 한 사람이 접는 테이블을 앞에 두고 파이프를 피우며 무엇인가 쓰고 있는 중이었다. 탄창이 달린 육중한 권총이 그의 손 닿는 곳, 종이 위에 놓여 있었다. 그 장군은 젊은 얼굴에 짧게 깎은 회색 머리를 하고 있었는데, 내가 안쪽으로 들어가자 멍한 시선을 던지더니 다시 종이를 향해 시선을 돌리고는 글쓰기를 계속하였다. 나의 첫 반응은 경례를 붙이는 것이었는데, 그는 답하지 않았다.

나는 약간 놀란 시선을 권총에 던졌고, 그러자 갑자기 무슨 일이 진행 중인지 알아차리게 되었다. 패배한 장군은 지금 유서를 쓰고 있는 중이었다. 자살하기 전에 말이다. 내가 감동하였고 깊이 감사하였음을 고백한다. 패배에 직면하여 그와 같은 행동을 취할 수 있는 장군들이 있는 한, 우리에게는 무슨 희망이든 허용될 것 같았다. 거기에는 그때, 내 나이에 극히 예민하게 느낄 수 있던 위대함의 이미지가, 어떤 비극의 의미가 있었던 것이다.

그래서 나는 다시 한 번 경례를 한 뒤, 조심스럽게 물러나와 명예를 구해줄 한 발의 총성을 기다리며 트랙 위를 몇 발짝 거닐었다. 십오 분 뒤, 나는 초조해지기 시작하여 다시 파르망으로 다가갔고, 다시 한 번 코를 안쪽으로 들이밀었다.

장군은 여전히 쓰고 있는 중이었다. 그의 섬세하고 우아한 손이 종이 위를 달리고 있었다. 나는 그의 권총 곁에서 이미 봉해진 두세 통의 봉투를 발견했다. 다시 한 번 그는 내게 눈길을 던졌고, 다시 한 번 나는 경례를 한 뒤 공손하게 물러나왔다. 나는 누군가를 신뢰할 필요를 느꼈고, 그 장군은 젊고 고상한 얼굴로 나에게 신뢰를 불어넣어주었다. 그리하여 나는 비행기 옆에서 그가 나의 사기를 높여주기를 초조하게 기다렸던 것이다. 아무 일도 일어나지 않으므로, 나는 영국으로 합류하기 전에 포르투갈에 착륙하려는 비행 중대의 계획이 어디까지 진행 중인지 알아보기 위하여 비행 소대 쪽으로 한 바퀴 돌아보기로 결정했다. 나는 삼십 분 뒤 다시 돌아왔고, 사다리를 올라갔다. 장군은 여전히 쓰고 있었다. 고른 글씨체로 덮인 종이들이 그의 손닿는 데 놓인 권총 밑에 쌓여가고 있었다. 갑자기 나는 그 용감한 장군이 그리스 비극의 주인공에게 어울리는 고귀한 의도를 갖고 있기는커녕, 권총을 문진으로 사용하여 단순히 편지를 쓰고 있을 뿐임을 깨달았다. 분명 그와 나는 같은 우주 안에 살고 있지 않았다. 나는 울화통이 터지고 풀이 죽어서 고개를 숙인 채 파르망을 떠났다. 얼마 후 나는 그 위대한 장군을 다시 보았다. 그는 권총을 총집에 차고 수건을 손에 들고 평온한 얼굴 위에 의무를 다 끝낸 것 같은 표정을 띠고 태연하게 미사를 보러 가고 있었다.

태양이 비행장에 운집한 그 흉칙한 항공기 무리를 끝도 없이 비추고 있었다. 혹시 있을지도 모르는 사보타주로부터 비행기를 지키기 위해 비행기들 주위에 배치된 무장한 세네갈 인들이 하늘에서 내려오는 야릇하고 가끔은 약간 불안스럽기도 한 형태들을 바라보고 있었다. 특히 동체가 들보로 끝나고 있어서 마치 나무다리를 단 것 같은, 아프리카의 물소만큼이나 엉뚱하고 그로테스크한 배불뚝이 브레게 기가 생각난다. 포테 소대에선 패배를 모르며 복수심에 불타는 1차대전의 할아버지들이 기적을 일으키기 위한 연습으로 연신 트랙 돌기를 실행하고 있었다. 그들은 푸른 하늘에서 열심히 부르릉거렸고, 착륙할 때면 시간에 댈 수 있다는 굳은 희망을 내게 표현하곤 하였다.

그들 중 한 사람이 생각난다. 레슈토펜과 긴메르 시대의 항공 기사의 모습을 완벽히 재현한 그는, 머리에 비단 스타킹을 매고, 기병 바지를 입은 정복 차림으로 포테 기의 동체로부터 솟아오르더니 그처럼 무게가 나가는 사람에게 비행기에서 내리는 일이 얼마나 힘든가를 보여주는 곡예 끝에 약간 숨을 헐떡이며, 프로펠러의 소음을 뚫고 내게 소리를 치는 것이었다.

"염려 말라구. 꼬마 친구야, 내가 여기 왔잖아!"

그는 내리는 것을 도와준 두 친구를 정력적으로 밀어내고는 풀밭에서 기다리고 있는 맥주병들을 향해 기수를 돌렸다. 그 두 친구들 중 하나는 카키색 군복에 동그랗게 쌓여 철모를 쓰고 장화를 신은 현학적 치장을 하고 있었고, 다른 하나는 베레모를 쓰고 이마에 안경을 둘렀고 소뮈르의 저고리에 각반을 차고 있었다. 그는 나를 다정하게 두드리며 안심을 시켜주었다.

"제깟 놈들, 먹어주지!"

그들은 자기네 인생에서 최고의 순간을 살고 있는 중임이 명백했다. 그들은 감동적이면서도 우스꽝스러웠다. 그러나 각반을 차고 머리엔 비단 스타킹을 매고 두루뭉실하지만 단호한 모습으로 동체에서 나오면서 그들은 보다 영광되었던 시간들을 어찌나 잘 상기시켜주었던지 그 순간보다 더 아버지를 갖고 싶었던 때는 결코 없었다. 그것은 프랑스 전체가 느끼고 있는 감정이었고, 프랑스가 늙은 상사에게 보이고 있는 거의 전적인 애착에는 다른 이유가 없었다. 그래서 나는 쓸모 있는 사람이 되려고 애썼고, 그들이 비행기에 오르는 것을 도와주었고, 프로펠러를 밀어주었고, 새 맥주병을 찾기 위해 휴게소로 달려가곤 하였다. 그들은 나에게 다 알지 않느냐는 투로 눈을 껌

벅이며, 마른의 기적과, 긴메르, 조프르, 포슈, 베르됭의 기적을 이야기해주었다. 간단히 말해 그들은 내 어머니에 관해 말하였던 것이고, 그것은 내가 바라는 전부였다. 특히 그들 중에서, 각반과 철모와 안경과 가죽 멜빵과 온갖 훈장 들로 치장하고 있던 한 사람은—웬일인지 그는 잘 알려진 중고등학생의 노래에 나오는 불멸의 구절을 생각나게 하였다. '조무래기 오토바이꾼이 ××의 구멍을 트랙으로 삼아 사령부에 갔다네, 장군이 죽었다고 알리기 위해' 하는—마침내 프로펠러의 소음도 너끈히 제압하는 목소리로 이렇게 외치기에 이르렀다.
"제기랄, 두고 보면 알 거야!"
그런 다음, 그는 나에게 밀려 포테 속으로 기어들어갔고, 안경을 눈 위로 내려 쓰고 조종간을 잡고서 돌진하였다. 내가 틀렸을지도 모르지만, 그 친애하는 초창기 비행사들이 무엇보다 그들이 비행하는 것을 막았던 프랑스의 사령관에게 복수를 하고 있는 중이었고, 그들이 말하던 '보여주고 말 테다'는 최소한 독일군을 향한 만큼은 프랑스 사령부를 향한 것이었다고 나는 생각한다.
오후가 시작될 무렵, 무슨 소식이 없나 하고 다시 한 번 비행 중대 사무실에 들렀더니 동료 하나가 내게 다가와 어떤 젊은 여자가 헌병 초소에서 나를 찾고 있다고 말해주었다. 나는 비행장에서 멀어지는 것에 대한 미신적인 두려움을 가지고 있었다. 내가 등을 돌리자마자 비행 중대가 날아 올라 영국을 향해 날아가버릴 것 같았던 것이다. 그러나 젊은 여자는 젊은 여자, 내 상상이 항상 그렇듯, 단숨에 활활 타올랐다. 나는 초소로 갔다. 나는 거기서 어깨와 허리는 몹시 여위었고 장딴지와 궁둥이는 튼실한, 매우 평범한 처녀를 발견하고는 아주 실망하였다. 눈물로 붉어진 눈과 얼굴은 깊은 슬픔과 더불어 완고하고도 원시적인 일종의 결심을 나타내고 있었다. 그 결심은 그녀가 손에 들고 있는 가방을 쥔 과도한 힘에서조차 드러나 보였다. 그녀는 자기 이름은 아니크이며, 벨 괼이라고 불리는 클레망 상사의 애인이라고 하였다. 그는 그녀에게 '외교관이자 작가'인 자기 친구라며 자주 내 이야길 하였다는 것이었다. 나는 그녀를 처음 만난 것이었지만, 벨 괼은 내게도 그녀의 이야기를 해주었었다. 아주 칭찬 섞인 말로 말이다. 그는 '자기 집에' 두세 명의 창녀를 데리고 있었지만, 그가 가장 좋아하는 여자는 아니크로, 메리냐에 배속될 때 그녀를 보르도로 데려다 놓았다고 했었다. 벨 괼은 한번도 자기의 불량배 기질에 대해 숨겨본 일이 없었고, 독일군 침공 때에 그는 그 일로 풍기 문제에 걸렸으며, 직위 박탈의 위협을 받았었다. 우리는 아주 사이가 좋았다. 아마도 우리 사이에 전혀 공통점이 없다는 바로 그 사실 때문이었을 것이다. 그리고 우리를 갈라놓는 모든 것이 대비를 통해 우리 사이에 일종의 연결 관계를 맺어주었던 것이다. 그의 역겨운 '직업'이 내게 불어넣는 혐오감이 일종의 매력과 부러움마저 배가시켰음도 인정하지 않을 수 없다. 왜냐하면 그 직업에 종사하려면 고도의 무감각, 무심함, 냉혹함, 즉 인생에 밀착하고자 하는 자에게는 없어서는 안 될 자질이지만, 분하게도 내겐 전혀 없는 자질들을 갖추고 있어야 할 것 같았기 때문이다. 그는 자주 나에게 아니크의 얌전하고 헌신적인 성품을 자랑하곤 하였다. 나는 그가 그녀를 무척 사랑하고 있음을 눈치 챘었다. 그래서 나는 꽝장한 호기심으로 그녀를 바라보았다. 그녀는 힘을 아끼지 않고 일하는 데 익숙해진 젊은 시골 처녀들이 모두 그렇듯이 아주 평범한 모습을 하고 있었다. 그러나 그녀의 고집스런 좁은 이마 밑, 맑은 시선 속에는 그 이상의 무엇인가가 있었다. 그것은 그녀 자신을 초월하여, 그녀가 하고 있는 일을 초월하여, 저 높은 무엇인가를 향하고 있었다. 그녀는 곧 내 마음에 들었다. 신경이 곤두서 있는 나의 상태에서는 어떤 여자든 눈앞에 있다는 것만으로도 나를 위로해주고, 나를 진정시켜 준다는 단지 그 때문이었다. "그래요" 하고 내가 사고 이야기를 꺼내자 그녀가 말을 막았다. "그래요, 난 클레망이 오늘 아침 죽었다는 것을 알아요." 그는 그녀에게 자기가 전투를 계속하기 위해 영국으로 건너가려 한다는 것을 여러 번 말해주었다는 것이었다. 그녀는 스페인을 거쳐 나중에 그와 합류할 생각이었다. 이제 클레망이 죽고 없으나 그래도 자기는 영국으로 가고 싶다는 것이었다. 그녀는 독일인을 위해 일하지는 않을 터라는 것이었다. 자기가 영국에서 쓸모 있는 존재일 수 있음을 알고 있고, 그렇게 함으로써 최선을 다한 셈이 되리라고 하였다. "그러니 당신이 도와줄 수 없나요?" 그녀는 자기의 작은 가방 손잡이를 단호하게 움켜잡으면서, 마치 개가 말없이 애원하듯 나를 바라보았다. 연갈색 머리 밑의 고집스런 이마하며, 잘해보겠다는 갈망이 너무도 역력하였다. 어떤 장애가 있어도 끝까지 가보겠다고 단단히 결심하고 있다는 게 느껴졌다. 거기서 일시적이고 무의미한 육체의 어떤 오점도 손상시킬 수 없는 본질적인 순결과 고귀함의 존재를 보지 못한다는 것은 불가능한 일이었다. 그것은 그녀에게 있어서, 내 친구의 추억에 대한 성실보다는, 그 어떤 것도 부패시키거나 더럽힐 수 없는 그 무엇, 그녀가 누구이며, 무엇을 하는 사람인지를 넘어서는 그 무엇에 대한 일종의 본능적인 헌신이었으리라고 나는 생각한다. 거의 모두가 침체되고 용기를 상실한 마당에, 거기에는 의연함의 이미지, 잘해보겠다는 의지의 이미지가 있었다. 그것은 나를 깊이 감동시켰다. 인간의 성적 행위에서 잘잘못의 척도를 보는 것에 한번도 찬성할 수 없었으며, 항상 인간의 존엄성을, 우리의 가장 비열한 매춘 행위가 자리 잡는 허리띠 위의 부분, 즉 가슴이나 머리나 영혼의 수준에 위치시켜온 나에게는 이 작은 브르타뉴 여자가 전통적 도덕의 어떤 지지자들보다도 중요한 것과 중요하지 못한 것에 대한 본능적인 분별력을 지니고 있는 것 같았다. 그녀는 내 눈 속에서 어떤 공감의 표시를 발견하였던지, 나를 설득하기 위한 노력을 배가시켰다. 마치 내게 설득이 필요하기라도 하다는 듯이. 영국에서 프랑스 군인들은 매우 외로움을 느낄 것이고, 그들을 도와주어야만 하는데, 자기는 그 일이 하나도 두렵지 않다. 아마 클레망이 그런 이야기를 당신에게 했을 것이다. 그녀는 벨 괼이 자기에게 그런 영광을 부여하였는지, 아니면 거기까진 생각지 못하였는지 걱정스레 알고 싶어 하면서 잠시 기다렸다. 그렇다고, 그는 당신의 착한 마음씨를 많이 이야기하였다고, 내가 서둘러 그녀를 안심시켰다. 그녀는 기뻐서 얼굴이 빨개졌다. 그렇다면 그 일은 자기가 익히 알고 있는 바이고, 자기는 튼튼한 허리를 가졌으니 내가 자기를 내 비행기에 태워 영국으로 데려다줄 수 있지 않느냐는 것이었다. 나는 클레망의 친구이니 자기는 나를 위해 일할 것이며, 다들 아다시피 비행사는 지상에 누군가를 필요로 하니까. 나는 그녀에게 감사하고 이미 내겐 누군가가 있다고 말하였다. 그리고 영국으로 가는 비행기를 찾기가 거의 불가능하며, 지금 막 나는 그것을 스스로 경험했고, 민간인, 더구나 여자는 생각할 수도 없는 일이라고 설명하였다. 그러나 그녀는 쉽사리 실망하지 않는 여자였다. 내가 그녀는 영국에서만이 아니라 프랑스에서도 역시 필요한 존재일 수 있고 여기서도 그녀 같은 여자들을 필요로 하게 될 것이라고 말하며 몇 가지 허튼 소리로 그 일을 처리하려 하자, 그녀는 내게 화가 나지 않았다는 표시로 친절한 미소를 지어 보이더니, 한마디 말도 없이 손에 손가방을 쥔 채 비행장 쪽으로 가는 것이었다. 십오 분 후 나는 포테-63의 승무원들 사이에서 단호하게 입씨름을 하고 있는 그녀를 보았다. 그러고서는 그녀를 보지 못하였다. 나는 그녀가 어찌 되었는지 모른다. 나는 그녀가 아직 살아 있기를, 영국으로 건너가 유용한 사람이 될 수 있었기를, 프랑스로 되돌아왔기를, 자식을 많이 두었기를 바란다. 우리에겐 그녀처럼 강인한 심장을 지닌 소년 소녀 들이 필요한 것이다.

오후가 끝날 무렵, 메리냑 기지의 석유가 동이 나려 한다는 소문이 퍼졌다. 그래서 승무원들이 석유 배급 차례를 놓칠까 봐, 또는 석유를 도둑 맞을까 봐, 또는 단지 탈출 방법을 찾아 떠돌아다니는 나 같은 사람에게 비행기를 도둑 맞을까 봐 자기 비행기를 떠나지 않는다는 것이었다. 그들은 명령과 지시와 상황에 대한 확실한 설명을 기다리며, 서로 상의하고 망설이고 어떤 결정을 내릴지 자문하거나 아니면 전혀 아무 생각도 하지 않으면서 무엇인지 모르는 것을 막연히 기다리고 있었다. 대부분의 사람들은 전쟁이 북부 아프리카에서 계속될 것이라고 믿고 있었다. 어떤 사람들은, 그들 생각을 조금이라도 물을라치면 길길이 화를 낼 정도로 당황하고 있었다. 영국으로 가자는 나의 제안은 늘 너무도 좋지 않은 대우를 받았다. 영국인들은 평판이 좋지 않았다. 그들이 우리를 전쟁에 끌어들였다는 것이었다. 이제, 그들은 우리를 반죽통에 빠진 채로 놔 두고, 배를 옮겨 탔다는 것이었다. 경솔하게도 내가 몰려고 하였던 포테-63의 하사들은 분노에 찬 얼굴로 내 주위에 집결하더니, 탈영 혐의로 체포되게 하겠다는 것이었다. 매우 다행스럽게도, 그중 고참인 특무 상사가 나에 대해 훨씬 관대하고 인간적인 결정을 내렸다. 두 명의 하사가 나를 꼭 붙들고 있는 동안, 그는 내 코며 입술이며 내 얼굴 전체가 피범벅이 되도록 두들겨 패는 것으로 만족하였던 것이다. 그런 다음 그들은 머리 위에 맥주를 부은 뒤 나를 놓아주었다. 그러는 동안 나는 내내 허리띠 밑에 권총을 차고 있었다. 그리고 그것을 사용하고 싶은 욕망은 너무도 컸다. 일생 동안 내가 겪은 것 중 가장 큰 욕망이었다. 그러나 프랑스 인을 죽이는 것으로 전쟁을 시작한다는 것은 매우 엉뚱한 일인 것 같았다. 그래서 나는 내 얼굴에 묻은 피와 맥주를 닦으며, 변을 보지 못한 사람만큼이나 낙심하여 돌아왔다. 게다가 나는 항상 프랑스 인을 죽이는 걸 몹시 힘들어 했고, 내가 알기에 여태껏 한 명의 프랑스 인도 죽이지 않았다. 내 나라가 내란 중에 내 힘을 기대하지나 않을까 두려워했고, 아무리 작은 총살 집행반의 지휘도 언제나 단호하게 거절해왔다. 아마도 귀화한 자의 알 수 없는 콤플렉스 때문이리라.

통역해주던 때 겪은 사고 이후 나는 코를 얻어맞으면 몹시 견디기가 어려웠고, 며칠 동안은 끔찍하게 아팠다. 그러나 단순히 육체적일 뿐인 그 고통이 아마도 나에겐 엄청난 도움이 되어주었다는 사실을 인정하지 않으려 든다면 나는 배은망덕한 자일 것이다. 왜냐하면 그것은 다른 고통, 가장 견디기 힘든 진짜 고통을 다소간 완화시키고 그것을 잊는 것을 도와주었으니까. 프랑스의 패배를 좀 덜 쓰라리게 해주고, 어머니를 다시 만나려면 여러 해가 가야 하리라는 생각을 좀 흐릿하게 해줌으로써 말이다. 머리가 터졌고, 끊임없이 코와 입술에서 피를 닦아내야 했으며 계속 구역질이 났다. 간단히 말해, 나는 그 순간 나에 관한 한, 히틀러가 진정 전쟁을 다 이긴 것이나 진배없는 그런 상태에 처하였던 것이다. 그러나 나는 여전히 비행사를 구하기 위해 이 비행기 저 비행기로 돌아다녔다.

그렇게 내가 설득하려 하였던 비행사들 중의 하나는 내게 지워지지 않는 기억을 남겼다. 그는 막 비행장에 도착한 아요-372기의 임자였다. '임자'라고 말한 것은, 그가 자기 암소를 지키는 의심 많은 농부 같은 모습으로 자기 비행기 옆 풀밭에 앉아 있었기 때문이다. 인상적이리만큼 많은 샌드위치가 그의 앞 신문지 위에 놓여 있었고, 그는 그것들을 하나하나 먹어치우고 있는 중이었다. 신체적으로 따질 때, 얼굴과 체형의 동글동글한 생김새와 몸집의 거대한 부피 때문에 약간 생텍쥐페리와 닮았는데, 닮은 점은 그것으로 그쳤다. 아마도 메리냑 비행장이 자기에게서 암소를 훔쳐내려고 결심한 소장수들로 득실댄다고 믿고 있는 모양인지, 그는 권총의 탄창을 열어놓은 채 경계를 단단히 하고 있는 것 같았다. 그의 생각은 틀리지 않았다. 나는 서사시풍으로 유유하게 영국의 위대함과 용기를 찬양하면서, 영국으로 건너가 투쟁을 계속하기 위해 비행기와 비행사를 찾고 있다고 그에게 말하였다.

그는 내가 말하는 대로 내버려두었다. 그러고는 어느 정도 흥미를 가지고 부어오른 내 얼굴과, 코에 대고 있는 피 묻은 손수건을 관찰하며, 여전히 연신 먹어대는 것이었다. 나는 그에게 매우 훌륭한 연설을 하였다——애국적이고, 감동적이고, 영감에 넘치는. 심한 구역질로 시달리고 있었지만——나는 겨우 겨우 서 있었고, 내 머릿속은 부서진 바위들로 가득 차 있었다——난 그래도 최선을 다하였다. 그리고 내 청취자의 만족스런 안색으로 판단컨대 나의 가련한 신체적 외양과 영감 어린 내 말들 사이의 대비가 마음에 들고 재미있는 모양이었다. 어쨌든 그 뚱뚱한 비행사는 참 고맙게도 나를 계속 말하도록 내버려두었다. 우선 나는 그에게 아첨을 해야 했고——그는 틀림없이 자기가 중요한 존재라고 느끼는 것을 좋아하는 타입의 녀석이었다——그런 다음 가슴에 손을 얹고 엮어내는 나의 애국적 비상이 그를 불쾌하게 만들지 않아야 하였으며, 그의 소화를 도와주어야 하였다. 나는 가끔씩 그의 반응을 기다리느라 말을 멈추었다. 그러나 그가 아무 말도 하지 않고 단지 다른 샌드위치를 집을 뿐이었으므로 나는 다시 나의 서정적 즉흥시를, 데룰레드조차 인정하지 않을 수 없었을 진정한 노래를 계속하였다. 딱 한 번, 내가 '조국을 위해 죽는 것이야말로, 가장 아름답고 가장 탐낼 만한 운명이다'와 비슷한 이야기를 하기에 이르렀을 때, 그는 눈에 띌까 말까 하게 동의의 손짓을 해 보이더니 저작(咀嚼)을 멈추고, 손톱으로 이 사이에 낀 햄 조각을 열심히 뽑아내는 것이었다. 내가 숨을 돌리려고 잠시 멈추었더니, 그는 다음을 기다리며 약간 나무라듯이 나를 바라보는 것 같았다. 그는 명백히 나로 하여금 내가 가진 최상의 것을 내놓게 하겠다고 결심한 인간이었다. 마침내, 더 할 말이 없어 노래 부르기를 그치고 입을 다물자, 다 끝났고 더 이상 내게서 끌어낼 것이 없음을 그가 알아차렸다. 그러자 그는 새로운 샌드위치를 집어들고 하늘을 바라보며 다른 흥밋거리를 찾았다. 그는 내게 단 한마디도 하지 않았다. 그가 엄청나게 신중한 노르망디 인이었는지, 아니면 감수성이라고는 털끝만큼도 없는 끔찍한 야수요 완전한 바보였는지, 또는 자기가 할 것을 정확하게 알고 있으나 누구에게도 자기의 결심을 털어놓지 않는 인간이며 여러 사건에 놀라 아귀아귀 처먹는 것밖에는 다른 반응을 할 줄 모르는 인간이었는지, 아니면 세상에서 자기의 암소밖에는 더 가진 것이 없어서 온갖 난관을 겪더라도 끝까지 암소 곁에 있기로 결심한 뚱뚱한 농부였는지, 나는 결코 알 수 없을 것이다. 내가 한 손을 가슴에 얹고 어머니이신 조국의 아름다움과, 투쟁을 계속하려는 우리의 굳은 의지와 명예와 용기와 영광에 찬 내일들을 노래하는 동안, 그의 작은 두 눈은 아주 작은 어떤 표정도 담지 않고서 나를 바라보았다. 솟과〔牛科〕 동물 중에선, 이론의 여지없이 위대한 위인이었다. 어디선가 어떤 소가 농사 경진대회에서 일등상을 안겨주었다는 글을 읽을 때마다 나는 그를 생각한다. 나는 그가 마지막 샌드위치를 베어무는 중에 물러나고 말았다.

　나로 말하자면, 그 전날 저녁부터 아무것도 먹은 것이 없었다. 패주 이후 상사 식당의 메뉴는 각별히 배려를 한 것이었다. 우리는 우리의 최상의 관례에 합당한 진정한 프랑스 요리를 대접 받았다. 우리의 영원한 가치를 그로써 환기시켜 사기를 높이고 우리의 의혹을 진정시키기 위함이었다. 그러나, 나는 출발 기회를 행여 놓칠세라 두려워서 비행장을 떠날 수가 없었다. 무엇보다 목이 말라서, 나는 비행기 날개 그늘 아래 시멘트 위에 앉아 있던 한 포테-63의 비행사가 준 붉은 포도주 한 잔을 고맙게 받았다. 아마도 약간 취기가 돌았던 탓인지, 나는 나도 모르게 나의 영감 어린 연설 한 토막을 늘어놓았다. 나는 승리의 항공 모함 영국에 대하여 말하였고, 쉴 새 없이 손짓을 하며 긴메르와 잔 다르크, 바이야르를 들먹였고, 손을 가슴에 얹고 주먹을 휘두르며 영감에 사로잡힌 표정을 지었다. 나는 그처럼 내 목소리를 점령하고 있었던 것이 내 어머니의 목소리였다고 진심으로 믿고 있다. 왜냐하면, 내가 말을 계속함에 따라, 내 입에서 튀어나오는 놀랄 지경으로 대단한 상투어들과, 조금치도 스스럼없이 지껄여지는 것들에 나 자신도 놀라고 있었으니 말이다. 아무리 내 자신의 그런 뻔뻔스러움에 화를 내보아도, 아마 피로와 취기 때문이었기도 하겠으나, 무엇보다 어머니의 인격과 의지가 나의 그것보다 훨씬 강했기 때문에 생긴, 내가 전혀 제어할 수 없는 이상한 현상에 의해, 제스처를 쓰고 감정을 넣어가며 계속하고 덧붙였다. 비상한 흥미를 느끼고 모여든 한 무리의 상사들 앞에서, 어머니가 '불멸의 조국'을 상기시키고, '언제나 새로 시작하는 프랑스, 프랑스'에 생명을 바치라고 말할 때에는 목소리까지 바뀌었고, 강한 러시아 악센트가 분명히 들렸다고 나는 생각한다. 가끔씩 내가 약해질 때면, 그들은 내게 포도주통을 내밀었고, 그러면 나는 다시 새로운 독백으로 돌진하였다. 마치 어머니가 내가 처해 있는 상황을 이용하여, 어머니의 애국적 레퍼토리 중 가장 영감 어린 장면에서 단연코 어머니의 최선을 다하고 있는 듯이. 마침내 그 세 명의 하사들은 나를 가엾게 여기고 삶은 달걀과 빵과 소시지를 주었다. 그것이 나를 술에서 깨게 하였으며, 다시 기운을 차려 입을 다물고, 감히 우리에게 애국학습을 시키기로 작심했던 그 흥분한 러시아 여인을 자기 자리로 돌아가게 할 수가 있었다. 그 세 사람은 내게 말린 자두를 더 주었다. 그러나 영국으로 가는 것은 거절하였다. 그들의 말에 따르자면, 북부 아프리카에서 노게 장군의 지휘하에 전쟁을 계속할 것이라는 것이었다. 비행기에 가솔린을 채우는 대로, 그들은 모로코로 갈 생각이라고 하였다. 그리고 무장을 하고 석유 운반차를 탈취하는 한이 있더라도 그들은 기필코 가솔린을 채워넣을 것이라고 하였다.

벌써부터 그 트럭 주위에선 여러 번 난투극이 있었다. 그리고 그 차는 이제 '꽃아, 칼!'을 한 채 유조 탱크 위에 올라선 무장한 세네 갈 인의 호위 없이는 움직이지 않았다.

코가 핏덩이로 막혀 있어서 숨쉬기가 곤란하였다. 나에겐 한 가지 욕심밖에 없었다. 풀밭에 누워 등을 땅에 붙이고 움직이지 않는 것이었다. 그러나 어머니의 정력, 어머니의 비상한 의지가 계속 나를 앞으로 나아가게 하였고, 사실 그렇게 비행기에서 비행기로 헤매고 다닌 것은 내가 아니라, 전투를 계속하기 위해 영국으로 건너갈 결심을 한, 회색 옷에 지팡이를 짚고 입술에 골루아즈를 문 꿋꿋한 늙은 부인이었다.

32

그렇지만 나는 결국 북부 아프리카가 전투를 계속하리라는 보편적인 견해를 받아들이기에 이르렀고, 비행 중대도 마침내 메크네로 합류하라는 명령을 받았으므로, 오후 다섯 시에 메리냑을 떠나 지중해 연안의 살랑크에 도착한 것은 해가 질 무렵이었다. 그 비행장에 있는 모든 비행기들에 이륙 금지 명령이 떨어졌다는 것을 알기에 꼭 알맞는 시간이었다. 몇 시간 전부터 새로운 책임자가 아프리카에 대한 공군의 움직임을 감독하고 있었고, 이전에 내려진 모든 명령은 아무 효력이 없는 것으로 간주되고 있었다. 나는, 어머니가 나를 헤엄을 쳐서라도 지중해를 건너게 하는 데 주저하지 않으리라는 것을 알 만큼은 충분히 어머니를 알고 있었다. 그래서 비행 중대의 한 특무 상사와 즉시 의기투합한 나는 우리의 사랑하는 장군들의 명령이나 새로운 명령 취소를 기다리지 않고 해가 뜨자마자 알제리로 기수를 돌렸다.

우리의 포테 기는 페트렐 모터를 달고 있어서 보충 탱크 없이는 알제리까지 항공하기에 충분한 항속을 낼 수 없었다. 우리는 아프리카 해안에서 약 사십 분 정도를 남겨두고 프로펠러가 멎는 것을 보게 될 위험을 안고 있었다.

그럼에도 불구하고 우리는 날아올랐다. 나는 내게 아무 일도 생기지 않으리라는 것을 잘 알고 있었다. 사랑의 튼튼한 힘이 나를 지켜주고 있으니까 말이다. 또 걸작에의 내 모든 취향, 완성되어가고 있는 중의 예술 작품——그것의 숨겨진, 그러나 변할 수 없는 논리는 항상 결국에 가선 아름다움의 논리일 것이었다——에 다가가듯 인생에 접근하는 나의 본능적 태도가, 내 상상 속에서, 색조와 비례 사이의, 어두운 부분과 밝은 부분 사이의 엄격한 조화의 법칙에 따라 미래를 정돈하게끔 만들었기 때문이었다. 마치 모든 인간의 운명이 무엇보다 균형과 조화를 염려하는 고전적이고도 지중해적인, 위엄 있는 영감에서 비롯되기라도 하는 듯이. 사물에 대한 이러한 견해는, 정의를 일종의 미학적 절대성으로 화하게 함으로써, 어머니가 살아 있는 한, 나는—— 어머니의 해피엔드인 나는—— 절대로 손상될 수 없는 존재라고 생각하게 만들었으며, 집으로 금의환향할 것이라는 확신을 주었던 것이다. 들라보 상사로 말하자면, 그는 아마도 예술 작품이 지닌 그런 비밀스럽고도 훌륭한 조화 같은 것을 부여받은 인생은 꿈에도 상상하지 않았겠지만, 그럼에도 불구하고 그 역시 너무도 약한 모터에 의지하여 창파를 건너 날아가는 것을 망설이지 않았다. 조금치도 문학에 도움을 구하지 않고, 오로지 만약의 경우에 구명대 구실을 해줄 두 개의 자동차 타이어를 동체에 싣고, '두고 보라지'하는 냉정한 한마디를 남기고 말이다.

요행히도 그날 아침 하늘에서 내린 것 같은 바람이 불어주었고, 더욱더 안전하게끔 어머니도 아마 함께 입김을 불어주어서, 우리는 탱크에 십 분 분량의 넉넉한 가솔린 여분과 함께 알제리의 메종 블랑슈 비행장에 착륙하였다.

우리는 이어 항공 학교를 잠정적으로 철거한 메크네로 비행을 계속했다. 그곳에서 우리는 북부 아프리카 당국이 휴전을 받아들였을 뿐 아니라, '탈영자'들이 지브롤터로 가려고 비행기를 탈취해서 날아오른 첫번째 사건 이래 모든 비행기를 움직이지 못하게 해두라는 명령마저 내려져 있다는 것을 알게 되었다.

어머니는 분개하였다. 어머니는 잠시도 나를 편안하게 내버려두지 않았다. 어머니는 화를 내고 노발대발하고 항의하였다. 나는 어머닐 진정시킬 수가 없었다. 어머니는 내 피의 혈구 하나하나에서 흥분하였고, 내 심장의 맥박마다 화를 내고 폭동을 일으켰으며, 나를 들볶고 무엇이든 해보라고 재촉함으로써 밤잠을 이루지 못하게 하였다. 마치 인간이 패배할 수도 있는 무엇이기라도 한 것처럼 패배를 받아들였다는 이 현상, 어머니에게는 완전히 처음 당하는 이 현상 앞에서 분개해버린 그 이해력 상실의 표정을 더 이상 보지 않으려고 나는 어머니의 얼굴에서 눈을 돌려버렸다. 아무리 침착하라고, 숨 좀 쉬게 해달라고, 참으라고, 나를 믿으라고 애원하여도 소용없었다. 나는 어머니가 내 말을 듣지조차 않고 있음을 분명히 느끼고 있었다. 우리를 갈라놓은 거리 때문은 물론 아니었다. 어머니는 그 끔찍한 시간 동안 나를 일순간도 떠나지 않았으니 말이다. 어머니는 그녀의 호소에 답하기를 거절한 북부 아프리카에 분개하고 깊이 상처를 받았던 것이다.

투쟁을 계속하자는 드골 장군의 호소는 1940년 6월 18일에 있었다. 역사가들의 노력을 복잡하게 만들고 싶은 생각은 없으나, 전투를 계속하라는 내 어머니의 호소는 6월 15일 아니면 16일——적어도 드골보다 이틀 앞선——에 있었음을 꼭 밝혀두고 싶다. 그 점에 관해서는 수많은 증거가 있고, 아직도 뷔파 시장엘 가면 그 증거를 모을 수가 있다.

내게 질겁할 장면을 전해준 사람이 스무 명은 되었으리라. 하늘의 도움으로 나는 그 장면을 모면할 수 있었으나 그것을 생각하면 지금도 얼굴이 붉어진다. 어머니는 팡탈레오니 씨의 야채 진열대 앞 의자 위에 올라서서, 지팡이를 휘두르면서 착한 국민들은 휴전을 거부하고 영국으로 가 유명한 작가이며 벌써 적에게 치명적인 타격을 가하고 있는 중인 당신의 아들 곁에서 전투를 계속하라고 권유하였다는 것이었다. 가엾은 여인. 그 불행한 여인이 가방을 열어 내 소설이 실린 주간지의 한 페이지를 돌려 보게 하며 독백을 마쳤다는 것을 생각하면 눈물이 난다. 필경 웃은 사람들이 있었겠지. 나는 그들에게 화내지 않는다. 나는 다만 재능이 없고 영웅적 행위를 못 했고 나 이상이 될 수 없었던 것이 화가 날 뿐이다. 내가 어머니에게 바치고 싶었던 것은 그런 것이 아닌 것이다.

북부 아프리카 기지들의 비행기를 묶어놓은 것은 우리를 경악하게 하였다. 어머니는 노발대발하며 항의하였고, 나에 대해, 나의 무기력에 대해 화를 내었고, 정력적으로 반격하는 대신, 예를 들어 정곡을 찌르는 몇 마디 말로써 항의하러 노게 장군을 찾아가는 대신— 그것은 나도 생각해본 바였다—막사의 내 침대에 주저앉아 하릴없이 퍼질러 있는 그 꼴에 분통을 터뜨렸다. 나는, 장군이 나를 만나주지도 않을 것이라고 어머니에게 설명하려 하였다. 그러나 벌써, 지팡이로 무장하고 관사로 행진하고 있는 어머니의 모습이 보였다. 어머니라면 설득할 방법을 발견하리라는 것을 나는 잘 알고 있었다. 나는 자신이 무가치하게 느껴졌다.

메크네의 메디나를 가로질러, 색깔도 소리도 냄새도 나를 완전히 어리둥절하게 만드는 그 아랍 군중 사이를 목적도 없이 방황하며, 내 위로 덮쳐오는 그 갑작스런 이국 풍물의 물결 아래서 과도한 애국주의의 레퍼토리 중 가장 낡은 상투어들을 몽땅 끌어들여 부풀어 오르며 끊임없이 견딜 수 없는 장광설로 나를 전투로 불러내는 내 피의 목소리를 잊으려 애쓰면서 보낸 그 긴긴 시간 동안보다, 어머니의 존재가 더 현실적이고 실질적이었던 때는 결코 없었다. 어머니는 나의 극심한 피로와 낙담을 기화로 나를 온통 점령해버린 것이었다. 나의 극심한 혼란, 애정과 보호의 필요—너무나 오랫동안 어머니의 날개 밑에 있었기에 생긴 필요로, 나를 보살펴주는 여성적인 천혜의 애정을 느끼고 싶어 하는 막연한 갈망과 함께 내게 남아 있는—가 나를 완전히 어머니의 영상에 내맡겨버렸던 것이다. 어머니의 모습은 한순간도 나를 떠나지 않았다. 어머니의 본성 중 가장 강한 무엇이 그때까지 내게 남아 있던 유약하고 우유부단한 무엇을 결정적으로 눌러 이김으로써, 어머니가, 광폭함과 흥분과 무절제와 공격성과 제스처와 드라마에 대한 취향 등 극단적 성격의 모든 면모들을 고스란히 발휘하며, 정말 나로 화해버렸던 것은, 그 이상하고 얼룩덜룩한 군중 속을 고독하게 헤메던 긴 시간 중 어느 때였을 것이다. 그 극단적 성격의 면모들은 마침내 그 후 동료들과 상관들 사이에서 '불붙은 머리'라는 평판을 얻게 해주기에 이르렀다.

고백하건대, 나는 어머니의 압도적인 현존으로부터 벗어나려고 애썼고, 사람들이 우글거리고 얼룩덜룩한 메디나의 세계 속으로 어머니를 피해 달아나려 했다. 나는 시장을 헤매고 다녔다. 나는 새로운 솜씨로 만들어진 메달들이나 가죽들을 바라보는 데 열중했고, 천 가지 물건들을 고개 숙여 바라보았다. 다리를 꼬고 등과 머리를 벽에 붙이고, 입술엔 터키 장죽을 물고, 향과 박하 냄새 속에 카운터에 올라앉아 있는 상인들의 움직이지 않는 멍한 시선을 받으면서 나는 홍등가를 누비고 다녔다. 내 생애에 가장 비열한 사건이 나를 기다리고 있는 줄도 모르고 말이다. 나는 나의 오랜 습관에 따라 정신의 불편함을 육체적 안락의 느낌으로 이겨내보려고, 녹차를 마셔가면서 아랍 카페에 자리 잡고 앉아 시가를 피웠다. 그러나 어머니는 내가 가는 어디에고 따라다녔고, 어머니의 목소리는 가차 없는 조롱을 품고 내 속에서 올라왔다. '그렇게 관광을 하니 좋으냐? 생각을 바꾸고 싶어서겠지, 아마? 땅속에 누운 네 조상들의 프랑스가 피도 눈물도 없는 적과 머리 숙인 정부 사이에서 찢기고 있는 동안에? 그래! 만일 내 아들, 장성한 내 아들이 그 꼴이라면, 윌노에 그냥 있을걸 그랬지. 프랑스에 오느라고 고생할 것 없이. 프랑스 인을 만들기 위해 꼭 필요한 무엇을 너는 정말 가지고 있지 못한 거니까.'

나는 일어나서 큰 걸음으로 골목길로 들어섰다. 베일을 쓴 여자들, 거지들, 상인들, 당나귀들, 군인들 틈바구니로. 그리고 맙소사,

끊임없이 새로워지는 인상과 형태와 색들 속에서, 한두 번 어머니를 떨쳐버리는 데 성공하였음을 부끄러운 마음으로 고백한다.

바로 그때 나는 아마도 역사상 가장 짧은 사랑 이야기를 체험하였다.

한잔 하려고 들어간 유럽인 구역의 어떤 바에서, 나는 이 분쯤 지나, 금발의 여급에게 자연스럽게 내 속마음의 이야기를 털어놓았는데, 그녀는 나의 열띤 세레나데에 특별한 감동을 받은 듯하였다. 그녀의 시선은 내 얼굴 구석구석을 찬찬히 뜯어보며 내 얼굴 위를 헤매었다. 갑자기 내가 초벌 그림 같은 상태에서 빠져나와 마침내 완전한 인간이 된 것 같은 느낌을 주는 근심과 애정이 담긴 표정으로 말이다. 그녀의 눈길이 내 귀에서 입으로 옮겨가고 이어 꿈꾸듯 가르마 부분으로 다시 올라가는 동안 나의 가슴은 두 배로 넓어졌고, 내 심장은 용기로 부풀고, 내 근육들은 십 년간의 운동도 줄 수 없었던 힘으로 탱탱해졌으며, 땅 전체는 튼튼한 받침대로 화하였다. 그녀에게 영국으로 가려는 내 의도를 이야기해주니까, 그녀는 금으로 된 작은 십자가가 달린 목걸이를 목에서 끌러 내게 내밀었다. 나는 갑자기 참을 수 없이 어머니도, 프랑스도, 영국도 그리고 내게 그토록 무거운 짐을 지운 모든 영적인 짐보따리도 팽개치고, 나를 그토록 잘 이해해주는 그 유일한 존재 곁에 머무르고 싶어졌다. 여급은 마미르와 이란을 거쳐 러시아에서 온 폴란드 여자였다. 나는 그 목걸이를 내 목에 걸고, 나와 결혼해달라고 내 사랑하는 그 여자에게 요청하였다. 그때는 벌써 서로를 안 지가 이 분이나 되었던 것이다. 그녀는 받아들였다. 그녀는 자기 남편과 동생이 폴란드 전투 때 죽었으며, 그때 이후 경제적인 난관을 이겨내고 여권을 얻기 위해 할 수 없이 가진 성관계들을 제외하면 늘 혼자였다고 하였다. 그녀는 고통스럽고 비통한 무엇인가를 얼굴 위에 나타내고 있었는데, 그 점이 내가 그녀에게 도움과 보호를 베풀고 있다는 느낌을 더욱 강하게 만들었다. 사실은 그와는 정반대로 바로 내가 길에서 마주친 첫번째 구명대, 첫번째 여인에게 매달리려 애쓰고 있었으면서도 말이다. 인생과 대면하기 위해서는 항상 나는 상처받기 쉬우면서도 헌신적인 어떤 여성의 격려가 필요했다. 사실은 받으면서도 주고 있다고 느끼게 하고, 사실은 내 자신이 기대고 있으면서도 내가 받쳐준다고 느끼게 하는 약간 복종적이면서 고마워하는 여성의 격려가. 어디에서 그 야릇한 욕구가 생겨나는 것인지 나도 알 수 없다. 찌는 듯한 더위에도 불구하고 가죽 점퍼로 딱딱하게 감싸고 눈까지 모자를 덮어쓰고 자신만만한 표정에, 남자답게 보호자 연하면서 나는 그녀의 손에 매달렸다. 우리의 곁에서 무너져 내리는 세상이 우리로 하여금 현기증 날 것 같은 속도로, 세상이 무너지는 바로 그 속도로 서로에게 몸을 던지게 만들었던 것이다.

오후 두 시, 아프리카에서는 신성시되고 있는 낮잠 시간이었고 그래서 바는 비어 있었다. 우리는 그녀의 방으로 올라가 서로에게 매달린 채 반 시간을 보내었다. 익사 중의 두 사람이라도 서로를 받쳐주기 위해 그보다 더 큰 노력은 결코 하지 않았을 것이다. 우리는 즉시 결혼한 뒤 함께 영국으로 가기로 결정했다. 세 시 반에, 우리를 도와줄 수 있는지 묻기 위하여 카사에 있는 영국 영사를 찾아간 친구와 만나기로 하였다. 나는 세 시에 바를 떠났다. 동료를 만나 우리가 처음에 예상했던 것처럼 둘이 아니라 셋이 될 것이라고 말하기 위해. 네 시 반에 내가 돌아왔을 때는 벌써 바에 사람들이 많이 앉아 있었고, 나의 약혼녀는 몹시 바빴다. 내가 바를 비운 동안 무슨 일이 일어났던 것인지 모르지만—아마도 누군가를 만났던 모양이었다. 나는 우리 사이의 일은 모두 끝났음을 분명히 알 수 있었다. 아마도 그녀는 헤어져 있는 것을 견디지 못했던 모양이었다. 그녀는 잘생긴 아프리카 출신 기병대 중위 한 사람과 이야기를 하고 있는 중이었다. 그녀가 나를 기다리고 있는 동안 그가 그녀의 인생 속으로 들어왔으리라고 나는 짐작하고 있다. 그것은 물론 내 잘못이었다. 결코 사랑하는 여자의 곁을 떠서는 안 되는 것이다. 고독이 그들을 사로잡고, 의심, 실망, 그러고는 그 꼴이 되어버리니까 말이다. 아마도 그녀는 나에 대한 신뢰를 잃어버리고 내가 다시 돌아오지 않으려니 생각하고는, 자기 인생을 다시 시작하기로 결심하였으리라. 나는 몹시 불행하였으나, 그녀에게 화를 낼 수는 없었다. 맥주잔을 앞에 놓고 나는 잠시 그곳을 둘러보았다. 그래도 역시 무섭도록 낙담이 되었다. 문젯거리들이 다 잘 해결되었다고 생각하고 있었던 터였으니 말이다. 그 폴란드 여자는 방심한 듯, 무방비 상태인 듯한 무엇을 표정에 담고 있어서 정말 예뻤고 내 마음에 꼭 들었다. 얼굴에서 금발 머리를 쓸어올리던 그녀의 동작은 지금도 내 마음을 감동시킨다. 나는 무척 빨리 애착을 갖는다. 나는 잠시 그 두 사람을 관찰하였다. 희망이 있는지 알아보기 위해서 말이다. 그러나 희망은 없었다. 나는 그녀의 애국적 심금을 울려보려 애를 쓰며 폴란드어로 몇 마디 건네었다. 그러나 그녀는 내 말을 자르더니 거류민인 그 중위와 결혼할 것이고, 북부 아프리카에 정착할 것이며, 전쟁은 충분히 겪었고, 게다가 전쟁은 끝났으며, 페탱 원수가 프랑스를 구하였으니 다 잘 정리할 것이라고 선언하였다. 그녀는 또 영국인들은 우리를 배반하였다고 덧붙였다. 나는 붉은 케이프를 둘러 어디서나 눈에 띄는 그 원주민 기병 중위에게 슬픈 일별을 던졌다. 나는 체념했다. 그 가련한 여자는 난파 속에서 강해 보이기만 하면 누구에게든지 매달리려 하였던 것이니, 그녀에게 화를 낼 수는 없었다. 나는 맥주값을 지불하고, 잔받침에 팁과 금 십자가가 달린 작은 목걸이를 남겨두었다. 그게 신사다운 일일 수도 있고, 아닐 수도 있으리라.

내 동료의 부모는 페즈에 살고 있었다. 우리는 시외버스를 타고 그곳으로 갔다. 그의 누이가 문을 열어주었고, 나는 그때 내 앞에서, 메크네에서 아슬아슬하게 놓친 구명대를 쉬 잊게 만드는 또 다른 구명대를 발견하였다. 시몬은 파리한 피부와 섬세한 뼈마디, 그리고 몽롱한 눈 등의 보기 좋은 특징들로 유명한, 북부 아프리카에 거주하는 프랑스 여자들 중의 하나였다. 그녀는 쾌활하고 교양 있었으며, 전투를 계속하려는 나와 자기 오빠를 격려하면서 가끔씩 나를 당황시키는 엄숙한 시선으로 나를 바라보았다. 그 시선을 받자 나는 다시 내 두 다리로 완전하고 곧고 단단하게 서 있다는 느낌이 들었고, 그래서 나는 곧 그녀에게 청혼할 결심을 하였다. 내 청혼은 환대를 받았고, 우리는 흐뭇한 부모의 시선 아래서 포옹하였으며 기회가 닿는 대로 그녀가 영국으로 와서 나와 합치기로 하였다. 그러나 여섯 주일 후 런던에서 그녀의 오빠가 내게 편지 한 통을 전해주었는데, 그 안의 사연인즉 그녀가 카사의 어떤 건축가와 결혼했다는 것이었다. 그것은 끔찍한 타격이었다. 그녀에게서 내 일생의 반려를 발견했다고 믿었었기 때문만이 아니라 내가 벌써 그녀를 깡그리 잊어버리고 있었기 때문이었는데, 그래서 그 편지가 내게는 자신에 대한 이중적이고도 고통스러운 발견의 계기가 되었던 것이다.

영국 영사관을 설득하여 우리에게 가짜 여권을 발급하게 하려는 우리의 노력은 수포로 돌아갔고, 그래서 나는 메크네의 비행장에서 모란-315기를 훔쳐 지브롤터로 갈 결심을 하였다. 그러나 고장이 나지 않은 비행기를 찾아내거나, 아니면 아주 실력 있는 기술자를 발견하지 않으면 안 되었다. 그래서 나는 기술자들의 마음속을 읽어 내기 위해 하나하나 뚫어져라 바라보면서 비행장을 헤매기 시작하였다. 지문 기 한 대가 활주로에 내려앉아 내가 있는 곳에서 스무 발짝쯤 떨어진 곳에 멈추는 것을 본 것은, 인상 좋고 들창코가 믿음직하게 느껴지는 한 수리공에게 막 다가가려던 참이었다. 중위인 비행사가 비행기에서 내려 격납고 쪽으로 갔다. 그것은 하늘이 내 의도에 보여준 우정 어린 공범자적 윙크였다. 그런 찬스를 놓친다는 것은 말도 되지 않는 일이었다. 나는 식은땀으로 범벅이 되었다. 불안이 배를 옥여 쥐었다. 지문을 이륙시켜 조정할 수 있으리라고는 거의 확신할 수 없었던 것이다. 내 비밀 훈련 비행 시간 동안에 나는 모란이나 포테-540 이상을 타본 일이 한번도 없었다. 그러나 피할 수는 없는 일이었다. 걸려든 것이다. 나는 나를 바라보는 어머니의 감탄과 자랑에 찬 시선을 느꼈다. 갑자기 패배와 적군 점령 때문에 프랑스에서 인슐린을 구하지 못하는 것은 아닐까 하는 생각이 났다. 어머니는 주사 없이 사흘도 견디지 못할 것이다. 런던의 적십자사와 잘 이야기를 하여 인슐린이 스위스를 통해 어머니에게 가도록 할 수 있을는지도 모른다.

나는 지문을 향해 걸어가, 올라갔고, 조종간 앞에 앉았다. 아무도 나를 보지 못한 것 같았다.

잘못된 생각이었다. 격납고마다 거의 도처에, 공중 '탈영'을 막기 위한 명령에 의해 공군 헌병들이 배치되어 있었다. 벌써 몇몇 기계

공들의 공모로 그런 탈영이 여러 번 있었던 것이다. 바로 그날 아침에도 모란-230 한 대와 고엘랑 한 대가 날아 올라 지브롤터의 경마장에 착륙하였다. 내가 겨우 의자에 앉을까 말까 할 때 벌써 격납고에서 튀어나와 내 쪽으로 달려오는 두 명의 헌병이 보였다—그들 중 하나는 벌써 권총을 빼드는 중이었다. 그들이 내 앞 삼십 미터까지 왔는데도 프로펠러는 여전히 돌지를 않았다. 나는 마지막 절망적인 노력을 해보고는 기체 밖으로 튀어나왔다. 한 다스쯤 되는 병졸들이 격납고에서 나와 흥미롭다는 듯 나를 관찰하였다. 내가 그 군대의 전선 앞을 토끼처럼 뛰어다니는 동안 그들은 조금치도 나를 저지하려 하지 않았다. 그러나 그들이 내 얼굴을 뜯어볼 시간은 충분하였다. 무엇보다 여러 날 전부터 '이기기 아니면 죽기'의 분위기에 푹 젖어 그 영향 아래 움직였던 나는 지문에서 뛰어내리면서 권총을 빼들었고, 걸음아 날 살려라 하고 뛰면서도 내내 그것을 주먹에 쥐고 있었으니 그것이 군법 회의에서 내 입장을 쉽지 않게 만들리라는 것은 말할 필요조차 없는 일이었다. 미련함의 극치였다. 그러나 나는 군법회의는 없을 거라고 결심했었던 것이다. 그 순간의 내 정신 상태에서 내가 살아서 잡혔으리라고는 진정 생각하지 않는다. 그리고 내가 아주 명사수였으니, 도망치는 데 성공하지 못했더라면 생겼을 일을 생각하면 지금도 몸이 떨린다. 그렇지만 나는 큰 어려움 없이 도망칠 수가 있었다. 마침내 권총을 숨기고, 등 뒤에서 나는 호각 소리에도 불구하고, 발걸음을 늦춘 나는 헌병 초소 앞을 지나 유유히 부대를 빠져나왔던 것이다.

길 한복판으로 오십 미터쯤 갔을까 말까 했을 때, 버스가 나타났다. 버스 길 위에 단호하게 버티고 서서 손짓을 하자, 버스가 멈추었다. 버스에 올라 나는 베일을 쓴 두 여자와 흰옷을 입은 구두닦이 옆에 앉았다. 나는 크게 안도의 숨을 몰아쉬었다. 나는 궁지에 빠졌었지만 불안하진 않았다. 반대로 진정한 행복감이 나를 사로잡았다. 나는 마침내 휴전과의 단절을 성취한 것이었고, 나는 결국 불복종자요, 강한 자요, 참된 자요, 문신을 새겨넣은 자인 것이었으며, 전쟁은 지금 막 재개되었고 물러서는 것은 말도 안 되는 일이었다. 나는 어머니의 탄복한 시선을 얼굴 위에 느꼈고, 약간의 우울감과 더불어 미소 짓고, 나아가서는 터놓고 껄껄 웃지 않을 수 없었다. 신이여, 용서하시기를, 나는 어머니에게 꽤나 잰체하는 무엇, "기다려요. 이건 시작에 불과해요. 두고 보세요" 뭐 이 비슷한 무엇을 지껄이기까지 했던 것 같다. 더럽기 짝이 없는 베일을 쓴 여자들과 두건 달린 흰 웃옷들 틈에 끼어 가슴 위로 팔짱을 끼고 앉아 있자니, 마침내 내게 기대해온 높이에 도달한 것 같은 기분이었다. 나는 나의 반항을 극단까지 밀고 나가기 위하여 엽초에 불을 당겼고—버스 안에서는 담배 피우는 것이 금지되어 있었다—우리 두 사람, 어머니와 나는 잠시 그렇게 담배를 피우면서 말 없이 서로를 축하하였다. 앞으로 어떻게 할 것인가에 대해서는 손톱만큼의 생각도 갖고 있지 않았지만, 백미러를 통해 내 자신의 모습을 발견한 순간 겁이 덜컥 나서 잇새에서 담배를 떨어뜨릴 만큼 나는 짓궂은 표정을 짓고 있었다.

한 가지 후회만이 나를 괴롭혔다. 가죽 점퍼를 숙소에 두고 온 것이었다. 그것이 없으면 나는 무척 외로움을 느꼈다. 나는 고독을 잘 견디지 못하는데, 내 가죽 점퍼와 나는 깊이 밀착되어 있었던 것이다. 전에도 말했듯이 나는 쉽게 애착을 느낀다. 그것이 유일한 옥의 티였다. 나는 내 담배에 매달렸다. 그러나 담배들이란 잠시밖에 지속되지 못하는 데다, 내 담배는 아프리카의 건조한 공기 속에서 유별나게 빨리 타들어가는 듯하였으니 곧 나를 혼자가 되게 할 것이었다.

그렇게 나는 엽궐련을 피워가며 계획을 세웠다. 군 수사대가 분명 나를 잡으러 온 시내를 돌아다닐 것이고, 그러니 무슨 일이 있어도 내 군복이 토착의 바탕에서 두드러질 지역들을 벗어나야만 하였다. 가장 좋은 해결책은 며칠 숨어 있다가 그 후에 카사로 가서 출범 직전의 배에 승선하려 애써보는 일인 듯하였다. 들리는 말에 의하면, 폴란드 군대가 정부의 동의하에 영국을 향해 후송되고 있으며, 영국 선박들이 그들을 실으러 항구에 와 있다고 하였다. 무엇보다 우선, 나를 좀 잊어버리게 만들어야 했다. 나는 처음 이십팔 시간을 홍등가인 부스비르에서 보내기로 하였다. 거기에서라면, 위안을 받기 위해 오는 온갖 군대 소속 군인들의 끊임없는 물결 속에서 눈에 띄지 않을 수 있는 좋은 찬스를 얻을 수 있었다. 어머니는 내가 선택한 은신처에 대해 약간 불안해하는 것 같았지만, 나는 즉시 어머니에게 필요한 모든 안전을 약속해주었다. 그래서 나는 아랍 지역에서 버스를 내려 홍등가를 향해 갔다.

33

굳건한 성벽으로 둘러싸여 정말 하나의 도시라고 할 수 있는 메크네의 부스비르는 당시 수백여 개의 '집'들에 나뉘어 소속된 몇 천인지 알 수 없는 창녀들을 헤아리고 있었다. 무장한 보초들이 문마다 배치되어 있었고, 경찰의 순찰대가 그 '도시'의 골목 골목을 누비고 있었지만, 그들은 나 같은 '단독자'들에게 신경을 쓰기에는, 서로 다른 군대 소속의 군인들 사이에 벌어지는 난투를 저지하는 데 너무도 바빴다.

휴전 이후의 부스비르는 달라진 것이 별로 없을 만큼 넘치는 활기로 그야말로 들끓고 있었다. 평상시에도 이미 상당히 왕성한 군인들의 육체적 욕구는 전시에는 더욱 높아지고, 패배는 그것을 일종의 광적인 절정으로까지 몰고 간다. 집들 사이의 골목길은 군대에 의해 점령되어 있었고— 일주일에 두 번은 민간인들만을 위한 날이었지만, 나는 다행히도 좋은 날 떨어졌다— 외인 부대의 하얀 군모들, 토착민 부대 기병의 카키색 긴 헝겊띠, 터키 기병의 붉은 케이프, 수병들의 깃 장식, 세네갈 인들의 진홍색 모자들, 메하리 기병의 복장, 공군의 독수리, 월남병의 베이지색 터번, 노란 얼굴, 까만 얼굴, 흰 얼굴 등, 제국 전체가 그곳에 있었다. 뮤직 박스들이 창문을 통해 방출하는 귀가 멍해지는 소음 속에 말이다. 그중에서도 특히 '나는 기다리리, 나는 기이다아리이리이, 밤이나 낮이나 내 사랑을' 하고 안심시키던 리나 케티의 목소리가 기억에 남아 있다. 그러는 동안 승리와 전투를 빼앗기고 낙담한 군대는 베베르 여자, 흑인 여자, 유태 여자, 아르메니아 여자, 그리스 여자, 하얀 여자, 검은 여자, 노란 여자들의 몸 위에서—어찌나 요동들을 쳤던지 선견지명이 있는 '마담'들은 손상과 파손 수리비를 줄이기 위해 침대 사용을 금하고 매트리스를 맨땅바닥에 깔도록 하기에 이르렀다—사용되지 못한 남성적 기운을 떨쳐버리고 있었던 것이다. 붉은 십자가가 표시된 예방 센터들에서는 과망간산염과 검은 비누와 감홍을 원료로 한 유난히 구역질 나는 연고의 냄새가 흘러나오는 가운데, 흰 와이셔츠를 입은 세네갈 인 위생병들이 트로포네마 균과 임질에 대항하여 묽어터진 약을 가지고 투쟁하고 있었다. 그 위생의 마지노선 없이는 군대가 그렇게 두 번 패배하여 녹초가 될 위험에 직면해 있었던 것이다.

군대들 사이에서는 끊임없이 난투극이 벌어졌다. 특히 우선권 문제를 두고 외인 부대, 아프리카 원주민 기병, 토착민 부대 기병 사이에서 심했다. 그러나 백 수에, 하녀를 위한 십 수가 합쳐진 금액에서부터, 여자들이 벌거벗고 층계에서 기다리는 대신 옷을 입고 있는 고급 집의 십 프랑 또는 이십 프랑의 금액에 이르기까지, 누가 누구 다음인가는 어차피 아무 문제도 되지 않았다. 가끔 과로나 대마초 때문에 거의 히스테리 상태가 된 여자가 골목으로 달려나와 누드 쇼를 벌이기도 하였는데, 경찰 순찰대는 풍기를 염려하여 즉시 그것을 중단시키곤 하였다. 나는 매우 적당한 장소인 이 다채로운 곳의 주비다 엄마의 집에서, 은신처를 찾았다. 아주 명민한 감식력으로 나는, 이 계시록적 세계야말로 교회가 예전에 가지고 있던 치외법권을 잃은 후엔, 어느 피난처보다도 더 확실하게 헌병의 수색으로부터 나를 지켜주리라고 판단했기 때문이었다. 그곳에서 나는 특히 힘든 상황에 둘러싸여 하루 낮과 두 밤을 이를 악물고 참았다.

사실 나는 나처럼 고양된 감정과 영웅적 의도를 지닌 사나이에겐 가장 역겨운 상황 속에서 나보다도 더 고양된 감정과 의도를 지닌 한 엄마의 아연실색한 눈총을 받고 있음을 깨달았다. 통상적으로 부스비르에서는 여자들을 쉬러 보내고 새벽 두 시에 문을 닫고 나면 집의 철책들에 맹꽁이 자물쇠가 채워졌다. 군대 규칙상 금지되었지만 눈감아주고 있는 몇몇 은밀한 '손님'들을 제외하면 말이다. 그 손님들이 정식 야간 통행증을 가지고 있는 경우라면, 경찰도 '마담'들과의 약속에 의하여 적당한 보수를 받고 눈을 감아주기로 하고 있었던 것이다. 그것이 문 닫기 한 시간 전인 밤 열두 시 반에 주비다 엄마가 내게 설명하여준 것이었다. 내가 봉착한 딜레마를 어렵지 않게 상상할 수 있을 것이다. 나는 그때까지 '소모하지' 않으려고 무척 애를 써왔었다. 나는 좋은 상태로 영국에 도착하고 싶었고, 이 배설 장치 속에서 내 건강을 위험에 처하게 할 결심이 서질 않았다. 나는 내 평생의 칠 년 동안 군인이었고, 많이 보고 많이 행하였다. 그런데 우리처럼 언제 생명을 앗길지 모르며 또 열 명 중 아홉이 그렇게 되었던 모험적이고 팔팔한 남자들은, 그들을 노리고 있는 것을 잊기 위해 집안 좋은 젊은 처녀들만 상대하려 하지는 않았다. 그렇지만 다른 모든 염려—그곳에 있는 대담한 여자들이 내 취미에 별로 맞지 못한다는 사실도 적은 문제는 아니었다—는 한편으로 치워놓는다고 하여도, 가장 기초적인 신중함이 그처럼 많은 사람과 관계한 그들 속에 뛰어들지 말라고 충고하였던 것이다. 나는 정말 전투 중인 프랑스의 대장 앞에, 그로 하여금 눈썹을 추켜올리게 할 위험이 너무도 큰 상태로 나아가기는 싫었다. 그런데 '소모'를 전적으로 거부한다 할 때 남는 것은 진퇴양난뿐이었다. 그 시간엔 거의 비어 있는 골목들과 문들을 감시하는 군 수사대의 검문. 내 경우에 그것은 체포와 군법 회의를 의미했다. 그러므로 나는 '소모'해야 할 뿐 아니라, 주비다 엄마와 경찰관 사이에 협약된 사항 안으로 들어가기 위하여 '투숙'까지 하여야 하였다. 게다가 그뿐이 아니었다. 권총을 손에 들고 달아나면서 내가 일으킨 소용돌이가 가라앉을 때까지 기다리면서 그 집에 숨어 있기를 원한다면, 나는 의심을 사지 않고 하루 낮 이틀 밤을 줄창 머물러 있는 것을 정당화하기 위해 그야말로 모범적인 열성과 원기를 보여주어야만 하였으니 말이다. 그런데 그 상황에서의 나보다 더 신이 안 나기는 어려운 일일 터였다. 나는 그야말로 정신이 딴 데 있었다. 근심, 신경질, 프랑스가 겪고 있는 비극의 높이까지 오르려는 나의 흥분된 조바심, 마음속에 떠오르는 수천 가지 불안한 의문, 그 모든 것이 내가 방탕한 녀석이라는 역할에 유난히 어울릴 수 없게 만들고 있었다. 내가 말할 수 있는 최소한의 것은, 마음이 다른 곳에 있었기 때문이었다는 것이다. 얼마나 우리, 어머니와 내가 서로를 당황하여 바라보았을지 쉽사리 짐작할 수 있을 것이다. 나는 선택의 여지가 없으며, 정말 예상치는 못한 일이나 다시 한 번, 무슨 일이 닥치건 최선을 다할 결심임을 어머니에게 알리기 위해 체념 어린 손짓을 해 보였다. 그런 다음 두 손에 용기를 모으고서, 미친 것 같은 물결 속에 머리를 박았던 것이다. 어린 시절의 신들은 아마 나를 보고 죽도록 웃었으리라. 그 전문가들, 그들의 모습이 눈앞에 보였다. 조련사의 채찍을 손에 들고, 그들이 사는 하급 하늘의 빛 속에 사슬 갑옷과 뾰족 모자를 반짝이게 하면서, 극도의 즐거움으로 눈을 감고 배를 내밀고 배꼽을 잡고 있는 그들이. 아무도 발 디딘 적 없는 정상을 정복하러 떠나 이제 그가 구하던 고상한 트로피와는 아무 상관도 없고 가장 멀기조차 한 무엇을 팔로 끌어안는 것으로 자기의 세계 정복을 수행 중인 이 이상주의적 애송이를 이따금 조롱하듯 손가락질하는 그들이. 어머니의 인생에 행복한 결론을 드리기 위해 내가 한 약속을 지키고 언젠가 월계관을 이마에 두르고 집으로 돌아가고자 했던 내 의지가, 그 진흙 수렁에서 허비한, 한없이 길었던 그 시간들 동안보다 더 큰 조롱으로 보상 받았던 적은 결코 없었다.

이십 년이 흘렀고, 지금의 나인 이 사람은 오래전에 젊음으로부터 버림받고, 그토록 진지하였고 그토록 확신에 차 있던 그 시절의 나였던 그 사람을 훨씬 덜 심각하게, 조금 더 웃으면서 회상하고 있다. 우리는 서로에게 무슨 이야기든 다 하지만, 우리는 거의 서로를 모르는 것만 같다. 열렬하고 감동 잘하는 그 소년, 요람에서 들은 동화를 그토록 순진하게 믿고, 자기 운명을 멋지게 정복하겠노라 날뛰던 그가 정말 나였던가? 어린아이가 지닌 감수성의 올 하나하나 그때 남겨진 자국으로 영원히 젖어 있게 되는 새벽의 그 더듬대는 시간에 내 어머니는 너무도 솜씨 있게, 너무도 많은 아름다운 이야기들을 내게 해주었고, 우리는 너무도 많은 약속을 하였으며, 거기서 헤어나지 못할 것 같은 느낌이었다. 가슴속엔 그토록 큰 상승에의 욕구가 있었는데, 모든 것이 심연이요 추락이 되어버렸다. 추락이 진정으로 완수된 오늘, 나는 내 어머니의 재능이 오랫동안 나로 하여금 인생을 예술적 질료로 생각하게 하였다는 것을, 사랑하는 한 존재의 주위에 어떤 황금률에 따라 인생을 정돈하려 애쓰느라고 내가 녹초가 되었다는 것을 알고 있다. 걸작과 제어와 아름다움에의 취향은, 형태 없는 반죽을 향해 참을성 없는 두 손을 뻗치게 만들었다. 인간의 어떤 의지도 자기 생각대로 주물러서 형체를 줄 수 없는 반죽, 그와는 반대로 눈에 띄지 않게 제멋대로 인간을 반죽할 수 있는 교활한 능력을 소유하고 있는 무정형의 반죽을 향해. 당신이 그것에 당신의 자국을 찍으려 애쓸 때마다, 그것은 당신에게 조금 더 비극적이고 그로테스크하고 무의미하거나 또는 괴상한 형태를 부과하는 것이다. 그리하여 마침내 당신이 대양의 연안에, 물개의 울음과 갈매기의 소리만이 간간이 가로 찢는 적막 속에, 물 묻은 모래의 거울에 제 모습을 비춰보며 꼼짝도 않는 수천 마리의 바닷새들 가운데에, 두 팔을 십자로 벌리고 뻗어 있는 자신을 발견할 때까지. 모든 훌륭한 예술가들처럼, 다섯 개, 여섯 개, 일곱 개의 공을 가지고 내 식대로 곡예하는 대신, 나는 결국 노래로 불리어질 수밖에 없는 것을 살아보려고 죽을힘을 썼던 것이다. 나의 달음박질은 무엇인가에 대한 정처 없는 추적이었다. 예술은 나에게 그 추적에 대한 갈증을 주었지만, 인생은 그것을 진정시켜줄 수가 없었다. 이미 오래전부터 나는 나의 영감에 속지 않게 되었다. 그리고 여전히 세상을 행복한 정원으로 바꿀 수 있기를 꿈꾸지만, 인간들의 사랑에 의해서보다는 정원들의 사랑이 있어야 그렇게 된다는 사실을 이제 나는 알고 있다. 물론 체험되고 살아 있는 예술의 맛은 내 입술에 항상 남아 있다. 하지만 무엇보다 미소처럼 말이다. 이것은 나의 마지막 문학 작품이 될 것이다, 이 순간에도 내게 무슨 재능이 남아 있다면.

가끔씩 나는 담배에 불을 붙여가며 이해할 수 없는 심정으로 천장만 바라보고 있었다. 영광의 창공에서 내 비행기를 가지고 영웅적인 아라베스크를 그리는 대신 어쩌다 여기까지 오게 되었나 자문하면서. 내가 그릴 수밖에 없었던 아라베스크들과, 마라톤 경주 끝에 주비다 엄마의 집에서 얻게 된 종류의 영광은 당신이 죽은 뒤 판테온에서 쉴 수 있게 할 성질의 것이 아니었다. 그렇다, 신들은 기뻐하고 있었을 것이다. 그들의 교훈적이고도 변증법적 측면은 여기서 자기네의 승리를 구가하고 있으리라. 한 발을 내 등에 올려놓고, 그들은 자기들에게서 지고한 불꽃을 훔치려 했던 인간, 그러나 그들이 지상의 가장 비천한 진흙덩이 속에 강제로 가둔 인간이 그 불꽃을 향해 뻗친 손을 만족스레 굽어보고 있으리라. 이따금 야비한 웃음소리가 귀에 들려왔다. 그토록 거침없이 들려오는 게 신들의 통쾌한 웃음소리인지, 공동실에 있는 군인들의 웃음소리인지 알 수 없었다. 어느 쪽이건 마찬가지였다. 난 아직 지지 않았던 것이다.

34

나는 천만다행으로 한 동료 덕분에 그 강제적인 노동에서 해방되었다. 그는 그 집의 부속 위생실에서 자기 차례를 기다리고 있었다. 그는 나에게 더 이상 심각한 위험이 닥치지는 않으리라고 알려주었다. 비행 중대 중대장인 아멜 중령이 나의 행방불명에 서명하기를 거절했을 뿐만 아니라 고집스럽게 변호하였고, 모든 명백한 증거들에도 불구하고 내가 한번도 북부 아프리카에서 자기 비행기들 중의 하나에 다가오지 않았었다는 훌륭한 이유를 들어 비행기를 훔치려 했다는 혐의를 내게 둘 수는 없다고 했다는 것이었다. 이 증인 덕택에ㅡ이 자리에서 그 프랑스 인에게 내 감사의 마음을 표현코자 한다ㅡ즉시 나는 탈영자로 기재되지 않았고, 어머니는 성가심을 겪지 않게 되었고, 경찰은 나를 찾는 것을 멈추었다. 그러나 이 새로운 상황은 그 자체로서는 매우 다행스러운 것이었지만, 내가 수면 위로 다시 나타나는 것을 금하여 지하 운동자가 되지 않을 수 없게 만드는 것이었다. 가진 것을 모두 주비다 엄마의 두 손에 내주어 한푼도 없게 된 나는 내 친구에게 카사까지 가는 시외버스 푯값을 빌렸다. 거기에 가면 어렵지 않게 출발 직전의 뱃전에 스며들 수가 있을 거라는 속셈이었다.

그렇지만 비행 기지를 잠시 들르지 않고 메크네를 떠나는 것은 도저히 마음 내키지 않았다. 내가 귀하게 여기는 것과 쉽게 떨어지진 못한다는 것, 내 가죽 점퍼를 아프리카에 버려둔다는 생각은 내게 무척 고통스러운 일이었으리라는 것을 아마 독자들은 벌써 알았을 것이다. 그 순간보다 더 그것이 필요했던 적은 결코 없었다. 그것은 다정하고도 보호해주는 듯한 외피요 내게 안전과 견고함의 느낌을 주는 껍질이었으며, 그것을 감히 스치려 하는 모든 사람들에게는 약간 위협적이고 단호하고 조금은 위험스럽기조차 한 모습을 연출하는 것을 도움으로써 결국 나를 눈에 띄지 않도록 해주었다. 그러나 나는 결코 그것을 다시 보지 못하게 될 것이었다. 막사에 도착해 내가 지내던 방 안에 들어가 보니 빈 못만이 보일 뿐이었다. 점퍼는 떠나고 없었던 것이다.

나는 침대에 앉아 울기 시작하였다. 그 빈 못을 바라보며 몇 시간 동안 그렇게 울었는지 알 수 없다. 이제 나는 정말 모든 것을 빼앗긴 것이었다.

결국 나는 잠이 들었다. 신체적으로 어찌나 피곤하고 신경이 소모된 상태였던지, 나는 열여섯 시간을 자고 나서, 쓰러졌을 때와 똑같은 자세로 모자를 눈까지 쓰고 침대에 가로걸친 채 깨어났다. 나는 얼음같이 찬물에 샤워를 하고 카사행 차를 찾기 위해 부대를 나왔다. 깜짝 놀랄 만한 일이 거리에서 나를 기다리고 있었다. 나는 거기서 병에 담아 갖가지 다른 맛있는 음식과 더불어 소금 친 오이를 팔고 있는 이동 상점을 발견하였던 것이다. 결국 그것은 나를 보살피고 있는 사랑의 힘이 나를 버리지 않았다는 증거였다. 나는 비탈

길에 앉아 아침으로 반 다스의 소금 친 오이를 먹어치웠다. 기분이 나아졌다. 나는 또다시 소금 친 오이를 맛보고 싶은 마음과, 프랑스가 지니고 있는 비극적 상황 속에선 극기와 절제의 증거를 보여야 한다는 감정 사이에서 결정을 짓지 못하고 잠시 해를 받고 있었다. 나는 그 상인, 그리고 그의 병들과 헤어지기가 약간 힘들었다. 그리고 모호하게 공상에 잠기면서 그에게 혹시 나와 결혼할 만한 딸이 없을까 하는 생각까지 하였다. 아름다운 배필과 근면하고 감사할 줄 아는 장인 곁에서 소금 친 오이를 팔고 있는 내 모습마저 또렷하게 떠올랐다. 그처럼 흐리멍텅하고 고독한 상태에서 나는 하마터면 카사행 시외버스를 놓칠 뻔하였다. 그렇지만 필사적으로 달음박질해 버스를 세웠고, 신문지에 소금 친 오이를 잔뜩 싸서 버스에 올랐다. 그 정다운 친구들을 가슴에 꼭 껴안고서 말이다.

나는 카사블랑카의 프랑스 광장에 이르러 버스에서 내렸는데, 거기서 나는 거의 즉시, 나처럼 영국으로 도망칠 방법을 찾고 있는 항공학교 학생인, 포르상과 달리고 후보생을 만났다. 우리는 힘을 합치기로 결정하고 도시를 헤매면서 낮을 보냈다. 부두로 들어가는 것은 헌병에 의해 감시되고 있었고, 거리에는 폴란드 군복의 그림자도 없었다. 영국 군대의 마지막 호송선은 오래전에 떠나버린 모양이었다. 밤 열한 시경 우리는 몹시 낙담하여 가스등 밑에서 멈추었다. 나는 약해졌다. 나는 속으로 정말 할 수 있는 일은 다 했으며 아무도 불가능한 일을 할 의무는 없다고 생각하였다. 나는 또 어디선가 패가 엇갈린 것 같은 느낌을 받았다. 아시아 초원 지역의 숙명론이 내 속에서 깨어나 독 품은 말들을 속삭였다. 운명이 있다면 그것이 알아서 할 것이요, 아무것도 없다면 구석에 처박혀 고요히 엎어져 있는 편이 낫다. 정말 지순하고 정의로운 힘이 나를 지켜주고 있다면, 그래, 그것이 나타나주기만 하면 될 것 아닌가. 어머니는 내게 끊임없이, 내 것이 되게 되어 있는 승리와 월계수들을 말했었다. 결국 어머니가 내게 약속을 했던 것이다. 이제 얽힌 것을 푸는 것도 어머니의 일이다.

어머니가 어떻게 했는지는 모르겠다. 아무튼 나는 갑자기 공중에서 출현한 것 같은 용감한 폴란드 하사가 나를 향해 오고 있는 것을 발견했던 것이다. 우리는 그의 목을 열렬히 끌어안았다. 그는 내가 껴안은 첫번째 하사였다. 그는 우리에게, 영국의 화물 여객선 오크레스트 호가 북부 아프리카의 폴란드 군대의 일부를 싣고 자정에 출항할 것이라고 알려주었다. 그는 일반 식사를 좀 보충하기 위한 몇 가지 물품을 사려고 하선한 것이라고 덧붙였다. 그것이 적어도 그가 믿고 있는 바였다. 나로 말하자면, 나는 그를 배에서 내리게 하여 우리의 우울한 마음을 밝히고 있는 이 수은등에까지 인도한 힘의 정체가 무엇인지 알고 있었다. 보다시피 지속적으로, 어떤 때는 너무나 비극적으로, 어머니로 하여금 끊임없이 교훈 문학의 규범에 따라 우리 미래를 구성하고 싶어 하게 만든 예술적 기질은 내게도 똑같은 방식으로 발휘되었으며, 아직도 예술에게 환상 없는 복종을 바치지는 못했던 나는 내 주변에서, 인생 자체에서, 우리의 운명을 행복 모드에 따라 정돈하려고 애쓰는 창조적 영감의 기미를 끈덕지게 간파해 내려고 하였던 것이다.

그러므로 하사는 제대로 온 것이었다. 포르상은 그에게서 저고리를 빌렸고, 달리고는 모자를 빌렸다. 나로 말하자면, 저고리만 벗어 버리고 낭랑한 목소리로 내 친구들에게 폴란드어 명령을 내리면 되었다. 우리는 아무 곤란 없이 헌병 경계선을 넘어 선교로 나아가 갑판에 올랐다. 물론 근무 중인 두 명의 폴란드 장교의 도움을 받았음을 말해야 할 것이다. 나는 그들에게 적절하고도 극적인 단어를 써서, 미츠키에비치의 아름다운 언어로 우리의 상황을 설명했던 것이다.

"특별 연락 임무 요(要). 윈스턴 처칠. 붉은 집 두번째 방 대위."

우리는 석탄 창고에서 전대미문의 영광에 대한 꿈들로 흔들리며, 해상에서의 평화로운 하룻밤을 보냈는데, 불행히도, 흰 말을 타고 베를린에 입성하려는 찰나 기상 나팔에 잠을 깨고 말았다.

사기는 오히려 좋은 편이었고, 저절로 과장된 모습마저 띠려 하였다. 우리의 믿음직한 동맹군인 영국인들은 팔을 벌리고 우리를 기다리고 있다. 우리는 함께 인간을 패배자의 신분으로 만들 수 있다고 생각하는 적——신들을 향해 칼과 주먹을 높이 들고, 인간이라는 이름의 가장 오랜 보호자들이 했듯이 그들 폭군의 얼굴에 우리 존엄성의 칼 자국을 새기러 가리라……

우리는 지브롤터에 도착했다. 방금 우리 프랑스의 가장 아름다운 군함 부대들을 메르 엘 케비르 해에서 당당하게 쳐부수고 온 영국 함대의 귀환을 볼 수 있는 바로 그 순간에 딱 맞춰서. 이 소식이 우리에게 무엇을 의미하였겠는가 상상해보라. 우리의 마지막 희망이 우리에게 비열하게 답하였던 것이다.

스페인이 아프리카와 이어지는 그 찬란하고 순수한 공기 속에서, 내 위에 군림하고 있는 어리석음의 왕 토토슈를 보려면 눈만 들면 되었다. 발목까지밖에 차지 않는 푸른 물속에 두 다리를 벌리고 항구에 서서, 그는 머리를 위로 젖히고 배를 내민 채 하늘을 가득 메우고서는 깔깔대며 웃고 있었다. 그 순간 그는 영국 해군 제독의 모자를 쓰고 있었다.

이어 나는 어머니를 생각했다. 나는 거리에 나와 니스의 빅토르 위고 가에 있는 영국 영사관의 유리창들을 깨부수러 가는 어머니를 그려보았다. 흰 머리 위에 모자를 비스듬히 쓰고 담배를 입술에 물고 지팡이를 든 어머니는 길 가는 사람들에게 자기에게 합류하여 분노를 표하자고 선동하고 있었다.

그런 상황에서 더 오래 영국 선박 위에 머무른다는 것은 용납할 수 없었고, 한 소형 쾌속 통신함이 항구에서 삼색기를 흔들고 있는 것을 발견하자, 나는 옷을 벗고 물속으로 곤두박질쳤다. 나는 완전한 혼란에 빠졌고, 어떤 결정을 내려야 할지, 어떤 신에게 호소해야 할지 알 수가 없었으므로, 바로 그 삼색기를 향하여 본능적으로 달려들었다. 헤엄치는 동안, 자살에 대한 생각이 처음으로 머릿속에 떠올랐다. 그러나 나는 복종하는 체질이 아니었고, 어느 누구에게도 왼쪽 뺨을 돌릴 수는 없었다. 그래서 나는 메르 엘 케비르의 살육을 성공적으로 수행한 영국 제독을 저세상으로 함께 데려가기로 결심했다. 가장 간단한 길은 지브롤터에서 그를 좀 뵙자고 한 뒤, 칭찬을 들려주고 나서, 그의 메달들 속으로 총을 쏘는 일일 것 같았다. 그런 다음엔 행복한 마음으로 총살을 당하리라. 총살 집행반은 싫지 않았다. 그것은 내 식의 아름다움에 아주 잘 어울리는 것 같았다.

목적지까지는 이 킬로미터 정도 되었고, 신선한 물의 도움으로 나는 좀 진정되었다. 어쨌든, 나는 영국을 위해 싸우지는 않을 터였다. 영국이 우리에게 먹인 반칙타는 변명의 여지가 없었다. 그러나 적어도 그것은 영국이 전쟁을 계속하겠다는 굳은 의지를 갖고 있다는 점을 증명하고 있었다. 나는 계획을 바꿀 여지가 없으며, 영국인들은 밉지만 영국으로 가야겠다고 결심했다. 그러나 나는 벌써 프랑스 배에서 이 미터 정도의 거리까지 와 있었고, 반대 방향으로 다시 이 킬로미터를 가기 전에 약간 숨을 돌릴 필요가 있었다.

그래서 나는 하늘을 향해 침을 뱉고 — 나는 늘 배영을 한다 — 그렇게 하여 영국 해군 제독, 메르 엘 케비르 경을 떨쳐버린 뒤, 통신함을 향해 계속 나아갔다. 나는 사다리까지 헤엄쳐 가 갑판 위로 올라갔다. 한 공군 상사가 아래 갑판에 앉아 고구마 껍질을 벗기고 있었다. 그는 조금치도 놀라는 기색 없이 내가 물속에서 완전히 벗은 몸으로 나오는 것을 바라보았다. 프랑스가 전쟁에 지고 대영제국이 그의 동맹국 함대를 침몰시켰을 때에야, 더 이상 놀라운 일은 아무것도 없을 것이었다.

"괜찮소?" 하고 그는 정중하게 말했다.

나는 그에게 내가 처한 상황을 설명했고, 나는 또 그에게서 그 통신함이 드골 장군과 합류하기 위하여 열두 명의 상사를 싣고 영국으로 갈 것임을 들었다. 우리는 함께 영국 함대의 행보를 규탄하는 데 동의하였고, 또 그것에서 영국인들이 전쟁을 계속하고, 독일인들과 휴전협정에 서명하길 거부하리라는 결론을 끌어내는 데에서도 또한 일치를 보았다. 결국 그것만이 다른 무엇보다 중요했다.

카느파 상사 — 국토 해방의 유공자이며, 레지옹 도뇌르 수훈자요, 열두 번 훈장을 받은 카느파 중령은 십육 년 후 알제리에서 프랑스가 피를 흘린 모든 전선에서 끊임없이 싸우다가 쓰러지게 된다 — 는 영국기 아래서 항해하는 것을 피하기 위해 그냥 그 갑판에 있는 것이 어떻겠느냐고 제안하였다. 자기는 감자 깎기 잡역을 할 신참 하나가 더 생기게 되는 일이니만큼 더욱 내가 남기를 바란다고 선언하면서 말이다. 나는 이 새롭고도 예기치 못한 여건에 대하여 적절한 무게를 잡고서 심사숙고한 뒤, 영국인들에 대한 나의 분노가 아무리 크더라도, 내 영적인 천성과는 너무도 배치되는 비천한 일에 나를 내맡기느니 차라리 영국기 아래서 바다를 건너는 것이 더 좋으리라고 결정했다. 그래서 나는 그에게 우정의 작은 손짓을 해 보이고는 다시 파도 속에 잠겼다.

지브롤터에서 글래스고까지는 십육 일이 걸렸다. 나는 그 배에 나 말고도 다른 프랑스 인, '탈영병'들이 타고 있음을 알게 되었다. 나중에 북해에서 격추되는 샤투, 자기의 허리케인 기와 함께 일당십의 전투에서 쓰러지게 되는 장티, 크레타에서 격추당한 루스트로가 있었고, 랑제 형제——그중 동생은 아프리카의 하늘에서 비행 도중 벼락에 맞아 죽기 전까지 내 비행사였고, 형은 아직 살아 있다——, 라투르-프랑가르드라고 이름을 바꾸고 내가 알기론 노르웨이의 바다 한복판에서 보피터 기와 함께 격추된 밀스키 라투르, 훈련 중 죽게 된, 올리브라 불리던 마르세유 라비노비치, 뤼르 강으로 폭탄을 안고 뛰어들어 간 샤르냐, 항상 하늘을 날던 냉혈 스톤, 그 밖에도 여러 사람이 있었다. 프랑스에 남아 있는 가족들의 안전을 위하여 꾸며내었거나, 또는 단순히 과거의 페이지를 넘겨버리기 위하여 만들어낸, 다소간 가공한 이름을 지녔던 그들. 그러나 오크레스트 호의 갑판에 모였던 그 모든 반항자들 중에서도, 내 가슴속에 남아, 모든 의문, 모든 의혹, 모든 낙망에 끊임없이 답하여주는 한 이름이 있다.

그는 부키야르라 하였다. 서른다섯으로 우리보다 훨씬 나이가 많았다. 몸집은 작은 편에 가까웠고, 등이 약간 굽었으며, 늘 베레모를 쓰고, 다정한 긴 얼굴에 갈색 눈동자를 한 그의 고요함과 그의 부드러움은 때때로 프랑스를 세계에서 가장 밝은 장소가 되게 하는 불꽃들 중의 하나를 감추고 있었다.

그는 영국 전투에서 첫번째 '에이스 as' 프랑스 용사가 되었다. 그는 여섯 번의 승리를 거둔 뒤 격추되었다. 작전실에 서서 확성기의 검은 입에 눈을 고정시키고 있던 스무 명의 조종사들은 그가 마지막 폭발 때까지 그 위대한 프랑스 국가의 후렴구를 노래하는 것을 들었다. 그리고 너무도 많은 다른 외침들, 다른 도전들을 다 뒤덮는 바다 소리에 싸여, 대양을 마주하고 이 글을 끄적대고 있는 지금 그 노래가 저절로 내 입술 위에 떠오르며, 나는 그렇게 과거를, 어떤 목소리를, 한 친구를 되살아나게 하려 애쓴다. 그러면 마침내 그는 살아 있는 몸으로 내 곁에서 웃으며 일어난다. 그리고 그에게 자리를 만들어주기 위하여 나에게는 빅서의 모든 적막이 필요한 것이다.

그는 파리에 자기 이름이 달린 거리를 갖고 있지 않다. 그러나 내게는 프랑스의 모든 도로가 그의 이름을 지니고 있다.

35

글래스고에서 우리는 스코틀랜드 연대의 호각 연주로 환영 받았다. 그들은 진홍색 성장을 하고 우리 앞을 행진하였다. 어머니는 군대 행진을 매우 좋아하였으나, 메르 엘 케비르 사태로 인한 혐오가 아직도 우리를 떠나지 않았으므로 우리 프랑스 공군들은 모두 우리 막사가 있는 공원 길에서 분열식을 하고 있는 패거리들에게 등을 돌리고 묵묵히 각자의 텐트 안으로 들어가버렸다. 그러자 그 용감한 스코틀랜드 인들은 자존심이 상하여 그 어느 때보다도 새빨개져서 몹시도 영국적인 고집으로 빈 공원 길들을 그들의 질질 끄는 곡조로 메우는 것이었다. 거기 있던 우리 오십 명의 비행사들 가운데 단 세 명만이 전쟁 끝까지 살아남았다. 거기 도착한 이후의 고된 몇 달 동안, 그들은 영국의, 프랑스의, 러시아의, 아프리카의 하늘에 흩어져 백오십 대가 넘는 적기를 추락시킨 뒤 그들 자신도 추락하였던 것이다. 무쇼트는 다섯 번 승리, 카스틀랭은 아홉 번, 마르키는 다섯 번, 달리고는…… 이제 그 누구에게도 아무 의미 없는 이 이름들을 중얼거려본들 무슨 소용이 있으랴? 더구나 실상 그들은 결코 내 곁을 떠나본 일이 없는데 말이다. 내게 남아 있는, 살아 있는 모든 것은 그들에게 속한다. 때로 나는, 내가 단지 예의상 나 자신으로 하여금 살기를 계속하게 하고 있다고, 내가 아직도 내 심장을 고동치도록 내버려두는 것은 내가 항상 짐승들을 사랑해왔기 때문이라고 느끼곤 한다.

도저히 회복될 수 없으며, 하마터면 상처와 회한을 일생 간직할 뻔하였던 어리석은 행위를 어머니가 저지해주었던 것은, 글래스고에 도착한 지 얼마 안 되었을 때였다. 독자들은 내가 다보르의 항공학교를 졸업할 때 어떤 상황에서 내가 내 소위 계급줄을 박탈당했던가를 기억할 것이다. 그런데 이제 그것을 내 손으로 정정해놓는 것만큼 손쉬운 일은 없게 된 것이었다. 어쨌든 나는 소위가 될 권리가 있었고, 오로지 몇몇 추잡한 인간들의 악의 때문에 그것을 박탈당하였던 것이다. 왜 내 자신에게 정의를 돌려주지 않을 것인가?

그렇지만 말할 것도 없이 어머니가 즉각 이 일에 끼어들었다. 내가 어머니에게 상의했기 때문이 아니었다. 그와는 거리가 멀었다.

오히려 나는 어머니가 나의 그 작은 계획을 모르게 하기 위하여, 내 머릿속에서 어머니를 멀리 쫓아버리기 위하여 할 수 있는 것은 모두 다하였던 것이다. 허사였다. 눈 깜짝할 사이 어머니는 지팡이를 손에 들고 내 곁에 나타났고, 지독하게 뼈아픈 말을 내게 던지는 것이었다. 나는 널 그렇게 키우지 않았고, 네게 기대했던 것은 그게 아니다. 네가 그 같은 행동을 할 것 같으면 절대로, 절대로 집에 발을 들여놓지 못 하게 할 테다. 나는 부끄럽고 슬퍼서 죽을 것이다…… 글래스고의 거리로 도망쳐보려 해도 소용없었다. 어머니는 어디고 쏜살같이 나를 쫓아왔다. 지팡이로 위협해 가면서 말이다. 어떤 때는 애원하며 노한 듯한, 어떤 때는 내게 너무도 낯익은 이해력 상실의 찡그림이 새겨진 어머니의 얼굴이 뚜렷하게 보였다. 어머니는 줄곧 회색 외투를 입고 회색과 보랏빛의 모자, 그리고 목엔 진주 목걸이를 걸고 있었다. 여자들에게서 가장 빨리 늙는 것이 바로 목이다.

나는 그냥 하사로 남았다.

초기 프랑스 인 자원병들이 모이곤 하던 런던의 올림피아 홀에는, 영국 상류 계급의 부인들과 젊은 여자들이 우리와 가벼운 잡담을 나누기 위해 찾아오곤 하였다. 그들 중의 한 여자, 군복차림을 한 매혹적인 금발의 한 아가씨는 나와 셀 수 없을 만큼 여러 번 장기를 두었다. 그녀는 가련한 프랑스 자원병들의 사기를 높여주겠다고 단단히 결심을 한 듯하였다. 우리는 시간을 몽땅 장기판 옆에서 보냈다. 그녀는 대단한 장기꾼으로 매번 나를 여지없이 참패시킨 뒤 곧장 한 판 더 두자고 제의하는 것이었다. 열이레 동안 대양을 건너와서, 전투에 나가고 싶어 죽어가는 판에, 아주 예쁜 여자와 함께 장기로 시간을 보내는 것이 내가 아는 한 가장 신경질 나는 일의 하나다. 결국 나는 그녀를 피하는 것이 낫다고 생각하고 포병 하사와 내기를 하고 있는 그녀를 바라보았는데, 그 포병 역시 결국 나만큼 우울해지고, 나만큼 풀이 죽고 말았다. 그녀는 금발에 사랑스런 모습으로 거기에 앉아, 약간의 가학적인 표정으로 장기판 위에 자기 말을 밀어놓곤 하였다. 짓궂은 여자. 나는 군대의 사기를 때려눕히기 위해 그 이상을 행하는 양가집 규수를 한번도 본 일이 없었다.

그때는 영어를 단 한마디도 하지 못했었으므로, 원주민들과 관계는 힘이 들었다. 아주 다행히, 때때로 몸짓으로 내 의사를 전달할 수 있었을 뿐이었다. 영국인들은 몸짓을 거의 하지 않았으나, 이편에선 그들에게 원하는 바를 아주 잘 납득시킬 수가 있었다. 어쩌면 어떤 언어를 모른다는 것은, 사람들 사이의 관계를 본질적인 것으로 이끌어감으로써 단순하게 만들기까지 한다. 쓸데없는 인사치레나 번잡스런 절차를 면하게 해주니 말이다.

나는 올림피아 홀에서 한 소년과 우정을 맺었는데, 여기서는 그를 뤼시앙이라고 부르겠다. 그는 여러 날 낮과 밤을 유별나게 흥분된 축제로 보내더니, 갑자기 심장에 총탄을 박아버리고 말았다. 사흘 낮과 나흘 밤 사이에, 그는 R.A.F.가 열심히 출입하던 바인 웰링톤의 여급과 정신 없이 사랑에 빠졌다가는 다른 손님과 가까워진 그녀에게 배신을 당하였고, 그 결과 죽음만이 유일한 해결책으로 보이리만큼 큰 슬픔을 겪게 되었던 것이다. 사실, 우리들 중 대부분은 너무도 갑작스럽고 기이한 상황 속에서 프랑스와 가족들을 떠나왔기 때문에, 흔히 몇 주일 후에야 그에 대한 반응이 일어나곤 하였던 것이다. 때로는 그 반응이 전혀 예상 밖의 양상을 나타내기도 하였다. 그래서 어떤 이들은 처음으로 나타난 구명대에 매달리려 애썼으며,

내 친구의 경우, 그 구명대가 금방 풀어져버렸기 때문에, 아니면 더 정확히 말하여 다음 사람에게 넘어가버렸으므로, 가중된 절망의 무게에 못 이겨 그만 수직으로 침몰해버린 것이다. 나로 말하자면, 나는 어떤 시련에도 견딜 구명대에 매달려 있었다. 사실 멀기는 했지만 그러나 완벽한 안전감을 느끼며 말이다. 어쨌든 어머니란 웬만해서는 놓아버리지 않는 무엇이니까. 그런데도 그 즈음엔 나 역시 우리가 초조와 긴장을 끌고 다니던 그런 장소에서 종종 하룻밤에 위스키 한 병을 비워내곤 하였던 것이다. 비행기를 내어주고 전투에 내보내는 것을 미루며 꿈지럭거리는 처사에 우리는 화를 내고 있었다. 나는 리눙, 드 메질리, 베겡, 페리에, 바르브롱, 로케르, 멜빌 린치와 시간을 가장 많이 보냈다. 리눙은 아프리카에서 한쪽 다리를 잃고 의족으로 계속 비행하였는데, 모스키토를 타고 영국에서 추락했다. 베겡은 러시아 전선에서 여덟 번 승리한 뒤 영국에서 죽었다. 드 메질리는 티베스티에 왼쪽 팔을 남겨두었고, R.A.F.는 그에게 의수를 해주었으며, 스파이트파이어를 타고 영국에서 추락했다. 피고는 리비아에서 격추되었다. 심한 화상을 입은 채, 그는 사막을 가로질러 오십 킬로미터를 걸어와 우리 전선까지 이르러 쓰러지고 말았다. 로케르는 프리타운의 바다 한가운데서 어뢰를 맞아 그의 아내의 눈앞에서 상어에게 먹혔다. 아스티에 드 비야트, 생 페뢰즈, 바르브롱, 페리에, 랑게, 더할 나위 없이 저돌적인 그 훌륭한 에자노, 멜빌 린치는 지금도 살아 있다. 우리는 가끔 서로 만난다. 아주 드물게. 서로 이야기할 모든 것이 다 죽어버렸기 때문이다.

    나는 웰링톤과 블렌하임에의 어떤 야간 임무를 맡기 위해 R.A.F. 작전에 참여했는데, 그 일은 B.B.C.로 하여금 1940년 6월 초 '프랑스 공군이 그의 영국 기지에서 출발하여 독일을 포격하였다'고 엄숙하게 알릴 수 있게 하였다. '프랑스 공군'이란 내 동료 모렐과 나 자신이었다. B.B.C.의 뉴스는 나의 어머니를 어떤 표현도 감당치 못할 만큼 흥분케 하였다. 왜냐하면, 어머니의 머릿속에선 그 '영국 기지에서 떠난 프랑스 공군'이 뜻하는 바에 대해 추호의 의혹도 결코 있을 수 없었기 때문이었다. 그것은 바로 나였던 것이다. 나는 나중에 어머니가 그 뒤 여러 날 동안 그 복음을 퍼뜨리며 빛나는 얼굴로 뷔파 시장의 골목길들을 누볐음을 알게 되었다. 드디어 일이 내 아들의 수중에 떨어졌다고.

이어 나는 세인트 아텐으로 보내어졌고 뤼시앙과 더불어 런던에서 휴가를 갖게 되었는데, 바로 그 휴가 중에 뤼시앙은 갑자기 내게 호텔로 전화를 걸어 모든 것이 아주 잘 돼가고 있으며 사기도 드높다고 알린 뒤, 전화를 끊고 자살하러 갔던 것이다. 그 당장에는 그에게 몹시 화가 났으나, 나는 화를 오래 낼 줄 모른다. 그리하여 두 명의 하사를 동반하고 P라는 작은 군인 묘지로 관을 수행하는 임무를 맡게 되었을 때에는 그것을 더는 생각지 않게 되었다.

레딩에선, 그 직전에 있었던 폭격 때문에 철로가 손상되어 우리는 여러 시간 기다려야 했다. 나는 관을 수하물 위탁소에 맡기고, 보관증을 잘 간수하였다. 그런 뒤 우리는 시내를 한 바퀴 돌러 나갔다. 레딩 시는 재미있지 않아서, 그 참담한 분위기와 싸우기 위해 아마도 약간 도에 지나치게 마셨던 모양이었다. 역으로 돌아와 보니 우리는 관을 가져갈 수 있는 상태들이 아니었다. 나는 두 명의 짐꾼을 불러 보관증을 맡기고서 관을 화물 운송차에 옮겨줄 것을 부탁하였다. 완전한 등화관제 속에서 목적지에 도착한 우리는 우리 친구를 다시 찾을 시간이라고는 삼 분밖에 없었으므로 화물칸으로 달려갔고, 우리가 겨우 관을 찾아냈을 때 기차는 이미 움직이기 시작하였다. 또다시 트럭으로 한 시간을 달린 후, 우리는 마침내 묘지의 초소 앞에 우리 짐을 내려놓을 수가 있었고, 밤 동안 그것을 장례식에서 쓰일 국기와 함께 거기 두었다. 다음날 아침 초소에 도착하니 두 눈이 휘둥그레져서 우리를 바라보는 넋 나간 영국 하사관과 마주치게 되었다. 관 위의 삼색기를 매만지던 중, 그는 그 관 위에 검은 글씨로 널리 알려진 맥주 상표의 선전 문구가 씌어져 있는 것을 발견하였다. '기네스는 당신의 몸에 좋습니다' 하는. 나는 그것이 폭격 때문에 신경과민이 된 짐꾼들 때문이었는지, 아니면 등화관제 속의 우리 실수였는지 모른다. 하지만 적어도 한 가지 사실만은 분명하였다. 누군가가, 어디에선가, 관을 바꿨다는 것이다. 우리는 당연히 매우 난처할 수밖에 없었다. 예포를 쏘기 위해 묘 구덩이 옆에 정렬하고 있는 여섯 명의 군인들과 더불어 군목이 벌써 기다리고 있었으므로 더욱 그랬다. 마침내, 무엇보다도 우리 동맹국 영국인들이 자유로운 프랑스 인들에 대해 너무도 지나치게 가하길 좋아하는 평, 즉 경솔하다는 비난에 처하지 않기 위하여, 우리는 뒤로 물러서기엔 너무 늦었고 군복의 위신이 달려 있는 문제라는 결론을 내렸다. 나는 그 영국 하사의 눈을 뚫어져라 바라보았고, 그는 잘 알았다는 표시로서 짧은 고갯짓을 해 보였다. 그리하여 우리는 재빨리 상자 위에 국기를 다시 덮은 후, 어깨에 둘러메고 무덤으로 가 매장을 시작하였던 것이다. 군목이 몇 마디를 하였고, 우리는 경례를 붙이며 차려 자세를 취했으며, 예포가 푸른 하늘을 향해 발사되었다. 그리고 나는 목이 조인 가운데, 적에게 항복해버린 그 비겁자, 우애심도 없이 우리의 굳은 우정의 결사로부터 빠져나간 그 녀석에 대해 어찌나 분노에 사로잡혔던지 두 손을 움켜 쥐었고, 욕 한마디가 입술까지 치밀어올랐다.

우리는 다른 상자, 진짜가 어떻게 되었는지 그 후에도 결코 알 수가 없었다. 재미나는 오만 가지 가정이 때때로 내 머리에 떠오르곤 한다.

36

나는 마침내 아스티에 드 빌라트의 지휘하에 아프리카로 떠날 준비를 하고 있던 폭격 비행 중대와 함께 앤도버로 훈련을 받으러 가게 되었다. 우리의 머리 위에서는 영국 젊은이들이 악착스런 적들을 유쾌한 용맹으로 막아내며 세계의 운명을 바꾸고 있는 역사적 전투가 전개되고 있었다. 그들은 몇 안 되는 사람들이었다. 그들 중에는 프랑스 인들도 있었다. 부키야르, 무쇼트, 블래즈…… 나는 그들 중에 끼지 못했다. 나는 두 눈을 하늘에 고정시킨 채, 햇빛 밝은 들판을 헤매고 있었다. 이따금 젊은 영국인이 총알로 벌집이 된 자기의 허리케인 기를 타고 비행장에 내려 군수품과 가솔린을 가득 채우고 다시 싸우러 떠나곤 하였다. 그들은 모두 목에 알록달록한 스카프를 매고 있었고, 그래서 나도 덩달아 목에 스카프를 매기 시작하였다. 내가 영국 전투에 참여한 것은 오직 그것뿐이었다. 나는 나의 어머니에 대하여, 그리고 어머니에게 약속한 모든 것에 대하여 생각지 않으려 애썼다. 그리고 영국에 대하여, 7월에 그의 땅을 밟은 영광을 누린 사람이면 누구도 결코 버릴 수 없을 우정과 존경을 품게 되었다.

훈련이 끝나고, 우리는 아프리카로 떠나기 전에 런던에서 나흘간의 휴가를 보낼 수 있는 권리를 갖게 되었다. 바로 그때 내 챔피언 생애에서조차 유례를 찾을 수 없는 바보짓의 에피소드가 자리 잡게 된다.

휴가 이틀째 되는 날, 특히 심한 폭격 중에, 나는 모든 동맹군 비행사들이 만나곤 하는 웰링턴에서 첼시(런던의 구역 이름)의 젊은 여류 시인과 함께 있게 되었다. 나의 시인은 완전 꽝임이 드러났다. 그녀는 계속 T. S. 엘리엇, 에즈라 파운드, 게다가 오든까지 연신 들먹이며, 그야말로 우둔함이 반짝이는 아름다운 푸른 눈길을 내게로 돌리곤 하였다. 나는 더 계속할 수가 없었고, 온 마음으로 그녀를 증오하였다. 가끔 나는 그녀가 입을 다물도록 하기 위해 입술 위에 부드럽게 입을 맞추곤 하였으나, 상처 입은 내 코가 늘 막혀 있었으므로 잠시 후에는 그녀의 입술을 놓아주지 않을 수 없었고, 그러면 벌써 그녀는 E. 커밍스와 월트 휘트먼의 이야기를 시작하는 것이었다. 나는 비슷한 상황에서 내가 항상 하던 대로 간질 발작을 꾸며낼까 생각하였으나, 군복 차림이었고, 그것이 조금 문제가 되었다. 그래서 나는 노골적인 시선을 보내 다정하고도 수심에 찬 침묵으로, 영혼의 유일한 언어로 그녀를 초대함과 동시에, 말의 물결을 막아보고자 손끝으로 그녀의 입술을 부드럽게 애무하는 데 그쳤다. 그러나 어쩔 도리가 없었다. 그녀는 자기 손가락으로 내 손가락을 꼼짝 못하게 붙들어놓고는, 다시 조이스의 상징주의에 대한 논문을 시작하는 것이었다. 나는 불현듯 나의 마지막 십오 분이 문학적 십오 분이 되리라는 것을 깨달았다. 대화에 의한 지겨움, 지성에 의한 바보짓은 내가 결코 참아내지 못하는 무엇이다. 넋 나간 나의 시선이 쉴새없이 열렸다간 닫히고 다시 열렸다간 닫히는 그 구강 괄약근을 향해 고정되어 있는 동안, 그리고 다시 한 번 그것을 내 입맞춤으로 정지시켜 보려고 무모하게 애쓰며 절망적 정력으로 그 기관에 달려드는 동안, 나는 이마에 땀이 흐르는 것을 느끼기 시작하였다. 그러므로 안데스 부대의 잘생긴 폴란드 비행사가 우리 테이블로 다가와 그 젊은 여자에게 인사를 하고 춤을 청하는 것을 나는 크나큰 안도의 느낌과 더불어 바라보았던 것이다. 통념상 함께 앉은 여자를 그렇게 불러내는 것은 금기였지만, 나는 감사의 마음으로 그에게 미소를 지은 뒤 의자에 주저앉아 두 잔을 연거푸 비웠고, 이어 계산을 치르고 밤 속으로 슬쩍 사라지려고 결심하고서 여급에게 절망적 손짓을 해보였다. 나의 귀여운 에즈라 파운드 양이 내 테이블로 되돌아와 즉각 E. 커밍스와, 또 그녀가 편집장을 무한히 존경하고 있는 『호라이즌』지에 대해 이야기하기 시작하였을 때, 나는 여급의 주의를 끌기 위해 마치 물에 빠진 사람 같은 동작을 하고 있던 중이었다. 언제나처럼 공손하게, 나는 얼굴을 두 손에 파묻고 이번엔 테이블 위로 무너져 앉았다. 귀를 막고 그녀가 하는 말을 한마디도 듣지 않기로 결심하고서 말이다. 그때, 두번째 폴란드 장교가 나타났다. 나는 그에게 상냥하게 웃어 보였다. 조금만 운이 좋으면, 어쩌면 내 귀여운 에즈라 파운드가 그와 함께 문학 이외의 다른 일치점을 찾아낼지 모르고, 그러면 나는 그녀로부터 벗어날 수 있으리라. 그러나 전혀 그렇지를 못했다! 가자마자, 그녀는 되돌아왔다. 내가 나의 해묵은 프랑스식 예절로 그녀를 맞이하기 위해 일어나자 세번째 폴란드 장교가 나타났다. 나는 갑자기 사람들이 나를 바라보고 있음을 깨달았다. 동시에 그것이 완전히 계획적인 행위이며, 그 세 장교의 의도와 모든 태도가 분명히 나에 대해 모욕적이고 도발적이라는 것을 눈치 챘다. 그들은 내 파트너에게 자리에 앉을 시간마저 주지 않고, 내게 비웃는 듯하면서도 멸시하는 눈길을 던져가며 서로서로 잇달아 그녀를 안는 것이었다. 앞서 말했듯이 웰링턴은 영국, 캐나다, 노르웨이, 네덜란드, 체코, 폴란드, 오스트리아 등 연합군 장교들로 득실거렸는데, 그들이 나를 희생양 삼아 웃기 시작하는 것이었다. 나의 다정한 입맞춤들이 그들의 눈에 띄었으므로 더욱 그랬다. 남들이 내 여자를 앗아가는데, 나는 방어를 하지 않는다, 그거였다. 내 피가 단숨에 솟구쳐올랐다. 군복의 위신이 달린 문제였던 것이다. 그리하여 나는 내가 몇 시간 동안이나 벗어나고 싶어 죽을 지경이던 여자를 지키기 위해 싸워야 하는 부조리한 상황에 처한 자신을 발견하였다. 하지만 다른 도리가 없었다. 그런 상황의 어리석음이란 완벽할 수도 있는 법이어서, 빠져나갈 권리가 내겐 없었던 것이다. 그래서 나는 미소를 지으며 일어나 사람들이 내게 기대하고 있는 아주 적절한 몇 마디를 영어로 아주 높이 외친 뒤, 우선 첫번째 하사의 면상에 위스키 잔을 던지며 두번째의 얼굴을 손등으로 갈긴 뒤 명예를 회복하고, 어머니가 만족과 자랑으로 바라보는 가운데 자리에 앉았다. 나는 그것으로 끝났다고 생각했다. 오산이었다! 남은 팔이 없어서 아무 행위도 가하지 않았던 세번째 폴란드 인이 자기가 모욕을 받은 것으로 생각한 것이었다. 사람들이 우리를 떼어놓으려고 애쓰는 동안, 그는 프랑스 공군에 대해 욕지거리를 퍼부으며 높은 소리로 프랑스가 폴란드의 영웅적 공군 중대를 어떻게 처우했는가를 비난하였다. 일순

나는 그에게 동정심이 들었다. 어쨌든, 나 역시 조금은 폴란드 인이 었던 것이다. 핏줄은 그렇지 않다 하여도, 적어도 그의 나라에서 살았던 몇 년을 통해서 말이다. 게다가 얼마 동안은 폴란드 여권까지 갖고 있었다. 나는 하마터면 그의 손을 잡을 뻔하였다. 그러나 그러는 대신 머리로 그의 얼굴을 정통으로 받아버렸다. 한 팔은 오스트레일리아 인에게, 한 팔은 노르웨이 인에게 붙잡혀 꼼짝도 할 수 없게 된 손을 빼낼 수 없었고, 또 명예의 규율에 얽매어 있었기 때문이었다. 내가 어떻게 폴란드식 명예 준칙을 무시할 수 있단 말인가? 결국 그런 생각이 들었던 것이다. 그는 만족한 듯하였고, 주저앉아 버렸다. 나는 이제 끝난 일이려니 하였다. 나는 기쁘게 받아들였다. 귀여운 에즈라 파운드에게서 벗어났다고 생각했던 것이다. 그것도 오산이었다! 그 귀여운 여인은 추호도 빈틈이 없는 본능으로 완벽한 '현실 체험'을 갖게 되었다고 느끼고서 내 팔에 철석같이 매달렸다. 우리 다섯 사람은 등화관제 속에 밖으로 나왔다. 폭탄이 무자비하게 쏟아졌다. 구급차들이 달착지근하고도 상심케 하는 작은 방울을 울리며 지나갔다.

"좋다. 그래 뭐야?" 하고 내가 물었다.

"결투다!" 하고 세 명의 장교 중 하나가 말했다.

"그럴 필요 없잖아" 하고 내가 그들에게 말했다.

"관객도 이젠 없어. 사방에 등화관제야. 갤러리도 없고. 더 이상 잰체할 것 없다구. 알겠나, 머저리들아?"

"프랑스 인들은 모두 겁쟁이다" 하고 다른 폴란드 장교가 말하였다.

"좋다. 결투다." 내가 말했다.

나는 그들에게 하이드 파크에서 일을 매듭짓자고 제안할 참이었다. 그 공원을 가득 덮고 있는 대공 대포 소리 속에서라면 우리의 작은 총소리가 들리지 않을 수도 있으며, 의심 받지 않고서 어둠 속에 시체를 놓아두고 올 수도 있을 것이었다. 나는 결단코 술 취한 폴란드 인들의 이야기 때문에 규율 심사에 걸리고 싶지 않았다. 또 한편, 어둠 속에서는 표적을 맞히지 못할 수도 있다. 최근 몇 년 동안 사격 연습을 약간 게을리하긴 하였으나, 스베르들롭스키 중위의 가르침을 아직 완전히 까먹은 것은 아니었으므로, 문화적인 장소에서라면 나의 표적에게 내 총에 맞아 죽을 명예를 부여할 자신이 있었다.

"어디서?" 하고 나는 물었다.

나는 그들에게 폴란드 말을 하지 않기 위해 매우 조심하였다. 그렇게 되면 상황이 복잡해질 위험이 있었던 것이다. 그들은 나 개인을 통해 프랑스에 대해 복수하고자 하는 것이니, 나는 그들에게 심리적으로 복잡한 상황을 만들어주고 싶지 않았다.

"어디서 결투를?" 하고 나는 물었다.

그들은 서로 상의했다.

"리젠트 파크 호텔에서" 하고 마침내 그들이 결정했다.

"지붕 위에서?"

"아니 방 안에서. 오 미터 거리에서 권총으로."

나는 속으로 런던의 큰 호텔에선 보통 한 방에 네 남자와 함께 여자들을 올려 보내지 않는다고 생각했고, 그래서 내 귀여운 에즈라 파운드를 떨쳐버릴 예상 외의 기회가 왔다고 생각했다. 그녀는 내 팔에 매달렸다. 오 미터 거리에서 권총 결투 ― 그것이야말로 문학이다! 그녀는 흥분하여 고양이처럼 골골거렸다. 우리는 누가 제일 먼저 오를 것이냐에 대한 길고 정중한 토의 끝에 택시에 올랐다. 그리고 R.A.F.의 클럽에 들렀다. 거기서 폴란드 인들은 자기네 권총을 가져오기 위해 차에서 내렸다. 나로 말하자면 언제나 품에 넣고 다니는 6.35밖엔 없었다. 그런 다음 우리는 리젠트로 차를 몰았다. 귀여운 에즈라 파운드가 올라가겠다고 고집하였으므로, 우리는 공동으로 현금을 갹출하여 응접실이 달린 방을 빌렸다. 올라가기 전에 폴란드 하사 중 한 명이 손가락을 쳐들었다.

"증인!" 하고 그가 말했다.

나는 프랑스 군복을 찾기 위해 주위를 둘러보았다. 없었다. 호텔의 홀은 민간인들로 가득했다. 폭격 때문에 자기 방에 머물러 있을 수가 없었던지 대부분 파자마 바람이었다. 폭탄이 벽을 흔드는 동안 비단 스카프와 실내복으로 몸을 둘러싸고 난롯가에서 서성대는 것이었다. 외눈 안경을 쓴 한 영국 대위가 접수부에서 카드를 기록하고 있는 중이었다.

"선생" 하고 내가 그에게 말했다.

"5층 520호에서 지금 곧 권총 결투를 하게 됐습니다. 내 증인이 되어주실 수 없을까요?"

그는 피곤한 듯 미소 지었다.

"프랑스 인들이란!" 하고 내가 말했다.

"사양하겠소, 나는 전혀 변태 성욕자가 아니오."

"선생" 하고 내가 말했다.

"선생께서 생각하고 있는 일이 결코 아닙니다. 진짜 결투예요. 오미터 거리에서 권총으로, 세 명의 폴란드 애국자들과 말입니다. 나 역시 약간 폴란드식 애국자이고 프랑스의 명예가 달린 일이라 도망칠 권리가 없어요. 아시겠어요?"

"잘 알겠소" 하고 그가 말했다.

"세상은 폴란드식 애국자들로 가득 차 있소. 불행히도 독일식, 프랑스식 또는 영국식으로 나뉘지만. 그래서 전쟁이 생기는 것이지. 역시 또 불행히도 난 당신 일을 참관할 수가 없어요. 저기 있는 젊은 사람이 보입니까?"

그녀는 의자 위에 앉아 있었다. 금발에다 휴가병을 위해 필요한 꼭 그대로 모든 것을 갖춘 여인. 대위는 외눈 안경을 고쳐 쓰며 한숨을 쉬었다.

"저 여자를 결심시키는 데 다섯 시간 걸렸소. 세 시간 춤추고, 많은 돈을 쓰고, 마음을 끌려 애쓰고, 애원하고, 택시 속에서 다정하게 속삭여야만 했고, 그래서 결국 그녀가 좋다고 한 거요. 이제 방으로 올라갈 참인데, 그전에 결투 증인 노릇을 해야 한다고 얘기할 수는 없는 일이에요. 게다가, 난 이제 스무살배기가 아니고, 지금은 새벽 두 시요. 난 다섯 시간이나 그녀를 설득하기 위해 싸워야만 했기 때문에 지금은 완전히 녹초 상태란 말이에요. 나는 이제 아무 욕망도 없지만 나 역시 약간 폴란드식 애국자라 빠져 달아날 도리가 없어요. 그래서 일어날 일을 생각하면 몸이 떨리니까, 간단히 말해서 선생, 다른 증인을 찾아보시오. 나 역시 당장 결투를 해야 할 판이니까. 수위에게 부탁해보시지."

나는 다시 한 번 한 바퀴 둘러보았다. 둥근 의자 위에 앉아 있는 사람들 한가운데, 파자마에 외투, 비단 스카프, 모자, 덧신을 걸치고, 슬픈 코를 하고 두 손을 모으고서 좀 지나치게 근접한 폭격이 자기 위로 떨어질 것 같은 낌새를 보일 때마다 눈을 들어 하늘을 보는 한 사람이 있었다. 우리에겐 그날 밤 조심스런 폭격을 요구할 권리가 있었다. 벽이 흔들렸다. 창문들이 번쩍였다. 물건들이 떨어졌다. 나는 그 사람을 주의 깊게 관찰하였다. 나는 본능적으로 제복에 대해 아주 강렬하고도 공손한 두려움을 느끼는 부류들을 식별해낼 줄 안다. 그들은 권위에 대해서는 전혀 거부할 줄 모른다. 나는 곧장 그에게로 가서 그에게 거부할 수 없는 이유에서 그가 그 호텔 오 층에 서 있게 될 권총 결투에 증인으로 입회하여야 함을 설명했다. 그는 겁에 질려 애원하는 시선을 내게 던졌지만, 나의 짓궂고도 험상궂은 표정을 대하자 한숨을 쉬며 몸을 일으켰다. 그는 상황에 알맞은 문장까지 찾아냈다.

"동맹군들의 전투 노고에 기여할 수 있게 되어 기쁩니다" 하고 그가 말하였다.

우리는 걸어서 올라갔다. 비상시에는 승강기가 운행하지 않았기 때문이었다. 층계참마다 창백한 식물들이 제 항아리 속에서 떨고 있었다. 귀여운 에즈라 파운드는 내 팔에 매달린 채, 구역질 나는 문학적 흥분에 사로잡혀 젖은 눈을 들어 나를 바라보며 연신 중얼거렸다.

"당신은 사람을 죽이려고 해요. 당신이 사람을 죽이게 될 것 같아요."

나의 증인은 폭탄이 떨어지는 소리가 날 때마다 벽에 기대었다. 세 사람의 폴란드 인은 유대인 배척주의자였고, 그래서 그들은 내가 고른 증인을 또 다른 모욕으로 간주하였다. 그렇지만 그 용감한 사나이는 마치 지옥으로 내려가는 듯이 눈을 감고 기도문을 중얼거리며 계속 층계를 올라갔다. 꼭대기 층들은 손님들이 다 나가서 완전히 비어 있었다. 그래서 나는 폴란드 애국자들에게 복도가 결투를 위해 이상적인 장소 같다고 말했다. 또 열 발짝 더 떨어져서 할 것을 주장했다. 그들은 좋다고 선언한 뒤, 시합장을 재기 시작하였다. 나는 이 일 중에 어떤 작은 상처도 입고 싶지 않았으나, 또한 귀찮은 일에 빠지지 않기 위해 내 상대방을 죽이거나 심한 상처를 입히는 위험도 무릅쓰고 싶지 않았다. 호텔 안의 시체는 언제나 결국엔 눈에 띄기 마련이고, 중상자는 자기 사지로 층계를 걸어 내려갈 수 없는 것이다. 또 한편, 폴란드식 명예— honor polski — 란 것을 알고 있었던 까닭에, 나는 첫번째 사람이 전투력을 상실할 경우 차례로 돌아가며 상대를 하여 싸우지 않아도 된다는 보장을 요구하였다. 한 마디 더 덧붙여야 하겠다. 이 사건이 진행되는 동안 내내 어머니는 전혀 반대의 뜻을 표명하지 않았다는 것을 말이다. 아마도 어머니는 내가 마침내 프랑스를 위해 무엇인가 하게 되었다고 느끼고 기뻐했을 것이다. 그런데다 열 발짝 떨어진 곳에서의 권총 결투는 완전히 어머니의 분야였다. 어머니는 푸시킨과 레르몬토프가 둘 다 권총 결투에서 죽었음을 잘 알고 있었으며, 여덟 살 나이에 나를 스베르들롭스키 중위에게 끌고 갔던 것은 공연히 해본 일이 아니었던 것이다.

　나는 준비를 했다. 내가 완전한 냉정을 유지하지 못하였음을 고백하여야만 하겠다. 한편으로는 꼬마 에즈라 파운드 양이 나를 미치게 만들었기 때문이고, 한편으로는 내가 쏘려 할 때 너무 가까이서 폭탄이 떨어져 내 손을 떨리게 하여 내 과녁에서 매우 유감스런 결과를 가져오지 않을까 두려웠기 때문이었다.

　마침내 우리는 복도로 위치를 정하였고, 나는 최선을 다하여 겨냥하였다. 그러나 상황이 이상적이질 못했다. 폭발과 함께 사이렌이 우리 주위에서 계속되었던 것이다. 그리하여 일시적 소강 상태를 이용해 폴란드 인들 중 하나인 결투 주재자가 신호를 보냈을 때, 나는 그만 내게 안전하였을 만큼보다 약간 심하게 내 적수를 맞히고 말았다. 우리는 그를 우리가 빌린 방으로 데려가 편안히 뉘었다. 그가 결국 어깨밖에 총을 맞지 않았으므로, 나아질 때까지 에즈라 파운드 양이 임시 간호부와 누이 역할을 하였다. 그런 뒤 나는 내 승리의 순간을 맞이했다. 나는 내 상대들에게 인사했고, 그들은 프러시아식으로 발꿈치로 바닥을 두드리며 내게 인사했다. 그런 뒤 바르샤바식의 가장 강한 악센트를 섞어 내가 할 수 있는 한 가장 훌륭한 폴란드어로, 내가 그들에 대해 생각하는 바를 높고도 분명하게 말해주었다. 풍요로운 그들의 언어로 이루어진 욕설의 물결이 그들 위로 흘러 넘칠 때 그들 얼굴 위에 번져가던 그 바보스런 표정이야말로 내 폴란드식 애국주의의 생애상 가장 아름다운 순간들 중의 하나였으며, 그들이 내게 불러일으켰던 지독한 울화를 충분히 보상해주었다. 그날 밤의 놀라움은 아직도 끝나지 않았다. 총알이 날아가는 동안 어느 빈 방으로 사라졌던 내 증인이 황홀한 표정으로 층계까지 나를 따라왔던 것이다. 그는 두려움도, 밖의 폭격도 다 잊은 듯하였다. 나로 하여금 그의 귀를 염려하게 만들 만큼 얼굴 위에 미소를 펼치며, 그는 지갑에서 아름다운 오 파운드짜리 지폐 넉 장을 꺼내어 내 손아귀에 쑤셔넣으려 애를 썼다. 내가 점잖게 그 헌금을 밀어내니까, 그는 세 명의 폴란드 인을 남겨두고 온 방을 손짓하며 엉터리 프랑스어로 말하였다.

"모두 유대인 배척주의자들이지! 나도 폴란드 인이오. 나도 그들을 알아요! 받아요, 받아요!"

"선생" 하고, 그가 지폐를 내 주머니에 쑤셔넣으려 애쓰기에, 내가 폴란드어로 말했다.

"선생, 나의 폴란드 식 명예가 그 돈을 받는 것을 허용치를 않아요. 우리 나라의 오랜 친구 폴란드 만세입니다. 선생."

그의 입이 엄청나게 벌어졌고, 그의 눈동자들은 내가 인간의 눈 속에서 보기를 너무도 좋아하는 그 기념비적 놀라움을 나타내고 있었다. 나는 손에 은행권을 든 그를 그곳에 남겨두고, 휘파람을 불며 한꺼번에 네 계단씩 뛰어 내려갔다. 밤 속으로.

다음날 아침이 되자마자 경찰차가 오디앙으로 나를 데려가기 위해 왔고, 경시청에서 아주 불쾌한 몇 분을 보낸 뒤, 나는 프랑스 관할로 넘겨져 뮈즐리에 제독의 참모부로 보내어졌다. 거기서 나는 앙가사크 해군 대위에게 다정스런 심문을 받았다. 그 폴란드 하사가 자기 친구들의 부축을 받고 취한 척하고 호텔을 빠져나가기로 우리 사이에 약속이 되었었는데, 그 에즈라 파운드 양께서 구급차를 부르고 싶은 욕망을 누르지 못하였기 때문에 내가 꼼짝없이 걸려들고 만 것이었다. 나는 그때 '자유 프랑스'엔 잘 훈련된 비행사가 아주 적었으며 그래서 내가 필요하다는 사실에 덕을 보았다. 또 내 비행 중대가 다른 지역 하늘로 급히 떠나야만 하였던 것이다. 하지만 욕 한마디로 그 일에서 풀려났고, 그 일로 누구도 다리 하나 다치지 않았으며, 며칠 후 매우 원기왕성하게 아프리카행 배를 탈 수 있었던 것을 보면 어머니가 역시 막후에서 약간 움직이지 않았나 생각된다.

37

아룬델 캐슬 연안에는 안내병 여군 부대에 자원한 양가집 규수들인 영국 처녀들이 있었는데, 엄격한 등화관제 속에 이주일 동안을 항해해온 까닭에 우리에겐 그야말로 최고의 인상을 남겼다. 왜 배가 불타지 않았을까, 나는 아직도 의아하게 생각한다.

어느 날 밤 갑판에 나가 난간에 몸을 기대고 배가 남긴 인광처럼 빛나는 물길을 바라보고 있는데, 누군가 살금살금 내게 다가오는 소리가 들려오더니 한 손이 내 손을 잡는 것이었다. 어둠에 익숙해져 있던 내 눈이 우리 훈련 부대의 규율 담당 특무 상사의 모습을 어렴풋이 분간해냈을까 말까 하는데, 그는 벌써 내 손을 자기 입술로 가져가 그것을 입맞춤으로 뒤덮는 것이었다. 분명 그는 내가 매혹적인 한 안내자와 함께 서 있는 그곳에서 약속이 있었던 것이었다. 그런데 훤한 선실에서 곧장 어둠 속으로 나왔기 때문에 얼마든지 있을 수 있는 실수를 범하게 된 것이었다. 나는 한동안 너그럽게 내버려두었다. 그러고 있는 규율 담당 특무 상사를 보고 있는 것은 아주 야릇한 기분이었다. 그러나 그의 입술이 내 겨드랑이 근처까지 올라왔으므로 그에게 사실을 알려주는 것이 좋겠다고 생각하고, 내가 지닌 가장 근사한 저음으로 그에게 말하였다.

"전 당신이 생각하는 그 여자가 전혀 아닌데요."

그는 상처받은 짐승처럼 으르렁대고는 침을 뱉기 시작했다. 그것은 별로 우아하지 못하다고 생각되었다. 며칠 동안, 그는 갑판에서 나와 마주칠 때마다, 그리고 내가 가장 상냥한 미소를 보낼 때마다 시뻘겋게 달아오르곤 하였다. 그 시절 인생은 젊었으며, 비록 우리들 중 대부분이 이제는 살아 있지 않지만 — 로크는 이집트에서 추락했고, 라 메조뇌브는 바다에서 사라졌고, 카스틀랭은 러시아에서, 크루제는 가봉에서, 구망크는 크레타에서 죽었으며, 카네파는 알제리에서 추락, 말트샤르스키는 리비아에서 사망, 들라로슈는 엘 파셰에서 플뤼리 에라드와 코갱과 함께 사망, 생 페뢰즈는 여전히 살아 있으나 한쪽 다리만 남았고, 상드레는 아프리카에서, 그라세는 토브루크에서 추락했고, 페르보는 리비아에서 죽고, 클라리옹은 사막에서 실종되었다 ─ 비록 오늘날 우리는 모두 그렇게 죽었지만, 우리의 쾌활함은 남아 있고, 우리는 우리 주위의 젊은 청년들의 시선 속에서 서로를 만나곤 하는 것이다. 인생은 젊다. 늙어가면서 그것은 삶과 시간을 만들고, 작별도 만든다. 그것은 내게서 모든 것을 앗아갔고 더 이상 내게 줄 것이 없다. 나는 가끔 내가 잃은 것을 되찾기 위하여 젊은이들이 자주 드나드는 장소를 찾는다. 가끔 나는 스무 살에 죽은 친구의 얼굴을 다시 발견한다. 흔히 그것은 똑같은 몸짓, 똑같은 웃음, 똑같은 눈들이다. 무엇인가는 여전히 남아 있다. 그러면 거의 ─ 거의! ─ 이렇게 믿게 되곤 한다. 이십 년 전의 나의 무엇인가가 내게 그대로 남아 있다고, 나는 완전히 사라진 것이 아니라고. 그러면 나는 약간 원기를 회복하고, 내 검을 쥐고서 힘 있는 걸음으로 정원으로 나아가 하늘을 바라보고 칼을 쳐드는 것이다. 그리고 또 가끔, 나는 내 언덕에 올라 세 개, 네 개의 공으로 곡예를 한다. 내가 아직도 손을 잃지 않았음을, 그들이 아직도 나와 시합할 수 있음을 그들에게 보여주기 위하여. 그들에게? 그들? 아무도 나를 바라보고 있지 않음을 알고 있지만, 그러나 아직도 내가 순진할 수 있음을 나 자신에게 증명하고 싶은 것이다. 내가 패배했다는 것, 그것이 진실이다. 하지만 나는 그냥 졌을 뿐, 아무것도 알지 못했다. 현명함도 체념도 없다. 나는 빅서의 모래 위에 해를 받으며 엎드려 있고, 내 온몸에서 내 뒤에 올 모든 이들의 젊음과 용기를 느낀다.

나는 신뢰를 느끼며 그들을 기다린다. 그리고 물개들과 또 이 계절이면 물을 뿜으며 백 마리씩 떼를 지어 지나가는 고래들을 바라보면서, 나는 대양의 소리를 듣는다. 그러면 나는 눈을 감고 미소를 지으며, 우리가 모두 함께 이곳에 있음을 알고 있다. 다시 시작할 준비를 갖추고서.

어머니는 거의 매일 밤 나와 벗하러 왔고, 우리는 함께 밤과 별들이 밀려드는 새하얀 물곬을 바라보며 난간에 팔꿈치를 괴고 서 있곤 하였다. 밤은 인광처럼 빛나는 물길에서 튀어올라 하늘에 올라서는 잔가지 같은 별들로 빛나는 재주를 갖고 있었다. 그 별들은 우리를 새벽의 첫 빛이 비칠 때까지 파도를 굽어보게 만들었다. 아프리카가 가까우오자, 새벽은 이 끝에서 저 끝까지 순식간에 대양을 청소하였고, 그러면 아직도 내 가슴은 밤의 리듬에 맞춰 맥박 치고 내 눈은 어둠을 바라보고 있는 듯 생각하는데 갑자기 하늘이 완전한 밝음으로 그 자리에 나타나는 것이었다. 그러나 나는 별을 먹는 자이며, 나 자신을 가장 편안히 털어놓는 상대가 바로 밤이다. 어머니는 여전히 전만큼 담배를 피웠으므로, 나는 하마터면 몇 번이나 지금은 등화관제 중이고 잠수함 때문에 담배를 피우는 것은 금지되어 있음을 주지시킬 뻔하였다. 그러고 나면 나는 나의 순진성에 대해 약간 웃음이 나왔다. 왜냐하면 어머니가 그렇게 내 곁에 있는 한, 잠수함이야 있건 말건 우리에게 아무 일도 일어날 수 없었음을 마땅히 알았어야 했으니 말이다.

"너는 몇 달 동안 아무것도 쓰지 않았다" 하고 어머니가 비난하듯 내게 말했다.

"지금은 전쟁 중이지요, 네?"

"그것은 이유가 안 돼. 써야만 한다."

어머니는 한숨을 쉬었다.

"난 항상 위대한 예술가가 되고 싶어 했다."

내 가슴이 죄어들었다.

"걱정 마요, 엄마" 하고 내가 말하였다.

"엄마는 위대한 예술가가 될 거예요. 유명해지고. 내가 잘해볼게요."

어머니는 약간 침묵했다. 어머니의 옆모습, 하얀 머리카락의 희미한 선, 골루아즈의 빨간 끝이 거의 눈앞에 보였다. 나는 내가 할 수 있는 사랑과 성실을 다하여 어머니를 내 주위에 그려놓곤 하였던 것이다.

"알잖니. 네게 고백해야만 하겠다. 난 네게 진실을 말해주질 않았어."

"뭐에 대한 진실이요?"

"나는 사실은 위대한 예술가, 위대한 배우가 아니었다. 완전히 정확한 이야긴 아니었던 거야. 연극을 했다는 것은 사실이지. 하지만 그것은 그리 멀리까진 가지 못했단다."

"나도 알아요" 하고 나는 부드럽게 말했다.

"엄만 위대한 예술가가 될 거예요. 약속할게요. 엄마의 작품들이 세계의 각 나라 말로 번역될 거예요."

"그렇지만 넌 일을 하지 않고 있잖아" 하고 그녀가 우울하게 내게 말했다. "어떻게 그런 일이 생기길 바랄 수 있니? 아무것도 하지 않으면서."

나는 일하기 시작했다. 격전 중에 갑판 위에서나, 두 명의 동료와 함께 쓰는 좁디좁은 선실에선 호흡이 긴 작품을 쓴다는 것은 힘든 일이었으므로, 나는 불의와 압박에 대항하여 싸우는 인간들의 용기를 찬양하는 중편을 네다섯 편 쓰기로 결정했다. 그 중편들이 일단 끝나면 피카레스크 작가들이 오래전부터 써온 방법에 따라 한 인물로 하여금 그 이야기들을 말하게 함으로써, 그것들을 항독 투쟁과 우리들의 굴복 거부에 대한 일종의 프레스코화가 될 방대한 작품 속에 통합시킬 작정이었다. 그렇게 하면, 책 전체를 끝내기 전에 죽게 된다 하여도, 적어도 몇 편의 중편들을 내 뒤에 남길 수 있을 것이었다. 내 인생의 테마 자체를 담아 출범된 것들을 말이다. 그러면 어머니도 내가 어머니의 입장에서 최선을 다하였음을 알게 되겠지. 이렇게 하여 내 소설 『유럽식 교육』의 첫 중편이 아프리카 항공 전투로 우리를 실어가는 뱃전에서 씌어졌다. 나는 새벽의 첫 술렁거림 속에서 그것을 즉각 어머니에게 읽어주었다. 어머니는 만족한 것 같았다.

"톨스토이!" 하고 아주 간단하게 어머니가 말했다.

"고리키!"

잠시 후 어머니는 우리 나라에 대한 예의로 덧붙였다.

"프로스페 메리메!"

그 밤들 동안 어머니는 지난날의 밤들보다 더 큰 신뢰를 가지고 허심탄회하게 이야기하였다. 아마도 내가 이젠 어린애가 아니라고 생각했기 때문이리라. 어쩌면 단순히 바다와 하늘이 속내 이야기들을 도와주었고, 그 또한 침묵 속에 덧없이 사라지는 흰 물곬 이외에는 아무것도 우리 주위에 자취를 남기지 않는 것 같았기 때문이었는지도 모른다. 또 내가 어머니를 위해 싸우러 떠나고 있으며, 그래서 아직 기댈 시간마저 갖지 못했던 이 팔에 새로운 힘을 주고 싶었기 때문이었겠지. 파도를 굽어보며 나는 지난날에서 한아름씩 건져내었다. 예전에 주고받았던 이야기들의 조각들, 천 번이나 들었던 말들, 내 눈 속에 남아 있는 모습들, 몸짓들, 어머니가 손수 짠 뒤, 한 사코 매달려 있던 빛의 그물, 어머니의 일상을 관통하는 그 근본적인 주제들을.

"프랑스는 세상에서 가장 아름다운 그 무엇이지" 하고 어머니는 어머니의 해묵은 순진한 웃음을 띠고 말하곤 하였다.

"그래서 난 네가 프랑스 인이길 바라는 거란다."

"그렇다면, 이제 됐잖아요. 그렇지 않아요?"

어머니는 입을 다물었다. 그런 뒤 약간 한숨 쉬었다.

"너는 많이 싸워야 할 거야" 하고 어머니가 말했다.

"난 다리에 부상을 입었었어요" 하고 나는 어머니에게 상기시켰다. "봐요. 만져보세요."

나는 넓적다리에 작은 납조각이 박힌 다리를 내밀어 보였다. 나는 내내 그 납조각을 제거하는 것을 거부했다. 어머니가 그것에 매우 애착을 갖고 있었으므로.

"그렇지만 조심해라" 하고 어머니가 말했다.

"조심할게요."

하선에 앞선 임무 도중에 자주 폭격의 소리와 번쩍임이 비행기 뼈대에 부딪쳐 큰 파도 소리를 낼 때면 나는 어머니의 "조심해!" 하는 말을 생각하였으며, 그러면 약간 미소를 짓지 않을 수가 없었다.

"네 법학사 학위를 어떻게 했니?"

"학위증을 말하는 거예요?"

"그래, 그것을 잃어버리진 않았지?"

"안 잃어버렸어요. 내 가방 속 어딘가에 있어요."

나는 어머니가 품고 있는 생각을 잘 알고 있었다. 바다는 우리 옆에서 잠들어 있었고, 배는 자신의 탄식을 좇고 있었다. 모터가 둔하게 울리는 소리가 들렸다. 그 문제의 법학사증이 어느 날 내게 외교관 생애의 문을 열어주리라는 것이 어머니의 의견이었는데, 나로 말하자면 그 세계에 어머니가 등장하는 것을 약간 겁내고 있었음을 고백하지 않을 수 없다. 내가 '파티'를 열어야 할 날에 대비하여 어머니가 우리의 낡은 황실 은식기들을 다달이 정성스레 윤을 내온 지도 이제 십 년이 되었다. 나는 대사들을 거의 알지 못했고, 대사 부인들은 더더욱 몰랐으므로 그때 난 그들을 모두 기민함과 처세술과 조심성과 세련됨의 화신들로 상상하고 있었다. 그 후 십오 년이라는 경험의 빛에 비추어보니, 그 문제에 있어서도 나는 보다 인간적인 인식에 도달하게 되었다. 하지만 그 무렵에는 외교관 생활에 대해 매우 과장된 생각을 품고 있었던 것이다. 그랬기 때문에 혹시 어머니가 내 임무를 수행하는 데 약간 방해가 되지 않을까 생각하며 두려운 마음이 없지 않았던 것이다. 하느님이 보우하사, 나는 결코 큰소리로 내 의혹을 어머니께 털어놓지는 않았다. 그러나 어머니는 내 침묵을 읽을 줄 알았다.

"걱정 마라" 하고 어머니가 나를 안심시켰다.

"나도 사람 접대할 줄 아니까."

"들어봐요, 엄마. 그런게 아니라……"

"네 에미가 부끄럽다면, 말만 하면 돼."

"엄마, 제발……"

"하지만 많은 돈이 필요할 거다. 일로나의 아버지가 지참금을 많이 주어야 할 텐데…… 넌 보통 사람이 아니잖니. 내가 그 사람을 만나야겠다. 이야기를 하지. 네가 일로나를 좋아하는 줄은 안다. 하지만 정신을 잃어서는 안 돼. 이렇게 말하겠다. '우리가 가진 것이 이러저러하고 우리가 드릴 것이 이러저러한데, 당신은 우리에게 뭘 주렵니까?' 하고 말이야."

나는 두 손으로 머리를 움켜쥐었다. 미소 짓고 있었으나 눈물이 뺨 위로 흘러내렸다.

"그래요, 엄마, 그래요. 그러면 돼요. 바로 그렇게 하면 돼요. 엄마가 원하는 대로 할래요. 대사가 되겠구요. 위대한 시인이 되겠구요. 긴메르도 되고, 그렇지만 시간을 주세요, 엄마. 몸 조심 하시구요. 규칙적으로 의사를 보러 가세요."

"나는 늙은 말이다. 여기까지 왔는데, 더 멀리 갈 수도 있다."

"스위스를 통해서 인슐린이 엄마에게 가도록 해두었어요. 가장 좋은 인슐린으로요. 배에 있는 한 여자가 그 일을 맡아주겠다고 약속했어요."

메리 보이드는 내게 그 일을 맡아주겠다고 약속하였고, 그 후 한 번도 만나지 못했건만 여러 해 동안, 전쟁 후 일 년이 될 때까지 인슐린은 계속 스위스에서 메르몽 호텔로 왔던 것이다. 나는 그 이후 메리 보이드를 다시 만나 감사를 하지 못했다. 나는 그녀가 지금도 살아 있길 희망한다. 그리고 이 글을 읽기를 희망한다.

나는 얼굴을 닦고 깊은 한숨을 쉬었다. 그 무엇도, 내 곁의 그 갑판보다 공허할 수 없었다. 새벽이 튀어오르는 물고기들과 더불어 그곳에 있었다. 그리고 갑자기 분명하게, 믿기지 않을 만큼 또렷하게, 정적이 내 귀에 대고 속삭이는 말이 들렸다.

"서둘러라, 서둘러라."

나는 나 자신을 진정시키기 위해, 아니 어쩌면 적수를 찾기 위해 잠시 더 갑판에 머물러 있었다. 그러나 적수는 모습을 드러내지 않았다. 독일인들밖에는 없었다. 주먹에선 공허가 느껴졌고, 머리 위로는 무한하고, 영원하며, 도달할 수 없는 모든 것이, 우리의 가장 낡은 전투에는 무관심한 미소로 십 억의 투기장을 감싸고 있었다.

38

내가 영국에 도착한 지 얼마 안 되어 어머니의 첫 편지들이 도착했었다. 그 편지들은 스위스를 통해 비밀리에 왔던 것인데, 스위스에서 어머니의 한 친구가 내게 그것들을 규칙적으로 재발송해주었던 것이다. 어떤 편지에도 날짜는 없었다. 삼 년 육 개월 후, 내가 니스로 돌아갈 때까지, 집에 도착하기 바로 전날까지, 시간을 무시한 날짜 없는 그 편지들은 어디든 꾸준하게 나를 쫓아다니게 된다. 삼 년 반 동안 그렇게 하여 나는 나의 의지보다 훨씬 강한 의지와 입김에 의해 지탱되었고, 그 탯줄은 나를 살아 있게 하는 심장보다 더 강인한 심장의 용맹을 내 피에 전달해주었던 것이다. 그 편지들 속에는 일종의 정서적 크레센도가 있었으며, 아마도 어머니는 내가 곡예사인 라스텔리보다 강하게, 테니스 선수인 틸텐보다 유연하게, 긴메르보다 가치 있게, 인간의 불굴성에 대한 나의 시위에서 기적을 성취하고 있는 것을 당연하게 믿고 있는 듯하였다. 사실은 아직 나의 정복은 실현되지 못했지만, 그래도 난 규격에 맞게 자신을 유지하기 위해 최선을 다하고는 있었다. 나는 매일 삼십 분 동안 운동을 하였고, 반 시간 동안 달리기를 하였으며, 십오 분 동안 역도와 아령을 하였다. 여섯 개의 공으로 곡예하길 계속했고, 일곱번째 공을 잡을 수 있으리라는 희망을 버리지 않았다. 또한 내 소설『유럽식 교육』도 계속 쓰고 있었으며, 큰 줄거리 속에 삽입될 네 개의 중편은 이미 끝나 있었다. 인생에 있어서와 마찬가지로 문학에서도 세상을 작가의 영감에 복종하도록 할 수 있고, 그것의 진정한 소명에 맞추어 재구성할 수 있다고 굳게 믿고 있었다. 작가의 진정한 소명, 그것은 잘 다듬어지고 깊이 사고된 작품의 소명이었다. 나는 아름다움을, 따라서 정의를 믿고 있었다. 어머니의 재능은 나로 하여금 어머니가 나를 위해 그토록 꿈꾸어왔던, 그토록 열렬히 믿었고 애써왔던 예술의 걸작, 인생의 걸작을 어머니에게 바치고 싶어하게끔 만들었다. 이 정당한 완성이 어머니에게 주어지지 않는다는 것은 있을 수 없는 일처럼 여겨졌다. 인생이 그토록이나 요령이 없으리라고는 생각할 수 없었기 때문이었다. 어머니의 순진성과 상상력, 동부 폴란드의 시골에 버려진 한 아이에게서 미래의 위대한 프랑스 작가와 프랑스 대사를 발견케 한 어머니의 그 기적에의 믿음은 근사하게 이야기된 아름다운 이야기들의 모든 힘을 발휘하며 내 안에서 계속 살고 있었던 것이다. 나는 그때까지도 여전히 인생을 문학의 한 장르로 생각하고 있었다.

어머니는 편지 속에서 나의 찬란한 무훈을 묘사하곤 하였는데, 고백하건대 나는 그것을 어떤 즐거움을 느끼며 읽곤 하였다. '사랑하는, 영광된 내 아들아' 하고 어머니는 썼다. '우리는 신문에서 너의 영웅적 전과에 대한 이야기를 감사와 경탄으로 읽었단다. 쾰른의 하늘, 브레멘의 하늘, 함부르크의 하늘에서 펼쳐진 너의 날개는 적들의 심장을 서늘하게 하고 있다.' 나는 어머니를 잘 알고 있었고, 어머니가 말하고자 하는 바를 너무나도 잘 이해하였다. 어머니에게는, R.A.F.의 비행기가 목표물을 폭격할 때마다 내가 탑승해 있는 것이었다. 폭탄이 떨어질 때마다, 어머니는 내 목소리를 들었다. 나는 모든 전선에 참가하고 있으며, 적들을 떨게 만들고 있는 것이었다. 나는 동시에 정찰도 하고 폭격도 하였으며, 독일 비행기가 영국 비행기에 의해서 격추될 때마다 너무나도 당연히 어머니는 그 승리를 내게 돌렸다. 뷔파 시장 길목들은 내 무훈의 메아리로 가득 찼을 것이다. 어쨌든 어머니는 나를 알고 있었다. 어머니는 1932년 니스 탁구 선수권 대회에서 우승을 차지했던 것이 바로 나라는 것을 잘 알고 있었다.

'사랑하는 내 아들아, 니스 전체가 너를 자랑스러워하고 있다. 나는 네 중학교 선생님들을 찾아가 소식을 알려주었다. 런던의 라디오 방송은 우리에게 네가 독일에 퍼부은 불과 화염에 대해 전하고 있다. 하지만 네 이름을 들먹이지 않는 것은 아주 잘하는 일이다. 내게 귀찮은 일들을 생기게 할 테니 말이야.' 메르몽 호텔의 늙은 여인의 머릿속에선 전선의 소식에마다, 히틀러의 노기 어린 외침 속에마다 내 이름이 들어 있었다. 당신의 작은 방 안에서 어머니는 내 말밖에 하지 않는 B.B.C.를 듣고 있었고, 어머니의 황홀한 듯한 미소가 거의 내 눈앞에 보이는 듯하였다. 그것은 어머니가 내게 기대한 꼭 그대로였다. 어머니는 내가 그렇게 될 줄 언제나 알고 있었다.

난처한 점은 한 가지밖엔 없었다. 그것은, 그동안 내내 나는 적과 칼을 부딪칠 기회를 얻지 못하였다는 것이다. 아프리카 하늘을 날기 시작한 초창기부터 벌써 내가 약속을 지키게 놓아두지 않겠다는 거부가 분명히 표시되었고, 그리하여 나를 둘러싸고 있는 하늘은 다시 엥페리알 공원의 테니스 코트로 화하였던 것이다. 광분한 젊은 광대가 낄낄대는 관중의 눈앞에서 받을 수 없는 공을 치느라고 우스꽝스런 지그재그 춤을 추고 있는 테니스 코트 말이다.

나이지리아의 카노에서, 우리 비행기는 모래 폭풍에 걸려들어 나무를 받고는 땅 위에 일 미터의 구덩이를 만들며 고꾸라졌다. 우리는 얼이 빠져, 그러나 무사히 그곳에서 나왔다. R.A.F.의 고위층이 크게 노여워하게 말이다. 당시 비행기는 아주 귀하고 값진 것, 서투른 프랑스 인의 생명보다 훨씬 값진 것이었기 때문이다.

다음날 다른 비행기에 다른 비행사와 함께 올랐던 나는 또다시 곤두박질치고 말았다. 우리의 블렌하임 기가 이륙하려 할 때 뒤집어지며 불이 붙기 시작했던 것이다. 우리는 불꽃에 그을리려는 찰나에 도망 나왔다.

이제 우리에겐 승무원은 너무 많고, 비행기는 충분치 않았다. 마이다귀리에 남아, 메마른 가시덤불 지역을 가로질러 오랫동안 말을 달리는 것을 제외하면 완전한 무위 속에서 목이 빠지게 기다리다가, 나는 황금 해안— 나이지리아— 차드— 수단— 이집트로 이어지는 대항공로를 따라 몇 대의 비행기를 호송하러 떠날 것을 청원하여 허락받았다. 비행기들은 타고라디까지 부품상자로 도착하여 조립된 후, 거기부터 아프리카를 비행하여 리비아 전장까지 가게 되는 것이었다.

나는 한 번밖에 호송할 기회를 얻지 못했고, 그 블렌하임 기조차 영원히 카이로까지 도착하지 못했다. 그것은 라고 북부에서 덤불 더미 속에 처박혔다. 나는 길을 익히기 위해 승객으로서 탑승했다. 뉴질랜드 인 비행사와 승무원은 죽었다. 나는 찰과상 하나 입지 않았지만, 그렇다고 좋을 것은 없었다. 갑자기 당신을 휩싸는 그 엄청난 정글의 파리 떼들 속에서 문드러진 머리, 짓눌리고 구멍난 얼굴을 보는 것은 구역질 나는 일이다. 그리고 손으로 무덤을 파주어야 할 때면 인간은 이상하리만치 크게 느껴진다. 파리 떼들이 몰려드는 그 재빠른 속도, 햇빛을 받으며 청색과 초록색이 아름다운 붉은색과 만들어낼 수 있는 갖가지 배합을 이루어 번뜩이는 그 신속함 또한 너무도 소름 끼치는 무엇이다.

몇 시간 동안 그 붕붕거리는 접촉을 겪고 나자, 내 신경들이 나를 내동댕이치기 시작했다. 우리를 찾으러 온 비행기들이 내 주위를 맴돌기 시작할 때, 나는 비행기의 부르릉대는 소리를 내 입술과 이마에 앉으려 애를 쓰는 곤충들의 소리와 혼동하고서 그것들을 쫓기 위해 손짓까지 할 정도였다.

어머니가 보였다. 어머니는 눈을 반쯤 감고서 고개를 옆으로 기울이고 있었다. 한 손은 가슴을 누르고 있었다. 벌써 여러 해 전, 첫 인슐린 쇼크를 일으켰을 때와 똑같은 자세의 어머니가 보였던 것이다. 어머니의 얼굴은 잿빛이었다. 어머니는 엄청난 노력을 기울이고 있었을 것이나, 세상의 모든 아들들을 구제하기 위해 필요한 힘을 갖지는 못하였다. 어머니는 어머니 자신만을 구할 수 있었을 뿐이다.

"엄마" 하고 나는 눈을 들어 말했다. "엄마."

어머니가 나를 쳐다보았다.

"조심하겠다고 약속해놓고선" 하고 어머니가 말했다.

"조종한 것은 내가 아니에요."

그래도 전투력이 솟아올랐다. 기내 비축품들 속에는 아프리카의 초록 오렌지가 든 자루가 있었다. 나는 비행기 동체 속으로 그것을 찾으러 갔다. 가끔씩 눈물이 시야를 가리는 가운데에서도, 다섯 개의 오렌지로 곡예하며 부서진 비행기 옆에 서 있는 내 모습이 지금도 다시 눈앞에 떠오른다. 공포가 내 목을 죌 때마다, 나는 오렌지를 집어들고 곡예를 시작했다. 그렇게 하여 정신을 되찾는 것만이 문제는 아니었다. 그것은 나의 존엄성, 인간에게 닥치는 어떤 일보다도 위에 있는 인간의 우월성을 주장하기 위해 내가 할 수 있었던 것의 전부였던 것이다.

나는 거기서 삼십팔 시간을 지낸 뒤 비행기 동체 내부에서 발견되었다. 비행기 지붕은 닫혀 있었고, 나는 지옥 같은 열기 속에서 의식을 잃고 반쯤 건조된 상태였지만 파리는 한 마리도 붙어 있지 않았다.

아프리카에서 머무르는 동안은 내내 그 꼴이었다. 내가 뛰어오를 때마다 하늘은 굉장한 소리를 내며 나를 되던졌고, 추락의 소음 속에선 바보스럽고도 멸시하는 듯한 깔깔거리는 웃음소리가 들리는 듯했다. 나는 신기할 정도로 규칙적으로 곤두박질쳤다. 엎어진 내 기계 옆에 궁둥이를 깔고 앉아, 호주머니엔 절대적인 신뢰로 내 전과에 대해 말하고 있는 어머니의 편지를 담은 채 나는 고개를 처박고 한숨을 쉰 뒤, 다시 일어나 또한번 최선을 다 해보는 것이었다. 병원에서 보낸 것을 빼면 절반은 비행 중대에서 보냈던 오 년간의 전쟁 동안 네다섯 번 이상의 전투를 수행한 것 같지 않다. 지금도 나는 그 전투들을 내가 좋은 아들이었다는 모호한 느낌을 가지고 회상하곤 한다. 판에 박힌 비행, 또는 어떤 황금빛 전설보다는 오히려 대중 수송에 속하는 비행의 틀에 박힌 일상 속에 여러 달이 흘러갔다.

A.E.E.로서, 모기밖에는 위협하지 않는 지역의 공동 방어를 튼튼히 하기 위해 여러 동료들과 함께 방기에 떨어져 남게 되었을 때는, 우리의 울분은 곧장 총독 관저에 회반죽 폭탄을 투하할 정도가 되고 말았다. 사령부에 대한 우리의 초조감을 그렇게 조용히 느끼게 해주려는 희망에서 말이다. 우리는 기합조차 받지 않았다. 그래서 우리는 그 작은 도시의 거리에다 흑인 시민 분대를 조직하여, '방기의 민간인들은 말한다; 비행사는 전선으로!'라고 주장하는 피켓을 들고 다니게 함으로써 말썽꾸러기가 되어보려 했다. 우리는 우리의 정신적 긴장을 장난으로 해소해보려 애썼는데, 그것은 자주 비극적 결과를 가져왔다. 낡은 비행기를 타고 행하는 광적인 곡예와, 위험을 탐하는 도에 넘친 탐색은 우리 중의 여러 명에게서 목숨을 앗아갔다. 벨기에령 콩고에서 한 동료와 나를 태우고 코끼리 떼 위를 저공 비행하던 우리 비행기는 그 짐승들 중 하나와 충돌하면서 단번에 그 코끼리와 조종사를 죽이고 말았다. 뤼시올의 잔해에서 빠져나온 나는 삼림 속에 사는 한 민간인으로부터 지팡이 세례를 받아 반쯤 죽었다. 그가 화가 나서 한 말, '생명을 그렇게 취급할 권리는 없는 거야'라는 말은 오랫동안 내 기억에 남아 있게 되었다. 나는 영광스럽게도 이 주일간의 정지 명령을 받았고, 그동안 내 방갈로의 뜰을 개간하며 보냈다. 매일 아침 풀들은 내 뺨 위의 수염보다도 빨리 솟아나곤 하였다. 그런 다음 나는 방기로 되돌아와 아스티에 빌라뜨의 우정 어린 수고에 힘입어 그때 아비시니의 전선에서 활동하고 있던 비행 중대에 소속될 때까지, 목이 빠져라 기다리면서 지냈던 것이다.

그러므로 나는 이 점을 분명히 말하고 싶다. 나는 아무것도 하지 않았다는 것을 말이다. 아무것도, 내게 기대하고 있는 늙은 여자의 희망과 신뢰를 생각하면 더더구나 아무것도 하지 않았던 것이다. 나는 몸부림을 치긴 하였다. 그러나 진정한 투쟁을 하진 못했다.

그때 내가 체험했던 듯한 어떤 순간들은 완전히 내 기억에서 사라졌다. 내가 절대적으로 신용하는 한 동료인 페리에는 전쟁이 끝나고 오랜 후에 이런 말을 해주었다. 포르라미에서 나와 함께 쓰던 방갈로에 밤늦게 돌아와보니 내가 모기장 안에서 관자놀이에 권총을 겨냥하고 있더라는 것이었다. 그는 겨우 발사를 빗나가게 하기 위해 아슬아슬한 순간에 나를 덮쳤다는 것이다. 나는 아마 돈도 없고 병든 늙은 여인을 프랑스에 버려두고 와 겨우 전선에서 멀리 떨어진 아프리카의 내지에서 쓸모없이 썩어가고 있는 데서 느끼는 절망감으로 내 행위를 설명했던 모양이다. 나는 이 창피스럽고도 거의 나 같지 않은 이 일화를 기억하지 못한다. 나 같지 않다 함은, 격한 만큼 또 일시적인 절망에 빠지면 언제나 나는 밖을 향해 돌아섰지, 나 자신을 향하지는 않았기 때문이다. 고백하건대, 반 고흐처럼 내 귀를 베기는커녕, 차라리 나는 내가 호경기일 때 수난을 겪을 남의 귀들을 생각할 것이다. 하지만 내가 그 무렵 걸렸던 매우 고약한 장티푸스 때문에, 1941년 9월 이전 몇 달은 내 머릿속에 매우 아리송하게 남아 있음을 덧붙여야 하겠다. 그 장티푸스는 종부성사까지 받게 하였고, 몇 가지 사실들을 기억에서 사라지게 만들었으며, 의사들에겐 내가 살아나더라도 결코 맑은 정신을 회복하진 못하리라고 말하게끔 만들었던 것이다.

어쨌든 나는 수단에 있는 비행 중대에 다시 합류하였다. 그러나 벌써 에티오피아 전투가 끝난 뒤였다. 카르툼에 있는 고든스 트리 비행장을 벗어나자 더 이상 이탈리아 정찰기를 만날 수 없었고, 지평선에서 보이는 몇몇 대공 포화의 연기 기둥은 패배자의 마지막 한숨 같아 보였다. 우리는 해가 질 때 돌아와, 헝가리가 연합군에 대결하여 참전함에 따라 영국인들이 이집트에서 잡아온 헝가리 무희들의 두 연대를 감금시켜놓은 두 개의 카바레를 돌아다녔고, 동이 틀 때면 적들을 통 만날 수 없는 새로운 산보를 다시 떠나곤 하였다. 어머니가 나에게 신뢰와 감탄의 노래를 부르고 있는 그 편지들을 내가 어떤 욕구 불만과 수치심을 느끼며 읽었을지 상상해보라. 어머니가 내게 기대하는 모든 것의 수준으로 자신을 고양시키는 대신, 나는 그 가련한 여자들의 동무로 전락했다. 사정 없이 물어뜯는 수단의 5월 햇빛 아래서, 그녀들의 예쁜 얼굴들은 눈에 띄게 여위어가는 듯하였다. 나는 계속 끔찍한 무력감에 시달렸고, 그래서 원기를 회복하고 내가 완전히 거세된 것은 아님을 자신에게 증명하기 위해 최선을 다하였다.

39

나의 침체 상태 속에는 그 직전에 내가 체험하였던 행복한 순간에 대한 강박 관념과 상처가 섞여 있었다. 내가 아직 그것을 말하지 않은 것은 재주가 없기 때문이다. 고개를 들고 수첩을 다시 볼 때마다, 내 목소리의 유약함과 내 솜씨의 초라함은 내가 말하려 하는 모든 것, 내가 사랑했던 모든 것에 대한 모독처럼 생각되는 것이다. 어느 날인가 어떤 위대한 작가가 내가 체험한 것 속에서 자기 역량에 맞는 영감을 발견하게 될지 모르며, 그러면 내가 이 글들을 쓴 것이 헛되지 않으리라.

방기에서 나는, 바나나 나무들 속에 감춰진 작은 방갈로에서 살았다. 그것은 작은 언덕 밑에 있어서 매일 밤 달이 빛이 나는 부엉이처럼 그 언덕 위에 와 앉곤 하였다. 저녁마다, 나는 강가의 클럽 테라스에 가 앉아 있었다. 강 저편에서부터 시작되는 콩고를 바라보며, 거기 있는 유일한 디스크「Remember our forgotten men」을 들으면서.

나는 어느 날 그녀가 벌거벗은 가슴으로, 광주리를 머리에 이고 길을 걸어가는 것을 보았다.

묘령을 맞은 여인의 달콤한 육체의 그 모든 찬란함. 인생의, 희망의, 미소의 모든 아름다움. 그리고 아무 일도 일어날 수 없다는 듯한 거동. 루이종은 열여섯 살이었고, 그녀의 가슴이 내게 두 개의 심장을 느끼게 할 때면, 때로 나는 모든 것을 이루었다는 느낌이 들곤 하였다. 나는 그녀의 부모들을 만나러 갔고, 그래서 우리는 그녀의 부족 의식대로 우리를 결합시키는 의식을 거행하였다. 파란만장한 삶의 우여곡절 끝에 우리 비행 중대의 중위 비행사가 된 오스트리아의 공작 스타렘베르크가 내 쪽 증인이었다. 루이종은 나와 함께 살러 왔다. 살아오는 동안, 바라보고 듣는 데 그보다 더 큰 즐거움을 느꼈던 적은 결코 없었다. 그녀는 프랑스어를 한마디도 할 줄 몰랐고, 나는 그녀가 말하는 것을 하나도 알아듣지 못하였다. 인생은 아름답고 행복하며 순결한 것이라는 것 이외에는. 그것은 영원히, 다른 어떤 음악에도 무감각해지게 만드는 목소리였다. 윤곽의 섬세함, 뼈마디의 놀라운 연약함, 눈의 쾌활함, 머릿결의 부드러움—그러나 내가 지금 내 추억과 내가 체험한 그 완벽함을 배반하지 않을 수 있을 무슨 말을 할 수 있으랴? 그런데 나는 그녀가 약간 기침을 한다는 사실을 알게 되었다. 아주 불안해진 나는, 폐결핵이 너무도 아름다운 이 육체를 은신처로 삼은 모양이라고 지레짐작하고, 그녀를 군의관인 비뉴에게 보내 검진하게 하였다. 기침은 별 것 아니었다. 그러나 루이종의 팔엔 이상스런 반점이 있었고, 그것이 그 의사에게 충격을 주었다. 그는 그날 밤에 내 방갈로에 찾아왔다. 그는 난처해하는 것 같았다. 사람들은 내가 행복하다는 것을 알고 있었다. 그토록 명백한 일이었으니까. 그는 내게 그녀가 한센병을 갖고 있으며, 그녀와 헤어져야만 한다고 말하였다. 그는 확신 없이 그 이야기를 하였다. 나는 오랫동안 부인했다. 전적으로 무조건 부인하였다. 그런 죄악을 믿을 수가 없었다. 나는 내 품 안에 잠든 루이종을 바라보며 끔찍한 하룻밤을 보냈다. 잠에 빠져 있는데도 그녀의 얼굴은 쾌활함으로 빛났다. 나는 오늘까지도 내가 그녀를 사랑했던 것인지, 아니면 단순히 그녀에게서 눈을 뗄 수 없었던 것인지 모르겠다. 나는 루이종을 가능한 만큼 오랫동안 내 품 안에 품고 있었다. 비뉴는 내게 아무 말도 하지 않았고, 아무 비난도 하지 않았다. 내가 우기고 모독하고 협박하는 동안, 그는 그냥 어깨를 으쓱하였을 뿐이다. 루이종은 치료를 받기 시작했다. 그러나 매일 밤 그녀는 돌아와 내 곁에서 잤다. 나는 그보다 더한 애정과 부드러움으로 무엇을 안아본 일이 없었다. 의사가 신문 기사를 뒷받침 삼아 — 나는 불신했다 — 레도폴드빌에서 한센 박테리아와 대항하는 새로운 약품이 실험되었는데, 병세가 진전되는 것을 억제하는 데뿐 아니라 때로는 병의 치료에까지 어떤 성과를 거두었다고 설명하였을 때까지 나는 그녀와 헤어지려 하지 않았다. 나는 전에 말한 적 있는 그 '날아다니는 날개'에 그녀를 태웠다. 당시에는 수바베르 상사가 그것을 조정하여 브라자빌과 방기간을 운행하고 있었다. 그녀는 나를 떠나갔고 나는 속수무책으로 두 주먹을 움켜쥔 채, 프랑스뿐 아니라 땅 전체가 적들에 의해 점령된 것처럼 느끼며 비행장에 남았다.

이주일마다, 이에르만이 조종하는 블렌하임 기가 브라자빌과 군사적 연락을 취하고 있었는데, 나는 다음 번 여행에 내가 타기로 약속해두었다. 내 몸 전체가 텅 빈 것만 같았다. 나는 루이종의 부재를 내 살갗 한 점 한 점마다에서 느꼈다. 내 팔들이 무용지물처럼 생각되었다.

나는 방기에서 이에르만의 비행기를 기다렸다. 그런데 그 비행기는 콩고의 하늘 위에서 한쪽 프로펠러를 잃고, 불붙은 숲 속으로 떨어져 처박히고 말았다. 이에르만, 베카르트, 크루제는 즉사하였고, 기술공 쿠르티오는 다리가 부러졌다. 무선 기사인 그라세만이 무사했다. 자기의 생존을 알리기 위하여 그는 삼십 분마다 기관총을 쏠 생각을 해냈는데, 그 때문에 비행기가 추락하는 것을 볼 때마다 도와주러 오곤 하였던 근처 부족의 주민들이 매번 놀라 달아났다. 그들은 거기서 사흘을 지내야 하였으며, 상처 때문에 꼼짝도 할 수 없던 쿠르티오는 밤이나 낮이나 그의 상처 위에 달려드는 붉은 개미들과 싸우느라 미칠 뻔하였다. 나는 자주 이에르만과 베카르트와 동승했다. 아주 다행스럽게도 하늘이 내리신 말라리아가 한 주간 동안 모든 것을 잊게 해주었다.

그리하여 브라자빌행 여행은 수바베르가 돌아오는 다음 달까지 연기되었다. 그러나 수바베르 역시 미국인 짐 모리슨을 빼면 그만이 조종할 수 있던 그 이상한 '날아다니는 날개'와 함께 콩고의 숲 속으로 사라져버리고 말았다. 나는 아비시니 전선의 내 비행 중대로 귀환하라는 명령을 받았다. 그때는 이탈리아 인들과의 전투가 끝난 것이나 다름없고, 나는 아무짝에도 쓸모없으리라는 것을 모르고 있었다. 나는 복종했다. 나는 루이종을 결코 다시 만나지 못하였다. 두세 번 친구들로부터 그녀의 소식을 들었다. 사람들이 그녀를 잘 돌보고 있다, 희망이 있다, 그녀는 내가 언제 돌아올지를 묻고 있다, 그녀는 쾌활하다, 그러고는 그만이었다. 나는 편지도 쓰고, 상관에게 청원도 해보고, 아주 호탕한 전보도 몇 번 보냈었다. 아무것도 없었다. 상관들은 차가운 침묵을 지키고 있었다. 나는 노하고 항의했다. 세상에서 가장 다정한 목소리가 아프리카의 어느 우울한 격리소에서 나를 부르고 있었던 것이다. 나는 리비아로 후송되었다. 내가 한센병에 걸리지 않았는지를 알아보는 진찰까지 받게끔 명령을 받았다. 나는 걸리지 않았다. 그래도 나을 것이 없었다. 나는 사람이 그토록이나 어떤 목소리, 어떤 목, 어떤 어깨, 어떤 손에 사로잡힐 수 있으리라고는 결코 상상해본 일이 없었다. 내가 말하고자 하는 것은, 그녀의 눈은 너무도 살기 좋은 곳이어서 이후 나는 어디로 가야 할지 도무지 알 수 없게 되었다는 것이다.

40

어머니의 편지들은 점점 짧아졌다. 연필로 급히 휘갈긴 그 편지들은 한 번에 네댓 통씩 내게 도착했다. 어머니는 인슐린이 모자라지 않다고 하였다. '영광스런 내 아들아, 나는 네가 자랑스럽다······ 프랑스 만세!' 나는 '로열'의 지붕 위 테이블에 앉아 있곤 하였다.

거기서는 나일 강의 물과, 도시를 천 개의 번쩍이는 호수 속에 나부끼게 만드는 신기루들을 볼 수 있었다. 나는 그곳에 죽치고 있었다. 편지 꾸러미를 손에 쥔 채, 헝가리 인 접대부들과 캐나다 인, 남아프리카 인, 오스트레일리아 인 비행사들 틈바구니에. 그들은 홀에서, 바의 주변에서 서로 밀고 밀리고 하였다. 그날 밤 그 예쁜 여자들 중 하나로 하여금 자기에게 호의를 베풀도록 설득하려 노력하면서 말이다. 그들은 모두 돈을 지불했고, 돈을 내지 않는 것은 프랑스 인들뿐이었는데, 그것은 패전 후에도 프랑스가 그의 위신을 전혀 잃지 않았다는 증거였다. 나는 애정과 신뢰에 넘치는 단어들을 읽고 또 읽었다. 그러면 귀여운 아리아나는 가끔씩 춤과 춤 사이에 내 테이블로 와 앉으며 호기심 어린 눈초리로 나를 바라보는 것이었다. 그녀는 우리의 가장 용감한 특무 상사들 중의 한 사람이 진심으로 사랑하는 애인이었다.

"그 여자는 당신을 사랑하나요?" 하고 그녀는 내게 묻곤 하였다.

나는 공연한 겸손이나 망설임 없이 그렇다고 하였다.

"당신은요?"

늘 그렇듯이 나는 짐짓 냉혹하고 거친 체해 보였다.

"아, 알잖아. 날 말야. 여자들이란" 하고 나는 대답하였다. "하나를 잃어버리면 열 명쯤 또 생기지."

"당신이 없는 동안 그 여자가 당신을 속이지나 않을지 두렵지 않아요?"

"하! 그렇지 않은 걸" 하고 내가 대답하였다.

"여러 해가 걸려도?"

"여러 해가 걸려도."

"그렇지만, 봐요. 당신, 그렇다고 정상적인 여자가 당신의 아름다운 눈 하나 때문에 남자 없이 혼자 여러 해를 견딜 수 있으리라고 믿지는 않겠지요?"

"난 그걸 믿는걸. 생각 좀 해보라구. 난 그런 경우를 옆에서 본 걸. 난 어떤 남자의 아름다운 눈 하나 때문에 숱한 세월을 남자 없이 혼자 지낸 여자를 알고 있다구."

결국 우리는 롬멜을 치기 위한 두번째 원정을 위해 리비아로 올라갔는데, 처음부터 여섯 명의 프랑스 인 동료들과 아홉 명의 영국인들이 우리가 겪은 중 가장 비극적인 사고로 죽고 말았다. 그날 아침에 오순풍이 심하게 불어닥쳤고, 생 페르즈의 명령하에 바람을 거슬러 이륙하던 비행사들과 우리의 블렌하임 기 석 대는 갑자기 모래 소용돌이 속에서 석 대의 영국 블렌하임이 솟아오르는 것을 보았다. 그 영국 블렌하임들은 판단 착오를 일으키고 바람을 받으며 날아와 우리 비행기와 충돌하였던 것이다. 비행기들 안에는 삼천 킬로그램의 폭탄이 실려 있었으나, 두 편대는 이미 이륙 속도가 붙어 그 순간엔 도저히 손 써볼 수 없는 땅과 공중의 사이에 있었던 것이다. 비몽과 더불어 관망대에 있던 생 페르즈만이 충돌을 모면할 수 있었다. 그 나머지는 모두 가루가 되고 말았다. 몇 시간 동안이나 주둥이에 살점을 물고 다니는 개들이 눈에 띄었다.

우연히도, 나는 그날 탑승하지 않았다. 폭발이 있던 순간, 나는 다마스쿠스의 군사 병원에서 종부 성사를 받고 있었다.

나는 장 출혈을 동반한 장티푸스에 걸려 있었고, 나를 치료한 의사들, 기용 대위와 비뉴 중위는 내가 살아날 희망은 천에 하나도 못 된다고 보고 있었다. 나는 다섯 번이나 수혈을 받았으나 출혈은 계속되었고, 내 동료들은 내게 피를 주기 위해 내 침대머리에 줄을 섰다. 프티트 아파리시옹의 성 요셉 교단에서 나온 젊은 아르메니아인 페리시엔 수녀가 진정한 기독교적 헌신으로 나를 돌보아주었다. 그분은 지금 베들레헴 근처의 수도원에서 살고 있다. 나의 착란 상태는 이 주일 동안 계속되었다. 그러나 정신이 완전히 되돌아오는 데는 육 주 이상이 걸렸다. 나는 오랫동안 공식 수속을 거쳐 드골 장군에게 행정상의 착오를 항의하는 청원을 하지 않을 수 없었다. 나는 그 착오의 결과로 살아 있는 사람들의 명단에 더 이상 나타나지 않고 있다고 말하면서, 그것은 나아가 사병들이나 하사관들이 마치 내가 존재하지 않기라도 하는 듯 내게 경례를 하지 않는 결과를 초래하게 하였다고 강조하였다. 그때 막 내가 소위에 임관되었음을 말해야만 하겠다. 그리고 아보르 사건 이래 나는 내 계급줄을 무척 소중히 생각하였고, 내가 마땅히 받아야 할 존경의 외적 표시를 중요시하였던 것이다.

아무튼 의사들 눈에 내가 몇 시간밖엔 더 살지 못할 것으로 보였고, 세네갈 인 간호병에 의해 내 방 안에 관이 놓이는 동안, 다마스쿠스 비행 기지의 내 동료들은 병원 예배실에서, 내 시체 앞에서 보초를 서러 와달라는 부름을 받았던 것이다. 잠시 동안 의식을 되찾았을 때——장출혈이 피를 흘려보냄으로써 열을 내리게 하였고, 그때마다 대개 의식을 되찾았다. 침대 발치에 관이 놓여 있는 것을 보았고, 거기서 어떤 새로운 함정을 본 나는 즉시 도망쳤다. 일어나 마치 성냥개비처럼 마른 다리를 끌고 정원을 돌아다닐 힘을 되찾았던 것이다. 한 젊은 장티푸스 환자가 거기서 햇빛을 쬐고 있었다. 완전히 벗은 몸으로 장교모 하나만 쓴 채 비틀비틀 자기 쪽으로 다가오는 귀신을 보자, 그 운 나쁜 사람은 신음소리를 내더니 초소 쪽으로 달려갔다. 그날 밤 다시 병세가 악화되었다. 착란 상태 속에서도 나는 소위 모자와 막 받은 새 계급줄을 착용하고 있었으며, 나는 그것을 떼어내는 것을 거부하였다. 아마도 그것은 삼 년 전 내가 아보르에서 겪은 수모의 순간에, 내가 생각했던 것보다 훨씬 더 큰 충격을 받았었음을 증명하는 것이리라. 숨 넘어가는 나의 헐떡거림은 빈 사이폰 흡수기를 비틀 때 나는 소리와 꼭 닮았던 것 같다. 나를 보러 리비아에서 달려왔던 사랑하는 비몽은, 나중에 내게 말하기를 내가 매달려 있는 꼴이 약간 충격적이었고 점잖치 못하게조차 보이더라는 것이었다. 나는 좀 지나치게 고집하더란다. 우아함이나 점잖음을 완전히 잃어버린 채 말이다. 말 그대로 별의별 짓을 다 하더라는 것이었다. 좀 정떨어지는 일이었다는 것이었다. 수전노가 자기 동전에 매달리는 것과 거의 다르지 않더란다. 그러면서 그는 그토록 그에게 잘 어울리는, 그리고 아프리카에서 산 지 여러 해가 지났지만 지금도 여전히 간직하고 있으리라 생각되는 그 조롱하는 듯한 보일 듯 말 듯한 미소를 지으며 이렇게 말하는 것이었다.

"인생에 아주 애착을 갖고 있는 것 같던데."

벌써 내게 종부성사를 베풀어준 지 일주일이 되었고, 그토록 까다롭게 굴어서는 안 되는 일이었음을 나도 인정한다. 그러나 나는 나쁜 노름꾼이었다. 나는 내가 졌음을 인정하길 거부했다. 나는 나 자신의 것이 아니었다. 나는 약속을 지키고, 수백 년의 전투를 승리로 이끈 뒤 영광에 뒤덮여 집으로 돌아가고, 『전쟁과 평화』를 쓰고, 프랑스의 대사가 되고, 간단히 말해 내 어머니의 재능이 널리 드러나도록 해야만 하는 것이었다. 무엇보다도 나는 정통적이 아닌 것에 승복할 수 없었다. 진정한 예술가는 그의 소재에 의해 패배당해서는 안 된다. 그는 가공 안 된 질료에 자기 영감을 불어넣고, 뒤죽박죽의 혼돈에 하나의 형태를, 의미를, 표현을 주려 노력하는 것이다. 나는 내 어머니의 인생이 다마스쿠스의 병원 전염병 병동에서 바보처럼 끝나도록 내버려둘 수 없었다. 내 모든 예술에의 욕구, 아름다움을 향한, 다시 말해 정의를 향한 나의 사랑이 체험 작품의 포기를 금했다. 그것이 하나의 형태를 갖추는 것을 보기 전에, 그것이 내 주위의 세계를 다만 일순간에 지나지 않을지라도 어떤 우정 어리고 감동적인 의미로 빛나게 하기 전엔 말이다. 나는 신들이 내게 내민 문서, 무의미와 무존재와 부조리의 문서 밑에 내 이름을 서명하진 않을 것이었다. 나는 그 정도로 재능이 없을 수는 없었다.

  그러나 포기에의 유혹은 무서울 지경이었다. 내 몸은 화농성 종기들로 뒤덮여 있었으며, 한 방울 한 방울 내게 혈청을 흘려넣는 바늘들이 여러 시간 동안 내 몸에 꽂혀 있어 마치 가시 돋힌 줄 위를 굴러가는 것처럼 느껴졌고, 혀는 짓물러터졌고, 메리냑 사고 때 금이 간 왼쪽 턱은 부패하여 뼈 한 조각이 떨어졌는데, 출혈을 염려하여 감히 손 대지를 못한 채 잇몸을 가로질러 찌르고 있었고, 계속 하혈을 하였으며, 열이 너무 높아 차가운 마포로 내 몸을 싸면 몇 분 동안 정상 체온을 되찾았고— 그리고, 한 술 더 떠서 의사들은 내가 그동안 내내 엄청난 촌충을 몸 안에 가두고 있었는데, 그것이 이제 일 미터 일 미터씩 내 내장으로부터 나오고 있다는 사실을 흥미롭게 밝혀 내었다—병이 나은 후 여러 해 뒤, 나를 치료했던 군의관들 중 이 사람 저 사람을 만나면, 그들은 한결같이 나를 미심쩍다는 눈으로 바라보며 이렇게 말하는 것이었다.

"자네가 어디서 살아 돌아왔는지 결코 자넨 모를 걸세."

그럴지도 모른다. 그렇지만 신들은 탯줄을 자르는 것을 잊었었던 것이다. 운명에게 한 형태와 의미를 주고자 애쓰는 모든 인간적 손을 질투하는 그 신들은 내 몸이 피 흘리는 하나의 상처에 지나지 않게 될 때까지 내게 악착스레 달라붙었지만, 그러나 그들은 내 사랑에 대해 전혀 무지했던 것이다. 그들은 그 탯줄을 자르는 것을 잊어버렸었던 것이고, 그래서 나는 소생했다. 내 어머니의 의지와 생명력과 용기가 계속 내게 흘러와, 나를 먹여주었던 것이다.

아직도 남아 타고 있던 생명의 불티는 내게 종부성사를 해주기 위해 신부가 방 안으로 들어오는 것을 보자 갑자기 분노의 성스런 불길로 타올랐다.

십자가를 앞으로 내밀어 휘두르며 단호한 걸음으로 내게 다가오는 흰색과 보라색 옷을 입은 그 수염난 남자를 보자, 나는 인간으로 현현한 사탄을 보고 있다고 생각했다. 나를 받쳐주고 있던 마음 착한 수녀가 놀랄 지경으로, 헐떡거림 이외에 아무것도 아니었던 내가 크고도 또렷한 목소리로 말하였다.

"아무것도 필요 없소. 질문에 답할 것이 없소."

이어 나는 몇 분 동안 정신을 잃었고, 다시 표면에 떠올랐을 때 예식은 이미 끝나 있었다. 그렇지만 나는 승복하지 않았다. 나는 결단코 니스로, 뷔파 시장으로 돌아갈 것이었다. 장교복을 입고, 쏟아질 듯 훈장을 단 가슴으로, 내 어머니를 팔에 안고서. 그런 다음 박수 갈채 속에 영국인 산책로를 한 바퀴 돌게 될지도 모른다. "메르몽 호텔의 이 위대한 프랑스 부인에게 경례하시오. 이분은 전쟁에서 열다섯 번 훈장을 받고 돌아왔소. 이분은 공군에서 혁혁한 공을 세우셨소. 그 아들은 어머니를 자랑할 만하오!" 늙은 신사들은 공손히 모자를 벗었고 사람들은 「라 마르세예즈」를 불렀으며 누군가가 중얼거렸다. "저들은 아직도 탯줄로 이어져 있구나." 정말 내 핏줄에 연결된 고무로 된 긴 튜브가 또렷하게 보였다. 나는 승리에 넘친 미소를 지었다. 그건 정말 예술이었다! 그것이야말로 약속의 실현이었다! 그런데도, 의사가 죽을 것이라고 선언했다 해서, 종부성사가 베풀어졌다 해서, 흰 장갑을 낀 동료들이 벌써 찌는 듯한 예배실에서 보초 설 준비를 하고 있다고 해서 나더러 내 의무를 저버리라고? 절대 안 될 말이었다! 차라리 살자—보다시피 나는 어떤 곤경 앞에서도 물러서지 않았다.

나는 결단코 죽지 않았다. 나는 회복되었다. 열은 떨어지고, 뒤이어 아주 없어졌는데도 여전히 정신 없이 횡설수설하였다. 내 헛소리는 처음엔 그냥 더듬거리는 것뿐이었다. 내 혀는 헐었기 때문에 반쯤은 갈라져 있었다. 이어, 정맥염 증세가 나타났고, 그래서 사람들은 내 다리를 염려하였다. 안면 근육 마비가 내 얼굴의 왼쪽 아랫부분, 턱이 부서진 자리에 완전히 자리 잡았다. 그것은 지금까지도 내게 야릇한 불균형의 느낌을 주고 있다. 수포증이 있었고, 심근염도 고집을 피우고 있어서 아무도 알아보지 못 하고 말도 못 하였으나, 탯줄은 끊임없이 기능을 발휘하고 있었다. 그리고 근본적인 것은 실상 전혀 다치지를 않았으니, 의식이 완전히 돌아오고, 끔찍하리만치 재재거리긴 하였으나 그래도 마침내 말을 할 수 있게 되었을 때, 나는 작전에 다시 참여할 때까지 얼마나 시간을 요하는지 열심히 알고자 애를 썼던 것이다.

의사들은 농담들을 하고 있었다. 내겐 전쟁이 끝났다는 것이었다. 내가 정상적으로 걷거나 할 수 있을지 전혀 확신하지 못하고 있는 데다, 아마도 심장엔 상처가 남아 있을 것인데, 전투 비행기에 다시 오른다는 생각은…… 그들은 어깨를 으쓱해 보이며 점잖게 미소 지었다.

삼 개월 후, 나는 튀지와 함께, 동쪽 지중해 해상에서 잠수함들을 추적하며 내 베를레헴 기를 타고 있었다. 튀지는 모스키토 기를 타고 몇 달 뒤 영국에서 죽었다.

나는 이 자리에서 오 파운드라는 저렴한 가격으로, 내 군복을 입고 내 대신 카이로에 있는 R.A.F.의 병원에 신체 검사를 받으러 가준 이집트 인 불법 택시 운전수 아메드에게 내 감사의 마음을 표해야만 하겠다. 그는 잘생기지 못했고 더운 모래의 고약한 냄새를 풍겼으나, 당당히 검사에 통과하였고, 그래서 우리는 그로피의 테라스에서 아이스크림을 먹으며 서로를 축하하였다.

다마스쿠스 기지의 의사들, 피튀치 소령과 베르코 대위와 대면하는 일이 남아 있었다. 거기서는 속임수가 통할 리 없었다. 모두들 나를 알고 있었으니까. 사람들은 병원 침대 위에서, 이를테면 작품을 만들려고 애를 쓰고 있는 나를 보았었다. 게다가 아무것도 아닌 일에도 아직 내가 가끔씩 우울에 빠지거나 기절해버리는 일이 종종 있음도 알고 있었다. 간단히 말해, 사람들은 비행 중대의 내 자리로 다시 돌아가기 전에 제발 루크소의 왕의 골짜기로 한 달간 휴가를 가주십사 요청하였다. 그렇게 되어 나는 파라오들의 무덤을 방문하였고, 나일 강과 깊은 사랑에 빠지게 되었던 것이다. 나는 나일 강의 항해 가능한 전 수로의 전 코스를 두 번 왕복하였다. 그 풍경은 지금도 내 눈에 세계에서 가장 아름다운 광경으로 남아 있다. 그곳은 영혼이 휴식하는 장소이다. 내 영혼은 진정 그것을 필요로 하고 있었다. 나는 '겨울 궁'의 내 발코니에 오랫동안 앉아 범선들이 지나가는 것을 바라보곤 하였다. 나는 내 책을 다시 시작했다. 석 달간의 침묵을 보충하기 위해 어머니에게 몇 통의 편지를 썼다. 그러나 내게 도착되는 편지들 속엔 어떤 불안의 흔적도 없었다. 어머니는 내 침묵이 길어지는 데 놀라지 않고 있었다. 그것은 약간 이상하기조차했다. 날짜가 명기된 가장 최근의 편지는, 어머니가 내 소식을 알지 못한 지 적어도 석 달은 되었을 때 니스에서 부쳐진 것이었다. 아마 어머넌 그것을 우리의 교신이 취하지 않을 수 없는 우회로 때문이리라고 생각한 게지. 게다가, 그렇지, 어머니는 내가 항상 난관을 이겨내리라는 것을 잘 알고 있었으니까. 하지만 어떤 슬픔 같은 것이 이제 어머니의 편지에 스며들고 있었다. 나는 처음으로 편지에서 다른 기미를, 가슴을 뭉클하게 하며 이상스레 괴롭게 만드는, 말로는 표현되지 않은 무엇을 발견하였다.

'내 사랑하는 아가야. 네게 애원하니 나를 생각지 말고, 나 때문에 아무것도 염려하지 말고, 용감한 사나이가 되어다오. 넌 이제 나를 필요로 하지 않으며, 넌 이제 어린애가 아닌 어른이라는 점을, 너 혼자서도 네 두 다리로 설 수 있다는 점을 명심해라. 아들아, 빨리 결혼해라. 네 곁엔 항상 여자가 있어야 하니 말이다. 아마도 그건 내가 네게 심어준 병일 게다. 하지만 무엇보다 빨리 아름다운 책을 쓰도록 해라. 그러고 나면 어떤 일이 생겨도 훨씬 쉽게 위안을 받을 수 있을 테니 말이야. 넌 항상 예술가였다. 내 생각 너무 하지 마라. 내 건강은 좋다. 로자노프 선생님은 아주 내게 만족스러워하신다. 그분이 네게 안부 전하는구나. 내 사랑하는 아들아, 용감해야

한다. 엄마.'

나는 느리게 흐르는 나일을 굽어보며 내 발코니에서 이 편지를 백 번이나 읽고 또 읽었다. 그 편지 속에는 거의 절망한 것 같은 억양이, 전에 없던 장중함과 어떤 억제가 있는데다, 처음으로 어머니는 프랑스 이야기를 하지 않고 있었다. 가슴이 죄어들었다. 무엇인가가 잘 되어가고 있지 않다. 무엇인가 말하지 않는 것이 이 편지 안에 있다. 그리고 또 이제 점점 더 어머니의 편지 속에서 강조되며 반복되는 약간 이상스러운 격려도 있었다. 그것은 약간 화가 나게 만들기조차 하는 것이었다. 어머니는 내가 전혀 어떤 것도 두려워하지 않는다는 것을 잘 알고 있을 것이 아닌가 말이다. 결국 중요한 것은 어머니가 여전히 살아 있다는 것이었고, 제시간에 어머니에게 도착하고자 하는 희망은 하루 해가 뜰 때마다 점점 커져만 갔다.

41

나는 비행 중대의 내 위치로 복귀하였고, 팔레스타인 해에서 이탈리아 잠수함들을 조용히 추적하기 시작하였다. 그것은 힘들지 않은 작업이었고, 나는 항상 소풍 가는 기분이었다. 한번은 우리가 사이프러스의 바다 표면에 떠올라 있는 아주 새것인 잠수함을 공격했으나 놓치고 말았다. 우리의 폭탄이 너무 멀리 가서 떨어졌던 것이다.

그날 이후부터 양심의 가책이라는 말의 의미를 알게 되었다고 나는 말할 수 있다.

많은 영화들, 아주 많고 많은 소설들이 이 주제, 즉 자기가 저지른 일에 대한 기억에서 헤어나지 못하는 전사(戰士)라는 주제에 바쳐졌다. 나도 예외는 아니다. 오늘날까지도 식은땀에 뒤덮인 채 헐떡이며 잠을 깨는 일이 있는 것이다. 나는 또다시 막 잠수함을 놓치는 꿈을 꾸는 것이다. 항상 똑같은 악몽이다. 나는 목표물을 놓치고 스무 명의 선원, 특히 이탈리아 승무원을 바다 밑바닥으로 처박질 못 한단 말이다. 하지만 난 이탈리아와 이탈리아 인들을 몹시 좋아한다. 단순하고도 야만적인 사실인즉, 밤에 겪는 내 후회와 고통은 내가 사람을 죽이지 못했다는 사실에서 기인한다는 것인데, 그것은 좋은 성정의 사람에겐 몹시도 불편한 일이고, 그러므로 내가 이런 고백을 함으로써 불쾌감을 느꼈을 모든 이들에게 겸손하게 용서를 구하는 바이다. 나는 내가 나쁜 놈이며, 다른 이들, 착하고 진실된 사람들은 그렇지 않다고 애써 생각함으로써 스스로를 위로한다. 그러면 나의 사기가 약간 높아진다. 왜냐하면 나는 어쨌든 인간성을 신뢰해야만 할 필요를 갖고 있기 때문이다.

『유럽식 교육』의 절반은 이미 끝났고, 나는 내 자유 시간을 몽땅 글 쓰는 데 바쳤다. 우리 비행 중대가 영국으로 전속된 1943년 8월부터 나는 박차를 가했다. 그때의 분위기는 상륙 작전을 예감케 하였으니 빈손으로 집에 돌아갈 수는 없었던 것이다. 벌써부터 책의 표지에 당신의 이름이 인쇄된 것을 보았을 때의 어머니의 기쁨과 자랑이 눈에 선하였다. 긴메르의 영광은 틀렸으니, 어머니는 문학적 영광만으로 만족할 수밖에 없을 것이었다. 그래도 최소한 어머니의 예술적 야망은 마침내 실현되기에 이르른 것이다.

하트포드 브리지 비행 기지의 문학적 작업 조건은 좋지 않았다. 너무 추웠다. 나는 세 명의 동료와 함께 사용하는 함석으로 만든 오

두막에서 밤에 글을 썼다. 나는 비행 점퍼와 털 장화를 신고 침대 위에 앉아 새벽이 될 때까지 썼다. 손가락들이 곱았다. 입김은 얼어붙은 대기 중에 수증기 자국을 남겼다. 내 소설의 배경인 폴란드의 눈에 덮인 평원의 분위기를 재구성하는 데 전혀 어려움이 없었다는 이야기다. 새벽 서너 시경에 나는 만년필을 내려놓고, 자전거에 걸터앉아 하사관 식당으로 가서 차 한잔을 마셨다. 그런 다음 내 비행기에 올라 잿빛 여명 속에 굳세게 방어되고 있는 목표물들과 싸우러 떠나는 것이었다. 거의 매일, 돌아올 땐 동료 하나가 빠지고 없었다. 한번은 샤를르루아를 향해 가던 중 연안을 넘다 한꺼번에 비행기 일곱 대를 잃고 말았다. 이런 상황 속에서 문학을 한다는 것은 어려운 일이었다. 사실 난 그것을 불평하지 않았다. 나에겐 그 모든 것이 같은 투쟁의, 같은 작품의 일부분이었으므로. 동료들이 잠들어 있는 밤이면 나는 또다시 글쓰기에 몰두하였다. 프티 비행사가 격추되었을 때 딱 한 번을 빼고는 한 번도 막사 안에 혼자 있어본 적이 없었다.

내 주위의 하늘은 점점 비어갔다.

슐뢰징, 베갱, 무쇼트, 마리도르, 구비 그리고 최고의 전설적 영웅인 막스 구에지 들이 차례차례 사라져갔고, 신참들 역시 떠나갔다. 튀지, 마르텔, 꼴까나, 드 메스몽, 마테. 그리하여 마침내 내가 영국에 와 알게 된 사람들 중 바르브롱, 랑제 형제, 스톤과 페리에밖에 남지 않게 되는 날이 오고야 말았다. 우리는 자주 말없이 서로를 바라보았다.

나는 『유럽식 교육』을 끝내, 그 원고를 무라 부드베르그에 보냈는데, 고르키와 H.G. 웰스의 친구인 그녀는 더 이상 그에 대해 언급치 않았다. 어느 날 아침 — 우리는 그때 땅에서 지상 이 미터 상공을 저공 비행으로 출격하곤 하였는데 그날은 세 명의 동료가 격추되었다—내 소설을 번역해서 가능한 한 빨리 출판하고 싶다는 생각을 알려온 한 편집자의 전보를 발견하였다. 나는 모자와 장갑을 벗고 비행복을 입은 채 전보를 바라보며 한참을 그냥 서 있었다. 내가 태어난 것은 헛되지 않았던 것이다.

나는 서둘러 스위스를 통해 어머니에게 그 소식을 알리는 전보를 쳤다. 나는 초조하게 어머니의 반응을 기다렸다. 마침내 어머니를 위해 무엇인가를 한 기분이었고, 당신이 쓴 그 책의 페이지들을 어머니가 얼마나 기쁜 마음으로 넘길 것인지 잘 알고 있었다. 어머니의 오랜 예술적 갈망이 마침내 실현되기 시작한 것이었다. 그리고 조금만 운이 좋다면, 누가 알랴, 어머니는 유명해질지도 모르는 것이다. 어머니는 늦게 데뷔한 셈이었다. 이제 예순한 살이니까. 나는 영웅도, 프랑스 대사도, 하다못해 대사관 서기도 되지 못하였으나, 그래도 이제 내 약속을 실행하여 어머니의 투쟁과 희생에 의미를 부여하기 시작한 것이었고, 아무리 가볍고 보잘것없는 것일지라도 천칭의 쟁반 위에 놓인 내 시시한 책이 내겐 제법 무게가 나가는 것처럼 보였다. 그러고서 나는 기다렸다. 나는 내 첫 승리에 대한 암시를 찾으며 어머니의 편지들을 읽고 또 읽었다. 그러나 어머니는 그것을 모르고 있는 것 같았다. 마침내 나는 내 책에 대해 언급하지 않겠다는 그 분명한 거부가 의미하고 있는 무언의 나무람이 지닌 의미를 알 것같이 생각되었다. 프랑스가 적에게 점령되어 있는 한, 어머니가 기다리는 것은 전쟁의 승리이지 문학이 아닐 것이라고 말이다.

그렇지만 나의 전쟁이 찬란하지 않은 것은 내 탓이 아니었다. 나는 최선을 다하였던 것이다. 매일 나는 하늘에서 적기를 만났고, 내 비행기는 파편으로 곰보가 되어 올라오기 일쑤였다. 나는 추격대가 아닌 공중 폭격대에 있었고, 우리의 일은 그다지 대단한 것은 아니었다. 목표물에 폭탄을 떨어뜨리고 돌아오거나, 아니면 돌아오지 못하거나였다. 나는 어머니가 혹시 팔레스타인 해에서 놓친 잠수함 이야기를 알고, 아직도 그것에 대해 약간 화를 내고 있지나 않나 하는 생각까지 하였다.

『유럽식 교육』의 영어판 출간은 나를 거의 유명해지게까지 하였다. 작전을 끝내고 돌아올 때마다 나는 새로운 신문 기사를 보게 되었고, 신문사들은 비행기에서 내리는 내 사진을 찍기 위해 기자들을 보내곤 하였다. 나는 건방진 포즈를 취하고서 모자를 겨드랑이에 끼고 비행복을 입고서 하늘을 향해 눈을 치켜뜨는 데 주의를 기울였다. 나에게 그토록 잘 어울리던 그 옛날 체르케스의 군복이 없는 것이 약간 아쉬웠다. 사진들은 모두 다 흡사했지만 어머니가 좋아할 것이라고 확신하고 어머니를 위해 정성스레 그것들을 수집해두었다. 나는 영국 장관의 부인인 에덴 부인에게 차 대접까지 받았는데, 잔을 들면서 새끼손가락을 쳐들지 않도록 아주 조심했다.

나는 또 내 낙하산에 머리를 파묻고 오랫동안 비행장에 엎드려 있기도 하였다. 나의 그 끊임없는 우울과, 내 피의 분노한 소란과, 소생하고 이기고 극복하고 그것으로부터 벗어나고 싶은 욕망과 싸우면서. 지금도 나는 '그것'이 분명히 무엇인지 모른다. 아마도 인간적 상황이리라. 어쨌든 나는 더 이상 버림받은 자들이 생기는 것을 원치 않는다.

때때로, 나는 머리를 들어 내 형제인 대양을 다정하게 바라본다. 그것은 무한을 가장하고 있지만 그것 역시 도처에서 자기의 한계에 부딪히고 있음을 나는 안다. 저 모든 소란, 저 모든 동요는 아마도 그 때문이리라.

나는 그 후에도 열다섯 번 정도의 작전을 수행했으나 아무 일도 일어나지 않았다.

그런데 어느 날, 우리는 보통 때보다 좀 격렬한 출격을 하게 되었다. 목표물에 도달하기 몇 분 전 지점에서, 유산탄의 구름 속에서 춤추고 있을 때 나는 내 리시버에서 나의 조종사인 아르노 랑제의 비명을 들었다. 이어 잠시 침묵이 있더니, 그의 목소리가 차갑게 알려왔다.

"눈에 맞았다. 앞이 안 보인다."

보스톤 기에서는, 조종사는 항공사나 포탄수로부터 차단판으로 격리되어 있었으므로, 공중에서는 서로를 위해 아무것도 해줄 수가 없었다. 게다가 아르노가 눈의 부상을 내게 알려온 바로 그 순간에, 나는 배에 세찬 타격을 입었다. 순식간에 피가 바지에 배어 손에 흥건히 고여들었다. 아주 다행스럽게도 우리는 바로 전에 가장 중요한 곳을 보호하라고 철모를 배급 받았었다. 영국인이나 미국인들은 당연스럽다는 듯 그것을 머리에 썼다. 그러나 프랑스 인들은 모두, 그들이 훨씬 소중하게 생각하는 부분을 덮는 데 사용하고 있었다. 나는 얼른 그 철모를 들추고서, 제일 중요한 곳은 무사히 건져냈음을 확인하였다. 어찌나 안심이 되었던지 우리가 처한 상황의 심각함조차 특별히 대단하게 생각되지 않을 지경이었다. 난 살아오는 동안 항상 중요한 것과 중요하지 않은 것에 대한 어떤 감각을 가지고 있었으므로, 안도의 한숨을 몰아쉰 후 다시 엄밀하게 정세를 판단해 보았다. 폭격수 보당은 다치지 않았으나 조종사는 앞을 보지 못했다. 우리는 아직 편대를 유지하고 있었으며, 나는 선두 항공사였고, 다시 말해 집단적인 폭격의 책임은 내게 있었다. 우리는 목표물에서 수분 거리에 있었으므로 가장 간단한 일은 곧장 비행을 계속하여 목표물에 폭탄을 투하한 뒤 그때 가서 상황을 검토하는 것일 듯했다. 그때 '상황'이라는 것이 남아 있다면 말이다. 우리는 그렇게 했다. 그러나 두 번 더 부상을 입으면서 이번에 방문을 받은 것은 내 등이었는데, 그래서 나는 등에 대해 말할 땐 공손하게 한다. 그래도 나는 좋은 행동을 한 사람의 만족감을 느끼며 목표물 위에 폭탄을 던질 수가 있었다.

우리는 곧장 앞으로 좀더 비행을 계속하다가 알레그레 승무원들에게 편대 명령을 넘긴 뒤, 편대에서 떨어져 나와 아르노에게 말로 지시를 하기 시작하였다. 나는 적지않은 피를 흘렸고, 끈끈하게 붙은 바지를 보는 것은 가슴이 아팠다. 두 개의 모터 중 하나는 더 이상 돌지 않았다. 조종사는 자기 눈에서 파편들을 하나하나 뜯어내려 애를 썼다. 그렇게 손가락으로 눈꺼풀 위에서 파편들을 떼어내자, 그는 마침내 자기 손의 윤곽을 볼 수 있게 되었다. 그것은 시신경은 다치지 않았음을 증명하는 듯했다. 우리는 비행기가 영국 연안을 넘자마자 낙하산으로 뛰어내리기로 결정했다. 그런데 아르노가 조종간 미닫이문이 유산탄에 망가져서 열리지 않는다고 했다. 눈이 안 보이는 조종사를 기내에 혼자 남겨둔다는 것은 말도 안 되는 소리였다. 결국 우리는 그와 함께 기내에 남아 목소리로 그에게 지시하며 착륙을 시도하지 않을 수 없었다. 세번째 시도 때, 땅이 우리 주위에서 춤추고, 나는 비행기 코 부분에 있는 내 자리인 유리 새장 안에서 달걀에서 빠져나오려는 오믈렛이 된 듯한 느낌으로 앉아 있는데, 갑자기 어린애의 목소리처럼 된 아르노의 목소리가 내 리시버 속에서 외치는 것이 들려오던 것이 기억난다. "예수 마리아, 날 살려주!" 나는 그가 그렇게 오로지 자기 자신을 위해서만 빌고, 친구들을 잊어버린 것에 슬프고도 몹시 화가 났다. 또 비행기가 땅에 처박힐 뻔한 순간 내가 미소 지었던 것도 기억난다— 그 미소는 아마도 내가 가장 오랫동안 미리 숙고한 문학적 창조들 중의 하나였을 것이다. 나는 그것이 나의 완성된 작품들 속에 실리기를 희망하는 마음에서 여기에 언급하는 것이다.

아마도 사분의 삼쯤 실명한 조종사가 비행기를 비행장까지 이끌어 온 것은 R.A.F. 사상 그때가 처음이었을 것이다. R.A.F.의 보고서는 다만 '눈꺼풀에 온통 파편 조각이 박혀 있었음에도 불구하고 조종사는 착륙하는 동안 한 손으로 그 눈꺼풀들을 가볍게 하는 데 성공했다'고만 지적하였다. 그 공적은 즉각적이고 당연하게 아르노 랑제에게 영국 공군 최고 훈장을 안겨주었다. 나중에 그는 완전히 시력을 회복하게 되었다. 그의 눈꺼풀들은 유리 같은 합성 수지로 된 파편으로 안구에 못 박히듯 붙어버렸던 것이었으나, 시신경은 온전하였던 것이다. 그는 전후에 에르-트랑스포르의 조종사가 되었다. 1955년 포르라미의 비행장에서 적도 지방의 회오리바람이 그 도시로 몰아닥치기 몇 초 전 그가 착륙 준비를 하고 있을 때, 목격자들은 마치 주먹처럼 구름들 속에서 번개가 뻗어나와 비행기의 조종간 부분을 후려치는 것을 보았다. 아르노 랑제는 즉사했다. 그로 하여금 조종간을 놓게 하기 위하여 운명은 그렇게 야비한 일격을 가할 수밖에 없었던 것이다.

나는 병원으로 실려갔고, 보고서는 내 상처를 '배에 구멍이 난 상처'라고 규정했다. 그러나 중요한 것은 아무것도 다치지 않았고, 상처는 빨리 아물었다. 반면 그보다 더 성가셨던 일은 여러 가지 검사를 받는 중에 내 기관들이 그다지 좋지 못한 상태라는 게 드러났고, 수석 의사는 나를 공군으로부터 제외시킬 것을 요청하는 보고서를 올렸다는 것이다. 그사이 나는 병원을 떠났고, 모든 이들의 우정에 힘입어 신속하게 몇몇 작전을 더 수행할 수 있었다.

그리고 그때 내 생애 가장 기적 같은 일이 일어났던 것이다. 오늘까지도 아직 난 그 일을 완전히 믿을 수가 없다.

그 며칠 전, 나는 아르노 랑제와 함께 B.B.C.에 불려가서 우리 임무에 대해 긴 인터뷰를 했다. 나는 선전의 필요성, 자기 나라 공군의 소식에 굶주린 프랑스 국민들의 갈망을 알고 있었고, 그래서 별로 경계하지를 않았다. 그렇지만 『이브닝 스탠더드』지가 다음날 우리의 '무훈'에 대해 쓴 기사를 보고는 깜짝 놀라고 말았다.

이어 나는 하트포드 브리지 기지로 돌아갔다. 전령이 전보를 갖고 왔을 때 나는 식당에 있었다. 나는 서명을 힐끗 바라보았다. 샤를 드골.

영토 해방 훈장을 받은 것이다.

그 초록과 검정의 리본이 그때 우리에게 어떤 의미가 있었는지를 알 사람이 아직도 남아 있는지 모르겠다. 전투 중에 죽은, 우리 중 가장 훌륭한 동료들만이 그것을 받을 수 있었다. 지금 그 훈장을 가진 살았거나 죽은 사람의 숫자가 육백 이상이 될는지 모르겠다. 사람들이 내게 던지는 질문들을 통해, 나는 자주, 별로 놀라지도 않고, 영토 해방 훈장이 무엇이며 그 리본이 무엇을 의미하는지 알고 있는 사람들이 얼마나 드문가 하는 것을 느낀다. 그것은 그런대로 매우 좋은 일이다. 거의 모든 것이 잊혀지고 또는 더럽혀지는 마당에, 무지가 추억과 충성과 우정을 지켜주고 범접할 수 없는 곳에 보호해주는 것은 좋은 일이다.

일종의 멍한 상태가 나를 사로잡았다. 나는 내 쪽으로 끌어당긴 두 손을 움켜쥐고 왔다 갔다 하였다. 거의 나의 무죄를 증명하고, 나 자신을 변호하려 애쓰면서. 왜냐하면 동료들은 내가 그런 행운을 얻을 만한 일을 한 바 없음을 잘 알고 있었기 때문이다.

그러나 내가 마주친 것은 오로지 우정 어린 손들과 기쁜 얼굴들뿐이었다.

나는 그것에 대해 지금도 꼭 변명을 하고 싶다. 진심으로 생각하건대, 내 초라한 노력 속에서 나는 그 같은 영광을 정당화할 수 있을 만한 어떤 것도 찾을 수 없다. 내가 할 수 있었던 것, 하려 했던 것, 겨우 시도했던 것은 어머니가 내게 기대했던 것, 어머니가 내게 내 나라에 대해 가르쳐주고 말해주었던 그 모든 것에 비하면 우스꽝스럽고 보잘것없고, 아무것도 아닌 것이다.

영토 해방 훈장은 몇 달 후 개선문 아래서 바로 드골 장군의 손이 내 가슴에 달아주게 된다.

짐작하는 대로, 나는 어머니가 조심스런 암시를 통해서나마 그 소식을 알 수 있게끔 서둘러 스위스로 전보를 쳤다. 보다 확실히 하느라고 나는 포르투갈에 있는 영국 대사관 직원에게 편지를 써서 기회가 닿는대로 조심스런 편지 한 통이 니스에 배달될 수 있도록 선처를 부탁했다. 마침내 나는 고개를 높이 들고 집으로 돌아갈 수 있게 된 것이었다. 내 책이 어머니가 꿈꾸던 그 예술적 영광을 얼마간 바쳤고, 이제 어머니가 당연히 받아 마땅한 프랑스 최고의 군사적 영예를 전달할 수 있게 되었으니 말이다.

이제 막 상륙 작전이 수행되어 전쟁은 곧 끝이 날 것이었고, 니스에서 오는 편지에서는 일종의 기쁨과 평정이 느껴졌다. 마치 당신이 마침내 목표에 도달했음을 어머니가 알고 있기라도 한 듯이. 거기에는 내가 잘 이해할 수 없는 다정한 유머 같은 것조차 있었다.

'사랑하는 내 아들아, 우리가 헤어진 지 어언 여러 해가 지났구나. 난 이제 네가 날 보지 않는 데 길이 들었기를 바란다. 왜냐하면 결국 난 영원히 있을 수는 없으니 말이다. 내가 너를 한 번도 의심해 본 일이 없음을 명심해라. 네가 집으로 돌아와 모든 것을 알았을 때 나를 용서해주기 바란다. 나는 달리 할 수가 없었단다.'

도대체 어머니가 무엇을 했단 말인가? 내가 무엇을 용서해야 한단 말인가? 어머니가 재혼을 하지 않았나 하는 바보 같은 생각이 얼핏 들었다. 그러나 예순한 살의 나이에 그것은 별로 있음직한 일이 아니었다. 나는 그 모든 것 뒤에서 다정한 짓궂음 같은 것을 느꼈고, 어머니가 괴상한 짓을 할 때 매번 그렇듯 약간 죄스러운 듯한 어머니의 표정을 거의 눈앞에 그려볼 수가 있었다. 그렇지 않아도 벌써 수많은 근심거리를 안겨주어놓으시고는! 이제 거의 모든 편지들 속에 그런 야릇한 구절들이 들어 있었다. 어머니가 다시 한 번 기상 천외한 일을 꾸며놓았으리란 것이 분명히 느껴졌다. 그렇지만 무엇일까?

'내가 한 모든 것, 그것은 네가 나를 필요로 하고 있기 때문에 한 일이란다. 나한테 화내면 안 돼. 난 잘 지낸다. 널 기다린다.'

나는 머리를 싸매고 궁리하였으나 헛일이었다.

42

이제 끝이라는 단어에 매우 가깝게 왔으며, 종결에 가까워질수록 내 수첩을 던져버리고 모래 속에 내 머리를 파묻고 싶은 마음이 점점 더 커지기만 한다. 끝을 말하는 단어들은 항상 똑같고, 사람이란 누구나 패배자들의 합창에서 적어도 자기 목소리만은 빼낼 권리를 갖고 싶어 하는 모양이다. 하지만 이제 더 해야 할 말은 얼마 되지 않고, 자기 일은 마지막까지 잘 해야 한다.

파리는 곧 해방될 것이었고, 나는 레지스탕스와 접촉하는 임무를 맡아 해안 지역 알프스에 낙하산으로 내릴 수 있도록 B.C.R.A.와 협의를 하였다.

제시간에 도착하지 못할까 봐 나는 끔찍이도 두려워했다.

그때 막 내 인생에 생각지도 않았던 사건이 생겨, 집을 떠난 뒤 내가 걸어온 이상스런 노정을 그야말로 예기치 못한 방식으로 완결하였기 때문에 더욱 그랬다. 나에게 대사관 서기직에 대한 자격을 주겠다고 암시한 편지를 외무성으로부터 받았던 것이다. 그런데 나는 외무성에건, 다른 어떤 민간 관청에건 아는 사람이라고는 없었다. 글자 그대로 단 한 명의 민간인도 알지 못했다. 어머니가 옛날에 나를 위해 품었던 야망들을 나는 누구에게도 결코 털어놓은 적이 없었다. 내 『유럽식 교육』은 영국과 자유 프랑스 지역에서 약간 바람을 일으켰지만, 그것만으로 외교관 생활로 들어오라는 갑작스런 제안에 대한 설명으로 충분치 않았다. 시험도 없이. '영토 해방에 기여한 특별한 공적에 따라.' 나는 믿기지 않는 심정으로 오랫동안 그것을 바라보고, 사방으로 뒤집었다 돌렸다 해보았다. 그 편지는 행정적인 편지에 고유한 그 비인간적인 톤으로 씌어져 있지 않았다. 그와는 반대로 그것은 나를 깊이 혼란시키기조차 하는 동정과 우정을 드러내고 있었다. 누군가 나를 알고 있다는, 아니 보다 정확하게 말하여 누군가에 의해 내가 상상되고 있다는 것은 내게는 전혀 새로운 느낌이었다. 나는 그때 이성과 명증을 배려하는 어떤 천상적 의지가 나를 스쳐갔다고 느끼지 않기 힘든 그런 순간들 중의 하나를 체험하였다. 마치 어떤 청명한 지중해가 우리의 해묵은 인간적 해안에서 천칭의 접시들을, 빛과 어두움, 희생과 기쁨의 정확한 분할을 감시하고 있기라도 하듯이. 어머니의 운명은 윤곽이 잡혀갔다. 그러나 나의 가장 푸르른 천상의 기쁨은 결국에 가서는 항상 지상의 소금알갱이와 섞여버리곤 한다. 나로 하여금 기적들을 의심스런 눈으로 보게 만드는 경험과 신중의 약간 쓰디쓴 맛을 풍기는 소금알갱이 말이다. 그러므로 그 천상의 가면 뒤에서 내가 그토록 잘 아는 조금 죄스러운 듯한 웃음을 간파해내는 것은 전혀 어렵지 않았다. 어머니는 여전히 자기 일을 하고 있었다. 어머니는 버릇대로 막후에서 움직이고 문들을 두드리고 뒤에서 조종하며 필요한 곳에서 나에 대한 찬가를 불렀다. 간단히 말해, 어머니가 개입했던 것이다. 아마도 마지막 편지들 속에 끼어들어 내게 거의 용서를 비는 듯한 인상을 주는 그 약간 혼란되고 알쏭달쏭한 구절들 역시 그것 때문이었을 것이다. 어머니는 다시 한 번 앞으로 나를 민 것이었고, 그러면서도 그렇게 해서는 안 된다는 것, 아무것도 요구해서는 안 된다는 것은 잘 알고 있었던 것이다.

   남부 상륙 작전은 내 낙하산 계획을 곧 무산시켰다. 나는 코르니글리옹 몰리니에 장군으로부터 즉시 우레 같고도 전제적인 임무 명령을 받았으며—내 서류는 장군 자신이 솜씨 있게 찾아낸 문구에 따라 이렇게 기재되어 있었다: '긴급 복귀 임무'—미국인들의 도움으로 지프를 바꿔 타가면서 툴롱까지 갔다. 거기서부터는 약간 더 복잡하였다. 그렇지만 내가 지닌 단호한 작전 명령서는 어떤 길이든 내게 활짝 열어주었다. 코르니글리옹 몰리니에가 항상 그랬듯 조금 냉소적인 친절을 보이며 그 서류에 서명할 때 하던 말, 그리고 내가 그에게 감사했던 것이 기억난다.

"하지만 이것은 우리에게도 대단히 중요한 일이네. 자네 임무 말이야. 굉장히 중요해, 승리는……"

그러자 나를 감싸고 있는 공기조차 승리감에 취해 있는 듯하였다. 하늘은 보다 가깝고 우호적이었으며, 올리브나무 하나 하나가 우정의 증표였다. 지중해는 마치 다시 찾은 젖어미처럼 삼나무와 소나무들 너머 가시 철조망과 쓰러져 있는 연포대 전차들 너머 나를 향해 왔다. 나는 연합군 군대가 니스에 들어온 후 몇 시간 후면 사방에서 어머니에게 모여들도록 각각 다른 열 가지의 전언을 통해 어머니에게 나의 귀가 소식이 전달되게끔 해놓았다. B.C.R.A.조차 일주일 전에 항독 단체를 위한 전신 약호로 통신을 보냈다. 상륙 작전 이 주일 전에 낙하산으로 니스 지역에 들어간 바뉘리엥 대위도 즉시 어머니와 접촉하여 내가 도착한다는 것을 말해주게 되어 있었다. 부크마스터 조직의 영국 친구들도 내게 전투 중에 어머니를 보살피겠다고 약속을 하였었다. 내겐 친구가 많았고, 그들은 이해했다. 그들은 그것이 내 문제도, 어머니 문제도 아니고, 우리의 해묵은 인간적 유대의 문제, 정의와 이성이라는 공동의 작품을 추구하는 우리의 우정 어린 연대성의 문제임을 잘 알고 있었다. 내 가슴속에는 젊음과 신뢰와 감사가 넘쳤고, 우리의 가장 성실한 증인인 저 고대의 바다는 승리한 자기 아들 중 하나가 처음 집으로 돌아오는 순간 그 증표를 너무도 분명히 알아보리라.

영토 해방 훈장의 초록과 검정 리본을 레지옹 도뇌르와 무공 훈장과 더불어 하나도 잃어버리지 않은 대여섯 개의 다른 메달들을 눈에 잘 띄도록 가슴에 달고, 검은 전투복 위 어깨에는 대위 장식줄을 늘어뜨리고, 모자는 눈까지 눌러 쓰고, 안면 마비 덕분에 그 어느 때보다도 굳은 표정을 띠고, 신문 기사를 오려 꼭꼭 채운 잡낭 속에는 내 소설의 영어판과 프랑스어판을 담고, 호주머니에 외교관 생애의 문을 열어준 편지를 찔러 넣고, 몸에는 무게를 잡는 데 꼭 필요한 만큼의 납덩이를 넣고, 희망과 젊음과 확신과 지중해에 취하여 선 나, 마침내 밝음 속에서 어떤 고통도, 어떤 희생도, 어떤 사랑도 바람에 날려버리지 않는 곳, 모든 것이 복된 예술에 따라 대가를 얻고 지속하며, 의미를 지니고, 구상되고 완수되는 축복받은 해안에 선 나는, 세상이 믿을 만함을 증명하고, 사랑하는 사람의 운명에 형태와 의미를 부여한 뒤 집으로 돌아가고 있는 것이었다.

흑인 G.I.들은 바위 위에 걸터앉아, 마치 빛이 그들의 심장으로부터 나와서 안으로부터 그들을 빛나게 하는 것처럼 보이게 눈부신 함박 웃음을 지으며 경기관총을 쳐들어 우리를 통과시켜주었는데, 그들의 다정한 웃음 속에는 성취된 약속이 지닌 모든 기쁨과 행복이 깃들어 있었다.

"Victory, man, Victory!"

승리다, 인간이여, 승리다! 우리는 마침내 세계를 다시 쟁취하였고, 넘어져 있는 탱크들은 모두 쓰러진 신의 송장 같아 보였다. 긴 헝겊띠로 된 터번을 쓰고 뾰족하고도 노란 얼굴을 한 토착민 부대 기병들은 쭈그리고 앉아 장작불로 소 한 마리를 통째로 굽고 있었다. 쑥대밭이 된 포도원 속엔 비행기의 꼬리가 부러진 검처럼 꽂혀 있었고, 올리브나무들 사이 삼나무들 밑 찌그러진 시멘트 참호에는 멍청하고 둥근 패배자의 눈을 단 채 죽은 대포가 매달려 있기도 하였다.

올리브나무와 포도나무와 오렌지나무들이 사방에서 나를 환영하러 달려오는 듯한 풍경, 넘어진 기차들과 내려앉은 다리들과 마치 죽어 넘어진 증오인 양 꼬이고 엉킨 철조망들이 커브를 돌 때마다 빛 속에 쓸려가버리는 풍경을 가로지르며 지프 속에 서 있던 나는, 바르의 부교에 이르러서야 겨우 손들과 얼굴들을 보기를 멈추고, 수천의 낯익은 구석들을 확인하려 애쓰길 멈추고, 여자들과 아이들의 명랑한 손짓에 답하기를 멈추고, 다가오고 있는 그 도시 쪽으로, 그 구역, 그 집, 그리고 아마도 벌써 승리의 깃발 아래서 팔을 벌리고 나를 기다리고 있을 그 사람 쪽으로 온통 몸을 내밀고 그냥 그렇게 앞창에 매달려 있었던 것이다.

여기서 이 이야기를 중단하는 것이 옳을지도 모른다. 나는 지상에 더 큰 그림자를 던지기 위해 쓰고 있는 것이 아니다. 계속 쓰는 것은 내게 고통스러운 일이고, 그러므로 몇 마디를 덧붙임으로써 가능한 한 최대한으로 빨리 그 일을 해치우려 한다. 모든 것이 끝나도록. 이 이야기를 끝내겠다는 내 약속에서 헛되이 달아나려 애써온 이 빅서의 정적 속에, 태양의 곁에, 모래 속에 내 머리를 다시 파묻을 수 있도록.

내가 지프를 세운 메르몽 호텔에는 나를 반겨줄 이가 아무도 없었다. 거기 있는 사람들은 내 어머니 이야기를 어렴풋이 들은 적은 있었으나 어머니를 알지는 못하였다. 내 친구들은 뿔뿔이 흩어지고 없었다. 진실을 알기 위해서는 여러 시간이 필요하였다. 어머니는 삼 년 반 전 내가 영국으로 떠난 몇 달 후에 죽었던 것이다.

그러나 어머니는 자신이 나를 받쳐주고 있다고 느끼지 못하면 내가 서 있을 수 없음을 잘 알고 있었고, 그래서 준비를 했던 것이었다.

죽기 앞선 몇 달 동안 어머니는 거의 이백오십 통의 편지를 썼고, 그것을 스위스에 있는 한 친구에게 보냈던 것이다. 내 아들은 알지 못할 것이다, 편지들은 규칙적으로 발송될 테니까. 바로 그거였다. 마지막으로 어머니를 만나러 성 앙트완 병원에 갔던 날, 어머니의 시선 속에서 어떤 계략의 표정을 잡아내었을 때, 어머니가 마음속으로 궁리해내었던 것은.

그리하여 어머니가 죽은 지 삼 년이 넘도록 나는 계속 내가 지탱하기 위해 필요한 힘과 용기를 어머니로부터 받았던 것이다.

탯줄은 계속 기능을 발휘하고 있었던 것이다.

끝났다. 빅서 해안은 텅 빈 채 백 킬로미터까지나 뻗어 있다. 그렇지만 가끔씩 고개를 들어보면 내 앞에 있는 두 바위 중 하나에 앉아 있는 물개들과 다른 하나에 앉은 수천 마리의 가마우지, 갈매기, 펠리컨들이 보이며, 또 때로 바다 가운데를 지나가는 고래들의 물뿜기도 보인다. 그리고 이렇게 모래 위에 한두 시간을 꼼짝 않고 있으면 독수리 한 마리가 내 위를 느리게 맴돌기 시작하는 것이다. 이제 나의 추락이 다 끝난 지도 여러 해가 되었다. 마치 내가 떨어졌던 곳이 이 빅서 해안의 바위 위 이곳인 것만 같고, 대양의 속삭임을 들으며 그 뜻을 헤아리려 애쓴 지가 영원인 것만 같다.

나는 깨끗하게 패배하지 못하였다.

이제 잿빛 머리를 하고 있지만, 그것은 날 잘 감춰주지 못하며, 이제 내 여덟 살 적에 가까워져야 하건만, 나는 진정으로 늙질 못한 것이다. 무엇보다도 사람들이 내가 그 모든 것에 지나친 중요성을 부여한다고 생각하지 말기 바란다. 그리고 횃불 때문에 내 손을 잃었을지언정, 그것을 잡을 준비가 되어 있는 모든 손들, 아직은 발휘되지 않은 숨겨진 우리의 힘, 잠재적이고 막 태어나고 있는 힘, 모든 미래의 힘들을 생각하며, 나는 희망과 기대에 미소를 짓는다. 나는 나의 끝에서 어떤 교훈도 어떤 체념도 이끌어내지 않았다. 나는 내 자신만을 포기할 뿐이며, 사실 그렇게 하여도 그다지 큰 지장은 없다.

아마도 내게 우정이 모자랐는지도 모른다. 아마도 단 한 존재만을 사랑해서는 안 되는 것이었는지도 모른다. 설령 그 존재가 자신의 어머니라 할지라도.

나의 착오는 개개인이 승리할 수 있다고 믿었던 것이다. '내'가 더 이상 존재하지 않는 지금 모든 것이 내게 되돌아왔다. 인간들, 민중들, 우리의 모든 무리들은 이제 나의 동맹군이며, 나는 그들의 상전(相戰)에 동조할 수 없어서, 하늘의 발치에 선 채 마치 잊혀진 보초처럼 밖만 향하고 있다. 나는 여전히 모든 살아 있는, 그리고 학대받는 피조물들 속에서 나 자신을 보며, 이젠 형제 살해의 싸움에는 완전한 부적격자가 되었다.

그렇지만 나머지 점에 대해서는 내가 죽은 뒤 하늘을 유심히 보아주길 바란다. 오리온 자리나 플레이야드, 혹은 큰곰자리 옆에 새로운 별자리가 보일 것이다. 어떤 신의 코를 이빨 전체로 악물고 있는 인간 개의 별자리를.

지금도 가끔 행복을 느낄 때가 있다. 회색빛 안개 어린 석양 속에서 빅서 해안에 엎드려 있는 오늘 밤 여기에서처럼, 바위에선 물개의 먼 울음 소리가 들려오고 고개만 들면 대양을 볼 수 있을 때 나는 바닷소리에 주의 깊게 귀를 기울인다. 그러면 항상 바다가 내게 말하려 애쓰는 것을 금방이라도 이해할 수 있을 것 같은, 마침내 내가 암호를 해독할 수 있을 것 같은 느낌이 들고, 파도의 고집스럽고도 그침 없는 속삭임은 거의 열광적으로 내게 무엇인가 말하려 하며 설명하려 하는 것만 같다.

때로는 또 듣기를 멈추고 그저 숨을 쉬기 위해 그냥 그렇게 누워 있기도 한다. 그것은 당연한 휴식이다. 나는 정말 내가 할 수 있는 것은 무엇이든 최선을 다하였던 것이다.

왼쪽 손에 나는 내가 1932년 니스에서 따낸 탁구 선수권대회의 은메달을 쥐고 있다.

사람들은 아직도 내가 웃저고리를 벗어젖히고 갑자기 양탄자에 뛰어들어 몸을 구부렸다 펴고, 다시 구부리고 꼬고 구부리고 하는 것을 자주 볼 수 있다. 그러나 내 몸은 아직도 건재하여 나는 내 몸의 사슬에서 놓여날 수가, 내 벽을 무너뜨릴 수가 없는 것이다. 사람들은 대개 그저 운동을 좀 하고 있겠거니, 하고 생각한다. 어떤 커다란 미국의 유명 주간지는 한 번 따라해볼 만한 예로서 한참 그 노릇을 하고 있는 내 사진을 두 페이지에 걸쳐 실었다.

나는 신용을 잃지 않았다. 나는 내 약속을 지켰고, 지금도 계속하고 있다. 나는 성심을 다하여 프랑스에 봉사하고 있다. 왜냐하면 작은 증명 사진을 빼면 그것이 내 어머니로부터 남은 전부이기 때문에. 또 나는 책들을 쓰고 있고, 외교관 생활을 했고, 약속대로 영국식으로 재단한 옷을 입는다. 영국식 재단법을 끔찍이 싫어하면서도. 나는 인류에게 크나큰 봉사를 하기조차 하였다. 예를 들어 로스앤젤레스에서 있었던 일이 있다. 나는 그때 프랑스 영사였는데, 당연히 그것은 막중한 임무를 부여하는 자리다. 하루는 아침에 거실로 들어가다가 그곳이 자기 집인 줄 알고 안심하고 들어왔다가 그만 바람이 문을 닫아버려 밤새도록 벽 사이에 갇혀 있었던 벌새 한 마리를 발견하였던 것이다. 그놈은 이해할 수 없는 사건에 놀라 아마도 절망하고 용기를 잃고서 동그마니 한 쿠션 위에 앉아 있었다. 그리고 그것은 내가 그때까지 들어본 가장 슬픈 목소리들 중의 하나로—왜냐하면 그것의 진짜 목소리는 결코 들을 수 없으니까—울고 있는 중이었다. 나는 창문을 열었고, 그것은 날아가버렸다. 그 순간보다 더 행복했던 적은 거의 없었으며, 나는 내가 헛되이 살지 않았다는 확신을 얻을 수가 있었던 것이다. 또 한 번은, 아프리카에서, 길 한가운데 꼼짝 않고 서 있는 영양을 겨누고 있는 사냥꾼을 제때에 발길로 찰 수가 있었다. 비슷한 다른 경우들도 있지만, 그러나 내가 지상에서 성취할 수 있었던 것을 너무 뽐내는 것 같아 보이기는 싫다. 나는 다만 내가 앞서 말하였듯이 정말 최선을 다했음을 증명하기 위해서 이 이야기들을 하는 것이다. 나는 결코 냉소적인 인간이 되지 않았고, 또는 비관적인 인간조차 되지 않았다. 오히려 나는 자주 희망과 기대에 벅찬 순간들을 누리곤 한다. 1951년에 뉴 멕시코의 사막에서 용암으로 된 바위에 앉아 있는데, 새하얀 도마뱀 두 마리가 내 위로 기어올라왔다. 그것들은 그야말로 완전히 마음을 놓고 털끝만큼의 두려움도 없이 나를 탐험하였다. 그중 한 놈은 내 얼굴에 다리들을 얹어놓고서 자기 콧마루를 내 귀에 가까이 대고는 그렇게 한참을 있는 것이었다. 그 순간을 내가 얼마나 미칠 듯한 희망과 열렬한 기대로 기다렸을지 상상할 수 있으리라. 그러나 그것은 아무것도 말하지 않았다. 아니면, 어쨌든 난 아무것도 듣지 못하였다. 그럼에도 불구하고, 인간은 자기 친구들이 자기를 훤히 보고, 꿰뚫어 알고 있다고 생각하니 이상한 일이다. 그렇다고 사람들이 내가 아직도 어떤 메시지 또는 설명을 기다리고 있다고 생각하는 것은 원치 않는다. 그런 문제가 아니다. 게다가 나는 환생이나 그런 비슷한 소박한 생각을 전혀 믿고 있지 않다. 그러나 고백하건대, 일순간, 어떤 격렬한 희망이 나를 사로잡는 것을 막을 수는 없다. 전쟁 후 나는 호되게 앓았다. 왜냐하면 개미를 밟으며 걷거나, 물에 뜬 풍뎅이를 차마 볼 수가 없었기 때문이다. 그래서 마침내 나는 인간이 자연보호에 나서야 한다고 주장하는 아주 두꺼운 책을 썼다. 나는 짐승들의 눈 속에서 내가 보는 것이 정확히 무엇인지 모른다. 그렇지만 그들의 시선 속에는 어떤 무언의 힐난과 어떤 이해력 상실의 표정과 어떤 질문이 깃들어 있어, 나에게 무엇인가를 생각나게 하고, 그래서 나를 완전히 뒤흔드는 것이다. 또한 나는 내 집에 짐승들을 두지 않고 있다. 왜냐하면 나는 금방 애착을 갖게 되기 때문이다. 잘 따져보면 대양을, 빨리 죽지 않는 대양을 사랑하는 편이 더 나을 것이다. 내 친구들은, 내가 가끔 길거리에서 멈춰 서서 마치 아직도 누군가를 즐겁게 하려는 양 자부심 강한 표정을 지으며 한참 동안 눈을 들어 빛을 바라보는 버릇이 있다고 주장한다.

이것이 전부다. 이제 곧 해안을 떠나야만 한다. 너무 오랫동안 바닷소리를 들으며 그곳에 누워 있었던 것이다. 오늘 밤엔 빅서에 약간 안개가 낄 것이고 쌀쌀해질 것이다. 그런데 나는 불을 지피고, 내 손으로 내 몸을 따뜻하게 하는 법을 배운 일이 없는 것이다. 나는 조금만 더 귀를 기울이며 그대로 있어보려 한다. 항상 금방이라도 대양이 내게 하는 말을 알아들을 것만 같기 때문이다. 나는 눈을 감고 미소 지으며 듣는다…… 아직도 내겐 그런 호기심이 남아 있다. 해안이 빌수록 내겐 항상 더욱 가득한 것 같다. 물개들은 바위 위에서 입을 다물고 있고, 나는 미소 지으며 눈을 감고 가만히 있는다. 그러고는 그들 중에 한 마리가 가만가만 내게 다가오는 것을, 갑자기 내 뺨 혹은 어깨 사이에 그 다정한 콧마루가 느껴지는 것을 상상해본다…… 나는 살아냈다.

■ 옮긴이의 말

희망을 위하여

"끝났다." 이 소설은 이렇게 시작한다. 그러나 18년 전에 타계한 어머니에 대한 추억으로 이 얇지 않은 책을 채우고 탈진한 듯 빅서 해변에 길게 누운 마흔네 살짜리 화자의 마음은 곧 다시 본질적 애정을 구하는 어린 아이의 그것으로 열린다. 그 마음의 스크린에 마지막 상봉 때의 어머니 모습이 떠오르고, 그것은 그 어머니가 허공에서 하나하나 손가락으로 가리키며 일러준 악한 신들의 영상으로 이어진다. 어리석음의 신 토토슈, 절대 진리의 신 메르자브카, 편견과 경멸과 증오의 신 필로슈…… 인생의 새벽에, 그를 무릎 위에 앉힌 어머니가 귀가 닳도록 들려준 근원 설화의 악역들, 어머니를 '가장 애호하는 장난감으로 삼아' 박해하는 거대한 힘들의 상징이요, 비정과 불합리가 세상을 지배하게 한 원흉들로 그의 영혼에 각인된, 그렇기 때문에 역설적으로 삶의 모든 투쟁에 의미를 부여하고 방향을 지적해주기도 한 신들이다.

1차 대전이 발발한 1914년에 타타르의 피가 섞인 유대계 러시아인으로 태어나 폴란드를 거쳐 니스에 정착하여 난민의 신분으로 성장하면서 미혼모인 어머니의 유일한 꿈이 된 화자는, 어머니의 부서진, 미완의 꿈들을 성취시켜주는 중개자가 되기로 결심한다. 저들과 투쟁하여 이기고 승리의 전리품을 어머니의 발아래 가져다 놓겠다는 아들의 열망은 우선 구체적이고 세속적이고 부르주아적인 목표를 향한다. 가난과 모멸을 홀로 감수하며 단 한번도 따스함을 잃은 적 없는 날개 밑에 자신을 품어 지켜준 어머니의 고통과 노동에 대한 보상이어야 하고, 그를 두고 품은 어머니의 현세적인 소원(모든 어머니가 자식에 대해 품는 소망은 그가 살아서 누리는 행복이다)의 실현이어야 하기에. 그러나 그것은 궁극적으로 보편적 가치의 수호를 지향한다. 어머니를 위한 그의 투쟁은 버림받고 가난하고 박해받는 모든 이에게 존엄성과 행복의 권리를 돌려주고 정의를 세우려는 투쟁의 국지전이기에.

그러므로 이 소설은 한편의 긴 사모곡이면서 또한 돈키호테적 투쟁의 기록이기도 하다. 돈키호테가 『골의 아마디스』를 읽고 기사의 이상을 실천하려하듯, 어린 로맹은 어머니의 소박하고 동화적인 소망—사필귀정, 기승전결, 해피엔딩의 세계요, 상투적으로 낭만적이기까지 한—을 이루려 투쟁한다. 기사도 소설에 파묻혀 있다가 쉰 살이 되어서야 데뷔한 돈키호테는 자기 꿈으로 착색한 현실과 드잡이를 한 반면, 로맹은 유랑자의 고단한 삶을 통해 어머니의 동화와 현실 사이의 간극을 일찍부터 깨달은, 각성한, '미망에서 깨어난' 전사라는 점이 다를 뿐.

저들 악당 신과 공모하여 비웃고 차별하고 멸시하는 인간 동료들의 모진 얼굴이 때로 죽고 싶은 충동으로 몰아가도 그는, 돈키호테가 그랬듯, 어머니가 지고한 예언처럼 그의 소명에 새겨 넣은 새벽의 약속을 이루기 위해 다시 일어선다. 주기적으로 등장해서 이 소설에 리듬을 주는 바다, 발레리 식으로 말하여 '바다, 항상 다시 시작하는 바다'처럼, 그는 도처에서 한계에 부딪히고, 매일 다시 시작한다. 이때 그의 무기는 '현실이 우리를 찍어 넘어뜨리는 바로 그 순간에도 현실에서 뇌관을 제거해버릴 수 있는 완전히 만족스럽고 능란한 방법인' 유머와, 자기의 연약함을 마초적 딱딱함으로 보완해주는 변장이다. 과장되게 찌푸린 얼굴에 가죽점퍼를 걸치고(튀는 의상과 과장된 포즈는 그의 일생 내내 가십 거리였다), 커다랗게 웃는 입을 그려 넣은 광대처럼 그는 다시 삶이라는 격투장으로 들어선다. 패배를 인정하지 않는 돈키호테의 기사정신처럼 현실보다 강한 어머니의 동화, 그것은 절망을 금지한다.

나의 희망에는 거의 한계가 없다. 때로는 종(種)의 피가 내 안에서 노래하기 시작하고, 형제인 대양의 노호가 내 혈관 속으로 달려오는 것처럼 느낄 만큼, 나는 투쟁의 결과를 신뢰한다. 그러면 나는 다시 너무도 큰 기쁨과 희망에의 도취와 승리에의 확신을 느낀 나머지, 부러진 창들과 방패로 뒤덮인 땅위에서, 마치 내가 첫 전투의 새벽에 있는 양 느끼는 것이다. 아마도 그것은 내 어머니에게서 물려받은 것이 틀림없는 저급하고 원시적인, 그러나 항거할 수 없는 어떤 어리석음 또는 천진성에 기인하는 것이리라. 이 사실을 완전히 인식하고 있으니 미칠 노릇이지만, 나는 그것에 대항하여 아무 짓도 할 수가 없다. (본문 p.260)

그런 까닭에, 그가 토토슈, 메르자브카, 필로슈의 꼭두각시인 히틀러에 맞서, 어머니를 위해, 어머니의 가치인 정의와 자유, 어머니의 이상국가인 프랑스를 구하려고 고군분투하는 동안 인생이 준비한 반격(어머니의 죽음) 앞에서도 그는 절망할 수 없다. 아니, 어머니의 죽음은 그의 사랑과 희망을, 살아 있기에 연약한 모든 것들에 대한 우정으로, 그리고 그것을 보호함으로써 인간성 자체를 보호하는 인간 형제들, 그 자신의 표현을 빌리면 대문자로 표시될 미래의 완성된 인간(Homme)의 '선구자'(우리는 모두 '인간'의 애벌 그림일 뿐이다)들에 대한 연대감으로 확산시킨다. 그는 말한다.

> 나는 깨끗하게 패배하지 못하였다. 〔……〕 횃불 때문에 내 손을 잃었을지언정, 그것을 잡을 준비가 되어 있는 모든 손들, 아직은 발휘되지 않은 숨겨진 우리의 힘, 잠재적이고 막 태어나고 있는 힘, 모든 미래의 힘들을 생각하며, 나는 희망과 기대에 미소를 짓는다. 나는 나의 끝에서 어떤 교훈도 어떤 체념도 이끌어내지 않았다. (본문 p.410)

여전히 빅서 해변에 누운 채인 그가 다정하게 다가와 코를 부비는 물개 한 마리를 상상하고 미소 짓는 데서 소설의 끝은 처음과 이어진다. 이렇게 해서 그는, 훼손할 수 없는 둥근 원으로 닫힌 생명과 사랑과 희망에 관한 한 편의 동화를 우리에게 넘겨준다. 그의 어머니가 그랬듯이. 슬프지만 해피엔딩으로.

로맹 가리Romain Gary는 이 소설 『새벽의 약속 La promesse de l'aube』을 46세 되던 1960년에 출간하였다. 30세였던 1944년에 『유럽식 교육 Education européenne』을 출간하여 비평가상을 수상하고, 1956년에는 『하늘의 뿌리 Les racines du ciel』로 공쿠르 상을 받아 이미 유명 작가였던 그는 이로부터 15년 후『자기 앞의 생*La vie devant soi*』(1975)을 에밀 아자르Emile Ajar라는 필명으로 출간하여 다시 한 번 공쿠르 상을 수상하게 된다. 화자가 44세인 것으로 보아『새벽의 약속』을 쓰고 있던 당시로 추정되는 1958년에는 포스코 시니발디 Fosco Sinibaldi라는 필명으로『비둘기를 안은 남자*L'Homme à la colombe*』를 출간했고, 60세인 1974년에는 샤탄 보가트Shatan Bogat 란 필명으로『스테파니의 얼굴들*Les têtes de Stéphanie*』을 출간한다. 자기 복수(複數)화, 변신, 가면에의 욕구를 증명하는 이 같은 행로 한복판에, 그것도 권총 자살로 생을 마감하기(1980) 꼭 20년 전에 출간된 이 소설은, 늘 새로워지려는 경주, 자기에 대해 다 안 것으로 여기는 독자나 비평가들을 따돌리려는 경주 중간에 계획적으로 끼워 넣은 속내 이야기, 내밀한 힌트인 것만 같다.『유럽식 교육』을 쓰기 까지 그의 생애 전반 30년을 다루고 있는 이 자전적 소설 곳곳에 뿌려져 있는 그의 예술론, 문학론이 그렇고, 그의 모든 소설, 가장 암울한 소설에서조차 완전히 가시지는 않는 유머와 낙천성, 생명에 대한 거의 동물적인 애정이 그렇다. 자살함으로써 그는 이 끈덕진 긍정과 희망을 포기해 버리고 '마침내' 절망하기에 성공한 것 같지만, 그가 남긴 작품들은 "나의 끝에서 어떤 교훈도 어떤 체념도 이끌어 내지" 말라고 미리 당부하고 있는 것처럼 보인다. 그의 어머니가 자신의 사후에도 끊임없이 아들에게 도착하도록 미리 써두었던 편지들처럼.

1985년도에 출간된 번역본을 교정하면서 의외로 수정할 곳이 많은 것에 대한 부끄러움보다, 내가 이 소설을 돈키호테의 편력을 바라보듯, 다시 말해 시대착오적 투쟁에 대한 연민어린 향수의 시선으로 보고 있다는 데 대한 놀라움이 컸다. (아직 우리에게 싸워야할 적이 있고, 신념의 가치도 유효했던 80년대엔 전혀 그렇게 보이지 않았다.) 주체·이성·자유·평등·정의·인간성과 같은 대 주제들에 대한 보편적 신념은 아우슈비츠 이후 잠시 동안의 영웅적 실존주의 시대를 거친 뒤, 해체와 탈신비화의 풍랑을 통과하며 의심과 냉소의 대상이 되었다. 빈대를 잡으려다 초가삼간을 태운 것은 아닌지? 다시 읽은 이 소설은 묻는다. 그것 없이 살 수 있느냐고. 아무래도, 『자기 앞의 생』에서 어린 모모가 사랑 없이 살 수 있느냐고 물었을 때 한 노인이 했던 대답을 들려줘야 할 것만 같다. "불행히도 그렇다"고. 하지만, '불행히도'라면? 우리가, 인문학적 우울증은 말할 것도 없고 물질적 풍요가 제공하는 진통제인 재미와 쾌락으로도 치유할 수 없는, 신념과 희망을 필요로 하는 존재, 의미와 가치로 빛나는 인생이 아니면 참 행복이 없다고 고집 부리는 유치하고 공상적이고 까다롭고 끈질긴 행복추구병 환자라면? 이 소설이 남기는 마지막 질문이다.

2007년 12월
심민화